Kristel Ralston

Un caprice du destin

Kristel Ralston

Un caprice du destin.
© Kristel Ralston 2013-2023
Tous droits réservés.
SafeCreative N. 2305074248852.
TB -
ISBN: 9798397989695

Couverture : Kramer H.
Traducteur: Isabelle Josseaume.

    Tous droits réservés. Aucune partie de ce livre ne peut être reproduite, stockée dans un système ou transmise de quelque forme que ce soit ou par tout moyen électronique, mécanique, photocopie, enregistrement ou autres méthodes, sans l'autorisation préalable et expresse du propriétaire des droits d'auteur.
    Cette œuvre est une œuvre littéraire de fiction. Les lieux, noms, circonstances, personnages sont le produit de l'imagination de l'auteure et l'usage qu'il en est fait est fictif ; toute ressemblance avec la réalité, des établissements commerciaux (commerces), des situations ou des faits, est purement fortuite.

Un caprice du destin est dédié à toutes ces personnes qui luttent pour leurs rêves, se lèvent chaque jour avec l'envie de faire face à l'adversité et qui croient que les dénouements heureux, malgré les difficultés, ne sont pas une utopie.

SOMMAIRE

SOMMAIRE --- 9

CHAPITRE 1-- 13

CHAPITRE 2-- 43

CHAPITRE 3-- 61

CHAPITRE 4-- 85

CHAPITRE 5--- 103

CHAPITRE 6--- 119

CHAPITRE 7--- 141

CHAPITRE 8--- 163

CHAPITRE 9--- 185

CHAPITRE 10 --- 205

CHAPITRE 11 --- 221

CHAPITRE 12	237
CHAPITRE 13	259
CHAPITRE 14	275
CHAPITRE 15	289
CHAPITRE 16	311
CHAPITRE 17	329
CHAPITRE 18	345
CHAPITRE 19	359
CHAPITRE 20	385
CHAPITRE 21	407
CHAPITRE 22	425
CONTINUER LA LECTURE DE	441
LE PLAISIR DE TROMPER	441
PROLOGUE	443
CHAPITRE 1	459

CHAPITRE 2--475

CHAPITRE 3--495

CHAPITRE 4--521

Un caprice du destin

CHAPITRE 1

—Rappelle-moi pourquoi on joue à ce petit jeu, Tom ? —demanda Brenda à contrecœur, tout en s'installant sous les draps rêches.

—Pour le bien de l'agence —grogna-t-il en s'emmitouflant du côté gauche du matelas.

Brenda essayait de se réchauffer les pieds depuis l'autre bout du lit.

—Si tu n'avais pas ouvert ta grande bouche, on n'aurait pas à en subir les conséquences —murmura-t-elle en faisant un creux dans l'oreiller avec ses poings.

La fraîcheur de la nuit semblait pénétrer par les fenêtres fermées du Bed and Breakfast situé près de la station de Holland Park, à Londres. L'hiver promettait d'être à la hauteur de sa réputation de sale climat britannique.

—J'espère que tu ne ronfles pas, Bree —lui dit-il en utilisant le tendre diminutif dont elle se faisait appeler. Tom la connaissait depuis qu'elle était petite et ils travaillaient désormais ensemble dans une agence de tourisme, Green Road, et ils étaient impliqués dans ce quiproquo à cause de lui—. Arrête de pleurnicher. J'ai mis le chauffage à fond.

Elle claquait des dents.

—Je ne ronfle pas, moi !

—Chut. On est censé tester la qualité de ce Bed and Breakfast.

—Ouais, c'est ça —râla-t-elle, en se retournant pour être face à lui—. Donc là tu commences à te rendre compte qu'il faut le rayer de la liste. Comment quelqu'un peut-il payer quarante livres la nuit pour ce congélateur ? Il n'y a que toi pour proposer à Robert de te porter volontaire pour expérimenter en personne le confort des B&B que nous recommandons. Maintenant fiche-moi la paix, on dirait un vrai ver de terre, tellement tu bouges.

—Toi tu ronfles, alors —l'accusa-t-il en riant, tandis que ses dents commençaient à s'entrechoquer.

—Non.

—Si.

—Oh, Tom Fawller, mûris un peu ! —reprocha-t-elle à son ami en lui donnant un grand coup avec l'oreiller, auquel il répondit sans hésiter.

Ils finirent par en rire.

—Point numéro un. Quand on a fait la réunion ce matin, tu étais censée venir à mon secours. —Elle leva les yeux au ciel—. Point numéro deux. Robert a demandé quelles idées nous venaient pour commencer la semaine de travail et j'ai dit la première chose qui m'est venue à l'esprit. Pourquoi tu n'as pas relevé et dit que c'était une mauvaise idée ?

Elle le regarda en fronçant les sourcils.

—C'est simple. J'étais occupée à regarder sur mon portable si je n'avais pas reçu la réponse que j'attendais d'un casting pour mannequins. J'ai envoyé des demandes à plusieurs endroits. Dans une agence, j'ai déjà fait des photos pour des vêtements de sport. Et l'autre c'est la meilleure agence de mannequins pour la publicité. Donc on verra bien. L'une de celles-là, n'importe laquelle, ce serait génial.

Tom l'observa, pensif.

—Tu vas être mannequin maintenant ?

Brenda avait été bénie par les dieux d'une beauté exceptionnelle. Ses cheveux blond brillant tombaient en cascade en ondulant en-dessous de ses épaules. Ses yeux verts resplendissaient quand elle souriait. Sur son corps, rien à dire, il était parfait, et en plus elle se mouvait avec une grâce innée quand elle marchait. Si vraiment le mannequinat l'intéressait, elle gagnerait des millions. Le seul problème, c'est qu'elle semblait ne pas être consciente de son attrait irrésistible, ni être intéressée d'en tirer profit, si tant est qu'elle l'ait remarqué. Le mannequinat était toujours son ultime recours quand les choses allaient très mal chez elle, comme maintenant. Ces derniers mois étaient en train de se transformer en calvaire.

Elle s'allongea sur le matelas et regarda le plafond.

—J'ai besoin de l'argent. Tu connais déjà l'histoire —chuchota-t-elle tristement. Tom et elle avaient vécu ensemble d'importantes transitions et maintenant, à vingt-sept ans chacun, ils continuaient à se soutenir l'un l'autre.

Tom se tourna et posa la main sur sa joue, attirant le regard vert émeraude vers le sien, qui était d'un noir intense.

—J'ai de l'argent, Bree. Laisse-moi t'aider.

Lui, avait une capacité impressionnante à investir en bourse. Ajouté à cela, il possédait plusieurs entreprises : c'était donc un homme jeune, millionnaire, dont la lutte pour le respect des droits de l'homme occupait la majeure partie de son temps.

Bree soupira.

—Je ne peux pas —dit-elle en secouant la tête sur l'oreiller moelleux—. Tu m'as trouvé le poste de guide ici à Londres. Tu viens à mon secours quand je n'ai plus de trajets de métro sur ma carte Oyster en m'emmenant en voiture, et le plus important, tu me fais rire. C'est tout ce dont j'ai besoin, Tom. Vraiment —affirma-t-elle en esquissant un sourire.

Il la contempla de ses yeux noirs, sombres comme l'obsidienne. Même s'il était très britannique, ses ancêtres étaient un mélange de grecs et d'espagnols. Il avait hérité d'un échantillon intéressant de traits forts, durs comme ceux d'un boxeur, avec un nez un peu écrasé. Son rire facile adoucissait l'expression qui à première vue pouvait paraître intimidante. Il travaillait à l'agence de tourisme par pur loisir, mais Green Road lui apportait aussi une valeur ajoutée : elle lui permettait de rencontrer des gens du monde entier, et il adorait ça.

—Dommage que je n'aime pas les femmes —chuchota Tom en riant tout bas.

Brenda rit aussi, en enlevant à son ami un peu de la couverture pour se blottir au chaud.

—C'est toi qui le dit, à l'agence ils pensent que nous avons une liaison —se moqua-t-elle.

—Je suppose que c'est pour ça que Scott ne me remarque même pas —soupira-t-il en faisant semblant d'être résigné.

Elle décoiffa de la main sa chevelure courte couleur chocolat.

—N'importe quoi, bien sûr que si il te regarde —elle lui fit un clin d'œil coquin—. Le fait que tu m'aies embobinée comme ta collègue pour cette bêtise d'essayer des Bed and Breakfast à droit et à gauche, ça ne va pas t'aider. C'est ta punition. Désormais il va falloir que tu travailles dur pour attirer Scott dans un projet de travail dans les B&B. —Ils rirent tous les deux—. Et qui sait, peut-être qu'il meurt d'envie de me remplacer dans cette folle idée que tu as eue.

Tout d'un coup, il devint sérieux.

—Bree.

—Oui ? —dit-elle avec un sourire.

Tom sembla hésiter.

—Dis-moi vraiment comment ça se passe à la maison ?

L'air jovial qu'elle arborait, disparut.

—On est allés à l'hôpital au moins deux fois… en un mois. Je finirai par m'en sortir. J'espère vraiment que les agences vont me contacter. Même si poser devant un appareil-photos ce n'est pas ce que je préfère. Mais il faut bien que quelqu'un le fasse. Pas vrai ?—dit-elle en essayant de se mettre du baume au cœur.

Tom l'observa sans dire un mot et Bree resta elle aussi silencieuse.

—Et le petit… ? —chercha-t-il à savoir.

Pour Bree c'était un sujet compliqué. Sa mère, Marianne, était particulièrcment portée sur la boisson. Quand elle avait fini toutes les bouteilles, elle rejoignait un de ses petits amis de service, jusqu'à ce qu'ils finissent par faire un scandale. Les coups et les insultes étaient les ingrédients habituels, ainsi que les factures à payer, soldées grâce aux maigres fonds que leur père leur avait laissés à sa mort, il y a des années.

Elle se rappelait quand sa mère était tombée enceinte. Elle devait avoir vingt et un ans à l'époque. Son petit frère était né miraculeusement en bonne santé. Pendant cette période, Marianne avait arrêté de boire un peu, mais seulement jusqu'à ce qu'elle accouche, et elle ne savait pas qui était le père du bébé. Un jour, alors que Bree rentrait de l'université, elle trouva sa mère étendue par terre, inconsciente, et le petit Harvey en train de crier de désespoir. L'agitation et le stress à l'hôpital avaient été chaotiques et même encore maintenant elle était traumatisée par tout l'enfer qu'elle avait vécu depuis qu'elle avait usage de la mémoire.

Depuis cet incident, elle avait arrêté ses études et ne faisait que travailler. Elle ne pouvait pas permettre que son frère ait un accident ou souffre de quelque chose de pire aux mains de sa mère.

Marianne payait les sacrifices de sa fille aînée par des affronts et des injures verbales, surtout si elle ne trouvait pas sa dose d'alcool du jour ; parfois, il y avait aussi des coups. Brenda en avait déjà trop supporté. Mais elle continuait à lutter parce qu'elle trouvait cela injuste que son petit frère doive être abandonné aux services sociaux, si jamais ils venaient à apprendre le type de mère qu'était Marianne.

La réhabilitation de sa mère était comme une histoire sans fin. Elle entrait et sortait des centres spécialisés, mais n'était jamais vraiment guérie. Dans ses moments de lucidité, Brenda pouvait presque retrouver la mère dont elle avait besoin. Mais cela n'arrivait qu'en de rares occasions, et à vrai dire, cela la démoralisait plutôt qu'autre chose.

Par ailleurs, elle était reconnaissante d'avoir comme voisins de véritables anges gardiens. Éloise et Oswald Quinn. Deux retraités qui s'étaient pris d'affection pour Harvey. L'enfant était adorable ; il avait des yeux d'un bleu profond et les cheveux très blonds. Le couple Quinn avait proposé de le garder, pendant qu'elle travaillait dans le centre de Londres à Green Road. Reconnaissante envers le couple de retraités, elle avait pris l'habitude de leur préparer à manger les week-ends, après avoir déambulé dans les différents musées, palais et monuments qu'elle montrait aux touristes du monde entier qui venaient visiter sa ville.

Cuisiner était l'une des passions de Brenda. Avant de commencer à travailler, son idée fut de faire des études pour devenir cheffe et se spécialiser en pâtisserie. « Rêves et aspirations du passé », comme elle aimait à penser, mais au moins elle mettait en pratique ses inventions avec les Quinn, des convives enthousiastes.

Le bruit du goutte à goutte du lavabo de la petite chambre du Bed and Breakfast la ramena à la réalité.

—Tu sais quoi ? —dit-elle à Tom—. Heureusement que j'ai les Quinn. Harvey a déjà six ans… et ils lui apportent l'image maternelle et paternelle qu'il n'a pas à la maison —soupira-t-elle—. La vie n'a pas été facile pour moi ; j'essaie de faire en sorte qu'elle le soit pour lui. Il est si petit, Tom…

—Je sais, je sais, ma chère Bree. Écoute, même si tu as dit que non…si jamais un jour il se passe quelque chose que tu ne puisses pas gérer, tu me laisseras t'aider avec un peu d'argent ?

—Seulement si je suis trop désespérée. Et même comme ça, je ne crois pas que… —soupira-t-elle en voyant l'ombre d'impuissance sur le visage de Tom—. D'accord. Un jour, je suppose.

Dehors les flocons de neige tombaient sans discontinuer sur les rues ; il ne pouvait pas en être autrement en plein mois de janvier.

—C'est tout ce que je voulais entendre —sourit il—. Maintenant on va tacher de dormir, avant que le goutte à goutte de la salle de bain ne gagne la bataille et nous empêche de dormir. Au fait. —Bree s'arrêta pour le regarder avant d'éteindre la lumière de la petite table de nuit—. Quelle note on lui donne à cet endroit ?

Brenda éteignit la lumière. Elle lui enleva complètement l'édredon et Tom commença à grelotter fortement.

—Qu'est-ce que tu fais ? Donne-moi la couverture ! —exigea-t-il en tremblant.

—Je suppose que tu es capable de lui mettre la note toi-même, maintenant que tu as un exemple concret.

—C'est bon. D'accord, je te laisserai tranquille. On fait la paix ! On fait la paix ! —dit-il en claquant des dents—. En dessous de zéro. La note est en dessous de zéro. Comme la température qu'il fait dehors. Allez, donne-moi la couverture, ne soit pas vache.

D'un éclat de rire, Bree s'installa pour dormir et le laissa se couvrir.

***

L'explication sur l'histoire du Palais de Buckingham, sa tradition et son architecture prenait en général quarante-cinq minutes à Bree pour la visite courte, parce qu'elle incluait en plus les environs : Clarence House, St. James Park, entre autres. Quand il y avait beaucoup plus de gens, l'explication pouvait alors prendre une heure et demie, parce qu'il y avait généralement plus de questions des clients du tour. Tous les touristes ne laissaient pas de pourboire, mais ceux qui le faisaient étaient plus que généreux et elle leur en était reconnaissante, parce que cela lui permettait de payer le métro et le déjeuner de Harvey à l'école.

Après le ridicule test de Tom, elle s'était libérée de la tâche d'expérimentation dans les B&B, parce que Robert, le gérant et propriétaire de l'entreprise pour laquelle elle travaillait, avait envoyé son ami retrouver un groupe de touristes de Berlin, à Brighton. Normalement ce genre de services n'était pas proposé, puisque Green Road ne couvrait que la zone de Londres jusqu'à Surrey. Tom devait sans doute son transfert momentané à l'amitié que portait son patron à une connaissance à lui, qui demandait une faveur spéciale. Elle aurait adoré qu'on la choisisse elle pour cette tâche, parce que la journée était payée le double. « Tant pis ».

—Et donc, lorsqu'un événement le mérite, la Reine — continua-t-elle à expliquer au groupe de touristes hollandais qui observaient les alentours—, peut demander que le drapeau soit mis en berne. Exactement comme lors du décès de la Dame de Fer. Parfois, il ne s'agit pas nécessairement d'une occasion spéciale ou tragique, mais de communiquer, par exemple, lorsque la reine est présente ou non dans le palais...

Ils commencèrent ensuite la promenade dans le métro, jusqu'à Hampton Court Palace. La station portait le nom du palais favori du monarque Henri VIII, qui y vécut en 1536. L'ambiance était presque magique. Et il y avait un petit pont d'où il était possible d'observer les alentours de l'immense propriété de ce roi controversé.

En sortant de la station, l'entrée du palais était divisée en trois parties, protégées par des grilles noires. L'entrée centrale, pour le passage des véhicules autorisés, étaient flanquée d'un lion au sommet de l'une de ses colonnes, et d'une licorne sur l'autre colonne ; les deux animaux soutiennent les armoiries du Roi Georges II. De part et d'autre de l'entrée centrale, il y en a deux autres plus étroites, pour le passage des piétons ; et chaque colonne latérale qui les soutient, porte un soldat en pierre à son sommet. Quatre figures imposantes en tout.

—Cette entrée est connue comme la Trophy Gates —les informa-t-elle, tandis que les touristes prenaient des photos.

Brenda parcourut le palais avec eux pendant le reste de l'après-midi. Après une photo de groupe, elle leur donna les indications nécessaires pour qu'ils aillent dans les deux cours principales : celle de l'Horloge et celle de la Fontaine. La « Grande salle de réception » et la « Chapelle royale », étaient deux espaces célèbres de la magnifique propriété.

—Bree —l'interpella une jeune fille d'une quinzaine d'années. Wallys, selon le nom dont se rappelait Brenda sur la liste.

—Oui ? —elle prit une gorgée de sa bouteille d'eau. Elle en consommait au moins trois pendant les visites.

—C'est vrai que la grande salle de réception a été dessinée par le cardinal Wolsey ? C'est parce que j'ai vu la série Les Tudors, elle est géniale —elle sourit en mordant dans un pain au chocolat—. Et j'ai la curiosité de savoir, parce qu'en plus, avant de venir, j'ai lu au moins quinze guides touristiques. — Brenda eut envie de lui dire que dans ce cas, pourquoi elle ne donnait pas la conférence à sa place. C'était presque la fin de l'après-midi et elle était épuisée—. Qu'est-ce que tu en dis, toi, Bree ?

Le reste des membres du tour l'observait.

Elle soupira tout en esquissant un sourire.

—Non, ce n'est pas vrai. Cette grande chambre a été commandée par Henri VIII et elle a été terminée l'année où sa deuxième épouse, Ana Bolena, a été décapitée. Je vous parle de l'année 1536. Les gens sont généralement très impressionnés par la salle dont tu parles, comme cela a dû être le cas pour vous aussi il y a quelques instants —tous acquiescèrent—, en particulier à cause de la tapisserie que nous observons. Comme je vous l'ai commenté pendant la visite, l'Histoire d'Abraham est une des tapisseries les plus somptueuses qui existent en Angleterre, et nous avons le plaisir de pouvoir l'admirer dans la grande salle de réception de ce magnifique palais. Et maintenant —elle s'adressa à Wallys qui l'écoutait avec attention et qui prenait des notes sur un vieux cahier—, à propos du cardinal Wolsey —la jeune fille ouvrit les yeux dans l'expectative—, il fut le premier propriétaire du palais, et fit construire la résidence en 1515. Avant qu'Henri VIII ne vienne l'habiter.

Après quelques questions supplémentaires, auxquelles elle répondit avec la meilleure disposition, elle mit fin à cette longue, mais toujours agréable visite. Lorsque Brenda se rendait au palais, situé à vingt kilomètres de Londres, elle éprouvait une étrange et gratifiante sensation de calme. Peut-être était-ce la rivière, ou la nature, ou l'histoire et les mythes qui entouraient l'endroit, mais c'était toujours merveilleux de visiter le palais de Hampton Court.

—Vous avez quinze minutes pour prendre la collation que vous offre Gretel —elle pointa du doigt sa collègue brune qui arriva dans le minibus du tour. Elle les avait emmenés en métro, parce que tous les touristes devaient vivre l'expérience du fameux métro de Londres—. Je vous attendrai près de cette clôture —elle signala un espace entre deux arbres qui pour l'instant n'avaient ni feuille, ni couleur particulière, seulement de la rosée. Et malgré le froid qu'il faisait, l'endroit était toujours aussi attrayant et imposant.

Alors qu'elle s'apprêtait à boire le café de son thermos, elle reçut un appel sur son portable.

—Ici Brenda —répondit-elle comme à son habitude. Ils avaient pour habitude de l'appeler des bureaux de l'entreprise pour savoir comment se passaient les choses ou si elle avait besoin de quoi que ce soit.

—Mademoiselle Russell —dit une voix grave et sérieuse, totalement inconnue pour elle—. Nous vous appelons parce que nous avons votre dossier de photographies. Êtes-vous disponible pour passer à l'agence ?

Bree pouvait difficilement cacher sa joie. Cela faisait au moins trois mois qu'elle attendait cet appel et elle avait tellement de mal à joindre les deux bouts financièrement, qu'elle avait dû recourir à l'aide que lui avait proposée Tom. « Elle le rembourserait avec l'argent qu'elle obtiendrait de la session de photos ».

—Bien sûr —elle nota l'heure et l'adresse que lui dicta la femme dans son petit agenda—. Quel genre de vêtements s'agit-il de porter ?

—De la lingerie.

Elle déglutit.

—De la linge…

—Ça vous pose un problème ? —demanda avec impatience la femme au téléphone en l'entendant hésiter—. Dolce & Gabbana n'est pas une marque qui admette les hésitations. Vous pouvez ou vous ne pouvez pas.

« Harvey. Je dois penser à Harvey. Mettre la honte de côté ». Même si c'était la première fois qu'elle allait défiler en sous-vêtements.

—Je, euh…non, aucun. Je serai ravie de poser pour des photos.

—Demain alors —la communication prit fin.

« Bonjour l'humeur », pensa Bree en grimaçant.

***

Ce qui faisait le plus honte à Brenda, c'était de se montrer en sous-vêtements devant les vingt personnes qui travaillaient dans le studio pendant la session. Heureusement le chauffage fonctionnait parfaitement et l'agence pour laquelle elle avait postulé jouissait d'une réputation irréprochable. Elle sentit que la chance était de son côté. S'il ne s'était pas agi d'une célèbre marque de vêtements, cela ne lui serait même pas passé par la tête de défiler en sous-vêtements ; s'il en avait été autrement, elle aurait préféré faire un emprunt quelconque.

Les prises ne la mirent pas du tout mal à l'aise, si ce n'était pour la petite quantité de tissu qu'elle portait. « Ce sont les risques du métier ».

—Allez, ma belle, tourne-toi vers ma droite. —Le photographe prit dix photos—. Parfaite, étire encore un peu plus le dos… voilà, oui. Bon. Maintenant, penche-toi en avant. Montre ces seins parfaits. Comme ça…mmm, voyons, entrouvre légèrement la bouche. Exactement ! Génial ! —Il changea l'angle de l'appareil photos—. Tu es la plus belle femme de ce catalogue.—Il prit dix photos de plus—. Tes photos sont fabuleuses ! —Il commença à faire défiler les photos par le viseur en les examinant. Il la regarda avec intérêt—. Depuis quand fais-tu du mannequinat, Bree ?

Marlo était français et cela faisait cinq heures, le temps qu'il avait mis pour la préparation et le maquillage, qu'entre deux prises, il racontait à Bree sa vie de globe-trotteur. Il avait commencé comme photographe pour National Geographic, jusqu'à ce qu'il ressente le besoin de vivre à un seul endroit. Il avait eu la chance que la maison Dolce & Gabbana l'embauche pour ses bureaux de Londres. Il y avait quinze ans de cela. Depuis lors, il collaborait avec l'agence de mannequins la plus prestigieuse de la ville, Prime Gain, l'entreprise à laquelle Brenda avait envoyé ses photos et grâce à qui elle avait cet emploi qui consistait à poser devant les objectifs des appareils photos professionnels les plus courtisés d'Angleterre.

—C'est la deuxième fois que je le fais —murmura-t-elle, lorsque tous autour d'elle eurent fini de lui prêter attention. La session était terminée. Même elle ne se reconnaissait pas avec la quantité de maquillage qu'elle portait, sa chevelure blonde montée en chignon farfelu et sensuel, en plus de la petite culotte et du soutien-gorge en dentelle bleue. « Je pourrais presque dire que je suis sexy », pensa-t-elle en se moquant.

—Je crois que tu devrais t'y consacrer à plein temps.

—Non merci, Marlo ! J'ai déjà un travail —cria-t-elle derrière un grand paravent, tandis qu'elle se changeait—. Ça c'est un truc…..disons, sporadique.

—Ah oui ? Pourquoi tu fais ça ?

Elle resta silencieuse pendant qu'elle enfilait son jean. Ils lui enverraient le chèque le matin suivant. Avec ça elle paierait l'école de Harvey pour les sept prochains mois, et ce qui restait servirait à réparer un tuyau de la maison et à rembourser l'emprunt qu'elle avait fait à Tom.

—Par nécessité. J'ai un frère dont je dois m'occuper —répondit-elle en toute sincérité.

Marlo, à ses soixante ans, connaissait suffisamment le monde pour savoir que cette fille était un diamant brut. Mais il ne pouvait pas obliger les gens à faire des choses qu'ils ne voulaient pas. Au lieu de cela, il lui fit une proposition qu'elle pourrait prendre quand elle le voudrait. Cette fille était magnifique et vraiment photogénique.

—Quand tu te sentiras plus à l'aise avec ton corps, je suis sûr que tu pourras mieux exploiter ton potentiel et faire du mannequinat une carrière à succès. Ne mets pas trop de temps à te décider, si jamais tu le fais —dit-il la main sur la poignée de porte du studio photo situé au dixième étage d'un des bâtiments les plus fascinants de La City, le quartier des affaires de Londres—. Le temps passe vite, surtout pour les mannequins. Ne l'oublie pas. Ce fut un plaisir de faire ta connaissance, Brenda Russell.

Brenda sortit la tête par l'un des côtés du paravent de couleur noir décoré de motifs chinois

—Tout le plaisir était pour moi ! Quand est-ce que les photos seront publiées ?

Il n'y eut pas de réponse, parce que Marlo était déjà sorti.

En vérité, elle se fichait de savoir quand les photos seraient publiées. Ce qui comptait c'est qu'elle serait payée le jour suivant. Elle prit son petit sac. Elle enfila les leggins de couleur ocre, la jupe noire assortie à son chemisier, le pull, l'écharpe et une veste épaisse par-dessus. La seule chose désagréable de l'hiver, c'était la quantité de vêtements qu'elle devait porter tous les jours.

Elle décida de garder le maquillage et la coiffure. Ce genre de traitement gratuit était vraiment un luxe, alors elle allait en profiter. Harvey serait sûrement plus que ravi de la voir et lui poserait tout un tas de questions. C'était un gamin adorable avec un penchant étonnant pour la nature. Il connaissait les noms de plusieurs espèces d'animaux, leurs principales caractéristiques et l'environnement idéal dans lequel ils devaient vivre. Elle s'attendrissait en l'écoutant lui raconter ses découvertes d'enfant.

D'un pas rapide elle arriva aux ascenseurs et appuya sur le bouton pour en commander un.

Lorsque les portes s'arrêtèrent au septième étage, une femme d'une soixantaine d'années entra à ses côtés. Très élégante. Ses cheveux noirs parsemés de mèches argentées étaient arrangés avec soin, comme s'ils étaient prêts à résister à un vent fort. Son manteau devait coûter l'équivalent de cinq années d'économies de Brenda. Et le parfum, bien qu'il soit très léger, Bree aurait presque pu jurer qu'il dégageait un certain pouvoir.

Perdue dans ses pensées, Brenda ne se rendit pas compte que la femme lui adressait la parole. Quelques secondes après que la porte grise de l'ascenseur se fut fermée, la dame lui toucha désespérément l'épaule, en lui signalant frénétiquement la gorge. Elle gesticulait dans tous les sens.

—Madame ! Quoi… ? Oh, bon Dieu —gémit-elle, inquiète, lorsque l'ascenseur s'arrêta soudainement. « Ce n'est pas possible ! maudit service », pensa-t-elle nerveusement.

Les yeux de la femme commencèrent à s'ouvrir et à se fermer. Brenda fut reconnaissante que Green Road lui ait appris les premiers secours. Elle s'approcha et lui retira ses coûteux vêtements : écharpe, manteau, chaîne, pour qu'elle puisse mieux respirer.

—Asth… me —arriva à balbutier l'inconnue à grand peine.

Jamais comme à cet instant précis son travail de guide ne lui parut aussi utile. Elle sortit sa trousse de premiers secours de son sac. Brenda aida rapidement la dame à s'asseoir, puis lui appliqua le spray pour asthmatiques. Avec soulagement, elle vit comment peu à peu l'inconnue commença à reprendre sa respiration.

Bree fouilla dans son sac pour trouver une bouteille d'eau neuve et la lui proposa. Bien qu'au début la dame la regarda de façon étrange, elle n'hésita pas à boire un peu du liquide. Quand elle se rendit compte que la femme était désormais stable, Bree se releva et appuya sur le bouton d'assistance de l'ascenseur. Il n'y eut aucune réponse, malgré six tentatives.

Bree était contente de voir au moins le voyant de secours allumé.

—Et bien —commença à articuler la dame. Sa voix était douce. En contraste saisissant avec son attitude plutôt froide et hautaine—. Au moins c'est le premier mannequin que je vois qui n'est pas une tête de linotte —grogna-t-elle—. Merci. Tu m'as sauvé la vie, jeune fille, comment t'appelles-tu ?

—Brenda Russell. Bon, mes amis m'appellent Bree —elle lui sourit—. Madame… ? —elle laissa la question en suspens.

La femme aux yeux bleus ne répondit pas à son sourire. Elle l'observa un moment avant de parler.

—Donc tu ne sais pas qui je suis, hein ? —elle leva un sourcil. Brenda fit non de la tête, impressionnée de voir le changement rapide qui s'opérait soudain chez cette femme à la silhouette encore très acceptable pour l'âge qu'elle lui calculait. Elle la vit arranger ses vêtements, puis secouer une poussière inexistante—. Pour quelle agence travailles-tu ?

Brenda la regarda avec surprise.

—Au… aucune, madame. Je ne travaille pas ici. Je suis de passage.

Cette femme était vraiment intimidante, pensa Bree. Avec les vêtements qu'elle portait, elle ressemblait à tout sauf à un mannequin de défilé. En fait, elle considérait que certaines parties de son corps étaient un peu grandes, alors que chez les mannequins professionnels ces mêmes parties étaient extrêmement menues. C'est pour cela qu'elle trouvait surprenant qu'on l'ait appelée précisément de Prime Gain qui était l'agence la plus prestigieuse de Londres, habituée à montrer des femmes presque rachitiques. « Exubérance », lui avait dit Marlo, en lui assurant que lui la cataloguait sous ce concept, et que c'était pour ça qu'ils l'avaient appelée, parce que selon le photographe, les formes étaient à la mode. Et comme ils lui avaient donné le travail dont elle avait tant besoin, Bree n'allait pas discuter.

—Je suis Alice Blackward.

« Le magnat hôtelier ? Bien sûr qu'elle avait entendu parler d'elle ! », réalisa Brenda, la reconnaissant enfin. Elle n'avait pas le temps de lire les magazines économiques, mais elle avait vu quelques photos de la femme dans un ou deux guides des meilleurs hôtels de la région. Et en voyant l'expression sur son visage, Alice sut qu'elle l'avait finalement identifiée.

—Tu portes du maquillage de photographie —elle ne posait pas la question, elle ne pointait pas du doigt. Elle affirmait simplement.

—Je… j'ai fait quelques prises pour Prime Gain. C'est la deuxième fois que je pose pour des photos. Ce n'est pas mon truc —confessa-t-elle comme si elle avait besoin de se justifier. Ridicule.

L'ascenseur était toujours éclairé par les faibles voyants de secours. Une voix les interrompit pour leur dire que dans quelques minutes l'électricité reviendrait et que l'avarie était liée à un fusible qui avait sauté.

—Tu travailles occasionnellement comme mannequin, alors ?

Même si elle n'avait aucun préjugé contre les mannequins, entre avoir une employée qui corrige son maquillage cinq fois par heure, et une autre qui se fichait si ses vêtements étaient assortis ou pas ou si ses faux cils se détachaient, elle préférait sans hésiter cette dernière option.

—Mmm… disons que oui. En fait je suis guide touristique dans la ville.

Alice fit une grimace avec le nez, comme si elle avait aspiré une poussière bizarre.

—Je n'aime pas avoir des dettes envers les gens. Aujourd'hui, je pense licencier mon inepte d'assistante —en voyant l'expression inquiète de Brenda, elle sourit—. Grâce à elle j'ai failli mourir d'une crise d'asthme il y a un moment. Si tu n'avais pas été dans l'ascenseur avec ta trousse de secours, je serais probablement… —Elle fit un geste de la main pour dédramatiser la situation, ce qui surprit Bree. Elle avait été sur le point de mourir et on aurait presque dit qu'au lieu d'étouffer, elle avait bu un thé sans sucre ! —. Bref. Le poste d'assistante personnelle est libre.

« Elle lui proposait le poste… ? », le regard de Bree s'illumina.

—Tout va bien là en bas ? —leur cria-t-on de loin en les interrompant.

—Oui ! —répondit Brenda en criant elle aussi.

—Parfait ! Dans quelques secondes vous serez libres.

—Vous faites bien, parce que je vais porter plainte contre vous —grogna Alice.

Les lumières s'allumèrent et l'ascenseur commença à descendre.

—Si tu veux gagner un meilleur salaire que celui que tu as comme guide touristique, appelle-moi à ce numéro —elle lui tendit une carte de visite avec des reliefs en blanc et doré—, le poste d'assistant exécutive est disponible.

Bree l'observa bouche bée. Travailler pour la fondatrice de l'empire hôtelier ? C'était le rêve de quiconque avait deux doigts de jugeote. Et elle était loin d'être bête. Dans tout le pays on connaissait l'histoire d'Alice Blackward, la jeune fille qui, avec seulement vingt livres en poche, avait bâti un colosse commercial qui offrait des bénéfices substantiels à ses employés. Dix ans après avoir commencé son travail titanesque en solitaire, elle s'était gagné le respect d'importants magnats du secteur hôtelier, et était désormais l'une des femmes les plus riches de Grande Bretagne.

Quand Alice lui annonça le montant de son salaire, Bree serra les orteils au fond de ses bottes. « Avec cette somme, non seulement elle pourrait payer l'éducation de Harvey, mais elle pourrait faire entrer sa mère dans une clinique de réhabilitation privée et même peut-être emmener son petit frère en vacances à la plage. C'était un salaire mirobolant !

—Je…

—Tu n'as pas à me remercier —dit la dame d'une voix fatiguée. Elle détestait les flatteries, et cette fille, Dieu merci, ne semblait pas disposée à lui en faire—. Je t'ai déjà dit que je ne veux rien devoir à personne. Tu m'as sauvé la vie, je t'offre un emploi bien rémunéré. Si tu n'en veux pas, moi j'ai rempli ma partie en te faisant la proposition —dit-elle d'un air détaché.

« Implacable, forte et froide. C'est sûrement comme ça qu'on arrive sur les plus hautes marches », pensa Bree.

Avant qu'elle n'ait pu dire quoi que ce soit, les portes de l'ascenseur s'ouvrirent au rez-de-chaussée, et Alice sortit sans se retourner.

Bree se fraya un chemin à travers la ville encombrée et malgré le vent froid qui la frappa en sortant de l'immeuble, son beau visage s'illumina d'un large sourire.

***

Gérer l'emploi du temps d'Alice n'avait rien de facile. Cela faisait quatre mois qu'elle travaillait pour elle et cela lui causait toujours des maux de tête lorsqu'elle annulait soudain des rendez-vous d'affaires. Sa cheffe était extrêmement exigeante, mais elle pouvait aussi être juste et consciente. Elle lui était reconnaissante de l'opportunité offerte, et pour tout ce qu'elle apprenait chaque jour au sein de l'entreprise.

Bree avait reçu une copie des photographies que Marlo avait prises d'elle et à vrai dire, elle ne se reconnaissait pas dans la femme sensuelle qui figurait dans le catalogue. « Un travail graphique magnifique ». Figurer sur la page Web de Dolce & Gabbana était un honneur, mais elle ne pensait plus refaire de mannequinat. Le travail de mannequin était sans doute beau et bien payé, ce n'était pas son élément naturel pour autant.

Même si son travail avec Alice lui plaisait et occupait la majeure partie de son temps, elle ne voyait presque pas Tom, parce qu'il voyageait plus qu'avant à Brighton et qu'elle sortait très tard du bureau. Dès qu'elle arrivait à la maison, elle allait directement s'occuper de Harvey. Ensuite, elle tombait littéralement de sommeil. Leurs jours et leurs heures libres ne coïncidaient plus et son meilleur ami lui manquait.

Heureusement qu'en ce moment sa vie sentimentale était inexistante. Les petits amis qu'elle avait eus, même s'ils n'avaient pas été nombreux, n'avaient pas duré plus de six semaines chacun. Quand ils apprenaient l'existence de Harvey et tout ce que cela impliquait dans sa vie, ils cherchaient une excuse pour couper les ponts avec elle. Ils la voyaient comme une charge, parce qu'avec son petit frère, c'était comme si elle était mère célibataire.

À une occasion, l'un de ses rendez-vous amoureux avait vu sa mère vomir sur le tapis de l'entrée de la maison, lors d'une de ses nuits d'ivresse, au moment où elle l'avait vue arriver d'un dîner avec son compagnon. Le jeune homme ne lui avait même pas dit au revoir, il était seulement parti à toute vitesse et elle n'en avait plus jamais entendu parler. Peut-être que si elle avait été dans la même situation, elle aurait fait pareil…ou peut-être que non. Le seul souvenir qui lui laissait un goût amer, c'était Ryan, mais c'était tellement loin et douloureux, qu'elle préférait ne pas le ramener dans l'instant présent.

—Brenda ! —l'appela Alice depuis le bureau, la sortant de ses réflexions.

Le bureau de la présidence des hôtels et centres de villégiature Wulfton était situé dans le magnifique hôtel central de la chaîne, le célèbre Wulfton Mayfair. Malgré les millions qu'Alice pouvait avoir à la banque, son bureau était assez austère. Élégant, sans aucun doute, mais sans fioriture. Rien à voir avec les photographies ostentatoires qu'on publiait d'elle dans une somptueuse demeure, à quelques rues de l'hôtel.

—Bonjour, Alice. —Sa cheffe ne permettait pas qu'elle l'appelle comme le reste du personnel : Madame Blackward. C'était sans doute un moyen de lui montrer son respect pour lui avoir sauvé la vie, mais ça n'allait pas plus loin que ça. Alice était une femme qui gardait ses distances.

—Assieds-toi, Brenda.

Elle refusait de l'appeler Bree, seulement Brenda, tout simplement. Devant le regard impatient de sa cheffe, elle commença avec la routine quotidienne qu'elle connaissait si bien.

—Vous avez un thé au Ritz avec Maya Ratyer, la productrice de télévision qui veut utiliser les installations de l'hôtel comme décor pour la nouvelle série de la BBC. Ensuite un entretien avec The Telegraph. Et la dernière réunion de l'après-midi, à dix-huit heures trente avec Spencer Ellis, le fonctionnaire de la Scotland Bank. Il veut donner une réception ici dans l'hôtel principal... —elle continua à lui lire d'autres points de l'emploi du temps. Une fois le matin, une fois l'après-midi ; deux réunions obligatoires avec sa cheffe pour coordonner les activités.

Alice observait son assistante d'un geste monotone, même si elle était heureuse d'avoir trouvé cette jeune fille. Brenda était un modèle d'employée : honnête, efficace et raisonnable. Elle préférait être dure et stricte, car c'était un moyen d'apprendre et de forger le caractère de ses employés, même si avec Brenda Russell –peut-être qu'elle ne le saurait jamais– elle avait l'habitude d'être plus flexible. L'histoire de la jeune fille lui semblait triste. Elle pouvait voir dans ses yeux un immense chagrin qu'elle dissimulait avec un sourire professionnel et la soif d'apprendre. Alice était au courant de sa vie de famille, même si la jeune fille ne le savait pas.

Le poste d'assistante exécutive impliquait de connaître les affaires personnelles et les données confidentielles, et elle n'aimait pas prendre de risques, elle avait donc un service qui menait l'enquête et vérifiait les données. Pourtant avec Brenda, elle avait eu une bonne impression dès le début. Elle ne s'était pas trompée. Les rapports du service des Ressources Humaines, qui vérifiait minutieusement chaque employé, n'avaient fait que le confirmer. Motivée par ce qu'elle savait sur la mère en traitement permanent pour vaincre l'alcoolisme et les drogues, et sur le petit frère, ajouté au fait qu'elle lui avait sauvé la vie quelques mois auparavant, le salaire de la jeune fille était le triple de ce qu'elle payait son ancienne assistante. Et pour être sincère, elle le méritait amplement.

—Annule les rendez-vous de l'après-midi, sauf celui d'Ellis. —Bree en prit note—. Dis aux autres que je vais m'absenter trois jours.

Brenda la regarda, dans l'attente d'une indication quelconque. Elle n'ajouta rien.

—Bien. Autre chose, Alice ?

—Oui. Tu as appelé Luke ? J'ai besoin de lui pour la fête du trente-cinquième anniversaire de la chaîne. C'est important qu'il soit là.

« Le neveu qui donnait des maux de tête à Alice », pensa-t-elle énervée, parce qu'il lui donnait des maux de tête à elle aussi. Même si elle ne connaissait pas le neveu en question, qu'elle n'avait d'ailleurs aucune envie de le connaître, et que sa cheffe n'avait pas l'habitude d'exposer des photos de famille, Brenda avait tenté à plusieurs reprises de le joindre par téléphone. De ce dont elle se rappelait, c'est qu'elle n'avait su qu'à seulement trois occasions où il se trouvait, et lors de la vingtaine d'autres appels, il avait été difficile à localiser, ou alors elle recevait des réponses sur la défensive de son assistante, une certaine Paula.

La première occasion où elle avait réussi à le localiser, on lui avait dit qu'il était en Italie et qu'il ne prenait aucun appel.

La deuxième, il était en train de régler des affaires pétrolières avec un cheik arabe et à cause du sable et d'un climat étranger au sien, il avait attrapé une conjonctivite. La troisième, il passait du bon temps aux Fallas de Valencia, en Espagne, et avait en plus un rendez-vous avec le propriétaire d'un vignoble et n'avait pas de signal téléphonique pour répondre aux appels. « Et ben dis-donc, quelle imagination débordante que celle de cette assistante Paula », pensait Bree à chaque fois qu'elle recevait l'une de ces excuses, auxquelles elle ajoutait les insultes qu'elle adressait mentalement au Luke en question.

Quand elle réussit enfin à le localiser et à éviter Paula, ce n'est pas non plus lui qui répondit directement. Celle qui répondit fut une femme à moitié endormie, qui plus que parler paraissait miauler, selon ce qu'elle interpréta, essayant d'être indulgente dans ses suppositions. Lorsque le fameux Luke lui répondit, elle fut surprise de la façon dont sa voix lui provoqua un étrange frisson dans tout le corps.

—Mais, bon sang... ? —marmonna-t-il en prenant le téléphone des mains de la rousse à l'abondante poitrine qui était lovée contre lui.

—Monsieur Blackward —avait-elle prononcé avec embarras sachant que son appel avait interrompu un acte aussi intime.

Elle entendit un grognement à l'autre bout de la ligne.

« Je vais virer Paula », se dit Luke. Il lui payait suffisamment cher pour qu'elle ne donne son numéro privé à personne. Pas même à sa famille. Correction. En particulier à sa famille.

—Je n'ai pas de temps à perdre. —« Et elle non plus », mais elle ne pouvait pas lui dire ça, avait pensé Bree silencieusement—. Qui êtes-vous et qu'est-ce que vous voulez ?

Même si elle savait qu'il était énervé, sa voix se fit comme le velours d'une caresse et ses sens se mirent en alerte. Curieux, car cela ne lui était jamais arrivé avec quelqu'un d'autre...

Elle s'éclaircit la voix.

—Je suis Brenda Russell, l'assistante d'Alice.

—Alice —murmura-t-il. À sa connaissance, personne n'appelait sa tante par son prénom, à moins qu'elle ait cette personne en très haute estime—. Et qu'est-ce qu'elle veut cette fois-ci ? Vous m'avez traqué à travers tout ce foutu continent européen. Je suis occupé —se plaignit-il. Sa secrétaire l'avait submergé des messages laissés par l'assistante de sa tante. Il était tout simplement fatigué de la haute société et des ragots. Il voulait un peu de tranquillité.

—Bien sûr, monsieur, je comprends votre emploi du temps —convint-elle en levant les yeux au ciel.

« Oui, c'est ça, très occupé ». Elle put ensuite entendre un murmure calmant des ronronnements, et se sentit rougir. « Bon sang Brenda, tu n'aurais pas pu tomber plus mal », gémit-elle en son for intérieur. Elle devait une faveur à Kevin, celui des relations publiques, pour lui avoir obtenu le numéro privé de monsieur Blackward. Elle essayait de le localiser depuis des mois, cela n'avait donc aucune importance à ses yeux qu'elle interrompe la meilleure amourette de sa vie, car sa cheffe l'avait poussée à bout en cherchant à avoir des nouvelles de son neveu chéri.

—Je n'ai plus le temps. —Elle ne s'était pas rendu compte qu'elle était restée silencieuse. Elle s'éclaircit la voix—. Allez droit au but, mademoiselle Russell. —Bien qu'il ne soit pas trop dans ses habitudes d'être extrêmement courtois, il voulait une fois pour toutes mettre fin à ce maudit appel et s'occuper de Polly qui touchait son dos nu de manière malicieuse.

—Alice veut que vous lui confirmiez votre présence à la fête des trente-cinq ans de l'entreprise.

—Vous savez de quoi elle veut me parler ? —demanda-t-il en se moquant. Il s'en fichait pas mal de ce que sa tante Alice voulait. Il avait suffisamment de travail avec sa compagnie maritime pour devoir s'occuper des broutilles des hôtels.

Polly commença à faire courir ses ongles le long de ses jambes musclées, et s'arrêta pour jeter un regard coquin à son entrejambe bien doté. Pour une raison quelconque, le geste de la jeune femme lui parut inapproprié, pendant qu'il soutenait cette conversation avec l'insistante mademoiselle Russell. D'un geste, Polly accepta d'arrêter ses caresses et de s'éloigner un peu de son corps, non sans avant faire une moue.

—Affaires professionnelles et personnelles. —En vérité, Bree n'en avait pas la moindre idée, mais elle ne pensait pas le lui dire.

À l'autre bout de la ligne, un rire masculin sensuel retentit, et elle sentit comme si elle avait été à ses côtés à cet instant, et non pas à des centaines de kilomètres.

—Vous avez laissé votre message, donc. Maintenant j'espère que vous pouvez arrêter de me harceler partout en Europe.

—Je ne vous harcèle pas, monsieur Blackward, je fais mon travail —lança-t-elle énervée. Elle n'aimait se faire prier quand on ne faisait pas attention à elle, mais d'une manière ou d'une autre, il fallait qu'elle se fasse entendre, et si elle fallait qu'elle insiste, c'est ce qu'elle ferait—. Vous allez venir ou pas ? — Elle regretta immédiatement son ton autoritaire. Si Alice venait à apprendre que son neveu n'allait pas venir par sa faute, alors ce serait le retour aux rues de Londres à se détruire les pieds comme guide touristique et à racler les fonds de tiroirs chaque fin de mois.

Luke n'aimait pas que sa tante vienne fouiller dans sa vie. Il savait qu'elle l'appelait à cause de la dernière rumeur en date, qui disait qu'il avait passé la nuit avec une femme qui s'était avérée être l'épouse d'un homme politique important. Comble de malchance, cet homme était en train de conclure un contrat pour la location de deux hôtels de la chaîne Wulfton en vue d'une formation de son personnel. L'affaire n'avait pas été conclue, et donc les commères de la haute société lui avait fait porter le chapeau : jeune, célibataire de trente-cinq ans, propriétaire d'une des compagnies maritimes les plus importantes et brebis galeuse de la famille Blackward. Combien il détestait tout ce cirque !

Deborah, n'était pas l'épouse, mais l'ex-épouse du maire de Lyon, en France. Une femme vraiment exquise, mais trop jeune et malheureuse avec un partenaire deux fois plus âgé qu'elle. Il ne pouvait pas demander à chaque femme avec qui il couchait si par hasard elle pensait investir dans la chaîne Wulfton. Et pourtant, il était certain que si l'affaire ne s'était pas faite entre le maire et sa tante, c'était parce qu'Alice l'avait bien voulu. Elle ne supportait que rien ni personne ne se mêle de ses affaires, c'est bien pour cela qu'avec l'histoire de Deborah il y a trois mois, il n'y avait pas de raison que ça change. Il n'avait aucun doute sur le fait qu'il s'agissait seulement d'une excuse d'Alice pour faire semblant d'être offusquée et attirer son attention.

—Je vais y réfléchir, mademoiselle Russell. Maintenant, laissez-moi tranquille, j'ai une affaire très importante à régler —cela dit, il raccrocha tout bonnement.

La dernière chose que Bree put entendre de cette conversation, ce fut l'éclat de rire de la femme à l'autre bout du fil.

Alice claqua des doigts face à son assistante, la sortant de ses souvenirs. Brenda cligna des yeux et esquissa immédiatement son sourire professionnel.

Sa cheffe la regarda et leva un sourcil interrogateur.

—Et alors, il t'a dit qu'il viendrait ?

—Il a dit qu'il allait y réfléchir.

Le regard d'Alice s'illumina. Pour Brenda, la réponse de cet homme n'était pas une réponse encourageante, mais si sa cheffe le connaissait depuis toujours et qu'elle avait des raisons d'être optimiste, pourquoi pas ?

—Formidable ! Alors charge-toi de tout organiser. Appelle le service des relations publiques et coordonne tout ça. —Alors que Brenda s'apprêtait à sortir, Alice la retint— : Mon neveu est tout ce qu'il me reste de mon frère. Il faut absolument qu'il soit présent à cette fête. Les clients doivent savoir qu'une nouvelle génération de Blackward prendra ma succession quand je ne serai plus là. —Brenda allait dire quelque chose, mais Alice poursuivit— : La réponse que t'as donnée ce jeune homme est la réponse la plus optimiste que j'ai eue des huit derniers mois où j'ai essayé de le localiser.

Brenda contempla Alice. Elle avait presque l'air heureux, presque. Sa cheffe montrait rarement ses émotions et faisait rarement référence à elle-même en dehors du contexte professionnel. Ainsi, profitant de ce qu'elle avait l'air d'être réceptive, elle osa poursuivre dans la brèche qu'elle venait d'ouvrir.

—Et que vous répondait-il lors des précédentes occasions ?

—Il ne répondait pas —répondit-elle avec indifférence.

Bree hocha la tête, tout en sachant que la réunion était terminée.

***

Alice s'absenta de Londres, cinq et non pas trois jours comme cela était prévu. Selon Kevin, le charmant directeur des relations publiques, avec qui Brenda était en train de parler à ce moment-là, tout était prêt. La grande fête aurait lieu dans cinq jours et quelques stars du cinéma et de la télévision britannique étaient conviées. Bree ne voulait pas imaginer ce que c'était d'avoir à gérer la presse et à sourire aux gens quand en réalité on avait plutôt envie de les frapper ; mais ça c'était le travail de Kevin, et elle le respectait pour son niveau de compétence.

—J'imagine que tu viendras, pas vrai, Bree ? —demanda-t-il avec son accent du Sud des États-Unis. Cela faisait dix ans qu'il était à Londres. À trente ans, il possédait une solide carrière professionnelle et un prestige au sein des cercles fermés de la société londonienne. De plus, il possédait un portefeuille de contacts des plus exclusif et des plus influant, sans quoi Alice ne l'aurait jamais embauché.

—Je…ne peux pas —répondit-elle pendant qu'elle saluait de la main Ginny, la décoratrice d'intérieur qui passa par la porte en verre du bureau de Kevin.

—Pourquoi ? —demanda-t-il en observant les yeux verts en amande encadrés d'épais cils noirs—. Je crois que depuis que je t'ai obtenu ce numéro de téléphone, tu me dois un verre, si je me souviens bien —lui sourit-il avec son amabilité habituelle, et Brenda lui rendit la pareille. Elle l'aimait bien ; c'était un collègue de travail généreux, et de ceux-là, elle le savait, il y en avait peu.

—Alice m'a appelée il y a quelques heures pour me dire qu'elle avait séjourné au Great Surrey Wulfton, et qu'elle l'avait trouvé dans un état déplorable. —Kevin rit, parce que personne jusqu'à présent n'avait encore réussi à comprendre ce que la cheffe entendait par un état déplorable. Bree poursuivit, tandis qu'elle arrangeait sa jupe grisâtre— : Elle m'a chargée de superviser quelques modifications à entreprendre dans cet hôtel. Apparemment son neveu assistera à la réception anniversaire et il pourra l'aider pendant que je ne serai pas là.

Il la regarda, pensif. Depuis le premier jour où il l'avait connue en train de rigoler dans la cafétéria de l'hôtel, il avait été attiré par elle. En plus d'être méfiant et joyeux, il avait un jugement aigu dans ses relations avec les gens. Lorsqu'il avait pu l'observer, pendant qu'elle était silencieusement en train d'écrire ou de se concentrer sur quelque chose, son visage serein ressemblait à celui d'un ange. Elle avait le nez retroussé et des lèvres pleines très provocantes qu'il aurait envie de goûter à un moment donné.

—Tu as quelqu'un qui puisse t'emmener ?

—Oui, Kev, Alice a mis une voiture à ma disposition. Guildford n'est qu'à une heure de Londres. Si je devais y aller en transport public je mettrais deux heures, alors elle a préféré optimiser. Ce sera un bon apprentissage…—elle pensa qu'elle devrait payer un petit supplément aux Quinn pour qu'ils s'occupent de Harvey à temps complet en son absence—. C'est une opportunité. Et peut-être que finalement j'arriverai à la fête —elle esquissa un sourire.

Kevin fit claquer ses lèvres.

—Quel dommage, j'aurais adoré danser avec toi, alors espérons que tu pourras être bientôt de retour ici —sourit-il.

Bree rougit légèrement. Lui n'avait jamais caché son intérêt pour elle ; c'était curieux comme leurs horaires se chevauchaient sans cesse et ils n'arrivaient pas à fixer une heure ou un jour pour sortir ensemble. Elle l'aimait beaucoup, mais ne cherchait pas l'aventure avec lui.

—Je…

—On doit se rattraper si jamais tu ne peux pas venir —dit-il en lui faisant un clin d'œil. Brenda rigola—. Sors avec moi ce soir. Qu'est-ce que tu racontes ?

L'interphone sonna à ce moment précis, les interrompant. Tamara, l'assistante de Kevin, lui passa sur haut-parleur un appel d'Alice.

—Kevin —salua la voix ferme de la propriétaire des hôtels —. Brenda est avec toi ?

Sans attendre qu'il réponde, Bree prit les devants.

—Bonjour, Alice. J'étais en train de commenter les détails de l'événement pour savoir où en était l'organisation. Le traiteur, les chanteurs, les invitations, la presse… tout est pratiquement prêt, il ne manque plus qu'à reconfirmer les personnes présentes, et…

—Je ne t'ai pas demandé ce que tu étais en train de faire —coupa-t-elle. Quand les choses n'allaient pas comme elle voulait, elle était de mauvaise humeur, comme maintenant. Elle était furieuse parce que le gérant de Surrey était un désastre. Elle l'avait viré sans hésiter—. Je suis heureuse d'entendre que tout se passe bien, c'est ce que j'attendais. Brenda, je t'appelle simplement pour t'informer que tu viens dès aujourd'hui à Surrey.

—Aujourd'hui ? —répondit-elle d'une voix qui se fit criarde. Kevin secoua la tête. « Un rendez-vous raté », pensa le nord-américain—. M…mais je pensais que ce serait dans…

—Ma petite, je ne te paie pas pour que tu remettes en question mes décisions. Tu fais tes valises et dans deux heures,

Edmund passe te prendre chez toi. Demande à Emma qu'elle s'occupe de tout, elle te remplacera à Londres. Je ne supporte plus cet hôtel. Il est dans un état déplorable.

Sans attendre que Brenda dise quoi que ce soit, elle raccrocha. « Apparemment les Blackward avaient une prédilection pour raccrocher au nez des gens », pensa-t-elle en voyant l'expression comique sur le visage de l'agent en relations publiques. Lui, voyant son air surpris par les changements de programme ne put plus se retenir et éclata de rire.

Bree se mit à rire avec son collègue et remarqua aussi son visage. Ce n'était pas une beauté masculine commune. En fait, on aurait presque pu qualifier ses traits d'exotiques et particulièrement durs, mais son nez aquilin et cette petite fossette au menton adoucissaient son visage. En plus, il avait des yeux gris chaleureux. Un homme qui sans aucun doute attirait l'attention.

—Mon Dieu, on dirait qu'Alice est vraiment déçue de cet hôtel —il secoua la tête—. Et moi aussi, parce que tu ne sortiras pas avec moi —dit Kevin sans arrêter de lui sourire. —Bree haussa les épaules comme pour s'excuser—. Ce n'est que partie remise, aucun problème. Bon courage avec Surrey, tu me préviens quand il y aura des nouveautés pour mon service. D'accord, ma belle ?

Elle acquiesça.

Vingt minutes plus tard, Brenda était déjà en route vers chez elle pour préparer ses valises et partir en direction de Surrey.

CHAPITRE 2

Quand elle eut terminé de mettre le dernier vêtement dans la valise, Brenda remarqua que Harvey s'approchait de sa chambre avec une poupée de Thor. Il aimait les histoires de vikings et de leurs dieux. Elle devenait tout sourire quand l'enfant commençait à lui raconter ses nouvelles découvertes et qu'il lui montrait fièrement ses notes de l'école. Elle n'aurait pas pu rêver d'un meilleur frère.
—Tu t'en vas… ? —demanda-t-il de sa petite voix enfantine, tandis qu'il s'asseyait sur le lit de Brenda. Il la regarda ranger les produits de beauté dans un sac. Sa sœur ressemblait à ces filles qui posaient sur les photos des magazines—. Ça fait des jours que maman n'est pas à la maison.—Bree ne lui avait pas dit que depuis trois semaines, elle avait finalement réussi à interner Marianne dans une clinique de réhabilitation. Elle n'avait pas le courage de lui en parler, et Harvey n'avait pas non plus la maturité nécessaire pour le comprendre—. Pourquoi est-ce qu'elle ne rentre pas

à la maison ? —il bougea la cape rouge du super héros en plastique avec ses doigts.

—Maman est partie en vacances. Elle est un peu énervée quand elle est à la maison, alors j'ai décidé que c'était mieux qu'elle aille passer quelques jours tranquille, toute seule.

Harvey gratta ses boucles blondes, pensif. Il ne voyait presque pas sa mère et quand il la voyait, elle était toujours en train de boire, de crier et d'écouter de la musique très fort, ce qui l'empêchait de dormir. Jusqu'à ce que Bree arrive. Une discussion éclatait alors, il entendait toujours des choses se casser, puis un silence total. C'est seulement à ce moment-là qu'il pouvait à nouveau fermer les yeux et dormir.

—Tu vas aller avec elle et c'est pour ça que tu fais ta valise ? —demanda-t-il à sa sœur—. Les Quinn disent que tu travailles trop et que tu devrais te marier, parce que tu es très jolie et que tu as besoin qu'on s'occupe de toi —annonça-t-il le plus innocemment du monde.

Elle détecta un soupçon de tristesse chez Harvey. Évidemment, elle n'allait pas lui dire qu'elle n'avait besoin de personne pour s'occuper d'elle, même si c'était vrai.

—Ils disent ça ? Bon, à un moment donné je me marierai, mais pour l'instant je suis occupée avec mon viking préféré —elle lui fit un clin d'œil, mais cela ne le fit pas rire. Brenda s'assit près de lui et le prit dans ses bras—. Je vais partir travailler à Surrey, Harv, mais j'essaierai de venir les week-ends ou je demanderai à ce qu'on passe te chercher et comme ça tu connaîtras l'endroit où je vais travailler. Un hôtel très joli —dit-elle d'une voix joyeuse.

Les yeux bleus s'illuminèrent et Harvey la prit à son tour dans ses bras avec enthousiasme.

Il adorait l'odeur du parfum aux essences de fleurs de sa sœur aînée. Il ne comprenait pas pourquoi sa mère la frappait quand elle était à la maison. Évidemment c'était son secret à lui et il n'en parlait jamais à personne. C'est pour cela qu'il était inquiet que les Quinn veulent que Brenda se marie, parce que si elle le faisait, on pourrait aussi la frapper et on l'éloignerait de lui. Il était trop petit pour la défendre, mais c'était sûr que Thor lui passerait ses super pouvoirs et comme ça personne ne lui ferait de mal. Les Quinn s'occupait bien de lui, mais avec eux il ne s'amusait pas autant qu'avec Bree.

—Pour de vrai ?

—Bien sûr ! —elle embrassa ses cheveux blonds comme les blés—. Et si un jour je me marie —« alors ça c'était une bonne blague », pensa-t-elle avec ironie—, ça ne se fera que si tu viens avec moi comme partie du contrat. Parce que toi et moi, jeune viking, on ne fait qu'un.

—Je t'aime, Bree —murmura-t-il en se serrant contre elle.

Ses yeux à elle se remplirent de larmes.

—Oh, Harv, moi aussi je t'aime —elle prit le petit par les épaules pour qu'il la regarde—. Écoute-moi viking, maintenant je dois partir. Tu as déjà fait ta petite valise à toi ? —Il acquiesça—. Génial ! Les Quinn vont être ravis de passer plus de temps avec toi. Ils ont le téléphone de mon hôtel, je ne serai qu'à une heure d'ici. Tu ne dois leur désobéir sous aucun prétexte. Compris ?

—C'est promis.

—Ça c'est mon petit frère à moi —elle l'embrassa à nouveau.

La maison des voisins avait une grande cour intérieure et deux étages. C'était une belle petite résidence de classe moyenne dans le quartier d'Islington. Elle se trouvait à quelques maisons de la sienne et il pouvait donc s'y rendre à pied. La zone était assez sûre. Du moins, aussi loin qu'elle se souvienne, elle n'avait jamais entendu parler d'une altercation quelconque.

Elle était reconnaissante à son père qu'il ait eu la présence d'esprit d'avoir payé ses dettes hypothécaires. La maison leur appartenait. Et ça, c'était déjà beaucoup.

—Merci beaucoup de bien vouloir le garder, Éloise —dit-elle à la femme mince au visage ridé. Un visage qui, à une autre époque, avait dû être un exemple classique de beauté anglaise—. Sans aucun doute.

—Ne t'inquiète pas, ma fille. On aime Harvey comme si c'était notre propre petit-fils. Pas vrai, mon petit ? —elle lui décoiffa les cheveux et l'enfant rit. Et comme si c'était tout à fait naturel pour lui d'être dans cette maison, Harvey se retourna vers sa sœur, la prit dans ses bras puis courut à l'intérieur.

—Tenez Éloise —elle lui tendit une enveloppe—. Je gagne bien mieux ma vie avec mon travail maintenant. Je ne sais pas combien de temps vont durer mes allers et venues à Guildford. Mais je viendrai, c'est sûr.

Éloise Quinn regarda derrière elle afin d'être sûre que son mari Oswald, n'ait pas trop les oreilles qui traînent. Elle n'aimait pas qu'il s'envenime, surtout quand il s'agissait de la tapageuse mère des enfants Russell.

—Ma fille. Comment va ta maman ?

Bree esquissa un sourire triste.

—Les médecins disent que sa réhabilitation va prendre du temps. J'espère que ce traitement sera vraiment le dernier... —soupira-t-elle comme si tout à coup le poids de toutes ces années à supporter une mère dépendante lui tombait dessus—. C'est la clinique la plus renommée de la ville.

—Nous sommes là, si tu as besoin de quelque chose. Espérons que ta maman récupère vite et puisse revenir à la maison avec vous.

Brenda lui donna une accolade, puis se dirigea vers la voiture qui l'attendait pour l'emmener vers sa destination : Guildford.

***

Cela faisait trois jours qu'elle était au Great Surrey Wulfton, et l'hôtel lui semblait parfait. Depuis l'entrée divinement délimitée par une allée en terre battue et en pierre, entourée d'un gazon très soigné, jusqu'au magnifique manoir converti en hôtel. Selon ce qu'elle avait entendu à une occasion, il avait appartenu au Duc de Sutherland, qui avait ensuite vendu la propriété à ses descendants, et c'est ainsi qu'il était passé de génération en génération, jusqu'à ce que les héritiers du XXIème siècle, succombent au pouvoir de persuasion d'Alice et le lui vendent. Un indicateur des compétences de négociatrice de sa cheffe.

Le manoir était magnifique. Il était constitué de grandes deux demeures unies par un couloir légèrement surélevé sur lequel il y avait une petite lagune artificielle. Il comptait cinquante chambres, luxueuses et chacune exclusivement décorées d'un motif distinct, selon ce que lui expliqua la cheffe du personnel et celle qui lui servait de guide, Muriel Evans. Le jardin était gigantesque, mais Bree n'osait pas lancer un chiffre sur le nombre d'hectares qu'il pouvait contenir.

La propriété arborait une architecture splendide, rénovée dans un style victorien. Elle allait devoir apprendre la distribution de l'hôtel pour ne pas s'y perdre. Pour ce faire, elle avait sur elle un petit calepin sur lequel elle prenait des notes avec des points de repère, jusqu'à pouvoir les mémoriser et se familiariser avec l'ensemble de son nouvel environnement.

Cela faisait déjà dix ans que Muriel était au service de la chaîne hôtelière. Elle lui précisa que le Great Surrey Wulfton, de par sa discrétion et son emplacement, comptait parmi ses clients, une majorité de couples qui venaient y passer leur lune de miel, ou encore y célébrer leur mariage. Elle expliqua également à Brenda que les réformes dont Alice avait besoin concernaient la serre et huit chambres qui devaient être redécorées, en plus du remplacement de la tuyauterie et du chauffage. Bree observait l'élégance du moindre recoin avec admiration.

Pendant qu'elle écoutait les instructions sur l'environnement, elle s'intéressa discrètement à Muriel. Cette femme était de petite taille, sachant qu'elle-même arrivait à peine au mètre soixante-dix. Muriel l'observait avec prudence et ne parlait pas plus qu'il ne fallait. Elle arborait un chignon très sévère et son maquillage léger couvrait à peine les rides autour de ses yeux bleus, petits et inquisiteurs. Elle lui fit l'effet d'une personne rigide et inflexible, mais tout compte fait peu lui importait, elle faisait simplement son travail, tout comme elle se disposait à faire le sien.

La visite continua pendant près de deux heures. La cuisine, présentation avec tout le personnel, visite des bureaux, la zone de SPA, le gymnase, la salle du petit-déjeuner, la salle de réception —qui paraissait presque avoir été volée à Kensington—, mais ce qui la conquit le plus fut la piscine couverte. Brenda n'avait jamais vu un endroit aussi beau. La pièce était située à la fin d'un étroit couloir en pierre illuminé par des torches, un détail qui lui conférait un aspect médiéval et très différent du style victorien qui ressortait du reste de l'architecture dans laquelle la demeure avait été rénovée pour la convertir en hôtel cinq étoiles.

Au bout de ce couloir, il y avait une porte en verre moderne, recouverte dans sa partie centrale d'un matériau qui empêchait de voir l'intérieur de la pièce. Lorsque Muriel lui céda le pas, Brenda faillit s'en décrocher la mâchoire. Il y avait une légère brume au-dessus de la piscine, parce qu'on était en hiver et qu'elle avait été chauffée. L'eau était bleue et le reflet de la lumière de la fenêtre qui donnait sur le jardin pénétrait librement.

—De dehors on ne peut pas voir les personnes qui utilisent la piscine —lui expliqua-t-elle en la voyant observer la famille qui jouait sur un trampoline—. Ce qui n'est pas vrai dans l'autre sens, comme vous pourrez vous en rendre compte. Donc si vous voulez nager un peu mademoiselle Russell, vous pouvez le faire en toute tranquillité, sans crainte d'être embêtée. Ce n'est pas vraiment la saison haute, donc nous ne sommes pas si complets.

—Merci bien —répondit-elle en marchant à pas lents sur la moquette grise. Elle remarqua le plafond, qui possédait un grand dôme, dont la couche de verre était à peine visible.

Sûrement que si elle s'allongeait sur le dos dans l'eau une nuit de pleine lune, elle verrait l'astre briller, ainsi que les étoiles. L'idée à elle seule l'enchanta.

Elle continua à marcher et ce faisant elle faisait glisser la pointe de ses doigts fins sur le pourtour blanc des transats ornés de coussins vert mousse.

—Je pense que vous avons tout vu. Une question ? —demanda Muriel avec courtoisie, s'arrêtant soudain. « Aussi raide qu'un manche à balai ambulant », pensa Brenda avec humour.

—Oui. J'aimerais bien savoir si mon ordinateur portable est déjà arrivé. Je n'ai pas eu le temps de l'emporter tellement Alice était pressée que j'arrive ici.

—Absolument. S'il vous plaît, veuillez me suivre. Je vais vous guider jusqu'à votre chambre. Elle est à deux chambres d'ici à peine. Cette aile —commença-t-elle à lui expliquer en sortant de la piscine et en rebroussant chemin dans le couloir aux torches—, est relativement neuve. Le fruit d'une expansion. Nous n'avons donc que quatre chambres.

—Celles que l'on doit rénover ?

—Plus que les rénover, il s'agit de modifier quelques détails. Les quatre autres se trouvent au deuxième étage, elles sont presque terminées. Cela nous fait huit pièces en tout à rénover. Madame Blackward a cependant insisté pour que ce soit vous qui vous chargiez de tout —elle haussa les épaules—. Je suppose qu'elle vous fait entièrement confiance.

Bree acquiesça.

—Alors je l'appellerai pour lui demander…

—Je ne vous le conseille pas —interrompit Muriel d'un air inquiet—. Elle est partie très en colère parce quand elle prenait son bain dans la suite exécutive de luxe, il y a eu une fuite dans le tuyau des massages.

Bree ne pouvait pas croire que pour cette broutille sa cheffe ait fait un tel scandale. Mais Alice Blackward était comme ça : perfectionniste, exigeante et décidée.

—Elle m'aura sûrement envoyé un email —commenta-t-elle en suivant les pas de Muriel jusqu'à une porte magnifiquement sculptée avec des motifs de feuilles d'arbre. Une vrai beauté, remarqua-t-elle, admirative. La personne qui avait sculpté ça devait être un artiste.

Lorsque Muriel se rendit compte de l'émotion et de l'étonnement qu'elle éprouvait en contemplant les bords sculptés, elle sourit.

« Ah donc tu sais sourire, hein Muriel ? », pensa Bree.

—C'est merveilleux, n'est-ce pas ? —lui demanda-t-elle, en frôlant une petite branche en relief de ses doigts abîmés.

Brenda acquiesça.

—Ça a dû être un grand artiste. Une personne sensible —affirma-t-elle distraite, en palpant aussi la rudesse d'un faon près de la poignée de porte. « Ça a l'air si réel ».

Les prix de la chaîne d'hôtels Wulfton étaient légendaires. Si Bree avait dû payer pour les jours où elle allait être confinée ici, le montant de trois mois de son salaire y serait sûrement passé. Le temps qu'elle allait rester à Surrey n'était pas encore défini.

—L'artiste n'est pas mort.

—Ah non ? —demanda-t-elle étonnée—. Et bien il a réussi à donner l'impression qu'ils sont d'un autre siècle, tout comme ce manoir. Nous devrions l'embaucher.

Muriel la regarda comme si elle avait dit que la Reine Isabelle était sa grand-tante. L'instant des sourires était révolu et Muriel s'apprêta à guider Brenda vers la chambre, deux portes plus loin.

Bree nota, en avançant dans le couloir, que sur chaque poignée de porte des chambres antérieures à la sienne, était taillé un animal différent, chacun avec une touche rustique, ferme et exotique. Elle trouva un faon, un écureuil, un griffon et dans sa chambre, un lion rampant. « Harvey aurait adoré ça », pensa-t-elle.

—C'est une chambre magnifique, Muriel. Merci beaucoup —dit-elle lorsqu'elle ouvrit la porte et contempla la pièce.

—Si vous avez besoin de quelque chose, faites-le moi savoir. —Sans plus tarder, elle disparut de la chambre en fermant la porte derrière elle.

Bree sourit. Elle n'avait jamais été entourée d'autant de luxe qui soit à sa disposition personnelle. Le lit était semblable à ces vieux meubles romantiques à baldaquin. La combinaison des couleurs dans la décoration était dans les tons de terra cota et beige, avec des liserés bleus en forme de coups de pinceau aléatoires tracés sur l'élégant tissu des rideaux. Tout le sol était recouvert de moquette.

Le mobilier, également d'un autre temps, était magnifiquement restauré et combinait avec la cheminée en pierre et la télévision plasma moderne face au lit. Elle remarqua aussi un mini bar discret stratégiquement placé sous une petite console. La salle de bain était splendide, avec une grande baignoire, un mini jacuzzi et la moquette assortie à celle de la chambre à coucher, avec des détails en bois pour poser le savon et les produits de beauté. La modernité fusionnait avec le victorien, sans perdre son côté accueillant et élégant.

Soupirant de bonheur, elle entreprit de défaire sa valise.

***

Luke se promenait comme une panthère en cage dans la demeure de sa tante Alice à Mayfair. Bien qu'elle soit sa tante favorite, elle pouvait aussi parfois vraiment lui taper sur les nerfs. À cet instant précis, il attendait qu'elle arrive dans le salon principal, afin de clarifier avec elle certains points qui lui tenaient à cœur.

Sa tante choisissait toujours des décorations austères, mais même comme ça, chaque recoin de la maison distillait son bon goût. Un œil critique avait tôt fait de deviner combien de centaines de milliers de livres elle avait investis dans chaque espace.

Luke observa son reflet dans le grand miroir près de la cheminée. Le smoking noir lui allait comme un gant. Très confortable, juste comme il aimait. Dans une heure aurait lieu la fête d'anniversaire des hôtels. Ses cheveux étaient noirs comme la nuit la plus profonde, contrastant avec les yeux bleus typiques des Blackward. Ces gemmes brillants qui pouvaient intimider, haïr et aimer éperdument. C'est justement de cela dont il se gardait bien, surtout depuis son divorce avec Faith, il y a trois ans.

Son mariage avec cette beauté irlandaise avait été une erreur dès le début. Leur aventure n'était pas de l'amour, ça il l'avait découvert bien des années plus tard, mais plutôt un mélange de passion et d'attraction sexuelle. Ils ne pouvaient pas rester seuls et même accompagnés, sans vouloir s'arracher mutuellement leurs vêtements. Les appétits charnels étaient sans doute devenus une base trop fragile, pensa-t-il, lorsque les disputes se transformèrent en de véritables scandales entre eux. Il y avait eu des mots blessants, des objets cassés, puis du sexe débridé. Après un an de mariage tumultueux, il lui demanda le divorce.

Au début, l'idée de se séparer de Faith lui parut absurde. Mais il commença peu à peu à se rendre compte que s'éloigner d'elle était le mieux qui puisse lui arriver. Elle jouait avec sa jalousie ; elle adorait flirter ouvertement avec d'autres hommes pour le rendre jaloux. Et cela le rongeait de l'intérieur. S'ensuivaient alors les disputes, les excuses et pour finir une réconciliation par du sexe explosif.

Il ne se voyait pas passer le restant de ses jours à supporter ces contrariétés, alors que sa femme l'éperonnait en regardant effrontément d'autres hommes, en arborant des tenues provocantes. Ces jeux de passion que Faith créait pour ensuite lui donner du plaisir au lit, il n'en voulait plus. Cette routine toxique réussit même à l'affecter dans son entreprise. Ce fut la goutte d'eau qui fit déborder le vase.

Malgré les supplications de Faith, et elle savait jouer de tous ses atouts pour le dissuader, il poursuivit la procédure de divorce.

La bataille légale dura plusieurs mois, jusqu'à ce que finalement la femme aux cheveux flamboyants et aux yeux bleu clair finisse par lui dire en face qu'elle ne l'avait jamais aimé et que, même si le sexe était bon, elle préférait un homme qui ait plus de temps à lui consacrer, et qui ne vive pas une histoire d'amour avec ses compagnies maritimes. Tout cela était faux et fit à Luke l'effet d'un coup de poignard. Faith ne se rendait pas compte qu'il avait pris ses distances avec sa famille pour être avec elle et qu'il réglait la plupart de ses affaires depuis la maison pour pouvoir être davantage à ses côtés.

Sa famille lui disait qu'elle était immature, capricieuse et intéressée. Lui était tellement aveuglé par l'effervescence de cette femme, qu'il la défendait en attribuant son comportement à sa jeunesse. Faith avait sept ans de moins que lui. À l'époque ils avaient respectivement vingt-quatre et trente et un ans. Alice insistait sur le fait qu'elle ne l'aimait pas vraiment, et à la fin de son mariage, il dut finir par accepter que celle qui avait porté haut le nom de Blackward, avait eu raison. Ce fut compliqué pour lui d'accepter que sa tante ait eu raison à propos de son mariage, mais il le reconnut. Il était orgueilleux, mais pas stupide.

—Mon cher et insaisissable neveu —interrompit Alice en le tirant de ses souvenirs. Elle s'approcha de lui vêtue de son élégante robe du soir, qu'elle portait avec les perles de Majorque, qu'elle ne manquait pas une occasion de porter. Et sa marque de fabrique : sa chevelure soigneusement coiffée.

Il l'observa avec attention. Elle paraissait un peu plus fatiguée qu'à l'habitude, du moins depuis la dernière fois qu'il l'avait vue, quelques mois auparavant. Alice l'éleva lorsque son père Oscar Blackward et sa mère Laurenne Spencer, moururent dans un épouvantable accident de voiture, alors qu'ils parcouraient la côte amalfitaine, en Italie. Il avait quinze ans. Sa rébellion, propre à l'adolescence, avait été contrôlée d'une main ferme, mais affectueuse.

—Tante Alice —il lui donna un baiser sur chaque joue tout en prenant les mains de sa tante, ornées d'élégants bracelets en or, entre les siennes—. Je vois que tu m'as cherché sous chaque structure architecturale européenne.

—Ne sois pas impertinent jeune homme. Tu m'as délibérément évitée —le réprimanda-t-elle.

Luke se mit à rire. Même s'ils étaient nombreux à connaître le côté acide de l'implacable cheffe d'entreprise qu'était Alice, il savait aussi qu'elle pouvait avoir un grand sens de l'humour. Pourtant, à cet instant précis, elle l'observait d'un air inquisiteur.

—Bien sûr que non, jamais je ne ferais une chose pareille. C'est juste que j'ai une entreprise qui me prend du temps…

—Et des jeunes femmes que tu n'arrêtes pas de fréquenter —ajouta-t-elle, en lui faisant signe de s'asseoir.

Et c'était justement là le sujet brûlant, pensa Luke. Deborah Dupuis. Il savait que c'était pour ça qu'elle avait tant insisté pour le voir. Elle voulait le réprimander personnellement.

—Tante, ça s'est trouvé comme ça, c'est tout. Inutile de chercher midi à quatorze heures. Je n'ai pas envie d'aborder le sujet ; c'est sans importance—dit-il, en allant droit au but. Il était inutile de jouer sur les mots.

Alice s'installa dans l'un des fauteuils moelleux en acajou près de la baie vitrée du salon. Dehors il faisait très froid. Zéro degrés dans la capitale britannique.

Les flammes dans la cheminée dansaient joyeusement, réchauffant la pièce.

—Ils ont mis l'échec de la négociation sur le compte de ta stupidité. Évidemment, ce n'est pas la vraie raison et mon équipe de relations publiques a dû redoubler d'effort à cause de ça. Tu viens d'avoir trente-cinq ans, pourquoi tu n'arrêtes pas tout bonnement de courir les jupons ? Tu devrais te ranger, jeune homme. —La cuisinière leur apporta un peu de thé, puis se retira après les avoir servis—. Que penses-tu de te charger d'une partie des hôtels, disons des négociations ?

Luke la regarda d'un air inquisiteur. Puis il ajouta de la crème et deux morceaux de sucre à sa tasse.

—Premièrement. Je ne cours derrière aucune femme, elles viennent à moi. —Alice partit d'un éclat de rire élégant et hautain que son neveu connaissait si bien. « Luke est tellement arrogant », pensa-t-elle en le regardant avec tendresse. Elle avait beau être sa tante, elle avait deux yeux bleus identiques à ceux qui la contemplaient de face et malgré son âge, il fallait bien qu'elle se rende à l'évidence. Luke était très beau garçon et la nature l'avait non seulement doté de suffisamment d'atouts physiques, elle lui avait également donné un cerveau qui allait à mille à l'heure pour travailler et générer de l'argent. Elle se sentait fière de lui, mais elle ne comptait pas le lui dire. Il était imbu de sa personne et elle n'était pas là pour booster davantage son égo—. Deuxièmement. J'ai déjà ma propre entreprise qui m'exige beaucoup de temps et d'investissement, je n'ai pas besoin de m'impliquer dans la tienne, qui soit dit en passant, ne me plaît pas. Troisièmement. Je ne me remarierai jamais. Ça c'est hors de question. Tu as d'autres neveux, ma chère tante. Je ne savais pas qu'outre ton rôle de cheffe d'entreprise, tu t'impliquais aussi comme entremetteuse.

Alice fronça les sourcils.

—Si ton oncle Arthur était encore de ce monde, mon garçon, il t'aurait donné une bonne réprimande. Cette Faith n'a été qu'une grossière erreur, et ça n'a jamais été un mariage. —Luke s'installa avec la tasse de thé, buvant à petites gorgées, tandis qu'elle parlait. Alice et son oncle Arthur avaient été un couple mémorable, jusqu'à ce que lui perde la bataille contre le cancer—. Toi, tu ne sais pas ce qu'est un vrai mariage, Lukas Ian Blackward. Et ne sois pas idiot. Je ne te demande pas de te marier, juste que tu te ranges et que si tu penses sortir avec quelqu'un, dont la dernière vision du monde a été une paire de seins sur la couverture d'un magazine, tu y réfléchisses à deux fois avant de donner ton accord. —« Elle faisait maintenant référence à Justine, une « lapine » de Playboy avec laquelle il avait eu une petite aventure », se dit-il en souriant intérieurement. Sa tante ne perdait la piste d'aucun de ses neveux, mais avec lui, elle redoublait d'efforts pour suivre ses moindres mouvements—. Et le jour où tu te rendras compte que tu as perdu ton temps avec des femmes sans intérêt et inappropriées, tu me donneras à nouveau raison.

—Oh, alors là ! Crois-moi que je ne te donnerai plus jamais raison de rien, tu es toujours en train de remettre sur le tapis mon erreur avec Faith.

—Eh bien voilà ! Tu viens à nouveau de l'accepter —répliqua-t-elle, une expression de suffisance sur le visage.

Luke n'eut plus d'autre choix que de rire.

—Tante Alice —lui dit-il avec tendresse—, je ne veux pas que tu envoies ton assistante à mes trousses. Cette fille appelle toujours aux moments les plus inopportuns. —Elle l'interrogea du regard—. Oh, allez, tu peux bien imaginer…

Alice toussa comme si elle avait avalé de travers le biscuit qui accompagnait son thé.

—Tu ne manques pas de toupet de me raconter ces bêtises ! —Elle s'essuya les lèvres avec parcimonie.

Luke haussa les épaules avec humour en la voyant rougir.

—C'est toi qui m'a posé la question…

—Pour ton information, Brenda ne faisait qu'effectuer son travail. Et je t'enverrai chercher autant de fois que tu éviteras mes appels. —Elle finit son thé et posa délicatement la tasse sur la petite table à café—. Je voulais te dire personnellement que tu dois commencer à te charger d'une bonne partie des hôtels.

—Ah, non, non —il joignit les mains en signe de paix, en secouant la tête en signe de désapprobation—. J'ai suffisamment de travail avec la compagnie maritime. Et tu devrais être reconnaissante du fait que j'aie décidé de prendre des vacances et que j'aie inclus cette fichue fête dans mon emploi du temps. Tu sais très bien que les réunions mondaines ne sont pas mon truc. Je ne compte pas prendre la direction de tes hôtels.

Alice le regarda d'une telle façon qu'il fut sur le point de céder. Cette tante était vraiment une manipulatrice, pensa-t-il. S'il ne l'aimait pas autant, il dirait que c'est une menteuse.

—Tu veux des vacances, alors ?

—Non, je ne veux pas. Je suis en vacances, moi —lui fit-il remarquer—. Je te rappelle que la compagnie maritime Blue Destination m'appartient et que je n'ai donc besoin ni de tes autorisations, ni de tes parrainages.

—D'accord, alors faisons un marché toi et moi. Puisque tu as accepté de venir ce soir, je ne te demanderai qu'une chose de plus. J'ai envisagé sérieusement la possibilité de me retirer de la présidence des hôtels.

Luke la regarda d'un air inquisiteur.

—Tu es malade ? —demanda-t-il inquiet.

—Non, je suis simplement fatiguée, Luke. J'ai presque soixante-dix ans et depuis que j'ai commencé je n'ai pas eu de répit. Tu vas m'écouter ?

Il entrouvrit les yeux. Sa tante, en plus d'être une manipulatrice, pouvait aussi ajouter un peu de théâtre à ses petits numéros quand elle voulait arriver à ses fins. Il n'y avait rien de mal à l'écouter, mais avant il devait lui demander quelque chose.

—D'abord, je veux te demander une faveur.

—Dis-moi.

—Je ne veux pas apparaître sur les photos de ce soir. Je déteste la presse, tu sais très bien comment ça s'est passé avec Faith. Un cirque médiatique. Je ne veux plus de ça.

Alice y réfléchit, puis acquiesça. Elle comprenait son neveu. Elle et la presse étaient des alliés stratégiques, mais Luke n'avait pas de raison de les tolérer.

—D'accord, merci tante, alors, qu'est-ce que tu proposes ?

—dit-il calmement, tout en sachant qu'il regretterait de s'en être remis à une femme aussi rusée. Bon Dieu, il avait trente-cinq ans, une multinationale et plusieurs millions sur son compte, mais face à sa tante il se sentait comme l'adolescent sur le point d'être condamné à une lourde peine.

Alice sourit.

—Je te propose que tu diriges l'entreprise durant les six prochains mois. Ce sera une période d'essai, pour que je puisse prendre une décision sur mon départ à la retraite. Si pendant cette période tu découvres que tu aimes la ligne hôtelière, on peut se partager la direction, comme ça je ne serai pas obligée de démissionner. Si par contre, passé ce délai, tu me dis que ce n'est vraiment pas ta tasse de thé, je ne te dérangerai plus avec l'histoire des hôtels et tu pourras mener ta vie aussi librement que tu l'as toujours fait et je chercherai une solution aux soucis de santé liés à l'âge.

—Juste comme ça ? —demanda-t-il en plissant les yeux et en tambourinant sur le bras de la chaise de ses doigts virils.

—Tu me prends pour une manipulatrice, mon garçon ? —interrogea-t-elle en feignant d'être offensée.

Il se retint de rire.

—Je ne te prends pour rien tante Alice —il baissa la voix en s'inclinant vers elle—, c'est plutôt que je suis sûr que tu en es une.

Ils se toisèrent tous les deux du regard, avant d'esquisser un sourire. Ce sourire qui voulait dire qu'ils savaient tous les deux jusqu'où ils pouvaient faire pression sur l'autre.

—Allons, allons, tu as toujours rejeté l'idée de t'occuper des hôtels. Mais tu n'as jamais vécu l'expérience de près, qu'as-tu à y perdre, Luke ? Fais-le pour moi, comme ça tu me laisses plus de temps pour réfléchir sans le stress quotidien —lui sourit-elle de la même façon qu'il avait l'habitude de le faire quand il avait le dessus.

—Je suppose que je n'ai rien à perdre. J'aime les défis. C'est dans le sang Blackward —il devait tellement à sa tante, que lui refuser ces six mois, qui allaient sûrement passer dans sa vie sans laisser de trace, était injuste—. C'est d'accord, tante.

Alice acquiesça et son visage s'éclaircit. « Rien de mieux qu'un accord en ma faveur », pensa l'hôtelière en contemplant son cher neveu.

—Maintenant, accompagne-moi à cette fête d'anniversaire, mon garçon —l'exhorta-t-elle, en se levant.

CHAPITRE 3

Bien qu'il ait un chauffeur, Luke aimait beaucoup conduire et c'est pour cela qu'il était en ce moment au volant de sa voiture, en route vers Brighton. Le trajet, qu'il avait déjà parcouru plusieurs fois à d'autres occasions, lui paraissait agréable à cause des paysages alentours.

La réunion d'affaires qui lui valait de se diriger vers Brighton, n'était pas très importante et il était officiellement en vacances, mais il voulait soutenir par sa présence Christine Jasperson, la gérante générale de Blue Destination.

Il avait peut-être parcouru une trentaine de kilomètres sur l'A23, lorsqu'un obstacle sur la route l'obligea à donner un brusque coup de volant. Après ce petit incident, la voiture commença à présenter des défaillances. Énervé parce que cela faisait à peine six mois qu'il avait acheté la Range Rover, il éteignit puis ralluma le moteur.

Il reprit la route.

Pendant les quinze kilomètres suivants, il proférait le plus naturellement du monde des insultes, comme un ténor des notes musicales. Vingt minutes plus tard, la voiture s'arrêta et de la fumée commença à sortir du capot.

Consterné, Luke descendit du véhicule.

Il se couvrit les mains avec sa veste pour ouvrir le capot et jeter un coup d'œil à l'intérieur. Une vapeur dense lui couvrit le visage et le fit tousser. Il lança un juron, puis tenta de voir si quelqu'un s'arrêtait pour lui porter secours. Toutes les voitures passaient sans s'arrêter. « Ils ne s'arrêteront pas pour moi », pensa-t-il, aigri.

Taché de graisse et après avoir essayé à plusieurs reprises de découvrir ce qui avait bien put se passer avec le moteur, il décida d'appeler Jack, son chauffeur. De deux choses l'une, soit cet homme avait éteint son portable, soit c'était lui qui n'avait pas un bon signal réseau. Il ne réussit pas à établir la communication. Sa colère monta d'un cran.

Les averses sporadiques n'étaient pas rares au Royaume-Uni et pour y faire honneur, un nuage choisit ce moment précis pour se déverser sur lui. Il alla se réfugier sur le siège du conducteur en jurant, claquant d'abord la portière en signe d'indignation. Il resta enfermé à l'intérieur de la Range Rover.

Trente minutes s'écoulèrent, pendant lesquelles il fut obligé de garder le silence et laisser son iPod reproduire la musique que son assistante avait programmée pour lui. Il se résigna à ne pas arriver à la réunion de Brighton.

Il essaya encore trois fois de joindre Jack. En vain. Impossible de donner suite à l'appel. Il se dirigea de nouveau vers le capot, profitant de ce que la pluie avait baissé, et essaya de faire démarrer la voiture. Impossible. Il s'en tira avec d'autres taches de graisse sur ses vêtements. Son pantalon habillé portait des éclaboussures de boue après avoir dû pousser la voiture qui s'était embourbée. Sa chemise blanche, immaculée il y a quelques heures encore, était désormais tachée de résidus d'huile de moteur, quand il s'était penché sous le capot. Son visage portait les mêmes traces de saleté.

Il allait vérifier le gonflage des pneus, quand un conducteur passa à ses côtés, lui projetant dessus toute la boue de la chaussée. Luke lança un juron, en rappelant au bon souvenir du conducteur, qui ne l'entendrait jamais, tous ses ancêtres et tous les maux dont il allait mourir. Fâché, il passa ses mains dans ses cheveux, et se rappelant qu'elles étaient pleines de graisse, il jura. Ses chaussures, inutile de le dire, étaient bonnes à jeter.

Fatigué, il sortit son sac à dos dans lequel il rangeait son ordinateur et ferma la voiture à clé. Il attendit qu'un taxi passe. Sans doute à cause de son air renfrogné, personne ne faisait attention à lui. Après tout, son image était celle d'un homme grand, athlétique, couvert de boue et sale des pieds à la tête, avec une mallette, tout aussi sale, et avec pour seul signe distinctif une paire d'yeux bleus lumineux, qui attendait un être humain qui ait pitié de lui et lui vienne en aide.

Au bout de quarante minutes, un taxi finit par s'arrêter à sa hauteur. Luke décida qu'il lui donnerait un pourboire plus que généreux. Cela faisait très longtemps qu'il ne prenait pas de taxi.

—Merci de vous être arrêté —lui dit-il en s'installant. L'homme de petite taille, en voyant qu'il était tout sale, lui passa plusieurs sacs en plastique pour protéger le siège.

—C'est de ça que je vis et on doit vivre avec ce climat de fou, même si vous, on dirait qu'une locomotive vous est passée dessus. C'est votre voiture, là ? —dit-il en signalant la Range Rover bleue à proximité d'un grillage ; elle était garée loin de la chaussée de l'autoroute.

Luke acquiesça.

—Vous ne devriez pas la laisser là. Car même si elle est probablement à l'abri des voleurs, il vaut mieux ne pas forcer le destin. Pourquoi vous n'appelez pas quelqu'un qui vienne la chercher ?

« C'est ce que j'ai essayé de faire », maugréa-t-il dans sa tête.

—Apparemment, le téléphone aussi a des problèmes — grogna-t-il.

—Tenez —il lui tendit un vieux modèle de portable—, servez-vous du mien. Prenez ça comme l'aide d'un bon samaritain —il lui sourit dans le rétroviseur.

Luke composa le numéro de son chauffeur.

Jack lui expliqua qu'il n'avait aucun appel perdu venant de lui sur son portable. Après lui avoir exigé de faire une réclamation auprès du concessionnaire, Luke lui donna les indications pour arriver jusqu'à sa voiture. Avant de rendre le téléphone au chauffeur de taxi, il appela rapidement au bureau pour qu'ils préviennent qu'il n'arriverait pas à la réunion et pour leur rappeler qu'il était en vacances et qu'il ne s'occuperait que des vraies urgences.

—Merci. S'il vous plaît, acceptez cela comme un supplément —il lui tendit trente livres pour l'appel et en plus, parce qu'il venait de le sortir d'une terrible situation au beau milieu d'une autoroute—. Je me dirigeais vers Brighton, mais je ne crois pas pouvoir arriver de toute façon. Il faut absolument que je me rende à l'hôtel cinq étoiles le plus proche. —« Après le bain de boue qu'il venait de prendre, il méritait un bon bain chaud ».

Après la fête d'Alice, trois jours auparavant, Luke vint connaître les bureaux de sa tante. Il le fit de nuit, une fois que le personnel administratif avait quitté les lieux, car il ne voulait pas leur donner la fausse impression d'une double direction. De plus, il n'était là que pour se familiariser avec l'entreprise. Il profita de ses soirées pour s'imprégner totalement du type de gestion qui y était pratiqué.

Il lut quelques rapports sur les dernières fusions et les opérations à venir, ainsi que sur des stratégies qui, selon lui, pourraient être grandement améliorées. Il allait passer ses vacances à travailler. « Quelle contradiction », pensa-t-il. Même s'il avait envie de retourner au bureau de Blue Destination, il savait qu'il devait faire confiance à George Osmond. Son ami était le vice-président exécutif et son associé. Il devrait tout lui laisser entre les mains s'il voulait vraiment se reposer. Il était assez épuisé et il n'avait pas arrêté de travailler depuis…il ne se rappelait plus à quand cela remontait.

—Nous arrivons à la moitié du chemin, jeune homme. Je sais que vous voulez aller à Brighton, mais l'hôtel cinq étoiles le plus proche se trouve dans la ville voisine de Guildford.

Luke n'avait qu'une seule idée en tête, c'était se débarrasser de toute cette saleté. Peu lui importait l'endroit où se trouvait l'hôtel, c'était le cadet de ses soucis.

—Peu importe. Je suis censé être en vacances. Emmenez-moi à cet endroit à Guildford, s'il vous plaît, j'ai vraiment besoin d'un bon bain. Comment s'appelle l'hôtel ? —demanda-t-il en nettoyant comme il put ses mains graisseuses sur son pantalon.

—Great Surrey Wulfton.

***

Kevin l'avait appelée pour savoir comment les choses se passaient à l'hôtel, et Bree se montra enthousiaste, lui parlant de la décoration et de l'ambiance. Il lui raconta que la fête d'anniversaire de la chaîne hôtelière avait été très suivie par la presse et que le neveu d'Alice avait finalement assisté au gala.

—Eh bien ça alors ! —elle éclata de rire—. Comme quoi, Kev. J'ai finalement réussi à ce que cet homme fasse son apparition. Et il est aussi désagréable qu'au téléphone ?

—Tu serais surprise, mais il est plutôt aimable. Il n'a exigé qu'une seule chose.

À vrai dire, elle n'en avait que faire.

—Quoi ? —« Probablement une chambre avec un harem ».

—Il n'a pas voulu qu'on le prenne une seule fois en photo comme condition pour qu'il reste jusqu'à la fin de la soirée, et apparemment la cheffe a accepté la chose. Je n'aurai donc aucun cliché de lui. Il y avait les autres neveux de madame Blackward, mais Luke est toujours celui qu'ils poursuivent pour le prendre en photo.

Bree marmonna entre ses dents à voix basse quelque chose sur l'ego surdimensionné de certains hommes.

—Quelle exigence étrange et ridicule, c'est sûrement qu'avec la quantité de procès en paternité qu'il doit avoir, il vaut mieux qu'ils ne sachent pas où il se trouve —elle rigola de sa propre blague. Devant le silence de Kevin, elle s'éclaircit la voix—. Je suis désolée, c'était de mauvais goût.

Kevin signa un document, tandis qu'il soutenait le téléphone de son épaule droite, le collant à son oreille.

—Je vois que tu ne sors pas trop souvent, hein Bree ?

—Mon ancien travail consistait à me promener dans toute la ville de Londres, pas d'être à l'affût du dernier mariage de la haute bourgeoisie. Cela ne m'intéresse pas de faire la connaissance de ce Luke Blackward. J'ai déjà assez à devoir le poursuivre par téléphone. Mais puisqu'il s'est rendu à cette fichue fête, mission accomplie pour moi. J'espère bien qu'Alice ne me demandera plus de le chercher sur tout le continent. Je crois que je n'aurai pas la patience de le faire…

Kevin éclata de rire et elle aussi.

—Je comprends —précisa-t-il—, on dit que depuis que Luke a divorcé de sa femme, il n'est plus le même. Il fait profil bas, et même comme ça, on le reconnaît facilement dans la presse. Les femmes le cherchent pour sa réputation d'adonis et les hommes parce que c'est un bon chef d'entreprise. On m'a dit qu'il repoussait la presse, et je vais te dire que mes amis journalistes peuvent parfois être assez pénibles, parce que quand Luke s'est marié, les médias ont fait un vrai cirque avec ces photos. Son ex-femme était très belle, une danseuse irlandaise. Et quels yeux ! —quand il se rendit compte de son exclamation si virile, il fit semblant de tousser. À Guildford, Bree sourit. « Ah ces hommes » !, pensa-t-elle en jouant avec la pointe d'une de ses mèches blondes—. Avant de travailler pour Alice, j'étais reporter culturel, je l'ai donc interviewée deux ou trois fois. Un monument à la féminité et c'est une opinion très professionnelle. —« Oui, c'est ça », répondit Bree en son for intérieur—. C'est compréhensible que cet homme se soit senti si abattu par son divorce.

—Ah… sûrement, tu dis qu'il a été marié pendant combien d'années ? —demanda-t-elle en feignant l'indifférence.

—Je ne l'ai pas dit.

—Bon, alors…

Kevin éclata de rire.

—Ça ne me pose aucun problème de te le dire, tu sais bien que nous sommes là pour ça, nous les gens des relations publiques : pour informer sur tout —il sourit—. Il a été marié un an.

C'était idiot, mais le fait de savoir que Luke Blackward se sentait abattu à cause d'une femme, même si c'était son ex-femme, provoquait chez Brenda un étrange malaise. « Elle n'avait même pas vu cet homme » ! Peut-être bien que son stress était la cause de ses pensées incohérentes. L'équipe de réfection n'était toujours pas arrivée, alors qu'elle aurait dû être là depuis quatre jours. Et comme si cela ne suffisait pas, l'un des restaurateurs spécialistes du bois s'était défilé et ils étaient toujours en train de lui chercher un remplaçant. Si Alice apprenait ça…

—Il faut que je ferme maintenant Kev, tu sais bien que je suis encore en train d'essayer de m'adapter, de comprendre le fonctionnement ; diriger un hôtel, c'est très intéressant —elle commença à bavarder sans s'arrêter, comme elle avait l'habitude de le faire chaque fois qu'elle était nerveuse—. Et maintenant, je…

—Euh, j'espère que tu n'as pas changé d'avis sur notre rendez-vous pour aller danser. Pas vrai ?

Kevin ne pouvait pas la voir, elle ne fut donc pas surprise de se voir rougir dans le miroir qu'elle avait devant elle. Elle ne comptait pas annuler le rendez-vous avec Kevin, c'est juste qu'elle n'était pas encore entièrement décidée à le faire.

—Ah, ça… non, non. —Son ami était bien élevé et aimable, elle ne voulait pas le mettre mal à l'aise.—. C'est noté, Kev. Promis.

—Génial. Au revoir, Bree.

« Un rendez-vous…cela faisait si longtemps », pensa Brenda. Danser ne lui ferait pas de mal. Et un rendez-vous serait un rendez-vous, rien de plus. Elle était allergique aux engagements. Depuis qu'elle avait quitté Ryan, il y a quatre ans, sa vie sentimentale était inexistante. Il avait été sa dernière… comment dire ? Erreur ? Bêtise ?

Assise sur la petite chaise de style Chippendale, assortie au petit bureau de sa chambre, elle s'autorisa pour la première fois depuis longtemps à se remémorer un chapitre de sa vie qui, c'est le moins qu'on puisse dire, n'était pas vraiment heureux. Les cicatrices allaient sans doute disparaître complètement très lentement, ou peut-être jamais. C'était comme des fantômes qui se présentaient à chaque fois que quelqu'un essayait de s'approcher d'elle. Un homme, pour être précis.

À vingt-quatre ans, elle avait été aussi joyeuse que maintenant à ses vingt-sept ans, c'est juste qu'avant elle était plus confiante et plus innocente. Elle travaillait le soir comme baby-sitter d'une petite Jane. Très gentille et douce. La famille qui l'avait embauchée, les Caversham, vivait à Notting Hill. Elle ne dépensait rien en métro, parce qu'ils prenaient ça à leur charge. C'était un environnement luxueux, mais ses patrons n'étaient pas prétentieux.

Un soir, pendant que Jane jouait avec des cubes de couleur, Brenda fit la connaissance du neveu du couple, Ryan Caversham. C'était un très beau jeune homme. Il avait juste deux ans de plus qu'elle, et dès qu'il fit sa connaissance, il n'avait plus eu d'yeux que pour elle. Il lui faisait des compliments, lui offrait des cadeaux. Au début, elle les refusait, jusqu'à ce qu'il la convainque qu'il le faisait parce qu'il la trouvait belle et qu'elle le méritait Petit à petit ses défenses cédèrent, et elle s'autorisa à rêver et à se réjouir de sa compagnie.

Les yeux sagaces de Ryan étaient de la belle couleur du meilleur café du monde et ils la regardaient avec adoration. Lors de cette première rencontre, il lui avait dérobé un baiser. Elle n'avait jamais senti un plaisir aussi délicieux. Personne ne l'avait jamais embrassée aussi passionnément auparavant, si passionnément que ses genoux tremblaient. À un moment donné, elle pensait que les baisers devaient avoir cet effet, surtout s'ils étaient accompagnés de la certitude qu'un sentiment commençait à voir le jour. Ce n'était pas le cas. Au lieu de se sentir apaisée, avec Ryan elle se sentait aventurière, mais sans parachute. Pourtant, elle obéissait seulement à la sensation de plaisir que lui provoquaient depuis lors ses caresses, qui se faisaient de plus en plus audacieuses.

À partir du premier baiser, les visites de Ryan lorsque son oncle et sa tante n'étaient pas là, se firent plus fréquentes. Il avait une conversation agréable, et la faisait rire. Jane ne faisait pas de problèmes, elle s'endormait rapidement et sans le savoir, elle lui permettait de profiter du jeune homme qui était en train de conquérir son cœur.

Un soir, Ryan l'invita à sortir. Normalement, ils restaient chez les Caversham, jusqu'à une heure avant que le couple ne rentre de son travail à Cambridge ; ils avaient pour habitude de rentrer vers neuf heures du soir. Avec les hormones à fleur de peau et le cœur qui battait la chamade, elle accepta l'invitation. Après de longs regards, des caresses intimes, elle savait comment finirait ce rendez-vous et elle le désirait. Elle avait l'impression que Ryan était l'homme le plus beau, le plus patient et le plus doux du monde, même si cela faisait peu de temps qu'ils se fréquentaient.

Ce dont elle n'avait jamais tenu compte, c'est qu'ils venaient de classes sociales différentes. Et même si elle détestait ces différenciations à l'époque, cela avait vraiment laissé des traces. Cela avait commencé à se faire sentir dès qu'ils étaient arrivés à la discothèque, où tous ceux qui se bousculaient pour entrer portaient des tenues coûteuses, alors qu'elle portait quelque chose de très simple. Un jean et un chemisier bleu clair. Ryan la traitait d'égal à égal, même si les gens autour l'intimidait un peu.

—Allez, bébé, laisse-moi te présenter à mes amis —lui avait-il dit en la prenant par la main, tandis que de l'autre il buvait une bière. Ils entrèrent sans faire la queue, parce que Ryan était ami avec le propriétaire du local—. Depuis que je leur ai parlé de toi et de comment tu es belle, ils n'ont pas arrêté de me demander quand j'allais enfin te présenter —il sourit d'un air charmeur et calma un peu ses nerfs.

—Tu, tu es sûr ? —Ce n'était pas qu'elle n'était pas extrovertie, mais l'idée de faire la connaissance de ces gens si aisés générait en elle une certaine appréhension. Elle ne voulait pas qu'il se sente mal à l'aise si jamais elle faisait un commentaire déplacé—. Ryan, je ne suis pas… Tu ne m'as pas dit que c'était un endroit si élégant.

Il éclata de rire et lui empoigna les fesses avec un sourire coquin, puis il l'embrassa goulûment et elle oublia tout.

—Tu es délicieuse, bébé. Peu importe les guenilles ou les tenues de gala que tu portes, ton corps parle pour toi —il lui fit un clin d'œil et la guida à l'intérieur.

« Son corps ? C'était tout… » ? Ryan ne lui permit pas de trop réfléchir, parce qu'elle se retrouva tout à coup face à un groupe de dix personnes. À eux tous, entre leurs tenues et leurs accessoires, ils portaient l'équivalent de ce dont elle avait besoin pour maintenir sa famille pendant un an, se dit-elle en les regardant si ostensiblement vêtus. Malgré son pessimisme, elle se détendit peu à peu avec la musique et les rires.

Ryan s'était éloigné pour converser avec trois de ses amis, pendant qu'elle écoutait une histoire sans intérêt sur la raison pour laquelle les ongles acryliques étaient mieux que les ongles naturels. Ensuite ils lui donnèrent quelque chose à boire et l'alcool la détendit un peu, et elle commença à parler un peu plus naturellement. Sans s'arrêter de parler, elle observa que l'homme avec qui elle allait sans doute faire l'amour ce jour-là, recevait de l'argent de ses amis. « Sûrement pour payer la note », se dit-elle. Brenda n'avait aucune idée de combien pouvait coûter un endroit comme ça, mais elle pensait proposer de payer sa part. Leurs regards se croisèrent, il leva une bière comme pour trinquer et lui fit un clin d'œil.

La soirée se déroula parfaitement bien. Ryan se porta à merveille, il dansa, l'embrassa et dans l'obscurité de la discothèque, la toucha en lui murmurant tout ce qu'il voulait faire ce samedi soir avec elle. Le sentiment d'anticipation pris le pas sur ses sens et elle commença à lui rendre les caresses.

—Tu es une chatonne impatiente —lui dit-il en l'embrassant dans le cou. Lui s'était bu au moins sept bières pendant les trois heures qu'ils avaient passé sur place—. J'aurais dû m'en douter quand j'ai vu ce corps merveilleux que tu as sous ce jean et ce chemisier. Tu me fais craquer.

Bree émit un gémissement lorsque Ryan lui pinça un téton. « Au milieu de tous ces gens » ! C'était l'une des choses les plus excitantes qu'il ait jamais faite. Les mains commencèrent à s'égarer, et au milieu de la brume, Bree réussit à voir que les deux amis avec lesquels Ryan avait conversé, l'observaient.

—Ry…—lui dit-elle avec le diminutif avec lequel elle avait pour habitude de l'appeler—, arrête de me toucher comme ça.

Il fit semblant de ne pas l'entendre.

—Ry… je n'aime pas comment tes amis m'observent…

Elle connaissait les différents regards des hommes. Ceux qui étaient chargés de haine, d'amour, de désir, de mépris… et de méchanceté. C'était cette dernière qu'elle avait vue entre deux lueurs, chez ces deux inconnus. Comment Ryan ne se rendait-il pas compte ?

—Allez, bébé, ne fais pas ta mijaurée.

« Ma mijaurée ? Qu'est-ce qui lui prenait ? Elle ne l'avait jamais entendu la traiter comme ça ». Il commença à se comporter de manière grotesque. Il lui tripotait les fesses sans arrêter de l'embrasser, tentait de glisser sa main sous son chemisier pour essayer de dégrafer son soutien-gorge, ou lui pinçait les tétons sans aucun respect, en lui faisant mal. Elle ne sentait plus aucun désir, mais plutôt une blessante sensation de gêne. Et si on ajoutait à cela les regards des amis de Ryan, l'envie de rentrer chez elle en courant augmentait considérablement.

En fond sonore, on entendait de la musique électronique et les corps autour d'elle se mouvaient frénétiquement au même rythme. Les lumières, les rires, les conversations étouffées et d'autres à tue-tête se mélangeaient à l'inquiétude de Brenda comme un puissant cocktail qu'elle n'avait pas l'habitude de boire.

Elle essaya de se défaire de Ryan, mais n'y parvint pas. Elle fut prise de panique, lui cria qu'il la laisse tranquille, mais il était plus fort qu'elle physiquement et il lui fut impossible de s'éloigner de son corps. Et en un clin d'œil, il la sortit du local.

Au début, elle pensa qu'il avait finalement compris qu'il lui faisait mal avec ses mains et ses lèvres. Elle se trompait. Ryan continua ses attouchements, parce qu'il ne s'agissait plus de caresses ni de gestes tendres. Elle était inquiète. La brume de désir et de tendresse se volatilisa en un clin d'œil. Elle commença à sentir une peur glaciale.

Quand le bruit assourdissant de la discothèque resta prisonnier derrière la porte, elle se rendit compte qu'ils étaient dans une ruelle. Ce n'était pas la sortie principale.

Elle le regarda, apeurée.

—Qu'est-ce qu'on fait là ? Je veux rentrer chez moi —murmura-t-elle—. Je ne me sens pas à l'aise…

—Tais-toi, sale pute ! —il la frappa en lui criant dessus.

La gifle la prit tellement par surprise qu'elle lui fit tourner le visage et qu'elle sentit le goût métallique du sang. Elle était complètement sonnée, à tel point qu'elle eut du mal à entendre les rires d'autres personnes. Ils n'étaient pas seuls. Elle observa les silhouettes des amis de Ryan et commença à avoir des sueurs froides. L'un avait la peau mate et l'autre était aussi blond et blanc que l'homme qu'elle avait en face d'elle et dont les yeux marrons ne la regardaient plus avec passion, mais plutôt de manière perverse.

La peur la paralysa. Elle ne pouvait pas bouger. Elle porta sa main à ses lèvres pour essuyer le sang. Elle était terrifiée.

—Ry…—murmura-t-elle à peine, parce que son fantasme fut gâché à ce moment précis, lorsqu'il déchira son chemisier, laissant ses seins seulement couverts par son soutien-gorge.

Elle claqua des dents, aussi bien de froid que de panique.

—Allez, laisse-nous dompter cette chienne abusive des bas quartiers, Ryan —dit le basané en s'approchant, lequel s'était présenté au début comme John.

—C'est ça, mec, je veux sucer ces beaux nichons que je vois là —ajouta le blond. Il s'appelait Mark.

Brenda tira sur son chemisier comme elle put, mais Ryan le lui arracha complètement. Il la regarda ensuite d'un air pénétrant et lui pétrit les seins en lui faisant mal.

—S'il…s'il te plaît… Ne fais pas ça… Je t'aime… Ryan… tu as bu…—murmura-t-elle en sanglotant, parce que sa voix pouvait à peine sortir de sa gorge.

Une autre gifle.

—Espèce de salope ! Tu crois que je t'ai amenée aujourd'hui parce que je t'aime ? Ou parce que tu m'intéresses pour autre chose que pénétrer ton sexe vierge ? —Cela dit, il lui comprima les tétons avec cruauté, en la faisant gémir de douleur.

Les larmes se mêlèrent à la terreur, parce qu'elle ne pouvait pas s'enfuir, elle était prisonnière de lui, contre le mur. Mark et John s'approchèrent avec un sourire narquois. « Ils allaient la violer, la détruire… les trois… qu'elle idiote et naïve j'ai été », se disait-elle morte de peur et cherchant désespérément quelqu'un pour l'aider. « Sa première fois allait être un viol ». Alors qu'elle avait toujours rêvé que cela soit si différent…si elle survivait… oh, mon Dieu… elle espérait survivre aux monstruosités qu'allaient lui faire subir ces trois ivrognes… ».

—Je… s'il vous plaît…—implora-t-elle. Elle avait la gorge sèche et son cœur battait à tout rompre, de désespoir—. Ryan, non…

Mark arriva jusqu'à elle et lui déboutonna son jean, mais il ne lui baissa pas. Au contraire, avec brutalité et sans égard, il descendit sa main maladroite et jeune jusqu'à son pubis et le serra. Elle cria et se débattit. Ce à quoi elle s'attendait le moins, c'est que Ryan la défende ; ce qu'il fit à la place, fut sortir la main de Mark de son corps et le regarder avec hostilité.

—Je me la fais en premier. Ensuite vous pouvez lui écarter les jambes et faire ce qui vous plaît avec cette petite pute —il la regarda— : Pas vrai ma belle ?

Brenda essaya de balbutier en l'implorant qu'il ait un peu de considération et de pitié. Elle n'en fut pas capable, les mots ne venaient pas. Et lui, sans lui laisser l'opportunité de dire quoi que ce soit, pausa ses deux mains sur ses seins, lui faisant mal, tandis qu'il les pétrissait fort et les pinçait avec désir.

« Où était le Ryan tendre, charmant… » ?, se demanda-t-elle en se préparant à ce qui allait suivre, lorsqu'elle entendit de nouveau Mark à quelques pas d'elle.

—On t'a payé là à l'intérieur —dit-il en signalant la porte du bar—, pour que tu nous laisses nous amuser avec elle —cria le jeune homme à la mâchoire carrée.

—Oui, Ryan, joue pas au con, laisse-moi au moins lui tripoter les nichons, et si tu veux, toi tu pénètres ce corps dégueulasse de basse classe —intervint John.

S'ils recommençaient à la frapper, elle s'en fichait, mais elle devait lutter pour elle-même. « Elle avait Harvey, bon sang, s'ils la violaient jusqu'à ce qu'elle se vide de son sang, c'était la mort de… son frère, de sa mère… », pensait-elle en sentant la douleur qui la parcourait à cause de ce qui était en train de lui arriver à cet instant. En les voyant occupés à discuter sur qui allait lui faire quoi, elle rassembla ses forces et ses souffrances pour crier le plus fort qu'elle ait jamais pu.

John se jeta sur elle, mais avant qu'ils aient pu lui retirer ce qui lui restait de vêtements, un homme apparut à l'entrée de la ruelle aux côtés d'une fille. En voyant l'état dans lequel elle se trouvait, le jeune homme n'hésita pas à frapper ce trio de minables. La jeune inconnue s'approcha d'elle, la prit dans ses bras et l'emmena dans un coin à part.

En un clin d'œil, ce fut le chaos. D'autres hommes sortirent de la discothèque en voyant l'agitation et il y eut des coups. La police arriva, mais elle était en état de choc et marchait avec cette jeune fille en s'éloignant de ce cauchemar, à plusieurs pâtés de maisons de là, sans pouvoir s'arrêter de pleurer.

—Allez, du calme, du calme, ma belle —elle la prit dans ses bras—. Ces crétins cherchent toujours la bagarre, mais c'est la première fois que je vois qu'ils essaient de violer une fille. —Bree s'emmitoufla dans la veste que la jeune fille lui prêta—. Je m'appelle Amanda Fraser —elle lui sourit chaleureusement, tandis qu'elle l'invitait à s'asseoir dans un petit local à café qui était ouvert 24 heures sur 24.

—Moi c'est Brenda...Bree —elle essaya de sourire, mais ce qu'elle esquissa fut une grimace de douleur à cause de sa lèvre abîmée.

Amanda remarqua le visage légèrement violacé, et la bouche contusionnée.

—D'accord, Bree. On va déposer une plainte pour tentative de viol. Ensuite on ira à l'hôpital pour qu'ils te soignent.

—Je... non... je ne peux pas, je ne veux pas...je perdrais le procès. En plus, je n'ai pas de quoi payer un avocat, et je dois faire vivre ma famille... Je ne peux pas faire ça...—murmura-t-elle en tremblant—. Tout ce que je veux, c'est oublier ce qui vient de se passer.

Amanda la prit à nouveau dans ses bras en la laissant pleurer tout son soul.

—Tu ne vas pas perdre ! Ce sont eux qui t'ont attaquée. —Les mèches rousses d'Amanda, pour aussi courtes qu'elles soient, ondulèrent autour de son visage ovale et parsemé de taches de rousseur—. La justice est de ton côté, Bree, tu as des témoins. Mon copain Quentin a tout vu lui aussi, et il a essayé de te défendre. Heureusement qu'on sortait juste à ce moment-là, oh, Bree...—elle baissa la voix, quand elle l'entendit sangloter—. Allez, défoule-toi...vas-y... je suis là. Plus personne ne te fera du mal. Tu es en sécurité.

Brenda regarda son reflet dans la vitre qui était proche et gémit. Son visage faisait peur. Si ce n'était pour la veste d'Amanda, quiconque passant à proximité aurait pu voir ses seins couverts d'hématomes.

—Non... laisse tomber, s'il te plaît. Je m'en remettrai. Je suis forte. J'en ai connu des pires —commenta-t-elle. Mais ça, même elle n'y croyait pas. Elle ne s'était jamais sentie aussi violentée, humiliée et stupide. Si elle pouvait gérer les hôpitaux, les copains ivres et pervers de sa mère, les coups que lui administrait Marianne après la naissance de Harvey, en plus de s'échiner à travailler, elle pourrait sûrement supporter ça—. Vraiment...je veux rentrer chez moi...je te suis tellement reconnaissante...

Amanda lui sourit de sa petite bouche sensuelle.

—Bree, tu peux compter sur moi. Je ne dirai à personne ce qui t'es arrivé, si c'est ça que tu veux. Mais si tu changes d'avis, n'hésite pas à venir me trouver, tiens —elle nota son numéro de téléphone sur une serviette—, si jamais tu as besoin. À n'importe quelle heure. Mon copain est là-bas, dans cette ruelle, je dois aller le rejoindre, mais toi je ne t'obligerai pas à retourner là-bas. Attends-moi plutôt ici et on t'emmèneras à l'hôpital. D'accord ?

—Non, non... Je veux rentrer chez moi. Là, je me soignerai toute seule. Je n'ai pas de blessures graves. Seulement des bleus et des hématomes.

Amanda la fixa longuement du regard.

—Direction chez toi, alors.

Bree acquiesça et toute tremblante, porta la tasse de café à ses lèvres.

Avec cette expérience, tous ses idéaux romantiques se transformèrent en souvenirs acides. L'idée même qu'on la touche la révulsait. Elle avait peur et c'était une sensation horrible.

Le lendemain de l'attaque, elle appela les Caversham pour démissionner et elle dit au revoir à Jane au téléphone. Elle ne leur donna pas plus d'explications que cela. La petite fille lui manquerait, mais il fallait choisir entre ça et revivre ses peurs et ses cauchemars avec l'homme qui avait réussi à piétiner sa sécurité émotionnelle.

Ryan essaya de l'appeler pour s'excuser, lui disant qu'il avait fait cela sous l'effet de l'alcool. Elle refusa de répondre à cette excuse bidon et raccrocha. Elle fut reconnaissante que Harvey soit encore trop petit pour comprendre ce qui lui était arrivé au visage et que sa mère, trop ivre, ne remarque pas son aspect déplorable.

Un mois après avoir refusé de répondre à ses appels, elle n'entendit plus parler de Ryan Caversham. Elle en trouva la raison dans les avis de décès du journal. Cette canaille était morte dans un accident de la circulation, tandis qu'il se dirigeait vers Portsmouth pour y passer la fin de semaine avec trois autres amis, parmi lesquels se trouvaient Mark et John. En silence elle demanda pardon de se sentir libérée de leur mort. « Justice divine » ? Sans doute…

Elle garda le contact avec Amanda pendant un temps, jusqu'à ce que celle-ci se marie avec Quentin et déménage à Edimbourg avec son époux. Elle ne lui serait jamais assez reconnaissante.

Pendant de longs mois, elle se rendit auprès des services sociaux et parla avec une psychologue qui l'aida avec son traumatisme émotionnel. Cependant, la peur de la proximité intime avec un autre homme était sous-jacente, comme la lave d'un volcan avant qu'il n'explose.

Tom fut sa pierre angulaire. Il l'écouta, la prit dans ses bras, la menaça d'aller trouver ce minable pour lui faire payer…mais il se calma un peu lorsqu'il apprit que Ryan était mort. Il la fit rentrer chez Green Road. Et d'une certaine manière, cette activité constante en tant que guide touristique, fut sa thérapie contre l'alcoolisme et l'addiction aux drogues de sa mère, un calmant pour ses idéaux romantiques détruits, et une motivation pour pouvoir devenir plus forte et que Harvey soit en sécurité.

Au fil des années, elle avait surmonté cet incident traumatique. Même si sa partie émotionnelle était restée dévastée et paralysée. Si elle avait appris quelque chose de cette expérience, c'était à être méfiante. Son optimisme et sa joie de vivre étaient innés, et c'est sans doute pour cela que la vie lui semblait plus facile à vivre, mais elle apprit de manière cruelle que l'amour et les illusions n'étaient que des chemins pour arriver à la déception et à la douleur, et elle n'était pas prête à y succomber de nouveau.

Le tambourinement sur la porte la ramena à sa réalité du moment, à l'hôtel Wulfton.

Elle ne s'était pas rendu compte que des larmes roulaient sur son visage. Elle respira profondément et se leva, s'essuya le visage du revers de la main, se regarda dans la glace. Et elle dû reconnaître que sa tenue du jour était non seulement commode, mais qu'elle convenait aussi parfaitement à son travail. Il s'agissait d'une jolie robe d'un ton bleu ciel à la coupe évasée.

—Mademoiselle Russell —la salua Muriel, aussi sérieuse qu'à l'accoutumée. Si elle remarqua les yeux légèrement rougis de Brenda, elle n'en dit rien—. Le chef de l'entreprise qui se charge des rénovations est arrivé. Il s'appelle Thomas Hudson. Il veut savoir si vous pouvez le recevoir.

—J'y vais tout de suite, merci madame Evans. —La femme acquiesça et s'éloigna dans le couloir.

***

Lorsque Brenda arriva dans le vestibule, elle se trouva face à un homme rondelet ; il avait un air de Robert De Niro. C'était son acteur préféré. C'est sans doute à cause de cette ressemblance qu'il lui fut si facile de lui sourire. Lui, au contraire, fronça d'abord les sourcils, puis lui rendit la pareille.

Elle l'invita à passer dans la petite pièce proche de la réception.

—Mademoiselle Russell, je souhaiterais m'excuser du fait que le spécialiste en bois ne soit pas arrivé. C'est un plaisir de faire enfin votre connaissance —ils se serrèrent la main—. Cet homme s'est avéré être un vrai contretemps. Je ne l'excuse pas, mais il a un ego énorme et il sait qu'il est le meilleur. Parce que chez Hudson Corporation, nous n'avons que ce qu'il y a de mieux—expliqua-t-il nerveusement. Pour Thomas, les vents économiques lui étaient contraires et les hôtels Wulfton représentaient un revenu fabuleux et une formidable carte de visite auprès d'autres clients—. Nous allons commencer dès aujourd'hui avec les hommes que nous avons à disposition, nous redoublerons d'efforts et vous ferons une remise.

Bree acquiesça.

—Monsieur Hudson, j'accepte votre offre généreuse d'une remise, mais ce dont j'ai besoin c'est que tout soit prêt en temps et en heure, conformément au calendrier que madame Blackward vous a déjà remis.

—Voyez-vous —il bougea son grand nez, très à la Robert De Niro —, je ne crois pas que cela soit possible, il se peut que cela prenne un petit peu plus de temps que prévu…

« Comment cet homme pouvait-il embaucher quelqu'un qui, à cause de son ego, prenait le travail autant à la légère ? Ils avaient quatre jours de retard à cause de lui » !

—Je ne peux vous faire aucune concession. Soit vous finissez tout dans les délais stipulés, soit je chercherai tout simplement une autre entreprise qui m'offre les services intégraux de réfection d'environnements de luxe.

Thomas avala sa salive, nerveux. Il ajusta le col de sa chemise.

—Mademoiselle Russell…

Au même moment, un homme grand, de toute évidence crasseux, aux épaules larges et de constitution athlétique fit son entrée. Il portait des taches de quelque chose qui s'apparentait à de la boue séchée et de la graisse collées sur ce qui avait dû être une chemise blanche, et portait un pantalon habillé assez décent. Brenda remarqua ses chaussures. Elles aussi étaient dans le même état. « Qui cela pouvait-il être » ? Tout d'un coup, elle percuta. Le restaurateur ! Qui d'autre pouvait arriver aussi en retard, avec l'air perdu et l'aspect de quelqu'un qui a traversé une tempête ?, conclut Bree.

—Monsieur Hudson, l'arrivée de votre restaurateur vous sauve la vie —sourit-elle soulagée. « Je n'aurais pas à écouter le mécontentement d'Alice », pensa-t-elle aussitôt. Elle obligerait ce restaurateur peu sérieux à travailler le double.

—Mon... ? —Thomas l'observa, surpris. Il suivit ensuite le regard de la jeune femme. « Ce type n'était pas son restaurateur. L'imbécile de Sam était à Glencoe, selon lui en train de terminer les étagères d'une importante famille écossaise, qui bien sûr, le payait pour chaque minuscule broutille. Le pire c'est que ce type ne déclarait même pas ces revenus. Tu m'étonnes qu'il avait un ego gros comme lui », rumina-t-il dans sa tête, énervé.

Sans attendre que Thomas dise quoi que ce soit et en l'ignorant complètement, Brenda se leva et avança d'un pas déterminé vers l'employé de Hudson Corporation. Elle fut près de lui en quelques pas à peine et se planta devant lui. Muriel était à proximité et pour la première fois, elle la voyait sourire largement au nouveau venu. « Cet homme avait-il fait une blague » ? Mais puisque madame Evans ne souriait jamais, même avec son sourire à elle de guide touristique le plus chaleureux !

—Je peux savoir où vous étiez ? —l'apostropha Brenda d'un ton sévère—. Pour qui vous prenez-vous ? Vous croyez que vous avez besoin d'une invitation spéciale ? —demanda-t-elle, les poings sur les hanches.

Elle était très patiente et très aimable, mais quand on lui faisait obstacle et qu'en plus les personnes se comportaient de manière irresponsable, elle le faisait savoir.

Il la regarda, surpris. « Pour qui se prenait ce petit bout de femme pour lui parler comme ça » ?

—Puisque vous le demandez aimablement, permettez-moi de vous dire que j'étais en panne au milieu de la route, il a plu, la voiture ne démarrait plus, alors j'ai pris un taxi pour arriver jusqu'au premier fichu hôtel le plus proche. Vous êtes satisfaite de la réponse ?—demanda-t-il, sarcastique. Il était réellement énervé et fatigué. « Elle ne savait pas qui il était ? Il s'était assez bien nettoyé le visage avec une serviette, il n'était donc pas difficile qu'elle le reconnaisse ».

Bree remarqua que madame Evans resta bouche bée en l'écoutant parler. « Bien, Muriel, pour que vous sachiez que même si la patronne n'est pas là, je sais me faire respecter », pensa-t-elle contente d'elle-même et ignorant Muriel.

Thomas, curieux de savoir si ses yeux ne lui jouaient pas un tour en reconnaissant le nouveau venu, s'approcha du lobby où avait lieu la conversation. « Ces yeux voient encore parfaitement bien » ! C'est le neveu d'Alice Blackward », constata Thomas, en se félicitant. Il pensa ensuite à rectifier le quiproquo auprès de Brenda. Le jeune nouveau venu, se rendant compte de ce qu'il prétendait faire, lui fit signe que non de la tête, de manière imperceptible, tandis que Brenda continuait à lui expliquer les motifs pour lesquels on renvoyait les gens négligents, fainéants, irresponsables et peu sérieux.

Brenda ne se rendait pas compte des regards apeurés de Muriel, ni du visage déconcerté de monsieur Hudson, qui tous les deux ne comprenaient pas comment cette jeune fille ignorait qu'elle était en train de réprimander l'héritier de la chaîne hôtelière Wulfton.

Elle ne s'arrêta de parler que lorsqu'elle fut satisfaite du sermon sur la responsabilité qu'elle lança à cette espèce de géant, qui à son tour la regardait d'un air faussement amusé. Comme elle ne le connaissait pas, elle interpréta ce qu'elle voyait sur ce visage comme l'étonnement de quelqu'un qui se fait finalement mettre les points sur les i en termes d'indiscipline professionnelle.

Luke observa pendant que la jeune fille gesticulait avec ces petites mains, lui parlant de responsabilité, d'horaires et blablabla, alors qu'elle ne s'était toujours pas présentée. C'était une jeune femme magnifique, remarqua-t-il, il essaya donc de ne pas rire en voyant son visage rougir légèrement de colère. Elle le confondait avec un restaurateur spécialiste en objets en bois, selon ce qu'il déduisit entre les lignes. « Enfin ! Quelqu'un qui ne le reconnaissait pas », se dit-il à la fois content et surpris. Il vivait entouré de gens qui cherchaient toujours à obtenir une faveur quelconque en raison de son entreprise et du fait qu'il était l'un des neveux d'Alice.

Il remarqua qu'elle n'était pas si grande, sans doute un mètre soixante-dix et même comme ça, il faisait une tête de plus qu'elle. Ses yeux verts étaient splendides et pétillaient à chaque phrase prononcée. La robe lui allait comme un gant ; elle avait une silhouette curviligne, mais parfaitement proportionnée. Son visage lui semblait familier, mais il n'arrivait pas à se rappeler où il avait pu le voir.

—Mademoiselle Russell —l'interpella Muriel désespérée. « Où cette fille avait-elle la tête pour parler ainsi au neveu de la propriétaire de l'hôtel » ?, se demanda-t-elle inquiète.

—Russell ? —répéta Luke.

Madame Evans acquiesça en lui souriant.

—Brenda Russell —se présenta finalement la petite furie—. Je ne peux pas continuer à vous appeler « restaurateur irresponsable », n'est-ce pas ? Vous allez finir par me dire votre nom ?

Thomas avala de travers en l'entendant et Muriel s'interposa de nouveau, en regardant Luke, qui s'amusait vraiment de la confusion.

—Je suis désolée, monsieur…—commença Muriel d'un ton inquiet.

Il regarda la cheffe du personnel et secoua imperceptiblement la tête lorsqu'il vit qu'elle comptait l'appeler par son nom de famille. Il prit les devants afin d'éviter à tout prix de laisser entendre à mademoiselle Russell qu'il était un Blackward.

—Luke Spencer —il tendit sa main encore sale à Bree, qui sans remarquer le deuxième regard d'avertissement de Luke à Muriel pour qu'elle ne dise rien, lui serra la main. Thomas observait la scène avec curiosité. « L'extravagance des millionnaires ».

Brenda sentit un étrange courant au moment où elle le toucha.

—Bien, monsieur Spencer…

—Luke —la corrigea-t-il en lui souriant. Elle remarqua ses yeux d'un bleu vif et pensa qu'on pourrait bien s'y perdre. « Concentre-toi » !

—Comme vous voudrez —répliqua-t-elle indifférente—. Madame Evans vous montrera où vous pouvez commencer à travailler, mais peut-être pouvez-vous vous laver un peu avant.

—C'est l'idée —dit-il de sa voix grave et d'un ton légèrement amusé. « Alors comme ça c'est elle l'assistante de ma tante qui m'a pourchassé ». Il pouvait dire qu'elle était à la hauteur de la voix qu'il avait entendue au téléphone il y a des semaines : calme, passionnée et sincère. Tout ce dont il avait besoin à cet instant précis.

Luke ressentait une espèce d'étrange liberté à être Luke Spencer. Il avait utilisé le nom de famille de sa mère. « Le destin, par des voies détournées, l'avait amené jusqu'à un hôtel qui était en fait à sa tante ; il allait maintenant se faire passer pour un restaurateur. Il allait en plus, au moins pendant que durerait le travail qu'il était supposé avoir en tant que sculpteur, être sous les ordres de cette petite sergente-chef ». Qui sait si vivre un peu à l'écart de son milieu habituel lui donnerait une autre perspective sur la vie. Ou peut-être pourrait-il se divertir un peu.

Luke fit demi-tour et suivit Muriel, qui allait être —selon ce que venait de lui indiquer la « petite sergente-chef »—, la personne en charge de le conduire jusqu'à sa chambre, puisqu'il n'y avait plus de place disponible à l'endroit où logeait le reste de l'équipe de ses supposés collègues de travail. Il se chargerait de parler à madame Evans afin qu'elle ne dise pas un mot sur son identité. Il profiterait du plaisir de l'anonymat, de ses vacances et de la tranquillité loin de Londres.

Brenda resta seule dans le vestibule à observer comment Luke Spencer s'éloignait en compagnie de madame Evans. Elle avait la sensation que cet homme allait être un vrai casse-tête. Elle espérait se tromper, parce qu'elle n'avait pas de temps à perdre avec des travailleurs dépourvus du sens des responsabilités.

Lorsqu'elle chercha du regard monsieur Hudson, afin de le remercier d'être passé lui présenter ses excuses, elle se rendit compte que Robert De Niro avait lui aussi disparu. « Quelle drôle de bande que ces gens-là » !, pensa-t-elle en se dirigeant vers le bureau qu'on avait mis à sa disposition dans l'hôtel.

CHAPITRE 4

L'eau tiède relâcha les muscles de Luke et le mit de bonne humeur. La chambre dans laquelle il était logé se trouvait dans un couloir qui avait l'air assez neuf, du moins en comparaison du peu qu'il avait eu le temps d'observer de l'hôtel. Sa chambre était très confortable, élégante. Un échantillon du bon goût de sa tante.

Nu comme un ver, il sortit de la salle de bains. Le vent frais qui se glissa par la fenêtre lui donna la chair de poule. Il s'approcha pour fermer la fenêtre et ce fut à ce moment-là qu'il se rendit compte qu'un détail lui avait échappé avant de rentrer dans la baignoire. Il n'avait pas de vêtements propres à se mettre. Son voyage à Brighton était censé être un simple aller et retour. Il n'avait pas de vêtements de rechange.

Il appela madame Evans, qui fut à sa porte en un clin d'œil. Luke arrangea son peignoir.

—J'ai besoin de vêtements. Vous pouvez me trouver un jean, une chemise… ?

Elle se montra pleine de sollicitude.

—La boutique est à quinze minutes en voiture, le chauffeur de l'hôtel est parti acheter les aliments pour la cuisine, je crains monsieur Blackward…

—Ne m'appelez plus comme ça —exigea-t-il en baissant la voix—. Je vous ai clairement dit que mon nom de famille ici était Spencer. Nous sommes d'accord ?

—Bien sûr, je suis désolée, cela ne se reproduira plus monsieur Black… Spencer.

Luke la fixa un instant, puis acquiesça. Si elle commettait l'erreur de dévoiler son identité à la correcte mademoiselle Russell, l'assistante de sa tante commencerait à le traiter avec déférence, et c'était justement ce qu'il voulait à tout prix éviter. Il avait besoin de cesser d'être l'homme d'affaires pendant une courte durée, sans traitements de faveur. Il finirait par lui dire qui il était en réalité, il la remercierait de s'être comportée de manière très responsable avec la mission que sa tante lui avait confiée, et point final, tout le monde serait content. Il se félicita de sa logique masculine.

Avant de fermer la porte, et frustré à l'idée de rester enfermé avec son peignoir jusqu'au retour du fichu chauffeur, un des employés passa à proximité de son couloir. Il eut une idée.

—Eh ! —l'interpella Luke, devant l'air intrigué de Muriel. Il s'adressa à l'homme au visage austère— : Je vous donne cinquante livres si vous me prêtez quelques-uns de vos vêtements. Vous êtes à peine un peu plus robuste que moi, mais ils m'iront assez bien.

L'homme le regarda avec curiosité.

—J'espère que vous ne parlez pas des vêtements sales que je porte —il signala la poussière collée à son pantalon d'un bleu criard, et la chemise grise de l'entreprise—, même si à vrai dire et pour cinquante livres je n'hésite pas une seconde à vous la donner —sourit-il.

Muriel avait l'air fâché. Elle n'aimait pas la façon dont l'ouvrier s'adressait au neveu de la propriétaire. « Mais puisqu'elle avait promis au jeune homme de ne pas dire un mot, elle ne pouvait rien dire à cet homme », se dit-elle en conservant le regard inexpressif qui la caractérisait.

—Vous auriez par hasard d'autres vêtements que ceux-là ? —dit Luke en signalant les vêtements à peine un peu moins sales que ceux qu'ils portaient lorsqu'il était arrivé à l'hôtel une heure plus tôt.

—Bien sûr, Monsieur. Je peux vous les apporter. — « Jasper Pillot n'allait pas laisser passer un peu de fric pour aider avec aussi peu de chose que ses vieux vêtements propres », réfléchit en silence le petit homme joufflu—. Aucun problème. Vraiment.

—Monsieur Pillot, monsieur…Spencer ne vous donnera aucun argent ! Vous allez lui rendre ce service.

Luke leva les mains pour la faire taire.

—Je vous ai dit que je le paierai cinquante livres. Personne n'a à me faire la faveur de m'offrir ses affaires —il lança un regard de reproche à la femme, qui acquiesça aussitôt. Il se tourna vers l'inconnu— : Allez, passe-moi ces habits et je te paierai les cinquante livres.

L'expert en tuyauteries partit en courant vers le coffre de la voiture de Hudson Corporation et ouvrit son sac à dos de travail. Il en sortit les habits propres. Il pensa au boxer, puis le remis à sa place. Ce Spencer en question était suffisamment homme pour ne pas porter de sous-vêtements s'il était si pressé que ça. « Le jeune homme avait l'air de quelqu'un qui a de l'argent, donc s'il était logé à l'hôtel, il aurait sûrement tôt ou tard des vêtements neufs ». Les habits dans les mains, Jasper monta deux à deux les marches de l'escalier en bois couvertes d'une moquette bleu marine, et livra son paquet.

***

Il enfila la chemise vert fluo de Jasper. L'homme était tellement content avec ses cinquante livres qu'il s'éloigna en sifflotant dans le couloir. Après avoir enfilé le pantalon, il ajusta la ceinture. « J'ai presque l'air de quelqu'un d'autre », se dit Luke, sarcastique. Les habits étaient évidemment un peu grands pour lui.

Luke avait le sourire aux lèvres lorsqu'il ouvrit la porte de sa chambre, prêt à se rendre vers la cuisine de l'hôtel, et qu'il se trouva nez à nez avec le regard surpris de celle qui n'était ni plus ni moins que *la sergente-chef*. Il conserva son sourire lorsque Brenda l'observa, méfiante. Cette expression se transforma bientôt en colère et même comme ça, il continua à la trouver belle. Une certaine partie de son anatomie semblait apprécier la femme au visage en forme de cœur. Le regard aux yeux verts n'avait pas un soupçon d'estime ou de respect à son égard. « Et pourquoi l'aurait-elle si tu es censé être un ouvrier irresponsable » ?

Il se prépara à ce qui allait suivre.

—Monsieur Spencer, mais que faites-vous dans la chambre des hôtes ? Les employés de Hudson Corporation dorment dans la maison des employés temporaires à plusieurs mètres de distance à pied.

Luke observa comment le ton coléreux de cette voix mélodique lui agitait la respiration. Le décolleté de la robe donnait une légère idée de ses seins galbés qui montaient et descendaient au gré du discours.

—Je vous ai dit que vous pouviez m'appeler Luke. —Elle plissa les yeux—. Nous allons faire un pacte. Si vous m'appelez par mon prénom, alors je ferai en sorte de faire plus attention aux choses —commenta-t-il, appuyé avec insolence sur le cadre de la porte—, vous savez, je me sens plus serein quand je perçois un environnement familier, mais vous avez davantage l'air d'un chef grognon que d'une hôtesse chaleureuse, ce qui ne vous va pas du tout parce que ça vous fait un vilain pli ici —il posa le doigt avec délicatesse entre les sourcils de Bree, qui sursauta. Elle l'écarta d'une gifle. Il haussa les épaules—. Vous devriez plutôt être une cheffe compréhensive et flexible. Je pense que comme ça, les choses se passeraient mieux pour vous. En plus, vous savez comment nous sommes sensibles, nous les artistes. Moi je ne répare pas des choses métalliques, mais plutôt l'histoire, à travers de belles pièces de bois. —Il caressa le griffon qui se trouvait sur la poignée de la porte avec une telle subtilité qu'elle sentit ses tétons se dresser sous son soutien-gorge en imaginant comment serait ce même toucher sur sa peau… « Ne t'engage pas sur ce chemin. Il est dangereux et tu connais déjà les conséquences, Brenda », se réprimanda-t-elle—. Alors, qu'est-ce que vous en pensez… ?

Il ne lui avait pas dit qu'il l'avait vue passer dans l'une des chambres contigües. Ce qui voulait dire que *la sergente-chef* dormait juste à deux portes de la sienne. L'anticipation de la conquête réveilla son corps.

—Vous en avez du culot ! —Elle fulminait—. Sortez d'ici avant que madame Evans ne se rende compte et vous réprimande ! Cette chambre n'a besoin d'aucune réfection et vous ne pouvez pas fureter dans les chambres, même si elles sont vides. Je ne perdrai pas mon temps à vous licencier vous et votre entreprise, parce que j'ai un calendrier à respecter pour Alice. Même si, bien sûr —elle le regarda avec indifférence—, vous ne savez pas qui est Alice Blackward.

Luke éclata de rire. Il ne put pas s'en empêcher. Il revint ensuite à son rôle.

—De par la façon dont vous parlez d'elle, je suppose qu'il doit s'agir de quelqu'un de très important. N'est-ce pas ? — lui demanda-t-il en remarquant de plus près les légères étincelles ambrées qui brillaient dans le vert de ces yeux. Il lui fut impossible de ne pas remarquer aussi les lèvres sensuelles qui semblaient demander qu'on les goûte. Et il comptait bien le faire très bientôt. Oui. C'est ce qu'il allait faire. Peut-être qu'il n'aurait jamais à lui révéler sa vraie identité. Le plus probable c'est qu'elle rirait de la situation si elle venait un jour à apprendre qu'il était un Blackward.

—C'est la propriétaire de la chaîne qui vous nourrit en ce moment.

Il s'éclaircit la voix.

—Je vois —acquiesça-t-il—. Bon. Vous m'appellerez Luke ?

Elle avait du travail en retard et ce weekend elle irait voir Harvey dans une pièce de théâtre de son école. « Mieux vaut en sortir une fois pour toutes avec cet imbécile, qu'est-ce que ça peut me faire » ?

Elle soupira.

—Vous allez vous tenir à carreau ?

Luke lui offrit l'un de ses sourires qu'il avait pour habitude de déployer pour obtenir que sa tante Alice réduise la peine de ses punitions lorsqu'il était adolescent. Plus grand, il avait utilisé cela à son avantage avec les femmes avec lesquelles il voulait coucher. Avec mademoiselle Russell, en chair et en os, cela pouvait sans doute lui servir à ce qu'elle soit moins grognon au travail et plus tard…

—Si par me tenir à carreau vous entendez arrêter de fouiner et travailler avec acharnement, vous avez ma parole —lui dit Luke.

—Bien. —Cela dit, Brenda s'apprêta à s'éloigner. Quand il la retint par le poignet.

Brenda haussa un sourcil et Luke la lâcha.

—Puisqu'on va se tutoyer, je peux t'appeler Brenda ? —demanda-t-il en croisant les bras. Elle remarqua, sans faire exprès, la façon dont cela faisait ressortir ses muscles. Il ne donnait pas l'impression d'être un de ces hommes vaniteux, mais elle était sûre que tout son corps serait athlétique et enivrant. « Arrête » !

—Bree —répondit-elle sans réfléchir. Il lui sourit de cette manière bien à lui. Brenda s'éclaircit la voix—. Bree ou Brenda. Ça m'est égal. Maintenant il faut que j'aille travailler.

Luke inclina la tête, tandis qu'elle s'éloignait d'un pas pressé dans le couloir.

***

Le vendredi arriva assez rapidement, et Bree se sentit rassurée parce que tout avançait comme prévu. Les jours de retard de la société Hudson Corporation avaient été rattrapés de manière efficace et le calendrier de travail avançait comme planifié au départ. Luke s'était tellement appliqué dans son travail avec le bois qu'elle n'était plus tombée nez à nez avec lui. Cependant, depuis la discrète fenêtre du bureau, elle pouvait voir lorsqu'il s'asseyait pour travailler avec sa chemise entrouverte, dans le couloir qui donnait accès au débarras en dehors de l'hôtel, en train de sculpter ou d'examiner quelque chose.

À une certaine occasion, elle était restée hypnotisée à observer comment les muscles de son avant-bras se tendaient à chaque petit mouvement, tandis qu'il ciselait des détails du bois. Il avait une manière singulière d'incliner la tête et semblait regarder son travail avec une attention soutenue. Il travaillait parfois sur une petite commode, une petite table de nuit ou une décoration. Lorsqu'elle commençait à se sentir trop curieuse et qu'elle craignait qu'il ne remarque qu'elle observait, elle s'éloignait pour poursuivre ses tâches quotidiennes. « C'est l'excès de charge de travail qui te fait ressentir ce frisson sur la peau. Pas autre chose, Brenda, c'est juste ça. Quand tu dormiras mieux, tu vas voir que ça passera », et avec cette pensée, elle s'enlevait le sentiment de culpabilité qu'elle avait à l'épier.

Pour ce qui était de son travail, elle sentait comme si Alice était à Surrey et non pas à des centaines de kilomètres à Londres. Il y avait tellement de formalités administratives à faire, et Emma, qui la remplaçait dans la capitale, avait pour habitude de l'appeler pour un rien. Brenda la comprenait, car son amie assurait en fait deux postes de travail en même temps. Et Alice pouvait parfois être très désagréable.

Là, plus tranquille dans l'intimité de sa chambre, Brenda tourna le cou pour le détendre. Tout à coup, elle entendit un petit bruit. Le même qui se répétait depuis un peu plus de trois nuits. Elle savait que les chambres de part et d'autre de la sienne étaient désoccupées. Cependant, au beau milieu de la nuit, elle entendait arriver jusqu'à elle un « clic ». Pendant la journée il passait sans doute inaperçu, mais dans le silence nocturne, elle l'entendait très clairement. Elle n'était pas superstitieuse, mais elle se demandait s'il n'y aurait pas des fantômes. Après tout, il s'agissait d'une infrastructure très ancienne et le fait qu'ils la rénovent ne changeait rien…au moins du point de vue « fantomatique ».

D'une main tremblante elle composa le numéro de son meilleur ami. Lorsqu'elle fit part à Tom de sa préoccupation, il éclata de rire. Normal. Il prenait toujours tout à la rigolade.

—Tu ne parles pas sérieusement ! —se moqua-t-il. Elle alluma la télévision—. Le plus probable c'est que ce soit un de ces animaux qui ont pour habitude de rôder dans les demeures d'autrefois. Bien sûr pas à l'intérieur, mais bon, il y a plein de végétation tout autour, d'après ce que tu m'as toi-même décrit. Allez, arrête, ne fais pas ta froussarde.

—D'accord, mais ici tout est rénové —se plaignit-elle en portant un biscuit à sa bouche. Il était presque minuit—. Je crois que demain j'en parlerai avec madame Evans —soupira-t-elle—. Tom, ça fait trop longtemps que tu es à Brighton —dit-elle en changeant la chaîne de télévision en fond sonore—. Je ne comprends pas comment tu peux laisser tes entreprises à l'abandon.

—Bon, je te rappelle que j'ai de nombreux assistants. D'un autre côté, tu as raison, je dois rentrer à Londres. D'ailleurs, Scott et moi pouvons aller te rendre visite un de ces jours.

Elle arrêta son zapping et sourit. Son ami et Scott avaient fini par se donner une opportunité en laissant leur timidité de côté. Ça c'était une excellente nouvelle.

—Tu dis ça pour de vrai ? —demanda-t-elle—. Ce serait merveilleux !

Bree s'installa sous les draps, tandis que le silencieux air conditionné faisait son travail à une température de vingt-trois degrés Celsius.

—Le seul inconvénient c'est que Robert est en train d'envoyer plein de touristes et que la haute saison commence bientôt. Il se peut que je reste encore cinq mois de plus à

Brighton avant de revenir à Londres… J'essaierai de faire de mon mieux pour coordonner les emplois du temps entre un endroit et l'autre. J'adore être ici et tu sais bien que rencontrer des gens des quatre coins du monde me détend.

—Ohhh —soupira-t-elle déçue à l'idée qu'ils allaient passer encore cinq mois de plus séparés—. La rançon de la gloire, hein ? —dit-elle en baillant—. J'ai eu des journées très chargées ces temps-ci, Tom. Je pense qu'ici je fais trois fois plus d'activités qu'à Londres, mais pas avec la même pression que lorsque j'ai Alice qui m'exige des choses toutes les deux minutes. J'imagine que nous nous verrons quand tu pourras rentrer. Si ça se trouve il y aura une réunion prévue ou urgente avec tes entreprises… —soupira-t-elle—. Je suis contente d'avoir parlé avec toi.

—Essaie de bien te tenir et ne te plains pas, parce que tu as un travail en or.

—Oui, c'est vrai —murmura-t-elle—. Je vais me coucher maintenant. Toi fais pareil et dis bonjour à Scott de ma part.

—Promis, ma belle. À bientôt.

Brenda laissa le téléphone sur la table de nuit et s'enveloppa dans les draps soyeux. Elle était en train de tomber dans les bras de Morphée, lorsqu'elle entendit un autre « clic », suivi d'une sorte de murmure. Elle se retourna sur le matelas en essayant d'ignorer le bruit, mais son inquiétude persistait. « Et si quelqu'un était en train de cambrioler au milieu de la nuit ? Y aurait-il un intrus » ? Elle devait considérer le fait que cette aile de l'hôtel était pratiquement déserte, parce que le couloir était en cours de décoration, mais ces rénovations n'allaient pas avoir lieu avant quelques mois. Les gens de Hudson Corporation travaillaient de jour, jusqu'à sept heures du soir, et le fameux Luke, selon ce qu'elle avait compris, avait accepté de s'éloigner des chambres d'hôtes. Elle commença à avoir peur. « Je suis courageuse, je suis courageuse », se répéta-t-elle.

Elle se retourna encore plusieurs fois dans le lit, jusqu'à ce qu'elle décide finalement d'en avoir le cœur net.

Elle arrangea sa chemise de nuit et fit un nœud à la ceinture du léger déshabillé qu'elle utilisa pour tenter de se couvrir. Elle sortit de sa chambre et regarda des deux côtés du couloir. Il fallait faire au moins quinze pas pour aller d'une chambre à l'autre. Elle plaqua l'oreille contre chaque porte, essayant d'écouter un quelconque bruit étrange, mais il n'y avait rien. Silence absolu.

Elle fut tentée de ne pas vérifier la dernière porte. Pourtant, elle céda à son instinct. Elle fut surprise. Des petits bruits bizarres sortaient de là. « Pas si bizarres que ça », pensa-t-elle en écoutant le bruit typique de la télévision. « C'est sûrement que Madame Evans n'a pas trouvé de place et a décidé de céder face à un voyageur insistant ». Comble de malheur, elle se prit les pieds dans les pantoufles alors qu'elle tentait de s'éloigner, la faisant trébucher et tomber à genoux.

Il ne s'était pas écoulé plus de trois secondes, quand la porte s'ouvrit.

Brenda n'eut pas d'autre solution que de rester assise sur la moquette, la chemise en coton glissant à moitié sur son épaule et le bas du déshabillé à mi-cuisse. Elle était totalement sans défense face à l'ombre qui plana sur elle.

Elle leva la tête et resta de marbre.

—Eh bien eh bien, qui va là ? Je ne savais pas qu'en plus d'être autoritaire, tu étais un peu curieuse. —À peine avait-il écouté un bruit derrière la porte, Luke s'était levé d'un bond. Et il n'avait donc pas eu le temps de mettre une chemise—. Tu me cherchais ?

Étourdie par la vision du torse musclé de Luke, Brenda ne put s'empêcher de faire glisser son regard depuis la touffe de poils du thorax, jusqu'à la ligne élégante qui disparaissait juste au petit ruban du pantalon de pyjama.

Elle déglutit, la gorge sèche.

La vision de cet homme superbe l'empêcha de penser au plus évident. C'est-à-dire, que faisait-il dans cette chambre alors qu'elle lui avait clairement fait savoir que ce n'était pas un endroit pour les ouvriers de Hudson Corporation ?

—Je… j'ai… entendu des bruits et j'ai pris peur…—dit-elle en bégayant, en le voyant si imposant. « On dirait presque ces soldats grecs avec ces dos à couper le souffle », se dit-elle étourdie par sa virilité. Il avait les cheveux humides et ébouriffés. Une barbe de deux jours. Comment quelqu'un pouvait-il être aussi séduisant ? Elle était déconcertée par les réactions qu'elle avait face à cet homme. Elle était bête. Il n'y avait pas d'autre mot.

—Ah, oui ?

Elle acquiesça, parce qu'en le voyant sourire, elle ne trouva plus ses mots.

Luke eut une vision sensuelle de Brenda. Ses cheveux blonds étaient en bataille, mais ils n'enlaidissaient en rien leur propriétaire, au contraire. C'était une femme séduisante et maintenant qu'elle n'avait plus cette posture rigide comme à son habitude, elle était irrésistible. Trop.

Il remarqua que le déshabillé qui la couvrait, et qui s'était sûrement défait avec la chute, lui donnait une vue directe sur la chemise de nuit qu'elle portait dessous, exposant les courbes de l'un de ses seins blancs. Ses jambes étaient pliées de côté, et elles permettaient de deviner un peu plus de peau au-dessus du genou. Cette peau qu'il avait envie de toucher…. de savourer. Il n'y avait chez elle aucun artifice. *La sergente-chef* était naturellement sexy, et ce fut cette absence d'artifice qui fit réagir son corps, doublement excité. Elle ne faisait aucun effort pour lui plaire. Elle faisait même tout son possible pour le remettre à sa place. Ce comportement chez une femme, envers lui, était absolument étrange. Et c'était peut-être cette situation peu courante, qui intensifiait davantage encore son excitation.

—Tu penses rester assise là ?

Sans lui laisser le temps de répondre, il se pencha vers elle et la tira vers le haut en la prenant par la main. Lorsque Brenda fut debout, les deux corps se trouvaient très près l'un de l'autre. Luke n'attendit pas qu'elle dise quoi que ce soit et profita de la réaction de surprise. Il approcha sa bouche et s'empara de ces lèvres sensuelles ; il le fit avec un appétit insistant et le désir qu'il avait réprimé depuis qu'il l'avait vue pour la première fois.

Troublée par le contact de la langue veloutée de Luke qui commença à dessiner le pourtour de ses lèvres, Brenda s'accrocha aux solides bras nus. Le parfum si viril l'enivra et elle lui rendit le baiser avec la même passion qu'il lui prodiguait. Sentir la chaleur de la peau bronzée contre son corps était excitant.

Brenda sentit comme les mains de Luke s'enfoncèrent dans ses cheveux, la serrant davantage contre lui, lui faisant prendre conscience de son indéniable excitation. Elle fut consciente de la moiteur de sa zone sud et ses mains se déplacèrent d'elles-mêmes, caressant les muscles des bras virils, elle leva ensuite les bras et entrelaça ses mains derrière la nuque de Luke. Il poussa un petit gémissement avant de faire glisser ses doigts dans son dos et d'attraper ses fesses, en les serrant et en pressant son érection contre son bassin. Il laissa échapper un son guttural et Luke approfondit le baiser, en lui mordant la lèvre inférieure. Elle se laissa aller.

À pas lents ils entrèrent dans la chambre, puis il ferma la porte du pied, sans interrompre ses caresses. Brenda avait une saveur totalement enivrante pour lui. Exquise. Exotique. Appétissante.

Elle sentit comment le membre en érection s'ajustait toujours plus à la moiteur de sa fente, à travers ses vêtements. Et être consciente que seuls les séparaient quelques vêtements l'excita. Les caresses de Luke se firent plus fermes, exigeantes, déterminées. Deux doigts experts lui serraient les tétons qui ressortaient contre le tissu beige de la robe de chambre. Il lui caressa les seins, en les soupesant et en lui susurrant contre sa bouche combien elle était sexy.

« Cela faisait si longtemps », soupira-t-elle en son for intérieur. Sa langue entoura celle de Luke, et il sentit son sexe vibrer. « Cette femme est un vrai volcan », pensa-t-il excité, en même temps qu'il commençait à lui dénuder les épaules. Il lui baisa la peau du côté droit. « Crémeuse et qui sent la rose. Pouvait-il exister quelque chose de plus féminin que la femme qu'il tenait dans ses bras, avec qui il était sur le point de coucher… ? »

Quand elle remarqua la main de Luke descendre dangereusement jusqu'à quelques centimètres avant son sexe, les images du passé défilèrent dans sa tête comme un film. Troublée et se rendant compte de ce qu'il faisait, elle tenta de le repousser, mais n'y parvint pas. Une sensation connue de panique s'empara d'elle.

Il prit la faible lutte de Brenda comme quelque chose de typiquement féminin, quand elles attendaient qu'on insiste et qu'on continue à les séduire avec tendresse, et c'est ce qu'il fit. Il l'attira avec douceur tout contre son corps robuste, lui compressant ses seins magnifiques, tandis que de ses pouces il torturait les tétons qu'il mourait d'envie de savourer. Il absorba la saveur de ses lèvres et sentit comme son érection devenait douloureuse par la nécessité de pénétrer dans cet exquis corps curviligne.

Bree au contraire, sentait les caresses de Luke comme s'il s'agissait de celles de Ryan voulant l'attaquer. Sa respiration devint haletante, et ce n'était plus du plaisir qu'elle éprouvait. Elle avait peur. Depuis l'horrible incident de Londres, elle ne permettait jamais à personne de s'approcher autant de son corps et là maintenant, elle ne pouvait pas….elle ne pouvait pas. Elle fallait qu'il la laisse tranquille.

Elle essaya à nouveau de se dégager de son emprise, comme si sa vie en dépendait.

—Lâche-moi ! —réussit-elle à crier en le repoussant de toutes ses forces. Il la regarda, haletant, mais aussi consterné du regard apeuré que reflétaient ses yeux verts —. Ne… — Bree prit sa respiration pour continuer—, ne refais jamais ça Luke Spencer —haleta-t-elle la main sur la poitrine, et rajustant sa chemise—. C'est clair ? Ne me touche plus jamais.

—Elle recula comme s'il représentait une menace. Parce que pour elle, à ce moment précis, il en était une.

Il l'observa, incrédule. « Elle aura pensé que j'allais la violer ou quelque chose dans le genre ? Qu'est-ce qui lui prenait à cette fille ? », pensa-t-il énervé. C'était une provocatrice qui avait joué le jeu pour ensuite l'accuser de vouloir abuser d'elle. Il n'avait jamais eu à implorer une femme de coucher avec lui.

—Tu répondais à mes caresses ! Je ne pensais pas te violer, si c'est ça qui te faisait peur ! —Il passa ses mains dans ses cheveux noirs, les ébouriffant—. Enfin, quoi ? Bon sang, mais qu'est-ce qui t'arrive ? Si tu ne voulais pas que je continue à te toucher, alors tu aurais dû y mettre un peu moins d'enthousiasme —lui lança-t-il frustré—. Il ne forcerait jamais personne.

—Je... —elle le regarda effrayée et complètement déconcertée. En plus, elle avait aussi honte, parce qu'il n'avait pas à connaître ses fantômes du passé.

C'était la première fois depuis des années qu'elle permettait à un homme d'aller aussi loin. Elle avait besoin d'espace. Un peu d'air pour se remettre de ses émotions et ne pas permettre qu'une chose pareille se reproduise. Cet homme avait le pouvoir de troubler ses sens.

Se rendant compte du regard perturbé de Bree, Luke pesta et essaya de lui parler pour essayer de comprendre, mais elle lui tourna le dos et sortit à toute vitesse. La dernière chose qu'il entendit lui, fut un claquement de porte. Il n'essaya pas de la suivre. À quoi bon ? Elle était de toute évidence perturbée et ne semblait pas avoir envie d'expliquer son geste. Il pourrait s'excuser, mais de quoi exactement ? Ce n'était pas clair dans sa tête.

Se passant les mains sur le visage, Luke ferma la porte d'un coup de pied, éteignit la télé et s'assit sur le lit, l'érection encore palpitante. Il ne pouvait pas la poursuivre jusque dans sa chambre parce qu'il essaierait, en plus de parler, de reprendre les choses là où ils les avaient laissées, ce qui serait déplacé et stupide. Il donna un coup de poing sur le matelas, et s'étira pour s'installer entre les édredons. Il était aussi intrigué que frustré. « Je réglerai ça demain ».

Brenda se coucha, grelottante. Ses mains tremblaient lorsqu'elle voulut prendre un cachet pour se calmer. Alors elle se résigna et permit à son corps de se calmer petit à petit. Elle pourrait appeler Tom, mais il était trop tard et elle était adulte. Elle se sentait stupide. Elle avait répondu au baiser de Luke, bien sûr qu'elle l'avait fait, mais quand il avait commencé à la toucher…Elle n'aurait jamais dû se comporter de la sorte. Après tout, il ne pouvait pas connaître son expérience traumatique avec son ex-copain. C'était comme si ce cauchemar ne finirait jamais.

La psychologue qui l'avait suivie, il y a un certain temps, lui avait commenté que ce type de situations pouvaient se produire et qu'elle devrait en parler avec son partenaire. Dans ce cas, Luke n'était pas son partenaire ; il n'était personne dans sa vie.

Durant plusieurs années après l'attaque, elle avait esquivé toute attention allant au-delà de quelques rendez-vous amoureux ou de quelques baisers sans franchir l'étape suivante, car elle évitait ainsi d'être confrontée à ce problème si personnel et de se voir intimidée. Ses tentatives avaient été fructueuses, jusqu'à aujourd'hui. Très au fond d'elle-même, elle savait que Luke n'allait pas se convertir en un Ryan, mais son cerveau était incapable de l'assimiler. On aurait dit que son système était en pilote automatique, prêt à détecter une menace face à n'importe quel indice de danger.

Ce qui venait de se passer était un rappel qu'elle ne pouvait s'approcher physiquement d'aucun homme sans avoir peur.

Angoissée, elle se mit à pleurer. Au lieu de se contenir comme elle le faisait toujours, elle laissa les larmes couler sur ses joues. Son passé lui donnait un sentiment de désespoir, parce qu'il la poursuivait et qu'elle se sentait impuissante face à lui, même si elle essayait de lutter contre lui de toutes ses forces. Elle détestait avoir peur, elle avait ça en horreur, mais elle détestait plus encore de ne pas pouvoir s'en défaire. « Je n'aurais jamais de famille… d'enfants… ». Les pleurs se firent plus forts, et durèrent jusqu'à ce que, épuisée, elle s'endormit.

***

Luke se réveilla avant l'aube et se dirigea vers les écuries. Il scella un pur-sang arabe et pénétra dans les centaines d'acres de la propriété qui étaient aménagés pour dresser les chevaux et permettre au cavalier de profiter du grand air.

La nuit précédente, il n'avait pas embrassé Brenda dans l'intention de l'intimider. Il lui avait simplement semblé inévitable et irrésistible de ne pas la toucher. Le regard de consternation lorsqu'il avait commencé à la toucher plus intimement et sa façon si hystérique de réagir, lui avait fait l'effet d'une douche froide. Il n'avait jamais vu, chez aucune des femmes à qui il dispensait ses attentions, un regard aussi effrayé. « Qu'avait-elle subi dans le passé ? Qui avait pu être le bâtard qui l'avait poussée à ressentir ça ? », se demanda-t-il en faisant pression sur le cheval pour qu'il accélère le pas. La seule idée que quelqu'un ait pu faire autant de mal à Bree le faisait bouillir de rage.

Il ne s'était pas senti autant attiré par une femme depuis Faith. Et ce n'était pas peu dire. C'était tout un monde. Il éperonna son cheval et monta pendant une heure. La vitesse, le vent glacé sur son visage, ajouté à l'adrénaline, l'aidèrent à se changer les idées.

Monter à cheval était une de ses distractions favorites, et quand il avait l'occasion de le faire, il en profitait. C'était un amoureux né de la nature, de la vie en plein air autant que de la ville, mais il était fatigué de Londres et de ses fêtes qui l'ennuyaient. Il avait besoin d'un peu de tranquillité loin de sa vie agitée d'homme d'affaires et de la vie nocturne. L'arrivée au Great Surrey Wulfton avait donc été une surprise intéressante, non seulement de par le calme du séjour, mais aussi à cause de la délicieuse compagnie féminine qu'il y avait découvert.

Le travail dans l'hôtel était agréable. L'équipe de Thomas Hudson était solidaire, et quand l'un d'eux l'avait reconnu comme le neveu d'Alice, les autres avaient convenu de ne rien dire à ce sujet. Il n'obtint d'eux la promesse de garder le secret de son identité, que lorsqu'il eut démontré qu'il allait donner un coup de main lorsque ce serait nécessaire, et qu'il ne resterait pas comme le typique homme riche et aisé à attendre que les autres lui fassent tout. Ce ne fut pas un problème pour Luke, parce qu'il avait été élevé à la dur. Il aimait gagner le mérite des autres par ses propres efforts.

D'autre part, recommencer à sculpter lui offrait une connexion spéciale avec son côté bohème. Les sculptures sur les portes de l'hôtel, ils les avaient faites lui-même, il y a de nombreuses années. C'est juste qu'il n'avait jamais su où avaient fini ces portes que sa tante lui avait demandé de sculpter, en tout cas pas jusqu'à maintenant.

Alice, le voyant si déçu de Faith juste après leur divorce, lui proposa de reprendre son passe-temps d'adolescent, la sculpture sur bois. Il avait accepté sans rechigner, parce qu'en plus du travail et des femmes avec lesquelles il avait tenté de remplacer Faith, il avait besoin de quelque chose qui lui enlève le goût amer de l'échec. Une activité où il n'y aurait que lui et personne d'autre autour. Reprendre ses travaux de sculpture sur bois fut la solution parfaite. Ce fut une thérapie qu'il commençait chaque soir lorsqu'il rentrait du bureau et qu'il continua pendant tous ces mois difficiles postérieurs au divorce. Il s'enfermait dans son studio et laissait naître dans sa tête l'image des traits des différents animaux, pour ensuite les reproduire sur bois. Sculpter l'aida à canaliser les frustrations dues à son mariage raté et erratique.

Lorsqu'il eut fini de galoper dans les alentours de la propriété de l'hôtel, les muscles tendus et fatigués, il partit se doucher. La frustration sexuelle s'était évaporée pour le moment, contrairement à une pensée qui persistait dans son

esprit. Il allait découvrir ce qui était arrivé dans le passé de
Brenda Russell.

CHAPITRE 5

Brenda était en train de savourer un croissant dans la salle du petit déjeuner. Elle était pressée, puisque le chauffeur d'Alice allait passer la prendre dans une heure. Ce serait sa routine chaque samedi jusqu'à ce que son travail soit terminé à Surrey, elle s'adaptait donc du mieux possible. Elle était soulagée de pouvoir voir Harvey ; il lui manquait énormément.

Depuis sa table à la nappe bleu marine, elle fit attention aux hôtes qui conversaient agréablement. Selon Stella, cheffe de l'hôtel, il y avait au moins cinq couples de jeunes mariés en lune de miel. Et ce n'était pas un hasard, parce qu'il s'agissait d'un endroit de rêve.

Brenda désirait avoir un enfant dans un futur proche et en prendre soin comme jamais sa mère ne l'avait fait avec elle. Pourtant, être intime avec quelqu'un lui provoquait une certaine méfiance ; les souvenirs de la nuit précédente en étaient le témoin.

Après s'être douchée avant de petit déjeuner, et l'esprit plus clair, elle ne put éviter de sentir une certaine gêne quant à ce que Luke avait pu penser de sa réaction envers lui. Il l'avait sans doute prise pour une lunatique ou une femme provocatrice, et à vrai dire, elle aurait pensé la même chose si les rôles avaient été inversés. Honnêtement, elle admettait qu'avec Luke elle s'était sentie libre et désinhibée, jusqu'à ce que les souvenirs de cet épisode dans le bar, il y a des années, viennent hanter sa mémoire. Quoi qu'il arrive, il fallait qu'elle reste à l'écart. Elle devait avoir présent à l'esprit que c'était elle la cheffe et que Luke était un employé. Ce ne serait pas correct de mélanger les deux positions, parce que cela lui enlèverait de l'autorité face à lui.

Tandis qu'elle se servait un peu de café, elle observa avec plus d'attention son environnement. L'intérieur du salon était en bois et peut-être était-ce là que le Duc de Sutherland plaçait ses trophées de chasse, vu qu'il y avait quelques têtes d'animaux qui décoraient les murs. Au lieu d'avoir l'air grotesque, cela lui donnait un air imposant, presque exotique. La vaisselle dans laquelle elle prenait son petit déjeuner était une fine porcelaine fabriquée à la main par des artisans de la région. Alice mettait un point d'honneur à orner de détails précis chaque espace de ses hôtels, en fonction de l'emplacement géographique et de touches historiques dans le cas des manoirs restaurés pour recevoir des invités de marque.

—Je peux m'asseoir ? —demanda une voix connue derrière elle. Sans doute grâce au café ou parce que le sommeil l'avait aidée, elle ne sursauta pas sur sa chaise comme cela aurait été le cas si elle avait été perturbée ou inquiète. Elle se tourna et releva lentement la tête pour se trouver nez à nez avec l'attirant visage de Luke.

—Je ne crois pas que ce soit le bon endroit, Luke. —Il réprima un sourire en l'entendant prononcer son nom. « Au moins elle n'était pas fâchée », pensa-t-il—. L'équipe de monsieur Hudson prend son petit déjeuner et son déjeuner, en général, séparément. Tu dois comprendre que tu n'es pas un hôte. Ce n'est pas que j'aime faire des différences, mais ce type d'hôtels est géré avec un portefeuille d'hôtes très exclusif et Alice n'aimerait pas ça. —Elle tartina son pain de gelée en prenant son temps pour qu'il digère ce qu'elle était en train de dire—. Il serait préférable que tu partes. Tu pourrais avoir des problèmes avec madame Evans.

Il s'assit en face de Brenda comme s'il n'avait pas entendu l'avertissement. Un trait très particulier du chef d'entreprise qu'il y avait en lui, était sans doute de prendre des décisions et de faire ce qu'il voulait, quand il le voulait. Comme maintenant. Il voulait lui parler à la table du petit déjeuner, et c'est ce qu'il allait faire.

—Je crois que toi et moi devons parler, cheffe. —Elle ne lui adressa pas un regard. Cela lui permit de l'observer en train de savourer son pain. Luke remarqua la petite goutte de confiture qui était restée à la commissure de ses lèvres sensuelles, alors il se pencha en avant et l'attrapa de son index. Ensuite, très lentement et en lui faisant un clin d'œil, il la porta à sa bouche. Elle l'observa en fronçant les sourcils. Remarquant que Bree ne souriait même pas à cette espièglerie, son visage prit un aspect moins joueur—. Je te dois une excuse, d'accord ? C'est pour cela que je te cherchais. —Il avait décidé que, peu importe s'il connaissait ou pas le motif de la réaction de Brenda la nuit précédente, il préférait lui dire qu'il était désolé s'il avait pu l'incommoder.

Brenda haussa les épaules. Elle n'avait pas envie de parler de ça.

—J'aimerais savoir… —commença Luke en voyant qu'elle ne disait rien.

Elle l'arrêta d'une main, laissant la moitié de son pain grillé sur la petite assiette en céramique aux détails célestes et dorés.

—Ce qui s'est passé hier est oublié, Luke. Si tu veux t'excuser, parfait. J'accepte tes excuses. Si tu tentes à nouveau de me faire des avances, je serai désolée de perdre mon temps à trouver un autre restaurateur, mais je serai dans l'obligation de te renvoyer. J'apprécie énormément mon travail et j'ai un programme à suivre. Je ne prétends pas que tu le comprennes, mais que cela soit au moins clair pour toi. —Il serra les dents et garda pour lui un juron. Dans d'autres circonstances il se serait défendu, mais il devait se rappeler que du moins pour elle, il était un employé comme les autres. Le plus curieux, c'était que Brenda essayait de lui faire croire par son attitude qu'il était allé trop loin avec elle, alors que de par son expérience, il savait qu'il y avait une explication bien plus complexe derrière l'épisode qui avait eu lieu entre eux deux. Il essaya de contrôler son humeur.

—Et d'ailleurs, pourquoi dors-tu dans la chambre d'hôtes ? —poursuivit Brenda—. Je devrais en parler à madame Evans et anticiper ton licenciement.

« Cela m'étonnait qu'on n'ait pas abordé le sujet avant », réfléchit Luke en regardant autour de lui. Tout le monde était concentré sur ses propres problèmes. Bon.

—C'est elle qui m'a assigné l'endroit, parce que la maison dans laquelle dorment les autres est pleine et j'habite bien plus loin d'ici que les autres comme pour faire des allers et retours. —« Il faudrait que je passe la nouvelle à Muriel pour qu'elle ne dise pas le contraire », prit-il note mentalement—. Je n'ai commis aucune infraction de ce point de vue-là.

—Mmm. —Elle but son café, tout en l'ignorant. Elle commençait à se sentir mal à l'aise. Il lui semblait encore sentir la pression des lèvres agiles de Luke sur les siennes. Elle savoura le liquide fumant de la tasse, en tentant d'oublier une autre saveur plus primitive. Il l'observait, une étincelle imprenable dans ses yeux bleus ; les plus bleus qu'elle ait jamais vus.

—Bree…

Elle leva son regard vers lui. L'avoir en face d'elle et aussi près lui posait à nouveau des problèmes de concentration.

—Quoi ?

—Vraiment, je n'avais aucune intention de te faire peur hier —dit-il avec douceur—. Je n'ai pas pu m'empêcher de t'embrasser et ce n'est pas quelque chose qui m'arrive souvent. D'ailleurs, j'arrive assez bien à me contrôler. Même si tu dois être consciente que tu es très belle…

« Oh s'il te plaît, ne dis pas de bêtises », pensa-t-elle, se rappelant comment Ryan lui disait des choses agréables par rapport à sa peau, ses yeux verts, ses longs cils ou sa silhouette de mannequin d'annonce publicitaire…

—Bon, c'est tout ? —demanda-t-elle froidement. Elle était vaccinée contre les compliments, mais les paroles de Luke sonnèrent d'une certaine façon, différemment… comme si elles étaient sincères.

—Je n'ai sans doute pas le droit de te demander quoi que ce soit —il la regarda de ses yeux bleus—, mais je n'ai jamais vu une femme prendre autant peur à cause d'un interlude comme celui que nous avons eu hier soir. Je ne crois pas avoir été brusque avec toi, alors, pourquoi… ?

Bree se crispa.

—J'ai terminé mon petit-déjeuner. —Elle laissa la serviette en tissu sur la table. Elle se leva—. Bonne journée et profite bien de ton weekend —dit-elle en se dirigeant vers la sortie.

Luke l'observa s'éloigner. « Elle l'avait abandonné pour la deuxième fois en moins de vingt-quatre heures. Du jamais vu ».

Si *la sergente-chef* pensait qu'en feignant l'indifférence et en refusant de parler de ce qui s'était passé entre eux, il allait faire abstraction de ce qui s'était passé avec lui, elle allait être très déçue. Sa plus grande qualité en tant qu'homme et chef d'entreprise, c'était la persistance. Et il comptait bien la valider avec Bree.

Avant de se lever de table, il remarqua un petit sac qu'elle avait laissé sur le plateau. Il le prit dans sa main avec un sourire. « Il avait désormais un motif pour retourner à Londres ».

***

Le soleil brillait haut dans le ciel londonien. Ce qui était bizarre puisque le ciel était partiellement ou totalement nuageux la plupart du temps. La caresse du vent printanier fit beaucoup de bien à Brenda. Harvey l'accueillit avec euphorie et une accolade insistante. Les Quinn avaient préparé le repas et l'invitèrent à s'asseoir à table avec eux. Malgré la fatigue de la semaine, l'atmosphère familiale la détendit et elle accepta de rester de bon gré.

L'unique idée de foyer qu'elle connaissait était celle de ces deux personnes âgées.

—Tu es prêt pour la pièce de théâtre, Harv ? —demanda-t-elle en appelant son frère par ce diminutif qu'elle employait parfois avec lui.

La bouche pleine de jambon, le petit garçon acquiesça.

—Il s'est entraîné dans le jardin. Oswald l'a aidé un peu en répétant la voix que devrait avoir une tortue qui a reçu une récompense pour avoir gagné la course —dit Éloise en lui adressant un clin d'œil.

—Alors la fable du « lièvre et de la tortue », pas vrai, Harv ? —lui demanda Bree, pendant qu'elle goûtait les pommes de terre frites. Même si elle connaissait déjà la réponse, son petit frère adorait lui raconter l'histoire à l'infini.

—Oui ! Oswald m'a dit que même si on est un peu lents, parfois il vaut mieux ne pas se dépêcher, pour arriver sans problème —répondit-il. Il s'adressa ensuite au monsieur qui l'accueillait toujours comme si c'était son petit-fils— : Je l'ai bien dit, Oswald ?

L'homme aux cheveux poivre et sel acquiesça d'un sourire.

—Comment s'est passé ton travail, Brenda ? —s'enquit Éloise.

—Très bien, même si c'est un peu dur. On est en train de changer les tuyauteries, les décorations et les portes qui sont en bois sculpté sont rénovées, la nouvelle peinture devrait arriver bientôt, l'agrandissement d'une ou deux salles de bain se passe très bien, donc je dirais que nous avançons selon le calendrier —elle prit une gorgée de jus de pommes—. Ne parlons plus de choses ennuyeuses, dites-moi plutôt, vous nous accompagnerez à la pièce de théâtre, n'est-ce pas ?

—Absolument ! On ne louperait ce jour pour rien au monde —répliqua Oswald en souriant.

***

Pendant qu'elle terminait de s'habiller dans sa chambre, Brenda appela la clinique de réhabilitation pour savoir comment allait sa mère. L'endroit était luxueux et le service était impeccable. Elle avait aimé lorsque le docteur Vincent Andrews, avant d'interner Marianne, lui avait expliqué en détail le programme de désintoxication, la thérapie groupale et la thérapie individuelle, les classes éducatives, et même les activités holistiques. La partie qu'elle appréhendait le plus était celle des thérapies familiales. Lors de la première session, contrairement à ce qu'elle pensait, elle réussit à rester près de sa mère et à écouter son point de vue de l'histoire derrière les addictions, sans discuter. Cela lui avait beaucoup coûté, mais elle y était arrivée. Elle n'y amenait pas Harvey. Cela n'était pas prudent et le médecin, du moins pour le moment, était d'accord avec sa décision.

—Bonjour, mademoiselle Russell —salua le docteur Andrews de sa voix nasillarde.

Le docteur était un sexagénaire très aimable à la réputation médicale irréprochable. Bree avait pris un temps considérable pour analyser la clinique avant d'y investir son argent. Le traitement moyen durait six semaines, mais elle demanda qu'ils prennent soin de sa mère au moins pendant dix semaines, argumentant qu'elle l'avait vue décliner tant de fois qu'elle avait désormais besoin d'être sûre de ses progrès. Le médecin accepta. Une fois de plus, elle fut reconnaissante d'avoir un travail décent qui lui permette de payer le centre médical.

—Docteur Andrews, j'aimerais savoir comment progresse ma mère. —Il y eut un bref silence qui ne lui plut pas du tout—. Docteur ?

—J'ai bien peur que votre mère ait réussi à mettre la main sur un petit paquet de cocaïne apporté par un ami. Nous essayons de l'identifier grâce aux caméras de sécurité. —Elle serra le combiné dans sa main—. Je le regrette, mais le temps de séjour doit être rallongé. —Brenda fit des calculs dans sa tête. Si elle poursuivait ce traitement, son rythme de dépenses allait augmenter considérablement et elle serait de nouveau à court d'argent. Et Harvey ne manquerait de rien, parce que si le montant était trop élevé, elle n'avait aucun inconvénient à essayer de faire davantage d'heures supplémentaires—. Votre mère va s'en sortir. Cependant, l'organisme de la patiente, comme je vous l'ai déjà dit, est très affecté par l'alcool et les drogues, alors soyons patients. Nous sortirons de l'impasse.

—Je peux…la voir ?

—Je ne vous le conseille pas pour le moment, parce qu'elle est très perturbée. Nous étions sur le point de vous contacter, mais vous l'avez fait avant nous, heureusement. Cela aurait été dommage que vous ne soyez pas chez vous.

Harvey commença à déambuler dans la chambre avec son petit costume de tortue à moitié mis.

—D'accord, je… s'il vous plaît, aidez-la docteur. Ça a été très difficile —sa voix se brisa—, aidez-la —insista-t-elle.

—Faites-nous confiance. Nous allons maintenant l'isoler, sans aucune visite et nous allons lui faire un suivi bien plus exhaustif.

—Merci. —Elle raccrocha.

Elle ajusta sa robe bleu. Un subtile entrelacement du tissu soutenait ses seins avec un léger décolleté en V. Les manches courtes aux volants transparents couvraient les taches de rousseur de ses épaules. La robe lui arrivait jusqu'aux genoux. Elle se fit un chignon bun. Avec le manteau qu'elle avait sur le porte-manteau au rez-de-chaussée, cela irait très bien, pensa-t-elle.

En voyant son frère tournoyer sur lui-même, en faisant s'agiter les petites pattes du costume de tortue d'un côté à l'autre pour essayer d'attirer l'attention, elle lui sourit. Elle s'approcha de lui pour attacher les fermoirs du déguisement.

—Je ressemble à la meilleure tortue ? —demanda-t-il, hésitant.

Bree rigola.

—Je n'ai jamais vu une aussi belle tortue de toute ma vie, Harv. Attends ! —lui dit-elle avant qu'il ne sorte en courant pour voir les pantoufles vertes et noires. Bree alla chercher l'appareil photos—. Il faut qu'on garde un souvenir de ça, mon chou. —Il fronça les sourcils—. Si tu me laisses te prendre en photo je t'achète une glace à deux boules. Qu'en dis-tu, hein ? —En voyant son regard s'illuminer, elle sut qu'elle obtiendrait sa photo. Elle mit l'appareil photos sur automatique et régla le minuteur sur dix secondes—. Bon, alors maintenant viens ici. C'est ça. —Avec une grimace amusante, les deux posèrent devant l'objectif. Clic. C'est bon ! La photo est prise !

Il était presque six heures du soir lorsqu'Éloïse et Oswald firent retentir le klaxon de leur voiture. Le frère et la sœur sortirent pour venir à leur rencontre. Une fois qu'ils eurent mis leurs ceintures de sécurité, Oswald appuya sur l'accélérateur.

Le décor de la pièce de théâtre était fait de cartons peints par les professeurs et les enfants. C'était une école de petite taille, mais accueillante et l'auditoire était plein à craquer. Les parents se montraient enthousiastes à l'idée de voir leurs enfants cet après-midi-là. Cette mise en scène se faisait une fois par an et la fable qu'ils choisissaient de représenter était sélectionnée par vote. Tous les enfants de l'école ne pouvaient pas jouer, il y avait un casting et une note de bon comportement. Brenda se sentait donc plus que fière de son frère ; elle se sentait heureuse qu'au moins les souvenirs d'enfance de Harvey puissent être meilleurs que les siens. Quand le spectacle commença, son frère bougeait avec grâce, riait et prenait du plaisir à jouer. Elle applaudit, enthousiaste, lorsque le groupe salua dans le dernier acte pour remercier le public.

Harvey arriva jusqu'à eux en courant, une fois que le rideau fut tombé.

—Je vous invite à prendre une glace ! —dit Bree en se rappelant la promesse faite lorsqu'ils s'étaient pris en photo à la maison.

—Youpi ! —cria Harvey en faisant des bonds et en agitant les petites pattes du costume de tortue, qu'il refusait d'enlever.

Après avoir dit au revoir aux parents de certains des petits amis de Harvey, les Quinn et Bree sortirent de l'école et marchèrent pour profiter de la fraîcheur de la nuit. Le marchand de glaces était à deux rues et avait un logo très pittoresque. Ils commandèrent, puis commencèrent à parler du spectacle, des notes —sujet qui ne plut pas particulièrement à Harvey—, des vacances d'été et des professeurs.

Alors qu'ils s'apprêtaient à payer l'addition, Bree leur dit qu'elle les invitait. Elle s'approcha alors de la caisse et fouilla dans son sac à main à la recherche du portefeuille dans lequel elle avait son argent. Elle était sûre de l'avoir rangé en revenant de Surrey. Il n'était pas facile à perdre parce que sa couleur moutarde était facilement reconnaissable malgré sa petite taille. Il y avait une queue assez longue derrière elle, car certains petits camarades de Harvey étaient aussi en train de commander des glaces. Elle commença à écouter des murmures impatients dans son dos.

La voyant en difficulté, Éloise s'approcha et lui chuchota à l'oreille qu'elle se chargeait de payer. Bree ne put pas profiter du reste de la soirée, tout d'abord parce qu'elle avait honte de ne pas avoir pu payer son invitation, et ensuite, parce qu'elle n'avait pas ses documents personnels, ni l'argent avec lequel elle se déplaçait pendant la semaine, ni ses cartes de crédit non plus. Elle aurait pu téléphoner à la centrale pour faire une déclaration de perte, mais elle avait laissé son portable à la maison. « Où avait-elle bien pu laisser son portefeuille » ?

Oswald, remarquant qu'elle était inquiète, lui proposa de partir, ce qu'elle accepta, malgré les protestations de Harvey qui voulait continuer à converser avec ses petits camarades habillés en lion, en hyène, en lapin —l'enfant protagoniste—, un autre habillé en kangourou et la dernière, une fille déguisée en hibou. L'enfant suivit sa sœur aînée à contrecœur.

Inquiète et prête à fouiller de nouveau parmi ses affaires pour essayer de trouver son portefeuille, Brenda descendit pratiquement en courant de la voiture dès qu'ils arrivèrent à la maison. Elle dit au revoir aux Quinn, et prit Harvey par la main pour traverser la rue.

Ils montèrent deux à deux les six marches du porche, où se trouvaient deux longs canapés de trois places chacun. Confortablement installé dans l'un d'eux se trouvait un homme. Il faisait un peu sombre, mais pas suffisamment pour qu'elle ne puisse pas l'identifier.

Elle se figea.

Harvey passa en courant et s'arrêta devant la porte en attendant qu'elle l'ouvre.

—Il me semble que tu as oublié quelque chose —dit Luke en se levant. Cela faisait trois heures qu'il attendait Brenda. En l'observant s'approcher il se sentit gêné, parce qu'en apprenant qu'elle avait un fils, cela expliquait peut-être sa réticence en l'embrassant la nuit précédente, mais il se sentit aussi gêné et bizarrement énervé qu'elle appartienne à un autre homme. Où pouvait être le père de cet enfant ?—. Tiens —il lui remit le portefeuille couleur moutarde.

Elle le regarda avec méfiance.

—Tu l'as oublié ce matin au petit-déjeuner —expliqua-t-il en voyant l'expression d'étonnement sur son visage—. J'ai appelé madame Evans pour qu'elle me donne ton adresse et me voilà ici, pour te rendre ce qui t'appartient. —Il lui tendit le portefeuille.

Elle le prit d'un geste incertain.

—Qui c'est Bree ? —demanda l'enfant méfiant en observant l'inconnu.

Brenda allait répondre, lorsque Luke anticipa en se penchant vers Harvey.

—Je m'appelle Luke. —Il tendit la main. Après avoir regardé sa sœur en hésitant et l'avoir vue hocher la tête, Harvey lui tendit la sienne. Le propriétaire de Blue Destination serra doucement la petite main—. Je travaille avec ta maman.

Harvey le regarda comme s'il avait la peste. « Ma maman » ?

Brenda rit de ce que Luke avait présumé, mais n'essaya pas de clarifier les choses. Il l'observa, les sourcils légèrement froncés.

—Rentre à l'intérieur Harvey. —Elle ouvrit la porte et l'enfant entra en courant. Lorsqu'elle fut certaine que son frère était suffisamment loin, elle dirigea son attention à Luke—. Merci de t'être donné la peine de venir jusqu'à Londres. Ce n'était pas nécessaire. Tu aurais pu m'appeler sur mon portable pour me dire que tu avais mon portefeuille.

Il mit ses mains dans les poches de son pantalon. Un courant d'air fit soudain bouger la robe de Bree et ses cheveux blonds. Luke dut se rappeler immédiatement qu'il s'agissait d'une femme mariée et réprima l'impulsion de caresser la peau douce de son visage et de l'embrasser à nouveau. « Son foutu mari avait bien de la chance », grommela-t-il, en pensant comment ce maudit bonhomme pouvait caresser de manière intime la svelte et voluptueuse silhouette de Brenda, se submergeant dans les profondeurs de son corps jusqu'à ce qu'elle gémisse et... « Pensée inappropriée. Elle est mariée. Elle est mariée », se répéta–t-il sans arrêter d'observer comment la robe laissait transparaître une paire de jambes parfaites.

C'était bête, mais le fait de la savoir mariée et de savoir qu'un autre homme la ferait sienne l'irritait profondément. Il ne sortait pas et ne séduisait pas les femmes mariées. Il n'y avait qu'un détail, c'était que Bree ne portait pas d'alliance, même si ce n'était pas une prérogative à l'heure actuelle, mais elle aurait pu le lui dire au lieu de le mettre mal à l'aise et qu'il se sente intrigué par la manière dont elle avait réagi avec lui. Si lui avait été marié avec une femme comme Brenda, il lui ferait porter fièrement son alliance, pour que personne ne s'en approche. Il pouvait parfois être possessif, même si ce n'était pas un trait habituel de sa personnalité. Brenda, curieusement, produisait chez lui des émotions plus vives que toute autre femme qu'il ait connue. Cela ne le tranquillisait pas du tout.

Il envoya valser ses conjectures.

—J'ai essayé de t'appeler au numéro que m'a donné madame Evans, mais sur l'autoroute le signal est mauvais et puisque j'étais ici en ville, j'ai décidé de t'attendre. De toutes façons je devais venir à Londres pour faire deux ou trois choses ce week-end. D'une pierre deux coups. Tu ne crois pas ? —demanda-t-il sans attendre de réponse—. Peut-être que ton mari n'aura plus à appeler pour annuler tes cartes de crédit, en pensant qu'elles étaient perdues —il signala le portefeuille dans la main de Bree—. Et si jamais tu te poses la question, non, je n'ai pas fouillé dans tes affaires.

Avec ses yeux bleu brillant, ses cheveux noirs légèrement décoiffés, une chemise polo et des jeans noirs qui lui allaient comme un gant, Luke Spencer était une vision à lui tout seul. Le cœur de Brenda battait à cent à l'heure. Elle avait interagit avec des hommes séduisants, sexy, beaux, pas si sexy que ça et pas si beaux que ça, mais Luke lui paressait irrésistible. Et cela mettait ses neurones en alerte, en plus de ses hormones, pour qu'elles se cachent lorsqu'il se trouvait à proximité. Prudence. C'était le mot qui lui venait à l'esprit.

—Je suppose que je dois te remercier —sourit-elle en voyant son expression de frustration parce qu'il pensait qu'elle était mariée. Sans le savoir, il venait de lui donner l'excuse parfaite pour ne pas s'approcher physiquement et justifier sa réaction au baiser brûlant qu'ils s'étaient donné.

—Je suppose—dit Luke en marmonnant. La première femme qui l'attirait depuis Faith et il fallait qu'elle soit engagée avec un autre homme. Bon sang !—. Je dois aller faire mes courses maintenant. Je te verrai lundi…. cheffe —dit-il d'un ton indifférent, tandis qu'il descendait les marches du porche.

Brenda l'observa jusqu'à ce qu'il fasse démarrer une voiture de luxe. Elle s'imaginait que parfois les hommes qui gagnaient de bons salaires dans des emplois aussi spécialisés que celui de Luke, aimaient fanfaronner en s'achetant des voitures chères. Même si le plus probable, c'est qu'il l'ait louée. « Et qu'est-ce que ça peut me faire à moi » ?

Elle préférait que Luke pense qu'elle était mariée, comme ça elle n'aurait pas à souffrir d'une autre attaque de panique, ni à se remémorer aucun moment gênant de son passé. Luke la désirait, et le destin devait avoir pitié de sa bêtise, parce qu'elle aussi sentait la même chose. Une aventure, ce n'était pas pour elle, donc affaire réglée.

C'est avec cette pensée qu'elle se dirigea de nouveau à l'intérieur de la maison pour se préparer un thé.

***

Luke conduisit comme si le diable en personne le poursuivait. Jack lui avait dit que sa Range Rover était comme neuve, et l'espace d'un instant, il pensa que Brenda l'interrogerait sur le fait qu'il possède une voiture aussi chère. Il avait déjà une réponse toute faite au cas où elle l'interrogerait à ce sujet. Il lui dirait que le véhicule était une voiture de location. Cependant, il ne tenterait pas sa chance une nouvelle fois et ferait attention au fait qu'elle ignorait qu'il était un Blackward. Il conserverait sa vraie identité secrète, jusqu'à ce qu'il parte de Guildford. Ainsi, elle ne pourrait pas se vanter auprès de son mari qu'elle travaillait auprès d'un des hommes les plus riches du Royaume-Uni, et elle n'essaierait pas de profiter de lui ou de sa position. Même s'il était conscient qu'à aucun moment Brenda ne lui avait donné l'impression d'être une profiteuse, il fallait bien avouer que de manière générale il se méfiait des femmes.

Tandis qu'il se garait dans une des rues de Mayfair, il continuait à avoir quelques doutes. Brenda aurait craint de se voir poussée à confesser à son mari et de lui dire qu'elle avait embrassé passionnément un parfait inconnu ? Son regard apeuré, après l'avoir caressée, aurait été le fruit d'un homme trop jaloux qui peut-être la battait ? Parce que si par hasard il la battait, il retournerait là-bas et… « Et rien du tout, tu n'as rien à faire avec elle », se répéta-t-il jusqu'à ce qu'il y croie presque.

Il entra dans le vestibule de sa maison avec le besoin urgent de se donner une douche froide. Peut-être que cela lui ôterait l'idée qu'il avait partagé un baiser délicieux et inoubliable avec une femme mariée.

CHAPITRE 6

Les journées de travail suivantes se déroulèrent normalement. Luke évita Brenda, et si par hasard il la rencontrait dans un endroit de l'hôtel, il la saluait à peine en inclinant la tête et poursuivait son chemin. En plus de s'occuper à sculpter et à retoucher le bois, il s'échappait à certains moments pour aller dans sa chambre et se maintenir au courant s'ils avaient besoin de lui dans son entreprise. George avait tout sous contrôle et il lui en était reconnaissant, parce que ces jours passés loin du bruit des métropoles dans lesquelles il se rendait habituellement, lui faisaient du bien.

Pourtant, il était un peu nerveux. La dernière fois qu'il avait parlé avec sa tante Alice, elle l'avais mis au courant qu'une réduction de personnel était prévue dans les dispositions prises pour les prochains mois. La raison en était qu'apparemment, de nombreux employés étaient affectés à des postes qui pouvaient être unifiés et supervisés par une seule personne au lieu de fractionner autant le travail et de surcharger la paie. Luke lui conseilla de ne pas poursuivre dans ce sens et que même si elle pensait les licencier, elle pourrait choisir d'envoyer les CV à Blue Destination pour qu'il trouve un moyen de les transférer. Sa tante lui expliqua qu'elle allait y réfléchir. « Ma tante pouvait parfois être têtue comme une mule », fut ce qu'il pensa suite à cette réponse.

Bree en revanche, était préoccupée par sa mère. Elle appelait tous les jours pour connaître les progrès réalisés, et le pronostique du docteur Andrews était encourageant. Cela la rassurait. Quant au séduisant restaurateur aux yeux bleus, elle se montrait à son égard exactement comme lui : courtoise et distante. À un certain moment, entre les appels et les commandes de matériaux, elle se demandait si elle avait peut-être mal fait de ne pas lui préciser que Harvey était son frère. Puis elle reprenait ses esprits et confirmait sa posture initiale de maintenir cette petite confusion.

Un matin, Brenda fut surprise de voir Luke porter un lourd objet encombrant comme s'il ne pesait rien, pour ensuite s'asseoir dans le couloir près de la fenêtre de son bureau, sa chemise entrouverte, à sculpter comme s'il était dans son élément. Ces contrastes entre force et sensibilité la séduisaient. Mais elle avait déjà goûté aux mauvais tours que ses émotions pouvaient lui jouer, et refusait de revivre une nouvelle expérience douloureuse.

Pour ce qui concernait le travail à l'hôtel, elle était contente. Plusieurs hôtes venaient de diverses régions du pays, sans doute parce que Surrey était une destination assez tranquille du Royaume-Uni, et que l'hôtel était un endroit magnifique pour passer les week-ends, dans un environnement accueillant et avec une cuisine hors pair avec deux étoiles au Michelin. Le restaurant WHG dans lequel se trouvait Brenda en ce moment, était célèbre non seulement à Guildford, mais de nombreuses personnes venaient aussi de plusieurs zones avoisinantes pour régaler leur palais des plats de premier choix qu'il offrait.

Ce détail de la bonne table était ce qu'appréciait le plus Sam McEvoy, un Écossais aux cheveux gris d'ascendance irlandaise qui était tombé amoureux de l'excellent menu. Sam résidait à Guildford et avec son épouse Meg, ils s'étaient liés d'amitié avec Bree depuis qu'ils avaient coïncidé avec la jeune fille pour la première fois un après-midi à l'heure du déjeuner.

—Bonjour, Bree, viens manger avec nous —l'invita Sam, en la voyant déambuler dans le salon principal du restaurant.

Elle leur sourit en les saluant et s'approcha pour s'installer sur la chaise qui donnait sur la porte principale. Elle aimait parler avec les McEvoy car ils étaient très agréables et qu'elle se sentait libre de parler de sa vie comme guide touristique, de leur raconter ses anecdotes et un quelconque commentaire personnel qui n'en dirait pas trop.

Le couple était propriétaire d'un bar très connu de Guildford, le Rebel Wine Bar. Ils l'avaient ouvert avec beaucoup d'enthousiasme. Le bar fonctionnait depuis qu'ils s'étaient installés en Angleterre après avoir quitté Edinbourg, il y a vingt ans.

—Ma chère, aujourd'hui nous avons un groupe qui va jouer en direct et qui vient directement d'Irlande. De Cork pour être exacte. Aimerais-tu te joindre à nous ? —l'invita Megan.

Madame McEvoy était une femme menue aux cheveux bruns frisés et dont les yeux marrons lui donnait un regard inquisiteur. Une beauté, pour les soixante ans qu'elle arborait avec élégance, cinq enfants et un mariage qui durait depuis plusieurs décennies.

Bree accepta, enchantée de l'invitation. La dernière fois qu'elle avait visité un pub, elle était avec un groupe de touristes qui se bousculaient pour obtenir une place assise, acheter de la bière et à manger. Un vrai chaos. « Un peu de détente me fera un bien fou ». Même si c'était mercredi, elle n'avait pas à se lever tôt le lendemain, car elle n'avait pas fait le pont du lundi de Pâques et avait donc un jour de libre en sa faveur. Elle enverrait un courrier électronique à la centrale pour prévenir qu'elle prendrait son jeudi.

—Avec grand plaisir, merci.

Sam fit un geste de la main.

—Sachant que tu es ici sans ta famille et que tu es si aimable avec cette paire de vieux filous, c'est le moins que l'on puisse faire. D'ailleurs, je me charge de l'addition —dit-il d'un sourire généreux.

—Vous êtes vraiment adorables ! —s'exclama-t-elle avec sincérité.

—Même si —Sam caressa sa barbe blanche, pensif—, tu es très belle et jeune pour ne pas avoir de petit ami. Je pense que Meg —il regarda son épouse, qui leva les yeux au ciel—, et moi pourrions te présenter à l'un de nos fils…

—Sam —le réprimanda Megan—. Laisse-la tranquille. —Elle s'adressa à Brenda— : ne fais pas attention à ce qu'il dit, si l'un de nos enfants était célibataire, tu aurais de quoi t'inquiéter, mais ses jours d'entremetteur sont finis.

Bree éclata de rire, feignant d'être effrayée, et les McEvoy se joignirent à elle.

Luke se dirigeait vers sa chambre, quand un rire l'arrêta net aux portes du WHG. Il contempla discrètement comment brillaient les yeux verts qui le poursuivaient malgré ses efforts pour les ignorer, en particulier la nuit, quand il savait que Brenda dormait à quelques chambres de la sienne.

Avant qu'elle ne remarque qu'il l'observait, il opéra un demi-tour et s'éloigna de mauvaise humeur. « Tu ne peux pas la désirer, maudite soit-elle. Elle est mariée. M—a—r—i—é—e ! » Alors que cette pensée le rongeait de l'intérieur, il décida de changer de direction. Au lieu d'aller réviser les courriers de Blue Destination, il retourna au travail pour décharger sa frustration sur le bois.

***

Le bar était situé dans la High Street et semblait être plein à craquer. Bree fut contaminée par les rires, les bières qui allaient et venaient d'un côté à l'autre et la bonne ambiance. Elle s'était assise à une table discrète et malgré la foule, le fauteuil face à elle restait vide. « Un message du destin ? Mieux vaut être seule pour le moment alors », pensa-t-elle de bonne humeur.

La décoration était très sympathique. Le plafond en bois était peint tout en blanc. Il y avait plus de vingt types de bières différents qui étaient vendus au comptoir, et des serveurs assidus vêtus des typiques jupes écossaises allaient et venaient pour servir les convives. Il y avait une excellente carte des vins. Des rouges, des blancs, mais aussi du champagne. Un endroit magnifique avec une ambiance qui sans aucun doute attirait non seulement les touristes, mais aussi les natifs de Guildford.

—Bree ! —salua Megan en arrivant jusqu'à la table, où elle goûtait un verre de vin rouge—. Les *reels* vont commencer. Tu les as déjà dansés ?

Elle était contente d'avoir mis un jean serré, des sandales confortables, un chemisier en soie rouge, les cheveux attachés en queue de cheval juvénile. Elle mourait d'envie de danser.

—Jamais —sourit-elle en prenant une gorgée de son vin. Il était délicieux.

—Même si nous sommes écossais, nous aimons beaucoup profiter de toutes les nuances traditionnelles de Grande Bretagne. Et les *reels*, qui sont si typiques de l'Irlande, nous les adorons parce qu'ils sont très animés. Allez viens ! —Sans plus attendre, Megan la prit par la main et l'entraîna jusqu'à la piste où plusieurs clients très enthousiastes se préparaient pour la typique danse irlandaise au rythme entraînant. Sam la salua avec sa bonne humeur et lui tendit la main pour l'inviter à danser. Megan applaudit, contente, puis s'échappa pour s'occuper de ses clients.

Le rythme de la musique commença en douceur avec le premier *reel*. Il gagna petit à petit en intensité, mais Sam la guidait avec dextérité. Elle ne s'était jamais autant amusée, pensa Brenda, tandis qu'elle virevoltait, bougeant les pieds au rythme de la musique et s'adaptant au swing de la danse. Sam applaudissait et les autres danseurs aussi.

Elle commença à rire lorsqu'un couple inventa son propre style et que tous essayèrent de les suivre en applaudissant et en adaptant les pieds aux sons de la flûte, du violon, de la harpe celte, du Bodhrán irlandais (ou tambour), et à la façon extraordinaire de jouer des musiciens, qui combinaient habilement les sons des instruments.

Tandis qu'elle tournoyait et riait de bon cœur, comme cela faisait très longtemps que cela ne lui arrivait pas, elle se sentit libre. C'était comme si elle avait pu, l'espace d'un court instant, se connecter avec les premiers musiciens irlandais, à travers ses mouvements de danse, sentant la ferveur dans les veines, l'aventure, le mysticisme, la joie, le mystère, la passion, l'amour de la terre de la magie celte.

Lorsque se termina le troisième *reel*, elle avait très soif. Sam inclina légèrement la tête dans sa direction et partit en souriant chercher Meg pour l'aider dans son travail. Un jeune homme, qui n'avait sûrement pas plus de vingt ans, demanda à danser avec elle. La soif passa au deuxième plan et guidée par l'euphorie qui la parcourait, elle accepta, enchantée. Le jeune homme, dans un geste impulsif, s'inclina et déposa un baiser fugace sur ses lèvres, puis s'éloigna en lui faisant un clin d'œil.

Brenda éclata de rire après ce qui venait de se passer. Les joues rouges, elle retourna à sa table et but avec enthousiasme un autre verre de vin. Bougeant la tête au rythme du nouveau *reel* qui commençait à se faire entendre, elle observa autour d'elle. Certains se contentaient d'applaudir, d'autres de manger et le reste dansait sur la piste.

Lorsqu'elle fixa le comptoir du bar, son sourire se figea.

Luke était en train de boire une bière à côté d'une belle rousse qui l'attrapait de manière possessive par le bras. Une sensation idiote et ridicule de jalousie s'infiltra dans son sang. Elle put à peine la contenir. « Ridicule, absolument ridicule, Russell », se réprimanda-t-elle.

Lorsque leurs regards se croisèrent, il lui sourit de cette manière si particulière. Un demi-sourire sexy. Il leva ensuite la bière à son intention, pour la saluer. Brenda lui rendit le sourire, même si elle sentait presque comme si son visage s'était figé par l'effort, et elle leva son verre pour imiter le toast. En son for intérieur, elle aurait aimé lui dire que… Quoi ? Elle n'avait rien le droit de lui dire. S'il voulait en toucher et en embrasser une autre, aucun problème, puisqu'elle faisait tout pour garder Luke à distance. En plus, il ne lui appartenait en aucune manière.

Tout en soupirant, elle posa son verre sur la table.

Bien que Luke lui ait tourné le dos pour s'occuper de la femme à la très abondante poitrine, Brenda ne put détourner son regard du comptoir. Elle ne détourna pas non plus son attention lorsqu'elle vit comment cette femme exubérante s'enroulait autour du dos viril sculpté, couvert d'une chemise bleue décontractée. Elle n'avait pas de raison d'être jalouse, mais c'était précisément la sensation qu'elle avait. Elle l'avait évité ces derniers jours, elle évitait de croiser son regard, cherchait à s'occuper la plupart du temps et lorsqu'elle était dans sa chambre, elle faisait en sorte qu'ils ne puissent pas se rencontrer. Et ce soir-là, le seul soir où elle décidait de s'amuser, il fallait qu'elle tombe sur lui. Avec une femme collée à lui comme un poulpe.

Luke était dans le bar parce que Sam l'avait invité quand il l'avait rencontré lorsqu'il marchait avec Meg près des écuries. Il connaissait le couple car ils étaient ses clients habituels, généralement il leur transportait des marchandises d'une entreprise de pièces de rechange de transport routier qu'ils avaient en Finlande. Chose curieuse que ce mélange d'entreprises qu'ils géraient, même si les McEvoy étaient un couple hors du commun. Ils payaient ponctuellement, ça oui, et tous les deux arboraient un éternel sourire.

Après avoir passé des semaines tranquilles, il pensa que boire un peu et changer d'ambiance lui ferait du bien. En plus, la réputation du bar des McEvoy était méritée, car il avait tout ce qu'il y a de mieux et était très bien décoré.

La dernière chose à laquelle il s'attendait était de tomber nez à nez avec la *sergente-chef* en train de danser le *reel* le visage rougit, les yeux brillants et ce corps spectaculaire en train de se dandiner au rythme de la musique irlandaise. Cela porta un coup direct à une certaine partie de son anatomie. Du désir, pur et dur. Où était le mari qui lui permettait de se trémousser et de se montrer comme ça en public sans l'accompagner… ? Il était sûr qu'il ne lui rendait jamais visite, car il n'entendait jamais de bruits (lui qui avait l'oreille très fine) la nuit dans le couloir où se trouvaient ses chambres, et il était convaincu que quelque chose aurait forcément échappé à Muriel face à lui à ce propos.

La femme qui était en ce moment avec lui, Anastasia, avait été son amante il y a bien des années. Elle était très belle, les cheveux courts roux et ondulés, mais là maintenant, il la trouvait bien trop voluptueuse. Sans doute à l'époque où il l'avait connue, sa libido, désireuse d'explorer différents corps féminins, avait-elle cédé à la tentation qu'elle lui offrait. Et maintenant qu'elle se dandinait autour de lui en le touchant comme s'il lui appartenait, il avait juste envie de l'éloigner. Mais il se retint lorsqu'il remarqua un regard fixé sur lui. Il sentait le regard de Brenda et ne voulait pas être dérangé par le fait qu'il se savait observé. « Si elle ne le tentait pas comme elle le faisait en évoquant le goût de ses baisers, il pourrait dormir tranquille », pensa-t-il en prenant une gorgée de sa boisson. Après deux bières, il pensa à s'en aller, parce qu'il n'avait pas l'intention de rester, encore moins quand l'objet de son désir était à quelques mètres, trop séduisante. Il avait appris à survivre, et sortir avec une femme mariée serait une erreur absolue.

Il commença à se lever du banc, mais Anastasia, Tasia comme tout le monde l'appelait, se pencha vers lui pour l'embrasser. Après avoir trinqué en silence avec Brenda, Tasia ne le lâcha plus. C'était un homme, cela ne le gênait pas qu'une belle femme se montre attentionné avec lui, mais pour une raison inconnue, le fait de savoir que Brenda était en train de les observer, rendit le geste de Tasia complètement déplacé. Il était persuadé que cela ne lui aurait pas plu du tout de voir la *sergente-chef* en train d'embrasser son mari. Et le baiser que lui avait volé ce petit jeune pendant la danse, était une bêtise absolue… qui n'empêcha pas qu'il serre les poings et qu'il aurait voulu le prendre par le cou et le remettre à sa place : loin de Brenda.

Brenda observa comment la femme aux cheveux ondulés embrassait fougueusement Luke, comme s'il s'agissait de la fin du monde à cet instant précis et comme si c'était la dernière opportunité d'embrasser un homme. « Assez, Brenda. Ça suffit. » Elle décida qu'elle avait eu sa dose de ridicule pour la soirée. Elle devait se défaire de cet état léthargique dans lequel l'avait mise le vin et se réveiller pour aller se coucher. Elle s'apprêtait à danser avec l'un des musiciens qui l'invitait sur la piste, sous les applaudissements des personnes qui l'entouraient, l'incitant à accepter, lorsque son portable commença à vibrer. Le musicien, la voyant hésitante, la salua et alla inviter à danser une dame plutôt corpulente. Au début, elle envisagea de ne pas prendre l'appel, mais quand elle vit le petit écran de son iPhone, elle n'eut aucune hésitation. C'était Éloise. Elle l'appelait rarement.

Elle s'inquiéta.

—Madame Quinn ?

—Oh, Bree, ma chérie, heureusement que tu as répondu. J'ai essayé de te localiser à l'hôtel, mais on m'a dit que tu étais sortie. Ne t'alarme pas, écoute plutôt calmement.

Cela la rendit nerveuse et anxieuse. Pourquoi les gens avaient-ils cette manie de prendre les devants en suggérant de ne pas s'inquiéter, alors qu'ils s'apprêtaient généralement à donner une nouvelle qui leur causerait justement le contraire : de la préoccupation ?

Le bruit autour lui permettait à peine d'écouter, alors elle sortit du bar.

—Éloise, qu'est-ce qui s'est passé ? —L'air frais lui frappa le visage.

—Harvey… —Brenda sentit la terre se dérober sous ses pieds en l'entendant mentionner son frère —. Écoute, il est tombé. Il était dans le jardin en train de jouer sur la balançoire…on ne sait pas vraiment ce qui s'est passé. Peut-être qu'il ne pouvait pas dormir et qu'il est descendu jouer. Lorsque nous sommes arrivés en courant à ses côtés, il criait de douleur. On est en train de l'emmener aux urgences. Ne panique pas —dit-elle en entendant le gémissement angoissé de Bree—. Nous te préviendrons lorsque nous serons rentrés à la maison, ce n'est sûrement rien de grave. Les enfants récupèrent vite. Mais s'il te plaît, pardonne-nous, ma chérie, on n'a pas fait…

Elle ne voulait pas pointer du doigt les coupables. Elle devait absolument voir son frère. Tout de suite.

—Je n'ai rien à vous pardonner. Dites-moi plutôt où vous allez l'emmener. À quel hôpital l'emmenez-vous ? —La femme lui donna un nom et une adresse, que Brenda mémorisa—. Je cherche tout de suite un taxi et je pars pour Londres.

—Non, non. Nous sommes certains que ce n'est pas si grave, chérie… On te préviendra… —elle parlait de façon saccadée et inquiète, tandis qu'Oswald conduisait et qu'Harvey geignait. Ce fut ce gémissement qui fit que Brenda mit rapidement fin à l'appel. Elle ne pouvait pas en entendre davantage.

Luttant contre l'anxiété, elle entra rapidement dans le bar pour aller chercher son sac. Elle alla prendre congé de Sam et Megan, qui regrettèrent qu'elle doive partir si tôt, mais en apprenant la raison, ils lui demandèrent de les informer ultérieurement de l'état de son frère.

Sans plus attendre, elle partit à la recherche d'un taxi. Il n'y en avait pas un seul.

Elle n'était pas en coton, elle allait donc commencer à marcher à pied dans les rues jusqu'à arriver à l'hôtel. Si elle ne trouvait pas de taxi, alors elle en réserverait un ou elle irait même en stop. Tout ce qui lui importait c'était de voir Harvey.

Luke vit Brenda sortir et entrer de l'établissement comme un courant d'air et il se rendit compte que son visage joyeux d'un moment auparavant s'était transformé en une expression de préoccupation. Il ne fit ni une ni deux et se dirigea vers elle sans y penser, alors que Tasia râlait parce qu'elle lui avait proposé de passer la nuit ensemble. Il la laissa sans réponse.

Poursuivre Bree, à cet instant, n'avait rien à voir avec le fait qu'il la désirait, mais plutôt avec le fait qu'elle réveillait en lui un instinct protecteur dont il ignorait l'origine. Il se demandait quel imbécile de mari laissait sa femme vivre loin sans son fils et loin de son foyer pour un travail. Cela ne valait pas la peine de sacrifier de la sorte un mariage….il ne le savait que trop bien.

Il la suivit de très près avec de longues enjambées, car Bree avançait d'un pas rapide sur la chaussée. C'était trop loin de l'hôtel pour qu'elle marche seule, du moins elle ne s'en sortirait pas si facilement ; elle abîmerait les sandales rouges qu'elle portait et se ferait mal aux pieds. Il dut pratiquement courir pour arriver à ses côtés, et lorsqu'il arriva à sa hauteur, il tendit la main et lui prit le bras, l'obligeant à se retourner vers lui.

—Attends ! —il prit une respiration—. Où vas-tu ? À cette heure il n'y généralement pas de taxis par ici. Il est presque minuit.

Elle le regarda, agitée, les yeux pleins d'inquiétude.

—Je vais à Londres… Retourne au bar, ne te mêle pas de ça, s'il te plaît. —Elle se retourna pour poursuivre son chemin, mais Luke la retint de nouveau par le bras avec fermeté—. Quoi ?! Il faut que j'y aille, lâche-moi. —Elle se dégagea de l'emprise de Luke, qui l'observait avec détermination.

Il croisa les bras. Elle le fulmina du regard.

—Allez, Bree, je t'emmène à Londres si c'est ça que tu veux.

—Je ne veux rien de toi, Luke Spencer. Laisse-moi tranquille, s'il te plaît. Retourne avec la femme du bar. Moi j'ai des affaires à régler.

Il se refusa à sourire à l'idée qu'elle avait bien vu le baiser avec Anastasia. Plus que son ego masculin, il était vraiment plus important de connaître la raison pour laquelle Brenda était si agitée.

Elle lui tourna le dos et recommença à marcher. Pour ne pas la perdre, ni la retenir, ce qui semblait être ce que la mettait en colère, il se mit à sa hauteur en lui emboîtant le pas. Il pouvait désormais ralentir son allure, parce que Brenda faisait de petits pas, mais rapides, même si pas autant que les siens.

—Utilise la partie rationnelle, pas la partie impulsive. Si tu continues ton chemin dans cette rue sombre, il peut t'arriver quelque chose et la raison pour laquelle tu veux si désespérément rentrer à Londres sera sans solution. Moi je pourrais t'aider.

—C'est Harvey…—murmura-t-elle en s'arrêtant brusquement et au bord des larmes—. Il faut que je le voie. —Elle le regarda, désespérée.

Il détestait la voir si bouleversée. Il mit ses mains sur ses épaules en tentant de la réconforter.

—Allons-y. Je me contenterai seulement de t'emmener à la capitale. D'accord ? —D'instinct, il lui sécha de ses pouces les larmes qui coulèrent sur ses joues veloutées. Il réussit à contenir son envie de l'embrasser, quand il remarqua la façon dont elle passait sa langue sur ses lèvres pour compenser le froid de la nuit, qui les avait sûrement asséchées.

Brenda aurait voulu s'appuyer contre lui, lui demander de la prendre dans ses bras, mais elle n'avait pas besoin de son réconfort. Tout ce qu'elle voulait, c'était voir son frère. De plus, elle n'était pas suffisamment têtue pour ne pas réaliser que Luke lui offrait une porte de sortie rapide. Y aller en voiture lui prendrait moins de temps que si elle attendait qu'un taxi soit disponible pour faire le trajet jusqu'à Londres, ce qui lui prendrait plus d'une heure.

—Oui… d'accord. Merci.

—Bonne décision —dit-il, tandis qu'ils rebroussaient chemin vers le stationnement du bar où se trouvait la Range Rover, totalement réparée—. Mets ta ceinture de sécurité —lui demanda-t-il lorsqu'ils furent confortablement installés à l'intérieur du véhicule.

Elle était trop inquiète pour penser à la raison pour laquelle il possédait une voiture de luxe, alors que de toute évidence le salaire que percevaient ceux de Hudson Corporation pour le contrat avec la chaîne Wulfton ne permettait pas de faire face au coût de l'acquisition d'une Range Rover de l'année. Luke par contre, oublia sa couverture dans son effort pour que Brenda arrive rapidement et que cette expression d'anxiété disparaisse de son visage.

***

Pendant le trajet vers Londres, Brenda essaya de contacter l'hôpital, mais le signal s'entrecoupait et ne faisait qu'augmenter son stress. Luke au contraire, restait calme, et la regardait du coin de l'œil, en faisant bien attention de garder ses opinions pour lui à propos de la situation. De son mariage, il avait appris à se taire lorsqu'une femme paraissait stressée et peu encline à raisonner. Il n'allait pas essayer d'aller à l'encontre de son propre bon sens masculin.

Lorsqu'ils se garèrent finalement près du London Bridge Hospital, Brenda descendit de la voiture en murmurant un remerciement, avant de courir chercher son frère. Une infirmière la guida jusqu'à la cambre 200, où, soulagée, elle trouva Harvey. L'enfant avait l'air souriant, malgré son bras dans le plâtre. Les Quinn étaient à ses côtés, l'air affligé.

Luke pénétra dans l'hôpital sans se presser. Grâce à son sourire charmeur, il obtint de l'infirmière qu'elle lui dise où s'était dirigée Brenda. Il se prépara mentalement à se retrouver face à face avec le mari de la *sergente-chef*. Avant de se rendre à la chambre 200, il passa donc chercher un café au distributeur, puisque c'était tout ce qu'il y avait à disposition.

Éloise et Oswald s'excusèrent avec profusion en la voyant arriver, mais Bree les tranquillisa en leur expliquant que ce n'était pas de leur faute, et qu'ils en faisaient déjà beaucoup en gardant son frère.

—Bonjour, mon petit super héros. —Elle s'approcha de son Harvey, et embrassa sa petite tête blonde. Elle se retint de le prendre dans ses bras avec force pour ne pas lui faire mal, et qu'elle-même ne perde pas la face en le voyant si petit avec un plâtre et une écharpe.

—Regarde Bree, ils m'ont mis un pansement de Thor, et là un de Superman ! —s'exclama-t-il en lui signalant le front et le menton où il avait eu de légères coupures suite à l'impact de la chute la tête la première, lorsqu'une des chaînes de la balançoire sur laquelle il jouait avait soudainement cédé.

Elle lui sourit, retenant ses larmes.

—Brenda Russell ? —demanda le médecin, elle n'avait pas fait attention à la nouvelle venue, trop préoccupée qu'elle était à vérifier l'état de santé de Harvey. Son patient.

Elle se retourna et Bree reconnut immédiatement la femme qui se trouvait là.

—Estela ! —elle s'approcha de son amie du collège pour la prendre dans ses bras. Elle ne l'avait pas vue depuis au moins deux ans—. Bon sang !

Estela avait deux ans de plus qu'elle et la dernière chose qu'elle avait su c'est qu'elle avait divorcé d'un célèbre médecin londonien avec lequel elle n'était restée mariée que trois ans. Avec ses cheveux noirs et ces yeux félins, Estela avait été la reine de la fête de remise des diplômes, la capitaine de l'équipe de *pom-pom girls* et une amie très chère à son cœur.

—Je n'arrive pas à croire que l'on se rencontre dans de telles circonstances… Ça me fait plaisir de te revoir ! Tu es magnifique. Je sais maintenant à qui ressemble ce petit bout de chou —dit-elle en regardant son patient.

—J'ai de bons gènes —répondit Brenda avec un léger sourire et sentant que la tension se dissipait. Son frère allait bien.

—Et très courageux ce petit homme, n'est-ce pas Harvey ? —demanda Estela en ajustant son stéthoscope autour du cou.

—Oui ! —répondit le petit, en confirmant de la tête.

Harvey avait très mal au bras, mais il ne voulait pas faire de peine à sa sœur. « Je supporterais n'importe quelle douleur comme Thor », pensa l'enfant. En plus, il y avait monsieur et madame Quinn qui avaient l'air désolé parce qu'ils étaient convaincus d'être de mauvais baby-sitters. Alors qu'en fait ils étaient très bons dans ce qu'ils faisaient.

—Il va devoir garder le plâtre longtemps ? —demanda Bree à Estela—. J'espère qu'il n'aura pas de cicatrices…

—Rien que de jeunes os ne puissent réparer. Il s'est cogné fortement le bras, on lui a mis un plâtre pour que l'os soit maintenu, parce qu'il est légèrement disloqué. —En médecine, il n'y avait pas de légèrement disloqué ou de complètement disloqué, mais Estela avait affaire à un enfant et elle ne voulait pas lui faire peur—. Nous lui enlèverons son plâtre dans quelques semaines. Pas vrai, Harvey ?

Il acquiesça, tandis que les Quinn avaient l'air moins angoissé maintenant que Brenda était là.

Depuis le pas de la porte, Luke observait la scène, conscient que Brenda l'avait totalement oublié, tout comme la valise qui était restée dans la Range Rover avec les affaires qu'elle avait rapportées de Surrey. « Au moins c'est une mère qui ferait n'importe quoi pour son enfant ». Cela voulait dire, qu'au-delà de son contrôle strict, la *sergente-chef* était dotée d'un fort sentiment de responsabilité et de sacrifice envers les êtres qu'elle aimait.

Cependant, il ne comprenait toujours pas comment il était possible que le mari de Brenda soit si irresponsable au point qu'il laisse son fils entre les mains de personnes âgées, et qu'en plus il ne fasse même pas acte de présence à l'hôpital, alors que sa femme avait été au désespoir et prête à mettre sa sécurité en danger pour revenir sur Londres à peine avait-elle su que son fils était en danger. Incapable de rester plus longtemps en retrait, il fit le premier pas.

—Mais bon sang, où est le père de l'enfant ? —demanda-t-il sans pouvoir se retenir.

Dans la chambre, tous se tournèrent vers lui et mirent fin à une discussion intéressante qu'ils avaient sur les bêtises qu'avaient faites Harvey durant les journées qu'il avait passées sans sa sœur.

Éloise se sentit intimidée en voyant l'inconnu au visage renfrogné. Oswald comprit immédiatement qu'il s'agissait de quelqu'un de décidé, qui allait droit au but. Estela, pour sa part, était étonnée de voir à quel point ce nouveau venu était séduisant, et elle savait de quoi elle parlait puisque son ex-mari avait été mannequin à une ou deux occasions, donc s'il y avait quelqu'un qui s'y connaisse en hommes séduisants, c'était bien elle. Harvey observa de son sourire enfantin habituel le nouveau venu, exactement comme il l'aurait fait avec n'importe qui.

Brenda ne répondit pas au ton hautain, parce qu'elle était reconnaissante de l'aide que Luke lui avait apportée. En fait, elle avait pensé que Luke serait parti sans plus attendre… mais non. Il était là.

—Maman ne le sait pas… —répondit Harvey en répétant mot pour mot ce qu'il avait entendu dire par Marianne pendant tant de beuveries.

Estela et Luke observèrent Brenda, surpris.

—Pardonnez-moi, monsieur… ? —intervint Oswald.

« Tes manières Luke, tes manières », se réprimanda-t-il avant de regarder poliment le vieil homme.

—Luke Spencer —répliqua-t-il pour ensuite scruter Brenda du regard. « Si c'est une femme qui a mené une vie dissolue, à tel point qu'elle ne sait pas qui est le père de son enfant, je ne m'explique pas pourquoi elle a réagi avec peur quand je l'ai embrassée… Peut-être avait-elle peur que son mari découvre qu'elle était toujours une femme facile », réfléchit-il, contrarié par les conjectures auxquelles il arrivait—. J'ai amené Bree depuis Guildford. Nous sommes collègues de travail —expliqua-t-il au petit comité qui l'observait avec prudence et curiosité.

Oswald lui lança un regard agacé et échangea un regard avec Éloise. « Qu'est-ce qui prenait à ce type de vexer ce petit diable de Russell en posant une telle question ? », se demanda-t-il en lissant les manches de son haut de pyjama. Il était sorti en pyjama dans l'urgence en attendant les cris de Harvey.

—Personne ne lui avait jamais menti et Dieu sait qu'il ne devrait pas être au courant de bien des choses pour un enfant de son âge. En vérité, personne ne sait qui est le père de Harv, ni sa propre mère. Ce qui compte, c'est que tout le monde l'aime —affirma Oswald, face au regard inquiet de Bree.

Brenda sentait une légère sueur froide parcourir sa colonne vertébrale, car son petit mensonge sur son état civil perdait de son sérieux à la vitesse grand V. De plus, le regard de Luke était intimidant, et semblait osciller entre une tempête en pleine mer et des vagues énormes capables de balayer quiconque se trouverait sur leur passage. Et dans ce cas précis, probablement elle.

Elle pouvait comprendre la raison de sa colère. Elle le faisait passer pour un idiot parce qu'elle l'avait trompée et les gens dans la pièce l'observaient comme s'il était un monstre. Elle ne voulait pas remuer le passé et lui expliquer pourquoi elle avait eu peur cette nuit-là, mais elle sentait qu'elle serait obligée de le faire à un moment donné. Et cette certitude l'horrifia.

—Qui ne sait pas qui est le père… —répéta Luke d'un ton acide et le regard fixé sur Brenda, qui fit un grand effort pour ne pas détourner son regard.

Estela observait l'un et l'autre, tout comme le couple Quinn. Harvey était étranger à la conversation des adultes, car il s'amusait avec le bouton pour monter et descendre le lit d'hôpital. En plus, il avait déjà répondu à cet inconnu qu'il ne savait pas qui était son père. Parce que c'était la vérité. Et lui, il disait toujours la vérité… bon, sauf quand il savait que sa sœur pouvait le punir en l'empêchant de voir les dessins animés le samedi.

Une infirmière entra soudain, étrangère à la confusion qui régnait dans la chambre 200.

—Bonsoir, à quel nom devons-nous émettre la facture ?

—Brenda Russell —expliqua Bree, soulagée de la distraction—. Tenez —elle lui montra son permis de conduire—. Envoyez-la à cette adresse.

—Madame ou mademoiselle ? —demanda-t-elle en prenant des notes.

—Mademoiselle… —Elle se mordit la lèvre et regarda Luke du coin de l'œil ; il fronça des sourcils.

—Tu devrais te présenter comme madame Russell si tu es mariée —fit remarquer Luke avec sarcasme et raidissant les muscles de ses bras, qu'il venait de croiser. —L'infirmière l'ignora et s'approcha d'Estela pour lui demander deux ou trois choses à voix basse, puis elle s'éloigna rapidement.

Estela regarda son amie. Même si elles n'étaient pas trop proches, un mariage était définitivement une nouvelle qu'elles ne pouvaient pas laisser échapper entre elles, même si elles ne se parlaient pas aussi souvent qu'avant.

—Tu t'es mariée, Bree ? —demanda-t-elle en souriant—. Tu ne m'as rien dit !

Les Quinn commençaient à comprendre d'où venait la confusion. Ils avaient tous les deux suffisamment d'expérience pour savoir que Brenda et Luke avait quelque chose à régler, mais comme ils n'aimaient pas se mêler de ce qui ne les regardait pas, ils restèrent silencieux.

—Je…errr… —elle regarda Luke, puis baissa le regard vers une étrange tache inexistante sur le T-shirt de son frère—. Je ne suis pas la maman de Harvey… et je ne suis pas mariée —confessa-t-elle presque à voix basse.

Luke la mitrailla du regard.

—Bree est ma sœur ! —s'exclama Harvey pour essayer que les adultes arrêtent de l'embrouiller.

Brenda rougit.

—Je comprends… —dit Luke. Il était parti du principe qu'Harvey était le fils de Brenda à cause de la ressemblance physique, ajouté aux événements qui s'étaient produits l'après-midi où il était venu lui rendre son portefeuille. Elle ne l'avait jamais sorti de son erreur. Si elle avait l'intention de le faire passer pour un idiot, c'était réussi. En voyant que tous commençaient à ébaucher des sourires au fur que l'étrange confusion se dissipait, il fit semblant de se détendre et décida de retourner la situation en sa faveur—. Je suis sûr que ces messieurs dames —il regarda les Quinn— ont besoin de se reposer et que le docteur doit avoir d'autres patients à voir. —Estela lui sourit en acquiesçant. Il regarda Brenda, qui évidemment avait clairement la culpabilité gravée dans ses pupilles— : Le plus logique, c'est que je vous ramène, toi et Harvey, à la maison.

Le visage rougit et le cœur agité parce que tout venait de se savoir, elle prit Harvey par la main pour l'aider à descendre du lit, en faisant attention de ne pas lui faire mal à son bras plâtré. Il toucha le sol d'un saut en souriant.

—Oh, ce n'est pas la peine Luke, vraiment… —dit-elle sans vouloir le regarder. Estela se retint de rire—. Mais merci de toute façon.

—J'insiste. —Il parla sur un ton si glacial que Brenda n'osa pas le contredire. Elle l'avait couvert de ridicule devant d'autres gens. Elle n'allait pas discuter… elle avait tout à y perdre.

—Merci jeune homme —s'avança Éloise—, Oswald et moi rentrons nous reposer. —Elle se tourna vers Brenda— : Ma chérie, nous sommes vraiment désolés de ce qui est arrivé au petit. J'espère que tu auras toujours confiance en nous pour le garder… —Son mari la prit par la main.

—Bien sûr que oui, Éloise, je ne pourrais trouver personne de mieux pour s'occuper de Harvey. Heureusement, ce n'était qu'un accident.

—Ah, bon, merci Bree —dit Oswald avant de sortir de la chambre.

Estela lui fit quelques recommandations pour s'occuper de Harvey et nota son prochain rendez-vous de suivi. Avant de partir le médecin fit promettre à Brenda de se retrouver bientôt autour d'un café pour faire le point sur leurs vies respectives.

Une fois seuls, Bree tenait son frère par sa main libre. En regardant l'homme élégant qu'elle avait à ses côtés, elle sentit un nœud à l'estomac, non pas parce qu'il était trop beau pour que ce soit vrai, non. C'était plutôt à cause de la colère noire qu'elle le voyait retenir. Ça, c'était plus dangereux qu'un mécontentement incontrôlé.

Il commença à marcher pour s'éloigner.

—Luke je… —murmura-t-elle, alors qu'Harvey était à ses côtés.

—Tes bagages sont toujours dans le parking —dit-il sur un ton froid.

—Luke…

—Plus tard —répondit-il en serrant la mâchoire. Comme s'il ne se passait rien, il s'adressa à Harvey d'une voix diaphane et joviale— : Eh, champion, je vois que tu as été super courageux dans toute cette histoire. Alors tu vas aller avec moi devant, sur le siège du copilote. Qu'est-ce que tu en penses ?

—Oui ! —s'exclama le petit en demandant l'aide de Bree pour attacher sa ceinture de sécurité.

Malgré la colère qu'il ressentait d'avoir été trompé, il ouvrit l'une des portes latérales de la voiture à Brenda, puis il prit place derrière le volant.

Brenda gardait le silence et écoutait comment Harvey racontait sa chute de la balançoire comme un gros exploit, et Luke riait sans broncher. Il semblait presque s'amuser de l'histoire. Elle ne pouvait rien faire d'autre que se frotter les mains, tellement elle était nerveuse. Qu'allait lui dire Luke ? Comment pourrait-elle lui expliquer ? Elle ne pouvait pas lui parler de son passé, ni se justifier en lui disant la vérité, parce qu'elle le connaissait à peine…

—On est arrivé —cria Harvey en détachant la ceinture de sécurité.

Brenda descendit aussi de la voiture, et se dirigea vers la portière arrière. Elle ouvrit le coffre pour prendre son bagage à main, mais Luke fut plus rapide. Et sans attendre qu'il y soit invité, il entra dans la maison, laissant la valise près des escaliers.

—Si tu veux prendre quelque chose, tu peux passer à la cuisine —Bree lui indiqua l'endroit du doigt—. Je reviens tout de suite.

—Merci —répondit-il, l'observant monter les escaliers.

Brenda se rendit auprès de Harvey pour lui changer ses vêtements et le coucher. Elle lui lut une histoire et fit en sorte qu'il soit bien couvert. Elle éteignit la lumière et resta un moment près de lui, jusqu'à ce qu'elle entende sa respiration se ralentir. Elle se pencha pour l'embrasser. Elle savait que si elle restait plus longtemps ici, enfermée, Luke viendrait la chercher. Elle avait vu sa détermination à vouloir parler avec elle, lorsqu'il avait insisté pour les raccompagner chez eux. Il irradiait force et virilité, mais elle savait qu'il n'était pas comme Ryan. Luke ne lui ferait pas de mal physiquement.

Brenda pris une grande bouffée d'air avant de sortir de la chambre d'enfant.

CHAPITRE 7

Luke contempla le petit tableau peint à l'huile accroché au-dessus de la cheminée. Après avoir passé au moins une heure dans le salon, il avait eu suffisamment de temps pour chercher du regard un indice quelconque sur la famille qui vivait dans cette maison. Outre les photos de Brenda avec Harvey, ce tableau était la seule chose qui montrait les membres d'une famille au complet.

Le dessin était très bien fait et il était facile de reconnaître les ressemblances entre la mère et la fille. Chacune d'une beauté différente. La mère avait des traits forts et le regard un peu perdu, comme si elle ne pensait à rien d'autre qu'à elle-même ; Brenda avait les traits délicats et élégants sur le tableau, et pourtant cela ne rendait pas justice à la femme en chair et en os. Harvey présentait des traits physiques assez mélangés, suffisamment pour ne pas ressembler au père, qui avait les cheveux noirs jais et les yeux noirs comme du charbon.

—C'est du très bon travail —dit-il de dos, quand il sut qu'il n'était plus seul. Il garda les mains dans le dos, sans quitter des yeux le tableau.

Brenda sursauta, parce qu'elle avait fait en sorte de ne pas faire le moindre bruit en descendant les escaliers. De là où elle se trouvait, elle pouvait apprécier les larges épaules, le dos fort et l'imposante stature de Luke. Et elle connaissait la peau et les muscles qui cachaient ce torse spectaculaire.

—Oui. En effet…
—Qui l'a peint ?
—Tom.

Luke inclina la tête comme s'il cherchait sur le tableau un indice quelconque sur l'auteur. Il ne put qu'apercevoir une forme à peine visible avec les initiales T.F.

—C'est un artiste connu ? Je ne suis pas fan de peintures ni de sculptures, c'est sans doute pour ça que je ne l'ai pas identifié.

—Il s'agit de mon meilleur ami, Tom Fawller. Un amateur, mais il aurait pu gagner de l'argent s'il avait fait de la peinture sa profession. Il est très talentueux. —Elle se rappela le jour où sa mère, un de ses jours de sobriété, avait posé avec un enthousiasme apparent pour Tom—. Il l'a peint quand j'étais plus jeune. Mon père était mort, mais Tom avec une photo qu'on lui a donnée, a réussi à le peindre comme s'il était présent. Et c'est comme ça qu'il a peint notre famille, comme il se l'est imaginée.

Luke ne put ignorer son ton nostalgique.

—Je suis désolé pour ton père.

—Ça c'était il y a très longtemps… et le tableau, c'est la seule chose que Tom a terminée de peindre. Maintenant il se consacre à d'autres choses, même si je l'ai toujours poussé à laisser parler sa veine artistique… —Elle haussa les épaules.

—Ta mère habite loin d'ici ? —demanda-t-il en se rappelant que la femme du tableau n'était pas à l'hôpital quelques minutes plus tôt.

—Non.

Il comprit que c'était un point sensible et le laissa passer.

—Mmm… —Luke se retourna et Brenda eut le souffle coupé. « Pourquoi fallait-il qu'il soit si absurdement sexy ? »—. Tu aimes les artistes. —Ce n'était pas une question—. Tu parles de celui-ci en particulier avec une vraie loyauté.

—Ce n'est pas non plus que je ne les aime pas, mais dans le cas de Tom, lui préfère les hommes aux femmes, si c'est ce que tu essayes de savoir.

Luke se retint de sourire.

—Non, ce n'est pas ce que j'essayais de savoir, mais c'est une bonne chose de savoir que Tom ne me fait pas de concurrence.

Brenda haussa les sourcils.

—Il y a une question assez simple que je veux te poser. —Il la regarda avec ce demi-sourire—. Pourquoi m'as-tu menti ?

—Ça n'était pas un mensonge, c'était un oubli —elle croisa les bras—. En plus, je ne suis pas du style à mentir.

—Ça ce n'est pas la réponse correcte, Brenda. —Il la regarda, pensif, se rendant compte comme elle érigeait ses barrières avec le même soin qu'un enfant méticuleux montait des Lego—. Je te donne une nouvelle chance.

Luke fit deux pas vers elle. Brenda ne recula pas.

—Je ne savais pas que l'Inquisition était chez moi. —Elle releva le menton. Elle ne voulait pas qu'il la questionne, parce qu'elle craignait de lui parler de son passé.

Luke étudia son visage sérieux, un peu rougi et les yeux brillants comme deux joyaux à la chaleur de la lumière. Il savait qu'il fallait qu'il y aille avec beaucoup de tact s'il voulait obtenir des réponses.

—C'est une question très facile que je t'ai posée. —Elle haussa les épaules—. Brenda, tu peux m'offrir quelque chose à boire ?

Elle resta perplexe pendant quelques secondes en raison du brusque changement de conversation.

—Du jus ou de l'eau. Il n'y a pas de boissons alcoolisées. —Elle pouvait boire en dehors de chez elle, mais entre ces quatre murs, jamais. Après l'enfer qu'elle avait vécu, impossible. Grâce à sa thérapeute, elle avait appris que boire n'était pas un péché, et qu'elle pourrait même le faire sans devenir comme sa mère.

—Un jus, c'est parfait, merci.

Elle en profita pour se remettre de ses émotions dans la cuisine, tandis qu'elle sortait le litre de jus de pommes du réfrigérateur. Elle sentait presque comme si Luke pouvait voir à travers elle, et l'idée ne lui plaisait pas. Elle servit le liquide dans un verre et revint dans le petit salon.

Luke s'était installé dans le canapé noir, un bras sur le dossier et la cheville droite sur le genou gauche. Sa virilité semblait se propager dans toute la maison. L'aura de pouvoir et le magnétisme qui émanaient de lui de manière naturelle, Brenda ne l'avait perçu que chez les clients les plus importants d'Alice. « Si Luke vivait sur le même nuage que les millionnaires qui négociaient avec Alice, il les battrait probablement. » Elle s'en fichait pas mal si cet homme était cireur de chaussures ou balayeur. Ce qui l'intéressait, c'était sa bonne disposition et son efficacité dans l'hôtel. Pas vrai ?

Elle lui tendit le verre, puis s'assit prudemment à côté de lui.

—Je n'aime pas passer pour un idiot face à aux autres, Bree —dit-il avec sérieux. Il but une gorgée. Puis deux. Puis il finit par boire tout le contenu—. Je veux juste que tu m'expliques ta motivation derrière tout ça.

—Je te répète que ce n'est pas mon style de mentir. —Cet argument commençait à lui semblait ridicule, même à elle.

—Ni de te montrer terrifiée par un baiser ? —demanda-t-il sur un ton sarcastique. En voyant l'air surpris qu'elle prenait, son ton se fit plus doux—. Je ne comprends pas la raison de ta réaction l'autre nuit. J'en suis presque venu à penser que tu croyais que j'allais te violer, ou quelque chose comme ça…— Il passa doucement la main sur sa joue froide. Elle se raidit—. Je ne te ferais jamais de mal. —Il laissa flotter les mots et retira la main de sa peau douce—. Tu me crois ?

Elle le croyait.

Elle acquiesça.

—Parler de moi avec un inconnu n'est pas mon style.— Luke laissa le verre posé sur la petite table—. Tu es un inconnu pour moi…

—Tu te trompes —murmura-t-il en soutenant son regard.

Elle posa les yeux sur la petite horloge qui se trouvait à côté de la fenêtre près de la porte. Il était presque une heure du matin.

—Alors —soupira-t-il en fixant son attention sur elle— je te demande pardon, parce que mon oubli t'a fait passer pour un idiot face aux personnes qui se trouvaient à l'hôpital. Je suppose que ce n'est pas une sensation agréable.

Il sourit.

—Tu supposes bien.

—Bon, il est tard, on a réglé le problème, donc… —elle commença à se lever.

La voix de Luke l'arrêta net.

—J'accepte tes excuses. Maintenant, je te rappelle que nous étions en train de parler du fait que je ne suis pas un inconnu —insista-t-il.

« Compris… tu ne partiras pas avant d'avoir eu tes réponses », finit-elle par accepter.

—Je ne sais rien de toi… Je t'ai à peine vu deux fois. Cela fait de toi un inconnu.

—Que tu as eu peur d'embrasser ? —chercha-t-il à savoir en souriant. Il appuya davantage son bras sur le dossier et la joue droite dans la paume de sa main, pour l'observer.

Le salon était plongé dans le silence, à peine interrompu par le tic-tac de l'horloge murale.

—Je n'ai pas envie de parler de ce sujet, sérieusement.…

Malgré le fait qu'il soit si près d'elle, Brenda se sentait seulement un peu nerveuse.

—Je te propose un marché —il sourit avec une pointe d'astuce et d'amusement—. On posera une question chacun et lorsque tu sentiras que je suis allé trop loin ou l'inverse, on arrête tout. Ça te paraît juste ?

Elle savait pertinemment qu'il lui tendait un piège, mais il était si subtil que si elle protestait, elle allait se rendre ridicule.

—D'accord —murmura-t-elle en baissant les yeux.

Il tendit la main et releva le doux menton dans sa direction.

—Regarde-moi. —Elle obéit—. J'aime quand tu me regardes, la couleur de tes yeux change avec tes émotions. — Satisfait, il baissa la main et la posa sur sa cuisse —. Pourquoi as-tu peur de moi ?

« Elle courrait le risque qu'il l'accuse d'avoir provoqué Ryan ou bien il l'accuserait de toute façon de ce qui lui était arrivé. Elle écoutait la façon dont les hommes avaient pour habitude d'accuser les femmes des abus qu'elles subissaient. C'est pour ça qu'elle était réticente à aborder le sujet…à cause de cela et à cause de la douleur du souvenir. Peut-être qu'en en parlant avec Luke, elle arriverait à ce qu'il ne cherche plus à s'approcher d'elle…N'était-ce pas ça, finalement, ce qu'elle désirait tellement ? »

—D'accord… On va jouer à ton jeu des questions. À une seule condition.

—À toi de me la dire…

—Si tu crois que je suis coupable, je ne veux pas que tu me le dises.

—Mais…

—Juste promets-le moi.

Il acquiesça.

Brenda rassembla son courage et fixa son regard sur un point à droite de Luke.

—Il y a plusieurs années, je sortais avec quelqu'un. À peine un peu plus âgé que toi. Je gardais sa petite cousine le soir. C'était une petite fille adorable, sage comme une image. — Luke se rendit compte qu'à cet instant précis, elle était en train de revivre une partie importante de sa vie, il posa sa main sur celle de Brenda et fut soulagé de voir qu'elle n'évitait pas son contact. C'était bon signe—. Je suis tombée amoureuse de lui ou du moins c'est ce que je croyais à l'époque. Il était très beau garçon et je me suis laissée emporter par le sentimentalisme. Je pensais que je l'aimais. Je l'ai sans doute aimé, maintenant je n'en suis plus si sûre —dit-elle en fronçant les sourcils—. Un soir nous sommes allés danser dans une boîte de nuit à la mode, en ville. Moi je n'avais pas un travail suffisamment bien payé pour le type d'endroit dans lequel il m'a invitée, mais il m'a dit que peu importait comment j'étais habillée et qu'il se chargeait de payer l'addition, que c'était normal. En général, il a fait en sorte que je me sente acceptée, belle, importante… Ses amis ne m'ont pas isolée, au contraire, ils ont été gentils avec moi. Au milieu de la musique et des rires, je l'ai vu discuter avec deux de ses amis, Mark et John. Il leur a donné de l'argent —elle fit attention à ne pas mentionner le nom de Ryan—, mais j'ai supposé que peut-être il était en train de payer les boissons ou je ne sais quoi. Ensuite, il m'a invitée à danser. Quand nous étions sur la piste… —Elle s'éclaircit la voix, parce que le souvenir lui brûlait la gorge. La main de Luke la réconfortait et elle lui fut reconnaissante de ne pas avoir retiré sa main—. Il a commencé à m'embrasser… et tout se passait bien jusqu'à ce que j'observe ces deux amis qui échangeaient des regards lascifs en me regardant. Ça m'a dérangé, mais je n'y ai pas accordé d'importance. Après un certain temps, il m'a fait sortir précipitamment par la porte de derrière de la discothèque. Pratiquement en me traînant—dit-elle d'un ton amer—. Au milieu de la brume de la fête, j'ai pensé que c'était peut-être la sortie et qu'il m'emmenait prendre un peu l'air ou qu'il voulait aller dans un endroit moins bondé. Ce n'était pas ça du tout —elle trembla, et Luke serra sa main sur celle de Brenda—. C'était une ruelle… la sortie de secours de la boîte. Il… —sa voix se brisa, mais elle continua à parler—, il a essayé d'abuser de moi… il m'a frappée… m'a insultée comme si j'étais une pute, s'est moqué de ma classe sociale —les larmes commencèrent à couler sur ses joues—, et ses amis m'ont tripotée. —Elle sécha les gouttes salées du revers de la main. Luke ne voulait pas l'interrompre, parce qu'il comprenait qu'après une crise aussi forte, le mieux était de tout sortir, mais il avait une envie terrible de savoir qui avait été le minable qui l'avait brutalisée. Aucune femme ne méritait de passer par cet enfer. Une colère brutale l'envahit. Il détestait savoir qu'elle était passée par un épisode de cette nature—. Moi j'ai crié de terreur dès que j'ai été capable de le faire, et Dieu merci un couple a décidé de sortir par cette porte de secours de la discothèque… et ils m'ont aidée…

Les larmes commencèrent à couler à flots sur le visage de Brenda.

—Espèce de salaud… —grogna Luke en contenant la colère et en essuyant avec délicatesse les gouttes salées avec ses pouces.

—Depuis ce jour… chaque fois que quelqu'un essaie de… je ne peux pas… —elle secoua la tête—. Je suis désolée, Luke… —chuchota-t-elle en le regardant finalement. Elle fut surprise de voir qu'il l'observait sans reproche, ni même d'un regard accusateur, mais plutôt d'un air différent… avec compréhension et rage à cause de ce qu'elle avait vécu. Un immense soulagement l'envahit.

—C'est pour ça que cette nuit-là, tu pensais que j'allais te forcer. À cause de la manière dont je te caressais si passionnément —affirma-t-il se sentant un complet idiot maintenant qu'il savait la vérité derrière le regard apeuré de Brenda cette nuit-là, et aussi la justification du mensonge sur la vraie nature de sa relation avec Harvey. Un fils de pute et ses salauds d'amis avaient tenté de la violer.

Elle acquiesça. En le racontant à Luke elle se sentit réconfortée. Comme si cet épisode s'était éloigné à des années-lumière de sa vie. Avec la pression de cette main grande et forte serrée sur la sienne, elle se sentit ancrée. Sûre. Ce fut une sensation étrange, et agréable en même temps.

—Je suis vraiment désolé —il prit son beau visage entre ses mains—, je n'avais aucune intention de t'effrayer de la sorte. —Il franchit la courte distance qui les séparait—. Je suis désolé, Bree, je suis tellement désolé. —Il la prit dans ses bras avec fermeté et elle se blottit entre ses bras en sanglotant.

Il la berça en lui caressant le bas du dos de cercles lents et tranquillisants Ses sanglots s'espacèrent peu à peu. Avec le parfum de Luke et la force de son accolade, elle se sentait protégée.

—Tu as porté plainte ? Ce salaud est au moins sous les verrous ?

—Je n'ai jamais porté plainte.

—Mais pourquoi ? —demanda-t-il avec rage—. Il t'a menacée ?

—Sa famille était riche et moi je n'aurais pas pu me payer un bon avocat, et je n'avais pas non plus envie de revivre ça et d'être jugée face à des inconnus sur quelque chose qui me ferait sentir coupable. Les avocats de la défense m'auraient réduite en miettes et m'auraient fait me sentir sale. Moi je voulais simplement m'éloigner de tout, faire semblant que rien ne s'était passé…

Luke resta silencieux à la regarder.

—Tu aurais dû porter plainte… Tu aurais dû le faire.

—Luke…

Il soupira.

—Viens là, ma princesse —chuchota-t-il en approchant ses lèvres de celles de Bree, lentement, sans les toucher—. Laisse-moi effacer tes larmes avec mes baisers —murmura-t-il presque en touchant ses lèvres. Avant que leurs bouches ne se touchent, il la regarda, s'attendant à ce qu'elle refuse ou qu'elle accepte.

Elle accepta, lentement, et Luke s'appropria de ses lèvres avec une tendresse infinie, comme s'il appliquait une pommade contre sa douleur. Et c'est exactement ce que ressentait Brenda. Il dessina le contour de ses lèvres généreuses et douces avec la langue. Brenda sentit sa respiration s'accélérer lorsqu'il laissa une traînée de doux baisers sur son visage, son cou, derrière les oreilles et mordit le lobe droit, tandis qu'il caressait ses cheveux blonds soyeux de la main.

Le baiser les consomma, mais rien ne pressait. Ce fut un baiser de reconnaissance, de confiance et de soulagement mutuel. Il assouvissait son désir et la consolait, et elle, pour la première fois, pouvait céder à ses émotions sans craindre de se sentir agressée physiquement. Petit à petit, le parfum de Luke l'enivra et leurs bouches ne surent plus où commençait et où terminait celle de l'autre. Ils ne faisaient qu'un dans ce baiser chargé de dévouement et d'un désir palpable.

Lui désirait la caressait plus profondément, mais ce n'était pas le moment. D'abord, parce la confession de Brenda détenait la clé de sa confiance et qu'il savait combien elle était blessée par rapport à la gent masculine ; il ne voulait pas rouvrir le fossé qu'ils venaient de combler. Ensuite, parce que s'il la séduisait, Bree se sentirait utilisée, même si elle consentait à coucher avec lui, car il était évident qu'elle était vulnérable. Il se sentirait comme une canaille et un profiteur et n'allait pas se permettre de commettre une telle bêtise. Elle ne méritait pas ça.

Luke toucha avec révérence les joues douces, parsemées de belles taches de rousseur. Ensuite, l'intensité du baiser diminua jusqu'à ce que peu à peu ils commencèrent à se séparer. Son entrejambe protesta quand Bree ouvrit les paupières avec rêverie et désir, mais il avait déjà décidé que la confiance passait avant tout et la confession de Brenda était un pas de géant. S'il transgressait le lien fragile qu'il venait de créer, ils reviendraient au point mort.

—Il vaudrait mieux qu'on s'arrête, Bree. —Il embrassa ses lèvres une fois de plus, cette fois-ci avec moins d'intensité—. Je ne voudrais pas faire quelque chose que nous pourrions tous les deux regretter.

—Tu ne… Tu ne me désires pas à cause de ce que je viens de te raconter ?

Il se maudit de ce qu'elle avait interprété par le mot regret.

—Bree —Il lui caressa les pommettes hautes et élégantes— je veux que les choses soient très claires. —Elle sourit timidement, et Luke voulut se perdre à nouveau dans son parfum de menthe et d'orange—. J'ai envie de toi d'une manière que je n'ai pas ressentie avec une femme depuis des années, mais je ne pense pas ce que soit le moment —il regarda autour de lui— ni le lieu pour que cela se produise. —Elle acquiesça, les lèvres délicieusement gonflées par ses baisers. Sans pouvoir y résister, il lui donna un baiser rapide, puis s'approcha davantage et la prit dans ses bras. C'était cela ou la parcourir de ses mains.

—Luke… ? —murmura-t-elle en aspirant la fragrance de l'homme à qui elle ouvrait pour la première fois cette porte de sa vie.

—Oui ?

—Tu ne m'as rien dit sur toi.

Il sourit contre les cheveux couleur miel.

—Bon, je suppose que tu as examiné mon curriculum vitae. —Il la vit nier de la tête.

—Je me suis guidée par la réputation de l'entreprise et du propriétaire. C'est lui le responsable de ses effectifs, pas moi. Ni Alice.

Luke se sentit content de la réponse. « Une femme pratique. » Il avait quand même envoyé un faux curriculum vitae à la centrale de l'hôtel, et Muriel était prévenue que c'était le document que devait voir Brenda au cas où elle voudrait en savoir davantage sur lui ou sur son expérience.

—Mmm… à vrai dire il n'y a pas grand-chose à dire sur moi. —Il passa sa main sur sa barbe naissante de deux jours—. Depuis quelques années, j'ai une certaine passion pour le bois, de tout type, et j'aime sculpter des formes. Des animaux, principalement. Je suis passé par des étapes compliquées et sculpter a été mon échappatoire. —Il passa le revers de sa main sur le bras de Brenda, qui le regarda en souriant—. J'ai des contrats à certains endroits et je voyage souvent, c'est pour ça que c'est compliqué pour moi d'avoir une famille. J'aime les affaires, je suis bon négociateur et j'aime gagner de l'argent.

« Cela explique pourquoi il ne restait pas trop dans le coin », conclut Bree, restant confortablement blottie dans ses bras.

—Je comprends —elle sourit.

—Ah, oui ? —demanda-t-il d'un air coquin. Elle était sûrement en train de tout mélanger dans sa tête, mais s'il commençait à lui donner des détails, Brenda pourrait élucider suspicieusement des choses sur sa

réalité loin de Guildford, et il ne voulait pas être Luke Blackward. Ses vacances se passaient mieux que prévu en tant que simple Luke Spencer, le restaurateur. Personne ne l'embêtait avec des questions absurdes, personne n'essayait de lui faire plaisir ni de l'aduler. Il avait besoin de cette dose de simplicité et de réalité que lui offrait Brenda—. Mon désir pour toi est indéniable, mais je ne veux pas de liens émotionnels.

« Et voilà, nous y sommes. Sorti de sa propre bouche », se dit Brenda.

—Moi... Je n'aime pas maintenir des liens avec les personnes avec lesquelles je travaille. Tu n'as aucun souci à te faire. En plus, de toute façon, après...—il soupira—. Ce sera un peu compliqué de te voir dans l'hôtel et bon, peut-être que nous ne devrions plus nous embrasser...

Pourquoi se compliquait-il autant ?, pensa Brenda, mal à l'aise.

—Tu crois que ce qui existe entre nous est facile à éviter ? —Il se pencha vers elle et sans lui laisser le temps de rien, il l'embrassa consciencieusement. Bree trembla légèrement. En sentant sa réaction, il s'écarta d'elle—. Tu vois ce que je veux dire ? —Elle marmonna quelque chose à propos de son arrogance, mais Luke l'embrassa de nouveau pour la faire taire—. Pour ce qui est du travail —chuchota-t-elle pendant qu'il lui mordillait sa pulpeuse lèvre inférieure—, techniquement, tu ne travailles pas avec moi ; moi je travaille pour Alice Blackward, tu te rappelles ? Il me semble que tu as été très claire sur ce point il y a quelques jours —dit-il en riant.

Elle rougit.

—Je me souviens.

—Si je te promets d'y aller doucement, tu me promets en échange que petit à petit tu abandonneras tes peurs chaque fois que je m'approcherais de toi ?

Bien sûr qu'elle désirait l'embrasser de nouveau, sentir son parfum, la chaleur que dégageait son corps, le frôlement de ses doigts…

—Je n'ai plus peur —répondit-elle.

—Non ? Pourquoi ?

—Je sens que je peux te faire confiance. —Elle le regarda, décidée et avec sincérité—. Je n'avais jamais parlé à personne de cet épisode… Bon, seulement à Tom.

—Je veux me rapprocher plus de toi —dit Luke avec un ronronnement.

—Tu viens de me dire que tu ne t'impliques pas d'un point de vue émotionnel, alors, ce que tu me proposes c'est une aventure ? —se risqua-t-elle à demander.

—Je te propose ce que tu veux toi. Si tu veux appeler ça une aventure, une liaison, un interlude, un amour de printemps, comme tu veux, fais-le. Moi je te dis clairement que je veux sortir avec toi, que je veux t'embrasser et te toucher selon les termes que tu veux toi.

S'il lui permettait à elle de décider des termes selon lesquels ils se verraient, cela impliquait alors que Luke ne pourrait absolument rien lui réclamer au cas où elle ne se sentirait pas à l'aise ou si elle voulait tout arrêter. Il ne faisait aucune autre promesse que celle d'y aller doucement.

—Selon mes propres conditions… —répéta-t-elle en faisant tourner les mots dans sa tête.

—Bree, je ne te forcerai à rien, mais si tu me dis que tu ne veux plus me voir en dehors des heures de travail, je te garantis que j'essaierai de te faire changer d'avis. —Elle savait de quoi il parlait et sa peau vibra d'avance. Son intention était de la séduire. Et à vrai dire, elle voulait être séduite…mais à son propre rythme. Donc l'idée que ce soit elle qui dicte le rythme des progrès de Luke, la mettait plus en confiance—. Je veux insister sur le fait que si tu me dis d'arrêter, je le ferai. Je ne vais pas te faire de mal. Maintenant, est-ce que cela répond à ta question sur ce que je te propose ?

« Non, ça ne le fait pas. Cependant, une fois que tu auras terminé les réparations, je sais que je ne te reverrai plus, parce que tu commenceras un nouveau contrat je ne sais où », voulut-elle lui dire. La passion qui volait entre eux était presque palpable. Pendant si longtemps elle avait refusé la possibilité de se sentir à nouveau comme à cet instant précis : désirable, passionnée, sensuelle, sensible… Ryan lui avait enlevé tout ça, mais elle ne permettrait pas que ce mauvais souvenir continue à prendre le dessus sur son esprit. Elle ne pouvait pas continuer à vivre avec ce fantôme qui lui pourrissait l'existence.

Avec Luke, elle voyait une occasion de commencer à écrire une nouvelle page. À ses côtés, elle ne se sentait pas menacée. En plus, il était sincère. Il n'y aurait pas de mensonges, parce que Luke était en train de lui dire clairement qu'il cherchait une aventure et non pas un engagement émotionnel. Tout ce qu'elle souhaitait, c'était finir de guérir. Elle était sûre que Luke Spencer lui apprendrait à ne pas craindre les hommes et leur proximité physique, à avoir de nouveau confiance en elle en dehors du travail et de la famille.

Elle prit sa décision.

—Oui, Luke. J'accepte ta proposition.

En guise de réponse, il lui fit un charmant sourire et frotta son nez contre le sien.

—Je veux t'inviter à dîner demain soir.

Brenda le regarda avec regret.

—Je suis désolée, demain je ne peux pas, j'ai demandé ma journée et je dois garder Harvey…

Il prit le temps de déposer un baiser sur chacune des taches de rousseur de ses pommettes.

—Ce sera pour après-demain, alors.

Elle acquiesça et dans un élan, elle se pencha et embrassa les lèvres qu'elle avait eu envie de goûter de sa propre initiative. Il était si facile d'accéder à cet homme et de prendre ce qu'il lui offrait. Avec Luke, elle se sentait à l'aise. En sécurité.

—Bree… —murmura-t-il en se penchant vers son cou. Ils sentirent tous les deux un frisson les parcourir—. Je veux connaître le nom du salaud qui t'as fait sentir ce manque d'assurance et cette tristesse pendant si longtemps.

Elle s'écarta de lui peu à peu et l'observa.

—On continue avec la série de questions… ?

Il inclina la tête, étudiant le regard intelligent de Brenda.

—Si c'est que tu veux.

—Alors j'invoque mon droit à ne pas répondre. Oublie qu'il existe, qu'il a jamais existé —lui demanda-t-elle—. Je ne veux plus jamais prononcer son nom. Je ne veux pas penser à ça, Luke.

En voyant l'inquiétude dans ses yeux verts, il lui parla en essayant de la calmer.

—Alors on n'en parlera plus ma chérie. —Il dessina le contour de son visage avec ses doigts —. Et si tu veux me demander —dit-il sur le ton de la plaisanterie—, moi non plus je ne sors avec personne.

Elle éclata de rire.

—Je n'allais pas demander… —« Je mourais d'envie de le faire ».

—Mmm.

—Même si moi j'aurais peut-être pu commencer à fréquenter quelqu'un —dit-elle en plaisantant.

Luke laissa de côté son expression taquine.

—Ça a été le cas ? —demanda-t-il soudain d'un ton froid.

Elle mit la main sur le bras de Luke. Elle ne pourrait pas suivre l'exemple de sa mère : plusieurs hommes en même temps. Ou l'un après l'autre. Elle ne le pourrait pas et ne voulait même pas essayer. Elle avait juste dit ça pour rire.

—Non, Luke, bien sûr que je ne sors avec personne. Si ça avait été le cas, je ne t'aurais jamais embrassé comme ça —dit-elle d'un ton sérieux—. J'ai seulement accepté de sortir avec toi parce que maintenant tu connais mes raisons. Avant de te connaître, bien sûr que je suis sortie avec quelques garçons. C'était après l'incident… —elle passa sa main dans ses cheveux—, mais les choses se sont mal passées, lorsqu'ils voulaient autre chose que de simples baisers et moi… Bon, je ne suis pas allée aussi loin qu'avec toi à l'hôtel.

Il acquiesça.

—Si je sors avec toi, je le fais de manière exclusive. C'est aussi ce que j'attends de toi. Je ne veux pas te mettre la pression et je veux que cela te permette de marquer les limites, ça n'implique pas que j'enfreindrai la seule règle de ma vie quand je veux sortir avec quelqu'un. Si je vois une personne, c'est seulement cette personne. Si tu ne peux pas l'accepter, j'ai besoin que tu me le dises. Tu as vingt-six ans et je peux comprendre que tu aies la curiosité d'expérimenter d'autres choses, mais moi j'en ai déjà trente-cinq, je sais exactement ce dont j'ai besoin. Je n'aime pas les femmes volubiles, quel que soit le type de relation que j'ai avec elles.

—Eh bien… —dit-elle surprise du petit discours sur la maturité— c'est le plus que tu aies dit sur toi de toute cette soirée. Je suppose que tu as également un passé au-delà du fait que tu travailles à restaurer des œuvres d'art, des pièces chères, que tu voyages et que tu fais des affaires. Je peux t'interroger là-dessus ?

Luke se mit automatiquement sur la défensive.

—J'invoque mon droit à ne pas répondre. —En voyant le visage étonné de Bree, il se rendit compte qu'il avait répondu abruptement à une question simple. Il avait l'habitude de se mettre sur la défensive lorsque l'idée d'être trahi ou utilisé par des ruses féminines surgissait dans sa tête. Il avait la sacrée mauvaise habitude de comparer les femmes avec lesquelles il sortait à Faith. « Tu ne pourrais, même pas de loin, comparer Brenda à cette harpie de Faith. » Il tendit la main pour prendre celle de Brenda, et il en caressa les jointures—. Je suis désolé, je n'ai pas voulu être brusque… —Il se leva et elle le suivit jusqu'à la porte—. Bree, je crois que cette soirée a été assez intense. Merci de m'avoir fait confiance —déclara-t-il cette fois-ci d'une voix douce.

Brenda prit sa joue dans sa main. Puis acquiesça.

—Ne t'en fais pas… moi aussi j'ai besoin de me reposer. Je te vois vendredi. D'accord ?

—Je voudrais déjà y être. —Il lui donna un baiser fugace sur les lèvres avant de partir.

Lorsque Luke sortit dans l'air du matin naissant, il sourit. Brenda était une fille généreuse, belle et sensée. Exactement le souffle de vent frais dont sa vie avait besoin. Il l'aiderait à surmonter ses démons personnels, et elle en échange, l'aiderait à vivre les meilleures vacances dans l'anonymat.

***

Les lumières de son hôtel particulier à Mayfair étaient allumées lorsqu'il arriva de chez Brenda. Le vestibule était éclairé lui aussi, le salon et l'escalier qui donnait sur les trois chambres de l'étage supérieur.

Avant qu'il ait pu appeler Charles, le majordome, il était déjà devant lui dans son bel uniforme.

—Monsieur —salua-t-il de manière formelle.

—Allons, Charles, nous ne sommes plus au XVIIIe siècle. Détends-toi.

L'homme toussota et le regarda, presque offensé.

—Si vous voulez bien m'excuser, monsieur Blackward, ma famille a à son actif une longue lignée de majordomes qui ont servi depuis 1750 la royauté et la noblesse anglaises. Il est de mon devoir d'être formel, monsieur —répliqua-t-il solennel, le dos droit.

—Je sais, je sais Charles. —Il avait parfois l'impression qu'il était son assistant et non pas son majordome—. Pourquoi tout est-il allumé ? —s'enquit-il les sourcils froncés, se dirigeant vers la console, pour y laisser les clés de la voiture.

—Madame est à la maison.

—Comment ?

—Madame Faith.

« Qu'est-ce qu'elle pouvait bien faire chez lui ? Elle n'était plus madame quoi que ce soit », pensa-t-il énervé. Il leva les sourcils d'un air interrogateur, pour que son majordome continue à parler.

—Explique-toi —demanda-t-il en colère.

—Cela fait trois heures qu'elle est là —commença Charles—. Elle est arrivée en pleurant, monsieur. Je lui ai dit, comme vous m'aviez indiqué de le faire, que vous n'étiez pas en ville. Mais elle m'a fait savoir avec insistance qu'elle vous attendrait. —« C'est-à-dire qu'elle lui a crié dessus », supposa automatiquement Luke. Ça c'était le style de son ex-femme : traiter le personnel comme s'il était moins que rien. Il ne s'en était pas aperçu jusqu'à ce que la dame qui avait cuisiné pour lui pendant dix ans ait été congédiée. Il avait dû tirer les vers du nez à Charles, qui avait tendance à être excessivement discret, même avec lui—. De plus, elle a apporté avec elle trois grandes malles de vêtements et elle s'est installée dans la chambre d'invités. À cette heure-ci elle doit dormir, monsieur.

Sans plus attendre, Luke monta jusqu'au deuxième étage.

Sans prévenir, il ouvrit la porte de la chambre d'invités et alluma la lumière. « Cette femme n'avait aucun droit de faire irruption dans sa vie ».

—Éteins cette lumière, Charles ! —retentit depuis le lit cette voix qu'il l'avait ensorcelé des années plus tôt. Il lui semblait que cela faisait une vie.

—Ce n'est pas Charles —répliqua-t-il glacial.

Faith commença à s'étirer et le drap glissa sur sa peau, la laissant totalement exposée. Luke ne fut pas du tout surpris de voir qu'elle était nue. Elle avait toujours été ouverte et assez impudique avec son corps. Au début c'est ça qui l'avait ébloui, parce que sa libido la préférait nue... jusqu'à ce qu'il apprenne qu'il n'était pas le seul homme à partager son lit. Désormais, tout était différent. Le Luke de ces années-là avait disparu. Cependant, il n'était pas aveugle à ce qui s'offrait devant lui : une silhouette belle et gracieuse ; un physique de danseuse qu'il connaissait bien, mais qu'il ne désirait plus. Pas quand il avait une femme superbe aux yeux verts qu'il verrait dans deux jours et qui lui avait donné le baiser le plus savoureux depuis bien longtemps. Et il prétendait que l'expérience au lit avec Brenda soit mémorable. Rien n'était plus savoureux que l'anticipation de la conquête. Même s'il fallait bien avouer que celui qui était conquis et ébloui par la spontanéité de Brenda, c'était bien lui.

—Oh, Luke ! —Elle se releva avec agilité et se jeta dans ses bras, en serrant ses petits seins contre sa chemise—. Tu m'as manqué... —elle l'embrassa avec insistance, mais lui refusa de lui rendre le baiser. Faith s'éloigna légèrement pour le regarder, avant de lui dire en feignant d'être surprise— : ce n'est pas réciproque, apparemment.

—Nous sommes divorcés et tu m'as occasionné beaucoup de maux de tête —répliqua-t-il avec mépris.

L'apparente bonne humeur de Faith ne faiblit pas.

—Et je t'ai aussi provoqué de nombreux orgasmes —fit-elle remarquer du tac au tac. Ensuite, elle se mit à rire.

—Qu'est-ce que tu veux ? —répondit-il sur un ton qui sonnait comme un fouet cinglant l'air.

—J'ai un problème —dit-elle d'une voix mielleuse—. J'ai besoin de ton aide.

Luke ne pouvait pas croire que cette femme, après l'enfer qu'elle lui avait faire vivre, avait le culot de se présenter chez lui et de s'y installer comme si elle avait un quelconque droit de le faire.

—Notre histoire est terminée depuis assez longtemps. De quelle sorte d'aide as-tu besoin ? Le divorce t'as laissé un bon paquet d'argent. Ou bien tu l'as déjà dépensé en voyageant et en couchant avec le plus offrant ? —demanda-t-il—. Tu n'as jamais vraiment eu de problème pour trouver un homme qui t'exciterait suffisamment pour le baiser où que ce soit —attaqua-t-il sans le moindre tact dans ses propos.

Elle fit une moue et au lieu de lui reprocher ses paroles, elle haussa les épaules. Le mouvement fit s'agiter ses seins. Luke n'était pas un eunuque, il s'approcha donc du placard et lui tendit un des peignoirs qu'il avait pour les invités.

D'un regard félin et prenant son temps pour enfiler le peignoir, elle lui sourit.

—Je vois que tu ne me pardonnes toujours pas mes jeux. Je pense que nous étions explosifs au lit... Je ne t'ai jamais trompé, Luke ...

La main de Luke saisit rapidement le poignet de Faith et le serra fort. Elle resta silencieuse et surprise de la réaction de son ex-mari.

—Il me semble que nous avons dépassé ce cap. Qu'est-ce que tu veux au juste ? —demanda-t-il en lui lâchant le poignet comme si cela le répugnait—. Je n'ai aucun scrupule à te mettre dehors. Parle.

—Comme tu peux être insensible. —Elle regarda Luke avec rancœur, tandis qu'elle se frottait le poignet.

Il se fichait de ce que Faith pouvait bien sentir. Cette femme avait converti sa vie sentimentale en un gouffre.

—Le temps est écoulé —répéta-t-il de son regard impassible.

Faith soupira de fatigue. Son visage prit un air sérieux.

—Comme tu le sais, j'ai monté ma propre compagnie de danse à Dublin. —Il acquiesça—. Des cousines à moi sont venues des États-Unis avec leurs maris et leurs enfants et se sont installées chez moi. Tu sais bien qu'en Irlande, nous sommes très famille. Je dois préparer un programme de danse et le brouhaha arrive jusque dans mon studio. Je ne peux pas me concentrer et c'est pour ça que j'ai décidé de venir à Londres, pour m'éloigner un peu d'eux et ainsi reprendre le rythme du programme de danse pour qu'il soit prêt. J'ai besoin d'un endroit qui me soit autant familier, qu'accueillant et tranquille… je n'ai pas où me loger.

—Il y a beaucoup d'hôtels à Londres —dit-il d'une voix cassante.

—Oh, Luke, s'il te plaît. Charles m'a dit que tu es en vacances dans un petit village à Surrey. —« Il semblerait après tout qu'elle se rappelle finalement le nom du pauvre Charles », pensa-t-il avec sarcasme —. Tu ne vas pas être là, je ne vais pas te voir, tu ne vas pas me voir. Qu'y a-t-il de mal à cela ?

—N'y pense même pas, il est hors de question que tu restes chez moi.

Elle leva la commissure des lèvres de cette manière coquine qui, à une autre époque, l'avait rendu fou. « Des temps révolus », se dit Luke en observant ses yeux bleu clair et son visage aux traits fins. Faith portait ses cheveux à la hauteur des épaules. Elle aimait se teindre les cheveux, qui en l'occurrence, étaient blonds. Une fois, elle se les était teints en bleu. « Artistique » lui avait-elle dit en guise d'explication cette fois-là.

—Juste trois semaines. Seulement ça —assura-t-elle en ajustant la ceinture du peignoir beige—. Ensuite je m'en vais.

Lui, mettrait sans doute un peu plus longtemps à terminer les réparations à Surrey, il n'aurait donc pas à la voir. Ça c'était vrai.

—C'est tout ?

—Tout à fait ! —s'exclama-t-elle le regard brillant d'optimisme.

Il ne la croyait pas, il décida donc de prendre ses précautions.

—Je veux que tu me signes une clause dans laquelle tu t'engages à quitter les lieux dans exactement trois semaines.

Luke était habitué à ses ruses. Il pressentait qu'il y avait autre chose derrière sa présence à Londres, mais il allait se passer d'éventuels scandales qu'elle voudrait sans doute monter en ville, au cas où il n'accepterait pas sa maudite faveur. Il n'avait pas envie de vivre un cirque médiatique, ses avocats se chargeraient donc de tout.

—Tu es sérieux ? —Elle fit semblant d'être offensée, mais en vérité, elle était soulagée. « Peut-être qu'il ne finirait jamais par savoir combien… »

—Soit tu signes, soit tu vois où tu te loges pour chercher ton inspiration.

—J'accepte de signer la clause.

« Trop rapide… » pensa Luke, méfiant. Il dirait à son équipe juridique de régler tous les détails.

—Mon avocat viendra demain —déclara-t-il avant de se diriger vers la porte.

—Attends… —lui dit-elle quand elle le vit sur le point de sortir de la pièce. Il s'arrêta mais sans se retourner vers elle. Il n'avait plus envie de la voir, il avait juste besoin de dormir et d'attendre que passent ces trois maudites semaines pour que Faith sorte une nouvelle fois de sa vie…—. Merci, Luke.

Il lui sembla percevoir un certain arrière-goût d'incertitude et de tristesse dans la voix de Faith. « Ne te laisse pas embobiner et sors de là. »

Luke ne dit rien et sortit.

CHAPITRE 8

La perspective d'un rendez-vous la rendait un peu nerveuse. Au-delà du dîner de ce soir, sa nervosité avait à voir avec l'homme qui l'avait invitée à sortir. Après cette nuit où elle lui avait confessé son passé, Brenda savait qu'une barrière en elle s'était effondrée. Elle ne pouvait pas l'expliquer, mais le fait que son passé ne soit plus une lourde chaîne la tirant impitoyablement vers le bas, signifiait beaucoup.

Ces quarante dernières minutes, elle avait changé au moins cinq fois de chemisier, de jupe, de pantalon et de différentes couleurs. Elle se décida finalement pour une robe noire au décolleté sans bretelles. La robe était courte jusqu'aux genoux, sans manches, cintrée juste sous la poitrine et lâche depuis la taille, pour lui donner toute liberté de mouvement. Elle n'avait aucune idée où Luke allait l'emmener ce soir.

Elle ajusta ses sandales fermées en forme de chaussons de danse. Elle fit appel à ses connaissances de base et s'appliqua de l'eye-liner vert d'eau sur le bord inférieur de l'œil et de l'eye-liner noir sur le bord supérieur, en dessinant un léger crochet vers le haut pour accentuer la forme en amande de ses yeux.

Elle appliqua ensuite un peu de mascara sur les cils, une touche de blush rosé et un peu de brillant rougeâtre sur les lèvres. Elle apprivoisa ses cheveux avec une pince, en donnant forme aux mèches blondes qui tombaient en-dessous de ses épaules.

Avec Luke, il s'agissait d'un rendez-vous différent, mais elle ne voulait pas s'attarder sur les raisons qui l'amenaient à cette conclusion. Si elle mettait les choses en perspective comme s'il s'agissait d'une aventure, tout avait un sens. Le travail de Luke était celui d'un globe-trotteur, qui différait en tout de sa situation à elle, qui préférait vivre à un endroit fixe. L'idée qu'il quitte Surrey dès la fin de son contrat avec monsieur Hudson, lui fournissait le parfait scénario pour qu'elle ne tienne aucun engagement, puisqu'elle ne le reverrait jamais. Quelque chose en elle ne se réjouissait pas à l'idée de ne plus rien savoir du beau restaurateur et sculpteur, mais à la fin de l'aventure, elle savait qu'elle sortirait gagnante, car elle n'aurait pas à souffrir des adieux.

La veille, elle avait gardé Harvey, qui malgré son jeune âge, s'était montré très conciliant pour prendre les comprimés que lui avait prescrits Estela. Même si le plâtre gênait l'enfant pour dormir, Harvey ne s'était pas plaint.

En entendant frapper à la porte de sa chambre, Brenda sursauta. Elle laissa de côté les pensées qui tournoyaient dans sa tête.

Elle alla ouvrir en essayant de contenir sa nervosité, mais ce fut peine perdue dès qu'elle eut Luke en face d'elle. Les mots pour le saluer restèrent coincés dans sa gorge. Il s'était rasé de près et elle pouvait affirmer sans se tromper, que la fragrance de *l'aftershave* et le parfum qu'il portait étaient sur le point de provoquer un marathon chez ses hormones féminines. Son parfum était le plus sexy qu'elle ait perçu depuis bien longtemps.

En plus du fait qu'il avait un corps… À tomber raide ? Non. C'était trop cliché pour décrire une ode à la virilité. La chemise grise qu'il portait se collait à son corps ferme et musclé.

Un corps qu'elle avait vu en douce, bien sûr. Bon, ok, elle l'acceptait. Elle avait caressé une partie de ce corps magnifique lorsqu'ils s'étaient embrassés. Qu'il soit restaurateur, boulanger, serveur, entrepreneur, sculpteur ou architecte, cela lui était égal, Luke avait une charmante personnalité et une élégance innée.

—Tu es belle comme tout —lui dit Luke avec un sourire, et conscient de ce qu'il avait devant lui. Il la regarda de bas en haut en signe d'approbation masculine. « Belle, non. C'était peu dire. Brenda était à couper le souffle », pensa-t-il. Sans lui laisser le temps de rien, il s'approcha et l'embrassa sur la bouche avec avidité. Il avait désiré cette bouche généreuse et sensuelle à toute heure depuis la première fois qu'il y avait goûté. À cause de problèmes chez Blue Destination, il s'était vu obligé d'être confiné dans sa chambre pour assister à une longue conférence par Skype avec son associé ; le seul moment qu'il avait eu de libre, il avait trouvé Brenda en compagnie de monsieur Hudson, et n'avait pas pu s'approcher d'elle. Mais là, il avait ses lèvres exquises pour lui tout seul et il fut ravi de sentir comment Bree se laissa aller, lui rendant avec enthousiasme ses baisers, tandis qu'il caressait ses bras nus et cherchait à aller un peu plus loin. S'il faisait ça, ils n'iraient pas dîner, alors il s'éloigna un peu d'elle—. Tu es magnifique…
—murmura-t-il tout contre ses lèvres.

—Merci… —Elle rougit du baiser.

Il passa un doigt sur sa joue, pour sentir sa peau satinée.

—Je m'arrête là parce que si je continue à te toucher, on n'arrivera pas à l'endroit où je veux t'emmener aujourd'hui…

Brenda acquiesça.

—Je t'ai manqué ? —demanda Luke.

Elle éclata de rire. « Luke pouvait parfois être prétentieux. »

—Non, mais je suis sûre que toi oui —lui dit-elle en plaisantant et en libérant la tension sexuelle de son rire… ou du moins c'est ce qu'elle pensait.

—Parie tout ce que tu veux, parce que tu es dans le vrai —il lui fit un clin d'œil et elle éclata à nouveau de rire. Avec Luke, elle se sentait à l'aise—. Viens —lui dit-il et il la prit par la main, la sortant de la chambre.

—Où… ?

—Suis-moi, Bree. —Luke entrelaça ses doigts avec les siens, dans un geste qui parut trop intime à Brenda. Elle tenta de se défaire de son emprise, mais n'y parvint pas car il resserra ses doigts sur les siens—. Ne t'inquiète pas, nous allons sortir par la porte de derrière.

Les alarmes se mirent en alerte dans la tête de Brenda.

—Non —dit-elle apeurée et de manière brusque. « Pourquoi, pourquoi fallait-il qu'elle repense à la discothèque de Londres ? », gémit-elle dans son for intérieur.

Luke s'arrêta et lâcha les mains de Brenda.

Elle le regarda, inquiète.

—Bree —dit-il avec douceur comme s'il imaginait ce qu'elle était en train de vivre—. Si nous sortons par la porte principale, la réceptionniste, les porteurs, le concierge, le chauffeur, madame Evans et je ne sais quels autres employés de l'hôtel se demanderont ce que fait l'assistante d'Alice Blackward accompagnée de l'un des employés de l'entreprise de restauration. Peu importe s'ils parlent de moi, mais je ne crois que ce serait bon pour ton image de représentante de madame Blackward de donner matière à jaser au personnel administratif.

—Non… —elle baissa les yeux—, tu ne le fais pas parce que tu as honte de moi, n'est-ce pas ?

Il se sentit déconcerté. D'où pouvait lui venir cette idée aussi stupide ?

—Explique-moi pourquoi tu penses ça —lui demanda-t-il en lui caressant les cheveux et en s'émerveillant de leur douceur.

—Oublie Luke… —elle commença à s'éloigner, mais il l'en empêcha en lui bloquant le chemin.

—Non, je ne veux pas laisser passer ça. Je crois que cela fait trop longtemps que tu évites ton passé et je sais que cela à quelque chose à voir avec ce qui se passe là maintenant. Encore une fois. Alors Bree, je veux savoir ce que c'est.

Elle poussa un soupir de lassitude.

—Mon ex m'a dit qu'il ne… qu'il ne pouvait pas croire comment j'avais pu penser qu'une femme sans rang social ni place dans la société pouvait s'intéresser à un homme comme lui, au-delà d'un peu de… sexe —elle s'éclaircit la voix, tandis que Luke la rapprochait de lui pour la prendre dans ses bras—. Bref…

Il lâcha une insulte à voix basse.

—Espèce de salaud. Oublie cet imbécile. —Il se dégagea d'elle pour qu'elle puisse le regarder droit dans les yeux—. Écoute. Ici nous sommes dans les mêmes conditions. Nous travaillons au même endroit et nous sommes Luke Spencer et Brenda Russell —il se sentit coupable de lui mentir, mais il ne voulait pas s'exposer à lui dire qui il était vraiment. Il ne voulait pas qu'elle le voie différemment ou qu'elle évite de lui dire les choses en face et de façon directe comme elle le faisait à cet instant. Brenda était rafraîchissante et sincère ; il ne voulait pas qu'elle cesse de l'être, surtout lorsqu'il ne restait peut-être que quelques jours avant qu'ils ne se revoient plus—. Tu es aussi digne d'intéresser un homme pauvre qu'un homme riche ; c'est toi qui choisis si tu veux une aventure ou une relation qui dure. Tu peux choisir. Ne t'autorise pas à croire que quelqu'un t'a laissée dans une impasse.

Elle le regarda, intriguée.

—Et s'ils te mentent ? Je crois qu'à ce stade Luke, c'est sans issue, parce que tu m'as fait confiance —dit-elle tout à coup, le prenant au dépourvu—. Je n'arrive pas à faire confiance aux gens. —Il serra les dents—. Mais pour une raison que j'ignore, je sens que je peux avoir confiance en toi… —dit-elle en souriant timidement.

Il lui caressa les joues, puis embrassa son petit nez, se sentant toujours comme un minable à l'intérieur. Elle lui faisait confiance, après ce qu'elle avait vécu avec son salaud d'expetit ami. Tout ce dont il pouvait être reconnaissant, c'est que Brenda ne saurait jamais qui il était vraiment. Parce que si l'un des employés de Hudson, ou même Muriel ouvrait la bouche, il se chargerait de leur pourrir la vie.

Luke la serra fort dans ses bras. L'idée de ne plus jamais entendre parler d'elle n'était pas du tout encourageante et allait au-delà d'un désir sexuel, car bien sûr il la désirait. À la folie. Elle avait quelque chose de plus… quelque chose de différent de ce qu'il avait connu jusqu'à présent chez la gent féminine. Brenda était authentique.

—Merci, ma princesse —dit-il en l'embrassant tendrement sur les lèvres—. Je crois qu'il est désormais clair pourquoi nous allons sortir par l'issue de secours. Pas vrai ?

Elle acquiesça et se laissa de nouveau prendre par la main.

Ils cheminèrent sur un sentier. Elle parvint à apercevoir les écuries. C'était la première fois qu'elle voyait ce paysage, car Muriel ne lui avait pas montré cette partie des terrains. Sûrement parce qu'aucun employé n'avait le droit de les utiliser.

Elle profita du fait que Luke marchait devant elle pour remarquer à quel point son élégant pantalon noir lui allait bien. Elle n'avait pas pour habitude de regarder de si près le physique d'un homme, mais elle avait vécu ces dernières années en réprimant tellement d'émotions physiques, qu'avec Luke elle sentait comment cette partie d'elle-même s'ouvrait comme une digue qui laisse couler l'eau à flots.

—On va dîner dans l'étable ? —demanda-t-elle en se moquant, en entendant le hennissement d'un des chevaux.

—Je veux te montrer un endroit que j'ai découvert il y a quelques jours —lui dit-il en marchant vers le fond de l'écurie. D'un geste, il demanda à Brenda de l'attendre. Il n'allait pas lui raconter qu'il utilisait les chevaux de la propriété.

—Un petit poulain nouveau-né, peut-être ? —dit-elle d'une voix forte depuis l'entrée pour se faire entendre, tandis qu'il disparaissait peu à peu au bout du couloir.

Intriguée et n'entendant rien, elle fit quelques pas en avant, quand il la surprit en sortant avec un grand panier. Brenda leva les sourcils, d'un air inquisiteur.

—Un pique-nique —essaya-t-elle de deviner.

Il lui fit un clin d'œil en arrivant là où elle se trouvait.

—Bien mieux. —De sa main libre, il lui prit la main—. Fais-moi encore un peu confiance, rappelle-toi aussi ce que je t'ai dit Bree, c'est toi qui as les rennes en main.

Après l'avoir regardé et avoir senti la solennité de ses yeux bleu cobalt, elle acquiesça.

—Allez, viens.

Ils se mirent en route, lentement et en silence, le long d'un chemin qui semblait avoir été autrefois très fréquenté. Les mauvaises herbes recouvraient une plante grimpante qui semblait avoir connu des jours meilleurs, mais qui était maintenant couchée sur le côté. Les arbres touffus se balançaient au gré du vent et semblaient murmurer des mots apaisants à travers leur feuillage.

Toute trace d'inquiétude avait disparu chez Brenda.

Après presque quinze minutes de marche, elle aperçut une petite cabane. Elle avait l'air abandonné. À l'extérieur, il y avait quelques chaises longues et une piscine qui, comme elle put le vérifier en s'approchant, avait connu des jours meilleurs. La maison avait sans doute été un refuge pour l'hiver, car malgré le fait qu'elle était un peu à l'abandon, on voyait qu'il s'agissait d'une structure relativement moderne. La porte d'entrée, que Luke n'eut aucun mal à ouvrir, était en bois et en verre.

À l'intérieur, il n'y avait rien d'autre qu'un meuble, la cheminée qui ne demandait qu'à être nettoyée, et quelques babioles mal placées dans les coins. Sur les murs, il y avait de grands espaces marrons sur lesquels apparemment avaient été accrochés des tableaux de différentes tailles. Il s'agissait d'une seule grande pièce. Ce qui conforta Brenda dans son idée qu'il s'agissait bien d'un refuge.

—Luke ?

—L'endroit est impressionnant, pas vrai ? —demanda-t-il en souriant.

—Euh…

Il éclata de rire.

—Malgré le mauvais état dans lequel il se trouve, il y a une surprise très agréable dans la partie de derrière. Un peu curieux que la piscine soit devant et non pas derrière, hein ? —Elle acquiesça—. Bon, maintenant reste ici une seconde. Ne crie pas—chuchota-t-il avec un sourire malin. Brenda le regarda, agacée. Il rit de nouveau—. Où est ton sens de l'humour, ma princesse ?

Elle haussa les épaules.

—Dans le château, je suppose…

Sans pouvoir résister, il laissa le panier de côté, la prit dans ses bras et l'embrassa. L'étincelle entre eux deux fut immédiate. Elle se serra contre ce robuste corps viril, tandis que Luke la caressait en appuyant ses doigts contre son dos, puis il glissa ses mains jusqu'à les poser juste avant la partie la plus basse, mais elle était tellement absorbée par le baiser, qu'elle ignora la progression des caresses, parce que ce qui prédominait, c'était de sentir.

Elle était excitée et cela ne la dérangeait pas d'être celle qui, dans un geste audacieux et effronté, laissa ses mains tout près de la ceinture du pantalon de Luke. Il sursauta, respirant lourdement.

—Eh là ! Je vais me sentir offensé —fit-il semblant d'être choqué. Brenda rougit et tenta de retirer ses mains. Luke l'en empêcha—. Non. —Ils se regardèrent et lui mit de côté son air plaisantin—. Si tu veux me toucher, fais-le, Bree. On a un accord tous les deux. Pas vrai ? —Brenda acquiesça, se rappelant que c'était elle qui avait les rennes en main—. Je compte bien l'honorer. Je ne faisais que plaisanter, mais tu peux me toucher et demander tout ce que tu veux…

—Je… —Elle se mordit la lèvre—. D'accord.

—Pense à ce que tu désires, pendant que tu m'accompagnes, je ne crois pas que rester ici soit le mieux. En plus, il y a un endroit que je veux te montrer —dit-il avec malice, puis il souleva le panier d'une main et Brenda le suivit sans quitter des yeux ce qui l'entourait.

Il la fit passer par une porte qui les conduisit sur un autre petit chemin, cette fois-ci beaucoup plus court. Ils marchèrent quelques mètres et devant eux s'ouvrit la vue sur un lac magnifique. Le ciel portait encore les traces des derniers rayons du soleil sur l'horizon. Un vol d'oiseaux choisit ce moment pour prendre son envol, comme pour leur dire au revoir et les charger de prendre soin de cet espace naturel hors du commun.

L'eau du lac reflétait encore la lumière du coucher de soleil. L'ensemble ressemblait à un endroit mystique, éloigné de toute humanité. Un espace voué à deux personnes. « À deux amants », pensa Brenda, sentant comment son cœur palpitait de plus belle.

Luke commença à sortir du panier une sorte de couverture qu'il étendit sur l'herbe. Une bouteille de vin. Deux verres à pied. Des serviettes. Des couverts en plastique et enfin deux assiettes en aluminium avec de la nourriture précuisinée. Brenda dissimula un sourire, devant l'étalage d'un pique-nique très masculin, mais heureuse du mal qu'il s'était donné pour tout cela.

—En trente-cinq ans de vie, je n'avais rien fait de pareil… —affirma–t-il de sa voix forte et caverneuse, lorsqu'il eut fini d'allumer cinq petites torches qu'il planta dans le sol. Elles irradiaient chacune une petite flamme et donnaient à l'endroit un aspect magique.

—Personne n'avait jamais eu un geste aussi touchant pour moi, merci… tu n'aurais pas dû te donner tant de mal pour un dîner… —commenta-t-elle, ravie.

Il s'approcha d'elle. Il l'installa entre ses bras, enlaçant le dos de Brenda de ses mains. Leurs corps étaient parfaitement imbriqués l'un dans l'autre, à l'exception de leurs visages qui n'étaient séparés que de quelques centimètres.

—Ce n'est pas pour un dîner. —La lumière des flammes illuminait les profondeurs de ces yeux bleus, pendant qu'il parlait—. C'est pour la femme qui est en ce moment avec moi.

—Oh… —rougit-elle—. Tu es un homme très différent des autres, Luke.

Il sourit.

—J'ai pensé qu'un restaurant était trop typique et ennuyeux et que ça serait un peu plus… personnel.

—À quel point personnel ? —demanda-t-elle, même si elle connaissait déjà la réponse. Elle était là pour la même raison que Luke avait organisé une aussi belle soirée. Pour la séduction. Et comme elle avait déjà choisi d'avancer dans sa vie, elle ne sentait rien qui puisse l'empêcher de se laisser aller.

Le rire rauque de Luke résonna dans la clairière.

—J'ai la légère impression que vous êtes en train de flirter avec moi, mademoiselle Russell. —Il se pencha pour aspirer la fragrance de son cou. Elle était délicieuse—. Je me trompe ?

—Non…

—Ah, alors comme ça tu es toujours la femme insolente que j'ai rencontrée à la réception il y a quelques jours, hein ? — demanda-t-il en lui mordillant l'oreille, électrisant tout le corps de Brenda.

—J'adore ce que tu as fait ici… un pique-nique au coucher du soleil, en envahissant une propriété privée et abandonnée —elle éclata de rire, nerveuse—. Tu as été tellement…

Il remonta les mains pour les laisser juste en dessous de ses seins.

—gnangnan ? —interrogea-t-il dans un éclat de rire rauque, en voyant comment ses joues rougissaient à vue d'œil.
—Authentique.
Ils étaient isolés de tout. Cela pouvait paraître étrange, mais parfois elle avait l'impression que quelque chose chez Luke lui échappait. À certains moments, elle sentait qu'il était trop sophistiqué pour être restaurateur, ou peut-être s'agissait-il de préjugés absurdes ; à d'autres, il avait l'air particulièrement hors de son élément, elle pouvait presque l'imaginer plutôt dans une salle de réunion que dans une cour en train de sculpter une pièce hors de prix. Ou peut-être qu'elle cherchait des excuses, pour éviter de se rapprocher de lui.

Elle chassa ses pensées, parce que Luke l'observait avec attention, comme s'il pouvait lire ses pensées dans l'ombre de ses yeux.

—J'aime cette définition —chuchota-t-il avec une très légère culpabilité. Quand Brenda apprendrait la vérité, il l'aurait sûrement oubliée. Dans deux mois il devrait être à Rome pour affaires. Il serait suffisamment occupé pour penser à autre chose qu'à ses affaires commerciales—. Je crois que nous avons beaucoup parlé pour l'heure…

Luke inclina la tête, esquivant les quelques millimètres qui le séparaient de l'appétissante bouche de Brenda. Dans un soupir, elle accueillit la douce invasion, permettant que le goût si particulier d'épices et de menthe se confonde avec le sien. Le baiser était doux, féroce par moments, puis se fondait à nouveau dans une cadence folle.

Leurs mains à tous les deux commencèrent à errer sur leurs corps. En douceur. Rapidement. Il prenait soin de ne pas toucher aux seins parfaits que la robe exhibait comme une tentation aux plus faibles. Et il était définitivement de ceux-là. Il voulait y aller doucement, sans l'effrayer, ce que sa virilité palpitante ne comprenait pas, alors qu'il luttait pour se frayer un passage pour pouvoir se glisser dans le délicat canal entre les cuisses féminines. Il devait contrôler la passion qui menaçait de le submerger, pour ne pas la mettre mal à l'aise.

—Caresse-moi… —demanda-t-il dans un grognement, en cherchant à tâtons la fermeture éclair de la robe. Lorsqu'il la trouva, il commença à la faire descendre doucement—. Fais-le, ma belle…oui, c'est ça —gémit-il lorsque d'un mouvement audacieux, elle commença à déboutonner sa chemise et à faire glisser ses mains le long de son torse musclé et viril. Brenda s'émerveilla de la texture et de la chaleur de la peau de Luke.

Elle était hypnotisée par la force et le contrôle de soi qu'elle sentait de la part de Luke. C'était merveilleux de voir comment un homme aussi musclé et qui exsudait une véritable virilité pouvait avoir une telle retenue. Elle savait qu'il le faisait pour elle et d'une certaine manière, ce geste la flatta. Peu importait combien de temps allait durer cette liaison avec lui, ce dont elle était certaine, c'est que ce serait le premier homme à qui elle permettrait de la toucher et de lui faire l'amour. Elle le savait avec la même certitude qu'elle ressentait en se disant que tomber amoureuse de lui serait une pure folie.

Sur cette pensée, elle finit de déboutonner la chemise, pour avoir une vue complète des abdominaux parfaitement travaillés, sans être gênée par le vêtement. Si elle ajoutait à cela la très forte lumière orange de l'horizon qui commençait à se mélanger avec le noir et le gris, en plus des flammes des torches, Luke était une vision saisissante. Elle s'aventura à parcourir son torse de ses mains avec plus de fougue, de bas en haut.

Il grogna quelque chose avant que la robe ne cède, gagnant la bataille avec la fermeture.

—Chérie… —murmura-t-il contre le cou délicat, parfumé de l'arôme des fleurs—. Je peux… ?—demanda-t-il en la regardant, la main tenant la robe de Brenda et à un doigt de la laisser en sous-vêtements.

Les yeux de Bree brillaient de désir et il le savait, mais il ne pouvait pas avancer, sans qu'elle l'autorise à le faire. Elle s'arrêta net. Elle allait lui répondre, quand le portable de Luke se mit à sonner. Il fit semblant de l'ignorer, attendant que Brenda lui réponde et avec l'envie d'assassiner l'être humain qui se trouvait à l'autre bout du fil.

—Luke… —Le téléphone continua de sonner—. C'est peut-être une urgence, je crois que tu devrais répondre —suggéra-t-elle en tremblant de désir et en retenant sa robe d'une main sur sa poitrine, tout à fait étrangère à la manière dont le sexe de Luke vibrait dans son coûteux pantalon noir.

—Je m'en fiche —grogna-t-il, les mains encore sur la fermeture de la robe, désireux qu'elle lui donne son approbation. Elle ne semblait pas nerveuse à l'idée qu'ils étaient sur le point de faire l'amour, non. Apparemment, le désir était aussi fort chez elle qu'il l'était chez lui.

La magie fut brisée lorsque l'appareil continua de sonner.

—Bon sang —grommela-t-il, remontant la fermeture éclair de la robe noire, pour ensuite l'embrasser passionnément sur les lèvres—. Je vais répondre et tu ne vas pas bouger d'ici.

Elle éclata de rire.

—Je crois que je me perdrais…

—Pas sans moi —répondit-il en faisant un jeu de mots, auquel elle répondit par un sourire espiègle.

—Non, pas sans toi.

Avec un juron, Luke s'éloigna un peu plus pour avoir un meilleur signal.

Pendant que Luke était au téléphone, elle reprit ses esprits et la bouffée de désir se calma. Mais pas sa curiosité. Elle admira la ligne parfaite de la colonne vertébrale de Luke flanquée d'un ensemble de muscles qui se mouvaient au rythme de leur propriétaire, pendant que celui-ci marchait de long en large tout en parlant au téléphone. Le ton de sa voix était presque menaçant. Elle se demanda quel genre de nouvelle ou de personne pouvait rendre le visage de Luke aussi dur et froid qu'à cet instant. C'était une transformation totale ; c'était désormais un mur de glace, alors qu'à peine quelques secondes auparavant, il était tout feu tout flamme avec elle.

Elle arrivait à écouter des bribes de la conversation. « Hum… une fois de plus l'elfe est en train de mentir… d'accord… je suppose que tu as appelé… bien… oui, j'irai… dis-lui qu'elle garde son calme… je peux dire le nom que je veux, Charles… tout ce qui me passe par la tête… laisse de côté tes manières à l'anglaise… tu m'emmerdes à la fin… bye… ». Tout ce qu'elle retint fut le mot « elfe ». Qu'est-ce que ça pouvait bien vouloir dire ? En plus, il avait dit ça avec un arrière-goût de mépris et de douleur ? Elle n'arrivait pas à identifier exactement de quoi il s'agissait. Elle connaissait les elfes, mais les elfes femmes ? Un nom pour le moins étrange. L'une de ses petites nièces qui aurait fait une bêtise, peut-être ? Et c'était là un autre détail, elle ne connaissait que très peu ou rien de la vie de Luke ; c'était peut-être mieux ainsi.

Il resta encore trois minutes au téléphone avant de ranger à contre-cœur l'appareil dans la poche arrière de son pantalon.

—Des problèmes ? —S'aventura à demander Brenda, quand elle le vit ramasser la chemise et la boutonner mécaniquement comme s'il avait oublié ce qu'ils étaient sur le point de faire juste avant.

Luke adoucit son regard en s'adressant à elle et ralentit les mouvements, en se rapprochant.

—Je suis désolé, Bree. —Il regarda la belle femme qui se trouvait devant lui, avec un mélange de regret et de frustration—. Il semblerait que je ne puisse pas rester, un problème est survenu avec un client à Londres. Je dois repartir ce soir.

Elle sourit, mais l'expression n'arriva pas jusqu'à ses yeux. Il était tellement fâché, qu'il ne s'en rendit pas compte.

—Tout a une solution. Peu importe ce qui s'est passé —dit-elle en essayant de paraître compréhensive. Elle contempla tristement le dîner sur la nappe pour le pique-nique improvisé—. Je suis sûre que tu peux arriver à un accord. Monsieur Hudson a pour habitude de lui demander un pourcentage sur n'importe quel travail que tu prends à titre personnel ?

« Évidemment. Elle pense que c'est ça le problème. »

—Oui, parfois —répondit-il sur la défensive—. Allez ma princesse, il faut qu'on parte. Je te revaudrai ça, c'est promis. —Il commença à tout ramasser rapidement et à tout ranger dans le panier —. On va emporter ça et on pourra le donner à quelqu'un.

—Quelqu'un comme qui, par exemple ?

—Aux chevaux… ? —demanda-t-elle en essayant qu'il défronce les sourcils.

Alors il s'arrêta et la contempla.

—Je regrette vraiment de ne pas pouvoir rester… nous allons très bientôt reprendre là où nous en étions —déclara-t-il.

Bree rougit et Luke s'approcha et laissa un baiser juste à l'entrée du décolleté qui arrivait à ses seins.

—La prochaine fois… —sourit-il.

—Luke. Qu'est-ce que c'est qu'une elfe ? —demanda-t-elle soudainement.

Il leva un sourcil et Brenda regretta d'avoir réussi à lui faire froncer les sourcils.

—Tu aimes écouter les conversations des autres ?

—On est dans une clairière, Luke, c'est presque impossible de ne pas écouter involontairement, et en plus on n'est que tous les deux et personne d'autre, à plus forte raison —se défendit-elle—. Je suis désolée d'avoir écouté, si le sujet te met mal à l'aise. Tu n'as aucune obligation envers moi, ni moi envers toi, alors je suis désolée…

Luke soupira.

—Je suis désolé. Je n'ai pas voulu te parler aussi brusquement. —Il posa les doigts sur ses lèvres et lui caressa les joues.

Brenda n'aimait pas qu'il la traite de commère, parce qu'à part un ou deux regards furtifs vers Luke, elle ne se mêlait pas des affaires des autres. Il remarqua qu'elle était tendue, il essaya donc de se calmer. Brenda n'y était pour rien. « Sacrée Faith, toujours à s'attirer des ennuis ». Il s'en fichait qu'elle ait écouté, en fait, il s'attendait d'une façon ou d'une autre à ce que cela arrive, parce que comme le disait Brenda, c'était inévitable dans une clairière, et c'est pour cela qu'il avait fait attention aux noms qu'il prononçait dans la conversation. Cela n'empêchait pas que l'appel de son majordome fasse monter sa mauvaise humeur à la tête.

—Elfe c'est la manière dont je fais référence aux clients mécontents, bébé. C'est un code que j'utilise avec mon collègue de travail à Londres, Charles. —Un mensonge de plus à la liste, pensa Luke en culpabilisant, mais il ne pouvait pas lui dire la vérité sans dévoiler qui il était.

Elle s'inclina pour embrasser Luke sur la joue avec tendresse.

—Oh, ça y est, je comprends… —lui sourit-elle avec candeur. Les problèmes de travail passaient en premier, se dit-elle—. Bon, mieux vaut ne pas le faire attendre.

Luke serra l'anse du panier avec force.

—Tu es trop gentille, Bree —murmura-t-il avec mauvaise conscience, tandis qu'ils marchaient sur le chemin du retour.

—Et toi en ce moment trop grognon —dit-elle d'une voix plus détendue.

Pauvre Luke, pensa-t-elle, même si elle ne croyait pas que Danny DeVito soit un exploiteur, elle avait quand même remarqué qu'il était ambitieux. Le faire travailler d'un endroit à l'autre comme si c'était un esclave… Elle aussi l'avait vécu dans certains emplois et c'est sans doute pour ça qu'elle s'identifiait à Luke. Ils travaillaient dur tous les deux pour subvenir à leurs besoins, peu importe si l'un gagnait plus que l'autre. Cela faisait du bien d'avoir un égal pour la première fois. Cela faisait un bien fou.

—Tu crois pouvoir m'aider à ne plus l'être ? —répondit-il en essayant d'égaler la joie renouvelée de Brenda. *La sergente-chef* était pour l'instant de sortie, et même s'il aimait qu'elle soit décidée et énergique, à cet instant précis, il préférait la Brenda plus douce, souriante et qui commençait à avoir un peu plus confiance en elle et en lui… même s'il ne le méritait pas. D'habitude, il ne se sentait pas coupable des subterfuges qu'il utilisait pour coucher avec une femme, mais avec elle, c'était différent. La question était toujours de savoir pourquoi, mais il n'en savait rien.

Brenda se moqua de lui d'un petit rire.

—Tu flirtes avec moi ? —lui demanda-t-elle en lui faisant un clin d'œil qui lui déclencha un éclat de rire.

—Probablement. Viens ici et embrasse-moi. —Elle obéit, ravie.

Quand ils arrivèrent à l'hôtel, Bree entra par la porte principale, mais Luke sortit du chemin des écuries directement vers sa voiture, non sans auparavant lui donner un long et profond baiser qui promettait pour plus tard.

Luke pénétra dans le luxueux hôpital de Londres d'un pas rapide, il donna son nom à la réception, puis on lui indiqua où trouver Faith. Charles, comme il s'y attendait, était planté juste devant la porte comme s'il montait la garde auprès d'une personnalité importante.

—Monsieur —salua-t-il.

—Maudite soit-elle, je t'ai dit de ne pas m'interrompre sauf si c'était important. Faith ne fait plus partie de ma vie. Pourquoi n'as-tu pas appelé sa mère ?

—Elle m'a demandé de vous appeler vous…

Impossible de discuter avec son majordome. Sans un mot de plus, il entra dans la chambre.

Il eut peur en voyant Faith pâle comme un linge et entourée d'appareils médicaux. Une infirmière était en train de vérifier que tout allait bien et en le voyant, marmonna quelque chose du genre qu'il ne fallait pas qu'il reste très longtemps, puis elle quitta la pièce.

—Luke… —chuchota son ex-femme, tandis qu'elle tendait la main vers lui.

Réticent, il s'approcha du lit, mais sans la toucher.

—Qu'est-ce qui s'est passé ? —demanda-t-il inquiet, lorsqu'elle laissa retomber sa main fatiguée sur le lit.

—Je suis désolée de t'embêter —dit-elle d'une petite voix.

—Tu es née pour ça —dit-il avec amertume.

Un éclat de rire qui ressemblait davantage à un gémissement surgit de la gorge délicate de la danseuse.

—Quand j'étais malade, tu avais l'habitude de m'appeler ta petite elfe… aussi quand tu voulais me faire l'amour… tu ne peux pas savoir combien tu m'as manqué toutes ces années… je regrette de les avoir gâchées… je le regrette vraiment —déclara-t-elle la voix brisée et les yeux tristes.

Luke serra les dents. Il n'y croyait pas. Elle avait joué de nombreuses ruses. Il voulait savoir ce qu'elle était en train de manigancer cette fois-ci.

—Faith, pourquoi es-tu ici ? —demanda-t-il en ignorant les excuses qui arrivaient trop tard et évoquaient des souvenirs qui le mettaient mal à l'aise. Il sentait comme si sa relation avec cette rousse avait eu lieu plusieurs vies auparavant.

—Charles ne t'as pas dit quand il t'a appelé… ? —Elle le regarda en enfouissant ses petits pieds sous le drap blanc et rouge de l'hôpital—. Il semblerait qu'il ne me haïsse plus autant.

—Depuis que tu l'appelles par son nom et que tu le traites comme ton ami, il semblerait que la balance penche de ton côté. Alors comme ça il a gardé l'information pour lui —répliqua-t-il avec reproche.

Faith hocha la tête, faisant bouger quelques boucles rousses avec le mouvement. Luke ne put s'empêcher de les caresser et de les remettre en place. Elle avait l'air tellement démunie, c'est comme si une force avait extrait toute la vitalité de ce corps si vibrant.

—En fait, je t'ai menti… —toussa-t-elle. Luke la regarda avec colère—. Je n'ai pas voulu faire ça, mais je n'ai nulle part où aller, Luke. C'est pour ça que j'ai débarqué chez toi l'autre nuit. Je sais que ce n'est pas une raison pour m'être introduite chez toi de cette manière. Mais… je suis malade et… un collègue de l'entreprise m'a escroquée et est parti avec toutes mes économies. Ma mère ne me parle plus depuis que nous avons divorcé… je n'ai plus personne. Je sais que tu me détestes…

Elle ne faisait pas semblant. Elle n'aurait jamais avoué s'être trompée, pensa Luke.

Son regard s'adoucit.

—Je ne te déteste pas —répondit-il. Parce que c'était vrai. Pour la haïr il aurait fallu qu'il ait un fort sentiment quelconque à son égard. En vérité, il s'en voulait surtout d'avoir été assez fou pour l'épouser—. Alors en fait tes cousines des États-Unis ne sont pas au Royaume-Uni…

Elle nia de la tête en l'observant de ses yeux bleus. Elle tapota sur le lit pour qu'il s'approche un peu. Elle avait du mal à parler depuis que l'infirmière lui avait dit qu'elle allait lui administrer un sédatif. Ses défenses étaient au plus bas et elle souffrait aussi beaucoup.

Luke s'assit auprès d'elle.

—Qu'est-ce que tu as ? —demanda-t-il en lui passant la main sur le front. Elle n'avait pas de fièvre, mais elle avait l'air très fragile.

Elle prit une respiration et le regarda.

—Cancer de l'utérus… je suis condamnée, Luke —confessa-t-elle tremblotante.

La nouvelle le frappa de plein fouet. Il pouvait ne pas l'aimer, mais c'était un être humain qu'il avait aimé à un moment donné de sa vie. Il se frotta le visage de ses mains, s'ébouriffant les cheveux.

—Pourquoi tu ne me l'as pas dit, tout simplement ? Qu'est-ce que tu attendais ? De mourir dans ma maison de Mayfair pour que les médias fassent tout un cirque de ça ?

En voyant le regard de douleur de Faith, il se reprit.

—Pardonne-moi… j'ai été complètement stupide de faire ce commentaire. —Des larmes roulèrent sur les joues de Faith—. Je suis sous le choc. Je suis désolé, Faith… je suis désolé, bébé… —il se pencha vers elle et la prit dans ses bras, tandis qu'elle sanglotait contre son épaule—. La chimio n'a eu aucun effet ?

Elle nia sur son épaule, aspirant le parfum de l'homme qui l'avait rendue folle tant de nuits, tant de jours… et qu'elle avait si bêtement laissé partir, sur un coup de tête. Elle regrettait de lui avoir été infidèle, même si elle l'avait toujours nié. Ce qu'elle regrettait le plus, c'était de l'avoir torturé en le rendant jaloux, alors que Luke était le meilleur homme qu'elle ait jamais connu. Et il était si beau, si généreux. Elle avait été complètement idiote, se dit-elle avec tristesse, tandis qu'il la réconfortait.

—Je veux une qualité de vie et je n'ai aucun espoir. Je préfère qu'au moins le temps qu'il me reste, je puisse le vivre dignement. Parfois les douleurs sont insupportables, mais les médicaments m'aident. La chimiothérapie m'anéantirait…j'ai essayé et maintenant cela ne servirait à rien —dit-elle d'une voix faible.

—Oh, Faith…

Ils restèrent enlacés pendant de longues minutes, jusqu'à ce que l'effet du sédatif l'ébranle. Lorsque Luke sentit que les sanglots s'étaient arrêtés, il remarqua également qu'elle s'était endormie contre son épaule. Lentement, il la déposa sur l'oreiller.

Les souvenirs avec Faith, les sourires, sa vitalité, commencèrent à envahir sa mémoire comme dans un film. Il ressentit une profonde tristesse. Aucun être humain ne méritait que la vie lui glisse entre les mains sans avoir l'occasion de se battre, et à elle, on la lui avait ôtée. Sans doute cela servait-il à quelque chose d'être optimiste, mais dans quel but exactement, quand tes jours étaient comptés ?

Luke alla parler au médecin qui s'occupait du cas de son ex-femme, et celui-ci lui confirma le diagnostic. Elle ne le savait que depuis six mois, selon ce dont l'informa le médecin, et cette nuit-là elle s'était évanouie à cause d'une insuffisance en potassium et en électrolytes. Il ne lui restait que peu de temps à vivre, lui assura le médecin.

« Le cancer a également envahi une partie de ses intestins, il peut lui rester aussi bien une semaine que deux mois. Il est

impossible d'en savoir plus à ce sujet, monsieur Blackward. » Luke lui demanda de la maintenir encore deux jours sous surveillance et indiqua que les factures
de tous les médicaments soient envoyées à son entreprise. « Il prendrait à sa charge ce qui lui restait à vivre. Il avait suffisamment d'argent pour le faire. » Il ne considérait pas être un crétin.

CHAPITRE 9

Brenda passa le week-end avec Harvey. L'enfant voulait en savoir plus sur la vie des kangourous et disait qu'un de ces jours il irait en Australie pour se prendre en photos avec eux. Elle le poussait à économiser un peu de l'argent qu'elle lui donnait chaque semaine, au cas où il aurait envie de s'acheter une friandise, qui coûtait généralement cinq ou six livres. Il disait qu'avec ça, d'ici peu il pourrait se payer un voyage à Sidney. Bree l'encourageait à poursuivre ses rêves.

Elle ne sut rien de Luke pendant plusieurs jours. Elle était un peu réticente à demander de ses nouvelles, surtout à quelqu'un de l'entreprise de Thomas Hudson. Elle se sentait un peu anxieuse, mais elle était aussi raisonnable et savait qu'il n'existait pas de lien solide entre eux. Deux ou trois baisers et caresses ne pouvaient pas la pousser à se comporter comme une idiote…même s'il s'agissait des baisers les plus délicieux qu'elle ait jamais goûtés.

Luke Spencer ne lui devait rien, ni lui à elle, elle se réfugia donc dans son travail.

Cela faisait plus de trois semaines qu'elle voyageait de Londres à Guildford et vice-versa, et même si elle aimait beaucoup son travail, il fallait bien avouer que c'était épuisant. Avoir affaire aux dix travailleurs de Hudson lui donnait régulièrement mal à la tête. Ils réparaient d'un côté et ça se défaisait de l'autre ; ils discutaient parce que l'un avait choisi un outil qu'un autre de ses collègues utilisait normalement ; ils se plaignaient parce que parfois ils ne pouvaient pas reprendre trois fois des plats au repas de midi ; ils disaient que les matelas étaient trop mous et qu'eux étaient des hommes. Avoir dix hommes à sa charge était devenu un véritable défi.

Comme beaucoup de clients n'utilisaient pas la piscine chauffée, Brenda avait pris pour habitude d'aller nager le soir, avant de dormir. Elle laissait les tensions dans l'eau et montait ensuite dans sa chambre pour parler au téléphone avec les Quinn, le médecin de sa mère et avec Harvey. À la fin de la journée, elle se laissait envelopper d'un sommeil serein.

Une fois, elle s'était retrouvée debout devant la porte de la chambre de Luke, à la regarder, comme si elle allait entendre un bruit, comme quand il était là. Lorsqu'elle se rendit compte de ce qu'elle faisait, elle se punit en s'obligeant à aller brûler des calories dans la salle de gym.

Alice avait presque disparu de la circulation, ce qui voulait dire qu'elle devait avoir réduit la pauvre Emma à l'état d'esclave. C'est-à-dire, comme elle pendant ses heures de bureau à Londres. Sa maison lui manquait, même si elle aimait l'ambiance chaleureuse et tranquille de Guildford. Elle aurait aimé vivre à l'époque du premier propriétaire des lieux, avec ces belles robes longues.

Par ailleurs, sa relation avec Muriel devenait peu à peu plus ouverte. L'une des choses les plus personnelles qu'elle lui raconta fut qu'elle avait deux enfants de vingt et vingt et un ans, mais qu'ils étaient impossibles. Ce fut toute la confession qu'elle lui fit. Aussi succincte que toute autre confidence qu'on lui ait jamais faite. Elle par contre, ne lui avait parlé que de Harvey, brièvement, mais jamais de sa mère. Ce sujet, elle n'en discutait qu'avec Tom.

Elle arriva le samedi et ne put pas revenir à Londres comme elle avait prévu, parce que le chauffeur d'Alice devait faire quelques courses à Oxford, et qu'il était trop tard pour prendre le train ou louer une voiture. Harvey fut triste de ne pas pouvoir la voir, mais elle lui promit de se rattraper le week-end suivant et de l'amener avec elle à l'hôtel. Tom de son côté, lui dit qu'il ferait son possible pour qu'ils se voient pour parler.

Vu qu'elle devrait passer la soirée seule, elle décida de suivre sa routine et de descendre nager à la piscine.

Elle apprécia la chaleur de l'eau et le fait qu'elle puisse observer la nuit étoilée à travers le plafond transparent. Elle étira les bras dans l'eau et tourna en ronds en laissant l'eau la toucher, lui rafraîchir les cheveux et adhérer à sa peau. Il y avait une étoile dans le firmament qu'elle resta à admirer. Elle pensa à toutes les choses merveilleuses qu'elle pourrait faire pour son frère quand il grandirait. Elle l'emmènerait en voyage, elle lui paierait le meilleur collège et la meilleure université. Elle ne voulait qu'il ne manque de rien, pas comme elle.

Elle se mit debout jusqu'à toucher le fond de la piscine, dans la partie la moins profonde, avec un sourire détendu.

—Ce sourire me manquait —murmura Luke assis dans une chaise longue. Il était penché en avant, les coudes appuyés sur les genoux, en train de l'observer.

Bree resta immobile. « Une semaine sans nouvelles de lui…et il était là ».

—Luke… ?

—J'espère que tu ne vois personne d'autre pendant que tu es avec moi —dit-il en plaisantant.

Cela ne la fit pas rire. Il n'avait aucun droit d'interrompre sa soirée tranquille, après l'avoir abandonnée comme il l'avait fait.

Elle lui tourna le dos et commença à nager. Elle n'était pas à sa disposition et n'avait pas à supporter ses petites plaisanteries. Avec agilité, elle s'immergea sous l'eau et fit cinq longueurs de plus, jusqu'à ce qu'elle sente comment ses muscles devenaient plus flexibles et comment elle se remettait du choc qu'elle avait eu en le voyant.

Quand elle refit surface, elle eut une surprise.

Luke était en train de se déshabiller.

—Qu'est-ce que tu fais ?! —demanda-t-elle sans réfléchir.

Il haussa les épaules comme s'il était dans son élément.

—Puisque tu as décidé de m'ignorer, peut-être qu'un bain me fera du bien. La semaine a été longue. Tu ne crois pas ?

Elle ravala un juron.

—La piscine est pour les hôtes. —Il termina d'enlever sa chemise blanche et commença à défaire sa ceinture—. Ce n'est pas correct que tu fasses ça —dit-elle sans pouvoir détourner le regard—. Ils pourraient te voir…

Un éclat coquin brilla dans les yeux bleus de Luke.

—Tu penses ? —il commença à baisser son pantalon en entendant la voix autoritaire de la *sergente-chef*. Le son de la boucle de ceinture résonna en tombant sur la moquette—. Il n'y aura aucun problème, parce que cette zone est restreinte en raison des réfections dont elle a besoin. Je pensais bien que tu serais ici, le réceptionniste m'a d'ailleurs dit que tu n'avais pas quitté l'hôtel ce week-end comme tu as l'habitude de le faire tous les samedis. —Elle resta silencieuse, mais sous l'eau ses jambes étaient en coton. Était-il conscient de combien il était sexy, comme ça presque nu ? Sûrement que si, parce qu'il avait l'air parfois d'être très imbu de lui-même, pensa Bree—. Si c'est madame Evans qui te préoccupe, crois-moi qu'elle doit dormir chez elle. On est samedi.

Elle s'éloigna vers le bord opposé de la piscine, comme si elle pouvait ainsi se protéger de cet homme qui ressemblait à un prédateur sur le point de bondir sur sa proie… elle, en l'occurrence. Brenda s'immergea et nagea jusqu'à atteindre la petite échelle ; elle monta les trois marches et au moment de marcher sur la moquette, elle remarqua que Luke était complètement nu. Elle retint un gémissement tandis qu'elle essayait de fuir vers la porte. « Trop beau… trop de tentation ». La première fois qu'elle voyait un homme complètement nu. Elle se sentait vraiment bête d'être si nerveuse…

Il arriva facilement jusqu'à elle et l'attrapa par derrière, par la taille, en collant ses hanches sur les fesses mouillées de Brenda.

—Où vas-tu ? —lui chuchota-t-il à l'oreille, pour ensuite lui mordiller légèrement le cou.

Elle ne bougea pas. Elle ne pouvait pas. Sa peau était brûlante et son cœur agité. Le clapot de l'eau contre le bord de la piscine et la respiration de Luke contre sa nuque étaient les seuls bruits aux alentours. Le besoin impérieux et le désir arrivèrent comme un ouragan, se transformant en sensations quasi insupportables à surmonter.

Comme s'il savait combien elle était en émoi, il déplaça ses hanches pour qu'elle se rende compte à quel point il la désirait. Les mains viriles touchèrent les nœuds de la partie inférieure du bikini violet comme s'il pensait les défaire, tandis que sa bouche n'arrêtait pas d'embrasser le cou, les épaules et le dos de Brenda.

—Ta peau est vraiment délicieuse…

Elle soupira sans le vouloir lorsque les doigts baladeurs montèrent le long de son abdomen plat et doux. Elle ne put éviter d'incliner le cou et lui profita de sa faiblesse pour s'approprier ses seins pointus et ronds, en les pétrissant avec intention, tandis qu'il l'entendait lâcher un gémissement et se mouvoir contre son membre en érection.

—Luke.

—Tu ne m'as toujours pas répondu, ma princesse. Où pensais-tu aller ? —Avec adresse, il défit les nœuds du soutien-gorge de son bikini, et la retourna vers lui.

Brenda avait les yeux voilés et la bouche légèrement ouverte ; elle le contemplait sans aucune honte. Luke avait la peau bronzée et les muscles —chacun sans exception— semblaient avoir été sculptés avec détail et précision. « Comme ses œuvres de restauration en bois ». Les bras étaient forts, et elle se sentait en sécurité et protégée par leur étreinte. Sans pouvoir l'éviter, elle suivit du regard la ligne élégante de poils qui disparaissait juste sur le bas-ventre…

Elle releva la tête brusquement, rougissante, jusqu'à ce que son regard rencontre celui de Luke qui étudiait avec un sourire très viril son inspection.

—Je…c'est une folie. Une pure folie.

—Ah oui ? —Il lui prit la main et la guida jusqu'à la poser sur sa puissante érection. Elle fit mine de s'éloigner, mais il la retint—. Touche-moi. N'aie pas peur de moi—indiqua-t-il d'une voix gutturale en sentant la peau douce contre son sexe dur—. Comme ça —il bougea la main d'avant en arrière, en lui montrant le rythme. Elle referma instinctivement les doigts pour palper sa verge en érection et Luke gémit—. Oh, bébé… oui…

Elle ne savait pas comment contrôler ce qui était en train de se passer, mais elle était fascinée par la dureté du membre de Luke entre ses mains. En l'écoutant gémir, elle se sentit investie du pouvoir de provoquer chez un homme comme lui, les frissons qu'elle observait quand il contractait les muscles de l'abdomen. Elle se laissa guider par son instinct, tandis qu'elle caressait son sexe qui était à la fois acier et douceur ; une fascinante combinaison.

Il lui offrit un sourire sexuel, il la prit soudain par les fesses et l'approcha de lui, pour que ses seins soient collés contre son torse.

—Je suis désolée, je n'ai jamais caressé un homme de cette manière… —chuchota-t-elle.

Luke la regarda avec tendresse.

—Tu n'as pas de raison de t'excuser, ma princesse —il essaya de se rappeler qu'elle avait sans doute peur de son passé, il fit donc en sorte de contrôler son désir. Même lorsqu'il était avec ces femmes expérimentées, il n'avait jamais senti un désir sexuel comme celui qui le consumait en ce moment—. Pourquoi fuyais-tu ?

Elle se couvrit les seins de ses mains, mais il les retint et fit non de la tête. Brenda regarda sur le côté, rougissante.

—Je ne fuyais pas. —Il leva un sourcil—. J'allais vers... vers ma chambre —réussit-elle à dire, absolument subjuguée par la sensualité qu'irradiait Luke. Elle l'avait vu et senti entre ses mains... il était grand... s'ils arrivaient à... à quelque chose de plus, il lui ferait sans doute mal.

—Ne me fuie pas. Je t'ai déjà dit qu'il ne va rien se passer contre ton gré. —Il lui caressa la joue tendrement. Il se pencha ensuite pour l'embrasser, en la mordillant et en dévorant ses lèvres exubérantes et délicates.

Brenda se souvint du visage froid et en colère qu'avait eu Luke au moment de recevoir cet appel dans la clairière. Et pourtant, maintenant il flirtait avec elle et montrait un contrôle total. Aurait-il deviné qu'elle était vierge ? Il se montrait prévenant, comme s'il voulait éviter de lui faire peur. Et elle savait que c'était à cause de son passé. Elle avait envie de connaître la sensualité qu'elle était sûre qu'il pouvait lui apprendre, elle voulait se perdre dans ce corps doré comme elle ne l'avait jamais voulu avant dans sa vie, perdre la peur, se sentir désirée et protégée. Ce serait une aventure dont elle se souviendrait pour toujours.

—Je le sais.

—Tu m'inviteras dans ta chambre ? —demanda-t-il alors, en faisant glisser ses mains vers ses seins. En sentant la caresse, Brenda fut consciente de la bouffée d'excitation qui brouillait ses sens et de cette explosion de désir entre ses jambes. Elle se serra contre ces mains qui semblaient faire de la magie sur ses seins nus.

Luke serra les tétons dressés entre ses doigts. Elle gémit en sentant comment cette bouche habile s'appropria bientôt un de ses doux et durs boutons, elle n'hésita pas à glisser ses doigts dans les cheveux noirs épais de Luke. Il embrassa le contour de ses seins et suça et mordit ensuite chaque téton jusqu'à ce qu'elle tremble de plaisir. Luke procéda de la même façon une fois puis une autre, jusqu'à ce que les hanches de Brenda commencent à se mouvoir, à la recherche de quelque chose que lui seul pouvait lui offrir.

—Tes seins sont merveilleux. —Pour le lui démontrer, il les lécha, remplaçant ainsi l'humidité de l'eau sur sa peau par celle de sa langue—. Ils sont d'une taille parfaite…

—Luke… —dit-elle d'une voix rauque, et se sentant captivée elle caressa les épaules et les bras, touchant chaque centimètre de peau—. Tu es magnifique —dit-elle sincère, tandis qu'elle le sentait encore en train de lui dévorer les seins.

Les mots sincères de Bree étaient comme une brise fraîche pour lui qui était habitué aux compliments de femmes qui cherchaient à l'aduler en échange de quelque chose. « Elle était si différente des autres ».

Il releva la tête et mit ainsi fin à la caresse érotique qu'il était en train de lui prodiguer avec sa bouche. Il lui caressa les bras, le dos et lui sourit.

—Un homme n'est pas magnifique, ma princesse, mais toi tu l'es vraiment. —Sans interrompre le contact visuel qu'ils soutenaient à ce moment précis, il commença à introduire sa main droite dans la partie inférieure du bikini. Il désirait à la folie toucher ce point vulnérable et enflé. Elle lâcha un gémissement quand elle le sentit proche de sa zone humide.

—Ta verge est… si grande, Luke… —elle avala sa salive, nerveuse, en le regardant, incertaine—. Je ne suis pas une idiote, mais de toute façon…

—N'aie pas peur —interrompit-il avec douceur.

—C'est que je…

—Je sais. —Il la fixa du regard et ajouta— : je comprends tes peurs. Mais je veux que tu saches qu'avec moi tu n'as rien à craindre. Je ne ferai jamais quoi que ce soit qui puisse te faire du mal. Si quelque chose ne te plaît pas, dis-le moi et je m'arrêterai. J'espère seulement que tu te sentes suffisamment à l'aise pour que tu me permettes de te donner du plaisir. Tu me laisseras ?

Elle ne voulait pas attendre. Elle le voulait lui. Elle désirait Luke Spencer à la folie. Et que le destin se charge du reste, parce qu'elle n'avait pas l'intention de renoncer à ce plaisir. C'était impossible de lui refuser. Elle ne pouvait penser à personne de plus parfait pour expérimenter l'amour pour la première fois.

Luke toucha ses plis et frotta sa zone humide d'avant en arrière, en la lubrifiant, ses jambes devenant comme de la gélatine. Il s'amusa avec cette zone si délicate et avide de plaisir. Il la toucha sans trêve, mais en essayant de ne pas lui faire peur.

Elle gémit.

—Ce délicieux gémissement c'est ta manière de dire que je suis invité dans ta chambre ? —chercha-t-il à savoir avec sensualité, en bougeant le doigt d'un côté à l'autre, en lui donnant de petits coups légers sur les lèvres intimes et en la lubrifiant davantage.

« Bon sang, elle était trempée de désir. Je vais devenir fou si je ne peux pas la posséder cette nuit ».

Brenda se sentait vulnérable, mais aussi excitée. Elle savait qu'avec lui, elle était en sécurité. Elle n'avait pas peur. Seulement l'incertitude naturelle face à la perspective d'une situation qu'elle n'avait jamais expérimentée. Et il ne s'agissait pas seulement des douces caresses sur ses lèvres ou ses mains. C'était la perspective de jouir avec lui et de lui permettre de la prendre d'une manière la plus intime possible qui existe entre un homme et une femme. Entre amants. Parce que c'est cela qu'ils allaient devenir.

Elle ne répondit pas parce qu'elle avait fermé les yeux pour se concentrer sur la façon dont il la caressait avec autant d'adresse. Soudain, Luke s'arrêta et cela lui fit ouvrir les yeux d'un coup. Elle avait les nerfs tendus par le désir inassouvi.

Peu lui importait d'être à moitié nue ou que quelqu'un fasse soudain irruption, elle voulait juste sentir du plaisir avec lui.

—Hmmm ? —demanda-t-il d'une voix rauque. Il sourit et se pencha pour l'embrasser profondément et consciencieusement.

—Je suis désolé d'avoir été absent et de ne pas t'avoir donné de nouvelles.

—Nous ne nous devons aucune explication, Luke. On se connaît à p…

—Mais moi je veux t'expliquer —interrompit-il avec douceur.

Elle soupira.

—D'accord, c'est vrai que j'aurais aimé savoir que tu allais bien…

Il acquiesça et posa une main sur sa joue.

—J'ai eu un client à Londres qui m'a pratiquement obligé à rester. J'ai mal dormi toute la semaine. —Cette partie n'était pas un mensonge. Faith lui avait donné des maux de tête, et il avait été obligé d'accéder à beaucoup de choses dont il n'avait plus l'obligation. En fait, il l'avait fait principalement par pitié—. J'ai à peine eu le temps de souffler. Si je n'avais pas bouclé ces affaires, je serais toujours à Londres et je n'aurais pas le plaisir de t'embrasser et de te toucher à nouveau.

—Je comprends…

Il était très clair pour elle que Luke était un passe-temps, une aventure qui prendrait fin avec le travail à Surrey. Ce qui n'était plus très loin de se concrétiser. Même si elle était romantique dans l'âme, la vie lui avait aussi appris à être un peu cynique. S'il obtenait du plaisir, elle lui offrait en échange ce à quoi elle aspirait le plus : avoir de nouveau la confiance de se dire qu'un homme ne lui ferait plus de mal physiquement. Et elle aussi éprouverait du plaisir. Elle pourrait aussi faire confiance et se donner sans peur d'être forcée à faire quelque chose qu'elle ne voulait pas. Elle était sûre qu'avec Luke, elle pouvait y arriver. Son cœur commençait à vibrer non seulement du désir de ses caresses et de ses baisers… il y avait autre chose, mais elle n'avait pas envie de le définir. Pas maintenant.

—J'ai passé mon temps à m'imaginer la nuit où je pourrais être seul avec toi. —Il la regarda de ses yeux brillants de passion—. J'ai envie de te faire l'amour. Je veux reprendre où nous en étions restés dans la clairière la semaine dernière. Je veux le faire mieux.

Bree avala sa salive en contemplant les beaux yeux couleur saphir. Les mains de Luke la tenaient par la taille et montaient parfois pour lui caresser les seins, pendant qu'ils parlaient. Être dans cette position était délicieusement bon. Comme s'ils étaient suspendus dans le temps. Un temps parfait…avec date d'expiration.

—Tu ne me dois rien, Luke. Ni moi à toi… —murmura-t-elle.

—On se doit cette nuit —chuchota-t-il en souriant—. Je veux te goûter. —Il se pencha pour mordre ses lèvres de façon provocante—. Et te faire plaisir.

—Moi aussi j'ai envie de toi —dit-elle en se dressant pour déposer un baiser sur son épaule, en même temps qu'elle pressait son bassin contre le sexe en érection et vibrant de Luke.

Il grogna quelque chose sur les tentations, avant de la prendre par la main avec empressement, pour se vêtir à moitié et sortir discrètement de la piscine.

Ils arrivèrent dans la chambre de Brenda et il n'eut aucun problème à la dénuder totalement. C'était une femme magnifique. Il lança ses vêtements sur le tapis, avant de la prendre dans ses bras et de l'embrasser longuement. Elle répondit avec ardeur. Il aima quand il sentit qu'elle s'abandonnait au feu et au désir qui les consumaient tous les deux.

—J'aime sentir tes mains sur mon corps —dit-il lorsque les petites mains parcoururent son dos avec empressement, en palpant ses muscles, dirigeant ses caresses jusqu'à ses fesses—. Même si je préfère —il lui retourna la faveur en lui caressant les flancs et en montant les doigts jusqu'à réussir à lui pincer les tétons aux auréoles rosées— sentir le contact de tes seins dans mes mains—. Mais alors ça… —il se pencha vers les boutons rosés, doux et tentés par le désir, pour les lécher, les sucer, pendant qu'elle plantait ses doigts dans sa dense chevelure virile— c'est carrément la gloire.

—Oh, Luke —gémit-elle en pressant son corps en avant, lorsqu'elle sentit la pointe du gland flirter avec l'ouverture de ses plis féminins. Elle était enflammée et la chaleur humide palpitait entre ses cuisses, tandis que Luke laissait une traînée de baisers dans son cou, sur ses épaules, sur son visage. Bree osa faire glisser sa main le long du membre en érection, impressionnée par la texture de cette partie de l'anatomie masculine.

Luke grogna, tandis qu'il berçait le postérieur à la peau mate et ferme de Brenda entre ses mains, en bougeant son sexe sur le sien pour lui donner un indice que ce qu'il désirait désespérément. Leurs gémissements à tous les deux s'entrelaçaient avec les baisers passionnés, crus et érotiques qu'ils se prodiguaient mutuellement.

Les caresses étaient irrésistibles. Luke brûlant de la connaître tout entière, et Bree en extase de se sentir pour la première fois investie d'un pouvoir féminin spécial, d'avoir un homme aussi beau que Luke aussi excité entre ses mains. Ce fut pour elle une reconnaissance de sa sexualité, une libération des sens et une expansion de sa connaissance féminine intime.

La marée de désir les consumait et l'heure n'était plus aux regrets. Ils n'avaient que cet instant. Leurs bouches dansaient dans une bataille dans laquelle Luke provoquait et Brenda acceptait le défi, lui transmettant non seulement son désir, mais aussi sa confiance. Elle avait confiance en lui. Une barrière de craintes s'était diluée.

Lorsqu'il introduisit un doigt dans le canal humide, ce dernier le reçu en se contractant de manière exquise, en le mouillant.

—Tu es plus que prête pour moi. —Il la porta jusqu'au lit et s'allongea sur elle en prenant soin de ne pas l'écraser. Il s'appuya sur les bras en la provoquant de ses hanches, sans la pénétrer. Du genou il se fraya doucement un chemin entre ses jambes, sous son regard dans l'expectative et voilé de désir. Il l'écarta un peu plus, l'exposant devant lui.

Elle levait les hanches, mais Luke ne voulait pas encore la pénétrer. Il se laissa alors glisser vers le bas et commença à parcourir chaque centimètre de sa peau de baisers, en l'adorant et en lui montrant non seulement qu'il la désirait, mais qu'il la remerciait de la confiance qu'elle lui faisait en le laissant la toucher de cette manière. Il la vénéra avec la bouche, les mains, peau contre peau ; il parcourut ses bras, ses seins, l'abdomen, les hanches, les cuisses… Il dévora ensuite les lèvres de Brenda chaque fois qu'elle essayait de lui demander qu'il la fasse sienne. Il voulait qu'elle soit au bord du précipice sensuel avant de la posséder. Il se sentait enfiévré.

Dans un moment d'inattention, Brenda se releva, l'obligeant à s'allonger pour être à son tour sur lui.

—Ne fais pas ça… —chuchota la voix rauque de Luke en voyant ses seins bouger, tandis qu'elle appuyait les mains sur le torse bronzé et qu'elle ondulait des hanches le long de son sexe, sans permettre au gland de rencontrer ses plis doux, enflammés de désir—. Si tu prends ce chemin… ahah, Bree… —il grogna de plaisir lorsqu'elle se pencha en avant, lui mettant ses seins à disposition et qu'il n'eut pas à réfléchir une seule seconde avant de sucer les sommets magnifiques qu'elle lui offrait, pendant qu'il sentait comment la main de Brenda masturbait son sexe avec audace—. Tu vas me tuer… —sourit-il avant de changer de position et de se repositionner sur elle, la respiration saccadée.

—Si tu continues à me toucher comme ça… —haleta-t-il, repoussant la main de Bree qui essayait de s'approprier de nouveau son sexe— on n'arrivera probablement pas à la fin de la nuit…

—Ah non ? —demanda-t-elle, charmeuse.
—Pas autant que je le voudrais pour ta première fois.
Elle arrêta de se trémousser et le regarda droit dans les yeux.
—Comment sais-tu que… ? —chercha-t-elle à savoir d'une voix entrecoupée, lorsqu'elle sentit les doigts de Luke sur ses tétons.
—Tes réactions, ton rougissement et… —Il embrassa le bout de son nez—. Tu me l'as dit entre les lignes —sourit-il en la regardant. Il adorait la voir si en confiance avec lui.
—Oh… Ça te dérange… ? Tu n'es sans doute pas habitué à ça.
Elle sentit la douce morsure des dents blanches de Luke juste en dessous de ses seins, puis sur son ventre. En sentant qu'il la caressait, elle en avait la chair de poule.
—C'est comme si tu étais un aphrodisiaque et je suis ravi de te montrer comment faire.
—Tu es très légèrement prétentieux.
Il éclata d'un rire rauque.
—Bree… tu es sûre que tu veux continuer ? Rappelle-toi que c'est toi…
—Oui, Luke, je sais, c'est moi qui décide. Et je veux que tu me fasses l'amour.
—J'irai doucement. Je ne veux pas te faire mal.
—Je sais que tu feras attention. Je te désire —murmura-t-elle.
Ce vote de confiance lui valut un baiser prolongé, une caresse sur son sexe et deux doigts frottant son mont de Vénus pour la lubrifier et la rendre folle. Elle pouvait sentir l'érection de Luke contre sa cuisse et croyait entendre son sang courir comme de la lave ardente dans ses veines.
—N'arrête pas de me toucher —chuchota Luke quand il la sentit hésiter. Elle sourit en se mordant la lèvre inférieure—. Fais ce que tu veux de moi, mais laisse juste cette partie de mon anatomie pour dans un moment… —dit-il d'une voix rauque.

Brenda se mit à rire nerveusement et sans pouvoir l'éviter, le prit par la nuque en l'attirant vers elle pour l'embrasser.

Il la caressa en écoutant excité chaque gémissement entrecoupé de Brenda. Elle n'était qu'abandon et passion. Son inexpérience était son aphrodisiaque.

Il fit en sorte de ne pas être brusque ni pressant, mais il était difficile de se contenir alors qu'il avait face à lui une femme qui paraissait tout droit sortie de ses fantaisies les plus improbables, si disposée et si innocemment mouillée, prête à l'accueillir. Son corps était voluptueux et parfaitement proportionné. De ses mains, il caressa le doux intérieur de ses cuisses, il massa ses mollets et fit glisser ses doigts sur les courbes de ses hanches, jusqu'à entrelacer ses doigts légèrement calleux de par son travail quotidien, avec les doigts délicats de Bree, laissant une main de part et d'autre de la chevelure dorée.

—T'ai-je dit que tu es la plus belle femme que j'ai jamais eu le plaisir de fréquenter ?

—Je suppose que tu en as fréquenté de nombreuses...

—Aucune dont le souvenir vaille la peine. —Parce que c'était vrai. Il essayait de se rappeler comment il s'était senti avec sa dernière amante, mais il n'y parvenait pas. Brenda remplissait toutes ses attentes physiques et lui faisait ressentir un désir irrésistible qui semblait ouvrir une brèche sensuelle qu'il n'avait jamais explorée auparavant.

« Comment serai-je moi dans peu de temps », pensa Brenda sans pouvoir s'en empêcher.

—Ici nous ne sommes que toi et moi, ma princesse. D'accord ? —demanda-t-il en frottant le petit nez en trompette contre le sien.

Bree acquiesça.

Luke se leva avec une rapidité impressionnante et fouilla dans son pantalon à la recherche d'un préservatif. Il le plaça sur son membre en vitesse avant de se positionner sur elle.

—Tu étais très sûr de toi, pas vrai ? —dit-elle sur un ton accusateur.

—Je pariais sur ma bonne étoile.

Elle ne put s'empêcher de rire, même si la perspective de ce qui allait se passer la fit gémir.

—Ça va te faire un peu mal… seulement au début. —Il sépara un peu plus ses cuisses pour se frayer un chemin—. Il faut que je sois en toi… —il plaça le bout de son membre à l'entrée de Bree—, ensuite tout sera plus doux —il lui baisa le nez, les joues, puis prit d'assaut les lèvres gonflées par les baisers de la nuit—. Je veux te faire l'amour toute la nuit… —il l'embrassa de nouveau fougueusement sur la bouche—. Maintenant, ma princesse, tu n'as plus qu'à profiter de ce que nous allons faire ensemble… dis-moi si tu as mal et j'irai moins vite.

—Oui… je… —elle ne put plus parler lorsque Luke commença à balancer son corps tout doucement. Il fit pénétrer son membre en érection de quelques centimètres, en palpant la moiteur qui émanait de Brenda. Elle bougea face à la légère invasion, mal à l'aise, et il la calma d'un tendre baiser. Luke ne lui permit pas de fermer les yeux. Il voulait voir comment les beaux yeux en amande se voilaient de désir, mais il voulait aussi observer les émotions qui allaient se refléter lorsqu'il la posséderait entièrement.

Petit à petit il se glissa en elle et quand il heurta la barrière de sa virginité, il lui murmura combien elle était belle et l'embrassa pour calmer tout signe de douleur qu'elle pourrait ressentir. Lorsqu'il la vit éprouver du plaisir et se détendre avec le va-et-vient de sa conquête quasi totale, c'est seulement à ce moment-là qu'il la pénétra totalement d'une poussée ferme et définitive. Elle s'ouvrit tendrement et totalement à lui.

Bree fit onduler son corps autour du membre long et enflé, en se frottant, tandis qu'il pompait trois et cinq fois, d'une cadence sinueuse. Rapide, lent, fort ; rapide, lent, profond. Un rythme qui le rendait aussi fou quand il sentit la manière dont les cuisses internes de Brenda se resserraient autour lui.

Elle l'entoura de ses jambes, lui permettant de s'introduire plus profondément dans son corps, la possédant de manière totale et absolue.

—Luke…

—Continue à bouger comme tu le fais… —il continua à la pénétrer plusieurs fois, se lubrifiant l'un l'autre, en une cadence d'assauts, trempée de sueur, de luxure et de désir effréné. Luke s'aida des doigts pour augmenter les sensations de plaisir en elle.

—C'est…oh… —gémit-elle lorsqu'elle sentit le dernier assaut qui la fit se désintégrer dans un orgasme fabuleux. Elle pencha la tête en arrière pour pouvoir jouir de la sensation. Son centre féminin se contractait autour du sexe de Luke, en lui envoyant les ondes de plaisir qui résonnaient en elle à travers ses spasmes de plaisir. Elle sentit qu'elle était en train de vivre une sensation de liberté absolue, comme des torrents d'eau qui courent forts, sauvages et libres. C'était fabuleux.

Lorsqu'il l'observa voler, il se laissa aller, jusqu'à ce qu'il atteigne le sommet d'un orgasme qui le sortit des profondeurs, pour ensuite le libérer dans une série de secousses fascinantes. « Cette femme m'a ensorcelé ». C'est sur cette dernière pensée qu'il se libéra totalement en elle.

Alors qu'il reprenait sa respiration normale et que son visage était toujours enfoui dans la soyeuse chevelure de Bree, Luke commença à se retirer avec précaution du corps doux tout récemment conquis. Elle protesta, enfonçant ses talons délicats sur ses fesses fermes.

—Non. Reste comme ça… j'aime te sentir à l'intérieur de moi.

Luke sourit en l'observant, mais ne l'écouta pas.

Il lui donna un baiser sur les lèvres avec tendresse. Pour lui, quelque chose avait changé. Ce n'était pas le fait d'avoir été le premier —même si cela comptait beaucoup pour son ego masculin—, ni le fait qu'il ait eu le meilleur orgasme de sa vie. Il y avait autre chose, mais il ignora cette pensée.

—Je vais te faire mal si je reste comme ça beaucoup de temps, allons-y en douceur, ma poupée. C'était ta première fois et tes muscles sont plus sensibles —il lui fit un baiser sur la joue et sortit à contrecœur de ce gant chaud qui l'avait accueilli avec tant de générosité—. Maintenant viens là, laisse-moi te prendre dans mes bras, ma princesse —chuchota-t-il en s'allongeant sur le dos sur le matelas, en prenant soin de l'emmener avec lui jusqu'à ce qu'elle soit sur lui.

Il caressa ses joues rougies et déposa un doux baiser sur ses lèvres.

Ils restèrent silencieux, l'un sur l'autre, pendant un moment. Luke ne pouvait pas s'empêcher de la toucher, de l'embrasser. Elle dessinait des traits au hasard avec ses doigts sur les muscles travaillés du bras de son amant. Bree apprécia de sentir le contraste de la peau rugueuse des jambes de Luke contre les siennes.

—Merci de m'avoir permis d'être le premier... ça a été un privilège —déclara-t-il avec sincérité, en la regardant.

Elle sentit son cœur s'accélérer.

—Oh, Luke —elle posa son visage sur le torse ferme et viril, puis y déposa un baiser—. Ça a été merveilleux.

—Toi tu es parfaite —murmura-t-il en lui caressant les fesses—. J'aime cette partie de ton anatomie. —Il commençait à s'exciter de nouveau—. Tu te sens bien ? —Il écarta une mèche blonde de son visage, qu'il plaça derrière l'oreille.

—Plus que bien —elle sourit d'une telle façon qu'il sentit que la chambre aux lumières tamisées s'illuminait complètement.

—Mmm —il caressa le pourtour de ses seins—. À vrai dire, —il hissa Brenda vers lui, tout en douceur, jusqu'à ce que leurs visages soient à la même hauteur—, j'aime tout de toi. —Il commença à l'embrasser—. J'ai besoin...

Elle sut ce qu'il voulait parce qu'elle sentit comment il devenait dur.

—Fais-moi l'amour encore une fois...

—Tu viens de... Tu es sûre ?

Brenda acquiesça d'un sourire.

—Tout à fait sûre.

—Tes désirs sont des ordres. On va y aller doucement jusqu'à ce que ton corps s'habitue à moi, si tu es mal à l'aise, tu me le dis, d'accord ? —murmura-t-il en l'allongeant sur le lit pour l'avoir sous lui. Brenda acquiesça—. Mmm... j'ai une certaine faiblesse pour tes tétons, ils sont tout simplement délicieux, comme tout le reste de toi, tu vois un inconvénient quelconque à ce que je les torture avec ma langue ? —demanda-t-il en les léchant.

—Je... oh... —gémit-elle en se perdant dans les sensations que lui produisait Luke. Lorsqu'il introduisit l'une des pointes dressées dans sa bouche pour la tourmenter, elle sentit qu'elle pouvait mourir là maintenant. Et que rien d'autre que lui ne lui importait.

Ils se perdirent tous les deux dans une brume de baisers. Ils firent l'amour pendant le reste de la nuit et de l'aube, redécouvrant un nouveau sens à créer de la magie avec les sens.

CHAPITRE 10

Depuis cette nuit-là, Brenda se réveillait —chaque jour qu'elle passait à Surrey— dans les bras de Luke. Elle apprenait avec enthousiasme les moyens de lui faire plaisir, et elle avait toujours en retour une montée au paradis entre baisers et compliments. Il la traitait avec tendresse. Luke était attentif et résolument sexy. Lorsqu'à la nuit tombante le désir entre eux devenait irrésistible, ils s'arrachaient pratiquement leurs vêtements et se glissaient dans une mer sauvage de draps, de gémissement et de caresses.

La première fois qu'il la prit avec la bouche, elle protesta, mais il lui démontra tout le plaisir qu'elle pouvait avoir en la stimulant de la sorte, et elle se vit bientôt lui demander de tenir jusqu'au bout la promesse que lui offraient ses lèvres à l'entrée de sa féminité. Elle apprit également à lui procurer du plaisir de cette manière si intime, en plongeant Luke dans un tourbillon de sensualité lorsqu'elle léchait et possédait de ses lèvres la preuve virile d'excitation masculine.

C'était un fabuleux amant et parfois, elle ne pouvait s'empêcher de se demander combien de femmes étaient passées dans son lit. Elle balayait ces pensées, parce que cela ne servait à rien. Aucun des deux n'avait en plus pour habitude de parler de sujets « trop » personnels, et consciente de cela, Bree s'aperçut qu'en réalité elle ne savait presque rien de Luke Spencer. Pourtant, elle prit la décision que cela n'aurait pas d'influence sur le temps qu'elle passerait avec lui.

Elle était prête à profiter de ce qu'ils avaient ensemble, le temps que cela durerait. Ensuite, elle repartirait avec un souvenir formidable. « Menteuse », lui cria sa conscience.

En fait, elle était terrorisée. Malgré toutes ses tentatives de poursuivre son idée stupide de contrôler ses émotions et de n'avoir qu'une aventure, elle était tombée profondément amoureuse de Luke. Comment aurait-il pu en être autrement ? Il la faisait toujours rire, il était généreux, ses manières de raisonner la surprenait au plus haut point, elles étaient la preuve de son intelligence, il était ingénieux, ils partageaient des idéologies sur la vie et dans l'intimité, ensemble, ils étaient merveilleux. Cela lui faisait mal de savoir qu'elle ne pourrait jamais lui livrer ses sentiments, parce que ce serait l'obliger ou lui demander quelque chose qu'il ne lui avait jamais proposé. Elle connaissait les règles du jeu…même si elle venait d'accepter d'avoir enfreint la règle numéro un. Ne pas tomber amoureuse de son amant. Dans ce cas précis, c'était un peu plus que son amant. Luke Spencer avait été celui qui l'avait aidée à surmonter ses propres peurs en tant que femme, à récupérer la confiance en soi et en la gent masculine. Il lui avait donné quelque chose de merveilleux, et elle essaierait de s'en contenter lorsque les réfections dans l'hôtel seraient terminées et qu'ils devraient se séparer et partir chacun de leur côté. C'est bien pour ça qu'elle ne montrait jamais qu'elle était contrariée ou mal à l'aise lorsqu'il partait pour travailler à Londres deux ou trois jours, sans aucune explication, qu'elle ne réclamait pas non plus.

Une après-midi, alors qu'elle remplissait des formulaires à la réception, Fred Turnis s'approcha, un des responsables de la tuyauterie de l'entreprise Hudson Corporation, pour demander si des colis étaient arrivés. Bella, la réceptionniste, s'occupa de lui, pendant que Brenda continuait à écrire soigneusement les adresses qu'on lui demandait sur la feuille qu'elle tenait entre ses mains. Quelques secondes plus tard, arriva William Limmer, collègue du service de tuyauterie de Fred et ils commencèrent à discuter de plusieurs sujets.

—Fred, le chef nous a invités à prendre une bière demain à son retour de Londres —dit William en saluant un des hôtes qui passait tout près.

Bree commença à lire le courrier qu'elle avait reçu de Londres, mais la conversation insouciante de Fred et William piqua sa curiosité.

—Ah oui ? —William mâchait un chewing-gum—. Ce type est quelqu'un de bien, je pensais qu'il était snob, mais en fait pas du tout.

—Je ne sais pas pourquoi ça l'énerve qu'on l'appelle chef —murmura Fred en remplissant le formulaire vierge avec les mesures de tuyauterie de la chambre deux cent soixante—. Ça sonnerait mieux de l'appeler Luke, mais moi je préfère le respect. Parce qu'en fin de compte, c'est le chef, pas vrai ?

L'inquiétude gagna Brenda. Pourquoi devraient-ils appeler Luke, chef ? Pour sa capacité de leadership ?

—Oui… —dit William en se grattant la tête, couverte de cheveux roux en bataille—, au fait, j'ai besoin que tu me donnes un coup de main demain avec la deux cent soixante et un…

Lorsqu'elle les observa s'éloigner, elle sentit dans la poitrine une sensation étrange. Elle s'était rendu compte que tout le personnel avait pour habitude d'écouter attentivement et de ne pas contredire Luke lorsqu'il parlait ou demandait quelque chose. Ce n'était pas un comportement normal de la part de cette bande de ronchons. « Cela tenait peut-être au charme de Luke, mais au point de l'appeler chef ? C'était peut-être une manière sarcastique de parler… »

Elle était en train d'élucubrer dans sa tête, lorsqu'un appel de son frère attira toute son attention. Harvey voulait la voir. Elle n'allait pas attendre davantage pour voir le petit. Elle demanda au chauffeur d'Alice qu'il amène le petit à Surrey.

Quelques heures plus tard, le personnage de Thor dans une main et un tout petit kangourou en caoutchouc dans l'autre, Harvey courait vers elle à peine était-elle descendue de la voiture. Il resta enlacé à ses jambes.

—Bonjour mon super héros ! —Elle hissa l'enfant dans ses bras, même si maintenant il pesait déjà son poids pour son âge, elle ne pouvait pas lui résister—. J'ai dû demander la permission à ton professeur pour que tu restes ici aujourd'hui et demain vendredi, mais samedi tu dois retourner chez les Quinn, j'ai encore du travail à finir. —Elle lui caressa les joues toutes joufflues et les embrassa avec enthousiasme—. Tu as aimé le voyage depuis Londres ?

Elle le posa par terre.

—Oh oui ! Il y avait plein de voitures, mais le monsieur —il signala le chauffeur d'Alice qui s'éloignait déjà par le sentier en graviers—, conduisait comme un turbo.

Elle sourit.

—Comment va ce bras ?

—J'ai plus mal, mais je veux qu'on m'enlève le plâtre.

—On le fera quand le docteur nous le dira. —Il acquiesça, obéissant—. Tu veux un sandwich, mon chou ?

—Oui !

Elle le prit par la main du bras non plâtré.

—Moi aussi j'en veux bien un —dit Luke en arrivant près d'eux. Il rentrait à peine de Londres, lorsqu'il avait vu à la moitié du chemin en graviers de l'hôtel, la femme qui le captivait toutes les nuits, qui tenait maintenant son petit frère dans ses bras. La scène lui parut si familière, que même s'il y a des années il se serait refusé à avoir des enfants, à cet instant précis l'idée ne lui semblait pas si difficile à accepter. Il observa le petit sac à dos de Hulk de l'enfant et le salua— : Bonjour Harvey.

Le petit garçon se tourna vers lui, tandis que Bree le contemplait, un sourire aux lèvres. Son frère se lança sans réfléchir vers les bras musclés de Luke, lorsqu'il se pencha pour lui dire bonjour. Harvey était un enfant sociable, mais elle fut surprise de la facilité avec laquelle il avait accueilli Luke.

—Bonjour, princesse —dit-il par-dessus l'épaule de Harvey.

Elle sourit en murmurant un bonjour silencieux.

—Pourquoi tu l'appelles comme ça ? —demanda Harvey, en regardant sa sœur. « À sa connaissance, les princesses portaient de longues robes et les princes les sauvaient des dragons, quelque chose qui évidemment n'existait pas », pensa-t-il en fronçant les sourcils.

—Eh bien parce qu'elle est très belle —répondit-il en riant. Brenda rougit lorsque Luke s'approcha et l'embrassa d'un geste tout à fait naturel.

—Toi tu ne vas pas la frapper… ? —interrogea Harvey plein d'innocence, et les sourcils légèrement froncés.

Le sourire de Luke se figea, tandis que Brenda l'observait avec inquiétude. Son frère n'avait jamais fait aucun commentaire sur le fait que lorsqu'il n'était encore qu'un enfant de trois ans à peine, sa mère avait pour habitude de frapper sa sœur. Penser qu'il savait l'attrista.

—Et pourquoi je ferai ça ? —demanda Luke sur le même ton que celui de l'enfant. Bree voulut prendre Harvey avec elle, mais il l'en empêcha, guidant l'enfant par la main vers un endroit éloigné de là où ils se trouvaient.

Elle ne voulait pas qu'il fouille dans cette partie de sa vie. Elle en avait honte.

Ils arrivèrent dans une zone à l'écart, réservée aux grillades. Luke posa ses lunettes sur la table en bois et assis Harvey juste à côté de lui, en prenant soin de ne pas lui faire mal au bras. Brenda n'eut pas d'autre choix que de s'asseoir en face d'eux.

—Maman le faisait tout le temps… —commença à dire l'enfant, tout à coup—. Bree se défendait, mais elle n'a jamais frappé maman Marianne. Quand elle buvait beaucoup de ces bouteilles qui sentaient mauvais —il fit un geste de dégoût—, maman criait… maintenant elle ne le fait plus… —il baissa les yeux—. Ça fait plein, plein de jours que je ne l'ai pas vue.

Luke était en colère que quelqu'un d'aussi jeune puisse avoir ce genre de souvenir. Et pourtant, il était encore plus furieux que Brenda ait été maltraitée, et qu'elle doive s'occuper de son frère étant si jeune. Il était certain qu'en plus, elle entretenait sa mère, alcoolique selon ce qu'il déduisait de ce que racontait Harvey.

Il regarda l'enfant, solennel.

—Moi je ne lèverai jamais la main sur ta sœur —lui assura-t-il en le regardant droit dans les yeux pour qu'il soit absolument certain que ce qu'il disait était vrai—. Quelles que soient les circonstances.

—Luke, s'il te plaît… —implora Bree angoissée. Il se limita à lui faire non de la tête. Luke s'adressa alors à nouveau au petit blondinet— : Tu me crois ?

—Oui.

Bree ne voulait pas poursuivre cette conversation, alors elle se leva pour parler à Harvey.

—Mon trésor, on va chercher ce sandwich, n'embête pas Luke qui est fatigué par le voyage, d'accord ?

—Ta maman tapait tout le temps Bree ? —demanda Luke tout en douceur, en l'ignorant ouvertement. Harvey était un enfant réceptif et susceptible, Bree avait fait un travail formidable en s'occupant de lui.

—Luke… —implora Brenda dans un chuchotement entrecoupé—. S'il te plaît, non…

Harvey tourna la tête de Thor et fit en sorte qu'il donne des coups de pieds avec ses bottes de super héros au kangourou qui n'avait déjà plus de queue, parce qu'il n'avait pas été gentil et qu'il n'avait pas mangé ses légumes.

—Maman la tapait et criait tout le temps. Bree essayait de la calmer. Après toute la maison sentait mauvais. —Le kangourou se vengea de Thor, qui perdit un bras. Harvey lui remit en place—. Moi je ne veux pas que tu la frappes —dit-il en posant les jouets sur la table et en l'observant, assez sérieusement—. Si tu le fais, je la défendrai.

Les larmes commencèrent à couler sur les joues de Bree quand elle se rendit compte de tout ce que son frère avait révélé. Non seulement ça, mais qu'il sache ce qui se passait dans la maison, alors qu'elle avait toujours essayé de le protéger.

—Je te donne ma parole que je prendrai soin de ta sœur. D'accord mon pote ? —il essaya d'être suffisamment sérieux pour que l'enfant ne s'inquiète pas.

Harvey sembla réfléchir quelques secondes, puis il lui adressa un sourire resplendissant.

—D'accord. —Harvey se tourna vers Bree, qui avait réussi à sécher ses larmes, et lui dit avec enthousiasme— : Bree, tu as entendu ? Luke ne va pas te faire de mal. C'est un ami, comme les Quinn —il sourit sans sa dent de lait de devant—. Bree, je veux mon sandwich !

Brenda prit son frère dans ses bras et Luke les observa, inquiet. Elle éveillait un sentiment protecteur qu'il n'avait jamais voulu sentir pour personne, mais qui avec Brenda, semblait naturel et inévitable. Il ne voulut pas faire pression sur elle pour parler de ce qu'il venait d'entendre et la laissa s'éloigner et se perdre à l'intérieur de l'hôtel.

Le reste de l'après-midi, il évita de s'approcher d'elle, principalement parce qu'il était contrarié et qu'il ne savait pas comment aborder l'information que Harvey avait si innocemment laissé échapper. Il n'aurait pas dû se sentir concerné par ce qui était arrivé dans la famille Russell. Il était censé avoir une aventure, ne pas essayer de construire quelque chose de stable dans une relation qui allait se terminer d'un moment à l'autre.

D'un autre côté, il n'arrivait pas à s'enlever l'idée qu'il n'était pas très honnête de sa part de lui cacher la vérité sur son identité. Ils savaient tacitement tous les deux qu'ils étaient en train de vivre une aventure. Il n'existait aucune promesse ni récrimination, mais Brenda lui avait donné beaucoup pendant ces semaines qu'ils avaient partagées. Trop, sans doute, par rapport à ce qu'il méritait. Sa virginité, sa confiance et son temps. Et cela commençait à charger le poids de sa conscience.

Peut-être que tout cela était dû au fait que pour la première fois il était loin des cercles sociaux dont il était normalement adepte, au fait qu'il ait abandonné la vie bohème pendant un temps et qu'il ait cessé d'être Luke Blackward. « Oui. Tout est dû aux émotions que génère la nouveauté. Bientôt ce sera du passé et j'aurai tout oublié ». Ça en tête, il se tranquillisa et se dirigea d'un pas rapide vers les écuries.

Il monta à cheval un long moment, laissant l'air de la campagne lui vider la tête.

Brenda fut reconnaissante à Luke de lui avoir accordé cet espace pendant que son frère se trouvait dans l'hôtel, parce qu'elle avait besoin de parler avec Harvey et de savoir jusqu'à quel point il avait conscience de Marianne, et de ce qu'ils avaient vécu pendant des années. L'enfant lui raconta qu'il entendait toujours des cris, mais qu'il arrivait à s'endormir quand elle rentrait de nuit de son travail et que Marianne se calmait. Harvey lui demanda où était sa mère et avec beaucoup de précaution, elle dû lui dire qu'elle se trouvait dans un centre spécial pour les gens qui se fâchaient très facilement. Il sembla satisfait de son explication.

Le samedi matin elle ramena son frère à la maison et ne sut rien de Luke. Elle supposait que son passé était une charge pesante pour un amant, même si pour elle c'était plus que ça... Elle espérait qu'il viendrait au moins lui dire au revoir avant qu'ils ne se quittent pour toujours. Mais si cela n'arrivait pas, elle n'aurait pas d'autre choix que de l'accepter et de réparer son cœur, même si tout au fond d'elle-même, elle savait qu'elle ne pourrait jamais en aimer un autre comme elle l'aimait lui.

Les Quinn invitèrent Harvey à aller se promener à Oxford, et Brenda se montra ravie à l'idée que le petit connaisse d'autres villes d'Angleterre. Harvey n'arrêta pas de parler de la nouvelle ville où il allait passer le reste du weekend.

Bree en profita pour aller rendre visite à sa mère. Elle la trouva agréable dans sa conversation. Le centre spécialisé était un centre de luxe et cette dépense représentait au moins la moitié de son salaire, mais cela valait chaque centime investi, si au bout du compte elle pouvait parler avec Marianne de manière cohérente, sans cris ni bagarres humiliantes.

Sa mère avait coupé ses cheveux poivre et sel et elle semblait avoir pris un peu de poids. Elle n'avait plus ces cernes marquées, et ses lèvres gercées étaient désormais plus saines. Les rides de vieillesse semblaient presque sourire, au lieu de se froncer et de mépriser. Et le ton acerbe de sa voix avait maintenant pris une tonalité plutôt douce.

—Merci, Brenda —lui dit-elle en soutenant une tasse de thé sur ses genoux. Le fauteuil tapissé de roses se fondait dans la décoration accueillante du salon des visiteurs—. Cette fois-ci ça a été plus difficile… très dur…

Elle retint ses larmes. C'était la première fois que sa mère la remerciait de quoi que ce soit.

—Je suis ta fille. C'est le moins que je pouvais faire pour toi. —Elle plaça la main sur le genou abîmé par le temps—. Je suis contente de te voir, maman.

—J'ai été une mauvaise mère… je ne te mérite pas… —elle porta la tasse à ses lèvres. Brenda soutint la délicate pièce en porcelaine pour l'aider à boire—. Je ne te mérite pas… —insista-t-elle en avalant le liquide sucré.

Brenda fit non de la tête. Malgré les déboires qu'elle avait dû vivre toutes ces années, Marianne continuerait à être sa mère. Son sang. Après tout, c'est elle qui lui avait donné la vie.

—Maman, ne dit pas des choses comme ça, tout est derrière nous… maintenant tu vas mieux. Dans deux semaines ils te laisseront sortir.

Marianne, à ses quarante-six ans, sentait qu'elle en avait cent et en paraissait quatre-vingts. L'alcool et les drogues l'avait transformée pratiquement en loque humaine. Les médecins l'aidèrent à reprendre du poids, et elle reprit l'envie de vivre, non seulement grâce aux traitements médicaux, mais aussi grâce aux psychologues et aux psychiatres. La thérapie de groupe était enrichissante et après tant d'années au fond du trou, elle rencontra des gens qui la regardaient sans reproches, qui ne la traitaient pas comme une traînée et lui parlaient avec respect. Elle avait touché le fond. Et elle voulait récupérer le temps perdu avec ses enfants. Elle craignait juste de revenir vers eux et de ne pas être à la hauteur. Elle avait perdu le contrôle de sa vie et tentait désormais de le récupérer.

—Je veux te demander pardon… —commença Marianne, laissant la tasse de côté. Elle regarda sa fille dans les yeux, comme jamais elle ne l'avait fait auparavant. Elles avaient toutes les deux les yeux verts.

—Maman, ce n'est pas la peine.

—Laisse-moi parler —interrompit-elle avec fermeté. Elle avait besoin de le sortir d'elle-même. Élisabeth, sa psychiatre, lui avait dit qu'il fallait le faire. Et elle sentait qu'elle en avait besoin—. Ma fille… cela me semble étrange de t'appeler ainsi alors que je t'ai injustement punie, je t'ai enlevé la possibilité de te préparer, je ne t'ai pas dit comment te défendre des hommes méchants, je n'ai pas été là avec toi le jour de ton bac, je ne me suis pas non plus occupée de Harvey et je te l'ai confié comme si c'était un accessoire… —Brenda essuyait les larmes qui coulaient sur son visage jeune et bouleversé, en voyant sa mère parler avec autant de douleur—. Je sais que je n'ai pas le droit de te le demander… j'ai été une horrible personne, et une mère encore pire, mais… pourrais-tu me donner une autre chance, Brenda, le pourrais-tu… ? —demanda-t-elle d'une voix à peine audible.

Bree s'approcha de sa mère et la prit dans ses bras. Ce contact physique, le premier dont elle ait le souvenir, elle le sentit étrange, dur, revêche et gênant, mais à mesure qu'elles restaient ainsi enlacées, l'accolade devint naturelle, chaleureuse et compréhensive.

Il n'y avait pas grand-chose à penser.

—Bien sûr que oui, maman —elle essuya les larmes de Marianne avec la serviette—. Bien sûr que oui. On recommencera de zéro.

***

Luke arpentait la pièce d'un bout à l'autre. Le médecin lui avait dit que la santé de Faith empirait de jour en jour, malgré les médicaments qui la maintenaient en vie. Il avait insisté pour qu'elle reste à Mayfair, mais elle voulut une maison à Portobello. D'un côté il était soulagé qu'elle ne soit plus dans sa propriété, mais de l'autre cela l'irritait de devoir lui faire plaisir. « Une femme qui vit ses dernières heures », se rappelait-il quand il avait envie de l'envoyer promener. Il lui avait donc loué la plus jolie maison qu'un agent immobilier lui ait trouvée, puis il avait embauché une infirmière personnelle qui l'aide. La deuxième volonté de Faith avait généré l'une de ces innombrables bagarres auxquelles ils étaient habitués quand ils étaient encore mari et femme. Luke refusa catégoriquement, ce qui fit ressortir en elle son côté manipulateur.

—Je n'arrive pas à croire que tu ne puisses pas concéder un désir unique comme celui-là à une moribonde ! —lui criat-elle—. Je veux mourir en sentant qu'au moins j'appartiens à quelqu'un… que je suis protégée par un homme, accompagnée. Luke, je n'ai personne. Tu ne comprends pas ? Ma mère ne veut rien savoir de moi, je n'ai pas d'argent, juste ce que tu me donnes par charité…

—Ça ce n'est pas de la charité. C'est ce que ferait un ami, pour un autre ami.

Elle éclata de rire.

—Des amis ? Des amis, vraiment ? ! Après avoir baisé comme des fous pendant tous ces mois et connaître les désirs les plus sordides de chacun, tu prétends nous comparer à des amis, Luke Blackward ? Nous ne sommes pas amis.

—Ça c'était il y a très longtemps. Maintenant je n'ai plus aucun sentiment pour toi.

Elle n'arriverait à rien si elle continuait dans ce sens, pensa Faith.

—Tu y réfléchiras au moins ? —Elle regarda Luke avec l'air démuni, depuis son lit.

Luke soupira et s'approcha avec tristesse pour caresser ses cheveux roux qui semblaient ternes. Il n'avait pas envie de discuter.

—Me marier avec toi n'a aucun sens. Je ne t'aime pas. Tu ne m'aimes pas. Trop de temps s'est écoulé. —Il mit ses mains dans ses poches, frustré—. Trop de temps —répéta-t-il.

—Tu y réfléchiras ? —insista-t-elle, se couvrant de l'édredon alors qu'elle frissonnait. Elle avait les défenses plutôt basses—. S'il te plaît, Lukas…—implora-t-elle en utilisant le nom de baptême de Luke.

Il enleva sa main et la mit dans la poche de son pantalon. Entendre le ton plaintif et la façon presque suppliante de dire son nom, l'adoucit. « Une femme moribonde », se rappela-t-il à nouveau. Il n'allait pas se marier avec elle. L'idée était ridicule, cependant, lui faire croire qu'il méditerait là-dessus et laisser un espoir à son caprice ne ferait de mal à personne.

—Oui, Faith. J'y réfléchirai.

Elle sembla se détendre et commença à fermer les paupières, jusqu'à ce qu'elle s'endorme finalement. Luke paya la visite au médecin et sortit de Portobello pour aller chez sa tante.

Alice le reçut par une accolade.

Sa tante le força presque à manger un *risotto di fungi*, et un bœuf *stroganoff*. Le vin lui fit le meilleur effet. Il n'avait pas l'intention de parler du problème de Faith à sa tante. Les noms des deux femmes ne pouvaient pas être mélangés dans la même phrase sans occasionner des problèmes.

—Tu as l'air bien pensif, tu as examiné les informations des hôtels ? —demanda-t-elle en l'observant de ses yeux bleus inquisiteurs.

—Oui, tante, je l'ai fait. Je pense que ton entreprise est fantastique, mais vraiment, et même si les six mois ne sont pas encore écoulés, je suis sûr que mon truc à moi, c'est la compagnie maritime. Évidemment, je peux te donner un coup de main avec les stratégies marketing, dont j'ai pu voir qu'elles peuvent être améliorées, mais passer au poste de direction…je crois que tu pourrais demander à la cousine Gynette de s'en occuper. Elle sera plus que contente de diriger tes employés —il partit d'un éclat de rire. Sa cousine était une vieille bique tout autant que sa tante. C'est bien pour ça qu'Alice ne voulait pas lui donner les rênes de l'entreprise ; Gynette avait un tempérament explosif et sa tante préférait lui laisser le temps de mûrir—. C'est une option —ajouta-t-il en voyant Alice froncer des sourcils.

—Je suis fatiguée —soupira-t-elle. Elle prit une gorgée de son Montrachet 1978—. J'ai besoin de sang jeune dans l'entreprise, mais pas quelqu'un d'impulsif comme ma chère Gynette. Pourquoi ne vends-tu pas ta part de Blue Destination à ce George et ne conserves-tu pas toi la chaîne Wulfton ?

—Tu vas transmettre ton héritage si facilement, tante ? Tu me surprends —lui dit-il pour la provoquer.

—Ce n'est pas par facilité, petit effronté, tu es sacrément intelligent et je sais que si à l'heure actuelle je fais des millions de livres par an, avec toi aux commandes, je doublerai la mise. —Luke tambourina des doigts sur la nappe en lin bleu—. Je t'ai déjà dit que je veux prendre ma retraite. Je n'ai pas l'intention de donner tout ce que j'ai investi de ma personne dans les Wulfton à n'importe quel idiot qui passe, ni à ta cousine tête de nœud, qui prend un malin plaisir à tester ma bonne humeur —grogna-t-elle en finissant avec élégance la dernière goutte de ce vin hors de prix.

—Ma réponse reste non, tante Alice. —Elle prit une bouchée de nourriture ; c'était un vrai délice. Le chef de la maison était exceptionnel—. Cependant, si tu décides de prendre des vacances, je vais noter cette possibilité, juste à certains intervalles dans l'année pendant la saison basse de mon entreprise, pour être précis. Qu'en penses-tu ?

Elle parut méditer dessus, tandis qu'elle touchait de ses doigts parfaitement manucurés le médaillon de saphirs et diamants que son défunt mari lui avait offert il y a dix ans.

—Cela me semble être une offre tentante. D'ailleurs, mon assistante est à Surrey, et c'est une fille très compétente. — « et délicieuse… », se retint-il d'ajouter. Il ne pouvait pas lui dire qu'il la connaissait dans tous les sens du terme—. Lorsque les travaux de Guildford seront terminés, je suis sûre qu'elle t'aidera à te mettre au courant des questions que tu pourrais avoir, si toutefois j'accède à la proposition que tu viens de me faire, évidemment.

—Tout à fait, tante —répliqua-t-il laconique.

Si Brenda apprenait par quelqu'un d'autre qu'il était Luke Blackward, il perdrait sa confiance. Et il était conscient qu'elle avait trop souvent été déçue dans sa vie. Après avoir été avec cette manipulatrice de Faith, il avait pris une décision. Il allait trouver la manière et le meilleur moment d'aborder le sujet de son identité pour en parler à Bree. Il avait encore suffisamment de temps devant lui et bien des décisions à prendre, il ne voulait rien précipiter sans raison.

Même si cela lui coûtait de le reconnaître, il commençait à s'attacher à la *sergente-chef*. Il s'amusait du contraste entre la Brenda travailleuse à la voix dictatoriale et son amante, pleine de passion, de tendresse et de dévouement. Les deux côtés de Bree en faisait quelqu'un de spécial.

—Au fait, mon cher. La semaine prochaine, nous organiserons une soirée de gala. —Il leva les yeux au ciel, parce qu'il ne comprenait pas la manie de sa tante d'organiser des événements sociaux—. Les parrains de Wimbledon seront présents, car il se peut que nous soyons partenaires pour la saison de tennis. Rappelle-toi qu'il se peut que les ducs de Cambridge assistent au tournois. Tu sais déjà que les lier à notre marque serait la cerise sur le gâteau de cette année. J'ai besoin de toi à Londres. Tu peux bien sûr amener une cavalière. Et je sais, inutile de me le répéter. Il n'y aura pas de photographes pour toi.

Luke ébaucha un sourire.

—Merci, tante. Ces parrains m'intéressent et l'histoire de Wimbledon… pour mon entreprise, évidemment.

—Je n'arrive pas à croire que tu penses seulement à tes affaires —feignit-elle de se fâcher.

—Tante… j'ai eu le meilleur professeur du monde —il lui fit un clin d'œil.

Ils finirent tous les deux leur repas avec un sourire.

CHAPITRE 11

La cafétéria Primrose était située au numéro 42 de la rue Tavistock. Brenda était accro aux *cupcakes* et aux *muffins* qu'on y servait. Ce dimanche matin, elle avait eu le temps de se reposer, après avoir passé du temps seule chez elle, pour la première fois depuis longtemps. Ce qu'elle aimait le plus de l'endroit où elle se trouvait, c'était son côté chaleureux. À l'extérieur, une tente protectrice à rayures, noire et blanche, protégeait de la pluie et du soleil, et un petit tableau noir avec un *cupcake* dessiné à la craie blanche, souhaitait la bienvenue. À l'intérieur, l'ambiance était accueillante. Il y avait juste trois petites tables. Les chaises étaient un mélange adorable de moutarde avec du rose et du blanc, et la vitrine de sucreries n'était que tentations.

Les dimanches, la cafétéria était souvent plus fréquentée que d'habitude. Elle fut reconnaissante à un couple de lui laisser la table du coin, où elle put s'asseoir. Même s'il ne faisait pas si froid, elle préférait être à l'intérieur. Depuis là où elle se trouvait, elle pouvait contempler la rue à travers les grandes baies vitrées. Près de Primrose se trouvait le marché de Convent Garden, où elle allait déambuler de temps en temps.

Sa cafétéria favorite lui parut l'endroit parfait pour rencontrer Luke, même si aucun des deux n'habitait dans le coin, le trajet en valait la peine. Elle refusa qu'il vienne la chercher chez elle ; elle insista pour y aller en métro, ce que Luke ne prit pas sur le ton de la plaisanterie. « Pour ta sécurité », il lui avait dit, mais elle ne l'avait pas écouté. Elle éprouvait un plaisir particulier à prendre le métro de Londres. La sensation de compagnie constante, les conversations de vive voix, l'empressement, les allers et venues, une foule de détails qui rendait l'expérience intéressante. En plus, le métro était aussi sûr que n'importe quel moyen de transport, et personne ne lui ôterait ça de la tête.

Tandis qu'elle buvait sa tasse de chocolat chaud, elle vit Luke se garer. Il avait la diligence d'une panthère, la paresse féline d'un puma et le sourire d'un filou. Et ces trois analogies la fascinaient.

—Bonjour ma belle —il arriva jusqu'à elle, l'embrassant de façon plus insistante qu'un bonjour normal—. J'adore ton goût de chocolat.

Bree éclata de rire. « Voyons si nous maintenons cette légèreté d'esprit sans parler de la bombe qu'a lâchée mon frère l'autre jour ».

—Bonjour, Luke —dit-elle en buvant une gorgée de chocolat—. Merci d'être venu, je sais que tu étais avec un client.
—Il serra les dents de manière imperceptible. Il détestait continuer à lui mentir, même si cela lui faisait plaisir d'être simplement Luke Spencer, sans attentes. Ce n'était pas le moment d'aborder le sujet. Il persistait toujours entre eux un problème non résolu.

—C'est toujours un plaisir de te voir… —Il s'approcha d'elle, pour lui chuchoter à l'oreille— : tu m'as manquée —en surveillant que personne ne le remarque, il lui mordit le lobe droit, la faisant frémir—, et beaucoup…

—Oh… —elle rougit— ne fais pas ça. —Il se mit à rire de ce ton rauque et grave qui la faisait craquer.

La serveuse apporta un thé à Luke et un *cupcake* à l'orange avec des noisettes pour elle, en plus d'un biscuit à la vanille avec des pépites de chocolat.

—J'aime qu'une femme ne prenne pas de la salade au petit-déjeuner et des tomates au déjeuner —dit-il en souriant, en la voyant manger de bon appétit.

Bree essuya avec sa langue la miette de biscuit qui était restée à la commissure de ses lèvres et Luke sentit immédiatement se tendre une partie spécifique de son anatomie.

—La vérité c'est que je fais vraiment attention, mais les dimanches sont les jours où je me fais plaisir. Donc je me permets de me laisser un peu aller à manger des sucreries. Mais si je vivais près de Primrose, je me déplacerais en roulant dans les rues. Heureusement que ma taille compense, sinon j'aurais l'air d'une baudruche.

—Moi je connais certaines parties qui ne sont résolument pas de trop, d'ailleurs… —il essuya du doigt une goutte de chocolat de la bouche de Bree, pour ensuite la porter à ses lèvres. Elle l'observa, les yeux comme des soucoupes. Luke lui sourit de manière provocante—, moi je connais parfaitement des recoins merveilleux de ton corps que j'adorerais entourer de chocolat.

—Luke !

Il s'installa de nouveau sur sa chaise en riant. Il aimait la façon qu'elle avait de rougir. La provoquer était tentant. Et la goûter, tout autant.

—Et à propos de vérités Bree, qu'est-ce que c'était que tout ce qu'a lâché Harvey… ? —son ton était aussi détendu, que ce qu'il espérait qu'elle se sentirait. Il avait eu des tas d'aventures avec des femmes différentes, mais aucune d'elles n'avait généré un besoin ou un intérêt de sa part en dehors de la chambre à coucher. Avec Brenda c'était très différent, et cela commençait à l'inquiéter. Il la considérait trop jeune pour lui, mais même comme ça, elle le surprenait à chaque fois qu'il en apprenait un peu plus sur elle…

—Je… —« Bon, le moment que tu appréhendais est arrivé », se dit-elle en se donnant du courage. C'était la première fois, en plus de Tom et des médecins de Marianne, qu'elle allait raconter à quelqu'un quelque chose de si compliqué. Elle savait que Luke n'allait pas éprouver de la compassion à son égard, mais plutôt de la compréhension—. C'est très difficile de te raconter ça, je ne sais pratiquement rien de ta vie…

—Je le ferai, mais je sais que tu dois d'abord laisser aller ta tristesse avec ta mère. —Il prit ses mains dans les siennes—. Laisse-moi être ton ami maintenant. —Elle eut envie de se jeter dans ses bras et de rester blottie là.

Petit à petit, elle commença à lui raconter son histoire. Calmement. Le mariage raté de ses parents et l'argent qui leur était resté à la mort de son père et que Marianne avait dilapidé en boisson. Les multiples aventures de sa mère, passant d'un homme à l'autre, sans savoir qui entrait et sortait de chez elle, toujours en plein milieu de la nuit. Les coups et les insultes quand il n'y avait pas de boissons dans la petite réserve.

La grande main forte de Luke caressait celle de Bree avec tendresse, pendant qu'elle parlait et se libérait de ses démons personnels.

Elle lui raconta ensuite la naissance de Harvey et comment elle avait dû interrompre ses études à l'université et se servir du modeste pécule que son père avait destiné à cette fin, pour payer les traitements réhabilitation ratés de sa mère. Son travail à Green Road, ses aventures avec Tom et la manière dont il l'avait aidée, de manière inconditionnelle. Elle omit l'épisode Ryan, parce qu'outre le fait qu'il était déjà au courant, ce n'était pas agréable du tout de remettre sur le tapis quelque chose qu'elle sentait avoir déjà surmonté.

Quand elle eut fini de parler, Luke se mit debout, sans se soucier des gens qui les entouraient, il la fit se lever pour l'entourer de ses bras et l'étreindre pendant un bon moment. Elle resta muette, totalement émue. Il n'y avait pas d'autres questions, juste ce qu'elle savait que Luke pouvait lui offrir, de la compréhension. Est-ce que tous les amants étaient comme ça, même s'ils étaient passagers ? « Non .»

—Merci de m'avoir fait confiance, ma poupée —lui murmura-t-il à l'oreille. —En la prenant par la main, il alla jusqu'à la caisse et paya l'addition—. Tu es une femme admirable, combative et courageuse... —déclara-t-il avec sincérité, tandis qu'ils sortaient de la cafétéria.

—J'ai juste survécu —dit-elle alors qu'il ouvrait la porte du copilote de sa Range Rover. Il resta à l'observer. Il lui sourit avec tendresse, puis inclina la tête et l'embrassa doucement. Bree sentit comme si un milliard de papillons battaient des ailes en même temps sur ses lèvres.

Pendant le trajet de retour, Luke lui raconta deux ou trois choses de son enfance. L'accident de ses parents et comment une tante à lui, évidemment sans mentionner son nom, avait pris en charge son éducation.

—Et le goût pour les choses pratiques ou manuelles, ça te vient de qui ? —s'enquit-elle, pendant qu'ils prenaient un virage.

—En réalité, c'est quelque chose que j'ai découvert il n'y a pas si longtemps. Il y a un ou deux ans. Ça a été un défoulement, un moyen de m'enlever le poids d'une situation et d'exorciser le passé. Ça s'est passé à une époque où je suis passé par une situation personnelle assez compliquée...

—Une femme ? —osa-t-elle demander sans retirer sa main entrelacée dans celle de Luke qui reposait sur la boîte de vitesses du véhicule.

Il grogna quelque chose à propos des femmes intuitives.

—Disons que oui —répliqua-t-il sobrement lorsque le feu passa au rouge.

—Tu l'aimais ?

Il se tourna vers elle, et Bree observa comment la froideur envahissait son regard avant de lui répondre.

« Les amantes passagères ne demandent pas ce genre de choses ». Le problème c'est qu'elle ne voulait pas être quelque chose de passager. Elle voulait plus… et c'était impossible de l'avoir. Il semblait l'apprécier et la respecter, mais il ne franchissait jamais cette ligne, même quand ils faisaient l'amour et qu'il l'adorait avec son corps, elle le sentait prudent, comme s'il essayait d'éloigner ses émotions du cœur, de celles qui guidaient les instincts les plus primaires. D'un autre côté, à Surrey, Luke paressait être en vacances, détendu, plus souriant, mais le peu de fois où ils s'étaient rencontrés à Londres, il semblait être comme un requin dans l'océan, alerte, prudent et se faufilant comme si la capitale était son habitat naturel et pas les alentours de Surrey. Ou c'était juste son impression à elle ?

Le feu passa au vert et Luke fit démarrer la voiture, interrompant ainsi le contact visuel avec elle. Il voulait lui dire beaucoup de choses, et c'était peut-être lâche de sa part de ne pas vouloir briser la bulle dans laquelle ils vivaient en ce moment, mais il aimait se sentir « normal ». C'était égoïste de sa part, il le savait, mais il sentait que pour la première fois avec Bree, il vivait quelque chose de vrai... qui prendrait fin dans quelques semaines.

Brenda apprendrait qui il était vraiment lorsque les travaux de réfection se termineraient à Surrey. Il l'avait déjà décidé ce matin. Après tout ce qu'elle lui avait raconté, il savait qu'elle avait confiance en lui, tout comme il savait qu'elle l'excuserait de son omission. Il ne voulait qu'aucun autre homme ne la possède, il allait donc lui proposer de prolonger un peu plus longtemps leur aventure. Il était convaincu que cette sensation de tendresse et cette envie de la protéger s'évaporeraient une fois que tout reviendrait à la normale. C'est-à-dire, elle gravissant les échelons dans l'entreprise d'Alice, et lui reprenant ses voyages et ses contrats, en Grande-Bretagne et à l'extérieur.

—Oui, je pensais que je l'aimais. Disons que ce fut une femme qui ne s'est pas comportée décemment.

—Pourquoi ? —voulut-elle savoir en observant les rues de la ville par lesquelles ils passaient. Cette femme avait encore de l'importance pour lui et c'est pour cela qu'il répondait de manière si catégorique ?

—Elle m'a trompée. Elle aimait jouer avec mes émotions en me rendant jaloux d'autres hommes. Elle s'habillait de manière provocante et elle flirtait… —sa voix était dure et Bree remarqua combien il était tendu au volant—. Ensuite, elle se rattrapait au lit.

Elle déglutit. L'idée de voir Luke avec une autre femme ne l'aidait pas, mais elle voulait continuer à en savoir plus sur lui. Pour elle, l'infidélité était une bassesse. Certaines personnes le voyaient comme ça, d'autres préféraient simplement passer d'un lit à l'autre en faisant du mal à celui ou celle qui lui avait confié son affection.

—Je suis désolée.

—C'était il y a très longtemps.

—Mais si aujourd'hui encore tu as du mal à en parler, c'est peut-être que…

—Ça suffit, Brenda !

Elle se tut immédiatement. Il ne lui avait jamais parlé sur ce ton. Elle venait de lui raconter une partie de sa vie qui l'avait marquée et il osait se comporter comme un imbécile. Elle le regarda, irritée, puis commença à chercher sa carte Oyster dans son sac.

Elle était bien résolue à prendre le métro pour rentrer chez elle.

Se rendant compte de sa brutalité, Luke chercha un endroit où s'arrêter en chemin. Il avait conduit jusqu'à Hampstead Heath presque sans s'en rendre compte ; ils étaient assez loin de là où habitait Bree. Il parvint à se garer dans un endroit à l'abri des regards indiscrets.

Luke enleva sa ceinture de sécurité, il arracha le portefeuille des mains de Brenda et le lança sans égard sur le siège arrière. Elle l'observa, furieuse, et quand elle se rendit compte qu'il essayait de lui enlever sa ceinture de sécurité, elle l'aida dans cette tâche en le faisant elle-même. « Si lui aussi pense que le mieux c'est que je descende, aucun problème, même si je suis dans ce foutu endroit presque inhospitalier », pensa-t-elle en colère.

D'un mouvement rapide, Luke fit basculer en arrière le siège du copilote, sans lui donner le temps d'ouvrir la porte de la voiture, et avec une facilité déconcertante, il la prit par les bras, la souleva et la plaça sur ses genoux.

—Lâche-moi, Luke ! —Elle se débattit dans ses bras, mais il était plus fort qu'elle—. Je t'ai dit de me lâcher ! Je vais crier.

—Personne ne va t'entendre.

—Tu veux essayer ?

Il la secoua pour qu'elle se taise et qu'elle le regarde. Les yeux verts brillaient d'indignation.

—Je ne veux pas parler d'elle. —Il la regarda fixement avec un feu étrange dans son regard —. Elle ne signifie rien pour moi. C'est clair ? —Brenda acquiesça, la respiration agitée devant l'évidente érection de Luke contre son ventre. Elle était assise à califourchon. Il lui avait encadré le visage de ses mains—. Tout ce qui m'intéresse c'est le présent. —Il se pencha pour lui donner un doux baiser sur le nez —. Je suis désolé si j'ai été brusque, ma princesse.

Brenda sembla analyser ses paroles. Elle fronça les sourcils.

—Ne me parle plus jamais comme ça —exigea-t-elle sans une once de gentillesse.

—Je suis désolé, Bree.

Elle resta un moment silencieuse, puis elle acquiesça.

—Je t'ai parlé de ma vie, pourquoi c'est si compliqué pour toi de me parler de la tienne ?

—C'est ce que j'ai fait. Je t'ai raconté des fragments importants de ma vie. Le reste —il embrassa fougueusement Brenda—, n'a pas d'importance.

Sans même lui permettre de protester, il commença à parcourir son corps de ses mains. « Il prétendait la séduire au milieu de la rue ? », se demanda-t-elle en sentant comment il la dépouillait de son chemisier et pressait ses seins pleins et déjà excités.

—Luke… —gémit-elle, quand il pinça ses tétons à travers le tissu du soutien-gorge—. Tu as l'intention de me faire l'amour en pleine rue ?

—Peut-être —dit-il en lui caressant le dos.

Elle le regarda, inquiète, mais ne fit rien pour l'arrêter.

—On est dans la voiture, quelqu'un pourrait venir —chuchota-t-elle pendant qu'il dégrafait avec empressement les trois agrafes du soutien-gorge.

—Personne ne va venir… —murmura-t-il en lançant au hasard le soutien-gorge en soie bleue et en se penchant pour lui sucer un téton—. Et pour répondre à ta première question, oui. J'ai l'intention de te séduire dans la voiture…là maintenant. —Il se pencha pour lécher et mordiller l'autre téton—. Toi tu n'as qu'à profiter et te laisser aller…

Il fit taire la protestation qu'elle avait à la bouche par un baiser passionné.

Elle était incapable de raisonner quand il l'embrassait comme ça, quand tout ce qu'elle pouvait faire c'était lui rendre cette passion et toucher son beau visage de ses mains. Pendant que Luke l'embrassait, elle déboutonna sa chemise pour appuyer ses seins nus contre le dos viril ; cette sensation de peau contre peau était enivrante.

Les gémissements des deux emplissaient l'habitacle du véhicule, alors qu'ils se caressaient fébrilement. Luke conduisit ses mains depuis le ventre plat de Brenda, jusqu'aux précieux monticules couronnés de deux pics en érection, qu'il caressa entre ses doigts, la faisant bouger contre son érection. Les battements de cœur de Bree s'entremêlaient aux gémissements qu'il lui arrachait en pressant ses seins à un rythme qui rendait fou. Du dos de la main, il caressait ses auréoles roses en faisant des cercles, et en même temps, il pressait et lâchait ses tétons avec les doigts ; il la touchait comme s'il ne l'avait jamais goûtée, comme si c'était la première fois et en même temps la dernière.

—Luke...

—Hmmm ?

—J'adore comment tu me touches.

Il grogna quelque chose quand elle fit glisser la fermeture-éclair du jean vers le bas et passa ses mains malicieuses par l'élastique jusqu'à arriver à l'intérieur. Ouvrant l'élastique souple du boxer, elle prit entre ses mains le membre rigide et gonflé et le caressa en lui arrachant un gémissement de plaisir. Elle fit glisser ses mains avec audace depuis la base jusqu'à la pointe émoussée. Elle choya la texture chaude veloutée en s'émerveillant de la manière dont elle vibrait entre ses doigts. En utilisant le doigt du milieu, elle caressa le membre en érection sur toute sa longueur, depuis le gland jusqu'aux testicules, en les touchant de ses ongles avec une douceur qui produisit un spasme en Luke, qui à son tour manœuvra rapidement jusqu'à ce que ses hanches se libèrent du pantalon et qu'il put appuyer librement son érection contre la main qui le torturait. L'évidence de son désir fut la légère goutte perlée qui surgit à la pointe de son pénis.

—Bree... —dit-il d'une voix entrecoupée— arrête de faire ça si tu ne veux pas que...

—Que quoi... ? —dit-elle, provocatrice.

Il ne répondit pas, il se contenta de mettre un des tétons de Bree dans sa bouche et de le happer avec ses lèvres, en soulignant son contour de sa langue et en le sentant se durcir davantage dans son humidité. La sensation de la bouche de Luke, la tourmentant et la séduisant, envoya des bouffées de chaleur à un endroit spécifique de son entrejambe. Elle le désirait désespérément.

—Parfaite... —chuchota-t-il contre l'autre sein, tandis qu'avec la main il pressait la vulve de Bree contre le pantalon en coton—. Tu aimerais que je te touche... peut-être sans être gênée par les vêtement ? —demanda-t-il, agité, parce qu'elle n'avait pas laissé son membre tranquille.

Pour toute réponse, elle cambra les hanches contre la main qui commençait à faire pression sur son centre humide. Elle avait besoin qu'il la touche et qu'il la prenne. Il ne la déçut pas et écarta avec empressement le tissu du pantalon pour avoir accès à ses doux plis, les séparant et les caressant avec son propre miel tiède féminin. Brenda en échange bougea contre le doigt tortionnaire et massa la glorieuse érection qu'elle avait entre les mains, en même temps qu'ils se perdaient tous les deux dans un baiser brûlant.

La respiration de Bree était agitée et lorsque Luke introduisit finalement entièrement son doigt entre ses cuisses mouillées, elle cria presque de plaisir, puis il glissa un autre doigt, l'ouvrant davantage pour lui et la lubrifiant de l'or chaud fondu qui glissait entre les bouts de ses doigts. Ils haletaient tous les deux, respirant avec difficulté. Leurs bouches se remplissaient de chuchotements et leurs parties sensibles de décharges érotiques. Un gémissement rauque inarticulé jaillit des lèvres gonflées de Bree lorsque le pouce de Luke lui caressa avec révérence le clitoris, sans arrêter de la pénétrer avec ses doigts.

—Ah, Luke. Je te…

Il chercha un préservatif dans son pantalon et se le mit rapidement.

—Viens là, ma belle… —chuchota-t-il contre le doux canal entre ses seins, tandis qu'il la soulevait—. Enlève ce fichu vêtement —grogna-t-il en l'aidant à faire glisser son pantalon et le string bleu jusqu'aux chevilles, pour ainsi être exposée face à lui. L'idée qu'on puisse les découvrir à tout moment augmentait l'adrénaline et le niveau d'excitation—. Comme ça… oh, ma chérie, tu me coupes le souffle —gémit-il lorsqu'elle dégagea ses petites mains de son membre et qu'en échange il la fit glisser elle vers le bas sur la puissante virilité de son membre.

—Oh, Luke…tu es tellement…

—Tellement… ? —demanda-t-il agité lorsque Brenda commença des mouvements de va-et-vient avec ses hanches, les lubrifiant tous les deux.

—Grand… et parfait. On est parfait l'un pour l'autre.

Les seins de Brenda étaient presque à la hauteur de la bouche de Luke et tandis qu'ils se prenaient mutuellement par des assauts rapides, les seins de Bree se balançaient dans une cadence érotique visuelle pour Luke. Il les prit dans sa bouche, en les suçant et en combinant ses caresses avec les mains. Bree enterra les mains dans l'épaisse chevelure de son amant tandis que son corps bougeait avec férocité pour tenter d'arriver à la libération.

L'éclat de plaisir arriva presque en même temps pour les deux, avec un gémissement rauque et guttural surgi de leurs gorges. Les spasmes de Brenda serraient et relâchaient le membre gonflé et rigide entre ses cuisses, tandis qu'elle jouissait d'un orgasme torride. Elle se laissa tomber sur l'épaule de Luke. Lui sentait comment son sexe était absorbé par ce parfait canal

humide et il jouit des vagues de plaisir qui se propageaient dans son corps. Rassasié et avec un sourire de suffisance, il lui caressa les cheveux, et attendit que les contractions de Bree cèdent peu à peu.

—Mon Dieu —murmura Luke. Il posa un baiser sur l'une des épaules nues de Bree—. Être avec toi c'est… je n'avais jamais éprouvé un plaisir aussi dévastateur. Tu es fantastique.

—Avec un sourire de complaisance, elle se laissa embrasser. Cette fois, ce fut un échange apaisant et affectueux, qui leur permit de reprendre peu à peu leur respiration.

Avec un sourire, Bree releva la tête, sortant du nuage de désir satisfait.

—Luke…

—Oui, ma toute belle ? —demanda-t-il en lui caressant le dos.

Depuis la position où elle se trouvait, elle pouvait voir la rue.

—Il y a une patrouille de police qui vient de ce côté…

—Merde !

Il fit rapidement démarrer la voiture, au milieu des éclats de rire de Brenda qui se dépêchait de s'habiller et de s'installer sur le siège du copilote. Il mit en marche la Range Rover, tandis que Bree l'aidait à s'habiller dans des positions si ridicules qu'elle n'arrêta pas de rire, et au fur et à mesure qu'elle attachait un bouton, elle laissait une infinité de baisers sur le dos sculpté de muscles de Luke. Il se plaignit en lui disant que si elle ne voulait pas qu'ils terminent en prison pour un accident provoqué pour conduite immorale, il fallait qu'elle arrête de le provoquer. Elle lui sourit simplement avec coquetterie et avec insolence elle tarda à se mettre le soutien-gorge et le chemisier, en ayant soin auparavant de l'effleurer de son corps à chaque mouvement.

En arrivant chez Brenda, Luke reçut un appel de Londres. Elle déduisit qu'il devait s'agir de cet exigeant client qui ces derniers temps le mettait de mauvaise humeur. Il murmura une excuse, en lui disant qu'il devait y aller. Il ne partit pas de la maison sans auparavant la laisser avec le souvenir d'un de ces baisers qu'elle adorait.

Elle l'aimait tellement que lorsqu'ils devraient se séparer, elle… et si elle prenait le risque et qu'elle lui confessait son amour ? Peut-être que ce n'était pas une idée si saugrenue, après tout…

À la tombée de la nuit, Brenda ne fut pas surprise que son frère arrive en s'écriant que la balade avait été merveilleuse. Les Quinn le suivaient et elle les invita à dîner le poisson frit et les frites qu'elle avait cuisinés pour tous.

Vers dix heures du soir son petit frère n'arrêtait pas de parler de nouveau de la vieille université d'Oxford, des beaux parcs de la ville, des glaces qu'il avait mangées et de tout un tas de curiosités pour un enfant de six ans. Elle le laissa parler autant qu'il le voulut et quand elle se rendit compte comment ses petites paupières se fermaient, elle le porta jusqu'à son lit. Les Quinn lui dirent au revoir et lui offrir une petite relique qu'ils avaient achetée chez un antiquaire.

Brenda s'apprêtait à dormir lorsqu'elle reçut un appel de la dernière personne à laquelle elle s'attendait un dimanche soir. Sa cheffe, Alice. La voix dictatoriale ne l'abandonnait même pas les fins de semaine, pensa-t-elle somnolente et épuisée, tandis qu'elle répondait à l'appel.

—Brenda, malgré les rapports que tu m'as envoyés dans lesquels tu me dis que les travaux en sont à 60 % à Surrey, je ne peux pas prolonger ton séjour là-bas. J'ai besoin de toi à Londres.

La première pensée de Bree fut pour Luke. Cela voulait dire que cette formidable aventure allait prendre fin. Elle ne le reverrait plus. Elle commença à inventer des excuses pour Alice dans sa tête. Mais elle était si nerveuse, qu'aucune ne lui venait à l'esprit.

—Que… que voulez-vous dire ?

Sa chambre lui sembla soudain étouffante. L'air devint dense et elle sentit sa gorge sèche.

—Demain tu rentres au bureau de Londres et à ta place, Emma ira au Wulfton de Guildford. Je veux que tu saches qu'avant de t'en parler, j'en ai parlé avec Muriel Evans. Elle m'a dit que ton séjour avait était un succès avec le personnel, et que tu as su gérer correctement les employés de Hudson. Il y a des années j'ai travaillé avec l'entreprise de Thomas et ils sont certainement très efficaces dans leur travail. Je suis contente de t'avoir déléguée à Surrey, mais maintenant ta place est de nouveau ici à la centrale.

—Mais… —Elle voulait lui dire qu'elle devait signer les chèques des travailleurs de Hudson, mais c'était une excuse bidon, puisque Muriel elle aussi était autorisée à signer dans cet hôtel. « Où est ton imagination ? », se reprocha-t-elle, l'anxiété lui dévorant les tripes—. Je, Alice…

—Pas de mais. Tu n'as à te préoccuper de rien, je sais que tu as une famille et je t'ai éloignée d'eux suffisamment comme ça. Je ne suis pas non plus si tyrannique. Je comprends ce que ça veut dire d'avoir des gens qui dépendent entièrement de toi.

—Alice, il faut encore que…

La fameuse cheffe d'entreprise poursuivit en disant ce qu'elle avait en tête.

—Je vais organiser un dîner d'affaires. Nous avons la possibilité de parrainer Wimbledon et personne mieux que toi ne connais mes contacts, ni ne peut mieux s'occuper d'eux. Inutile que tu reviennes chercher tes affaires à Surrey. J'ai demandé à Muriel qu'elle les emballe et mon chauffeur se chargera de te les apporter. Merci pour toute ta persévérance. Tu as été irréprochable. Je t'attends avec une prime et beaucoup de travail. À demain Brenda.

—Merci… —Sa cheffe raccrocha.

L'esprit partout sauf à Londres, elle resta à regarder le combiné dans sa main.

Son temps avec Luke était arrivé à sa fin.

CHAPITRE 12

Luke conduisit jusqu'à Portobello. Le médecin l'avait appelé à peine avait-il laissé Brenda chez elle, pour lui dire que Faith le demandait à son chevet et qu'elle refusait de prendre ses médicaments s'il ne venait pas. Il aurait aimé que la rousse ait eu recours à quelqu'un d'autre avec sa maladie.

—Que se passe-t-il docteur Walters ? —demanda-t-il en s'asseyant à côté de l'homme de confiance de Faith. Il était très grand, mince, avec de grosses lunettes. Il ressemblait davantage à un philanthrope du siècle dernier qu'à un médecin.

—Elle a besoin d'aide, d'ordre psychologique, plus qu'autre chose. Les remèdes ont l'effet escompté, mais si elle ne coopère pas, cela ne servira à rien. Je sais que vous avez eu… disons des différends dans le passé. Je n'ai aucun droit de vous demander cela, mais considérez que je le fais pour ma patiente. Pourriez-vous être au moins un peu moins bourru et distant avec elle ? —Luke le regarda, en colère—. S'il vous plaît, comprenez ma position. Madame peut être très capricieuse, mais quand vous êtes là, son comportement s'adoucit et elle est plus obéissante.

À contrecœur, il accepta d'être plus complaisant. Ce serait la dernière chose qu'il ferait pour cette satanée femme, se dit-il, lorsque le spécialiste quitta la maison.

—Bonjour, Faith —la salua-t-il lorsqu'il arriva jusque dans sa chambre. L'air conditionné mélangé au parfum qui caractérisait la femme aux cheveux roux lui rappelait des souvenirs aigres-doux de leur vie ensemble—. Le docteur Walters m'a dit que tu es devenue assez insupportable, hein ?

—Luke... comme le ton de ta voix est dur dernièrement —chuchota-t-elle en lui souriant—. Je me rappelle quand avant tu me disais que j'étais comme un elfe —elle rit—. Mais moi j'étais ton elfe, n'est-ce pas ? Je faisais de la magie avec ton corps et...

Il leva la main pour la faire taire.

—Beaucoup de temps a passé et tu as cessée d'être beaucoup de choses —répondit-il en s'asseyant sur la chaise proche de la console couverte de maquillage et de parfums, juste en face d'elle, qui mangeait à cet instant une gélatine, assise dans son lit—. Ne rends pas cela insupportable, Faith. Pourquoi ne peux-tu pas tout simplement collaborer ? Je t'ai donné tout ce que tu as demandé. Les meilleurs médecins, la plus jolie maison de Portobello, tu as un chauffeur pour aller faire des courses si tu le souhaites. Tu ne peux pas savoir comme je suis désolé de ton diagnostic, mais tu ne peux pas me demander plus que ce que je fais déjà pour toi. Prends tes médicaments.

Elle continua à manger en silence, de la manière qu'il connaissait. Cette petite tête rousse était en train de manigancer quelque chose.

—Tu ne m'as pas encore répondu... si tu vas me concéder mon dernier souhait... —elle avala ce qui resta de la gélatine aux mûres—. Quand est-ce que tu vas me dire si tu as décidé ou pas de te marier avec moi à nouveau ? Ça ne te fait pas de la peine que malgré tous les moments merveilleux que nous avons vécus, je doive maintenant mourir seule ? Depuis quand es-tu devenu si insensible ? Serait-ce qu'il y a maintenant quelqu'un dans ta vie et que tu ne me l'as pas dit ?

Luke serra les poings.

—Ma vie personnelle ne te regarde plus. Se marier n'est pas quelque chose qu'on fait comme un sport, encore moins par pitié. Et si tu veux une réponse maintenant, alors c'est résolument non. Je ne vais pas me marier avec toi. Où est passé ton amour-propre ? —En voyant l'ombre de douleur qui apparut dans son expression, il prit une respiration, résigné—. Et fais-moi le plaisir de suivre l'ordonnance, parce que l'infirmière est payée pour ça. Ne me pousse pas à bout. — Faith l'observa, sagace—. Maintenant je pars. J'ai des choses à faire.

—Oh… je ne voulais pas que tu te fâches… d'ailleurs, Luke. —Elle s'essuya la bouche avec délicatesse—. Tu te rappelles d'Elisse ? —Il acquiesça—. Elle était inséparable pendant que j'étais mariée avec toi, mais tu sais que son mari est mort d'une crise cardiaque. Nous avons repris le contact depuis qu'elle a su que j'étais à Londres. —Ça il s'en fichait pas mal, eut-il envie de lui dire, mais il attendit qu'elle finisse de raconter son potin—. Elle m'a dit que l'homme avec qui elle sort va parrainer Wimbledon, parce qu'il est gérant chez Coca-Cola. Elle m'a aussi dit que ta tante allait organiser une fête…

Il la regarda. Il savait déjà où elle voulait en venir.

—Et alors ?

—Je veux y aller… —elle fit une moue larmoyante—. Ce sera sans doute ma dernière opportunité de porter une robe de gala sans m'évanouir ou paraître squelettique.

—Tu ne seras pas squelettique, à moins que tu arrêtes de manger.

—Emmène-moi avec toi au dîner de ta tante.

—Si tu continues à faire pression sur moi, je romps le contrat d'aide avec toi et tu devras de chercher un autre mécène qui te tolère.

Son visage prit une expression pleine d'espoir.

—Alors tu me tolères ?

—Ce qui existe entre toi et moi c'est un accord humanitaire à cause d'une amitié. Alors ne gâche pas tout, parce que je suis en train de perdre patience et comme tu le sais, je n'en ai pas beaucoup. Ma tante Alice ne te supporte pas, pourquoi la mettre mal à l'aise par ta présence ?

Elle se leva et s'approcha de lui, sans se soucier que le peignoir en soie qu'elle portait commence à s'ouvrir, laissant entrevoir la courbure de son petit sein gauche.

—Parce que c'est le dernier souhait d'une moribonde.

—Ne me fais pas de chantage, Faith.

—Quel mal puis-je faire ? En plus c'est vrai, je vais bientôt mourir.

—J'y réfléchirai.

—J'y réfléchirai, j'y réfléchirai. C'est tout ce que tu sais dire en guise de réponse. Tu penses peut-être que je suis une petite fille de huit ans qui demande la permission à son père ?

—Je t'ai déjà dit que je n'ai aucune obligation envers toi.

—Une obligation humaine.

—Personne n'est obligé à quoi que ce soit. Il s'agit de volonté et tu gâches la mienne avec toi —beugla-t-il.

—Si tu ne m'emmènes pas —commença-t-elle d'un ton menaçant— je te promets que tu auras ma mort sur la conscience. Je ne prendrai pas un médicament de plus. Tu ne comprends donc pas ? Je n'ai aucune motivation pour continuer à vivre. Je n'ai vraiment plus rien.

Luke ne le supporta plus et la prit avec force par les bras en la secouant. Sa patience était à bout.

—J'en ai marre de toi ! Je suis fatigué ! Je maudis le moment où j'ai eu pitié de toi et de ta maladie. Tu n'as aucun droit de…

Elle se libéra de son emprise, se penchant pour l'embrasser sur la bouche. Elle l'embrassa avec avidité, comme s'il s'agissait là du premier contact avec quelqu'un du sexe opposé depuis des mois. Et c'était sans doute le cas. Luke ne lui rendit pas son baiser et la repoussa, dégoûté.

—Ne refais jamais ça. —Il s'essuya la bouche du revers de la main. Elle souriait—. J'ai un ultimatum pour toi. —L'expression de Faith devint sérieuse—. Je t'emmènerai à la fichue fête et en échange tu acceptes de rentrer en Irlande chez ta mère. Je ne veux pas de toi près de moi. Peu importe si ta mère t'adresse la parole ou non. Ce petit jeu est terminé. C'est clair ? C'est à prendre ou à laisser.

Cela sembla la faire réagir. Il savait que la relation de Faith avec sa famille n'était pas brillante.

—Je... d'accord. Luke, je n'ai pas d'argent... —répondit-elle en fermant son peignoir aux imprimés gris et roses.

—Pourvu que tu disparaisses de ma vie, je paierai la totalité de ton traitement loin de Londres. Tu viens juste tout compliquer.

Voyant qu'elle n'avait pas d'issue, elle acquiesça.

—Vendredi à neuf heures du soir je passerai te chercher. Au revoir —dit-il en partant, furieux.

—Au revoir... —chuchota-t-elle en l'air, quand elle le vit s'éloigner. Elle l'avait suffisamment provoqué. Elle lui était au moins reconnaissante de ne pas lui avoir enlevé la subvention.

Elle était loin d'être bête, mais le fait de sentir que la vie lui glissait entre les mains la poussait à agir avec tout son potentiel. Après tant d'années et tant de bêtises, elle savait que son mariage avec Luke était le mieux qui ait pu lui arriver, mais qu'elle avait tout gâché. Avant de partir en Irlande, elle le récupérerait.

Elle avait mal joué son coup en voulant lui faire du chantage, mais elle n'avait rien d'autre à négocier, et elle avait toujours été une femme impulsive. D'un autre côté, elle avait entendu une rumeur comme quoi Luke fréquentait une femme. Une de ses amies l'avait vu avec une jeune fille blonde, alors qu'elle passait par la rue Bow et Tavistock le matin même. C'est pour ça qu'elle avait décidé d'appeler Mayfair et de tâter le terrain auprès de Charles : ça avait été un jeu d'enfant. Lâcher un commentaire ici, un autre-là n'eut pas raison de la réticence et de la culture du secret du majordome, et pourtant cette prudence de Charles fut malgré tout assez éloquente. Du moins pour une experte en manipulation et en subterfuges comme elle.

Elle connaissait son ex-mari et si elle était bien sûre de quelque chose, c'est que si le majordome se montrait aussi méfiant avec ses questions, c'était parce qu'effectivement Luke fréquentait quelqu'un. Elle se chargerai de tout découvrir. Elle avait jusqu'à vendredi.

D'un autre côté, elle se souvenait de la vieille bique Blackward. Alice ne l'avait jamais aimée et elle encore moins, cela se savait dans les hautes sphères, et elle ne s'en était jamais souciée. Maintenant, c'était différent. Elle se montrerait sous un nouveau jour. Même si la vieille était dure à cuire, la supporter le temps d'une soirée ne serait pas non plus la mer à boire. En plus, elle n'avait jamais autant désiré paraître comme au bon vieux temps : saine, brillante et fringante… au bras de Luke. Elle allait au moins obtenir ça. Le médecin lui avait donné deux mois à vivre, mais elle ne voulait pas qu'il le dise à Luke…même elle n'arrivait pas à l'assimiler.

Elle mourrait comme une Blackward, et non pas comme une simple danseuse incurable et divorcée. C'est avec cette pensée en tête et un sourire aux lèvres, qu'elle entendit arriver son infirmière avec la dose de médicaments suivante.

***

La seule bonne chose d'être de retour à Londres c'était de pouvoir accompagner Harvey à l'école, mais elle sentait comme s'il lui manquait quelque chose… ou plutôt quelqu'un. Elle s'était habituée à parler avec Luke à Guildford, à n'importe quelle heure ; quand ils riaient ou exposaient les hypothèses les plus folles, jusqu'aux plus profondes. Il avait une excellente conversation. Et comme amant… elle n'avait pas de mots pour le décrire. Avec Luke, elle se sentait pleine, libre, confiante et amoureuse. Elle n'avait jamais pensé que quelqu'un puisse s'immiscer aussi profondément dans sa vie, mais lui s'était petit à petit glissé sous sa peau.

Ce matin-là, lorsqu'elle avait appelé l'hôtel à Guildford, Muriel répondit et lui expliqua que monsieur Hudson enverrait un rapport détaillé de la progression des travaux si jamais elle en avait besoin, puis elle lui commenta que Emma était en cours d'adaptation à l'environnement et que tout marchait vent en poupe. Même si elle n'était plus en charge du projet à Surrey, Bree s'était prise d'affection pour la belle demeure convertie en hôtel. Lorsque les travaux seraient terminés, l'endroit brillerait à nouveau de toute sa splendeur et plus encore.

Avec tout ce qui se passait au bureau, elle avait à peine eu le temps d'envoyer un SMS à Luke pour lui dire qu'elle restait à Londres. Elle pensait le faire en fin de journée. Sans doute était-il occupé avec ce client et elle ne voulait pas paraître contrariée, même si elle mourait d'envie d'entendre la cadence grave et sexy de sa voix.

—La plus belle femme de cet hôtel est de retour ! Dame Bree ! —s'exclama Kevin en arrivant auprès d'elle et en l'interrompant dans ses pensées. Il laissa sur son bureau le rapport hebdomadaire de surveillance des médias.

Elle éclata de rire lorsque l'américain lui fit le baise-main et fit une révérence, feignant de revivre les salutations du XVIIIème siècle.

—Bonjour, Kev. Comment se sont passées les choses ici avec Emma ? —demanda-t-elle un sourire aux lèvres.

Il haussa les épaules.

—Emma m'accompagnait pendant les déjeuners, mais voir de la laitue et des tomates pendant un mois ne m'a pas fait du bien. Les *cupcakes*, les gâteaux au chocolat me manquent… tu sais bien, un régime équilibré quoi, auquel j'avais droit au moins avec toi.

Brenda partit d'un autre éclat de rire.

—Je suppose que tu savais déjà que je revenais aujourd'hui, non ?

Alice était en conférence et l'horloge marquait huit heures et demie du matin. Le rythme de travail était frénétique.

—Absolument, quel genre d'agent des relations publiques ferais-je si je n'avais pas toute l'information à ma disposition ? Par exemple —il baissa la voix—, j'ai un secret pour toi. D'ailleurs, je vais te le dire juste parce que tu me dois un rendez-vous. —Elle rougit—. Tu avais oublié ? —demanda-t-il sans perdre de sa bonne humeur en voyant la réaction sur le visage de Bree.

—Je... —« Luke », fut toute l'excuse. Pendant tout ce temps, elle avait oublié Kevin et tout ce qui n'était pas l'homme dont elle était amoureuse—. J'ai eu beaucoup de travail.

Le costume impeccable de Kevin s'ajusta lorsqu'il croisa les bras à la hauteur du thorax et appuya la hanche contre le bureau de Brenda. Elle, qui était aussi debout, mit les mains derrière son dos. Il ne l'intimidait pas, mais lui produisait un picotement d'inquiétude au creux de l'estomac. Peut-être que si elle n'était pas allée à Surrey, elle et lui...

—Il faudra qu'on s'occupe de ça très bientôt.

—Tu vas me raconter le secret ? —demanda-t-elle en souriant.

Il se mit à rire.

—Ah ! Je vois que les potins c'est ton truc, hein ?

Brenda secoua la tête, en riant également.

Cela faisait peut-être partie de la profession de Kevin, mais elle ne l'avait jamais vu se mettre en colère avec personne. Bon, sauf avec les journalistes qui publiaient des notes incomplètes alors qu'il leur avait donné des indications sur les données ou lorsqu'ils voulaient se mêler de la réputation de l'hôtel. Elle l'avait vu agir dans différentes situations pendant les presque six mois qu'elle travaillait au sein de l'entreprise, et elle pouvait témoigner du fait que Kevin Parsons était un démon lorsqu'il s'agissait de défendre ses opinions et de son travail professionnel.

—Je te raconterai. Et ça, c'est la vérité —il devint sérieux. Bree fronça les sourcils—. Le neveu d'Alice est venu rôder dans les bureaux.

—Le fameux minet et coureur de jupon ? —demanda-t-elle sur le même ton de la confidence, sans cacher sa surprise. L'idée que cet espèce de prétentieux qui lui avait répondu au téléphone des semaines auparavant, pendant qu'il faisait l'amour à une femme, était en train d'embêter Alice ne lui plaisait pas. Et pourtant, bien sûr, cette femme n'avait d'yeux que pour son neveu. Sûrement que si elle le connaissait et qu'il la provoquait d'une façon ou d'une autre, elle le remettrait à sa place. Elle fuyait ce genre d'hommes—. C'est bizarre, je pensais qu'après la fête d'anniversaire, d'ailleurs merci pour les photos que tu m'as envoyées, le Luke Blackward en question était retourné à ses errances. Il n'est pas propriétaire d'une compagnie maritime, à ce qu'on dit ?

Kevin haussa les épaules.

—Si, mais je crois qu'Alice veut le rallier à l'hôtel. Selon mes sources, il paraîtra qu'il ait refusé…, mais tu sais bien que les hommes d'affaires n'ont pas vraiment les idées fixes, enfin, c'est plutôt qu'ils vont là où les mène l'argent, et la chaîne Wulfton est une mine de diamants.

—Tu crois ça, Kev ?

—Oui. Il a l'habitude de venir très tard le soir, pas tous les jours. Il s'assoit dans le bureau de madame Blackward, il lit les rapports, se met à jour sur l'entreprise et puis il repart vers une ou deux heures du matin. Il a la réputation d'être un travailleur compulsif, mais je crois qu'il s'est pris des vacances.

—Ah bon ? Mais s'il vit d'un pays à l'autre. Et tu sais déjà combien j'ai eu du mal à le localiser pendant des semaines entières —râla-t-elle— je ne crois pas qu'avec sa réputation de playboy il puisse beaucoup aider les hôtels. Qu'il reste perdu quelque part et qu'il continue à travailler dans la compagnie maritime.

—C'est comme ça le monde des riches. Moi je crois que tôt ou tard l'ambition va être plus forte que lui et nous aurons un autre Blackward à bord.

—Pour l'amour du ciel !

Ils allaient tous les deux éclater de rire, lorsque la présence d'Alice les fit taire.

—Je suis ravie que vous vous mettiez au courant des dernières nouvelles —dit la voix dure, mais aimable de la propriétaire de l'empire hôtelier—. Kevin, toi et Brenda vous assisterez au dîner de vendredi avec moi. J'ai besoin que vous prépariez tout. Kevin, il n'y aura pas de presse, mon neveu sera là ; tu sais déjà combien il est pénible avec les journalistes. En échange, c'est toi qui fera les photos et tu publieras celles que je choisirai. Fais en sorte que Luke ne soit pas dessus. —Elle s'adressa à Bree— : ma chère, s'il te plaît, viens dans mon bureau, il faut qu'on se mette à jour sur ce qu'a laissé Emma.

—Aucun problème —dit Kevin en partant, tandis que Brenda suivait Alice vers le bureau principal.

**

Luke parla avec Bree le soir-même. Le fait de savoir qu'elle travaillait à nouveau à Londres l'inquiétait, parce qu'il devrait se faire plus vite à l'idée de finalement lui dire la vérité.

À aucun moment de la conversation elle ne s'était montrée préoccupée face à la possibilité qu'à partir du moment où ils ne seraient désormais plus à Surrey, l'aventure allait se terminer. Et cela ne lui plut pas du tout, parce qu'il ne voulait pas la quitter. Il voulait vérifier ses sentiments envers elle, parce qu'il était sûr que cela s'était transformé en quelque chose de plus qu'une amie et amante.

—Tu vas terminer tes travaux à Surrey ou cette semaine tu dois t'occuper de ton client de Londres ? —demanda Bree, tandis qu'elle caressait les cheveux blonds et bouclés de son frère qui s'était endormi sur ses jambes, après avoir bu un verre de lait tiède. Écouter la voix grave et sexy de Luke lui faisait une petite compagnie, mais ce qu'elle aurait vraiment aimé, c'est l'avoir à côté d'elle et être dans ses bras.

—Mes journées sont un peu compliquées maintenant, princesse, je n'ai encore rien décidé de ferme et il se peut même que je doive retourner à Surrey vendredi. —Il préféra lui mentir. Le dernier mensonge qu'il lui raconterait, se promit-il. Cela lui pesait vraiment de se résoudre à ne pas la voir. C'était certain que vendredi en sortant du travail elle voudrait le voir… et lui aussi, mais il ne pouvait pas décevoir sa tante. Il savait qu'Alice avait besoin de vacances, finalement elle était pratiquement comme sa mère et s'il devait se rendre à cette ennuyeuse réunion, juste pour qu'Alice tienne sa promesse de penser à prendre des vacances, alors il le ferait. Heureusement que les assistants d'Alice n'accompagnaient jamais sa tante à ses réunions, elle avait toujours préféré tout gérer par elle-même. Donc de ce côté-là, il ne courait aucun risque—. Que dirais-tu qu'on se voie samedi, ma chérie ? J'aimerais parler avec toi.

—Bonne idée, Luke. Dans les jours qui viennent je devrai me mettre au courant des notes qu'a laissées Emma au bureau, et crois-moi —dit-elle en riant—, il y en a un paquet. Et… Luke ?

—Oui ?

—Je te sens un peu bizarre, tu es sûr que tout va bien ? Ton client va te payer à temps ? —« Si tu savais qui est ce client… qui ressemble plus à un cauchemar », pensa-t-il, en croisant les jambes sur son confortable matelas dans la demeure de Mayfair—. Je crois que tu gagnes suffisamment bien ta vie avec ton travail, mais si tu restes à l'hôtel, tu vas dépenser beaucoup d'argent à Londres… Rappelle-moi où tu es logé déjà ?

—L'hôtel n'est pas mal —évita-t-il de lui répondre—. Ils m'ont fait une remise, ne t'inquiète pas. Et de mon côté, tout va très bien, c'est juste que comme toi, je suis fatigué. Ça va être une semaine difficile. Bree, quand ta mère sortira de la clinique, je veux t'accompagner.

—Tu es sûr… ? Tu n'es vraiment pas obligé de le faire, Luke.

« Trop beau pour être vrai », lui dit son côté sensé, mais cette fois-ci, elle le laissa passer.

—Absolument.
—Je te vois samedi alors…
—Oui, ma princesse. Va dormir et rêve de moi.
—Prétentieux.

Il éclata de rire avant de raccrocher avec un sourire.

***

Bree était dans le salon mauve du Wulfton de Mayfair, et Alice lui fit réciter deux ou trois fois la liste des noms des cent vingt invités. Elles passèrent en revue l'histoire de Wimbledon, l'influence du tennis dans la culture britannique, les intervenants les plus distingués ; elles invitèrent même Pete Sampras par Skype, une légende du sport blanc, qui était ami de l'un des actionnaires minoritaires de la chaîne, pour qu'il fasse des commentaires sur certains détails importants.

La salle avait un air sobre. Les détails de couleurs consistaient en des ciselures couleur mauve et bois de rose ; des dessins en plâtre en forme de feuille étaient sertis au plafond et c'était presque comme une ode à l'architecture baroque. Les piliers d'angle exhibaient les mêmes figures, plus petites, qui simulaient du lierre dans un ton vert mousse très léger. Le mobilier était sophistiqué, tout blanc et les centres de table brun-amande.

Obligée par Alice, Bree dut s'acheter une nouvelle tenue, aux frais de l'entreprise. Le haut était d'un rouge foncé, cintré, encolure en forme de cœur soutenue sur ses épaules par des manches très fines ; le bas de la robe était suffisamment ample pour lui permettre de se déplacer sans problème et le dos était entièrement dénudé. Bree ne s'expliquait toujours pas comment elle avait réussi à utiliser le truc que l'employée du magasin lui avait appris pour que sa généreuse poitrine reste à sa place et à l'abri de tout accident.

Les chaussures étaient comme dans un conte de fées, avec des lanières couleur noisette très élégantes, qui couvraient le cou-de-pied comme une tresse se refermant sur la cheville, lui permettant de marcher avec assurance sur les talons-aiguilles. Cela lui donnait au moins six centimètres de plus. Avec cette tenue, elle se sentait presque comme la fois où elle avait posé pour Dolce & Gabbana, sauf que cette fois-ci elle était habillée pour un événement spécial et très fréquenté.

Les invités commencèrent peu à peu à arriver. Kevin était très élégant dans son smoking et se montrait très courtois ; à aucun moment il ne lui fit des avances ou une insinuation quelconque pour se retrouver plus tard ; ils étaient tous les deux là pour leur travail et en étaient conscients. D'ailleurs, elle n'avait qu'une hâte, c'était d'en finir avec cet événement parce que le lendemain elle allait voir Luke. Oh, comme il lui avait manqué. Ils parlaient tous les jours, mais ils tombaient tous les deux de sommeil le soir, épuisés par leur journée. Elle finissait moulue, surtout une fois qu'elle avait aidé Harvey à faire ses devoirs, après avoir passé la journée à obéir aux ordres de sa tyrannique de cheffe.

—Tu es bien sûr que tu n'as pas amené la presse ? —lui demanda Bree lorsqu'au milieu des dizaines de personnes, quelqu'un commenta que le neveu d'Alice était arrivé—. J'ai entendu que ce râleur de Luke Blackward est arrivé.

Il la regarda en souriant. Brenda était une femme splendide et il était prêt à ce qu'elle le considère comme quelque chose de plus qu'un collègue de travail.

—Oui, ça y est, je l'ai vu, c'est bizarre, mais il est venu avec une femme qui ressemble beaucoup à son ex.

—Avec la collection qu'il a, c'est normal que tu confondes !

Kevin éclata de rire.

—Maintenant je crois que nous devons nous séparer, Bree, va avec Alice. Moi je viens de voir Novak Djokovic avec sa femme, Jelena, et je veux qu'il soit l'image de la prochaine campagne que j'ai en tête pour promouvoir le sport.
—Obtiens-moi un autographe ! —s'exclama-t-elle discrètement, et instantanément, elle commença à se perdre parmi les robes hors de prix et les tenues de créateurs dont elle avait du mal à prononcer les noms.

L'orchestre de chambre anglais qui avait été embauché pour la soirée jouait une musique de Strauss. Elle aimait la musique classique. Les compositeurs autrichiens étaient ses préférés. Le morceau qui se jouait était la valse de l'empereur Op. 437, qui lui arracha un sourire involontaire. Elle évoquait l'époque dorée des monarchies européennes. Elle se sentait fière d'appartenir à un pays avec autant d'histoire.

Bougeant la tête presque imperceptiblement au rythme de la musique, elle partit parler avec le chef de cuisine pour vérifier que le service du dîner commencerait dans quelques minutes à peine. Son travail était terminé pour la soirée. Elle aida Alice avec les invités, et maintenant que tout était en place, elle allait juste d'un côté à l'autre pour vérifier que l'événement se déroulait comme prévu. L'organisation d'événements étaient la responsabilité de Kevin et elle admirait la façon dont tout se déroulait à merveille.

Les liqueurs couraient d'un côté à l'autre, tout comme les amuse-gueules. Elle observa de loin les légendes britanniques du tennis. Tim Henman, John Lloyd, Mark Cox et elle entrevit le très grand Andy Murray en train de converser avec Alice. Elle poursuivit son chemin à travers le salon.

« Le moment était enfin venu de quitter les lieux ». Alice lui avait indiqué qu'une fois que tous les invités seraient arrivés, elle était libre de partir. Et c'est exactement ce qu'elle pensait faire à cet instant. Sauf qu'elle ne comptait pas sur la conversation qu'une femme commença à lui faire tout à coup, et qu'elle n'eût pas d'autre choix que d'écouter.

***

Faith avait été infernale durant tout le trajet. Melinda, son infirmière, était donc dans la voiture pour le cas où ils auraient besoin d'elle. Luke depuis le début lui avait dit que la robe bleue était trop légère et que ses défenses étant faibles, elle pouvait facilement attraper froid. Elle ne voulut pas l'écouter et d'ailleurs, elle lui avait fait des avances pendant tout le trajet. La seule chose qui maintenait Luke de bonne humeur, c'était de savoir que le lendemain il pourrait parler avec Brenda et clarifier les choses.

—Si au moins tu veux conserver un dernier bon souvenir de cette soirée, pour l'amour du ciel arrête de faire l'idiote —lui reprocha-t-il lorsqu'elle tenta de glisser sa main sur le pantalon de créateur de Luke.

—Tu ne me trouves plus séduisante, c'est ça ?

« Quelle femme impossible ! »

—Tu es toujours très séduisante —répondit-il sobrement—. Maintenant, tiens-toi à carreau avec ma tante. Rappelle-toi de notre accord. Nous sommes arrivés —indiqua-t-il lorsqu'il arrêta sa Jaguar. Il l'aida à descendre, puis remit les clés au voiturier.

Lorsqu'ils entrèrent dans le salon, il était presque plein et la musique de Vivaldi emplissait la pièce. Une réunion si importante pour sa tante ne pouvait pas avoir lieu sans l'orchestre de chambre de Londres, se dit Luke en admirant une fois de plus le bon goût de ceux qui travaillaient pour Alice. Se mêlant à la foule tandis que Faith saluait certaines relations, il distingua de loin Kevin Parsons en conversation avec une beauté qui lui semblait vaguement familière, mais qu'il n'arriva pas à identifier. Parmi tous ces gens, les serveurs et les conversations il était difficile de fixer son attention à un seul endroit. Ce qui en tout cas était clair, c'est que Parsons était très compétent ; d'ailleurs, il était en train de penser à lui proposer de travailler pour Blue Destination, mais il était certain que sa tante le taxerait d'anti-éthique en voulant lui prendre un actif intellectuel de son entreprise. Il lui faudrait donc demander à cet homme une référence qui soit tout aussi efficace que lui.

Il détourna le regard de cette femme qui accompagnait Parsons, lorsque sa tante arriva jusqu'à lui, malgré tout après Faith. L'expression que lui adressa Alice, d'abord à lui et ensuite à Faith, il s'y attendait déjà. Elle n'était pas contente du tout, mais Alice Blackward n'allait laisser personne lui gâcher sa soirée. Son ex-femme, à sa grande surprise, fut presque charmante.

—Madame Blackward —salua-t-elle, en lui faisant deux bises—. J'espère que cela ne vous dérange pas que j'aie fait irruption dans cet événement. À vrai dire je suis fan de tennis et lorsque Luke m'a parlé de cette réunion, j'ai insisté pour venir. —Luke se retint de lever les yeux au ciel—. L'endroit est vraiment magnifique, maintenant —dit-elle avec admiration.

—Depuis quand es-tu à Londres ? —demanda-t-elle sans la moindre délicatesse. Elle n'aimait pas cette femme. Un point c'est tout—. La dernière fois que je t'ai vue c'était quand mon neveu —elle la regarda avec reproche—, avait signé les papiers de divorce.

Faith feignit de ne pas être affectée. « Vieille bique ».

—Oh…, et bien c'est une triste histoire du passé. Pourquoi y revenir alors que nous sommes dans un si beau salon ? —dit-elle, enjôleuse.

Luke lui serra le bras pour qu'elle ne provoque pas sa tante.

—Tante, Faith a voulu passer du temps en ville, mais aujourd'hui c'est sa dernière nuit. Comme nous sommes amis, je lui ai demandé qu'elle m'accompagne —il sourit à Alice de telle manière que sa tante comprit qu'il n'était pas dans le salon sous son meilleur jour.

La propriétaire de l'empire Wulfton n'avait pas l'intention de se compliquer la vie parce que son imbécile de neveu permettait une fois de plus à cette femme de se tenir dans les mêmes cercles que ceux dans lesquels elle évoluait elle-même.

—Je vois. Si vous voulez bien m'excuser, je dois aller parler à mon assistante —murmura-t-elle en les laissant. En réalité elle s'éloignait parce qu'elle ne supportait pas cette arriviste et que de l'autre côté du salon l'attendaient ses contacts prometteurs.

Faith entraîna Luke jusqu'à un espace du salon où peu de gens s'étaient regroupés. Il ne prit pas bien du tout la nouvelle que venait de lui lâcher sa tante, ne sachant pas ce que cela impliquait. Il sentait comme si on lui avait donné un coup de poing qui lui avait coupé la respiration. L'unique assistante exécutive qu'avait sa tante, c'était Brenda. « La femme vêtue de rouge qui conversait avec Parsons… »

—Que se passe-t-il mon chou ? Tu es devenu bien sérieux, tout à coup —s'enquit Faith en s'appuyant contre son épaule avec une familiarité qui l'énerva.

S'il y avait bien une chose dont se vantait une femme comme Faith, c'était de son sixième sens. Elle remarqua qu'il cherchait du regard avec insistance un point en particulier : le dos dénudé d'une fille en robe rouge. À son grand dam, lorsque la jeune fille leur permit de voir son visage, alors qu'elle souriait à un groupe de personnes parmi lesquelles se trouvaient la jeune joueuse de tennis Katie O'Brien, elle remarqua que la blonde était très belle.

Le regard de Luke n'était pas un regard désintéressé, bien au contraire, elle aurait pu jurer que c'était un regard de possession et d'appartenance. Elle le connaissait pratiquement comme la paume de sa main et le fait de savoir ce qu'il y avait derrière ce regard à l'intense couleur bleue qui observait la blonde, lui fit accepter quelque chose qui lui était très douloureux. Elle l'avait perdu.

—Luke —l'appela-t-elle, en s'approchant de lui et en posant ses mains sur ses fortes épaules, pour s'appuyer. Cette révélation personnelle l'émut beaucoup—. Je dois te dire quelque chose.

—Qu'est-ce qui se passe ? —demanda-t-il en la regardant droit dans les yeux.

—Je… suis désolée pour tout le mal que je t'ai fait… je suis vraiment désolée… tu as été la meilleure personne que j'ai connue. Je te le dis sincèrement.

—Si c'est encore une de tes ruses —grogna-t-il en feignant d'être aimable sur son visage, afin d'éviter qu'elle fasse une scène. À ce moment précis, il veillait également à ses intérêts commerciaux. En effet, il y avait dans la salle les membres du Comité olympique britannique, les organisateurs par défaut de Wimbledon.

—Non, ce n'en est pas une —elle posa sa main sur sa joue—. Je me suis rendu compte que ça ne vaut pas la peine de lutter pour quelque chose qui ne m'appartient plus. Cette soirée sera, comme nous l'avons convenu, ma dernière nuit à Londres… et la dernière à t'importuner. —Luke allait protester devant cette déclaration stupéfiante, quand elle posa les doigts sur ses lèvres—. La jeune fille à la robe rouge t'intéresse vraiment, n'est-ce pas ?

Il l'observa avec surprise. Faith sourit avec ce qu'on aurait pu prendre pour de la tendresse.

—Je te connais très bien. Tu avais l'habitude de me regarder d'une manière très similaire. C'est le pire moment pour accepter que je n'ai plus aucune chance avec toi… mais je t'ai aimé éperdument quand… —sa voix se brisa—. Je t'ai beaucoup aimé. Je l'ai fait…

—Faith, tu n'as pas besoin de faire ça.

—Mais c'est important pour moi.

Il passa un bras par-dessus les frêles épaules abîmées par le cancer qui envahissait ses cellules.

—Il y a longtemps que je t'ai pardonnée. Vraiment, ça n'a pas d'importance. N'en parlons plus. —Elle releva les yeux et sourit. Luke sentit pour la première fois depuis qu'il l'avait revue à Londres, qu'elle était sincère—. Ça ne sert à rien de remuer le passé.

Elle acquiesça.

—La jeune fille…

Il la regarda droit dans les yeux.

—Il y a quelque chose entre nous deux —lui confessa-t-il.

Faith commença à tramer quelque chose dans sa tête. Elle ne pouvait pas s'avouer vaincue aussi facilement. Elle allait donc gagner un peu de temps. Il y avait toujours une occasion de faire ressortir ses intentions. Luke avait l'habitude de lui dire qu'elle était instable. Peut-être bien qu'elle l'était, sans doute, mais elle n'allait pas permettre qu'on lui enlève son dernier caprice. Lui.

—Alors elle a beaucoup de chance —sourit-elle—. Tu ne tombes pas si facilement amoureux.

—Je ne suis pas am…

Faith posa sa main sur le torse de Luke en signe de conciliation.

—Penses-y. Inutile de me nier ni de me confirmer quoi que ce soit. Je sais seulement que je te connais suffisamment pour arriver à certaines conclusions. J'espère que cette jeune fille sait qu'elle a gagné le meilleur homme qui soit.

Luke la regarda, intrigué. Ce n'était pas la femme perverse qu'il connaissait. Il pressentait qu'elle manigançait quelque chose, mais mieux valait qu'elle garde ses griffes pour elle. Il avait déjà du mal à supporter l'anxiété dont il souffrait, sachant que tôt ou tard il devrait affronter Bree dans ce salon. Cette perspective était loin d'être agréable.

***

Au début, pendant qu'elle parlait avec Katie, il avait semblé à Bree que cet homme grand, accompagné d'une rousse était quasiment identique à Luke. Lorsqu'il se tourna, lui offrant une vue nette de son visage, tandis qu'il souriait à cette femme, les jambes faillirent se dérober sous ses pieds.

« Ce n'était pas possible ».

Elle sentit sa gorge se sécher lorsque la rousse caressa le visage de Luke et qu'ensuite elle fit de même avec ces lèvres qu'elle avait embrassées et adorées si souvent. Cela aurait été très facile d'avoir deux aventures en même temps. Était-ce ça son travail à Londres… ? Une autre femme ? Que faisait-il là dans une fête de toute évidence très exclusive ? Personne ne se glissait jamais sans invitations dans les fêtes ou les réunions d'Alice. Les questions commencèrent à surgir par centaines dans sa tête, mais aucune des réponses possibles ne lui plaisait.

Elle sentait comme si une tempête froide venait de lui glacer les os. Elle se souvint à peine d'avoir dit au revoir à Katie, lorsque quelqu'un près d'elle commença à lui parler. Par inertie, elle se retourna avec un sourire collé sur le visage.

—Il est beau, n'est-ce pas ? —demanda la femme. Elle se présenta comme Lucy Ashford, une baronne d'elle ne se rappelait plus où. À cet instant, elle ne se souvenait plus de rien. Elle ne faisait que sentir. De la rage, mais plus que cela, une douleur profonde et lancinante.

—Comment ? —répondit-elle quand elle reprit sa respiration.

—Luke, le neveu d'Alice Blackward.

« Le nev… »

—Vous le confondez sûrement —répliqua Brenda, très sûre d'elle. « Une chose était que Luke la trompe avec une autre femme et tout à fait une autre, que cette espèce de baronne le confonde avec le coureur de jupons Blackward. La première faisait déjà mal, mais la deuxième, ce serait… non, cela n'avait ni queue ni tête », se dit-elle—. Son nom de famille est Spencer.

La femme aux cheveux noirs éclata de rire.

—Bien sûr que si, c'est bien de lui dont je te parle ma chère. —Bree la regarda, intriguée—. Lukas, on le connaît comme Luke. Il s'appelle Lukas Ian Spencer Blackward. Alice ne te l'a pas présenté ? Et même si elle ne l'avait pas fait, le jeune homme sortait dans tous les magazines de célébrités avec une femme trophée différente à chaque occasion…

La femme continua à parler, mais Brenda comprenait à peine ce qu'elle disait. Elle ne pouvait pas non plus réagir, car les mots ne venaient pas.

Elle se contenta de dire non de la tête.

—Ce qui me surprend vraiment, c'est qu'il soit venu avec Faith. — « Faith » ?, elle commença à repenser dans sa tête abasourdie ce que Kevin lui avait commenté des mois auparavant. Une danseuse. Ex-épouse du neveu d'Alice. Fous l'un de l'autre. Divorce tapageur. Ensuite les commentaires de Luke dans la Range Rover sur la femme qu'il avait aimé et qui l'avait trahi… « Oh mon Dieu » ! « Oh mon Dieu » !, gémit-elle en son for intérieur lorsque tout commença à devenir cohérent. Elle sentit comment son cœur se brisait en mille morceaux—. Cette femme a rendu la vie de cet homme impossible —continua à jacasser la femme habillée en Givenchy, tandis qu'elle contemplait les alentours. Lorsqu'elle remarqua que sa jeune interlocutrice restait silencieuse, elle se tourna vers elle. La notant pâle comme un linge, elle la prit par le bras et l'emmena se servir un verre.

Bree accepta la boisson et l'avala d'une traite.

—Eh bien, toi au moins tu sais savourer un bon scotch —dit la baronne, tandis qu'elle souriait, étrangère aux émotions de Bree. Tout ce qui l'intéressait, c'était de discuter un peu avec l'assistante de sa chère amie Alice—. Tu veux que je te le présente ? —demanda-t-elle aimablement, se rendant compte que la jeune fille observait fixement le séduisant Lukas. Si elle avait eu quelques dizaines d'années de moins, elle aussi aurait regardé ce très beau garçon de cette manière, pensa Lucy avec avoir déjà bu cinq verres.

Elle lui répondit que ce n'était pas nécessaire, lorsque la voix sortit de sa gorge comme un graillement.

Lorsque leurs regards à tous les deux s'entrechoquèrent de loin, il sut. Luke se rendit compte de par la froideur et l'expression de douleur de Bree, qu'elle avait découvert qui il était vraiment. Et il était également conscient du fait qu'elle se sentirait trahie, après lui avoir accordé sa confiance, alors qu'il lui avait menti en retour.

Un mensonge qu'il avait pensé clarifier dès le lendemain, mais une occasion qui désormais ne se présenterait plus. Un caprice ou une cruelle plaisanterie du destin ? Peut-être. Cela n'aurait pas pu arriver à un pire moment.

Jamais de toute sa vie il ne s'était senti aussi misérable et désespéré comme à ce moment précis. Voir la déception, la douleur et la rage reflétées dans les magnifiques yeux verts en amande de Bree, était plus que ce qu'il pouvait supporter.

Il fallait qu'il lui parle.

En fond sonore, on entendait le deuxième mouvement de la septième symphonie de Beethoven, joué par l'orchestre de chambre de Londres.

CHAPITRE 13

Brenda sentit comment le sang se glaçait dans ses veines. Son cœur battait la chamade, mais ce n'était plus le même que d'habitude ; il était brisé. Ce n'était pas la faute de Luke. Elle était tombée amoureuse de lui, alors qu'il n'y avait aucune promesse à la clé.

Ce qui lui brisait le cœur, c'était le mensonge. Le mensonge, alors que lui savait combien elle avait souffert. La tromperie lui faisait mal, mais aussi qu'il se soit joué d'elle. Avec tous les millions sur son compte en banque, Luke avait dû la prendre pour un divertissement de plus à ajouter à son tableau de chasse. Ses mots de consolation, la manière dont il l'avait séduite, cette façon de la toucher, l'apparente compréhension et l'intérêt pour Harvey ou pour sa mère… tout, absolument tout, n'avait été que mensonge.

Si tout ce qu'il voulait c'était coucher avec elle, parfait, parce que pour sa part, c'en avait été ainsi depuis le début. Pourquoi le nier ? Mais l'ignoble mensonge sur sa véritable identité ! Ça, elle ne pensait pas le lui pardonner. Pourquoi la tromper ? S'il pensait qu'elle courait après ses millions, alors elle était encore plus déçue par lui. Elle ne reconnaissait pas l'homme élégant qui respirait l'opulence à l'autre bout de la pièce.

Elle, elle était amoureuse de Luke Spencer et cette personne n'existait pas. Elle aimait une illusion, parce que l'homme qui la regardait en ce moment et qui était en train de décider s'il s'approchait d'elle ou pas, c'était Luke Blackward, collectionneur de femmes, qui avait juste voulu passer du bon temps pendant qu'il se réconciliait avec son ex-femme. Sans doute que lorsqu'elle restait comme une idiote à l'attendre avec un sourire à Surrey, son client à Londres l'attendait à bras ouverts. Ce supposé client avait toujours dû être son ex-femme.

Dans un effort surhumain, elle réussit à ce que son visage reprenne peu à peu de couleur. Cependant, ses yeux ne quittaient pas ceux de Luke. Elle l'observait avec mépris et voulait qu'il saisisse le message.

—Ma chérie ! —s'exclama soudain Alice lorsqu'elle arriva auprès d'elle, réussissant à rompre le contact visuel qu'elle avait avec Luke—. Je vois qu'entre toi et Kevin vous avez réussi quelque chose de formidable —commenta-t-elle en embrassant l'espace dans lequel elles se trouvaient d'un geste de ses mains élégantes et pleines de diamants.

Lucy Ashford se tenait toujours aux côtés de Bree, et n'avait à aucun moment interrompu ses jacasseries, malgré les monologues qu'elle recevait pour toute réponse. Lorsqu'elle vit s'approcher l'hôtesse, son regard s'illumina. Elles se connaissaient depuis quelques années.

—Je serai ravie de soutenir le vote de la réunion pour que tu sois marraine de Wimbledon cette année —intervint la baronne, en la saluant d'un baiser sur chaque joue—. Comment vas-tu, Alice ?

L'intéressée sourit en la voyant. À un moment donné, Lucy avait été son épaule pour pleurer, quand elle devint veuve avec Luke à sa charge.

—À merveille, maintenant que j'ai mon neveu ici dans le salon. Tu lui as déjà dit bonjour ? —demanda-t-elle, tandis que Bree écoutait depuis une autre réalité. Elle se sentait dévastée de l'intérieur, comme si un cyclone s'était abattu sur elle, la laissant exposée et vulnérable.

—Non, parce qu'il est avec son ex-femme, j'ai voulu le présenter à cette petite jeune fille —dit Lucy en regardant Bree, qui souriait par inertie—. Je crois que c'est mieux si tu la lui présentes toi, finalement ce sera ton héritier, non ? —Puis elle baissa le ton de sa voix quand elle reprit— : maintenant je me retire, chère Alice, parce que je vois mon mari qui me fait signe de la main. Il n'aime pas que je le précède dans ses décisions, mais je t'assure Alice que tu seras l'une de nos marraines, tu verras.

—Merci, Lucy —dit-elle en lui disant au revoir. Elle se tourna ensuite vers son assistante— : Brenda…

—Alice, si vous n'avez plus besoin de moi, j'aimerais me retirer —s'empressa-t-elle de lui dire.

La cheffe d'entreprise observa le visage inquiet de Bree, mal interprétant qu'elle serait peut-être nerveuse à l'idée de rencontrer son neveu. Elle savait combien ce garçon pouvait intimider par sa stature et l'aura de pouvoir qu'il irradiait, ce qui était un trait des Blackward, mais elle lui démontrerait que tout comme elle pouvait se montrer très agréable quand elle se le proposait, Luke aussi.

—Je veux te présenter à mon neveu…

Brenda essaya de contrôler le son de sa voix.

—Ce n'est pas nécessaire, nous ferons sans doute connaissance à une autre occasion —elle tenta de se défaire d'une si mauvaise idée. Elle voulait s'enfuir du salon, se plonger sous les draps et ne plus jamais en sortir.

—Tu sais bien que je n'aime pas être interrompue, Brenda. —Elle dû se taire à contrecœur et essayer de garder sa contenance—. Allons-y —ordonna-t-elle sans lui laisser le choix de répondre.

« Faites que les astres me viennent en aide ».

C'est presque en traînant des pieds qu'elle arriva jusqu'à l'endroit où se trouvait Luke.

Il était en train de rire d'une blague qu'avait faite Faith à propos de Charles et de combien il pouvait parfois être rigide, lorsqu'il remarqua que Brenda et sa tante s'approchaient. Il se tendit. Lui et Faith sourirent lorsqu'Alice les salua avec la même cérémonie que quelques minutes auparavant.

—Luke, j'aimerais te présenter l'une des personnes les plus efficaces, grâce à qui ce dîner de gala se passe exactement comme je l'espérais. Mon assistante Brenda Russell, un bijou, si tu peux me permettre de te le dire.

Il la regarda dans les yeux, essayant de se faire pardonner, mais le regard de Bree était résolument froid. Il n'arrivait pas à lire les émotions qui passaient par ses yeux.

—Monsieur Blackward —salua-t-elle avec indifférence en lui tendant la main. Au fond d'elle-même, elle voulait le gifler, lui demander des explications, le haïr. Elle ne pouvait pas le haïr, parce qu'elle l'aimait au désespoir. « Pourquoi, Brenda ? Pourquoi a-t-il fallu que tu fasses à nouveau confiance ? », se dit-elle.

Faith la balaya des yeux de la tête aux pieds, sans laisser de côté ce regard bleu chargé de supériorité.

—Tu peux m'appeler Luke —murmura-t-il, en essayant de se montrer d'un calme qui lui était étranger. Tout ce qu'il voulait à cet instant, c'était la prendre dans ses bras et lui dire pourquoi il avait menti. La noter distante, froide et hautaine, contrastait totalement avec la jeune fille douce, spontanée et passionnée qu'il connaissait. Et il savait que c'était de sa faute, et c'est bien pour ça qu'il était d'autant plus désolé que les choses se soient passées ainsi avant d'avoir pu lui parler et se confier à elle—. S'il te plaît.

Ils se serrèrent les mains et il soutint un instant de plus celle de Bree, qui retira presque ses doigts de ceux de Luke. Son contact lui faisait mal. Une douleur profonde.

—Je préfère la formalité, mais je vous remercie —répliqua-t-elle cassante.

Alice se montra heureuse que, pour la première fois une femme ne succombe pas aux charmes si bien connus de son neveu.

—Et elle, c'est… —commença-t-elle en se tournant vers l'ex-femme de Luke, qui à aucun moment ne manqua de noter l'atmosphère tendue—. Faith O'Connor, l'ex-épouse de mon neveu —elle souligna le statut de divorcée de l'irlandaise, regardant Bree en souriant et ignorant tout de ce qui passait par les esprits de ceux qui se trouvaient autour d'elle.

Faith aimait Luke, mais il lui restait peu de temps à vivre… Peut-être que son idée de le reconquérir n'était pas si bonne. Il y a un moment cela lui semblait amusant, mais elle lui avait déjà fait suffisamment de mal par le passé. Cependant, elle voulait évidemment profiter de cette opportunité pour se venger d'Alice pour tous les affronts qu'elle lui avait toujours faits. Dommage que la blonde sur qui Luke avait jeté son dévolu allait sans doute en sortir échaudée. À cet instant précis, tout ce qui comptait c'était elle-même et contrarier Alice.

—Madame Blackward —salua Brenda avec un sourire imperceptible.

Lui, ne la quittait pas des yeux.

—C'était madame Blackward —corrigea Alice en poursuivant toujours du même ton agréable, qu'elle ne ressentait pas le moins du monde.

Faith décida que c'était le moment de sauver la situation. Elle toussa discrètement, attirant l'attention de ses interlocuteurs.

Luke la regarda, intrigué.

—À vrai dire, Alice —commença Faith, tandis qu'il l'observait, inquisiteur—, votre neveu et moi allons à nouveau nous marier. Et c'est une décision que nous avons prise au cours de ces dernières semaines. —Elle dédia à la femme aux cheveux blancs l'un de ses meilleurs sourires, tandis qu'elle appuyait la tête sur l'épaule de Luke, qui tenta de s'en écarter, mais en fut incapable parce qu'elle s'accrocha à lui comme à une bouée.

Si Brenda avait dû choisir entre se mettre à pleurer ou se mettre à crier… elle aurait fait une combinaison mortelle des deux. « Dernières semaines… », la phrase de Faith était gravée dans sa tête comme de la fonte. « Que manquait-il comme cerise sur le gâteau ? », pensa-t-elle avec amertume, sans laisser transparaître dans son regard ce qu'elle ressentait à l'intérieur.

Maintenant, elle comprenait parfaitement pourquoi il était amoureux de cette femme. Elle était magnifique, elle le reconnaissait. Ladite Faith avait les cheveux roux parfaitement coiffés en une demi-queue de cheval, son maquillage mettant en valeur ses yeux bleus presque éthérés, un visage légèrement couvert de taches de rousseur et un corps fragile et délicat, sans trop de rondeurs, mais séduisant. On aurait dit un petit elfe… « *Elfe !* C'était elle qu'il appelait… ça avait toujours été elle ». Elle avait une de ses réponses alors.

Luke regarda fixement Faith, et il allait nier ce qu'elle venait de lâcher, quand sa tante, comme si elle savait combien la rousse pouvait être vipère, continua à leur faire des commentaires, à lui et à Brenda, ne s'adressant plus à Faith, sur la réunion, les invités et sur combien Wimbledon allait être riche en émotions pour la chaîne. Alice était déjà rodée aux accès de colère et aux inconvenances de l'irlandaise.

—Brenda —continua Alice—, vu que mon neveu a pris la peine de venir à mon dîner, je crois que ce n'est que justice que je tienne ma promesse, tu seras donc impliquée de près. —« Oh, non, non, non », pensa tout de suite Luke, préoccupé, sachant ce que sa tante allait dire. « Un moment très mal choisi, tante »—. À partir d'aujourd'hui je vais prendre des vacances —sourit-elle—, et à partir de lundi tu seras l'assistante personnelle de Luke, jusqu'à mon retour.

« Qu'est-ce que j'ai fait pour mériter ça ? C'était ça la cerise sur le gâteau que j'attendais ? », pensa Bree au désespoir, regardant Alice de ses yeux incrédules. La femme interpréta son regard comme si son assistante craignait de ne pas pouvoir répondre aux exigences professionnelles de son neveu.

—Ne t'inquiète pas, ma chérie, Luke n'est pas un tyran.

« Il est pire que ça…c'est l'homme que j'aime et qui vient de me briser le cœur », aurait-elle voulu répondre. Il fallait qu'elle règle la facture de la clinique, elle ne pouvait donc pas démissionner, et elle devait aussi se charger de subvenir aux besoin de Harvey et de payer les Quinn pour qu'ils le gardent. Dante se serait sûrement amusé à faire une version moderne de la Divine comédie. Est-ce que « L'enfer de Brenda » serait un bon titre pour une réédition ?

—Je suis sûre que non —réussit-elle à dire, d'un ton presque fluide, alors que Faith lui souriait.

—Tante Alice…

Luke s'apprêtait à dire à sa tante qu'il n'allait pas vraiment se marier avec Faith, et qu'il avait besoin de parler avec elle en privé sur le fait qu'il prenne la direction, mais Alice fit un geste de la main à Kevin Parsons qui finissait de dire au revoir à Pete Sampras. Le nord-américain était un invité d'honneur aux côtés de sa femme, la mannequin et actrice Bridgette Wilson. L'invitation de joueurs de tennis reconnus avait été une suggestion de Brenda, parce qu'elle avait argumenté que la chaîne Wulfton ne devait pas se voir reflétée uniquement au Royaume-Uni, du moins pas avec un événement de tennis aussi important, mais aussi aux États-Unis et dans d'autres pays. André Agassi et Steffi Graf étaient également présents. Le gala comptait un ou deux représentants de pays européens.

—Luke Blackward, quel plaisir de te voir —Kevin tendit la main avec enthousiasme en s'approchant, tandis que de sa main libre il tenait une coupe de champagne. Luke lui rendit le geste avec politesse.

—Tout le plaisir est pour moi.

—Je dois m'occuper du trésorier honoraire de Wimbledon —dit Alice, qui marcha d'un pas distingué pour recevoir les éloges et les compliments pour le fastueux dîner que l'on avait servi quelques minutes auparavant. Les plats coûtaient très cher et les chefs de France et d'Italie avaient fait une cuisine fusion, incluant des plats espagnols. Ce n'était pas seulement une intégration de stars, de parrains et d'hommes d'affaires, mais aussi de bonne table.

Le silence s'installa entre les quatre, mais Kevin avec son charme, commença à l'animer. Les réponses étaient tendues et les rires forcés. Il connaissait un peu Brenda, et le regard de supplice silencieux qu'elle lui lança, lui dit tout ce qu'il avait besoin de savoir. Elle voulait s'enfuir de là. C'était sûrement parce qu'elle était fatiguée, pensa Kevin.

—Brenda et moi prenons congé, j'espère que vous continuerez à profiter de la soirée —commenta-t-il, et il commença immédiatement à dire au revoir et à serrer les mains.

Soulagée, Bree se tourna pour partir, donnant à Luke une perspective très rapprochée de son dos dénudé. Il voulut arriver jusqu'à elle, l'embrasser et la toucher, lui demander des excuses pour tout l'imbroglio que son mensonge avait causé, surtout pour l'humiliation qu'il était sûr qu'elle ressentait.

—Bree, j'aimerais parler avec toi un instant —lui demanda Luke, sous le regard contrarié de la rousse. Faith n'apprécia pas du tout l'usage de ce diminutif de confiance. Kevin n'y prêta pas attention, il pensa qu'ils étaient sûrement devenus amis, pendant qu'Alice était avec eux.

Brenda se retourna, réussissant à ce que le bas de la robe rouge lui effleure les jambes.

—Monsieur Blackward, si vous souhaitez converser avec moi, vous pourrez le faire ce lundi. Je suis sûre que votre future épouse —elle sourit avec froideur— a besoin de toute votre attention. Bonne soirée.

Luke serra les poings, faisant mal à Faith involontairement, Faith qui arborait toujours un sourire de contentement. Il observa impuissant comment Brenda s'éloignait avec cette provocante robe rouge. Il sentit une bouffée de jalousie lorsqu'il s'aperçut comment la main de Kevin se posait très près du bas du dos de Bree. « Elle lui appartenait. C'était sa femme. Et il était disposé à clarifier les choses dès ce soir ». Telle fut sa dernière réflexion avant qu'un groupe de connaissances l'entoure, l'engloutissant dans un bavardage sans fin. Mais Luke continua à suivre du regard l'unique femme qui l'intéressait à cette fête, et partout ailleurs.

L'unique femme dont il était amoureux.

***

Dire au revoir à quiconque croisait le chemin de Kevin lui permit peu à peu de retrouver le calme qu'elle recherchait. Certaines stars du tennis et investisseurs étaient très agréables, et bientôt elle riait. Son corps se détendit et son compagnon aux yeux gris ne la laissa seule à aucun moment ; Brenda lui en était reconnaissante en silence, parce que quel que soit l'endroit où elle se trouvait dans le salon, elle pouvait sentir le regard de Luke la poursuivre.

—Et bien messieurs, je crois que la dame qui est à mes côtés en a suffisamment fait pour aujourd'hui. Nous prenons congé, mais n'oubliez pas que c'est un plaisir de vous servir. Mon bureau pour vous est ouvert 24h sur 24, 7 jours sur 7 — dit Kevin avec un sourire, et ses célèbres interlocuteurs partirent d'un éclat de rire, non sans auparavant ranger les cartes de visite qu'ils avaient échangées.

Bree remarqua que son ami les avaient vraiment tous dans sa poche. Ce fut pour elle une vraie révélation que de le voir déployer son charme professionnel inné. Elle comprenait maintenant pourquoi Alice avait autant d'estime pour lui. Si elle était cheffe d'entreprise, elle n'hésiterait pas deux secondes à payer Kevin ce qu'il exigerait pour qu'il s'occupe de ses relations publiques. En plus du fait qu'il avait un caractère plein de bonne disposition, sans ombres… sans secrets.

Elle et Kevin riaient en descendant les escaliers de pierre de l'hôtel, lorsqu'elle sentit une main chaude et sacrément agréable sur la peau de son épaule. Elle n'avait pas besoin de se retourner pour savoir de qui il s'agissait.

—J'ai besoin de parler avec toi, Brenda. —En voyant le regard surpris de Kevin devant son ton exigeant, il lui dit— : Kevin, tu nous laisses seuls quelques minutes ?

L'agent des relations publiques ne vit pas de raison d'objecter quoi que soit, après tout, c'était le neveu de la propriétaire. Kevin acquiesça et dit à Bree qu'il la retrouverait sur le stationnement et que si elle avait besoin de quelque chose, elle l'appelle sur son portable.

Elle voulut objecter, mais son compagnon de bureau s'éloignait déjà.

Debout sur la dernière marche, Luke l'avait enfin devant lui. Se défaire de Faith n'avait pas été facile, heureusement qu'une amie l'avait retenue et qu'il avait pu ainsi l'abandonner.

—Que voulez-vous monsieur Blackward ? —demanda-t-elle, inexpressive.

—Arrête ces bêtises, s'il te plaît. —Il allait lui caresser la joue, mais Brenda s'écarta. Il laissa tomber sa main—. Je suis toujours Luke.

L'air de la nuit agita les cheveux blonds de Bree qui brillaient et retombaient en ondulant sur ses épaules. On aurait dit une vision rétro.

—Moi je connaissais Luke Spencer, et ce que j'ai trouvé ce soir c'est quelqu'un de totalement différent. Je ne te reconnais pas.

Il l'observa, impuissant.

—Bree… ma chérie, je suis tellement désolé… —il la regarda, repenti —. J'allais te le dire, mais je ne trouvais pas le moment. Spencer c'est le nom de famille de ma mère. Lukas Ian Spencer Blackward. Je n'ai fait qu'utiliser mon autre nom de famille…

Une vague de fureur s'empara d'elle. Elle le regarda, exaspérée.

—Ah oui ? Et de quoi au juste êtes-vous désolé, monsieur Lukas Ian Spencer Blackward ? —demanda-t-elle sur un ton résolument dur, auquel elle rajouta une dose de sarcasme—. Vous êtes désolé de vous moquer d'une personne qui ignorait votre identité ? Est-ce que par hasard vous ressentez la tromperie ? Vous êtes désolé de vous être lié à quelqu'un dont la réalité est bien différente de la vôtre, et dont le passé vous a sûrement répugné, mais que le fait de baiser pouvait rendre tolérable ? De quoi d'autre êtes-vous désolé ? D'avoir couché avec une femme, pendant que vous faisiez la même chose avec une autre ? —Elle lâcha chaque question, l'une après l'autre, pleine de colère, de douleur et de venin—. Vous en avez autant profité qu'avec la femme avec laquelle je vous ai interrompu il y a des mois, alors que vous étiez en plein acte sexuel et que je vous ai appelé pour vous dire que votre tante vous cherchait ?

Luke lui attrapa les poignets fermement, l'obligeant à se taire. Il l'approcha de son corps. Il avait besoin de lui enlever ce regard, il avait besoin…il avait besoin qu'elle l'aime comme lui l'aimait. Mais ce n'était pas avec ce qu'il venait de dire qu'il allait arriver à ses fins. Il n'avait jamais été avec une autre, pendant qu'il faisait l'amour avec elle.

—Faith et moi n'avons plus recouché ensemble. Notre histoire s'est terminée il y a très longtemps. Tu comprends ? —Bree ne répondit pas au ton ferme de Luke, elle était dégoûtée et blessée. Elle tourna la tête de côté, mais il continua à parler—. Elle a inventé ce que tu viens d'entendre. Je ne vais pas me marier. Elle est malade. Je lui payais simplement son traitement. Je n'ai pas voulu te le dire, parce que je ne voulais pas mélanger un monde avec l'autre. —Voyant qu'elle allait répliquer, il continua à parler—. Non, ce n'est pas ce que tu penses. Je n'ai pas honte de toi, ni de tout ce qui s'est passé entre nous. C'est simplement que tu es une femme très différente de celles que j'ai connues. J'avais besoin de la femme authentique que tu as en toi…je ne voulais pas te mélanger avec le monde dans lequel je vis : frivole, insensé et tellement compliqué. Ce qui s'est passé entre toi et moi, je n'en suis pas du tout désolé ; je ne veux pas que ça se termine.

Elle partit d'un éclat de rire vide, et aussi cassant que ce qu'elle ressentait.

—Laisse-moi, s'il te plaît… ! —Luke la lâcha et mit ses mains dans ses poches pour éviter d'être tenté de la toucher. Sa peau de pêche l'attirait comme Icare était attiré par le ciel et le soleil—. Je ne veux rien avoir à faire avec toi. Tu as dû bien t'amuser en sachant que j'étais tellement naïve que je ne reconnaîtrai pas ton visage.

Luke se passa les mains dans ses épais cheveux noirs jais en les ébouriffant. Le mélange de ces cheveux en bataille et sa barbe de deux jours lui conférait l'aspect d'un dandy. Mais tout ce que voulait Brenda c'était terminer cette conversation qui ne faisait que lui faire de plus en plus mal au fond d'elle-même.

Il inspira profondément, avant de poursuivre.

—Je me suis senti soulagé que pour la première fois, personne ne sache qui j'étais. J'ai toujours reçu des compliments, des traitements de faveur et j'étais fatigué des femmes adulatrices, des employés condescendants, j'avais besoin d'un peu de vérité et de franchise. Je ne pensais pas trouver en toi tout l'opposé à mon monde ni que tu me rendrais un peu le sens de la réalité. Ma chérie, jamais je ne me moquerais de toi.

Elle le regarda avec reproche, serrant contre elle sa pochette de soirée aux incrustations de brillants que la boutique Chanel avait offert ce soir-là.

« Est-ce que par hasard il ne se moquerait pas d'elle ? Ma chérie ? C'est ça ! »

—Je t'ai ouvert mon âme —elle gémissait presque de rage—. Jamais je n'avais parlé de ma vie si ouvertement avec personne, tu savais combien je hais le manque de sincérité et les mensonges… je t'ai fait confiance, Luke. Je t'ai fait confiance —insista-t-elle avec amertume.

Luke ne put supporter de voir la tristesse sur son beau visage, il se pencha et la prit dans ses bras. Au début Bree se débattit, mais il ne la lâcha pas. Elle arrêta de lutter contre la force de son accolade et, enivrée par son odeur, la force de son corps et le souvenir de son contact, bien malgré elle, les larmes commencèrent à tâcher la chemise blanche de Luke. Il sentit comment les gouttes tièdes atteignirent sa peau. Il n'avait jamais eu l'intention de lui faire du mal.

—Brenda, mon intention n'a jamais été de te blesser. Crois-moi, ma princesse —il chuchotait contre sa douce chevelure, tandis qu'elle restait silencieuse, laissant couler ses larmes.

S'écartant de ce corps chaud qu'elle avait parcouru de ses baisers et de sa peau pendant tant de nuits, Bree sécha les traces de larmes.

Le visage de Luke avait toujours l'air préoccupé. Elle n'avait pas du tout l'apparence d'une femme prête à le pardonner. Jamais. Et lui n'avait jamais voulu autant quelque chose, comme il désirait être important à ses yeux.

Son vœu le plus cher était que Brenda l'aime.

Il avait été stupide de ne pas se rendre compte que la jalousie, la joie automatique qui s'opérait en lui à la seule perspective de la voir, la manière dont son corps réagissait en sa présence et comment sa conversation intelligente stimulait son intellect, étaient les preuves sans équivoque qu'il l'aimait. Il était amoureux de Brenda, et avait commis l'irréparable.

—Je ne te crois pas. Plus maintenant.

—Bree, tout ça ne peut pas être causé seulement par la déception, tu ressens autre chose ? Il existe autre chose à part la rage et la déception que tu ressens à mon égard ? —demanda-t-il, plein d'espoir qu'au moins dans l'état sensible dans lequel elle se trouvait, elle pourrait lui donner une miette, une trace, un espoir auquel se raccrocher.

Bree se remit à rire, tandis qu'à l'autre bout de l'escalier, quelques invités commençaient à sortir. Ils étaient suffisamment loin pour qu'ils n'entendent pas le sujet de leur conversation.

—Mais tu attends une déclaration d'amour ou quoi ? Tu es tellement stupide et cynique que tu t'attends à ce que je te dise que je t'aime, pour pouvoir me donner l'estocade finale avec un autre de tes mensonges ? Il vous manque un peu plus de vérité, monsieur Blackward, ou peut-être de flatterie ? Personne ne vous a jamais aimé pour ce que vous êtes, sinon pour ce que vous pouvez offrir économiquement ? Votre cœur a toujours un prix... si tant est que vous en ayez un quelque part ? Bienvenu dans la vraie vie. Ici, les simples mortels comme moi, nous n'avons pas les commodités d'être né dans un berceau en or, nous n'avons pas les connexions de vous autres, seulement de la dignité et de la fierté. Et je te maudis pour m'avoir humiliée comme jamais personne ne l'a fait. Même Ryan Caversham lorsqu'il a essayé de me violer ne m'a pas fait autant de mal que toi.

—Bree...

Elle rejeta ses paroles d'un geste, parce qu'elle savait qu'elle le blessait. Le comparer à Ryan fut un coup bas. Très bas. Mais elle ne pouvait pas l'éviter. Elle se sentait flouée.

—N'importe quel nom tordu que tu veuilles donner à ce qui s'est passé entre ce fantôme nommé Luke Spencer et moi, ne se reproduira plus. Je suis certaine qu'il y a plein de femmes stupides que ne lisent pas les revues people, ni les magazines d'affaires, parce qu'elles sont occupées à essayer de survivre, tu pourras donc jouer au sculpteur sur bois ou ce que bon te semble. La prochaine fois que tu voudras me parler, ce sera pendant les heures de bureau.

—Brenda... —murmura-t-il en essayant de la calmer.

—Ryan Caversham est mort il y a un certain temps dans un accident de la circulation. —Il la regarda, surpris—. Mais toi, Lukas Blackward, tu es mort de ton vivant pour moi. Je ne veux plus jamais parler de rien de personnel avec toi. C'est fini.

Il mit la main sur le bras à la peau de pêche. Et elle sentit sa peau brûler. Elle se dégagea avec facilité.

—Ma princesse, ne pars pas comme ça...

—Bonne soirée, monsieur Blackward. —Cela dit et le laissant de marbre, elle marcha rapidement jusqu'à l'endroit où se trouvait Kevin. Elle ne pouvait pas regarder derrière elle. Parce qu'elle se mettrait à pleurer et voudrait probablement lui jeter son amour à la figure, ce qui rajouterait une couche à cette néfaste soirée.

Kevin était appuyé contre la portière de la voiture, et dès qu'elle arriva à sa hauteur, il l'aida à monter. Sans poser de question et sans rien dire, il conduisit vers l'adresse qu'elle lui indiqua.

Luke n'allait pas s'avouer vaincu. Ce n'était pas le genre des Blackward. Il monta deux à deux les escaliers, arriva jusqu'à Faith et lui dit qu'elle devait rentrer en Irlande par le premier vol du matin. Elle protesta, mais il n'y prêta pas attention. Dorénavant, peu lui importait ce qu'il advenait de Faith O'Connor. La seule idée qu'il avait en tête, c'était de tout clarifier avec Brenda et d'arriver à ce qu'elle lui pardonne.

Kevin sut qu'il se passait quelque chose d'important entre Luke et Brenda. Il avait toujours été intéressé par elle et après avoir assisté à distance à cette scène discrète, il supposa qu'il avait sa chance. Bree était vivante, joyeuse et belle. Quel homme en pleine possession de ses moyens ne voudrait pas l'avoir ? Si Blackward l'avait déçue, il mettrait toutes les chances de son côté. Il désirait Brenda et il arrivait toujours à ses fins.

—Merci, Kev. Tu m'as sauvée —sourit-elle sans joie, tandis qu'il l'accompagnait jusqu'à la porte de chez elle. Harvey dormait chez les Quinn—. Enfin, presque. Tu m'as laissée avec cet ogre, là dehors —essaya-t-elle de plaisanter.

Kevin resta sérieux.

—Promets-moi que si tu as besoin de quelque chose, tu feras appel à moi.

Elle fut sur le point de se mettre à pleurer. Elle avait les nerfs à fleur de peau et là Kevin se montrait si attentif et prévenant. Oh, comme elle avait besoin de Tom dans ces moments-là.

—Bien sûr, merci, Kev. À propos, Luke Blackward va être le chef pendant quelques semaines, Alice part en vacances… —elle se mordit la lèvre, nerveuse, avant de poursuivre— : je… s'il y a trop de travail dans ton service, ça ne me dérangera pas d'aider.

—Aucun problème —répliqua-t-il sur son même ton aimable habituel, alors que ses yeux gris pétillaient de quelque chose qui ressemblait à de la joie—. Et pourquoi cette proposition d'apporter une contribution à mon service ? Ça ne me dérange pas, d'ailleurs je serai ravi d'avoir ton avis, mais je suis sûr que Luke va avoir pas mal de choses à déléguer…

Elle haussa les épaules.

—Disons que je n'ai pas eu une bonne relation avec lui depuis notre rencontre — répondit-elle en enlevant un grain de poussière inexistant sur sa robe rouge.

—Bree, en plus d'être collègues de travail on est amis, pas vrai ? —Elle acquiesça—. D'accord, et bien les amis connaissent leurs limites. Si tu veux en parler, on en parle. Si tu ne veux pas, je le respecte. En plus —sourit-il— tu me dois une sortie si j'ai bonne mémoire. Pour danser, pas besoin de parler. —Cela la fit rire—. On aura bien le temps de se mettre d'accord sur ça, pour l'instant, tu as besoin de repos. Nous avons fait du bon travail ce soir. Moi je dois retourner à la fête pour dire au revoir au personnel du traiteur —il vérifia sa montre—. Il est presque deux heures du matin. Je te vois lundi.

—Merci, Kev.

Bree monta les escaliers vers sa chambre. Elle n'avait pas la force de se déshabiller. Elle s'écroula sur son lit et ferma les yeux.

CHAPITRE 14

Elle aurait aimé ouvrir les yeux et être en 2050. Elle défit à contrecœur le chignon presque tout décoiffé de la veille. Elle lança ses chaussures au hasard de la pièce et commença à tirer sur sa robe. Une fois en sous-vêtements, elle s'autorisa à respirer profondément et à laisser l'air pénétrer dans ses poumons.

Elle aurait eu envie de dire à cette fourbe de Muriel, une ou deux vérités, parce que maintenant qu'elle mettait tout bout à bout, il était clair qu'elle savait parfaitement qui était Luke. Qui sur Terre pouvait dire que cette femme donnait des sourires gratuits ? Impossible, elle les réservait pour Luke. Et pas seulement ça, il y avait aussi le fait qu'elle lui ait donné une chambre parce qu'il n'y avait pas de place. Comment avait-elle pu être si naïve, alors que Muriel était pratiquement une dictatrice ? Elle pensa ensuite à l'expression de surprise de monsieur Thomas Hudson lorsqu'il l'avait entendue parler au neveu d'Alice ce jour-là, à la réception de l'hôtel. Qui était assez folle pour tenir tête à l'un des célibataires les plus riches et influents de Grande-Bretagne ? Elle, évidemment.

On devrait lui donner la médaille de la bêtise. C'est sûr qu'avec ça elle deviendrait un peu célèbre et on l'embaucherait dans un programme quelconque à la télévision britannique. *Splash*, peut-être. Ou, qui sait, elle avait peut-être ce qu'il fallait pour passer dans *Britains Got Talent*... bien que pour être honnête, elle au moins avait vraiment le *X Factor*, à la bêtise. Comment était-il possible qu'elle n'ait pas pensé avant à chercher une photo du neveu d'Alice ? « Parce qu'il y a des choses plus importantes, comme survivre », se répondit-elle à elle-même.

Elle décida qu'elle allait commencer une nouvelle étape. Luke pourrait être son chef pendant un temps, mais elle avait l'intention de le tenir bien à l'écart de sa vie personnelle.

Elle se déshabilla tout en se dirigeant vers la douche. Dans quelques heures à peine, elle devrait aller à la clinique chercher sa mère. Elle espérait qu'à cette occasion, les choses seraient différentes. Avec Marianne, être optimiste était la seule façon d'affronter la vie. Elle n'avait pas d'autre choix.

Même si elle n'arrivait pas encore au demi-siècle de vie, Marianne portait des rides, séquelles de ses vices. La récupération, selon son médecin généraliste, était satisfaisante, mais n'empêchait pas qu'elle assiste régulièrement aux réunions organisées à la clinique pour les toxicomanes.

Marianne avait fini par se rendre compte du mal qu'elle avait fait à ses enfants. À Bree principalement, en la privant de ses études, et à son petit Harvey, qui ne connaissait pas son père. Elle était désormais plus que disposée à changer de vie.

Une petite valise grise à la main, elle observa sa fille arriver, avec un sourire. Celle-ci ne put faire autre chose que lui rendre la pareille, et la prendre dans ses bras lorsqu'elle s'approcha pour la saluer. C'était à la fois bizarre et réconfortant de sentir la chaleur de la tendresse. Elle remerciait Dieu que sa fille aînée ne soit pas rancunière.

—Prête ? —demanda–t–elle en lui souriant.

Un nœud dans la gorge, elle acquiesça.

—Merci d'être venue me voir.

—On va commencer une nouvelle vie ensemble, maman. Toi, Harvey et moi. Il faut rattraper le temps perdu. Ou du moins essayer. Tu es prête à le faire ?

Marianne comprenait ce qui se cachait derrière cette question. Elle pouvait percevoir de la nervosité dans la voix de sa fille. Elle était en train de lui donner une dernière chance, ou alors les liens fragiles qui les accompagnaient à cet instant s'évanouiraient pour toujours. Elle lui demandait de faire une promesse. De prendre un engagement. Elle avait passé trop de temps seule, dans un va-et-vient de tunnels obscurs, d'aventures avec des hommes qui l'avaient rabaissée et avaient piétiné sa confiance en elle, à cause de la drogue et de l'alcool. Plus jamais ça.

Les mois internée dans la clinique l'avaient aidée à repenser son existence, et elle était prête à prendre un engagement dont elle avait oublié qu'il était inhérent à son rôle de mère. L'engagement d'amour et de prise en charge de ses enfants.

—Oui, ma fille. Totalement —dit-elle sincère, face à la compréhension immédiate de Brenda de tout ce à quoi elle était en train d'accepter de se lier.

—Merci… maman —elle serra la main de sa mère. Elle la regarda avec chaleur humaine—. Il est l'heure de rentrer à la maison.

Harvey les reçut avec un large sourire. Les Quinn accompagnaient eux aussi le petit. Ils étaient tristes à l'idée qu'il ne passerait plus autant de temps avec eux, mais ils se réjouissaient que leur mère soit de retour. Ils priaient simplement pour que Marianne récupère finalement et totalement son foyer, pensa Éloise lorsqu'elle observa Brenda et sa mère arriver jusqu'au porche de la maison.

Bree avait eu le temps, avant d'aller chercher sa mère, de mettre en pratique deux ou trois recettes. Le fait que Marianne revienne à la maison était un événement en soi et elle voulait marquer le coup. Elle décida donc de faire un gâteau à la banane, des biscuits à l'avoine avec des pépites de chocolat et des fraises à la crème.

Le temps était maintenant venu de penser à reprendre ses études universitaires. L'idée d'être pâtissière ne la quittait jamais et elle pourrait peut-être maintenant obtenir son diplôme et créer son propre service de traiteur. Elle quitterait ainsi le travail dans la chaîne d'hôtels et pourrait se transformer en une petite cheffe d'entreprise indépendante.

—Marianne —dit Harvey. Il ne s'habituait toujours pas à l'appeler maman—. Tu vas rester pour toujours ou tu vas repartir ?

Les cuillères s'arrêtèrent sur les fraises à la crème.

—Je vais rester pour toujours, mon fils. Si tu le veux, bien sûr —sourit-elle en serrant la petite main blanche aux petits doigts potelés.

Harvey l'observa. D'abord la façon dont elle serrait sa main, puis il porta son attention vers les yeux aussi verts que les siens.

—Oui je veux, mais je ne veux plus que tu frappes Bree. C'est elle qui s'est occupée de moi...

Les Quinn s'excusèrent à ce moment précis, prétextant qu'ils avaient laissé un appareil allumé chez eux et dirent au revoir. Brenda les accompagna jusqu'à la porte et d'une accolade expansive les remercia de tout ce qu'ils avaient fait pour elle. Éloise assura qu'elle n'avait rien contre garder le petit de temps à autre. Bree les remercia.

Le reste de l'après-midi se déroula tranquillement, Harvey et Marianne passaient du temps ensemble et Brenda écoutaient les explications de Harvey sur ses découvertes des animaux en Australie, les kangourous, sur les si belles plages et aussi sur l'extinction des dinosaures, son sujet favori. Elle réalisa la capacité d'amour et de pardon qu'avait son frère. Pendant qu'elle l'écoutait parler avec sa mère, il ne donnait aucun signe de ressentiment quelconque, on aurait dit que Marianne ne s'était jamais absentée de leurs vies, perdue dans l'alcool et étrangère à ses enfants.

—Bree —appela Harvey en entrant dans sa chambre des heures plus tard. Il était habillé d'un petit jean, d'une chemise à carreaux et de chaussures de sport.

Elle l'observa, intriguée. Il était six heures du soir.

—Les Quinn t'ont invité quelque part ?

Il nia de la tête en l'observant comme s'il ne la comprenait pas vraiment pas.

—Luke m'a invité à prendre une glace.

—Luke ? —Elle se souvint alors que l'enfant s'était pris d'affection pour ce menteur, depuis qu'il l'avait accompagné à enlever son plâtre et qu'il l'avait récompensé pour son courage en lui achetant toute une collection de jouets de dinosaures et de Lego, qu'elle ne savait pas où ranger. Elle savait aussi que son frère n'avait pas à payer pour les erreurs qu'elle avait commises par manque de jugement. Viens ici, mon chou —dit-elle, tandis que le petit avançait en l'observant de ses yeux innocents, sa petite bouche contrariée. Elle le prit dans ses bras—. Je crains que ça ne va pas être possible. Je suis désolée… Luke ne viendra pas aujourd'hui. C'est une personne très occupée, ne sois pas triste —s'excusa-t-elle en lui embrassant les cheveux qui sentaient le shampooing pour enfants.

L'enfant remua entre ses bras et se mit debout par terre.

—Ça c'est pas possible. Il est venu me voir aujourd'hui quand tu allais chercher maman et il a dit qu'il viendrait me chercher…—dit-il les sourcils froncés et ses petits bras croisés.

Le visage de Brenda passa de la confusion à un mécontentement visible.

—Ah, oui ? Et qu'est-ce qu'il t'as dit d'autre, mon chou ? —elle contint le ton de sa voix.

—Ben… il m'a dit que tu serais probablement en colère, mais il m'a fait promettre de ne rien te dire. Et il avait raison, tu es en colère.

Et maintenant elle était carrément furieuse. Comment Luke osait-il se mêler de la vie de sa famille, après s'être comporté comme un idiot ?

—Je ne suis pas du tout fâchée avec toi, mon chou. Mais je suis désolée, Harvey, tu n'iras pas avec Luke. Il ne fait pas partie de la famille et à partir d'aujourd'hui, je t'interdis formellement de le voir.

À peine eut-elle finit de le réprimander qu'elle s'en voulut. Deux très grosses larmes commencèrent à jaillir des petits yeux de Harvey et à couler sur ses joues rondes. Elle s'approcha de lui, maudissant mentalement Luke de cette ruse. Elle le prit dans ses bras, puis le calma en lui disant que pour cette fois-ci, il pourrait aller prendre une glace, mais qu'il n'accepte plus d'invitations sans lui demander son avis avant. Elle fut soulagée de voir que son frère n'était pas un enfant capricieux. Il acquiesça, acceptant ses paroles, tandis qu'il la laissait sécher ses larmes.

La dernière chose qu'elle voulait, c'était voir Luke. Mais elle n'avait pas d'autre choix puisque le gros malin avait décidé de lui parler en se servant de son frère comme point d'approche.

Elle resta une longue minute silencieuse, lorsqu'elle entendit qu'on sonnait à la porte. Son cœur commença à battre la chamade, sans pouvoir le contrôler. Elle écouta ensuite les pas de Marianne s'approcher, la porte s'ouvrir, puis les chuchotements de l'échange de salutations.

—Brenda —l'appela sa mère d'en bas—, monsieur Blackward est ici. Il dit qu'il est venu chercher Harvey.

Son frère, à peine entendit-il son nom, fit demi-tour et descendit les escaliers en courant. Elle, pour sa part, tenta de contrôler ses nerfs et s'observa dans le miroir. Elle était acceptable. Un pantalon droit ample, un chemisier sans manches plutôt moulant, et une queue de cheval serrée en chignon sur le haut de la tête. Le fait qu'elle soit fâchée ne voulait pas dire qu'elle allait se présenter comme une mégère. Elle avait son orgueil.

Elle descendit les escaliers comme si rien au monde ne comptait pour elle. Mais bien sûr que si que cela comptait. Son cœur commença à s'accélérer encore plus lorsqu'elle observa Luke vêtu d'un pantalon blanc, d'une chemise bleue qui faisait ressortir ses yeux et les cheveux parfaitement coiffés en arrière. Il ressemblait à l'un de ces mannequins de vêtements de styliste.

Après s'être insultée mentalement d'avoir remarqué ces détails, elle se motiva en se rappelant pourquoi elle se sentait déçue et blessée par lui. Cela lui donna la force de marcher avec plus d'assurance et de s'arrêter assez loin pour que l'odeur de Luke ne trouble pas ses sens.

—Bonjour, Bree —salua-t-il sans la quitter des yeux. Marianne dit au revoir à Luke d'une poignée de mains et d'un sourire chaleureux. Lorsqu'elle eut disparu au bout des escaliers, Luke s'adressa de nouveau à Brenda— : j'aurais voulu pouvoir t'accompagner aujourd'hui pour aller chercher ta maman —assura-t-il, pendant que Harvey le tenait fermement par la main. Le geste de confiance de son frère envers Luke, émut Brenda. Elle ne pouvait pas permettre qu'il fasse du mal au petit.

Bree s'accroupit pour libérer subtilement la petite main de son frère de l'emprise de cette autre main beaucoup plus grande. Elle tourna Harvey vers elle.

—Mon cœur, Luke et moi devons décider à quelle heure tu peux rentrer. Qu'est-ce que tu en penses si tu parles avec maman et que tu lui demandes si plus tard elle aimerait aller dîner au restaurant qui est juste au coin de la rue ?

—Après je peux aller avec Luke ?

—Oui, Harv. Maintenant, file là-haut, je t'appellerai quand j'aurai fini de converser.

L'enfant monta les escaliers en courant.

Brenda prit son temps pour se relever.

—Je ne veux pas que tu fasses les choses dans mon dos, je trouve ça mesquin et peu ingénieux de ta part d'utiliser un enfant de cette manière.

Il sourit. De cette fichue manière qu'il avait de le faire.

—En réalité, j'aime bien Harvey, c'est un enfant très éveillé. Si le fait de passer un moment avec lui, me permet d'arriver jusqu'à toi, alors tant mieux, même si je ne l'ai pas fait avec cette intention. —Il passa la main dans ses cheveux, les décoiffant à peine et prenant une posture que Brenda trouva impossible à surmonter. Pourquoi fallait-il qu'il soit si irrésistiblement charmant ? Il arrivait à ce que n'importe quelle bêtise qu'il fasse ou dise soit réduite à une simple sottise. « Ce n'était pas une simple sottise. Aucun mensonge du calibre de celui qu'il avait commis n'était aussi simple. »—. Et sur le fait d'être peu ingénieux, je m'interroge. Hier soir nous avons laissé une conversation en suspens et j'ai bien l'intention de reprendre là où nous en sommes restés.

Luke tendit le bras et replaça une mèche de cheveux blonds derrière l'oreille de Brenda. Le seul frôlement de ses doigts sur sa peau, lui envoya des ondes agréables qui se dispersèrent par tous les pores de sa peau. Bree l'écarta d'un geste brusque de la main.

Le regard d'avertissement de Bree, poussa Luke à mettre les mains dans ses poches. Il lui donnerait du temps et essayerait d'être raisonnable, ensuite il chercherait la façon de la reconquérir.

—Tu ne m'as pas appelé pour t'accompagner voir ta maman —commenta-t-il.

Elle le fulmina du regard.

—Hier soir, j'ai été très claire en te disant que je ne voulais plus te voir en dehors du bureau —dit-elle d'un ton irrité—. Et je ne crois pas que tu avais suffisamment bu pour ne pas comprendre ce que je disais. Cela implique que tu t'éloignes de tout ce qui a à voir avec moi.

Il haussa les épaules.

—Tu ne me laisses pas le choix. Et c'est justement pour ça que je suis ici…

—En train de te servir de mon frère —ajouta-t-elle. Il nia de la tête, mais Bree continua— : tout comme tu t'es servi du personnel de l'hôtel à Surrey. Ils ont tous dû penser que j'étais une idiote. —Elle lui piqua la poitrine du doigt, en insistant fortement sur chaque mot—. Je me sens comme une idiote et je vais avoir du mal à oublier l'affront que tu m'as fait, Luke Blackward.

—Ne vois pas ça comme ça. C'est moi qui leur ai demandé de ne rien dire…et j'accepte que j'ai commis une erreur. Je ne pensais pas que les choses pouvaient devenir incontrôlables.

—Sincèrement, je n'ai pas envie de t'écouter. Si tu veux aller prendre une glace avec mon frère, vas-y, fais attention à lui et ramène-le ici dans une heure. Ce sera la dernière fois que tu t'en approches. Ne le mêle pas à cette situation. Si tu as une question par rapport au travail que je fais pour Alice, tu me le demanderas…lundi. Les seules conversations que je pense avoir avec toi seront exclusivement professionnelles.

—Tu vas me rendre les choses difficiles, pas vrai ? —Observa-t-il, inquisiteur.

—Je ne vais rien te rendre du tout. C'est fini, tout simplement. Je te suggère que tu retournes voir ta fiancée…

—Je t'ai déjà dit que ce n'était pas ma fiancée —grogna-t-il—. C'est mon ex-femme…

—Ta cliente de Londres, pas vrai ?

—Oui… —répond-il bouleversé. Je savais bien que Brenda allait faire le lien—. Je n'ai pas pu refuser de l'aider. L'emmener à la fête a été une erreur. Écoute —soupira-t-il— Faith n'a plus que deux mois à vivre…ou peut-être moins… elle est très malade. —Elle lui dit dans un murmure qu'elle était désolée de l'apprendre. Il continua— : elle est partie de Londres ce matin, je ne la reverrai plus.

—C'est-à-dire que tu es en train d'accepter que tu ne pensais jamais me dire la vérité ? Tu l'aimes encore ?

Il fit non de la tête, sans arrêter de l'étudier de ses profonds yeux bleus.

—Non. Ce que j'éprouvais pour elle s'est éteint il y a très longtemps. Je n'ai été avec personne d'autre depuis que j'ai commencé à sortir avec toi. —Bree l'observa, méfiante—. Je pensais te dire la vérité sur ma véritable identité… c'est juste que j'ai trop retardé le moment de le faire et les choses m'ont échappé. En théorie, je ne t'ai pas menti…

Elle éclata de rire, parce que c'était justement ce qu'elle avait fait lorsqu'il avait supposé que Harvey fût son fils. Même si à ce moment-là, la situation était différente parce qu'il n'existait aucun lien entre eux deux.

—Tu as juste oublié de mentionner ton nom de famille paternel —dit-elle, sarcastique—, ah et aussi de dire dans quoi tu travaillais. Alors raconte-moi, comment as-tu appris à sculpter aussi rapidement ? C'est sans doute monsieur Hudson qui t'a appris ?

—Ce que je t'ai raconté sur la manière dont je suis arrivé à apprécier l'art de faire ces petits ornements et dessins de mes mains est vrai. J'ai profité de la thérapie que j'ai suivie après l'échec de mon mariage avec Faith pour apprendre à sculpter. Mon mariage avec elle a été une erreur, et ma tante m'a poussé à faire autre chose de différent, à m'immerger dans le travail, les voyages et…

—C'est là que tu as commencé à séduire les femmes —lâcha-t-elle, en l'interrompant.

Luke sourit de sa pétulance virile. Bree eut envie de le frapper.

—Bon, cette fois-là en Espagne quand tu as appelé, c'est vrai que j'étais en plein…

—Je ne veux pas le savoir —trancha Bree.

Le sourire de Luke disparut.

—Je veux récupérer ta confiance —déclara-t-il sincèrement, effaçant toute trace de plaisanterie.

—C'est déjà trop tard, ça ne risque pas d'arriver —soupira-t-elle, fatiguée—. Tu sais quoi, limite-toi simplement au rôle que tu as maintenant. Tu seras mon chef à partir de lundi, et moi ton assistante personnelle. Et voilà, c'est tout. Quand Alice sera de retour, ce sera comme si tu ne m'avais jamais connue. Chacun reprendra le cours de sa vie —dit-elle comme si cela ne l'affectait pas, alors que même elle ne croyait pas un mot de ce qu'elle venait de dire.

—Impossible… —dit-il en la regardant d'un ton possessif. Elle sentit comment une grosse bouffée de chaleur envahissait tout son corps—. Ou peut-être que tu es intéressée par quelqu'un d'autre… ?

Elle se souvint de la manière dont les yeux de Luke la fixaient intensément, alors qu'elle était avec Kevin la nuit précédente. « Serait-il jaloux » ? Elle savait que son ex-femme l'avait fait souffrir avec ses infidélités et qu'elle avait profité de sa jalousie. Ce qui lui parut très cruel. Elle ne pensait pas être une personne méchante, elle ne pourrait pas essayer de profiter à nouveau de la jalousie de Luke, même pas pour tâter le terrain et savoir si c'était bien de ça qu'il s'agissait. Même si c'était un menteur et que cela lui aurait brisé le cœur, elle ne faisait pas ce genre de coup bas. Jalousie ou pas, elle préférait éviter de faire monter les enchères et lui provoquer des souvenirs amers à ce sujet.

—Luke, rends-moi un service, s'il te plaît ? —elle évita de lui répondre. Il fallait mieux ignorer cette question—. Mêle-toi de ce qui te regarde.—Puis elle se retourna et le laissa seul. Elle monta les escaliers pour aller chercher son frère—. Ramène-le dans une heure —cria-t-elle d'en haut, quand Harvey descendit les escaliers, euphorique.

—Bien, madame —répond-t-il à voix basse. *La sergente-chef* était de retour. « Cela va me coûter beaucoup de travail pour que la Bree douce, dévouée et passionnée ait de nouveau confiance en moi », conclut-il, tandis que le petit s'accrochait à sa main. Outre le fait que Harvey était un lien avec sa sœur, il s'était pris d'affection pour le petit garçon.

Pendant la promenade, Luke se rendit compte que l'enfant était une formidable source d'informations et qu'il connaissait désormais la routine de Brenda par cœur. Il pensait bien utiliser ces données à son avantage. Après avoir laissé Harvey, il revint à son manoir et révisa les chiffres afin de se mettre à jour, maintenant qu'il devait assurer les arrières de sa tante pendant qu'elle était en vacances.

Il se sentit plus seul que jamais au milieu de ces murs ostentatoires. Il avait besoin de la femme qu'il aimait à ses côtés. Désespérément.

La femme qui ne voulait plus entendre parler de lui.

Il étira les jambes sur la table à café de son salon de piano, tandis qu'il faisait tourner le whisky autour du glaçon dans son verre. Il souhaita pouvoir partager avec Bree d'autres aspects de sa vie. Il s'était rendu compte que toutes les femmes avec lesquelles il avait couché n'avaient été que des substituts, jusqu'à l'arrivée de Brenda. La dernière chose à laquelle il s'attendait en commençant une aventure avec une inconnue, c'était de tomber amoureux. Mais il était là, complètement fasciné et désolé de lui avoir fait du mal.

Il aurait voulu lui dire ce qu'il ressentait pour elle lorsqu'il était allé chercher Harvey. Cela aurait été une erreur, parce qu'elle ne voulait même pas le voir. Il préférait lui donner le temps de calmer sa fureur. Mais pas trop de temps.

Loin de Brenda, il sentait comme si la grisaille de sa vie avait repris le dessus. Brenda avait donné d'autres nuances à son existence. Et le plus important : calme et sincérité. Après avoir fait l'amour avec elle, il ne se sentait pas agité comme c'était toujours le cas avec Faith ; il ne se sentait pas non plus comme un homme emprisonné par son arrogance sexuelle, comme cela arrivait lorsqu'il faisait une nouvelle conquête et assouvissait ses instincts. Quand il était allongé avec Bree, ce qu'elle lui offrait c'était une plénitude, une tranquillité et une passion tellement pure qu'elle arrivait à le brûler. Et il voulait de nouveau avoir la chance de se perdre et d'être consumé par ce feu puissant. La placidité de ses caresses, son rire, sa conversation, l'écouter parler de ses rêves, l'embrasser... Il avait besoin d'elle dans sa vie.

D'un autre côté, il se sentit complètement soulagé quand Charles lui confirma depuis l'aéroport de Heathrow que le vol vers Dublin était parti avec à son bord la passagère Faith O'Connor en première classe. Sans aucun contretemps. Après être rentré chez lui de la fête d'Alice à l'hôtel, il n'y eut plus d'autres excuses ni de paroles de regret avec Faith. Tout juste une signature et une garantie mutuelle de ne plus jamais entendre parler l'un de l'autre. Alex Lindl, son avocat, se chargea de tout bien laisser écrit noir sur blanc, sans autre détail à régler. Alex était l'un de ces bons avocats ; il était payé grassement pour travailler même dès les premières heures du jour, et bien sûr, pour mettre au travail l'équipe juridique nécessaire.

Même si son ex-femme était partie sans faire d'histoires, et pour aussi sournoise et manipulatrice que soit Faith, il ne pouvait s'empêcher d'être désolé pour le dernier combat qu'elle devait mener contre le cancer. Mais il avait essayé de l'aider en toute sincérité et Faith avait agi d'une manière impardonnable. Une fois de plus.

Lorsqu'il parla avec son ex-belle-mère, elle lui assura qu'elle accepterait le retour de sa fille et affirma qu'elle ignorait tout de la maladie dont elle souffrait. La vieille femme en profita pour demander des excuses pour tous les déboires que Faith lui avait causés et promis de ne plus jamais l'embêter. Fin de l'histoire.

Désormais, sa préoccupation c'était Brenda. Il prétendait la reconquérir à tout prix et vérifier si elle ressentait quelque chose pour lui, au-delà de la déception et du ressentiment.

CHAPITRE 15

L'horloge marquait 06 h 00 et Luke était déjà assis dans le confortable fauteuil d'Alice dans le bureau central de la chaîne Wulfton. Travailler presque à l'aube ne faisait pas partie de ses habitudes, mais il n'avait pas eu le choix. Il avait à peine pu dormir et encore moins après avoir lu le dernier courrier électronique de son ami et vice-président exécutif de Blue Destination, George.

En plus de se plaindre en lui disant qu'il ne s'en sortait plus avec la quantité de réunions qu'il devait couvrir en son absence, George lui annonça que s'il ne revenait pas à son poste pour s'occuper de la présidence, il comptait vendre ses actions et déménager définitivement à Southampton. Cette nouvelle assombrit complètement son humeur et toute chance de trouver le sommeil. Avoir une activité commerciale éloignée de la compagnie maritime était un projet que George remettait constamment à plus tard. Luke l'avait convaincu d'investir avec lui, après lui avoir montré les statistiques sur les taux de profit élevés de Blue Destination, et après l'avoir persuadé qu'il gagnerait plus à s'associer avec lui qu'à monter une affaire tout seul.

George était un privilégié, non seulement avec ses contacts, sinon qu'il était véritablement doué pour négocier et saisir des opportunités, et Luke était conscient que sa présence chez Blue Destination n'était pas le fruit du hasard, non. George savait ce qui lui convenait et l'entreprise était un enjeu prometteur. C'est bien pour ça qu'ils étaient associés. Mais s'il lui disait maintenant il n'aurait aucun scrupule à quitter l'entreprise, c'est qu'il en était capable, ce n'était pas une parole en l'air. Ce n'étaient pas les opportunités professionnelles qui manquaient et il fallait bien dire que les choses étaient devenues compliquées pour Luke, aussi bien au niveau personnel que professionnel. La proposition faite à sa tante de s'occuper de la direction de la chaîne hôtelière pendant un temps, n'était sans doute pas tombée au meilleur moment.

George et Luke avaient fait de Blue Destination la compagnie maritime de référence pour ceux qui voulaient faire des affaires en mer en Angleterre et même en Méditerranée. Les bénéfices qu'ils avaient obtenu les cinq premières années dépassaient de deux cent pour cent les prévisions initiales de Luke. Maintenant que George parlait à nouveau d'avoir sa propre entreprise, indépendamment de la compagnie maritime, cela sous-entendait deux problèmes pour Luke.

Premièrement. S'ils dissolvaient la société, George Osmond se convertirait en un concurrent agressif, détenteur d'informations de première main : la stratégie de Luke, sa façon de penser et ses méthodes de négociation. Autrement dit, il pouvait avoir une longueur d'avance à la table des négociations et cela ne lui plaisait pas du tout. Deuxièmement. Il devrait laisser un responsable se charger de la chaîne d'hôtels, pendant qu'Alice était en vacances dans la Toscane italienne, et il ne connaissait personne avec la perspective mondiale nécessaire.

Il avait donné sa parole à Alice et il ne comptait pas la décevoir.

Il ne pouvait pas dire exactement à quel moment sa vie avait basculé. Bon, en fait, bien sûr que si il le pouvait. Tout avait commencé quand il avait pris des vacances et trouvé l'excuse parfaite pour passer inaperçu en jouant à se forger un faux profil de son passé et de son futur. Il s'était retrouvé face à une femme qu'il trompait sur sa véritable identité, ensuite son ex-femme était soudainement apparue pour venir troubler sa tranquillité et enfin, lorsque ce qui au début n'avait été qu'une omission consciente et inoffensive était sortie au grand jour, il avait fini par se rendre compte qu'il était amoureux de Brenda, et maintenant elle ne voulait plus rien savoir de lui. La situation pouvait-elle empirer ? Il espérait vraiment que non.

Il avait besoin d'avoir les idées claires.

Luke passa les trois heures suivantes à examiner dans le détail les fichiers d'Alice. Il sortit les notes qu'il avait prises sur son iPad durant les nuits où il avait rattrapé son retard à propos des activités de l'entreprise hôtelière, et les analysa. La bonne nouvelle vint d'un fichier qui lui arriva de sa tante à son courrier électronique. Il lui répondit avec un sourire aux lèvres, tandis qu'il écrivait : « Ne sois pas accro au boulot. Repose-toi. Merci pour le rapport. Je m'en charge. On se voit dans trois semaines. Bises. Luke ». Le document comprenait un rapport sur le dîner avec les représentants de Wimbledon. Entre autres choses, il indiquait que l'entreprise n'avait besoin que du vote décisif de Phillip Haymore pour que Wulfton soit le parrain de l'événement. Il s'agissait là d'un sujet confidentiel. Le fait que Haymore fut le vote décisif, c'était Lady Lucy Ashford, qui l'avait commenté à Alice, à titre confidentiel. Sa tante soulignait le sujet dans le courrier, tout comme la nécessité de gérer la relation avec Haymore avec le plus grand tact, puisque dans le cas contraire, ils courraient le risque de perdre l'opportunité du parrainage. Luke avait bien l'intention de remporter cette victoire pour l'hôtel, et lorsque sa tante Alice rentrerait de vacances, elle pourrait reprendre la direction avec une formidable nouvelle qui la pousserait à prendre du repos plus souvent… sans lui comme remplaçant, bien évidemment. Ensuite, Luke réglerait ses comptes avec George. Il fallait procéder par étape.

Il était tellement concentré dans la révision minutieuse de la paie des employés, qu'il n'entendit pas qu'on frappait à la porte. Tout ce qui l'avertit d'une présence fut le parfum qui lui était familier.

Il leva la tête pour se retrouver nez à nez avec la femme qui hantait ses pensées.

—Bonjour. —Salua-t-il, souriant. Eh ben ! Brenda était rayonnante. La jupe vert olive et la veste assortie lui allaient à merveille et faisaient ressortir chacune de ses courbes. Apparemment et comme toujours, elle ne semblait pas consciente de sa sensualité innée ni de sa beauté.

—Monsieur Blackward —répondit-elle.

Il leva un sourcil, puis s'appuya contre le dossier du siège, se détendant pour la première fois de toute cette fichue matinée. L'idée de reconquérir Brenda ne lui semblait pas du tout ennuyeuse, ni préoccupante. Il était tout à fait conscient de l'attirance qu'avait Brenda pour lui. Il se chargerait de réparer l'erreur qu'il avait commise avec elle. Tout ce qu'il lui restait à faire, c'était exploiter cette attirance et la faire pencher en sa faveur.

Il lui sourit.

—À vrai dire, Bree, je préférerais que tu m'appelles par mon nom. Nous avons dépassé le stade des formalités.

Elle fronça légèrement les sourcils.

—Et moi je préférerais ne pas le faire, monsieur Blackward. Alice et moi avons pour habitude de nous réunir deux fois par jour. —Elle sortit son agenda en changeant de sujet, et conserva son ton professionnel. Même si voir Luke, tout beau en costume de travail, était une très forte distraction pour elle qui voulait jouer l'indifférente. Ajouté au fait qu'elle n'était pas habituée à le voir habillé comme ça, puisqu'à Surrey il portait un jean ou un pantalon simple et une chemise normale. Maintenant elle était sûre que le costume marron qu'il portait devait valoir six fois son salaire—. À cette heure, nous fixons les points à l'ordre du jour et, en milieu de matinée, nous confirmons les autres rendez-vous et les projets pour la prochaine journée de travail.

Les manières professionnelles et distantes étaient exactement les mêmes que celles que Bree avait utilisées pour l'appeler lorsqu'il était en Espagne et qu'elle voulait qu'il rentre en Angleterre à la demande de sa tante. Lui était frustré de ne pas pouvoir l'embrasser et la toucher comme il le voulait. Son esprit lui jouait des tours, car il commençait à l'imaginer sans ces ennuyeux habits de bureau et cette coiffure qu'elle portait ; il pensait à chaque courbe et à chaque recoin de sa peau, à son parfum, à ses réactions passionnées.....

Elle s'éclaircit la voix.

—Assieds-toi, s'il te plaît. Si c'est comme ça que tu veux que nous parlions dorénavant. Nous le ferons à ta manière, mademoiselle Russell. —Il entrelaça les doigts de ses mains bronzées sur le coûteux bureau d'Alice.

—D'accord —répondit-elle, se méfiant un peu de la facilité avec laquelle Luke avait accepté sa position. Elle procéderait avec prudence.

Luke réussit à se concentrer sur ce qu'elle commençait à lui dire, évitant de faire attention aux jambes fantastiques que la jupe couvrait jusqu'au genou. Il allait lui laisser croire qu'elle donnait le ton, ce qui bien entendu, n'était même pas envisageable. Ils jouaient maintenant sur son terrain. C'est lui qui allait établir les règles.

Ils dialoguèrent quelques minutes sur le programme de travail.

—Si c'est tout, je me retire —commença-t-elle en se levant lorsqu'elle eut terminé de noter le dernier rendez-vous que lui indiqua Luke.

—À quelle heure sors-tu du bureau d'habitude ?

—Quand Alice me le fait savoir. —En voyant le sourire narquois, elle sut qu'elle venait de commettre une erreur tactique. Elle venait de lui donner les garanties nécessaires pour qu'il la retienne jusqu'à ce qu'il en ait envie. Elle essaya de récapituler— : ou quand...

—Quand je te l'indiquerais me semble parfait, comme ça tu ne perdras pas tes bonnes habitudes et quand ma tante reviendra, je suis sûr que tu me remercieras de ne pas avoir altéré ta routine. Bon. C'est tout pour l'instant, mademoiselle Russell.

Elle resta à le fixer, et lui l'observa en retour, interrogateur et attendant une objection de sa part.

—D'accord —dit Brenda. Les choses s'étaient retournées contre elle. Elle serait désormais à la merci de Luke. « Bien joué, Bree ! youpi », se dit-elle, sarcastique.

Lorsque Bree allait sortir, aux portes du bureau, Kevin entra. Le regard chaleureux qu'elle adressa à l'agent des relations publiques rendit Luke fou de jalousie.

—Luke —salua l'américain, en voyant son chef temporaire—. Je suis passé me mettre à ta disposition si tu as besoin de quoi que ce soit du service des relations publiques.

Bree en profita pour rappeler à Luke que sa prochaine réunion serait à onze heures du matin, puis elle les laissa tous les deux. Le neveu d'Alice observa Kevin fixement, une fois que la porte se referma derrière Brenda.

—Je suis content que tu sois venu. J'étais sur le point de demander à mademoiselle Russell qu'elle t'appelle. —« Ces deux-là étaient donc toujours en conflit », pensa Kevin, souriant en son for intérieur—. J'ai besoin que tu me fasses un *clipping* avec toute l'information de la semaine dernière. En plus de ça, je veux un rapport avec les fichiers correspondants à la couverture médiatique qui a été faite de Wimbledon l'année dernière. Parrains. Montants. Pour finir, organise une réunion avec la responsable de la publicité. Je dois examiner le budget. Je crois que nous n'avons pas été suffisamment exposés dans les médias, malgré la quantité d'argent que nous sommes en train d'investir. J'ai aussi besoin des chiffres des médias dans lesquels nous sommes apparus au cours des dix derniers mois et de savoir quels sont les journalistes qui mènent la danse.

Kevin considérait Luke Blackward comme un homme d'affaires implacable, exigeant et accompli ; il n'en attendait pas moins du neveu d'Alice. Cependant, la situation impliquait désormais deux problèmes : non seulement c'était son chef, mais c'était aussi son concurrent face à Brenda. Il fallait qu'il fasse attention à ce que les lignes ne se croisent pas entre les deux.

—Sans problème —répliqua-t-il en guise d'au revoir.

—Ah, et Kevin. —L'intéressé se retourna—. Je veux toute cette information pour aujourd'hui —indiqua-t-il, tandis qu'il commençait à taper sur le clavier de son ordinateur.

—Tu l'auras en fin d'après-midi.

Les doigts de Luke s'immobilisèrent et il le regarda avec arrogance.

—J'espère bien.

Ce qu'il faisait n'était sans doute pas très professionnel, mais il s'en fichait. Il avait l'intention de garder Parsons occupé jusqu'à tard le soir, pour qu'il ne coïncide pas avec Bree. Il se comportait d'une manière plutôt peu conventionnelle pour la façon impartiale qu'il avait d'agir au bureau, il le savait, mais il s'en fichait. Il fallait qu'il reste vigilant.

Brenda arriva à son poste et commença à passer des appels. Elle organisa son bureau. Elle mangea des petits morceaux de pomme. Alors qu'elle était en train de prendre des notes sur les choses à faire, Kevin s'approcha d'elle avec un grand sourire.

—Bonjour, Bree. —Il s'approcha du bureau en bois—. Il semblerait que le chef a hérité de la veine tyrannique d'Alice, non ?

Elle se mit à rire de la manière dont il le disait. « Tyrannique c'était peu dire », pensa-t-elle. Elle avait pris le temps de lire les entrevues de la presse spécialisée dans l'entreprise maritime, qui faisait référence à Luke comme « le célibataire en or », ou comme « le cerveau derrière la compagnie maritime Blue Destination », et d'autres choses du genre. Ils en parlaient comme d'un homme scrupuleux, mais sans la moindre compassion pour ses concurrents. Et son associé, un certain George Osmond, semblait avoir les mêmes « qualités ».

—Oui, mais ce ne sera que pour trois semaines.

—Ce qui me rappelle qu'aujourd'hui c'est lundi et que tu seras probablement stressée à la fin de la journée. J'aurais vraiment besoin d'une partenaire pour un cours de démonstration de salsa.

—De salsa ? Oh, mais pour ça il faut avoir du rythme et crois-moi que les cours de danse, ce n'est pas mon fort.

—Je refuse d'accepter un « non » pour réponse. Je te propose un marché. —Brenda s'appuya sur le dossier de la chaise, croisa les bras et l'observa avec un sourire. La façon de parler de Kevin était tellement charmante qu'elle se voyait déjà en train de se ridiculiser en dansant la salsa. Elle avait du mal à apprendre les rythmes latins—. Tu m'accompagnes au cours de danse et si ça te plaît, tu me rejoins pour l'entraînement. Sinon, j'espère de toute façon que tu viendras avec moi parce que je veux t'inviter à dîner. Qu'en penses-tu ?

Voilà. Elle avait là l'opportunité de s'amuser un moment. Peut-être que sortir une ou deux heures avec Kevin était ce dont elle avait besoin. Rire un peu. Elle aimait encore Luke, mais il n'y avait plus rien à faire de ce côté-là. Elle avait perdu confiance en lui, il n'y avait pas de retour en arrière possible.

—Et tu penses honorer ta part du marché au cas où je ne puisse pas suivre la musique ? —demanda-t-elle en faisant tourner le crayon entre ses doigts.

Kevin prit le risque de faire le premier pas. Il s'inclina vers le bas et arrangea deux douces mèches de cheveux blonds derrière l'oreille de Bree. Elle resta immobile. C'était la première fois qu'il faisait quelque chose comme ça.

—Absolument. —Il retira la main comme s'il ne s'était rien passé—. Je te vois dans l'entrée à sept heures. —Il s'éloigna ensuite dans le couloir vers son bureau.

—Ah les hommes ! —s'exclama Bree à voix basse avant de remettre le crayon à sa place et de porter toute son attention à l'écran de son ordinateur.

Luke répondit à tous les appels que Bree lui transmettait. Il se réunit avec plusieurs cadres de l'entreprise, trois clients, se rendit à un déjeuner d'affaires auquel elle assista elle aussi. Il fut agréablement surpris de la manière dont elle se comportait et plaisait instantanément aux hommes et aux femmes d'affaires.

Il remarqua que Brenda était très efficace et il comprenait mieux maintenant pourquoi sa tante l'avait embauchée. À aucun moment ils ne firent allusion à ce qui était arrivé entre eux, ni lui ne succomba à la tentation de s'approcher d'elle ou de la toucher. Et la tentation était énorme.

Une heure avant la fin de l'après-midi, George l'appela pour dire qu'il avait besoin de quelqu'un qui s'occupe de Renno Brown, un Espagnol qui cherchait une entreprise pour transporter régulièrement du mobilier de bureau d'Espagne en Angleterre. C'était un compte qui promettait des revenus substantiels, car Brown était un négociant connu et en plus un très bon ami des propriétaires d'Ikea.

—George —il contrôla l'horloge de l'ordinateur— je ne peux pas me rendre à cet instant à la centrale. Programme une réunion pour demain. Je suis sûr que je pourrai tout faire, mais pas aujourd'hui. Je suis en train de prendre mes marques avec l'entreprise de ma tante. Il y a un paquet d'imbroglios que je n'arrive pas à finir d'éclaircir.

—Lukas, tu sais que je suis vraiment en train de péter un câble ? J'ai la pauvre Christine qui a le double de travail. Trouve une solution rapidement.

—J'en aurai une demain. Laisse-moi tranquille, tu veux bien ? Je n'ai pas eu les vacances que je pensais avoir et maintenant cette histoire d'entreprise hôtelière me prend la tête. J'ai dû interrompre mes vacances. Comme je te l'ai dit, il a fallu que je m'occupe de Faith. —George changea rapidement de sujet, pour lui parler d'une augmentation des bénéfices et que juste pour cette raison il pensait lui donner soixante-douze heures pour qu'il trouve un moyen de reprendre la direction de l'entreprise, parce qu'il n'arrivait plus à tout gérer.

—D'accord, d'accord —dit Luke quand George lui dit qu'il ne pouvait pas confier des décisions exécutives à de simples cadres intermédiaires—. Je vais trouver une solution. Merci. Bonjour de ma part à Katherine.

—Je transmettrai tes salutations à ma femme.

Luke était épuisé. Se charger de deux entreprises en même temps, de portée nationale et internationale, n'était pas chose facile. Il s'était mis dans une situation compliquée et il restait encore trois semaines à tenir. En fin d'après-midi, il décida de laisser Brenda tranquille. Il l'appela par l'interphone pour lui dire qu'ils avaient terminé. Elle répondit par un sobre « d'accord ».

Bree ramassa son sac. Elle était toujours la dernière à partir. Il n'y avait plus aucun de ses collègues dans les bureaux principaux et la lumière du bureau d'Alice était toujours allumée. L'horloge marqua huit heures du soir, et même si Luke lui avait dit qu'elle pouvait partir il y avait des heures, elle ne voulait rien laisser en attente. Elle laissa le chronogramme prêt pour le lendemain, puis se dirigea vers l'ascenseur.

Quand elle arriva dans l'entrée, Kevin l'attendait dans l'un des confortables fauteuils bordeaux. Bien qu'il soit séduisant, elle ne ressentait pas pour lui le frisson d'anticipation que lui provoquait Luke. Mais elle avait l'intention de profiter de la soirée et de ne pas comparer Luke à d'autres. Elle arbora donc son meilleur sourire.

—Je crois que nous n'avons pas manqué le cours de salsa —commenta Kevin, sans un soupçon de mauvaise humeur pour le retard de Brenda.

—Je suis vraiment désolée, mais je n'ai rien voulu laisser en suspens.

—Tout ce qui compte maintenant c'est que tu sois là. Et que n'as plus le choix que de supporter ma compagnie pour un dîner à Avista.

Elle le regarda, surprise.

—Tu veux rire ? C'est impossible d'obtenir une place dans ce restaurant ! En plus, il appartient à un hôtel concurrent.

—Ce n'est pas impossible pour un agent de relations publiques à qui l'on doit quelques faveurs —il lui fit un clin d'œil. Elle laissa qu'il pose sa main sur le bras de Kevin et commencèrent à marcher vers la rue—. Il n'y a rien de mieux que de connaître les faiblesses de l'ennemi. Nous allons donc goûter la cuisine italienne du Mayfair Millenium Hotel. Heureusement, il est seulement à quelques rues d'ici, parce qu'avec les talons que tu portes —il regarda les chaussures impossibles que Brenda utilisait au bureau— c'est mieux comme ça.

Le restaurant était magnifique et captait la chaleur de l'atmosphère ancienne entourant Grovesnor Square, combinée aux lignes épurées et modernes de la décoration intérieure du nouveau Londres sophistiqué. L'endroit était plein, et la table qui leur était réservée était parfaite pour converser à l'abri des distractions.

Kevin commença par lui raconter ses péripéties pour trouver un travail dans une vieille agence de communication aux États-Unis. Puis, comment la chance lui avait souri pour contacter un diplomate important qui l'avait emmené avec lui comme conseiller en Angleterre. Et enfin, comment il avait fini par travailler pour l'une des femmes les plus influentes de Grande-Bretagne.

C'était un interlocuteur agréable, amusant et rapide. Elle se prit à rire de bon cœur et à se détendre en sa compagnie.

—Comment s'est terminée l'histoire de Wimbledon ? —demanda-t-elle.

Kevin prit une gorgée de vin.

—Assez bien, mais je crois que madame Blackward ne m'a pas tout dit —dit-il, complice—. Sens-toi libre de partager des informations avec moi.

Elle fit non de la tête, tandis qu'elle remuait sa salade avec sa fourchette. La nourriture était délicieuse. Peut-être qu'un jour elle pourrait enfin réaliser son rêve d'avoir sa propre confiserie. Son livre de recettes était quasiment prêt.

—Absolument pas. Je n'ai pas eu beaucoup le temps de parler avec elle —répondit-elle en pensant à tout ce qu'elle avait découvert en une soirée—. Je ne crois pas qu'Alice aient des secrets pour son agent de relations publiques, c'est contreproductif, tu ne crois pas ? —Le serveur arriva pour emporter les plats d'accompagnement—. En plus, quel type d'informations est-ce que tu cherches, Kev ?

Kevin était en train de diriger la conversation exactement là où il le souhaitait. Brenda n'avait aucune idée de ce qui se tramait depuis ses sphères de contacts, ce qui la convertissait en la parfaite alliée. La tension entre Brenda et Luke Blackward agissait en sa faveur, ce que l'on pourrait appeler un coup de chance, et il pensait l'utiliser à bon escient.

L'information était une arme qu'il maniait à merveille et il savait choisir les moments précis pour agir. Brenda l'intéressait comme femme, mais elle pourrait en fait aussi devenir son associée si tout fonctionnait comme il l'espérait. L'idée de la blesser ou de lui faire du mal n'était pas dans ses intentions, c'est pourquoi, une fois que tout serait parfaitement orchestré, il lui dirait ce qu'il comptait faire et lui proposerait de participer à son projet.

—Celles que l'on partage entre amis, par exemple. —Il baissa un peu le ton de sa voix, lorsqu'il se rendit compte que Bree rougissait et pas à cause du vin— : il y a quelque chose entre toi et Luke ? —Il avait besoin de savoir à quel point elle était engagée d'un point de vue émotionnel.

—Chef et subalterne —répondit-elle, évasive—. On est vraiment obligés de parler de travail, Kevin ? —Il haussa les épaules—. On a presque déjà dix heures par jour pour pouvoir parler de la chaîne Wulfton —commenta-t-elle en s'essuyant les lèvres avec la serviette couleur or vieilli—. Laissons cela de côté un moment.

Il leva son verre.

—Tout à fait d'accord avec toi. Levons nos verres, alors. À un avenir fructueux et indépendant, et bien sûr —il baissa la voix— à te voir sourire plus souvent.

—Un avenir fructueux —dit Bree en contemplant le bord de son verre quand les yeux gris de Kevin se posèrent sur ses lèvres—. Santé, Kev.

Le dessert fut un verre de glace italienne faite maison. Pas du tout un parfum commercial. Elle pouvait découvrir les parfums des desserts avec une certaine facilité, mais celui de ce dessert lui parut compliqué. Il avait goût de vanille, de confiture de lait, de lait concentré, et d'un autre ingrédient qui lui échappait. Elle dirait à Joseph, le chef du Wulfton, qu'il devait goûter les glaces de la concurrence.

Quand ils furent tous les deux satisfaits, ils prirent le chemin de l'hôtel. Il proposa de la ramener chez elle, mais Bree refusa poliment en lui disant qu'elle préférait payer un taxi pour ne pas le détourner de son trajet habituel. Elle ne voulait pas donner de faux espoirs à Kevin. Elle sortait avec lui en tant que collègue de travail et comme amie. Apparemment il ne le voyait pas comme ça, mais ne fit aucune tentative pour la toucher ou la séduire. Ce serait vraiment de très mauvais goût, étant face à l'entrée de l'hôtel où les gardes pouvaient les voir.

**

Le lendemain matin, Luke s'absenta du bureau pendant quelques heures. Le rendez-vous avec Renno était dans la banlieue de Londres. Le trajet fut rapide, la réunion plutôt fatigante, mais au final George et lui réussirent à ce que l'espagnol signe un contrat pour cinq ans. Une belle victoire.

À la fin du rendez-vous, Luke alla déjeuner avec son associé chez Balthazar, un restaurant à la mode, très célèbre. Ils discutèrent des contrats de certains employés, de la nécessité de mettre en place du personnel dans deux ports et de la rénovation des licences.

—J'ai parlé avec Christine. Je crois que c'est la personne indiquée pour t'aider à Blue Destination —commenta George en passant sa main dans sa barbe soigneusement entretenue.

—Tu comptes la laisser en charge de la présidence ? Je penses que non, George. C'est trop…

—Attends une seconde, je n'ai pas fini. —Luke prit une bouchée de son plat—. Ce que je te propose, c'est que tu installes Christine avec toi dans les bureaux de Wulfton. Elle est extrêmement efficace. Toi tu t'amuses à faire le magnat hôtelier et elle peut te servir de lien avec la compagnie maritime, et comme ça tout le monde est content. Katherine se plaint tous les jours de la quantité de travail que j'ai, parce que je n'ai presque plus de temps pour elle ni pour mon fils.

—Je suis désolé, George… je crois que c'est une excellente idée que celle de Christine. Elle connaît mieux que personne la gestion de certains processus. Je te tiendrai au courant demain, je dois d'abord finir de réviser la liste de choses à faire que m'a laissée ma tante. D'ailleurs —il prit une gorgée de son coca-cola—. Tu connais un certain Phillip Haymore ?

George acquiesça.

—J'ai besoin que tu m'obtiennes un rendez-vous avec lui. J'ai un ou deux problèmes que j'aimerais régler.

—De Blue Destination ?

—Ça pourrait aussi se faire. Dans ce cas, il s'agit du Wulfton. Un problème de ma tante. Il est presque quatre heures de l'après-midi et si tu savais la quantité de travail que j'ai…—Ils se serrèrent la main—. Je t'en dois une, George. Je chercherai un espace et je verrai comment je peux m'organiser avec deux emplois du temps au même endroit.

—D'accord. Je te tiens au courant pour Haymore —dit-il, plus satisfait.

—Et moi pour Christine.

***

Brenda était dans le bureau de Luke en train de lui organiser la pile de papiers qui étaient éparpillés sur son bureau. Comme il avait décidé de prendre sa journée pour faire des préparatifs hors du bureau, elle en profita pour mettre de l'ordre dans la documentation. Kevin et elle déjeunèrent ensemble comme ils le faisaient depuis très longtemps. La bonne nouvelle du jour fut que Tom appela pour prévenir qu'il arriverait à Londres ce soir-là, parce que son copain s'envolerait pour Los Angeles pour un entraînement sur les nouveaux défis du marketing touristique. Elle pouvait difficilement être plus heureuse.

Kevin ne perdit pas l'opportunité et l'invita à sortir à nouveau le soir, mais comme elle devait préparer Harvey pour une pièce de théâtre, elle déclina la proposition. Kevin n'insista pas et ils se mirent d'accord pour sortir à une autre occasion. Elle avait fait une promesse à son petit frère et n'aimait pas le décevoir.

En fin d'après-midi, Brenda trouva, en rentrant de toutes les choses qu'elle avait eues à gérer dans les installation de l'hôtel, trois splendides roses sur son bureau. De trois couleurs distinctes. Blanche, jaune et rouge. Paix, amitié et…passion, selon ce qu'elle déduisit. Il n'y avait pas d'expéditeur, elle l'attribua donc à l'un des gestes galants de Kevin. Un sourire aux lèvres, elle partit chercher un petit vase et les plaça près de son ordinateur.

—Merci, Kev, elles sont magnifiques —dit-elle au téléphone.

—De quoi tu parles ? —demanda-t-il intrigué.

—Les fleurs…

—Désolé, Bree, mais je ne t'ai pas laissé de fleurs. Il est sept heures du soir et je suis très occupé à remplir les calendriers des visites pour les médias. Impossible que mon autre moi ait eu le temps de respirer—commenta-t-il sur le ton de la plaisanterie—. J'espère que ce n'est pas un autre admirateur de plus.

Elle souffla.

—Oh, c'est sûrement quelqu'un qui s'est trompé de destinataire. Ici tout le monde est parti, c'est sans doute un des admirateurs qu'Emma a laissé avant de partir pour Surrey. Elle a toujours été un bourreau des cœurs. —Elle caressa les doux pétales avec les doigts.

Kevin fit tourner un stylo entre ses doigts.

—Peut-être, ma jolie. Dis-donc, j'ai des entrées pour aller au Royal Albert Hall voir Adele, demain soir. Même si ce n'est pas une de mes chanteuses favorites, je sais que quelqu'un qui travaille comme assistante de direction l'adore, qu'en dis-tu, tu aimerais y aller ?

Bree avait toujours rêvé d'aller voir Adele, mais pour une raison ou pour une autre, elle n'arrivait jamais à obtenir des billets. En plus du fait qu'ils s'épuisaient très rapidement et que ses amies n'avaient presque plus le temps de sortir.

—Je ne peux pas refuser —dit-elle, euphorique.

—J'espérais bien que tu accepterais. Il vaudrait mieux que tu emportes d'autres vêtements dans ton sac pour te changer au bureau, je ne crois pas que tu arrives à temps au concert qui est à neuf heures si tu comptes rentrer chez toi te changer.

—Tu as raison.

—Bon —dit-il en marquant sur son calendrier la date d'une entrevue avec Alice pour la BBC. Un documentaire sur le mouvement hôtelier et l'affluence des touristes dans la capitale anglaise—. Je te vois bientôt.

—Salut, Kev.

Les choses dans la vie de Brenda commençaient peu à peu à se calmer. Sa mère et Harvey essayaient petit à petit de s'entendre. Les Quinn lui dirent que le mieux pour eux c'était qu'ils se tiennent à l'écart, jusqu'à ce que Marianne puisse de nouveau se lier et mieux connaître son petit garçon. Bree approuva également.

Ce jour-là, elle avait décidé d'attendre une heure de plus au bureau, parce qu'elle devait aller à la station Victoria où elle avait rendez-vous avec Tom. Il se trouvait que maintenant son ami ne voulait plus circuler en voiture, mais plutôt profiter d'un trajet en train. Elle trouvait ça très bien, sauf qu'elle devrait se déplacer de nuit. Tom refusa qu'elle aille le chercher, mais elle insista et insista tellement, qu'il n'eut pas d'autre choix que d'accepter son geste.

Bree était en train de terminer de remplir un formulaire, lorsque Luke l'appela dans son bureau. Il allait sûrement se plaindre parce qu'elle avait changé de place certaines choses et qu'il ne les trouvait pas.

—Bonsoir —salua-t-elle en pénétrant dans le bureau.

Il avant enlevé sa veste et la chemise noire lui donnait un air dangereux. Intimidant. C'était le magnat, maître de lui-même et qui dirigeait un empire. Beau, inaccessible, intéressant….menteur.

—Les fleurs t'ont plu ? —demanda-t-il sans préambule.

Elle le regarda, intriguée.

—Toi…

Voyant l'expression incrédule de Bree, il croisa les bras. Il se récrimina aussi du fait de ne pas lui avoir offert de fleurs avant.

—Je sais que tu n'es pas de ces femmes qui cherchent ou attendent des cadeaux somptueux. Et les trois roses ont une signification…—Il se leva et commença à s'approcher d'elle. Elle ne recula pas. Elle était envoûtée par le regard bleu qui l'analysait—. Le blanc, signifie que je veux que tu me pardonnes de t'avoir menti. Je n'ai pas voulu te faire de mal et même si j'ai voulu respecter ton espace, je n'aime pas savoir que tu m'oublies pour un autre. —Brenda essaya de voir le panorama derrière elle, mais tout était plongé dans l'obscurité, mis à part la lumière de son bureau et l'éclairage de la pièce où elle se trouvait—. La jaune, parce que je pense que nous pouvons reprendre notre relation en commençant par de l'amitié. —Il ne pensait pas à être son ami, il la voulait sous d'autres conditions, mais il pouvait commencer par la convaincre de parler, petit à petit. Il marcha et arriva jusqu'à elle, soutenant son regard—. Et la rouge... parce que je veux à nouveau t'embrasser et parcourir ta peau...

Brenda eut du mal à exprimer ce qu'elle pensait, surtout parce que le sang commençait à lui brûler les veines en le sentant si proche et en se rappelant comment il l'avait faite sienne tant de fois. Elle essaya de s'éclaircir la voix pour ne pas qu'on note le nœud qu'elle avait dans la gorge, ni sa nervosité.

—Je... ce n'est pas bien, monsieur Blackward, désormais je suis votre employée, alors s'il vous plaît, gardez vos distances...

Il inclina la tête.

—Tu veux vraiment jouer à ce petit jeu ?

—Ce n'est pas un jeu.

Luke était très près d'elle et les pores de la peau satinée de Brenda sentaient l'électricité la parcourir.

—J'ai besoin que tu me pardonnes —déclara-t-il en la regardant droit dans les yeux.

—Je te pardonnes —répondit-elle précipitamment. Il fallait qu'elle se débarrasse de lui, parce que chaque mot qu'il prononçait lui opprimait un peu plus le cœur. Cette fois-ci, elle ne pensait pas se laisser convaincre—. Je dois partir.

—Je veux un pardon sincère, pas un truc pour te défiler.

—Tu ne peux pas toujours avoir ce que tu veux.

Il se pencha pour ne laisser ses lèvres qu'à trois millimètres d'elle. Brenda respirait en essayant de ne pas trop bouger, parce que sinon sa bouche resterait collée à celle de Luke.

—Tu me crois si je te dis que je ne voulais pas te faire de mal ?

—Tu t'es fichu de moi. Je t'ai raconté des choses que je n'avais jamais partagées avec personne. Tu m'as trahie. Et tu as raison. Je ne peux pas te pardonner facilement. Je ne fais que travailler pour toi. S'il te plaît, laisse-moi tranquille. —Sa voix était angoissée, alors il adoucit son ton.

—Je ne peux pas, ma chérie. —Il prit son visage entre ses mains et la sentit trembler—. Je ne peux pas non plus permettre que tu t'éloignes. Je veux que tu sois de nouveau à mes côtés. Ou tu vas me dire que cet idiot de Parsons t'intéresse ?

Elle sursauta de la manière possessive et passionné dont il parlait.

—Tu n'as pas le droit de me demander, ni de m'exiger quoi que ce soit, Luke. En fait, je ne te connais pas… Ça a été une aventure, qui est terminée maintenant.

—Sors avec moi. Viens à un rendez-vous avec moi —chuchota-t-il.

L'air était dense et chargé de particules sensuelles pleine d'envie et de désir. Luke caressa le visage de Brenda de ses mains. Avec délicatesse.

—Sortir avec mon chef n'est pas dans mes projets. —Elle s'éloigna de ses mains. S'il continuait à la toucher ou à l'observer comme il était en train de le faire, tout le contrôle qu'elle avait sur elle-même allait s'effondrer.

Lui ne pensait pas la laisser s'échapper.

—Et que dis-tu d'embrasser le chef ? —demanda-t-il, descendant jusqu'à ses lèvres sans lui laisser le choix de donner son avis. Il les caressa du bout de sa langue tiède et veloutée. Il la prit entre ses bras et en profita pour lui dévorer la bouche, avec la soif qui le tenaillait depuis ces derniers jours. Des heures interminables sans sa saveur, il était pratiquement sur le point de devenir fou. Il avait besoin de la toucher, de la caresser, de la faire sienne.

Il parcourut le dos de Bree, jusqu'à poser les mains sur les fesses fermes pour l'attirer et la serrer contre lui, afin qu'elle sente le désir que lui produisait son corps. Elle ne put éviter de lui rendre son baiser. Ni de sentir comment un feu ardent se répandait dans sa bouche et descendait jusqu'à un point entre ses cuisses. Les mains de Luke parcoururent ses hanches, puis commencèrent à monter un peu, jusqu'à ce qu'il les pose sur ses seins, qu'il sentait lourds et sensibles au toucher.

Brenda ne put contenir une ou deux larmes qui débordèrent de ses yeux, tandis que Luke lui murmurait qu'il était désolé, qu'il fallait qu'elle lui donne une chance de plus d'être avec elle. Quand il remarqua que ses joues étaient humides, il l'écarta doucement.

—Je me suis comporté comme un parfait idiot avec toi, j'ai tout gâché. Regarde-moi ça. Au lieu de te faire rire, je te fais pleurer. —Il sécha ses larmes—. Que puis-je faire pour me faire pardonner ?

—Ce qui est brisé, est brisé, Luke. —Elle n'avait pas pu éviter de lui rendre son baiser, mais elle pouvait par contre arrêter quelque chose qui pour elle n'avait pas de sens—. La confiance, une fois perdue, ne se récupère pas.

Il l'observa un moment. Brenda s'écarta un peu plus de Luke.

—Pourquoi en es-tu si sûre ?

—Parce que contrairement à toi, moi je n'ai pas eu une vie de privilèges. J'ai toujours eu à me défendre toute seule et la confiance, je l'ai appris, est un bien précieux qui une fois perdu, ne revient plus.

—Tu penses aussi ça de l'amour ?

—L'amour c'est différent. S'il est réciproque.

Il parut méditer un instant avant de parler.

—Moi je t'aime…, c'est réciproque ? —Il était en train de jouer une carte importante. Il n'avait pas pensé le lui dire, parce qu'il ne se considérait pas comme un homme qui parle facilement de ses sentiments, du moins pas d'un sentiment aussi profond. Avec elle, il ne suivait aucune stratégie. Mais en la voyant hésitante, il avait opté pour la sincérité absolue.

L'air resta prisonnier dans la gorge de Brenda. Elle aurait adoré écouter ces paroles s'il n'était pas qui il était et si depuis le début elle l'avait connu comme Luke Blackward, le célibataire multimillionnaire avec ses manières charmantes de se comporter avec elle et ses ardents baisers pour la séduire. Sa colère contre lui avait légèrement cédé du terrain, mais pas la douleur de la trahison. Elle haïssait le fait de ne pas pouvoir le croire, parce qu'elle ne demandait qu'à le faire. Son cœur battait à cent à l'heure. Quand son regard croisa celui de Luke pendant une longue seconde, elle fut terrorisée de voir qu'il était en train de parler très sérieusement. Il n'y avait pas l'ombre d'un mensonge, ni d'un stratagème.

Comment allaient-ils régler toute cette histoire ?

Elle mourait d'envie de lui dire qu'elle l'aimait aussi, mais elle craignait qu'il la trahisse à nouveau. Elle ne pourrait pas le supporter. Elle avait besoin d'espace. D'un peu d'air, parce qu'elle sentait qu'elle se noyait dans une mer d'émotions et de contradictions.

—Oh, Luke... je...

Un bruit les interrompit.

—Luke, je t'apporte là les derniers rapports du jour sur... —commença Kevin en entrant sans se rendre compte de la tension de la scène. Luke fut sur le point de l'étrangler de ses mains—. Oh, je suis désolé —dit-il en remarquant le visage stressé de son chef. La vérité c'est qu'il n'était pas du tout désolé d'avoir tout interrompu.

—Aucune importance, Kevin, nous avons terminé la réunion —murmura Brenda en essayant de se remettre de la déclaration de Luke. Ses jambes étaient comme du coton. Elle était contente que Tom arrive dans une heure, car elle avait besoin de parler avec lui. Elle regarda Luke— : je peux vous aider à quelque chose d'autre, monsieur Blackward ?

—Non. —Il la regarda en essayant de déchiffrer les émotions qui s'entrelaçaient dans les yeux couleur émeraude—. J'espère que vous réfléchirez soigneusement à l'indication que je vous ai donnée.

—Oui... j'y penserai.

Étranger à ce qui se passait entre eux, Kevin se tourna vers Bree.

—Si tu veux, je te rapproche de la station de métro —proposa-t-il, voyant que Brenda avait l'air préoccupé. Elle laissa sur le bureau de Luke une clé USB et un dossier de documents et de fichiers sur lesquels elle avait travaillé ces dernières heures.

Luke ne la quittait pas du regard.

—Avec plaisir —réussit-elle à articuler, soulagée d'avoir une issue de secours. Sans doute était-elle lâche, mais c'était ça ou rester là sidérée face à l'homme qui faisait bouger son monde à sa guise—. À demain… —dit-elle en partant et en tentant d'ignorer l'incertitude qu'elle pouvait lire dans les yeux de Luke. Elle avait besoin de temps. Ce qu'il venait de lui confesser l'émouvait et la rendait heureuse, mais l'ombre du doute et de la peur de la trahison était aussi présente. « Tom pourrait m'aider. Et demain, Adele fera le reste. »

Lorsque Brenda et Kevin s'éloignèrent, Luke s'effondra sur la chaise et resta le regard dans le vide un long moment.

CHAPITRE 16

Il s'était passé une semaine depuis la déclaration de Luke. Sept jours qu'elle recevait trois roses par jour. Des sourires. Des frôlements délibérés qui lui brûlaient la peau, mais surtout, des invitations à sortir. Les roses, elle les gardait. Les sourires, elle ne les rendait pas et les invitations, elle les rejetait toutes. Elle le faisait par principe vis-à-vis d'elle-même, même si à plus d'une occasion elle avait voulu s'avouer vaincue.

Après le concert d'Adele, Kevin s'était montré cordial et attentionné comme toujours. Tom s'était joint lui aussi au récital au Albert Hall. Bree n'en comprenait pas la raison, mais son ami n'aimait pas la musique romantique, mais plutôt le rock et la musique classique. Ce qui était encore plus curieux, c'est que Tom était l'un des amis du manager de la chanteuse britannique. Il obtint qu'elle puisse entrer dans les coulisses et qu'elle se prenne en photo avec la diva de *Skyfall*. Elle n'y croyait pas encore et observait ébahie l'autographe qu'elle avait dans la main.

Maintenant, des jours après le concert, elle était en train de lui rappeler l'histoire de l'autographe, tandis qu'ils profitaient de la compagnie de l'autre chez Tom à Notting Hill.

—Comment as-tu obtenu une chose pareille ? —demanda-t-elle.

—Mes relations, tu me connais —plaisanta-t-il, tandis qu'il servait une assiette de pain grillé avec des tomates et des anchois. Depuis que Tom était rentré de Brighton, Brenda avait passé ses soirées à discuter longuement avec son ami après le bureau—. En plus, je n'aime pas ce manque de pétillant dans tes yeux, même si tu essaies de me dire que je me trompe. Ce Kevin veut te mettre le grappin dessus. —Brenda éclata de rire—. Mon flair est infaillible. Inutile de dire que je n'aime pas cet homme. —Elle grogna—. Je sais que tu dis que je suis fataliste, mais fais-moi confiance quand je te dis que mon instinct masculin est plus exercé.

Elle le regarda, puis resta silencieuse, faisant semblant de savourer plus que nécessaire les tartines qui combinaient avec un excellent vin ramené du Chili.

—Kevin n'est pas méchant —le défendit-elle.

—Mmm... —répliqua-t-il en croquant dans sa troisième tartine—. Ne sois pas naïve. Il cache quelque chose, après tout ce que tu m'as raconté, il y a un truc qui ne finit pas de me convaincre avec cet américain. Maintenant sois sincère, tu ne l'as pas dit ouvertement, tu aimes vraiment Luke ?

Bree fit tourner le liquide qu'elle avait dans son verre, comme si c'était le plus important à cet instant.

—D'accord, inutile de le dire. Tu es totalement, complètement et éperdument amoureuse de ce millionnaire. Pas vrai ? —demanda-t-il, tandis qu'elle l'observait, bouche bée. Ils partirent tous les deux d'un éclat de rire.

—C'est vrai. —Elle prit une longue gorgée de Merlot—. Qu'est-ce que tu veux que je te dise, à part que je suis stupide ?

—Tu n'es pas stupide. Trouver des excuses à Blackward, c'est la dernière chose que je veux faire, mais je crois que les choses se sont compliquées pour lui et s'il t'a dit qu'il t'aime... crois-moi qu'un homme qui a autant de femmes à sa disposition ne fait pas ce genre de déclarations à la légère. Il a une longue liste de filles qui attendent juste de coucher avec lui.

—Tom, je n'ai pas confiance en lui. Ne lâche pas ces commentaires sur les femmes qui l'attendent ou pas, tu triches.— Tom fit une grimace—. J'ai dû mal à le croire, alors que tout ce que je voudrais c'est pouvoir à nouveau lui faire confiance.

—Écoute, Bree, j'ai beaucoup de connaissances dans les sphères où évolue Blackward, et je peux te dire de source sûre que cet homme peut être coureur de jupons. —Brenda s'étrangla presque avec le vin—. Oh, allez, ne fais pas ta mijaurée, tu crois qu'il t'a attendue toute sa vie ? —il lui donna quelques tapes dans le dos, jusqu'à ce qu'elle respire à nouveau normalement—. J'ai dit qu'il peut l'être, même si dernièrement il n'y pas eu de rumeurs qu'il sorte avec quelqu'un… ou peut-être que si. —Il la regarda fixement, et Brenda haussa les épaules—. Je veux dire que cet homme peut jouir d'une réputation de coureur de jupons, mais c'est un bon parti et s'il t'a dit qu'il t'aime, crois-le.

—Comment fait-on pour récupérer la confiance ?

—Tu viens de me confirmer que tu aimes Lukas. Alors qu'est-ce qui t'empêche d'utiliser cet amour que tu ressens, d'abord pour lui pardonner, ensuite pour le lui avouer et en finir avec l'agonie que ressent certainement cet homme et enfin, pour tout recommencer avec lui ?

—Tu ne me rends pas les choses faciles.

Pour Bree, le rythme de travail au bureau était devenu effréné, et même si elle passait beaucoup de temps avec Luke, Bree avait à peine le temps de penser à autre chose qui ne soit pas les ordres qu'il lui donnait. Comme chef il était implacable, mais quand ils finissaient les heures de travail, avant qu'elle ne fuie littéralement du bureau, il l'appelait pour parler de la journée de travail. Bree savait quelles étaient ses intentions derrière cette « simple » conversation quotidienne. Il cherchait à lui faire comprendre que les mots qu'il avait prononcés il y a plusieurs jours, il les pensait vraiment.

Il ne lui avait pas répété qu'il était amoureux d'elle ou qu'il l'aimait, et apparemment il était en train de lui céder l'espace qu'elle ne lui avait pas demandé, mais dont elle avait besoin. Kevin continuait à être galant et à une occasion, il réussit à lui voler un baiser alors qu'ils revenaient d'une réunion en dehors du bureau. Ce baiser ne lui avait servi qu'à se rendre compte qu'elle ne pouvait pas s'impliquer avec un autre homme, parce qu'aucun ne serait comme Luke.

Que pouvait-elle faire d'autre, si ce n'était accepter que son esprit têtu refusait d'envisager la possibilité d'une aventure avec quelqu'un d'autre ? Et le pire, c'était que son cœur semblait guidé par une autre force gravitationnelle plus puissante, parce qu'il n'arrêtait pas de s'accélérer lorsque Luke la regardait tendrement.

Tom s'approcha pour la prendre dans ses bras.

—La vie n'est jamais facile, et toi et moi le savons mieux que personne. Pas vrai ?

—Oui... —répondit-elle en sortant de son isolement.

—Je crois que cet homme est en train de te demander des excuses et que tu n'es même pas capable de lui donner la possibilité de s'exprimer.

—Pourquoi devrais-je le faire ? —demanda-t-elle en le regardant sérieusement.

—Pourquoi pas ?

—Ben...

Il leva la main pour qu'elle se taise. Parfois, elle parlait beaucoup trop.

—L'orgueil est un mauvais conseiller. —Il termina d'un coup le vin qu'il avait dans son verre—. C'est moi qui te le dis. S'il était resté replié sur lui-même, Scott serait peut-être avec quelqu'un d'autre. Allez, ma chérie, réfléchis, écoute-le au moins.

—Il ne le mérite pas. Je lui ai raconté l'épisode avec Caversham, il sait pour ma mère et il n'a pas été capable d'être sincère. Je me suis sentie stupide et humiliée.

—Moi je crois que si tu continues à t'infliger cette torture personnelle, en refusant de parler avec Blackward, cela ne te mènera nulle part. Voyons. —Il l'emmena par la main comme une petite fille jusqu'au fauteuil de la salle à manger et s'assit près d'elle—. Je vais dresser une liste de tout ce qu'il a fait pendant cette semaine et que tu m'as toi-même raconté au fur et à mesure. Tu as trois invitations chaque jour : pour aller petit-déjeuner, déjeuner et dîner. Donc si on multiplie par les sept jours que cet homme a essayé de compenser son mensonge et se faire un espace dans son emploi du temps pour parler avec toi, ça nous fait un total de vingt-et-une invitations. Refusées d'emblée. —Elle fronça les sourcils et Tom lui donna une petite tape pour qu'elle arrête de le faire—. Tous les matins il est devant chez toi à attendre que tu sortes pour parler avec toi, mais tu fais ton Houdini et tu trouves le moyen d'arriver au métro par un petit recoin de ton jardin, en mettant Blackward sur la touche et en le laissant avec Harvey et ta mère. Marianne l'invite à entrer petit-déjeuner en le voyant monter la garde à t'attendre. Jusque-là, ça va ? —Bree grogna quelque chose à propos des amis fouineurs—. Ouais, je vois que c'est bon. Ensuite, en fin de journée, tu te retrouves face à lui et quand Luke essaie de s'approcher de toi, tu disparais à nouveau avec tes tours de passe-passe. Où en arrive-t-on avec ça ? Ah, oui —il fit un geste comme s'il avait découvert un gisement d'or dans une montagne hostile—, Kevin Parsons. Tu acceptes les déjeuners avec lui. Tu sors danser avec lui et si je me souviens bien, tu embrasses cet idiot. Une émotion à ce propos ?

—Ne sois pas ridicule. Je t'ai déjà dit que je ne ressentais rien et je lui ai demandé qu'il ne recommence pas, parce que je ne voulais pas gâcher la relation de travail. Il l'a accepté et il n'a plus dépassé les limites…

—Ah ! Quel homme prévenant —dit-il avec sarcasme—. Moi à ta place, je ne serais pas si tranquille. Ce Kevin a la tête de quelqu'un qui est tout sauf sincère.

—Je ne veux pas parler de ça. —Tom haussa les épaules. Quand son amie s'entêtait, personne n'arrivait à la raisonner. Mais vraiment, ce Kevin ne lui inspirait pas confiance.

Tandis qu'elle observait comment Tom servait ce qui restait de la bouteille dans les deux verres, elle pensa que ce qu'il disait sur Luke était vrai. Il avait été charmant tous les jours, loin du patron autoritaire qu'il pouvait être, et continuait d'être adorable et d'essayer de lui soutirer un sourire. Mais elle était trop fâchée pour apprécier un quelconque geste romantique. Elle savait aussi qu'elle lui devait une réponse à sa déclaration… et c'était là la partie la plus compliquée, parce que ce serait lâcher prise et se rendre.

Le plus dur, c'était tous les matins, quand elle voyait la Range Rover garée devant chez elle. Ou parfois la Jaguar. Elle entendait comment Harvey sortait à toute vitesse pour l'embrasser et sa mère lui offrait une tasse de thé, tandis que lâchement elle avait acquis d'incroyables talents de grimpeuse et qu'elle descendait par derrière sa fenêtre quand tous les trois étaient dans la cuisine. Elle arrivait presque à bout de souffle à la bouche de métro pour se rendre au bureau.

Lorsque Brenda était finalement derrière son bureau, Luke arrivait au bureau (quarante minutes plus tard) sans montrer la moindre gêne d'avoir été pris pour un idiot. Au contraire, il lui souriait. Et ça la mettait en colère. Elle voulait qu'il soit fâché, elle voulait qu'il soit aussi furieux qu'elle l'était contre lui, elle voulait…

Elle ne savait plus trop exactement ce qui se passait, dernièrement tout l'énervait et la moindre petite chose la mettait de mauvaise humeur.

—Je suis fatiguée d'être la Brenda complaisante, aimable… J'en ai marre que les gens profitent de moi. J'en ai ma claque. Je veux un changement dans ma vie.

Tom rit. Ces impulsions de Brenda allaient toujours de pair avec un changement de coiffure. Il espérait seulement que cette fois-ci, elle n'aurait pas l'idée de se teindre les cheveux en bleu, comme cela était arrivé une fois.

—Tu devrais lui donner l'opportunité de s'expliquer. Je ne crois pas que ce soit une mauvaise chose. Il se peut que les hommes soient patients, mais crois-moi, Blackward a ses limites. Tu sais combien de femmes sont derrière cette bombe ?

Elle éclata de rire à cause de la manière dont Tom avait prononcé le mot bombe.

—Sûrement une longue liste… —répondit-elle avec amertume. Elle n'avait pas encore pu se sortir de la tête l'image de Luke avec son ex-femme à la fête de l'hôtel. Les voir ensemble augmenta sa sensation d'insécurité à son égard. Peut-être qu'il lui avait menti parce qu'il la considérait comme peu de chose comparée à d'autres femmes qui étaient plus à la hauteur de la haute société ?

—Exactement. Ce n'est pas facile pour un homme de confesser à une femme qu'il l'aime, je te le répète, encore pire de demander des excuses… et je crois que Luke a fait tout ça pendant cette semaine, 24h/24 et 7j/7. Allez, donne un peu de mérite à cet homme.

—Qu'il continue à le faire —répliqua-t-elle avec orgueil.

Tom lui lança un regard et haussa les épaules.

—Je trouve que tu fais trop la fière... Je t'aime *chérie*, mais tu es fait ta *drama queen*, et franchement venant de toi, c'est ridicule. Toi tu n'es pas comme ça. Cet homme veut juste parler et essayer de se racheter. —Cela dit, il s'approcha pour lui faire un baiser, et alla vite chercher sa veste pour aller laisser son amie chez elle—. J'espère seulement que ce ne sera pas trop tard quand tu te rendras compte que tu as été un peu inflexible. C'est juste parler, il n'est pas en train de te dire qu'il veut coucher avec toi.

« Si ça se trouve c'est ce que je veux moi », dit à Brenda une petite voix rebelle dans sa tête.

—Je pense que nous avons fait le tour du sujet pour aujourd'hui.

Tom haussa les épaules.

—D'accord. Je te ramène chez toi, *darling*.

***

Luke était d'une humeur de chien, parce que George avait pris la décision unilatéralement d'envoyer Christine à l'hôtel, sans le prévenir à temps. Il devrait maintenant chercher un espace dans son emploi du temps pour s'organiser avec elle. La blonde spectaculaire était aussi accro au travail qu'il l'avait été lorsqu'il avait monté l'entreprise avec George. Elle était efficace et rapide, il espérait donc qu'elle allait l'aider à sortir de toute la paperasserie de Blue Destination, pour ainsi contenter George et qu'il n'abandonne pas la société.

Sa mauvaise humeur était accrue par le fait qu'il n'avait pas eu le temps ce matin-là d'aller prendre le petit-déjeuner avec Marianne et Harvey. Il s'était déjà fait à l'idée de la réticence de Brenda à parler avec lui de sujets étrangers au bureau, cependant, il s'était pris d'affection pour Marianne et il aimait écouter les idées saugrenues du petit diable de frère qu'avait Bree. Prendre le petit-déjeuner avec eux était plus amusant que de le faire dans son vaste salon de Mayfair, ou pour affaires, comme il le faisait souvent.

Essayer de s'approcher de Brenda était loin d'être facile, et il avait l'intention de faire une dernière tentative. Il n'avait pas la réputation d'être un homme particulièrement patient, mais elle le méritait. Elle méritait n'importe quel effort de sa part.

Pendant une semaine il essaya par tous les moyens qu'il l'écoute. Il voulait juste lui demander l'opportunité de repartir de zéro, mais elle ne lui donnait même pas l'occasion de pouvoir converser. Il l'aimait et était fou d'elle, mais il avait aussi son orgueil et il ne s'était jamais mis dans les chaussures d'aucune femme, même pas de Faith. Il n'avait pas l'intention, et ne voulait pas non plus la forcer à lui confesser si par hasard ses sentiments étaient réciproques, il demandait juste une opportunité de parler sans interruption dans un endroit confortable pour eux deux. La réponse était toujours évasive.

—Brenda, viens ici —grogna-t-il par l'interphone en essayant de contrôler sa frustration. La voir sourire à cet imbécile de Parsons, et observer comment les tenues de bureau épousaient ses formes n'améliorait pas son humeur. Au contraire, cela l'énervait prodigieusement. Non seulement il voulait de nouveau l'embrasser, l'écouter rire ou sortir avec elle, il avait besoin qu'elle se sente autant à lui qu'il était à elle. Il n'avait jamais ressenti l'intensité des sentiments qui l'envahissaient à cause de Brenda.

—Bonjour —salua-t-elle en entrant et en fermant la porte derrière elle—. Qu'est-ce que je peux faire pour toi ?

Il parut ne pas lui prêter trop d'attention, alors qu'en réalité, il mourait d'envie de lui enlever cette apparence sophistiquée et distante. Au moins, pour l'instant, avait-elle mis de côté sa mauvaise habitude de l'appeler monsieur Blackward.

—Fais en sorte que le service informatique configure un nouvel ordinateur dans le coin —il signala un espace à quelques mètres à peine de distance, dans le vaste bureau de sa tante—. Appelle aussi un décorateur, parce que quelqu'un va venir travailler avec moi.

« Il compte me licencier ? », se demanda-t-elle inquiète.

Il sembla comprendre ce qui passait par la tête de Brenda.

—Depuis ici, je dois gérer ma compagnie maritime et l'hôtel, jusqu'à ce que ma tante revienne. Je ne peux pas gérer tout seul deux entreprises aussi complexes. Tu continueras à travailler comme mon assistante, tu n'as rien à craindre de ce côté-là. —Elle ressentit un grand soulagement, parce qu'elle avait de nombreuses factures à payer et que conserver son emploi jusqu'à ce qu'elle les aient toutes payées était crucial pour elle—. Prends-moi un rendez-vous avec Christine Jasperson pour après le déjeuner. —Bree prit note du numéro de téléphone qu'il lui dicta.

—Bien. —Elle avança jusqu'à la porte, en lui tournant le dos.

—Brenda ? —l'appela-t-il. Elle se tourna pour l'observer—. Ferme la porte —lui demanda-t-il, tandis qu'il se levait en s'approchant d'elle.

Le parfum de Luke pénétra dans son nez comme une drogue douce, séductrice et envoûtante.

—Non… —chuchota-t-elle lorsqu'il bougea pour fermer à clef. Il la prit par la main, sous le regard étonné de ces yeux verts et l'emmena vers la petite bibliothèque de son bureau. C'était un espace qui les éloignait de l'attention de quiconque marcherait à proximité.

—Chut —murmura-t-il contre sa bouche, en parcourant les douces lèvres de Brenda de petits baisers, qui, surprise de cet assaut soudain, permit qu'il fasse glisser ses mains jusqu'à les poser sur sa taille—. Tu m'as manqué… et beaucoup… —il lui mordit la lèvre inférieure—. Je veux tout recommencer, ma chérie, ne me rejette pas. —Il caressa le dos de Bree de ses mains. Elle se sentit fondre comme neige au soleil en le sentant si proche—. Laisse-moi essayer, s'il te plaît. —Il s'immergea totalement dans le parfum de Brenda. Il la goûta et la parcourut avec désir, passion et envie, lui faisant sentir comme si une flamme enveloppait et chauffait ce point entre ses cuisses.

—Ça ce n'est pas bien…

—Pourquoi ? —demanda-t-il en parcourant la forme de ses généreux seins féminins et pinçant un des tétons pointus qui ne demandaient qu'à être caressés. Il aurait aimé pouvoir se contrôler, mais il n'en pouvait plus. La voir tous les jours, distante, le rejeter… Il voulait tout d'elle. Tout.

—Tu m'as menti. —Il lui mordit le lobe de l'oreille—. Tu m'as menti… —répéta-t-elle pour se donner du courage et tenter de se sortir d'une bataille qu'elle savait perdue d'avance.

Luke sortit le chemisier en soie bleue de la jupe et monta les mains pour dégrafer le soutien-gorge. Lorsque les seins de Brenda furent libres et reposèrent dans ses mains, il les caressa avec passion. Il les pétrit tendrement, pressa les tétons avec convoitise et tout en pressant sa généreuse poitrine, il dévora la bouche de Brenda, qui ne cessait de gémir et de se tortiller contre lui.

—Je suis vraiment désolé, mon amour —chuchota-t-il, en faisant glisser ses mains jusqu'aux fesses fermes de Brenda. Brenda, qui sursauta lorsque Luke pressa son bassin contre le sien, lui faisant prendre conscience du désir qu'il ressentait pour elle—. J'ai essayé de m'excuser chaque jour.

—Quelqu'un pourrait entrer… —murmura-t-elle en lui rendant le baiser. Elle était idiote de se laisser entraîner par ses lèvres irrésistibles et par le goût épicé de la bouche qui lui manquait. Elle allait juste l'embrasser un petit peu plus. Un petit peu plus et ensuite, elle s'en irait… —. Parfois il ne suffit pas de s'excuser… —siffla-t-elle en essayant de respirer, mais le fait de sentir la chaleur virile la parcourir rendait cela quasiment impossible.

Luke l'amena contre les livres et se frotta en se tortillant contre elle. Il traça une ligne humide et délicieuse avec sa langue depuis la base de la clavicule jusqu'au lobe de l'oreille. Elle inclina le cou pour lui faciliter l'accès.

—Personne ne va entrer. Je m'en suis chargé, tu te rappelles ? Oh, Bree… tu m'as rendu fou. —Il commença à lui enlever la jupe de ses doigts maladroits mais rapides. Elle à son tour lui enleva sa coûteuse cravate, puis sa veste vert foncé et les premiers boutons de sa chemise—. Donc maintenant, il va falloir te racheter.

—Je ne t'ai pas encore pardonné… —haleta-t-elle—. Luke…

Il la fit taire d'un baiser passionné et captivant qui la laissa hors d'haleine. Brenda se livra sans réserve, tellement obnubilée par la sensation de plaisir, qu'elle ne se rendit pas compte que Luke l'avait entièrement déshabillée, jusqu'à ce que le vent froid sortant de l'air conditionné la fasse frissonner. Luke, étranger à tout ce qui n'était pas le magnifique corps de Brenda, se pencha pour prendre entre ses dents les tétons dressés autant par l'excitation, que par le mélange de la chaleur de son souffle et la fraîcheur de l'air du bureau.

—Tu ne m'as pas dit que tu fréquentais ton ex-femme — elle réussit à articuler une phrase, tandis qu'elle enlevait la ceinture du pantalon de Luke—. Je me suis sentie humiliée… blessée… je le suis encore.

Il pensa lui expliquer qu'il ne voulait pas l'impliquer dans cette partie de sa vie, parce que c'était le plus authentique qu'il ait pu connaître jusqu'à ce jour. Et même si au début il avait cru qu'il s'agirait seulement d'une aventure, elle avait pénétré son esprit cynique et s'était insinuée au plus profond de sa peau. Brenda était tout ce à quoi il ne s'attendait pas d'une femme. Douce, dévouée, généreuse, d'une impressionnante qualité humaine, belle et surtout, on aurait presque dit qu'elle pouvait lire à travers lui. Malheureusement, chaque rejet et chaque évasion à ses tentatives pour parler avec elle, le rendait plus nerveux. Ajouté à la tension de ne pas savoir ce que Brenda ressentait pour lui, il y avait la situation de ses entreprises.

Il lui répondit de la manière qu'il considéra la plus sincère possible.

—Je ne voulais pas que tu te mélanges à ma vie de cette manière.

Il venait à peine de prononcer la phrase, quand il vit l'expression de surprise, puis de douleur de Brenda. Bon sang, elle l'avait mal interprété. Il lui avait laissé entendre le contraire de ce qui se passait en réalité.

Elle commença à remettre ses vêtements en place.

—Non, non, chérie, attends… —il essaya de la retenir, mais elle s'écarta de lui.

—Arrête de m'appeler comme ça —exigea-t-elle, tandis qu'elle ramassait ses vêtements avec toute la dignité qui lui fut possible et qu'elle commença à se rhabiller. Luke pour sa part, passait ses doigts dans ses cheveux, désespéré de ne pas savoir comment l'aborder. Quand il s'agissait de Brenda, son cerveau s'atrophiait avec les idées qu'il devait exprimer. Comme maintenant—. Je suis stupide. Je ne veux plus que tu t'approches de moi.

—Ce n'est pas ce que j'ai voulu dire. —Il se recroquevilla lorsqu'elle passa près de lui en ramassant son chemisier, puis le poussa.

—Pourquoi tu n'essaies pas une autre idée comme argument ? Les mensonges c'est ton truc. —Elle ajusta sa veste. Sa chemise était toujours ouverte et sa veste était par terre dans un coin, mais il s'en fichait—. Par exemple, que dis-tu de commencer par dire que tu as honte d'avoir eu une aventure avec une personne d'une classe sociale différente de la tienne ? Peut-être expliquer qu'un bon coup c'est bien, à condition que cela reste en dehors du cercle social qui pourrait te récriminer ton mauvais goût pour une femme qui est loin d'être exubérante, et… ?

Elle ne put pas finir, parce que Luke se jeta sur elle. Il l'approcha de son corps, l'empêchant de se mouvoir ou de s'éloigner. Il prit ses lèvres avec force, et la dévora avec fureur et impatience pour la façon dont tout avait été déformé.

—Je voulais juste laisser les choses comme elles étaient jusqu'à trouver le moyen de te dire qui j'étais en réalité ! Au début je ne pensais pas le faire, mais quand j'ai réalisé que j'étais amoureux de toi, tout a changé ! Je t'aime ! C'est difficile à comprendre ?

Il lui arracha ses vêtements, et se déshabilla à son tour en deux temps trois mouvements. Il n'allait pas lui donner l'occasion de le rejeter une nouvelle fois. Impressionnée par la confession, furieuse de la réaction traître de son corps, et séduite par les mains et la bouche de Luke, elle se laissa aller à la passion qui parcourait son sang.

Luke protégea le dos de Brenda en mettant ses mains derrière elle, tandis qu'il s'appuyait contre la bibliothèque et que, la sachant humide, il la pénétra d'un assaut rapide. Elle haleta et enroula ses jambes autour de sa taille virile, sentant comme si on lui injectait la vie. Elle se sentait revivre. Elle pencha la tête en arrière, laissant Luke prendre le contrôle. Lui, la voyant s'abandonner et le laisser faire, s'inclina pour lui sucer les seins qu'il adorait tant, tandis qu'il plongeait à plusieurs reprises dans cette chaleur humide.

—Je… t'aime. —Il s'enfonça en elle une fois—. À la folie. —Il lui dévora la bouche—. J'ai besoin que tu me pardonnes, parce que je ne peux pas continuer à vivre un enfer, et c'est ce que je ressens chaque jour sans toi. —D'une estocade finale, il se laissa glisser jusqu'au plus profond de Brenda. Ils restèrent tous les deux silencieux, tandis que les spasmes orgasmiques parcouraient leurs corps en vagues successives.

Haletante, elle appuya la tête sur la nuque de Luke. « Que venait-elle de faire » ?

Il sortit de Bree en douceur et la laissa à même le sol. Il la prit dans ses bras et la retint un long moment, tandis qu'elle laissait couler ses larmes.

Elle était furieuse, elle était satisfaite, elle était désorientée. Son orgueil lui martelait la tête, mais son cœur luttait pour avoir le dernier mot.

—Je t'aime, Brenda. —Encore nus, il prit son visage entre ses mains—. Que ressens-tu toi pour moi ? Ce qui vient de se passer doit vouloir dire quelque chose. Ce n'était pas seulement faire l'amour, et tu le sais. S'il te plaît, sors-moi de cette agonie et dis-moi ce que tu ressens pour moi. —Elle le regarda et son cœur se serra parce que son orgueil venait de gagner—. Je ne sais pas comment lire tes gestes —continua Luke—, parce qu'ils me désorientent. Laisse-nous une chance et dis-moi si tu ressens quelque chose pour moi…

Tom lui avait dit que Luke n'avait pas la réputation d'être un homme patient, mais elle lui en voulait toujours, et avoir fait l'amour avec lui dans le bureau venait de la plonger dans un dilemme. Sans rien lui dire elle commença à ramasser les vêtements et à s'habiller. Il l'imita.

—Bien sûr que je ressens quelque chose pour toi —dit-elle finalement, et lui la regarda, plein d'espoir—. De la colère. —Luke resta bouche bée, puis serra les dents—. C'est ce que me provoque les gens menteurs de la classe supérieure qui manipulent pour obtenir ce qu'ils veulent sans que rien ni personne ne leur importe. Je viens travailler parce que j'ai une famille à soutenir, pas parce que j'ai l'intention de poursuivre cette aventure plus longtemps avec toi. Ce qui vient de se passer ici a été une énorme erreur. —Elle se comportait de manière bornée, elle le savait, mais une fois la digue ouverte, elle ne pouvait plus s'arrêter.

—J'ai l'impression que tu es en train de dire des choses qui n'ont pas de sens et qu'en essayant de me punir, c'est toi-même que tu punies —répliqua Luke, très sérieux—. J'ai essayé tous les jours d'avoir une minute avec toi, en te demandant une occasion de me racheter pour te reconquérir, et à chaque fois tu m'as repoussé. Je ne veux pas que tu me facilites la tâche, parce que je comprends que tu sois fâchée. Je l'aurais été, mais si toi tu avais commis une erreur, j'aurais été disposé à t'écouter. On vient de faire l'amour d'une manière si passionnée et avec une connexion que très peu de couples ont, c'est moi qui te le dis parce que j'ai plus d'expérience. —Elle fit une grimace—. Brenda, je ne suis pas en train de me vanter. J'essaie seulement de te dire que ce qui s'est passé, c'est faire l'amour avec toi. Ça l'a toujours été.

Elle rit avec enthousiasme.

—Tu peux bien penser ce que tu veux.

—Tu es tellement blessée que tu n'es pas capable de faire face à tes sentiments pour moi ?

—Tu as dit que tu ne sais pas ce que je ressens pour toi, maintenant tu as une illumination ?

Luke la prit par les bras et la secoua pour essayer de lui faire perdre ce foutu ton ironique et blessant.

—Je ne ressens rien pour toi —dit-elle d'un ton ferme—. Tu es mon chef et c'est tout. Je te veux loin de ma vie personnelle, en particulier de Harvey et de ma mère. —Elle le regarda avec une étincelle chargée de fureur dans les yeux.

—Je ne vais me mettre à genou devant toi. Je crois qu'il est suffisamment clair pour moi que même si tu es émue quand je te touche, que mes caresses t'excitent et que je te prenne te manquent, tu ne veux rien savoir de moi —dit-il sarcastique. Elle serra les lèvres—. Tu n'écouteras plus un seul mot d'amour ou d'affection de ma part. Ce sera comme tu veux. Je serai ton chef et toi ma subalterne, jusqu'à ce que dans deux semaines ma tante revienne à la tête de tout son empire —déclara-t-il avant de la lâcher—. Nous, c'est fini.

Ce qui est fait est fait, se dit Bree pour calmer le vide qu'elle sentit soudain dans l'estomac, en regardant comment Luke terminait d'ajuster sa cravate. Il était tellement beau que ça faisait mal de le voir. Et elle sentait qu'elle venait de commettre une erreur monumentale, mais elle n'était pas disposée à rectifier le tir, même si quelque chose en elle lui criait de lui confesser qu'elle aussi l'aimait et qu'elle désirait plus que tout au monde lui faire à nouveau confiance. Son côté têtu refusait de l'accepter et la poussait à rester sur sa position.

—Tu ne peux pas terminer quelque chose qui n'a jamais commencé. Ça n'a été qu'une simple aventure.

Luke haussa les épaules et feignit un sourire tellement froid qu'elle le ressentit dans ses tripes.

—Tu es sûre ?
—Évidemment…

Il l'étudia minutieusement. Il se sentait meurtri par son rejet et n'allait pas permettre qu'elle dédaigne ce qui existait entre eux deux.

—Alors je suppose que cela t'aurait été égal de coucher avec n'importe qui.

Brenda leva automatiquement la main, mais Luke l'arrêta en chemin.

—Je t'interdis de dire ça !
—Arrête de m'insulter.

Luke lâcha la main avec force et la regarda, furieux.

—Que j'arrête de t'insulter, tu dis ? Tu es tellement enfermée dans ta petite bulle de ressentiment que pour une faute, qu'en plus j'ai admise et pour laquelle j'ai demandé des excuses, tu es capable de te mentir à toi-même ! Pourquoi tu n'acceptes pas que tu ressens quelque chose pour moi ?

—Parce que...

Luke la lâcha et passa ses mains dans son épaisse chevelure qu'il décoiffa. Il ne pouvait pas croire comment cette femme, après ce qu'ils venaient de partager et lui de lui confesser, pouvait être aussi impossible. Encore une fois.

—Tu sais quoi, Brenda ? Je préfère que tu fasses abstraction de cette question. Je sais que tu vas me mentir. Tu m'as jeté à la figure deux fois ma déclaration, sans y répondre. *Deux*. Tu te trompes sur moi. Je ne suis pas un petit jeunot et je ne vais pas permettre que tu m'entraînes dans tes propres insécurités. J'ai fait des choses que je n'ai jamais faites pour aucune femme pour arriver jusqu'à toi. Je n'ai jamais eu à bouger un doigt pour avec une compagnie féminine à mes côtés, et tu sais quoi ? —Elle le regarda, le cœur emballé. Qu'essayait-il de lui dire ? Que désormais il allait sortir avec d'autres femmes ? Elle voulut mourir à cet instant précis. Elle voyait face à elle le dandy et le coureur de jupons que Tom avait mentionné. Ses gestes étaient irrémédiablement arrogants et étrangers à l'homme qui, quelques minutes auparavant, l'avait embrassée et touchée. Luke s'arrêta, ne laissant que deux millimètres entre lui et son beau visage—. Moi, tout autant que toi, j'ai aussi mon amour-propre. Nous n'avons plus rien à nous dire. —Il s'approcha de la porte et déverrouilla la serrure—. Tu ne m'aimes pas. Les choses sont claires. — Brenda sentait son cœur s'emballer. Elle était allée trop loin dans son ressentiment et avait ouvert la voie pour que Luke puisse sortir avec d'autres femmes—. Maintenant, je veux que tu arranges tout pour l'arrivée de Christine Jasperson —il regarda sa montre—, dans quatre heures. C'est tout, mademoiselle Russell. Vous pouvez sortir de mon bureau.

Brenda acquiesça par inertie et sortit.

Le grand prix de la stupidité ? Elle remportait la plus haute récompense à un tel mérite !

Quand Luke se retrouva seul, il s'approcha du minibar de sa tante, et se servit une généreuse rasade d'un whisky écossais dans un des coûteux verres à sa disposition. Il avait déjà essayé d'expier sa culpabilité, mais Brenda était tellement têtue qu'il ne pouvait pas avancer davantage. Il n'y avait rien d'autre à faire. Cette histoire était terminée.

Il vida le contenu de son verre d'une traite.

CHAPITRE 17

George réussit à organiser une conversation informelle avec Phillip Haymore. Les cercles dans lesquels évoluait le chef d'entreprise étaient enviables et arrivaient jusque dans l'entourage de la famille royale d'Angleterre. Bien que Luke se vantait aussi d'avoir une liste importante de personnes connues, la royauté était hors de cette ligue. Et c'est là que George intervenait.

Le restaurant dans lequel se trouvaient Luke, George et Phillip était en plein air. Même s'il faisait un froid de canard, le chauffage installé à proximité de chaque table empêchait le vent londonien de vous transpercer les os. Ce n'est pas pour rien que chaque plat coûtait plus de soixante livres. Entrer dans cet endroit supposait avoir un statut de membre exclusif de cinquante mille livres par an. Un luxe que Luke, grâce à ses revenus, pouvait se permettre.

—Phillip, quel plaisir que tu aies pu adapter ton emploi du temps pour prendre un verre —dit George. L'intéressé l'observait avec un sourire étudié et social, et dans son regard gris, on pouvait deviner qu'il avait du respect pour George. Et comment, s'il s'agissait là d'une des plus proéminentes *personnalités* de Londres—. Luke est mon associé et il est actuellement en charge de la chaîne d'hôtels de sa tante, Alice Blackward. —En écoutant le nom, l'homme rondelet à la moustache lustrée sourit—. Il se charge de la direction des hôtels pendant les deux prochaines semaines.

—Un empire de grand prestige, sans aucun doute —commenta Phillip poliment, en portant à sa bouche un canapé de salade grecque aux épices et au caviar—. D'après ce que je sais, vous avez donné une fête il y a peu, parce que vous souhaitez parrainer Wimbledon.

À ce que je vois, cet homme n'y va pas par quatre chemins, pensa Luke en faisant tourner son whisky sur les trois glaçons dans son verre en cristal.

—Précisément. Nous n'avons pas eu le plaisir de votre présence ce soir-là —répliqua Luke.

Avec un geste presque imperceptible de Haymore, un serveur s'approcha pour lui allumer son cigare. Prenant son temps, l'homme tira une longue bouffée et expulsa la fumée avec lassitude.

—J'aime passer inaperçu et j'ai demandé une discrétion absolue quant à ma participation aux votes pour choisir les parrains. Alors —sa voix ne fut plus méthodique, mais devint un peu dangereuse—, comment diable George a-t-il su que j'étais impliqué dans cette histoire ? Je suppose que Wimbledon est la raison pour laquelle nous sommes réunis, Blackward, et pas seulement pour prendre un verre et vérifier qui connaît le plus de membres de la royauté —lança-t-il avec sarcasme.

—George ne l'a pas su —dit-il—. Je comprends que vous n'aimiez pas les pièges, et cela n'en est pas un —affirma-t-il en évitant de lui donner des informations sur la façon dont il était au courant pour le vote décisif.

Haymore n'insista pas pour savoir comment ils étaient au courant de sa connexion avec les votes. Il avait autre chose de plus intéressant à demander. Il n'allait jamais aux réunions sans être préparé. Il savait d'avance qu'on le cherchait toujours pour obtenir quelque chose en échange… exactement comme c'était sa propre habitude d'agir avec les autres.

—Vous voulez aussi être parrains en tant que Blue Destination ?

—Vous êtes en train de me dire avec cet « aussi » que vous avez déjà accepté de promouvoir votre vote en faveur de la chaîne Wulfton, ou je me trompe ? —l'interrogea Luke.

—Puisque vous allez aller droit au but. Je vais être franc moi aussi. J'aimerais avoir quelque chose en échange.

—Nous sommes en train de négocier alors… ?

George décida de manger son plat et de laisser l'affaire à son associé.

—Il ne faut jamais perdre les bonnes occasions —sourit l'homme qui avait le pouvoir de mettre la cerise sur le gâteau à l'ascension de la chaîne Wulfton—. Et alors ?

—Ce n'est pas mon entreprise, je ne peux donc rien vous offrir des hôtels —répliqua-t-il en goûtant au filet de veau.

—Tu aimerais que Blue Destination figure sur l'affiche promotionnelle ?

—Ça se pourrait —dit-il avec prudence. Ça l'intéressait, parce que cela impliquerait que George ne pourrait plus le menacer de devenir indépendant, puisque les redevances de la promotion et la quantité de contacts ne lui laisseraient pas d'espace pour monter une affaire en parallèle—. Ce n'est pas là le sujet principal, de toute façon.

Phillip s'essuya la bouche cérémonieusement et avec une lenteur délibérée.

—J'aimerais avoir un pourcentage d'actions dans la chaîne d'Alice en échange de mon vote. —Une alarme se déclencha dans la tête de Luke. Il n'avait pas le droit de négocier Wimbledon contre des actions. Elles ne lui appartenaient pas et sa tante considérerait cela comme un manque de loyauté—. J'ai toujours voulu la convaincre, à travers mes avocats, que nous unir était une bonne affaire, mais ma bonne amie Alice a pour habitude d'être trop têtue. Je pourrais l'aider à s'étendre à Dubaï et à d'autres endroits au Moyen-Orient, d'ailleurs, je pourrais doubler ses revenus. Je comprends que vous avez grand besoin de la publicité de Wimbledon pour dépasser vos concurrents et les distancer pendant un bon moment. L'exercice fiscal s'est clôturé avec à peine vingt pour cent de bénéfices, ce qui est bien en dessous des cinquante pour cent habituels. Pas vrai ?

Luke se crispa. Ils étaient en train d'épier sa tante ?

—Je ne sais pas comment vous pouvez être au courant d'un aspect interne aussi important que celui-ci —dit-il, hostile.

Haymore se détendit contre le siège. Il prit deux autres bouffées de son cigare en attendant que l'effet de cette information fasse son effet dans l'esprit du jeune homme.

George remarqua avec inquiétude ce qui était en train de se passer. Lorsqu'il avait convaincu Phillip de se réunir avec Luke, il avait seulement en tête que son associé sonde le terrain et mesure la possibilité que la compagnie maritime à tous les deux puisse aussi participer. Il ne comptait pas sur le fait que Haymore sorte ce type d'information sur la chaîne Wulfton. Il y avait sans aucun doute un espion dans les hôtels d'Alice, et il n'osait même pas s'imaginer ce que ferait Luke lorsqu'il retournerait au bureau et trouverait d'où venait la fuite.

Phillip se pencha en avant et éteignit le cigare dans le cendrier.

—Ce qui devrait t'inquiéter, jeune homme, c'est si tu me convaincs suffisamment pour que je me décide à suggérer fermement le nom Wulfton lors de la prochaine réunion avec les responsables du conseil, ou bien si je me décide pour une des chaînes de la concurrence.

Luke fit semblant de se détendre, mais c'était tout le contraire.

—Je ne peux pas vous offrir ce que vous demandez. La chaîne ne m'appartient pas et je suis sûr que ma tante n'a pas l'intention de laisser des personnes étrangères à la famille posséder des actions de l'entreprise. Vous le savez —sourit-il froidement— une entreprise familiale mérite que l'on en prenne le plus grand soin.

—Penses-y. El Langlioni est sans aucun doute une excellente option d'hébergement pour l'élite du tennis, je ne crois pas que cela fasse du bien au Wulfton de savoir que tous sont partis chez la concurrence. Je peux améliorer ma proposition pour ces actions. J'inclurais ta compagnie maritime comme partie de l'accord. —Le visage de George s'assombrit. Cette réunion ne lui plaisait pas du tout—. Je me montre généreux en échange de mon vote décisif. Ce n'est pas n'importe quoi. Tu le sais. —Pour Phillip ce n'était pas seulement de l'ambition, c'était que dernièrement ses affaires n'allaient pas très bien et qu'il devait assurer ses arrières. Il avait besoin de revenus pour conserver sa réputation sociale ; son train de vie. Par ailleurs, certaines affaires dépendaient de la décision qu'il prendrait concernant le tournois de tennis. Il pensait laisser de côté la question des tournois sportifs, car ils lui donnaient trop de maux de tête. Les paris à l'hippodrome ne lui rapportaient rien ; il avait hypothéqué la propriété de famille pour cette soirée de Poker, et avait tout perdu. S'il ne réussissait pas à réunir l'argent, la maison vieille de plusieurs centaines d'années passerait aux mains de la banque. Ce serait un scandale qui entacherait son prestige social. Il ne pouvait pas se le permettre. D'autre part, s'il obtenait les actions de la chaîne hôtelière, les intérêts qu'elle générerait serait des intérêts à vie, et comme ça il arrêterait les paris. Le jeune Blackward n'avait pas besoin de connaître ces détails.

—Je peux vous offrir une quantité d'argent considérable si vous réussissez à ce que la chaîne Wulfton soit le parrain officiel. Les actions ne sont pas en vente, ni à Wulfton ni à Blue Destination.

—Je suis d'accord avec Luke —le soutint George.

Les yeux de Phillip Haymore brillèrent. Il pensait utiliser au maximum les informations qu'il obtiendrait depuis l'intérieur des hôtels. Il avait des contacts partout. Et les actions du Wulfton l'intéressait au plus haut point, plus que celle de la compagnie maritime.

—Nous pourrions arriver à un accord.

Pour Luke, l'homme qu'il avait en face de lui possédait l'éclat caractéristique de quelqu'un qui cherchait désespérément à améliorer sa situation économique. Il était peut-être jeune, mais il flairait que derrière cette indifférence de Haymore se cachait de la peur. Et c'était une des meilleures armes pour négocier.

—Je vais réfléchir à votre proposition. J'espère que nous pourrons nous réunir à nouveau.

—Tenez compte du fait que la réunion décisive pour choisir les hôtels se tiendra sous peu. Si vous ne donnez pas de réponse, peut-être que depuis El Langlioni ils pourront me donner de meilleures options. —Il se leva, mettant ainsi un terme à la réunion.

—Je n'aime pas les chantages.

—Ah, monsieur Blackward, mais nous sommes des gentlemans. Nous sommes en train de négocier.

George intervint rapidement, et ils soutinrent une brève conversation, avant que Phillip ne reçoive un appel téléphonique qui l'obligea à mettre définitivement un terme à la conversation informelle.

Ils se dirent au revoir d'une poignée de mains.

Lorsque Luke et George virent disparaître Haymore, ils se regardèrent, consternés.

—Tu vas faire quelque chose à propos de l'information qui a fui sur les hôtels ?

—Crois-moi, George, quand je découvrirai le coupable, il va apprendre que les mots peur et destruction sont des synonymes. J'ai l'impression que ma tante Alice a pris pour acquis que l'on pouvait faire confiance à son équipe. Pour être une femme d'affaires de son envergure, elle a considérablement baissé la garde. Je vais me faire un devoir de dénicher le mouchard.

—Ta tante a besoin de Wimbledon. De Blue Destination, non. Garde la tête froide.

—Je suppose que Haymore a toujours su que tu voulais le voir pour la question de Wimbledon.

—Probablement. Je ne connais pas beaucoup cet homme. En tout cas, tu sais maintenant que c'est comme ça que se passent les réunions. Un peu d'hypocrisie, quelques touches de sarcasme, parfois ne pas jouer franc jeu… et je crois que Phillip est en train de jouer à un jeu très dangereux en utilisant des informations confidentielles. Si jamais il ose faire du mal aux Wulfton, il va le payer très cher. J'ai entendu dire qu'il avait certains problèmes financiers.

—Nous allons nous charger de lui. Nous perdrons peut-être le parrainage, mais je vais personnellement mettre un point d'honneur à trouver la taupe.

—J'ai pitié du mouchard, quel qu'il soit.

—Pas moi… —grogna-t-il. Comment ce misérable Haymore avait-il l'audace de l'obliger à négocier sous prétexte qu'il avait des données internes sur l'entreprise d'Alice ? Satanés hommes d'affaires.

—Au fait, Luke, je ne vais pas partir de la compagnie maritime. J'y ai bien réfléchi. Je m'y sens à l'aise, nous avons des perspectives de continuer à un rythme de croissance soutenu, avec des dividendes plus que remarquables. Je vis bien. Monter une nouvelle affaire représenterait plus d'heures de travail, et je ne crois pas que ma femme se réjouisse —sourit-il.

Luke acquiesça.

—Pendant un moment, j'ai cru que tu allais le faire. Je suis content que tu aies réfléchi. Nous formons une équipe de choc. L'entreprise est solide.

—Ma femme est de nouveau enceinte et cette fois-ci c'est un peu délicat, toi tu étais parti, et diriger les affaires seul, tu sais bien que ce n'est pas si facile, parce que nous sommes les seuls à pouvoir prendre les décisions importantes. Et dernièrement, il y en a eu beaucoup.

Luke sourit et acquiesça.

—Eh bien, félicitations pour la grossesse de ta femme ! —il lui donna une tape sur l'épaule—. Il faudra que je lui apporte un panier de fruits tropicaux en cadeau. Je sais combien elle aime ça. —George sourit. Katherine était une amie de Luke, et c'est grâce à lui qu'il l'avait connue.

—D'ailleurs, Luke, à propos de l'entreprise. J'ai appelé Christine ce matin. Elle a accepté d'être transférée au Wulfton jusqu'à ce qu'elle puisse revenir physiquement dans l'entreprise.

—C'est génial qu'elle ait accepté. Elle est parfois un peu râleuse —il rit—. Heureusement que j'ai au préalable demandé à mon assistante qu'elle prenne rendez-vous avec elle à mon bureau de l'hôtel.

—Christine est exactement ce dont tu as besoin pour lui déléguer des choses, et comme ça tu me laisses souffler un peu —dit George en riant.

—Oui, je veux bien le croire. Allez, George, trinquons à la grossesse de Katherine.

***

Brenda était en train de terminer un appel, lorsque Kevin apparut. Depuis la dernière conversation avec Luke, son ami des relations publiques s'était montré plus attentionné que de coutume avec elle, et elle aurait presque pu penser qu'il était au courant de ce qui s'était passé dans le bureau du neveu d'Alice ce matin-là. Mais Kevin ne faisait aucun commentaire qui puisse aller dans ce sens.

Même si Kevin était génial, elle sentait qu'elle ne pouvait pas avoir tout à fait confiance en lui. Ce n'était pas parce que Tom l'avait prévenue, pas du tout, c'est juste qu'elle sentait qu'il manquait une pièce du puzzle. Ou est-ce qu'elle devenait paranoïaque ?

Ce dont elle avait besoin, c'était de vacances.

—Tu es bien pensive cet après-midi, qu'est-ce qui se passe ?

—J'ai beaucoup de travail et je crois que tu devrais être en train de tout préparer pour tes questions de relations publiques.

—Le travail ce sera pour plus tard. Ce qui me préoccupe pour l'instant, c'est ta santé mentale —commenta-t-il sur le ton de la plaisanterie. Elle sourit—. Ce matin tu ne m'as même pas vu quand je t'ai fait coucou de la main pour que tu t'approches à prendre un café avec moi près du hall d'entrée. Tout va bien ?

—J'étais préoccupée parce que je dois organiser tout un tas de réunions pour Luke.

Ces derniers jours, Kevin avait plus de travail que ce qu'il pouvait gérer et il n'avait pas pu se consacrer à ses problèmes personnels comme il avait l'habitude de le faire quand Alice était là. Son chef du moment était trop exigeant et il ne l'aimait pas.

—Des amis en ville organisent un dîner ce soir. Ils m'ont dit que je pouvais venir accompagné. Et je ne vois personne de mieux que toi pour y aller —il sourit, charmeur —. Qu'en dis-tu, Bree, tu as des projets ?

Il savait qu'elle avait le béguin pour ce crétin de Blackward, mais il avait un avantage, c'était que Brenda ne semblait plus vouloir rien avoir à faire avec lui. Dans son monde à lui, s'il y avait une occasion à prendre, il fallait la saisir, peu importe qui devait en pâtir. Il regrettait que dans un futur proche se puisse être Brenda.

—Oui —mentit-elle—. Aujourd'hui je dois emmener mon frère chez le dentiste dès que je sors du bureau et ce soir je dois aider ma mère avec l'organisation de l'anniversaire de Harvey qui est pour bientôt. Les listes, les détails et tout ça.

—Allez, je passerai te chercher à neuf heures. Tu seras rentrée chez toi en un rien de temps. Tu peux dresser les listes demain.

Elle y réfléchit. Tant pis, se dit-elle, si cet idiot de Luke se contentait de lui parler comme s'il parlait à un mur, elle devait donc connaître d'autres gens.

—Je vais y réfléchir —répondit-elle. Elle ne voulait pas non plus sembler désespérée. Dernièrement, elle se trouvait dans une situation étrange, dans laquelle même si elle était convaincue qu'elle ne pouvait pas faire totalement confiance à Kevin, elle se sentait par ailleurs poussée à sortir avec lui, parce qu'il la faisait rire, s'exprimer sans peur de représailles et curieusement, il n'y avait pas ce courant sexuel paralysant qu'elle ressentait quand Luke se trouvait à proximité—. Merci, Kev.

—Parfait. —Il se pencha alors vers elle, arrivant presque à la hauteur de ses yeux—. Le chef est en train de passer par la porte et il a son air des mauvais jours, alors sors ton bouclier de protection et faisons en sorte que les épées ne te transpercent pas. —Il se releva face au rire de Bree.

Luke les étudia tous les deux, les sourcils froncés, non sans avant lancer un regard d'exaspération à Brenda, qui le reçut comme une douche froide. Luke était inquiet et pensait à la personne susceptible de filtrer des informations confidentielles de l'entreprise d'Alice. Comme si ce n'était pas suffisant, voir Brenda avec Kevin fit grandir sa mauvaise humeur. Il avait eu sa dose de femmes immatures et volages comme Faith, pour vouloir s'impliquer à court ou long terme avec une autre du même genre. C'était sans doute mieux que les choses entre eux soient finies, pensa-t-il, en claquant la porte lorsqu'il arriva à son bureau.

Brenda lança un juron à voix basse lorsqu'elle entendit la porte du bureau d'Alice se fermer avec fracas. Une chose était qu'elle soit l'assistante de Luke, et qu'ils ne se fréquentent plus en tant qu'amants, une autre qu'il la regarde comme si c'était une gêne, comme quelqu'un qui n'avait pas le privilège de s'approcher d'un chef d'entreprise aussi important que lui, sauf si elle voulait recevoir des ordres de travail. Cette attitude l'exaspéra au plus haut point.

—Mademoiselle Jasperson —salua Bree lorsque la jeune femme arriva devant elle. Les mots que Tom lui avait dits à propos de Luke lui revinrent à l'esprit. « Il a une longue liste de filles qui attendent de coucher avec lui ». Elle se demanda avec un nœud dans l'estomac si ladite Christine en faisait partie. Il n'avait pas attendu trop longtemps depuis qu'elle l'avait repoussé—. Je suis Brenda Russell, l'assistante…

—Je sais qui vous êtes, s'il vous plaît, dites à Lukas que je suis là —l'interrompit-elle d'un geste agacé de la main.

Christine Jasperson était tout ce que Brenda détestait. Une femme prétentieuse. Belle sans effort, avec une silhouette façonnée à force d'exercice, qui la faisait regorger de féminité. Elle nota les cheveux lisses à hauteur du menton, avec une coupe très moderne. Elle avait des yeux bruns de gazelle encadrés par des sourcils parfaitement dessinés et fournis. Ses lèvres semblaient demander l'attention des hommes à cor et à cri.

—Bien sûr —elle se mordit la langue pour ne pas lui répondre par un de ses sarcasmes ingénieux—. Je vous offre un café ?

—Le café n'est pas bon pour les dents —répondit-elle en cherchant son portable dans son sac *Mulberry*. Elle jeta ensuite un coup d'œil à ses messages, les sourcils froncés.

Bree retint son envie de lever les yeux au ciel et appela Luke pour lui dire que la femme qu'il attendait avec impatience était arrivée au bureau. Il lui dit simplement qu'elle la fasse entrer et avant d'avoir pu répondre quoi que ce soit, lui raccrocha au nez.

« Espèce de crétin ».

—Je vous accompagne au bureau de monsieur Blackward.

—Comme tu voudras —murmura-t-elle en regardant sans détour la tenue à petit budget de Brenda. Et elle ne put s'empêcher de commenter— : il me semble que pour travailler dans une entreprise aussi importante que Wulfton et en tant qu'assistante de quelqu'un comme Lukas tu devrais t'habiller un peu plus en accord avec la renommée de l'entreprise.

Brenda grinça des dents et fit semblant de ne pas l'avoir entendue.

Elle ouvrit la porte du bureau de Luke.

—Monsieur Blackward, mademoiselle Jasperson —dit-elle d'un ton sarcastique.

Luke se leva comme un seul homme et s'approcha avec un sourire dont Bree se rappelait si bien. Diaphane, sincère et chargé de... d'affection ?

Christine embrassa Luke sur les deux joues et esquissa un sourire chaleureux. « Tout ce qu'elle avait vu de chaleureux dans cette femme glaciale », pensa Brenda.

—Quel plaisir de te voir, ma belle.

« Ma belle ? Mais s'il y a à peine quelques heures, ils étaient en train de... ». Brenda feignit que cela lui soit égal, mais en réalité elle avait envie d'éloigner cette femme de Luke, et de le réclamer comme à elle. Mais elle ne le pouvait pas. Elle avait fait un choix et devait en subir les conséquences.

—Mademoiselle Russel, Christine va travailler avec moi pendant les deux prochaines semaines. Le mobilier que je vous ai demandé d'adapter dans ce bureau est pour elle. Il ne manque rien, pas vrai ? —demanda Luke en observant la réaction de surprise de Brenda.

—Je...

—Oui ou non ? Je ne vous paie pas pour que vous divaguiez —dit-il à Brenda sur un ton de reproche.

Elle avala sa salive et fit non de la tête. Elle se sentit blessée. « Pense que c'est un chef tyrannique. Que c'est un menteur. Cela ne doit pas t'affecter ».

—Bien —dit Luke. Il s'adressa alors à une Christine souriante— : tu peux t'installer où tu veux. Mademoiselle Russell t'aidera pour ce dont tu auras besoin et moi personnellement, comme nous l'avons toujours fait.

L'intéressée sourit et observa son environnement de ses yeux marrons et froids.

—Si vous n'avez plus besoin de moi, je me retire —murmura Brenda en faisant semblant de garder un ton ferme, alors qu'en réalité elle était au bord des larmes. Elle ne pouvait pas croire que Luke lui promène une amante sous le nez alors qu'il lui avait dit qu'il l'aimait. Si jamais il essayait de lui faire remarquer qu'elle avait dépassé les limites, les choses ne pouvaient pas être plus claires. Mais la remplacer par une autre et la balader sous son nez aussi effrontément, ça ne lui faisait pas marquer des points… d'ailleurs, lui faire du mal ne faisait que la faire se replier davantage sur elle-même.

—Un instant —dit Luke en déduisant les conclusions auxquelles avait pu arriver Brenda, de par l'expression blessée qu'il nota qu'elle essayait de cacher sans succès. Si le regard de confusion, de surprise et peut-être de jalousie qu'il vit en elle était vrai, cela voulait dire que Bree ressentait quelque chose de fort pour lui. Cela lui redonna une lueur d'espoir. Il fallait qu'elle arrête de les punir tous les deux pour l'erreur qu'il avait commise, et pour ce faire, il était prêt à utiliser n'importe quel subterfuge—. Réserve-nous une table ce soir au Bellamys —demanda-t-il. Il s'adressa ensuite à Christine avec un grand sourire— : pour deux. Et ce sera tout, mademoiselle Jasperson et moi serons occupés à travailler. Ne me passe pas d'appels pendant les trois prochaines heures —conclut-il sans regarder à nouveau Brenda.

Bree lui sourit.

—Bien sûr, monsieur Blackward, aucun problème —salua-t-elle en fermant la porte, tandis que dans sa tête elle se rappelait toutes les pires injures que proféraient Tom, Scott et tous les amis commères qu'elle avait eus à Green Road.

Lorsque Christine vit que Brenda s'éloignait, elle se tourna vers Luke et éclata d'un rire tonitruant qui contrastait avec son attitude frivole. Lui pour sa part s'approcha du mini bar et se servit deux verres de whisky. Christine refusa de s'en servir un, sinon elle n'allait pas suffisamment se concentrer pour écouler la quantité de travail de Blue Destination.

—Qu'est-ce que c'était que tout ça ? —demanda-t-elle en s'asseyant derrière le bureau qu'ils lui avaient adapté. L'attitude froide et indifférente avait laissé la place à sa vraie nature. Détendue, libre et aimable—. J'aurais pu couper au couteau l'hostilité qui émanait d'elle envers moi.

Il grogna quelque chose dans sa barbe.

—Je t'ai déjà expliqué au téléphone. Merci de te prêter à faire semblant d'être mon nouveau centre d'intérêt… ça, mon amante…

—Je ne crois pas que ce que tu es en train de faire soit correct. Je te le dis en tant que femme…

—Christine, sérieusement. Je ne veux pas de conseils là maintenant —grommela Luke en lui laissant une pile de documents sur son bureau. Ensuite, il changea de sujet— : nous devons régler les derniers détails pour le client espagnol. Il nous a demandé un dossier supplémentaire, et ça apparaît dans le contrat que nous avons signé. Alors informe-toi sur les bilans. Ensuite, il faut que l'on fasse un *hangout* avec George, je ne peux pas me déplacer jusqu'au bureau, c'est pour cela que tu es ici, tu le sais bien Christy. Il faut que tu délimites la question budgétaire. Il faut programmer un voyage à Southampton, pour dans trois jours. Je ne pourrai pas y aller. Tu devras t'y rendre seule à nouveau, comme lorsque j'ai dû me rendre à Surrey.

Elle acquiesça. Elle connaissait Luke depuis toujours et elle aurait fait n'importe quoi pour lui, parce qu'il avait été son point d'appui sans faille quand elle avait eu le plus besoin d'un ami.

—Aucun problème. Je me débrouillerai. Il faudra que tu me montes de catégorie dans les hôtels. Maintenant je veux qu'ils me paient la suite présidentielle.

—Tu es infernale —il éclata de rire.

Christine haussa les épaules.

—Tu as aussi quelques actions et le droit de t'offrir les luxes qui te font plaisir, Christy —dit-il en l'appelant de cette manière affectueuse.

—Je le sais et t'en remercie. Tu sais que je ferais n'importe quoi pour toi. En plus, tu ne ressembles à aucun homme que j'aie connu, et je te serai éternellement reconnaissante de t'avoir comme ami.

—Tu ne mérites pas moins. —Il mit ses mains dans ses poches—. Alors, prête pour entrer dans cette petite lutte de pouvoirs ?

Elle ne put contenir un éclat de rire.

—Plus que prête, Lukas —elle prononça le nom en se moquant et ils éclatèrent de rire tous les deux—. Je vais examiner les bilans, pendant que toi tu vérifies que Renno est dans son bureau pour lui envoyer une ou deux télécopies. On a du travail pour plusieurs heures aujourd'hui.

—Alors allons-y.

Les rires parvinrent jusqu'à Brenda, qui ne trouva pas ça drôle du tout que la chanson du groupe Keane, qu'elle écoutait sur son iPod, se termine à ce moment précis pour qu'elle ait à écouter les amants s'amuser dans le bureau principal. Brenda se réjouit d'avoir des projets pour ce soir-là. Elle n'avait pas pour habitude de sortir le mardi soir, mais elle ne regrettait pas d'avoir accepté l'invitation de Kevin. D'ailleurs, elle avait l'intention de passer une soirée digne de ce nom avec lui. Elle oublierait aussi le chapitre avec Luke, tout comme il venait de le faire avec elle.

CHAPITRE 18

La musique lui donnait des ailes et faisait taire ses préoccupations récurrentes. Elle se trouvait dans un luxueux penthouse de la banlieue de Londres. Kevin lui avait dit qu'il s'agissait d'un dîner. Un dîner ? Euh, presque ! Ce qu'elle voyait c'était une fête somptueuse.

Brenda portait une robe couleur menthe à manches longues et transparentes avec un décolleté en V, légèrement ouvert juste à hauteur de la naissance des seins. Sa robe descendait jusqu'aux genoux et lui donnait une allure décontractée. Tout aussi décontractée qu'elle prétendait l'être. Elle avait relevé ses cheveux en chignon et quelques mèches lui avaient échappé, lui donnant un aspect décoiffé et sexy.

—Et alors ? —demanda quelqu'un à sa droite. Kevin l'avait laissée seule, parce qu'il avait dit qu'il allait demander quelque chose à un collègue. Elle fit tourner la petite cerise de son troisième cocktail. Enfin, en tout cas c'est ce qu'elle croyait, qu'elle en était à son troisième. Elle voulait oublier Luke Blackward pour un soir. Pour une malheureuse soirée. Les effets de l'alcool l'aidaient à se sentir plus désinhibée.

—Et alors quoi ? —répondit Brenda après un moment, à l'homme qui était toujours à côté d'elle et qu'elle n'avait même pas pris la peine de regarder. Elle mastiqua la cerise verte, extrêmement sucrée. Elle était assise au bar qui était assorti à la décoration de style Alice aux pays des merveilles, version Tim Burton dans le salon de la Reine de cœur. Tout était rouge, noir et blanc et les *barmans* étaient curieusement habillés d'un T-shirt représentant les couleurs de différents symboles des cartes à jouer. Des personnes naines étaient habillées de drôles de costumes, et l'une d'entre elles prétendait être la méchante reine de cœur assise sur une chaise, cinq fois plus grande que sa petite taille.

—Je t'ai invitée à danser.

Pour Brenda, cela ressemblait plutôt à un ordre. Elle fit un grimace d'agacement. Elle le regarda. C'était la quatrième fois qu'elle se faisait approcher par l'un de ces sexy spécimens qui emplissaient la somptueuse salle de danse. Son cœur ne s'était emballé pour aucun d'entre eux, et ses tétons n'avaient pas non plus imploré des caresses au premier regard. Non. Aucun n'était cet homme, ce nuisible menteur…beau et merveilleux Luke, qui devait à cette heure-ci être en train de s'envoyer en l'air avec cette blonde aux jambes interminables. « À mon indépendance », se dit-elle.

—Non, merci. Je vais rester là —répondit-elle en le fixant, avant de prendre une gorgée de son verre. Cet homme était la version améliorée de Josh Duhamel. Il existait une version améliorée ?

L'homme haussa les épaules en la regardant comme s'il s'agissait d'une bête étrange. Puis il poursuivit son chemin en s'éloignant de Brenda.

Après avoir sympathisé avec le barman, avoir ajouté trois cocktails à sa liste, parlé avec la Reine de cœur, ri de l'infâme Alice et plaisanté avec quelques-uns des vassaux de la cour de la méchante reine, Brenda tomba finalement sur Kevin. Lui, semblait avoir complètement oublié son existence. Elle l'observa. Il semblait absorbé dans une sorte de conversation tendue. Ses interlocuteurs étaient des hommes de la corpulence d'Arnold Schwarzenegger. Elle voulait rentrer chez elle.

Kevin ne pouvait pas croire ce que Stuart et Miles, les sbires de Charles Smith, venaient de lui dire. Ils lui donnaient quarante-huit heures pour leur donner ce qu'il leur devait en échange de l'argent qu'il avait reçu il y a un certain temps, en paiement de cette mission. Comment diable allait-il rassembler si facilement les informations qu'ils lui demandaient ?

Smith était un ex-repris de justice jugé pour trafic d'influences, qui à ses heures de gloire (quand il était libre et sans casier judiciaire), avait été candidat au Parlement. Après sa remise en liberté, il n'était plus du tout le prétentieux aristocrate qu'il avait été avant son passage en prison. Le ressentiment et la soif de vengeance contre ceux qui avaient contribué à l'inculper, l'amenait à faire le sale boulot pour celui qui avait été un jour l'un de ses pairs du royaume, Phillip Haymore.

Haymore était celui qui prenait la responsabilité, établissait les contacts, faisait chanter et intimidait avec des données confidentielles et c'était Smith qui lui fournissait les informations. Même si au début Kevin avait pensé qu'échanger quelques contacts de la chaîne Wulfton contre quelques milliers de livres, allait être sans conséquences, il s'était trompé. Quant Haymore et Smith s'étaient rendu compte de l'importance de son rôle au sein de l'entreprise, ils lui offrirent des sommes d'argent considérables qu'il avait du mal à refuser. Au début, il s'agissait simplement d'une base de données, que Dieu seul sait l'usage qu'ils en faisaient. Kevin n'avait aucune idée des magouilles dans lesquelles ils trempaient, il comprenait seulement que le chantage faisait partie de la stratégie pour réussir à mettre la main sur des entreprises prospères, ou sur une partie d'elles, en utilisant des informations classifiées.

Kevin reçut également des invitations pour jouer au Poker. Il devint ambitieux et perdit des sommes considérables, mais les coups de chance lui permirent de s'acheter la maison dans laquelle il vivait. Il avait pensé s'acheter des voitures de collection et considéra que la dernière mission de Charles et Phillip n'avait rien de compliqué. Ce ne fut pas le cas et le plan capota. Il contracta la dette pour l'achat de quatre Bentley et ne pouvait plus reculer avec la banque, parce qu'il avait signé en garantie l'hypothèque de sa maison. Il était fait comme un rat.

Haymore et Charles eurent voix de son problème d'argent. Et se présenta l'opportunité de sauver sa peau auprès de la banque pour ne pas tout perdre, en échange de leur fournir les états financiers de tous les hôtels Wulfton. Il n'eût aucun mal à obtenir ces informations.

Mais la nouvelle mission qu'il avait désormais, était toute autre. Le coût de la compensation était la dernière somme, pour trois cent mille livres, afin de le libérer totalement de sa dette à la banque. Ils lui demandaient les noms des quarante contacts les plus importants d'Alice Blackward et leurs implications dans l'entreprise au cours des six derniers mois. Et c'est précisément cela qui mettait Kevin dans cet état de nerf. Ce n'était pas facile, mais il avait déjà choisi le camp dans lequel il allait jouer et ce n'était pas celui des Blackward.

Même s'il n'y avait pas d'accord signé à la clé, ni de reconnaissances de dette dans chaque versement d'argent que lui faisaient Haymore et Smith, Stuart s'était chargé un jour de lui raconter la façon dont ceux qui devaient de l'argent à l'organisation fantôme finissaient leurs jours. Des os brisés. Des suicides convaincants. Des mutilations. À de rares occasions, des morts, mais c'est certain qu'à la fin, ils regrettaient de ne pas l'avoir fait.

C'est alors qu'il pensa à Brenda.

C'est elle qui gérait tous les contacts d'Alice, et il savait que son ordinateur était une mine d'or. Bree possédait toute l'information des sujets qui allaient être traités, les intérêts les plus importants, ainsi que les stratégies. C'était par conséquent la femme de confiance, la main droite d'Alice. Le seul problème c'est qu'elle était, comme lui, toute la journée collée à cet ordinateur. Il ne pouvait pas le voler parce qu'il y avait des caméras de sécurité, et les ordinateurs des cadres et du personnel avec des données sensibles (comme Brenda), étaient encastrés dans les bureaux avec des dispositifs de sécurité pour qu'on ne puisse pas les déplacer.

En plus, il y avait un problème bien plus grave. Le système de sécurité informatique des Wulfton était un des meilleurs. Mais il fallait qu'il sauve sa peau et la seule solution pour lui, était de se montrer créatif. Il verrait bien ce qu'il inventerait.

—Je n'ai pas à cet instant précis ce que vous me demandez, mais je vous ai promis de l'obtenir et je vais le faire. Je ne vous ai jamais déçus.

—Nous, nous ne nous chargeons pas de donner les délais, seulement de prévenir avant que les hors-la-loi ne subissent un étrange incident corporel difficile à arranger en quelques heures, si vous voyez ce que je veux dire... —dit Miles, un corpulent ex-combattant de lutte libre qui avait une dent cassée et à qui il manquait la moitié d'un sourcil—. Quoi qu'il en soit Parsons, tu es prévenu. On n'aime pas particulièrement les débiteurs américains. On veut cette base de données.

« Si seulement je n'avais pas été aussi ambitieux », pensa Kevin avec regret. Mais il était déjà trop tard.

—Monsieur Smith et monsieur Haymore aiment les comptes justes —ajouta Stuart, qui était connu pour son esprit astucieux avec les chiffres ; il était responsable de la gestion des affaires louches de Haymore.

Une fois lancé l'ultimatum, Miles et Stuart firent une grimace assimilable à un sourire et quittèrent la fête.

Kevin essaya de respirer calmement. S'ils l'avaient localisé chez l'un de ses amis, cela voulait dire qu'à partir de maintenant, les choses allaient devenir bien plus musclées.

Lorsqu'il eut réuni suffisamment d'oxygène pour réfléchir, il se tourna et tomba sur Brenda qui était en train de l'observer un verre à la main depuis un coin du penthouse. « Maintenant je vais avoir besoin d'elle plus que jamais ».

Elle s'approcha et comme put l'apprécier Kevin, sa démarche n'était plus très assurée.

—Je suis désolé de t'avoir laissée seule aussi longtemps —s'excusa-t-il en lui caressant la joue droite. Elle inclina la tête vers sa main. Cela le déconcerta. Généralement, elle se comportait de manière aimable, mais jamais réceptive à ce point—. Tu as bu combien de verres ? —demanda-t-il en souriant. Lorsque Brenda était dans les parages, il pouvait se détendre, elle avait ce curieux effet sur lui.

—Quelques-uns... —murmura-t-elle, envoûtée par la voix de baryton de Kevin.

Il l'observait avec curiosité.

—Je vois. Je crois que danser n'est pas une bonne idée, donc, tu préférerais que je te ramène chez toi ?

—Tu rigoles ou quoi ? —dit-elle presque en criant—. Mais pas du tout ! Je veux danser !

—On dirait que quelqu'un a trop bu ce soir —sourit-il en lui enlevant son verre de Manhattan de la main et le laissant au serveur qui passait près de lui—. Viens, allons danser alors.

Ignorant les protestations de Brenda sur le rythme trop rapide de la musique, il la prit par la main et l'emmena à l'endroit où d'autres couples dansaient au rythme de Pitbull et JLo.

—Raconte-moi, c'est quoi ton problème avec Luke ? —demanda-t-il en inspirant le parfum de Brenda.

—Qui ça ?

« J'avais à nouveau crié » ? Bon sang ! Je devrais savoir que l'alcool, la tristesse et la jalousie ne font pas bon ménage, parce que les effets sont ridicules. Tout tournait autour d'elle. La voix de Kevin paraissait très lointaine et elle n'avait qu'une envie c'était de fermer les yeux et de dormir... Oh, oui, dormir et oublier toutes les choses qu'elle devrait regretter, comme de ne pas avoir dit à Luke qu'elle l'aimait, et... ».

—Bébé, je crois qu'on rentre à la maison —commenta Kevin en riant et en interrompant son monologue mental—. La cour de la méchante reine te sourit, tu as donc aussi fait du bon travail de relations sociales —dit-il pour plaisanter, en voyant comment les acteurs embauchés pour le dîner—fête gesticulaient avec plaisir vers Bree. Elle était rayonnante avec cette robe couleur menthe qui soulignait chaque courbe avec la précision du point de croix le plus parfait—. Je vais te donner quelque chose pour te faire passer l'effet de l'alcool.

—Je vais très bien comme ça, Kevvvvvv.

—Bien sûr, bébé —dit-il en riant et en la guidant jusqu'à la voiture.

La maison de Kevin était accueillante. C'était une maison de plein pied, parfaitement distribuée, avec des portes-fenêtres et une belle cheminée qui semblait avoir été sculptée à la main. Elle insista pour qu'il la ramène chez elle, mais il lui dit qu'elle ne pouvait pas arriver dans un état dans lequel elle ne faisait pas la différence entre le pouce et l'index.

Ils se trouvaient maintenant dans la pièce principale. Les meubles en cuir couleur miel fusionnaient avec la décoration aux tons chauds et le reste du mobilier aux lignes droites. Bree lança son sac sur une chaise, puis se laissa tomber dans le grand canapé, laissant l'air chaud de la maison l'envelopper.

Kevin l'observait, assis face à elle. Il ne l'avait jamais vue perdre le contrôle et il lui semblait curieux que cela lui arrive justement avec lui. Évidemment, l'alcool y avait largement contribué.

—Tu vas finir par me raconter ce qui t'arrive, oui ou non ? —demanda-t-il lorsqu'il s'aperçut que le regard de Brenda était un peu plus concentré—. Tu as l'habitude d'être spontanée, mais pas autant —essaya-t-il de blaguer.

Elle le regarda d'un air affligé, au lieu de lui offrir un sourire comme il s'y attendait.

—Je suppose que parfois je suis une ratée pour plein de choses —dit-elle sur un ton qui ressemblait à une complainte. Elle mit à sa bouche quelques cacahuètes disposées dans un luxueux récipient en cristal, sur la petite table à café.

—Dis-moi de quoi il s'agit. —L'idée que sa langue se délie un peu était une aubaine pour Kevin.

—Je pourrais te raconter toute ma triste histoire —elle leva un doigt pour le pointer sur lui—. Tu sais, Kev ? J'ai horreur que les gens profitent de moi. C'est ce que je hais le plus au monde. Ça a toujours été comme ça.—Il l'observait avec un léger remords, qu'il laissa se perdre quelque part. Il ne voulait pas se retrouver entre les mains des sbires de Smith—. D'abord, ma mère. Ensuite, Luke. Maintenant... toi aussi ?

Il leva un sourcil pour qu'elle continue à parler. « Soupçonnait-elle quelque chose » ?

—Puisque tu ne dis rien, je supposerai que c'est le cas... —Il se limita à froncer les sourcils—. Tu m'as amenée chez toi pour me séduire, parce que je suis plutôt susceptible, c'est ça, pas vrai ? —demanda-t-elle avec un léger soupçon d'insécurité.

—N...non, Brenda. Bien sûr que non.

—Mais tu sais quoi ? Bien sûr que j'ai fait attention à tous les signaux que tu m'as toujours lancés. —Elle se leva et s'approcha avec tout l'aplomb que lui donnaient les *Martini, Alexander* et *Manhattan*—. J'ai une surprise pour toi.

Kevin remarqua la façon dont bougeaient les fines jambes de Bree, hypnotisé par la sensualité qui émanait d'elle. Elle pouvait être trop crédule, un grave défaut, mais elle avait la beauté et un corps à tomber par terre. Sa bouche se sécha lorsqu'il vit comment elle faisait glisser la fermeture-éclair latérale de la robe, sans cesser de le fixer.

—Brenda, je ne crois pas que ce soit une bonne idée... —il avala sa salive lorsque la robe se défit d'un côté, lui révélant les sous-vêtements couleur chair—. Bébé... —Elle l'ignora et se déchaussa. Ce n'est pas que Kevin ait un certain fétichisme pour les pieds, au contraire, mais il n'avait jamais vu une paire d'arcs aussi parfaits qui s'arquent de manière aussi sensuelle en marchant.

—Chut —chuchota Bree en s'approchant de Kevin et en s'asseyant à califourchon sur lui, qui l'observait de ses yeux gris, voilés par le désir. Il mit ses mains sur ses hanches pour la soutenir—. Embrasse-moi, Kev —lui demanda-t-elle en se penchant en avant, lui donnant une vue généreuse sur les courbes fermes de ses seins, lorsque la robe tomba davantage vers la droite—. Si tu veux me séduire, crois-moi, aujourd'hui c'est ton jour de chance. —Cela dit, ce qu'elle sentit ensuite, furent les mains de Kevin qui lui retiraient sa robe et la lançaient au hasard dans la pièce. Puis des lèvres capturèrent les siennes.

Les baisers de Brenda étaient enthousiastes et sincères. Elle sentait affluer une étrange émotion entre eux, mais rien dans sa peau ne se sensibilisait, et son cœur ne battait pas comme s'il ne pouvait pas pomper plus vite. Elle détesta encore plus Luke de lui produire ça.

Il lui caressa le dos lisse et doux, tandis que Bree enroulait ses cheveux toujours de ses doigts. Ils s'embrassèrent un long moment, mais les mains de Kevin ne s'éloignèrent pas du dos, ni des hanches féminines. Pour une raison ou pour une autre qui lui échappait totalement à elle, Kevin ne la touchait pas là où un homme était supposé le faire. Par exemple, ses seins, ou peut-être ses fesses, ou peut-être…

Kevin ralentit peu à peu les baisers, jusqu'à s'arrêter totalement. Bree sentit comment il s'éloignait et soudain leurs visages se retrouvèrent à quelques centimètres de distance.

Leurs regards se croisèrent, pleins de compréhension.

—Rien ? —demanda-t-il, en passant son pouce sur la lèvre inférieure de Brenda.

Bree nia de la tête et se releva des jambes de Kevin, se sentant plus bête que jamais pour ce qu'elle venait de faire. En fait et en réalité, elle se sentait coupable.

—Je suis désolée… —murmura-t-elle en rougissant—. Je ne bois jamais trop comme ça. C'est la première fois que je bois autant et je me sens si mal… bon sang…

Il se leva et lui donna l'unique vêtement qui était à sa portée par terre.

—Il y a toujours une première fois.

Elle le regarda comme s'il était fou.

—Pas quand tu as une mère alcoolique qui a détruit ta vie.

Kevin resta silencieux.

—Je…suis désolé, bébé. Tu ne me l'avais jamais dit.

Elle balaya le commentaire en haussant les épaules.

—Ce n'est pas grave. Je ne pense pas me convertir en ma mère.

—Ce qui te dérange autant ou te fait si mal doit être ancré très profondément en toi pour que tu en soies arrivée à perdre la notion de la quantité d'alcool que tu as bue.

—Sans doute…

—Je crois que ça a été toute une découverte —il lui sourit, en l'aidant à remettre sa robe—. Je suppose que c'est ça qu'on appelle « l'amour fraternel ».

Elle éclata de rire en remontant la fermeture-éclair et en s'arrangeant ensuite les manches.

—Probablement… —Elle le regarda avec peine et honte— : écoute Kev… je…

—Inutile de dire quoi que ce soit. —Il la fit taire d'un sourire, puis la prit dans ses bras—. Je me sens attiré par toi, mais maintenant qu'on s'est embrassés, je crois que c'est mieux que nous restions simplement collègues, tu ne crois pas ? —Il écarta doucement Brenda de lui pour la regarder droit dans les yeux.

Soulagée de ne pas avoir blessé Kev avec sa stupide explosion pour se prouver qu'elle pouvait se débarrasser de Luke, elle s'installa dans le siège. Il s'assit à côté d'elle.

—Je suis désolée de t'avoir utilisé comme ça —dit-elle avec sincérité.

Kevin la regarda avec calme, parce qu'avec ce baiser, il avait juste constaté deux choses qui allaient lui servir. Premièrement. Il n'aurait pas à continuer à se faire des illusions stupides à l'idée de coucher avec elle, parce que ce serait comme faire l'amour à une cousine éloignée. Deuxièmement. Si elle était aussi impliquée avec le chef, et d'après ce qu'il avait remarqué, aussi en colère contre lui, alors il lui serait plus facile de lui soutirer des informations. Troisièmement. Il avait un atout en plus ce soir : elle était assez bavarde et elle se sentait un peu coupable parce qu'elle croyait qu'elle s'était servie de lui, alors qu'en réalité, c'était tout le contraire. C'est lui qui avait planifié cette soirée, même s'il ne comptait pas que Brenda s'enivre et soit prête à parler avec lui sur un plan plus personnel.

—Ne t'inquiète pas. Tu vas me raconter ce qui se passe avec le chef ? —Il se leva comme s'il s'agissait d'une question posée au hasard. Il alluma le lecteur de musique qui laissa flotter les notes d'une balade de Chopin—. La manière dont il te traite dernièrement n'a rien à voir avec la façon dont il le faisait il y a un peu plus d'une semaine, on pourrait dire que les questions de travail ne sont pas précisément ce dont vous parlez entre vous. Je me trompe ?

Fatiguée de tourner autour du pot et se sentant redevable envers Kev pour avoir tenté de se servir de lui comme substitut, elle décida de lui raconter une partie de sa liaison avec le chef.

—On est sortis ensemble un ou deux fois. Après être revenue de Surrey, je n'aurais jamais pensé le rencontrer à la fête et me rendre compte qu'il n'était pas un simple restaurateur… c'est à ce moment-là pour moi que s'est brisée la confiance qu'il y avait entre nous. —Elle regarda ses mains, les épaules tombantes. À quoi bon faire semblant ?—. Surtout quand j'ai vu son ex-femme pendue à son bras ; ils sont faits l'un pour l'autre…

Kevin s'approcha et passa un bras autour de ses épaules. Sa mission de la duper pour parvenir à ses fins, allait être encore plus facile car il venait de gagner sa confiance.

—L'autocompassion, ce n'est pas ton truc. Crois-moi que si ça n'avait pas été pour ce baiser qu'on vient de se donner, je t'aurais poursuivie jusqu'à t'avoir dans mon lit —confessa-t-il, et elle en rit—. À propos de Faith, bon, Luke a divorcé d'elle parce qu'il y avait des rumeurs comme quoi elle l'avait trompé avec plusieurs chefs d'entreprise importants… dont un qui était concurrent de Luke. Ça a fini par tout faire exploser au grand jour. Je l'ai su, parce que tu sais bien que j'ai des contacts dans toutes les sphères. Tout ça pour dire qu'il est mieux séparé de cette sorcière, qu'avec elle. Et je te le dis, moi, qui une fois ai eu à traiter avec Faith, sous ses faux airs de femme très douce, c'est une vraie harpie.

—J'imagine le cirque médiatique que ça a dû être —commenta-t-elle.

—Tu n'as même pas idée. Faith est partie avec un bon paquet d'argent pour lui concéder le divorce. Ça a été un chaos pour les Blackward, mais Alice a beaucoup œuvré pour minimiser le coup dans les médias et dans son cercle social, et elle y est arrivée, à sa manière. Lukas Blackward est très orgueilleux. Je ne crois pas qu'il lui permette à nouveau de revenir dans sa vie. En plus du fait que cela porterait grandement préjudice à l'image de sa tante, et j'ai comme l'impression que c'est comme une mère pour lui.

—C'est vraiment dommage qu'il ait vécu une relation aussi compliquée. —Elle le regarda droit dans les yeux, avec sincérité—. Kevin, merci de m'avoir sortie de la fête ce jour-là…

Il prit ses mains entre les siennes. « Là c'est le moment », se dit-il. Pendant que Brenda parlait, il avait déjà tracé la stratégie pour sauver sa peau.

—Toi tu es quelqu'un de bien et tu as confiance en moi. Je ne pouvais donc pas faire autrement que de t'aider cette fois-là —il commença à préparer le terrain—. J'ai vu que Luke t'as chargée d'une tonne de travail. —Elle souffla. L'homme était impossible et c'était peu dire de son chef, pensa Bree—. C'est aussi toi qui gère la stratégie d'Alice en affaires ? Parce que ces fichiers doivent être compliqués.

De la réponse de Brenda dépendait ce qui suivrait. Parce que si ces fichiers étaient dans l'ordinateur de Luke, alors tout était perdu.

Elle y réfléchit quelques secondes.

—Je les ai en copie de sauvegarde, mais je ne les ouvre généralement pas souvent. C'est Luke qui les gère directement et qui m'envoie les mises à jour du statut pour qu'au retour d'Alice, je puisse la mettre au courant. Ce sont des informations confidentielles. Je ne peux donc pas parler de ça. —Elle était un peu ivre, mais pas idiote.

Kevin respira calmement. Il avait seulement quelques heures devant lui, mais le fait que Brenda ait accès était un soulagement qui lui permettrait de gagner de précieuses minutes.

—Bien sûr. Bien sûr. Ce qui se passe, c'est que comme je t'ai vue tellement débordée, je me suis dit que s'ils te faisaient mener ces négociations et ces stratégies, ce serait vraiment abuser de leur part, en plus sans être payée en heures supplémentaires—sourit-il.

—En plus —convint-elle en lui souriant à son tour—. Écoute, Kev… je crois que je vais vraiment mieux. Si tu me donnes une tasse de café et ensuite que tu me ramènes à la maison, je t'en serai suffisamment reconnaissante pour qu'on fasse comme si rien ne s'était passé ici —commenta-t-elle en lui souriant.

—Mais c'est qu'il ne s'est rien passé, Bree —il lui fit un clin d'œil complice et partit préparer le café dans la cuisine.

Quand Kevin revint dans le salon, il trouva Brenda profondément endormie. Il décida d'aller chercher une couverture pour l'envelopper dedans. Il la porta dans ses bras jusqu'à la voiture et démarra pour aller la laisser chez elle. Il conduisit avec le sourire. L'avenir n'était pas aussi sombre. Il regrettait d'avoir laissé l'ambition le consumer, mais il ne pouvait plus rien faire. Une fois cette dernière mission terminée, il ne reverrait plus Smith et n'entendrait plus parler de Haymore. Il était décidé à rentrer aux États-Unis. Il ne voulait pas de problèmes avec la loi britannique.

Il regarda son amie, qui dormait paisiblement. C'était elle la solution parfaite. Et il avait déjà prévu comment il allait la plonger dans son jeu. Il obtiendrait les fichiers qu'il cherchait, mais il ne serait pas inculpé.

Il mettrait son idée à exécution le lendemain.

CHAPITRE 19

La matinée s'annonça pluvieuse. Ce qui n'était pas une surprise à Londres. Ce qui mettait Brenda en rogne, c'était d'avoir ce mal de tête pour avoir trop bu la veille au soir. D'un geste de la main, il fit taire le réveil et jeta un coup d'œil à l'heure. Huit heures du matin passées. D'un bond elle monta les escaliers pour aller se doucher. Elle allait louper le métro et arriverait en retard. « Merde », grogna-t-elle en se déshabillant.

—Brendaaa il y a un monsieur qui est là pour toi —cria Harvey depuis le rez-de-chaussée, tandis qu'elle finissait d'agrafer le soutien-gorge gris en soie et qu'elle se séchait les cheveux—. Il dit qu'il va t'amener au bureauuuu.

Qui ça pouvait être ?, se demanda-t-elle en passant par-dessus sa tête un chemisier noir à manches courtes. Elle enfila sa jupe jaune, puis mit ses chaussures à talons et descendit avec son sac et une veste noire. Elle aurait bien le temps de petit-déjeuner plus tard. L'emploi du temps de Luke était rempli d'activités ce jour-là, et elle savait bien qu'elle avait en perspective une journée de travail fatigante.

Quand elle arriva en bas des escaliers, Brenda s'arrêta net. La dernière chose à laquelle elle s'attendait, c'était que Kevin se pointe chez elle. Si elle ne s'était pas endormie dans la voiture, il n'aurait même pas eu besoin d'entrer chez elle pour la laisser allongée sur le canapé, où elle s'était réveillée avec un mal de dos lancinant. Elle avait à peine pu dormir trois heures.

Elle s'obligea à sourire. C'était uniquement de sa faute à elle.

—Bonjour, Kevin.

Il s'approcha pour l'embrasser sur la joue. Harvey fronça les sourcils en signe de désapprobation, tirant vers le bas son uniforme scolaire.

Le geste de l'enfant passa inaperçu aux yeux des adultes.

—Ce beau petit garçon, c'est mon frère Harvey. —Elle passa la main dans les cheveux ébouriffés du petit. Kevin lui adressa un sourire étudié ; il n'aimait pas les enfants. Sans faire attention à son collègue de travail, Bree se tourna vers Marianne— : et elle, c'est ma maman.

Marianne était en train de servir un café tout chaud et souriait avec amabilité.

—C'est un plaisir de faire votre connaissance à tous les deux —dit Kevin avec son sourire professionnel. Il se retourna ensuite vers Brenda— : je suis désolé de m'être présenté ici ce matin, mais j'ai pensé qu'à cause du mauvais temps, tu voudrais que je t'emmène au bureau —expliqua-t-il, prévenant.

Harvey croisa les bras et partit dans un coin de la salle à manger ; personne ne remarqua les biscuits qu'il mangeait de la boîte à bonbons. « Je n'aime pas cet homme », pensa-t-il, en croquant dans un délicieux biscuit au chocolat avec des pépites de vanille. « Ledit Kevin s'approchait trop de ma sœur et à lui il ne lui avait pas adressé des mots aimables, il ne l'avait même pas regardé, jusqu'à ce que Bree descende de sa chambre ». Il enfourna tout le biscuit d'une seule bouchée.

Kevin n'était pas comme son ami Luke qui l'écoutait et l'emmenait au zoo. Même s'il ne le voyait pratiquement plus, il était quand même venu le voir la veille, lorsque sa mère n'avait pas pu le faire parce qu'elle s'était endormie. Quand le professeur lui avait demandé s'il avait quelqu'un qu'il puisse appeler, le premier qui lui était venu à l'esprit c'était son ami Luke, parce que lui n'aimait pas embêter Bree, et surtout, il ne voulait pas que maman Marianne parte à nouveau de la maison à cause d'une bagarre quelconque. Il aimait déjà mieux sa maman. Luke avait été gentil avec lui et lui avait acheté une glace. La seule chose qu'il n'avait pas comprise, c'est qu'il lui avait demandé de ne rien dire à Bree sur le fait qu'il soit venu le chercher à l'école. « Luke est génial ».

—Tu as lu dans mes pensées, merci Kev —dit Brenda en se dirigeant vers la porte. Elle se retourna pour chercher Harvey, mais ne le trouva pas. Ces derniers jours, son frère était un peu bizarre. C'était sans doute qu'un de ses compagnons l'embêtait à l'école. Elle prit note de parler avec le professeur dès que possible.

—Merci pour le café, madame Russell —dit Kevin en tendant la main à Marianne.

La mère de Harvey trouva du regard son gourmand de fils.

—De rien jeune homme —dit-il à l'ami de Brenda.

Marianne courut à la cuisine en se rappelant que Bree n'avait pas pu petit-déjeuner.

—Bree, emporte le sandwich que je t'ai fait ! Je vais te l'envelopper. Attends ! —Elle arriva à temps et s'approcha de la fenêtre de la Bentley— : tiens, mange-le en chemin. Au fait, ton frère est caché dans le coin de la table en train de manger des biscuits —chuchota-t-elle à voix basse— tu sais bien qu'il a un peu peur des gens qu'il ne connaît pas.

—Oh maman… oui, c'est vrai. S'il te plaît, dis-lui que je l'aime fort et que ce week-end nous irons faire une promenade. —Marianne acquiesça et leur fit au revoir de la main en les voyant partir.

Harvey entendit que sa sœur n'était plus dans les parages et sortit discrètement de la salle à manger. Marianne l'observait avec un sourire. « C'est un enfant merveilleux », se fit-elle la réflexion ; elle regrettait de l'avoir laissé à la dérive autant d'années.

***

Les bureaux du Wulfton de Londres étaient une vraie ruche pour une heure aussi matinale. Bree avança jusqu'à son bureau, inquiète de voir autant d'agitation et ne se rendit pas compte que Kevin était toujours à ses côtés, jusqu'à ce qu'il bouge la main autour de sa taille. Un geste intime auquel elle ne prêta pas d'importance.

Dans les bureaux cloisonnés de la pièce exclusive de la présidence de l'hôtel, tous ses collègues étaient déjà installés. Ils n'étaient pas nombreux. Le fait que Kevin l'ait accompagnée, la laissait un peu perplexe. Généralement il passait à un moment donné de la journée, mais jamais quand elle était à son poste. En plus, le bureau des relations publiques était assez éloigné de la zone où se trouvait la présidence des hôtels. Elle espérait qu'il ne mélangerait pas ce qui s'était passé la veille au soir et qu'il ait changé d'avis sur ce sur quoi ils s'étaient mis d'accord : il n'y avait pas de chimie entre eux.

—Écoute Kev, je… —commença-t-elle à murmurer, lorsqu'il se pencha vers elle, en lui donnant un baiser court mais passionné. Cela la laissa totalement perplexe. Elle s'écarta en le regardant avec étonnement—. Qu'est-ce…qui te prend ? —réussit-elle à articuler, lorsqu'il lui adressa un sourire complaisant.

—Tu as une bouche très appétissante —se limita-t-il à répondre en haussant les épaules.

Elle le regarda, déconcertée, alors que son ami affichait un air détendu et même prétentieux. Comme si quelque chose l'amusait.

—Kevin, je crois que tu dépasses les bornes. Je te suis reconnaissante que tu te sois rapproché de moi, mais hier soir les choses étaient claires qu'il n'allait rien se passer entre nous —chuchota-t-elle inquiète et mal à l'aise lorsque les touches des ordinateurs autour d'elle se firent silencieuses.

Dans la petite salle de travail qui quelques minutes auparavant bouillonnait d'appels, de murmures et de feuilles qui sortaient de l'imprimante, le silence se fit.

Brenda détourna son regard de Kevin, pour suivre le regard de ses collègues de bureau, car soudain l'attention de toutes ces paires d'yeux s'était détournée d'eux.

« Luke », chuchota-t-elle tout bas. Il la regardait depuis la porte d'entrée de la pièce, d'un air austère et déçu. Comment pouvait-elle interpréter cette ombre qui ne quittait pas ses yeux bleus ? Du mépris ? Une terrible sensation de douleur l'envahit.

Avec son plus d'un mètre quatre-vingts de haut, le Président chargé de la chaîne hôtelière s'avança jusqu'au couple de collaborateurs. La tension de l'air était à couper au couteau, mais aucun des huit employés autour n'osa émettre le moindre son. Le regard bleu était troublé, intense et distillait quelque chose d'assimilable à de la moquerie.

Kevin eut la mauvaise idée de sourire à son chef pour lui dire bonjour. Il ne reçut aucune réponse en retour, parce qu'il l'ignora totalement. Il se concentra sur la femme svelte au visage inquiet qui se trouvait devant lui.

—Ce bureau est un lieu de travail, pas un endroit pour que deux amants échangent des caresses —déclara-t-il suffisamment fort pour que tous entendent. Brenda avait honte.

Luke regarda l'agent des relations publiques et lui dit :

—Parsons, tu as du travail à faire. Il y a eu une campagne pour discréditer un hôtel de la chaîne à Kent, tu t'en occupes. Si dans deux heures les médias de communication ne sont pas contrôlés, tu peux ramasser tes affaires et ne plus revenir. — Kevin acquiesça en faisant un semblant de grimace, et quitta la salle en laissant Bree bouche bée. Elle se serait attendue à ce que Kevin ait au moins le bon goût de clarifier ce qui venait de se passer, parce que même elle ne le comprenait pas. Qu'est-ce qui prenait à Kevin ?, se demanda-t-elle, déconcertée.

Luke dirigea à nouveau son regard vers Brenda. Elle aurait aimé avoir le pouvoir d'ouvrir le sol d'un coup de talon pour disparaître.

—Mademoiselle Russell, je considère très inapproprié de votre part ce que vous avez fait et je suis surpris, parce que je ne pense pas que ma tante ait embauché une femme à la réputation douteuse comme assistante personnelle… mais parfois les gens se trompent. —Bree retint son envie de le gifler. C'était un hypocrite. Les deux avaient fait l'amour dans son bureau vingt-quatre heures plus tôt—. Je serai indulgent avec vous seulement parce que ce n'est pas à moi de licencier l'assistante personnelle de la propriétaire de cette chaîne. Contrairement au reste du personnel —il les regarda tous, et ils comprirent qu'il était temps de reprendre leur travail. Les machines commencèrent à fonctionner et les téléphones à sonner de manière insistante—, que nous évaluons selon d'autres types de résultats.

—Écoute Luke, ce n'est pas ce que tu crois…

Il leva la main pour la faire taire. Elle serra la mâchoire.

—Monsieur Blackward, vous vous rappelez que c'est comme ça que vous devez vous adresser à moi ? Maintenant, commencez à vous bouger parce que j'ai beaucoup de travail à faire aujourd'hui. —Il se pencha ensuite vers elle, de manière à ce qu'elle réussit à aspirer le parfum de son *aftershave* ; cette fragrance si sexy mélangée à l'odeur virile arriva presque à lui arracher un soupir. Luke baissa la voix pour qu'elle soit la seule à pouvoir l'entendre— : la prochaine fois que vous aurez les hormones en émoi, s'il vous plaît, louez une chambre dans un motel. Dans la chaîne Wulfton nous n'offrons pas de réduction aux employés pour donner libre cours à leurs instincts pendant les heures de bureau.

Brenda rougit, mais ne s'abstint pas de lui répondre. Sa main la démangeait. L'envie de le gifler était chaque fois plus forte. Comment osait-il, ce grand crétin ?

—Ne soyez pas hypocrite, monsieur Blackward, parce que si je me souviens bien, vous m'avez fait l'amour il y a peu dans votre bureau —lâcha-t-elle aussi à voix basse, mais sur un ton plein de colère face à la stupidité de Luke.

—J'ai commis beaucoup d'erreurs avec vous. Je suppose qu'en vous débarrassant du traumatisme d'une tentative de viol, vous êtes simplement devenue une femme qui a découvert sa sensualité et qui est plus que désireuse de goûter les plaisirs avec plusieurs amants, pas vrai ? —dit-il. Ce fut un coup bas et il en fut certain quand il vit la manière dont les yeux de Bree se remplirent de douleur, mais il ne put s'empêcher de poursuivre. Voir un autre homme en train de l'embrasser était plus que ce qu'il pouvait supporter, et pire encore alors qu'il vivait la frustration et aussi la douleur que son amour ne soit pas réciproque. Noter que les doutes de Brenda étaient provoqués par un autre homme, n'avait fait qu'augmenter sa rage—. Quoi qu'il en soit, ne vous inquiétez pas, mademoiselle Russell, j'ai déjà une autre femme dans mon lit, cette nuit et toutes les autres. Croyez-moi, ses aptitudes comme amante vont bien au-delà de mes espérances, alors je ne vous toucherai plus —sourit-il—. Vous n'êtes plus d'actualité. Maintenant, au travail !

Brenda l'observa s'éloigner. Elle resta debout à côté de son poste de travail, les yeux pleins de larmes qu'elle ne s'autorisa pas à verser. Comment osait-il utiliser un chapitre de sa vie qui l'avait brisée pour lui reprocher un malentendu ? Les paroles de Luke venaient de l'humilier et de la blesser d'une manière accablante. Son cœur battait à mille à l'heure et pas précisément de joie. Elle sentait que sa gorge la brûlait de toute cette fureur et cette douleur contenues.

Prenant une bouffée d'air, elle se cacha derrière le panneau en bois de son bureau et chercha un mouchoir jetable. Les mots cruels qu'il venait de lui dire, non seulement étaient blessants, mais ils avaient aussi été très injustes.

Quand arriva l'heure du déjeuner, Brenda s'enfuit pratiquement du bureau et se réfugia dans un café assez éloigné de Mayfair. Il y avait peu de monde, et elle demanda une table presque cachée au milieu de magnifiques arrangements floraux. C'est seulement là qu'elle s'autorisa à donner libre cours à sa tristesse.

***

Luke était aveuglé par sa jalousie. Il avait envie de parcourir la distance qui le séparait du département de relations publiques et de régler son compte à Parsons. Et en même temps, il se sentait mal avec lui-même pour avoir dit à Brenda des choses aussi terribles. Elle pouvait ne pas l'aimer en retour et être avec qui bon lui semblait, il n'avait aucun droit de se servir de cette douloureuse confidence pour la blesser. Il ne pourrait pas lui en vouloir si après cette bêtise qu'il lui avait sortie, n'importe quel infime espoir que les choses s'arrangent entre eux était perdu à jamais.

Mais de toute façon, comment osait-elle embrasser un autre à son nez et à sa barbe ? Il s'appuya contre le fauteuil en cuir de sa tante et lança plusieurs fois en l'air une balle de tennis. Il ne faisait pas attention au regard de Christine, qui l'observait avec un demi-sourire.

—Eh, Luke —interrompit-elle—. Les affaires avec Reno Brown marchent du tonnerre de Dieu.

La balle de tennis tomba sur son bureau.

—Je le sais —répondit-il en grognant.

Christine se leva, son ordinateur portable entre les mains. Elle arriva jusqu'au bureau et laissa l'appareil face à Luke.

—Dis-moi ce que tu vois —elle signala la page Web qu'elle venait d'ouvrir.

À contrecœur, il observa l'écran. Il fronça les sourcils quand il vit la femme curviligne dont les cheveux brillants tombaient en cascade sur ses épaules, dans une pose suggestive en lingerie noire qui mettaient en valeur ses attributs et laissait de manière élégante très peu de place à l'imagination. Pourtant l'élégance était ce qui lui importait le moins. Pendant quelques secondes, il se figea.

Il fit semblant de prendre le téléphone, mais Christine l'en empêcha.

—Attends.

—Je ne peux pas permettre que la moitié de Londres la voie à moitié nue, bon sang. —Il se massa les tempes avec les doigts, frustré—. Elle n'a pas assez avec le salaire que lui paie ma tante ? Ça ne lui suffit pas pour que maintenant elle ait besoin de s'exhiber ? !

Christine leva les yeux au ciel.

—Regarde de quand date la collection, petit Neandertal. C'était avant qu'elle ne travaille pour ta tante. Du moins d'après ce que tu m'as raconté, tout coïncide. —Réprimant une série de jurons, Luke se pencha vers l'écran pour lire de plus près la date de la campagne—. Maintenant tu sais pourquoi tu avais l'impression de connaître un peu Brenda quand tu l'as vue à Surrey. Elle a été mannequin de Dolce & Gabbana. Tu l'as sûrement vue sur un panneau publicitaire ou dans le catalogue qu'ils ont l'habitude d'envoyer aux clients VIP.

Luke était frappé de la manière dont l'appareil photos capturait la sensualité innée de Brenda sur chaque photo. Sur certaines photos, elle portait un négligé turquoise à dentelles, et elle était tellement sexy dedans qu'il dû éloigner son regard de l'écran pour contrôler la palpitante érection qui commençait à le mettre mal à l'aise.

—Je veux qu'on enlève ces photographies de la page !

Christine éclata de rire en pensant combien cette idée était saugrenue.

—Écoute, je ne te les ai pas montrées pour que tu te fâches. Et ne sois pas ridicule, les photos sont merveilleuses et Dolce

& Gabbana ne va pas les enlever parce qu'un type jaloux le demande. En plus de ça, pourquoi te mettre en colère ? Il y a plein de femmes qui sont mannequins…

Il signala l'écran avec son index.

—Il ne s'agit pas là de n'importe quelle femme, bon sang, c'est ma femme !

Christine rabattit l'écran du portable.

—Vous les hommes, vous n'êtes pas mal dans votre genre. Vraiment, Lukas, je ne t'avais jamais vu aussi amoureux, ni aussi bête. —Il soupira et la regarda, menaçant—. Au fait —elle lui adressa une expression qui feignait la confusion—, qu'est-ce que tu fais assis là assis, au lieu d'être en train de lui présenter des excuses pour t'être comporté comme un mufle ? Maintenant j'ai une charge sur la conscience de m'être prêtée à feindre d'être ton amante, quand je sais ce qu'elle a enduré dans sa vie…

Il la prit par le poignet.

—Mais bon sang, comment as-tu su ce qui lui est arrivé… ?

Christine l'interrompit en signalant le bouton allumé de l'interphone depuis lequel elle écoutait tout ce qui se passait à l'extérieur, sauf les conversations à l'intérieur du bureau de la Présidence.

—Mince.

Lukas était sur le point de sortir chercher Brenda, quand le téléphone sonna à plusieurs reprises. Il pensa ne pas répondre, mais en voyant que Christine à ce moment précis sortait déjeuner, il n'eut pas d'autre choix que de répondre.

C'était George.

—J'ai de mauvaises nouvelles pour toi, mon cher —annonça-t-il. Luke fronça les sourcils—. Haymore n'est pas intéressé par l'acquisition d'actions de la chaîne hôtelière. — « Ça ce n'était pas de mauvaises nouvelles », pensa Luke—. Le pire était à venir, parce que c'était la conséquence de la première : il allait donner le parrainage à une autre entreprise hôtelière.

Luke jura quand il entendit le nom de la concurrence.

—Mais comment c'est possible ça ? ! Il m'a dit que nous allions négocier, mais, qu'est-ce qui se passe ? —exprima-t-il, distillant sa colère—. J'ai même suggéré de le payer. —Il entendit un soupir résigné à l'autre bout du fil—. Ma tante avait un caprice spécial pour cet événement. Je trouve son désintérêt soudain pour le Wulfton suspect, qu'est-ce que tu sais de plus sur Haymore, George ? —demanda-t-il, inquiet.

Depuis sa maison de la banlieue de Londres et sa femme Katherine lui souriant avec amour, George commença à lui raconter plusieurs affaires louches de Haymore. Apparemment Phillip ne faisait rien en marge de la loi et maintenait son quota social d'aide aux plus nécessiteux, donnait de grandes réceptions privées dans de luxueuses demeures et entretenait des liens d'amitié étroits avec certains des membres du Parlement. Un type pratiquement intouchable.

—Il est très fort pour obtenir des informations —continua George en portant un morceau de tarte à sa bouche—, il se consacre à acheter des entreprises en se fondant sur leurs faiblesses. Il anticipe même sur les propriétaires des entreprises qui terminent entre ses mains. Il ne leur donne aucune chance de se battre. Il fait tout apparemment de manière légale, parce que ce n'est pas lui qui se salit les mains, d'autres se chargent de recueillir les informations. Donc techniquement, il ne fait rien de mal.

—On continue avec l'histoire de la taupe —interrompit Luke, en faisant tourner son Montblanc de sa main libre—. Haymore est un fléau. Je pensais que les rumeurs sur lui étaient fausses.

—Après notre réunion avec lui, j'ai appelé un ou deux amis à moi… ce ne sont pas des rumeurs, mais ils ne peuvent prouver aucun délit pour trafic d'informations. Je te suggère d'insister dans la recherche de la personne qui a filtré les données des Wulfton. Elle peut de nouveau livrer du matériel sensible et ce serait dangereux si Phillip veut mettre le nez dans les affaires de ta tante. S'il a rejeté l'idée d'avoir une deuxième réunion avec toi, ça peut vouloir dire qu'il a un as dans sa manche qui l'a fait reculer. Protège les affaires d'Alice.

—Je méprise les gens qui agissent de la sorte.

—Des gens ignobles… —s'accorda-t-il à dire—. Écoute, Phillip a l'habitude de trouver la manière d'envelopper sous forme d'offres intéressantes les principaux contacts commerciaux de l'entreprise pour laquelle il montre de l'intérêt. Une fois qu'il a mis la main sur les données fournies par la taupe au sein de chaque société, c'est là qu'il donne le coup de grâce. C'est un jeu déloyal.

—Blue Destination ? —demanda-t-il, préoccupé.

—Tu sais bien qu'à nous deux, tout est plus que protégé et que l'information est inaccessible. Et ça parce que Christine est un génie avec les ordinateurs et les données confidentielles, avec un accès à distance juste pour nous trois. Nous sommes assurés. Je crois que ta tante, comme je te l'ai dit, encourt effectivement un certain risque. Tu as révisé s'ils ont un nuage spécial pour les données confidentielles des clients et des clients potentiels avec lesquels ils font généralement des alliances ? Les budgets et les projections stratégiques ?

—Non. Merde. J'ai été tellement occupé….—dit-il inquiet—. Merci de ton appel, George. —Il passa les mains dans ses cheveux. Il n'avait pas pensé à ce terrain-là, mais il aurait dû se rappeler que même si sa tante menait ses affaires d'une main de fer, en termes de technologie elle avait l'habitude de laisser ce type de choses à ses personnes de confiance—. Je vais m'occuper de ça tout de suite.

—D'accord, mon pote, envoie mon bonjour à Christine et dis-lui que j'ai besoin qu'elle révise le rapport Wade. Nous avons un client à Amsterdam.

—Génial. —Il lui dit au revoir sans grand enthousiasme.

Luke commença à traquer toutes les informations des dossiers de sa tante. Tout était daté et parfaitement organisé. Il fit un ou deux appels à différents employés qui étaient directeurs départementaux, pour connaître la portée de leur compréhension de l'entreprise.

Soixante minutes s'écoulèrent et Christine revint de déjeuner. Il l'ignora et elle fit elle aussi l'innocente. Ils avaient un accord implicite selon lequel, si l'un d'entre eux étaient très en colère, il valait mieux que l'autre ne s'approche pas. Comme ça ils ne créaient pas de discorde et ne nuisaient pas non plus à la bonne ambiance qui régnait toujours autour.

Après avoir tambouriné avec ses doigts sur la surface du bureau, Luke se leva. Il s'approcha de la porte de son bureau. Il chercha Brenda du regard. Pour l'instant, il faudrait qu'il laisse de côté la question personnelle.

—Mademoiselle Russell, venez immédiatement. —Ensuite, il claqua la porte et attendit derrière son bureau.

Brenda eut une grosse quantité de travail et elle en fut reconnaissante, parce que cela lui permit de se vider l'esprit et d'oublier l'incident avec Luke et Kevin. Ce dernier n'était pas reparu de toute la journée. Tant mieux !, pensa-t-elle.

Le cou un peu endolori d'avoir coordonné des réunions, répondu à des appels, pris des rendez-vous avec les fournisseurs, organisé le programme des événements auxquels assisterait Alice à son retour, cela lui paraissait une torture de devoir maintenant contempler comment cette Christine promenait ses charmes devant Luke. La sensation était tellement désagréable qu'elle prit grand soin de ne faire aucune grimace qui trahirait sa colère.

—Oui ? —demanda-t-elle avec une légère pointe de moquerie qui ne passa pas inaperçu chez lui.

Christine se tourna vers elle et la dévisagea des pieds à la tête. Elle lui adressa ensuite un sourire que Bree ne put déchiffrer et s'éloigna vers son élégant bureau improvisé et commença à passer des appels.

—Je n'ai qu'une seule question à vous poser —dit-il. Luke observa la manière dont elle gardait le dos droit et le regard pointu, même si sous ses beaux yeux verts, le maquillage n'avait pas pu couvrir tout à fait les cernes. Avait-elle couché avec Kevin la veille au soir ? La seule idée que la réponse à cette question tienne dans le baiser dont il avait eu la malchance d'être le témoin ce matin, l'aida à lui adresser un regard exaspéré—. Qui gère toutes les informations confidentielles de ma tante ?

Brenda ne se laissa pas intimider par le ton distant de Luke.

—Moi —répondit-elle sans hésiter. Une des principales qualités qu'Alice avait souligné en elle était son honnêteté et sa loyauté, c'est pour cela qu'elle lui confiait les données les plus importantes auxquelles elle était la seule à avoir accès sur son ordinateur—. Vous avez besoin de voir quelque chose en particulier ? —demanda-t-elle faussement attentionnée.

Il leva un sourcil.

—Rien que je n'aie déjà vu —répliqua-t-il en la regardant d'un air effronté.

Elle évita de rougir de la manière dont il avait amené le sujet vers un autre sens totalement distinct.

—Si vous avez satisfait votre curiosité et que vous n'avez rien d'autre à me dire, j'aimerais me retirer, j'ai beaucoup de travail encore à terminer et Alice revient dans moins de dix jours. Je n'aimerais pas qu'il y ait un contretemps quelconque dans son emploi du temps.

Luke commença à esquisser un lent sourire.

—Vous gérez également les données statistiques ? —s'enquit-il en ne tenant pas compte du commentaire de Brenda.

—Non. Elle me confie seulement la liste des chefs d'entreprise avec la quantité d'argent qu'ils ont l'habitude d'investir, ou qu'ils veulent investir en travaillant avec nous sur des projets spécifiques. Nationaux ou internationaux. C'est vous qui m'actualisez les stratégies qu'ils gèrent, alors vous en savez autant que moi. Maintenant si vous le souhaitez, je peux vous obtenir les données et vous les fournir.

—C'est-à-dire que vous avez la liste VIP d'Alice.

—C'est exact.

—Bon, vous pouvez disposer.

Lorsque Brenda, réfléchissant à l'étrangeté de cette conversation, était sur le point de s'en aller, Luke la rappela.

—Attendez. —Elle se tourna vers lui, agrippant l'agenda entre ses mains—. Existe-t-il une possibilité que quelqu'un d'autre, en plus de ma tante et vous, connaisse les informations des contacts VIP de la chaîne ? —demanda-t-il.

—Non.

Il resta silencieux quelques secondes. Ce serait Brenda ? La seule idée lui paraissait insensée. Non, ce n'était pas possible. Il ne pouvait pas non plus pousser sa colère et sa frustration contre elle jusqu'à cet extrême.

Il essaya de se tranquilliser.

—Je comprends. Avons-nous une réunion quelconque avec quelqu'un de cette liste ?

Brenda sortit son iPad et révisa le calendrier.

—En fait, oui, demain à onze heures il y a une réunion avec Flint Burges. C'est le propriétaire de la plus grande société britannique de distribution de viande. Cela fait trois mois qu'il veut travailler avec nous, mais pour une raison ou pour une autre les activités d'Alice ne coïncidaient pas avec la visite de monsieur Burges à Londres. Le siège de sa société se trouve à Brighton.

—Dans quelle mesure pensez-vous que Burges soit intéressé à travailler avec nous ?

Elle sourit comme le ferait quelqu'un qui connaît les tenants et les aboutissants des intérêts de l'entreprise.

—Il est très intéressé. J'ai entendu dire que son entreprise n'était pas dans une très bonne situation en ce moment et que travailler avec nous lui apporterait la solidité qu'il recherche. —Elle haussa les épaules et ferma la session sur son iPad—. En tout cas c'est ce dont m'a informée Alice. Il est un peu désespéré et elle était prête à conclure un accord avec lui avec un prix plus que juste pour les hôtels.

—Je vois. Cette réunion ne peut pas être reportée.

Brenda acquiesça, désireuse de quitter la pièce.

—Si vous n'avez besoin de rien d'autre, je me retire.

—Ah ça, oui —dit Luke. Il aurait voulu la prendre dans ses bras et l'embrasser, jusqu'à ce que les yeux verts perdent la tristesse qui les habitait. C'était lui le coupable, mais il essaierait de réparer son erreur quand il aurait enfin résolu la question de la taupe au sein de l'entreprise.

**

Lorsque Bree arriva chez elle, Tom apparut dans l'embrasure de la porte. Elle avait à peine distingué sa silhouette qu'elle se lança dans ses bras. Il rit, caressant ses cheveux blonds à moitié emmêlés dans sa queue de cheval presque défaite. Le voyage en métro depuis le Wulfton n'avait pas été très agréable, parce qu'aux heures de pointe il était bondé. Elle avait mal aux pieds.

—J'adore que tu me fasses la surprise de venir me voir, ingrat —dit-elle entre deux éclats de rire, tandis que Harvey l'observait depuis l'escalier avec ressentiment. « Ma sœur ne va nulle part avec moi depuis plus d'une semaine. Elle oublie que j'existe… ce n'était plus comme avant. Bree souriait aux autres, sauf à moi, et pourtant j'ai eu des bonnes notes à l'école. »—. Que nous vaut cet honneur ? demanda-t-elle avec méfiance.

Harvey se leva et fila dans sa chambre, le visage triste. Il ferma la porte à clé. Il fallait qu'il élabore un plan pour que Brenda l'aime à nouveau, se dit-il, en regardant l'un de ses dinosaures.

—Marianne m'a invité parce qu'elle dit que tu ne peux pas vivre sans moi, alors voilà, je suis là pour que tu puisses respirer —répondit-il. Marianne s'approcha en riant et en donnant à Tom plusieurs macarons qu'elle avait appris à faire—. Et comme ta maman a eu pitié de moi pendant que je t'attendais, elle m'a donné à manger —commenta-t-il en croquant dans le macaron au chocolat qu'il tenait dans sa main—. Délicieux, Marianne ! Ils sont presque pareils que ceux que faisait Brenda, quand elle voulait avoir une confiserie.

Bree murmura quelque chose sur les amis indiscrets.

—Et bien je ne peux pas me mettre à préparer des sucreries, ni à cuisiner quoi que ce soit, parce que comme tu t'es rendu compte, je dois maintenir une maison et faire beaucoup de choses.

—Eh ! Ce n'était pas une critique —commenta-t-il déconcerté par le changement d'humeur si rapide de Brenda—. Qu'est-ce qu'ils ont donné à manger à cette fille ? —demanda-t-il à Marianne sur le ton de la plaisanterie.

—Il semble que ma fille a trop de travail, pas vrai, Brenda ? Elle soupira.

—Oui, maman, c'est exactement ça, bon... —elle sourit à Tom— : je suis désolée. J'ai eu une journée abominable.

—Pas si terrible que ça, parce que ce matin, un fort beau jeune homme est venu la chercher —dit la mère de Bree.

Tom fronça les sourcils, curieux.

—Tu t'es finalement mis du plomb dans la tête avec Luke, hein ? —demanda-t-il, tandis qu'il s'asseyait dans le canapé. Il voulait que son amie lui dise de quoi il retournait ces derniers jours.

—Luke ? —demanda Marianne les sourcils froncés—. Il ne s'appelait pas Kevin ? Bah, j'ai peut-être confondu... —dit-elle en voyant sa fille rougir.

—Il s'appelle Kevin, maman. Tu as bien entendu.

—Mes enfants —commença-t-elle en se rendant compte qu'elle était de trop dans cette conversation. S'il y avait quelqu'un qui pouvait le mieux comprendre sa fille, c'était Tom—. Il faut que je fasse prendre son bain à Harvey, demain il a un exposé et il doit se coucher tôt pour se reposer.

—D'accord, maman. Dis à Harvey que je demanderai la permission pour pouvoir aller le voir.

Quant Tom vit disparaître la silhouette de Marianne, il se tourna vers Bree.

—Alors comme ça c'est Kevin, hein ? Quelle mouche t'a piquée maintenant ?

—Un collègue de travail. J'ai fait une petite expérience. Je l'ai embrassé pour voir si je pouvais oublier Luke, qui d'ailleurs sort avec quelqu'un.

—Mais c'est que tu es bête, ma fille ! —dit-il, surpris. Ce n'était pas dans le genre de Brenda d'agir comme elle le faisait—. Je comprends que tout cela t'ait prise au dépourvu. Quand tu ne veux pas t'impliquer, le destin te dessine d'autres projets, je sais de quoi je parle —il prit sa respiration—, alors donc, tu n'as pas dit à ce canon de Luke que tu l'aimes ?

Bree sourit et commença à lui raconter toute l'histoire avec Kevin. Jusqu'à la dernière réunion qu'elle avait eue cet après-midi avec Luke.

—Il est blessé, c'est clair —dit-il—. Je n'ai pas aimé le fait que Blackward se serve de ton passé pour te faire du mal —il lui caressa les cheveux avec tendresse— essaye de ne pas t'acharner. Laisse un peu tomber la rigidité et parle avec lui de manière civilisée. Lui, il a dépassé les bornes. Il te doit une excuse, mais je crois que ça a été une erreur de calcul favorisée par sa rage de te voir en embrasser un autre. Je ne le justifie pas, mais il me semble que le moment est venu que tu commences à mettre les choses au clair dans ton cœur.

Elle haussa les épaules.

—Tu sais quoi ? Toi et tes civilités êtes en décalage complet. Cette Christine et Luke vont aller dîner ensemble aujourd'hui. J'ai dû répondre à un appel du restaurant Amaya parce qu'au lieu d'appeler la ligne privée de Luke, le type des réservations de l'endroit a appelé sur la mienne —elle fit une grimace.

Tom se moqua, en niant de la tête.

—Je n'ai pas de réponse ingénieuse à cet événement en particulier —sourit-il—. Toujours est-il que je suis seulement venu pour voir comment tu allais et la vérité c'est que les câbles de ton cerveau ne sont pas encore reconnectés entre eux. —Elle le poussa et il partit d'un éclat de rire—. J'ai de bonnes nouvelles pour toi. Je suis en train de penser à lancer une entreprise liée à la haute cuisine… mais pour ça, j'ai besoin d'une personne de toute confiance qui puisse se charger de la gérer. Ce sera quelque chose de petit, mais avec les ingrédients les plus chers et les meilleurs du marché, tu sais bien que l'argent n'est pas un obstacle pour moi —commenta-t-il en changeant totalement de sujet. Il préférait parler de choses plus optimistes.

Les yeux verts se mirent à briller.

—Tu es bien en train de dire ce que je pense que tu es en train de dire ? —demanda-t-elle, enthousiaste.

—Je veux te convaincre de réfléchir sérieusement à travailler pour moi dans….disons huit mois, et que tu sois la personne de confiance dans la cuisine de ma confiserie.

Elle le prit dans ses bras et le serra fort contre elle.

—Ohhh, Tom… Tom… ce serait merveilleux. Je meurs d'envie de pouvoir commencer à travailler dès maintenant ! J'ai même le livre de recettes éprouvées. C'est comme dans un rêve !

Il sourit.

—J'en déduis que l'idée te séduit plus que ce que j'imaginais. Pas vrai ?

—Totalement !

—Tu m'as dit qu'Alice revenait dans moins de deux semaines, tu as donc besoin de penser à quelque chose pour ton avenir économique. Et je pense que cette proposition que je te fais serait un bon début. Ou tu penses rester l'assistante de la présidence de Wulfton pendant encore des années ?

—Non, pas du tout. Une fois que j'aurais payé les dettes de la clinique de maman, alors je démissionnerai. Donc ton offre me semble formidable. Je ne sais pas ce que je ferais sans toi…

Tom décroisa les jambes et s'allongea dans le canapé.

—Bon, tu t'es quand même bien débrouillée pour te mettre dans le pétrin dans ta vie sentimentale —il sourit quand Bree lui tira la langue —. Bébé, il faut que je rentre à Brighton et ensuite je partirai pour Madrid. Ton ex-chef de Green Road veut monter une succursale en Espagne et c'est une bonne affaire. Je vais donc le soutenir. L'investissement tombe bien pour mon compte en banque.

—Toi tu n'as pas besoin de faire grossir ton compte en banque.

—Je le sais, mais cela m'amuse de voir le mouvement des chiffres sur l'écran des données.

—Ha ha. Je trouve ça formidable que tu investisses dans Green Road. Le marché espagnol du tourisme est intéressant. Et comme ça tu pratiques un peu cette langue.

—Ce sont mes projets —dit-il avec une prononciation bizarre essayant d'imiter son professeur d'espagnol d'il y a deux ans. Brenda éclata de rire—. Bref, j'ai réussi à ce que tu te joignes à mon projet gastronomique, mais maintenant la question c'est, que vas-tu faire de Luke ?

Brenda devint sérieuse.

—Les choses se sont compliquées… —Elle regarda ses mains.

—Tu dois régler cette situation. Ce n'est pas possible que tu refuses de lui dire que le sentiment est réciproque. Tu vas laisser échapper l'opportunité de recommencer à zéro ?

—Je ne sais pas comment faire… En plus, il a été très blessant ce matin.

—Brenda… penses-y —il plaça les mains sur ses frêles épaules—, parfois on dit des choses qu'on ne ressent pas. Blackward doit être frustré et en colère parce que tu te comportes de manière ridiculement obstinée.

—Je… oui…. Ne le défend pas !

Tom lui caressa la joue en niant de la tête. Si quelqu'un devait être la sœur qu'il avait toujours voulue, c'était bien Bree.

—Je ne le défends pas, mais je suis un homme et j'ai aussi eu des moments difficiles avec Scott. Écoute-moi, tu as la possibilité de choisir et d'agir pour chercher le bonheur. Le développement personnel implique de se confronter à la réalité chaque jour qui passe. Ne gâche pas tout.

—Tu es bien philosophe —murmura-t-elle.
—Et toi très obstinée. —Il se leva—. Écoute ma belle, je ne veux pas partir inquiet à ton sujet. Promets-moi que tu vas enterrer ton orgueil dans un trou quelconque et que tu vas dire à cet homme ce que tu ressens, et tu vas oublier toutes les sottises que vous vous êtes dites l'un à l'autre. Toi non plus tu n'as pas été tendre, pour être honnête…

Elle fit une grimace.
—Je vais essayer.
—C'est tout ce que je voulais entendre.

Quand Tom quitta la maison, Brenda se sentit vide. Elle n'avait pas d'autre choix que d'essayer de parler à Luke. Même si le plus probable c'était qu'au moment même où elle pensait laisser de côté son ressentiment, il serait en train de coucher avec Christine. « Pensée erronée », se reprocha-t-elle avec amertume.

Elle ne supportait plus de rester éveillée une seconde de plus. Elle monta dans sa chambre. Changea de vêtements, puis se mit au lit. Elle posa sa tête sur l'oreiller. Ses paupières se fermaient de fatigue. Dormir éviterait que son cerveau continue à imaginer Luke avec Christine.

Une grimace sur le visage, elle se laissa tomber dans les bras de Morphée.

***

Finalement, Christine décida de changer de restaurant et ils se retrouvèrent à profiter d'un succulent dîner dans l'un des endroits les plus chers et prestigieux de Londres. Alain Ducasse au The Dorchester, à Park Lane, avec trois étoiles Michelin à son actif et des plats qui dépassaient le prix moyen par personne dans un endroit ordinaire.

—Je veux savoir avec plus de détails ce qui se passe entre toi et cette magnifique blonde — demanda Christine en continuant à savourer la quatrième bouchée qui fondit dans sa bouche. Elle ne regrettait pas d'avoir changé de restaurant.

De toute évidence, c'était le meilleur qu'elle ait goûté depuis des mois—. Tu as été très mesquin avec l'information que tu m'as donnée. Alors je n'arrive pas à me faire une idée de combien tu t'es enfoncé, ni de son degré d'obstination à elle.

Il grogna en prenant une gorgée du vin français. Son palais se réjouit de la texture exquise du vin blanc provenant des vignobles Meursault. Il savoura la fraîcheur, l'opulence, la structure et l'équilibre du succulent liquide.

—Je t'ai déjà dit que ce ne sont pas tes affaires, Christy.
Elle sourit.

—Bon, si tu ne la veux pas pour toi, c'est que tu veux probablement me la laisser à moi… —commenta-t-elle. Elle se mit à rire de bonne grâce lorsqu'elle observa comment Luke reposa le verre sur la nappe en lin blanc.

—Je pensais que tu étais trop consternée parce que Helena et toi avaient rompu. Ou ce n'est déjà plus qu'un mauvais souvenir ?

—Oh, comme tu es méchant, après t'avoir fait la faveur de faire semblant d'être amoureuse, en échange de la souffrance de cette fille, qui c'est évident est folle de toi, tu remets sur le tapis ma rupture avec Helena. Méchant, méchant. —Elle retourna à son dessert en attendant que Luke morde à l'hameçon. Ce qu'il fit évidemment juste après.

—Ne sois pas si dramatique, Christine… Le fait est que cette petite sorcière de Brenda a ruiné mes chances auprès des autres femmes. J'ai besoin qu'elle m'enlève ce poids qui me pèse et qu'elle me dise exactement ce qu'elle ressent pour moi, mis à part du ressentiment —gémit-il en terminant le contenu de son deuxième verre—. Je ne peux pas passer ma vie entière dans le doute. Je lui ai menti ; c'était mal de ma part. Je l'ai assumé. J'ai essayé de le lui expliquer…et elle ne m'a pas laissé le faire. En plus, il y a ce que je lui ai dit ce matin, et la voir en embrasser un autre juste sous mon nez…Tu sais pourquoi j'ai eu recours à toi ? —demanda-t-il énervé, lorsque Christine lui adressa un regard arrogant.

—Pour savoir si cela la rendait jalouse, ce qui serait pour toi comme un indice qu'effectivement, elle t'aime peut-être. Non ? —lui répondit Christine.

Il acquiesça.

—Maintenant je comprends pourquoi j'aime les femmes —se moqua Christy—. Les hommes peuvent être tellement stupides ! —Elle s'inclina légèrement sur la table—. Lukas, si tu t'étais servi un peu plus de ton bon sens et étudié le regard de Brenda, tu aurais sans doute déjà une réponse et tu n'aurais pas commis autant de bévues.

—Je ne suis pas d'humeur à ce qu'on me fasse la leçon —dit-il, piqué au vif.

Elle fit abstraction de son commentaire d'un geste de la main, tandis que celui qui était chargé de les servir remplissait à nouveau leurs verres, avant de s'éloigner discrètement.

—Vraiment, Lukas, tu es peut-être très intelligent pour les affaires, mais dans le domaine sentimental… —elle laissa la phrase exprès en suspens et revint à son assiette.

—Si ça se trouve, ce n'était pas une bonne idée d'essayer de lui faire croire que toi et moi… Maintenant, j'ai probablement encore moins de chances d'arriver jusqu'à elle. Je suis en train de faire la même chose que Faith m'a faite —répondit-il avec amertume.

Christine leva son regard vers lui avec sévérité.

—Écoute-moi bien, Lukas Ian Blackward. Ne redis jamais —elle le menaça avec la cuillère pleine de gelée de cerise—, une bêtise comme ça. Cette femme n'a pas eu la moindre considération pour toi, dans aucun domaine. Elle t'a trompé et elle l'a fait exprès, de manière vicieuse. Toi tu cherchais une manière que Brenda réagisse et sorte de son repli sur elle-même contre toi. Ce n'était sans doute pas la stratégie la plus intelligente… —Elle haussa les épaules et sourit d'un air amusé—. Après tout, tu es un homme.

Ils se sourirent, complices.

Christine continua à manger et pensa à Helena. Elle avait besoin de lui expliquer dans le détail que le fait de lui avoir posé un lapin, un jour avant d'annoncer aux parents de sa petite amie qu'elles envisageaient de se marier, n'avait pas été délibéré, mais qu'il s'était passé quelque chose au bureau de Londres. Et ce projet, c'était Lukas et George.

Elle devait beaucoup à ses amis. En particulier à Lukas. Lorsqu'il y a des années, elle avait finalement accepté sa sexualité, il avait été la première personne à qui elle l'avait confessé. Elle n'avait pas de famille en Angleterre et personne à qui confier une chose de cette importance. Avoir à gérer quelque chose d'aussi transcendant par rapport à elle-même et qui définirait le reste de sa vie, l'avait troublée. Ce qu'elle avait de plus proche au Royaume-Uni, c'était ses deux collègues de travail. Sa famille était suédoise, mais cela faisait très longtemps qu'elle ne parlait pas avec eux et la relation n'était pas très solide.

Luke avait été inconditionnel. Quand il avait découvert qu'elle était préoccupée et angoissée, il l'avait invitée à parler avec lui, ce qui lui avait permis de se libérer de tout ce qui lui pesait. Il s'était converti non seulement en son chef et collègue, mais aussi en un ami qu'elle appréciait énormément.

Blue Destination ne lui avait pas seulement apporté une équipe de travail formidable, des objectifs professionnels sensationnels, mais aussi deux chefs qui lui offrirent une petite participation dans l'entreprise lorsqu'il firent une analyse de ses mérites et qu'elle obtint la note la plus élevée. Elle gagna des actions du groupe et des amis qu'elle adorait. Ainsi, lorsqu'elle avait dû laisser Helena pour eux, elle n'avait pas hésité une seconde. Ce n'était pas qu'elle l'aimait moins pour autant, mais sa petite amie écossaise devait savoir qu'elle devait énormément à ces deux amis.

Sans doute que plus tard elle réussirait à convaincre Helena, avec qui elle était en couple depuis plus d'un an, qu'elles pouvaient négocier et apprendre à partager leur temps avec d'autres, sans pour autant affecter la sécurité de leur affection l'une pour l'autre. C'est bien pour cela qu'elle comptait les jours avant de retourner travailler dans la centrale de la compagnie maritime et d'aller trouver Helena pour tout lui expliquer et essayer d'arranger les choses entre elles.

—Oui. Tu as raison… Je suppose que Brenda me hait, et qu'elle m'en veut —commenta Luke soudain d'une voix grave, passant ses doigts autour du verre.

Christine prit une longue inspiration pour calmer son envie de le secouer. « Ils n'étaient pas supposé avoir réglé la question de Brenda, il y avait de cela un dessert, un verre d'eau et un café » ?

—Vraiment, Lukas, je te jure que parfois tu es vraiment pénible. Arrête de penser à voix haute. C'est amusant de me balader en montrant mes attributs et en me dandinant dans ton bureau si Brenda faisait attention à moi —dit-elle. En réponse à son commentaire, elle reçut une tape de Luke sur sa main—. Aïe ! —Elle se frotta la main, en faisant semblant d'avoir mal —. Bon, au moins je t'ai fait sourire, parce que cette tête de grognon que tu fais et cette humeur exécrable que tu as chaque fois que Brenda apparaît, mieux vaut que tu les gardes pour demain lors de ces négociations avec Burges.

—Je suppose… —répliqua-t-il taciturne à la perspective de cette réunion qui l'aiderait à définir ce que tramait Haymore.

CHAPITRE 20

Cela faisait presque quarante minutes que Brenda se trouvait dans la salle privée du service juridique du Wulfton, à répondre aux questions de l'avocat principal de l'entreprise, Donovan Vinilli. D'après ce qu'elle comprenait, on l'accusait de passer des informations confidentielles à des tiers, ce qui portait préjudice aux affaires au groupe Blackward. Elle aurait pu supporter l'injustice qu'ils étaient en train de commettre à son encontre, si son accusateur direct n'avait pas été Luke.

Ce qu'elle ressentait à cet instant précis ressemblait beaucoup à de la douleur physique. Le regarder lui causait une peine profonde. Et cela n'avait rien à voir avec l'accusation, mais plutôt avec le manque de foi qu'il avait en elle. Comment pouvait-elle croire qu'il l'aimait ? Comment pouvait-elle lui donner une chance et se donner une chance à elle-même, quand il venait de se passer une chose pareille ? Il savait mieux que personne combien elle travaillait pour sa famille, les sacrifices qu'elle avait faits pour élever Harvey et pour empêcher sa mère de mourir d'une intoxication à l'alcool et à la cocaïne. Tout cela, sans avoir à voler à quiconque un seul centime. Échanger des informations contre de l'argent ? Ça ne lui serait jamais passé par la tête. « Comment a-t-il pu me faire ça… » ?, se demandait-elle encore et encore avec angoisse et déception.

Elle se sentait petite à la grande table de réunion généralement prévue pour dix personnes. Mais elle ne se laissa pas intimider. Cette fois-ci, elle parlerait à Tom pour qu'il fasse jouer ses relations et qu'on démontre qu'elle était innocente. Rien n'avait d'importance à ses yeux. Tout ce qu'elle voulait, c'était sortir de là et blanchir son nom pour ne plus jamais entendre parler des Blackward.

—N'est-ce pas à ce stade que je suis censée avoir droit à un avocat ? —demanda-t-elle en regardant Luke avec hostilité. Elle gardait les poings serrés sur la jupe violette qu'elle portait. Elle n'avait jamais eu autant envie de frapper quelqu'un.

Luke était debout dans un coin de la luxueuse pièce. Après sa réunion avec Flint Burges, tout était devenu très clair à ses yeux. L'homme lui avait expliqué qu'il se rétractait de faire affaires avec eux, parce quelqu'un avait miraculeusement fait l'acquisition de son entreprise du jour au lendemain. Et cette personne n'était autre que Phillip Haymore. La conclusion du coupable était logique pour Luke. Il n'y avait qu'une personne qui connaissait ces informations privilégiées dont Haymore s'était emparé pour reprendre l'entreprise de Burges. Et cette personne, c'était Brenda.

Le problème, c'est qu'il la connaissait et que cette histoire de vendre des informations à des types comme Haymore ne cadrait pas avec elle. Cependant, il n'y avait pas d'autres personnes qu'elle, liées à ces sphères d'informations privilégiées. Justement la femme qu'il aimait, pensa-t-il, amer. Sa tante payait bien Brenda, alors s'agissait-il d'une infraction quelconque que peut-être Marianne aurait commise et que Bree ne pouvait pas régler ? « C'est que ça ne colle pas. Rien ne colle dans cette histoire », se disait-il encore et encore.

—Ce n'est pas un interrogatoire policier, mademoiselle Russell. Nous souhaitons juste aller au fond des choses sur cette affaire —exprima l'avocat avec patience.

Elle essaya de tenir sa langue, mais n'y parvint pas. Ils pouvaient l'accuser d'être naïve, mais jamais d'être une voleuse ni d'être déloyale.

—Laissez-moi vous dire, maître Vinilli, que si vous continuez à me retenir et à m'accuser d'avoir vendu des informations confidentielles, ou de quoi que ce soit, je peux faire un procès à l'entreprise pour harcèlement. Vous n'avez aucune preuve pour faire ce que vous êtes en train de faire.

Vinilli lui adressa un de ces sourires apaisants qu'ont généralement les avocats lorsqu'ils pensent avoir raison. Cela faisait quinze ans que Donovan était dans l'entreprise.

—Inutile de vous mettre dans cet état…

—Ce n'est pas vous qui allez me dire si j'ai le droit ou non de me mettre dans cet état ! —Elle frappa de la paume de sa main sur la solide table ovale en bois et se leva—. J'ai supporté vos bêtises pendant plus de quarante minutes.

—Mademoiselle Russell…

Brenda le regarda avec lassitude. Elle se sentait fatiguée et trahie du point de vue émotionnel. Elle n'allait pas tolérer que cet avocat de pacotille la traite comme si elle était une idiote sans jugeote. Il pensait peut-être qu'elle ignorait qu'elle avait des droits ? Peut-être qu'elle était une femme sans ressources économiques, mais elle avait Tom, qui serait plus que disposé à lui prêter tous ses contacts et l'argent dont elle aurait besoin pour envoyer balader tous les Blackward et leur service juridique.

—Je vous ai dit clairement que oui, je gère des informations confidentielles ; que non, personne d'autre n'a accès à mon ordinateur, et je vous ai aussi assuré que je n'ai pas la moindre idée de la raison pour laquelle vous croyez que j'ai quelque chose à voir avec le fait que Phillip Haymore ait fait la soudaine acquisition de l'entreprise de monsieur Burges. —Elle se leva, disposée à partir.

—Attends… —protesta Luke en s'approchant d'elle et quittant la position en retrait qu'il avait maintenue depuis qu'ils étaient entrés dans la pièce.

Brenda le regarda, furieuse, et croisa les bras. L'avocat décida de donner des indications à voix basse à son assistant juridique qui était assis à sa gauche.

—Dis-moi juste pourquoi tu l'as fait, pourquoi as-tu parlé avec Haymore ? —demanda-t-il. Quelqu'un l'avait informé que la personne qui avait livré la liste de contacts à Phillip l'avait fait pour de l'argent. Lui, refusait de croire que Brenda se soit vendue de cette façon, mais tout l'inculpait—. Tu as besoin d'une augmentation ? Ta famille est dans une passe difficile… ? —demanda-t-il.

Les questions, il les fit sans intention de lui faire du mal. Ce ne fut pas ce que comprit Brenda, qui, fatiguée de ces bêtises, lui fit savoir du regard combien elle le détestait.

—Tu veux vraiment le savoir ?

Luke acquiesça, en serrant les mâchoires. Il voulait la prendre dans ses bras, lui demander de mettre sa fierté de côté et de mettre fin à l'agonie de ne pas connaître ses sentiments pour lui. La situation pouvait-elle se corser encore davantage ?

Bree lui adressa un sourire sarcastique.

—J'ai passé les informations à Haymore, parce que j'avais une envie folle de coucher avec lui, et c'était le seul moyen de gagner ses faveurs personnelles, qu'en dis-tu ?

Il lui attrapa le bras avec force. Elle releva le menton, d'un air provocateur.

Donovan fit semblant de tousser, se rendant compte qu'il existait entre eux deux autre chose qu'une relation de travail, et il prit son assistant avec lui. Puis il ferma la porte.

—On dirait bien que tu commences à me taper sur les nerfs —grogna Luke l'attirant contre son corps. Se collant à elle. Brenda laissa l'air s'échapper lorsque ses seins vinrent heurter cette muraille de muscles. Elle sentit entre ses cuisses un léger échauffement qui n'avait rien à voir avec sa colère contre Luke.

Le choc énergétique des deux vibrait dans l'air.

—Ah bon, c'est ça que je fais ? —Elle essaya de se libérer de l'emprise de Luke, et put à peine se libérer de la pression de sa peau—. Et bien, si tu veux tout savoir, ça m'est égal. Si tu croyais pour une raison ou pour une autre que je serais intimidée, tu te trompes —elle signala comme elle put l'épaule de Luke avec le doigt, en appuyant dessus—, la seule à avoir le droit d'être extrêmement en colère c'est moi, parce que non seulement il se trouve que tu es un menteur, mais en plus un idiot —elle fléchit le doigt de nouveau—, si tu n'étais pas autant préoccupé par toi-même et en train de séduire des femmes, tu te serais peut-être rendu compte que je suis incapable de trahir la confiance d'Alice. J'en ai vraiment marre de toutes ces bêtises. Marre ! Tu es un tyran et en cela oui, tu ressembles à ta tante. La seule différence c'est qu'elle, elle n'aurait jamais douté de moi.

—Brenda... —constata Luke en observant comment les joues de Bree s'enflammèrent légèrement par la colère. Elle ne l'écoutait pas, et elle recommença à appuyer son index sur son torse. Cette menace de Bree sur le fin tissu de sa chemise grise le brûlait suffisamment comme pour serrer la mâchoire et réprimer son envie de la plaquer contre le mur le plus proche et de l'embrasser jusqu'à ce qu'elle se taise.

—Tu peux m'accuser d'être ce que tu veux, mais jamais d'être une voleuse ou d'être malhonnête. Tu m'entends ? Jamais ! —Elle se sentait à bout à cause de la pression qu'elle avait dû supporter toute sa vie, seule. Toujours seule. Le stress du travail, la relation tendue avec Luke, et cette charade d'accusation finirent par briser la digue qu'elle avait réprimée en elle durant toutes ces années. Les larmes qu'elle avait l'habitude de contenir avec tant d'empressement, commencèrent à couler sur ses joues—. J'ai travaillé pour toi en laissant de côté ma famille, pour pouvoir courir assister à tes foutues réunions en dehors des heures de bureau —dit-elle d'une voix ferme mais rauque à cause des larmes—. J'ai cessé de voir mon frère suffisamment pour savoir qu'il se sent déplacé et je ne peux rien y faire parce que j'essaie d'être efficace, et je fais tout en essayant de ne pas remarquer le dédain avec lequel tu me regardes. —Luke observait en silence comment les émotions de Bree s'exaltaient ; il relâcha peu à peu la pression sur ses bras. Il ne l'interrompit pas car il ne pensait pas qu'elle le lui aurait permis—. Je ne peux pas continuer à travailler pour toi, ni pour ta tante. Et cette bêtise que j'ai enfreint ma clause de confidentialité, ça a été la cerise sur le gâteau —affirma-t-elle, fatiguée—. Tu auras ma démission demain matin.

Il passa ses doigts avec douceur sur les joues humides, tandis qu'il la sentait trembler.

—Ma chérie —son expression se fit plus douce. Il se reprochait de ne pas avoir été plus froid au moment de recevoir la nouvelle de la perte de ce client à cause de Haymore. Il détestait perdre la perspective et détestait encore plus avoir douté de Brenda—. Je suis désolé, vraiment. Tout coïncidait de telle manière que cela pointait vers toi comme responsable, qu'est-ce que j'aurais pu faire ? demanda-t-il, chagriné de ne pas avoir pris le temps de réfléchir calmement avant de l'accuser. La douleur dans ces yeux verts, lui faisaient l'effet d'être une canaille.

—Et que penses-tu de m'avoir demandé, avant de m'envoyer chez les avocats, comme si j'étais une voleuse ? Je ne vais plus gober tes mensonges. Et ne m'appelle pas ma chérie quand tu couches avec une autre. —Elle s'essuya les traces de larmes sur les joues du revers de la main, se haïssant de se montrer vulnérable devant lui.

Luke posa un doigt sous son menton. La lèvre inférieure de Brenda tremblait de colère. Il reconnaissait qu'il lui avait délégué le double de travail ces derniers jours. Il avait tout mal géré avec elle.

—Je ne couche avec personne. —Bree voulut tourner la tête, mais Luke l'empêcha de bouger en tenant son visage entre ses mains—. D'accord ? —il regarda fixement Brenda, et il lui sembla remarquer que quelque chose en elle avait cédé.

—Tu es horrible, Luke. —Elle le poussa, mais sa force n'était rien comparée à la sienne et elle ne put pas repousser les mains qui la touchaient avec autant de tendresse. Physiquement, elle ne pouvait pas avoir le dessus sur lui. Elle laissa échapper un soupir entrecoupé—. Dis-moi juste la vérité —murmura-t-elle avec tristesse—. Pourquoi est-ce si difficile pour toi d'être sincère avec moi ? —demanda-t-elle sans envie de discuter. Elle voulait juste en finir une fois pour toutes—. Tu m'as dit que tu avais une femme qui réchauffait ton lit, si tu appelles ça ne pas coucher avec quelqu'un, alors vraiment mon anglais doit être mauvais. Tu m'as aussi dit que…

Il la fit taire en posant un doigt sur ses lèvres.

—J'étais énervé parce que je t'ai vue flirter avec Parsons. Je me suis… —il lâcha un soupir de résignation—. J'étais jaloux. D'accord ? Et Christine c'est…

—C'est ou ça a été ton amante ? Décide-toi.

Luke parcourut lentement la forme des lèvres féminines avec ses doigts. Avec tendresse, et aussi avec une bonne dose de regrets. Elle faisait semblant d'être insensible, mais le tremblement de sa lèvre inférieure ne répondait plus seulement à la rage ; et le brillant de ses yeux, n'était pas seulement dû aux traces de larmes versées.

—Aucune des deux. —Avant que Brenda puisse répondre, Luke anticipa. Il avait besoin de laisser la question de Christine pour dans un moment— : Bree, je me suis déjà excusé auprès de toi il y a quelques jours de ne pas t'avoir dit qui j'étais vraiment. Ou du moins la partie qui me liait à cette entreprise. —Bree fit une grimace—. Tu vas continuer à être en colère pour ça encore longtemps ?

—Tu as dit que tout ce qui existait entre nous était terminé, tu te rappelles ?

Il lâcha un soupir fatigué.

—Je me souviens —répondit-il, résigné.

—Bon, et bien, maintenant je m'en vais…

Il n'allait plus insister sur ce sujet. Il y avait quelque chose de plus important dont il voulait parler.

—Plutôt dis-moi toi, pourquoi ne commences-tu pas toi par être sincère avec moi, même si c'est juste pour cette fois, ma chérie ?

Brenda sentit sa gorge se sécher. Elle le regarda et se perdit dans ses lumineux yeux bleus qui vibraient avec intensité. Ça n'aidait pas que la voix de Luke se soit transformée en un ronronnement chaleureux. Ni que son parfum à lui se faufile par les pores de sa peau, ni que son corps réponde comme si Luke lui avait jeté un sort à travers la peau. Elle était toujours en colère. Blessée. Mais une petite partie d'elle-même se sentait aussi troublée et désireuse.

—Je ne sais pas de quoi tu parles. Celle qui doit être en colère c'est moi. N'essaie pas de changer de sujet. En plus, il faut que je parte… —murmura-t-elle en s'éloignant. Elle se sentait prise au piège.

—Lâche.

Elle s'arrêta net. Et se retourna.

—Je t'interdis d'oser me traiter de lâche !

—Alors dis-le moi.

Brenda croisa les bras et le regarda, provocante.

—Qu'est-ce que tu veux que je te dise ? Que tu es un menteur, un fourbe, méfiant, coureur de jupons et… ?

Luke l'attira à nouveau contre lui. Cette fois-ci avec l'intention de ne pas la laisser s'écarter. Il serra les hanches pour les coller contre elle et qu'elle prenne conscience de son désir. Il pencha la tête et lut le regard de Brenda. Surprise, incrédulité, ressentiment et… Maudit soit-il si ce n'était pas de l'amour qu'il voyait derrière toutes ces émotions.

Christine avait raison. Il n'avait pas fait attention aux signes. Ce qu'il voulait savoir avait toujours été là.

Il mit la main derrière sa nuque, avant de prendre sa bouche et de mordiller sa lèvre inférieure tremblante. Il la suça avec douceur pour ensuite parcourir cette bouche délicieuse comme s'il s'agissait de la friandise la plus chère. Malgré la résistance initiale de Brenda, il sentit comment petit à petit, avec un gémissement d'impuissance et de capitulation, elle céda finalement au baiser, lui offrant la saveur qui le rendait fou et lui rendant chaque assaut de ses lèvres avec la même passion avec laquelle il l'embrassait.

Elle pourrait mettre cela sur le compte du stress et de la fatigue émotionnelle pour justifier le fait qu'elle rendait avec passion les avances de Luke. Elle sentait comment la langue soyeuse la tentait, en la pénétrant et en la séduisant. Elle ne se rendit pas compte qu'elle avait enlacé ses mains derrière la nuque de Luke, jusqu'à ce que ses fortes mains à lui glissent dans son dos, la rendant consciente de sa faiblesse pour lui. Luke fit glisser ses paumes jusqu'à les poser sur ses fesses, il les caressa et appuya son bassin contre le sien pour qu'elle sente son besoin de la faire sienne. Une nécessité qu'elle partageait définitivement avec lui.

Brenda caressa les cheveux noirs de Luke, enfouissant ses doigts avec empressement dans la chevelure douce et épaisse. Elle s'enivra du goût épicé de sa bouche qu'elle avait désirée pendant ces derniers jours. L'arôme naturel de Luke et son eau de Cologne était l'aphrodisiaque parfait pour la subjuguer. Elle ne désirait rien de plus à cet instant que d'être à lui et de lui faire sentir son propre sentiment de possession par lui.

Comme s'il devinait la manière dont le désir parcourait les veines de Brenda, Luke fit glisser ses mains vers sa fine taille féminine, tandis qu'il marchait avec elle jusqu'au mur le plus proche. Il la plaqua contre le béton. Brenda haleta en sentant comment les doigts de Luke caressèrent ses tétons par-dessus son chemisier. Il serra les petites pointes dures en appuyant et en relâchant la pression à contretemps ; avec des intensités variables et fascinantes. Elle sentit une chaleur liquide mouiller son sexe, et elle se contorsionna contre la dureté qui se pressait contre sa douceur protégée par le tissu fragile de sa jupe.

Luke ouvrit les mains pour contenir les seins de Brenda, et peu à peu, il commença à faire des cercles autour d'eux avec ses mains, en les savourant.

—Je te désire tellement… —confessa-t-il, sentant que sa résistance et son contrôle de lui-même arrivaient à leur point limite. Il avait passé trop de temps à penser à la toucher de cette manière, et à d'autres formes assez intéressantes de la posséder. La douceur de la peau lui donnait envie de lui faire l'amour sur la moquette, sans que rien ne lui importe.

Elle se tordit contre Luke, sentant comment la jupe remontait le long de ses cuisses avec une caresse de la main virile. D'une impulsion, elle baissa les mains jusqu'au membre de Luke, le prenant par-dessus le pantalon. Elle courba ses doigts et le serra doucement, puis elle généra une friction, depuis ce qu'elle pensait être la base de son sexe jusqu'à son gland.

—Petite sorcière… —ronronna-t-il de plaisir ; et avant qu'il n'explose comme un adolescent entre les mains de Brenda, il s'empara de ses mains coquines avec facilité et les mit en l'air contre le mur, une de chaque côté de la tête. Elle le regarda, les yeux embués—. Tu vas me dire que tu as embrassé ou touché comme ça un autre homme… ? —demanda-t-il haletant. Brenda avait rougi. Ma beauté.

Elle le regarda avec surprise quand ses lèvres gonflées se séparèrent de cette source indéniable de plaisir qu'était la bouche de Luke. Il utilisa le genou droit pour lui écarter les jambes petit à petit.

—Je… j'ai seulement embrassé quelqu'un pour tester… —La pression sur ses poignets augmenta, et il s'éloigna un peu—. Luke… —gémit-elle.

—Qui ? —rugit-il en penchant la tête vers elle, pour que ses yeux bleus sauvages noyés de passion arrivent à la hauteur des siens—. Dis-le moi.

—Je… —sa lèvre trembla à nouveau du désir qu'elle avait qu'il l'embrasse à nouveau. Il était si cruellement beau, que c'en était à couper le souffle—. Kevin —lâcha-t-elle finalement.

Luke serra inconsciemment très fort ses poignets. Elle se plaignit, il relâcha alors la pression.

—C'est lui qui te trouble ?

Elle le regarda sans comprendre.

—Je ne sais pas de quoi tu parles —haleta-t-elle lorsque Luke perdit le contact visuel avec elle et en échange, se pencha sur un de ses seins et mordit le téton par-dessus le tissu. Brenda ne pouvait rien faire parce qu'elle était coincée contre le mur et qu'il lui soutenait les mains. « Bon sang… je suis sûre que si au moyen-âge on m'avait torturée pour être une sorcière, même en étant innocente, avec les caresses de Luke je me serais déclarée coupable », pensa-t-elle, tandis qu'elle sentait un tas de baisers dans son cou. Brenda bougea les hanches vers l'avant par réflexe, à la recherche de quelque chose dont ils avaient besoin tous les deux, mais qu'il ne pensait pas lui donner tout de suite.

—Non ? Oh, quel dommage…

—En vérité, je… —Il changea de sein et appliqua la même torture.

—Oui ? —demanda-t-il. Il bougea ensuite la jambe contre le sexe de Brenda, en appuyant dessus. Il voulait goûter à l'humidité de ses lèvres internes, mais il n'allait pas la laisser s'en aller sans auparavant l'obliger à confesser ce qu'elle ressentait pour lui. Ils avaient déjà perdu assez de temps en malentendus.

—Luke… oh… —gémit-elle lorsqu'il lâcha l'une de ses mains, et utilisa celle qui était libre pour remonter sa jupe jusqu'à la taille, puis posa la main sur son pubis sensible et humide. Il n'y eut ni pression, ni mouvement, mais la seule présence de ce contact l'incita à bouger contre la délicieuse intruse qui promettait de lui donner du plaisir.

—Tu es amoureuse de lui ? —demanda-t-il en appuyant son index à l'endroit où la fente mouillée de Bree s'ouvrirait comme une fleur brillante si elle ne portait pas de slip.

Elle fut sur le point de crier pour lui demander d'arrêter de la torturer de la sorte. Elle voulait lui demander de la déshabiller, de l'embrasser et qu'il lui dise à nouveau qu'il l'aimait. Elle voulait lui dire tellement de choses. Il commença à la toucher intimement avec chaque doigt, en alternant la pression et fut incapable de continuer à penser. Ensuite, elle sentit comment il répartissait son humidité en faisant des mouvements circulaires sur sa vulve. « Si seulement il pouvait bouger les doigts un peu plus à gauche et retirer la barrière du slip, je pourrais le sentir à l'intérieur et... »

—Tu l'es ? —insista-t-il en contrôlant son envie de faire glisser ses doigts par le canal mouillé.

—Non ! —sa voix se fit pleurnicheuse et il ne lui donna pas l'occasion de s'écarter—. Je ne suis pas amoureuse de Kevin. C'était juste... juste un stupide test... j'avais besoin... —Luke courba ses doigts à nouveau, puis il caressa la peau douce des cuisses de Brenda—. Je voulais juste savoir ce que je ressentais pour lui —dit-elle dans un gémissement entrecoupé.

—Et que sentais-tu exactement, mon amour ? —insista-t-il, non sans avant l'embrasser longuement et intensément.

Ils se regardèrent mutuellement.

Brenda pris une profonde respiration.

—De l'amitié.

Il leva un sourcil.

—Et c'est ce que tu ressens pour moi là maintenant ? Là aussi c'est de l'amitié ? Tu vas continuer ta campagne anti-Lukas Blackward ?

—Non. C'est la réponse à toutes tes questions... —Ses mains abandonnèrent le sexe de Brenda, pour lui pétrir ses seins crémeux, mais elle les retint—. Quand tu me touches comme ça, je ne peux pas penser.

Le monde autour d'eux s'était effacé. Ils étaient seuls au monde.

—Mmm, quel dommage pour toi, ma chérie —dit-il avant de manœuvrer avec facilité pour continuer à lui masser ses doux seins. Elle ferma les yeux pour profiter de ses caresses, en attendant qu'il commence à déboutonner le chemiser et ensuite…—. Qu'est-ce que tu ressens pour moi exactement ? —demanda-t-il, interrompant sans le savoir les pensées lascives de Brenda.

« C'est donc ça ». Brenda comprit pourquoi il tentait de la séduire. Peut-être que Luke n'était pas si invulnérable. Tout du moins pas avec elle. Elle posa ses petits mains sur les siennes et les baissa jusqu'à les placer sur ses hanches. Le regard de Luke ne laissait aucune place au doute. Il avait besoin d'une réponse.

Il avait besoin de la vérité.

—Je t'aime —déclara-t-elle en le regardant dans les yeux—. Je t'aime, Lukas Blackward —répéta-t-elle avec plus d'assurance. Puis elle sourit. Et pour lui, jamais aucun sourire ne lui parut si beau. Il resta à la contempler, ébahi. « Cette femme généreuse l'aimait, malgré le fait qu'il lui ait menti et qu'il ait douté d'elle ». Il fut parcouru d'une grande sensation de soulagement—. Toi… tu ne m'aimes plus, pas vrai ? —demanda-t-elle, la voix brisée lorsqu'il la regarda fixement sans rien dire.

En voyant le visage plein de doutes, Luke sortit de ses pensées et avec une tendresse qu'elle n'avait vue chez lui que la première fois qu'ils avaient fait l'amour, il prit son visage entre ses mains.

—Je t'adore et je t'aime tellement que tu n'as pas idée à quel point tu m'as fait la vie dure en ne me disant pas ce que tu ressentais. Je suis désolé de t'avoir menti et que tu aies douté de moi, ma princesse.—Oh, cette manière qu'il avait de l'appeler, ça lui redonnait du souffle, pensa-t-elle, son cœur battant dans sa poitrine—. Et pour que les choses soient claires, Christine et moi n'avons aucun type de relation.

—Ah bon ?

—Ne parlons pas des autres, mon amour. Tu me crois, pas vrai ? —Elle acquiesça et inclina sa joue droite contre la main de Luke. Il la regarda avec tout l'amour qu'il ressentait—. Tu vas me pardonner d'avoir douté de toi ? Je suis désolé, vraiment… —il caressa ses cheveux blonds avec douceur—. Je sais que je n'aurais pas dû le faire. Mais…

—Je t'aime suffisamment pour te pardonner le passé, Luke —confessa-t-elle avec sincérité. Il la regarda avec ravissement. « Sa vie retrouvait son sens. Il avait suffi de deux mots ».

Tout à coup, on frappa à la porte. Ils ignorèrent tout ce qui n'avait pas à voir avec les émotions qui les submergeaient.

—Au fait, tu n'as pas été particulièrement aimable avec moi… —dit Bree en souriant. Ensuite, elle embrassa la paume de la main qui soutenait son visage.

—C'est une réclamation, mademoiselle Russell ? —demanda-t-il avec sensualité, en sentant son cœur plein, alors qu'il se penchait pour l'embrasser—. Parce que je déteste les gens qui se plaignent —murmura-t-il sur ses lèvres, souriant. Elle le prit dans ses bras et permit qu'il commence à défaire les boutons de son chemisier, lui donnant accès à son corps de femme.

—Ah oui ? Mmm… peut-être que je pourrais me plaindre un peu —chuchota-t-elle en rendant la faveur à Luke avec les boutons de sa chemise—. Moi j'ai horreur des hommes autoritaires et grognons.

On insista à la porte, mais ils insistèrent aussi en l'ignorant à nouveau.

—Je suis désolé d'avoir été grognon, mais t'avoir près de moi toute la sainte journée sans pouvoir te toucher, sans savoir ce que tu ressentais n'était pas vraiment une façon supportable de travailler.

—Tu pourrais me dédommager —ronronna-t-elle lorsqu'elle se défit du dernier bouton de la chemise de Luke—. Moi... je ne me plaindrais pas. —Luke lâcha un éclat de rire rauque—. D'ailleurs, je te serais plus que reconnaissante —dit-elle tandis qu'elle introduisait ses mains sur la merveilleuse peau qui couvrait chacun des muscles virils. Sentir sa peau entre ses doigts lui provoquait un plaisir indescriptible.

On frappa de nouveau à la porte. Et Luke décida, non sans avant esquisser une grimace, de répondre. Il devait se rappeler exactement où ils se trouvaient. Le bureau du conseiller juridique de l'entreprise n'était pas le sien, où il ne se serait pas arrêté.

En voyant la frustration de Luke, et en résistant à la sienne, Brenda arrangea ses vêtements et ses cheveux. Cela faisait de nombreux jours qu'elle ne se sentait pas aussi bien.

—Je t'aime —dit-elle quand elle vit qu'il était en train de fermer le dernier bouton de sa chemise. Il s'arrêta.

—Je ne me fatiguerais jamais de te le dire, parce que je t'adore, ma puce. —Il s'approcha et lui chuchota à l'oreille tout ce qu'il allait lui faire dès qu'ils se libéreraient des problèmes du bureau. —Brenda l'attira vers sa bouche et l'embrassa tendrement—. Je vais voir qui nous embête autant, ma princesse —il lui donna une tape sur les fesses accompagnée d'un sourire chargé de promesses sensuelles.

Lorsqu'il fut sûr que Brenda était prête, Luke ouvrit la porte.

—Quoi ? —fut son premier mot en ouvrant la porte.

Christine le regarda fixement. Ensuite, elle se mit à rire. Elle le connaissait tellement bien.

—J'espère que ton grognement d'accueil en vaut la peine. D'ailleurs, j'espère que tu me remercieras parce que c'était soit moi qui frappait à la porte, soit le conseiller juridique qui rentrait sans aucune délicatesse.

Le visage de Luke se montra plus accessible et laissa entrer son amie, et il remarqua le regard que Bree essayait de cacher.

Il ne voulait pas qu'elle n'ait pas confiance en elle et qu'elle se sente mal à l'aise. Désormais les choses allaient être différentes entre eux.

—Ma chérie, viens ici —demanda-t-il à Bree. Elle s'approcha, à contrecœur—. Christine est mon associée chez Blue Destination et elle est là pour s'occuper de certaines parties des affaires. Rien de plus.

—Et ces parties des affaires n'incluent pas Luke —s'empressa d'ajouter Christine—. Tu es très belle et tu ne devrais pas te sentir en danger à cause de lui. Il m'a donné du fil à retordre depuis que tu as décidé de le rejeter, alors j'espère pour ma tranquillité d'esprit que tu lui as dit que tu étais amoureuse de lui. —Brenda regarda Luke, qui haussa les épaules face au discours qu'entamait son amie—. Parce que crois-moi, cette histoire de faire semblant d'être hétéro, ce n'est pas mon truc. —Bree ouvrit la bouche d'étonnement et en voyant le rire tranquille de Luke, la referma—. Bref, ma chère. On fait la paix ? —elle tendit la main et automatiquement Brenda la lui serra.

Bree regarda Luke de ses yeux verts lumineux. Il fronça les sourcils.

—Qu'est-ce que tu voulais ? Je te voyais en train de flirter avec cet imbécile… rien d'autre ne m'est venu à l'esprit.

—Très mûr de ta part —dit-elle, et elle rit quand il s'approcha et en ignorant totalement Christine, l'embrassa passionnément et longuement.

Christine s'éclaircit la voix, mais Luke ne bougea pas.

—Il y a un problème ? —demanda-t-il en prenant dans ses bras la femme qu'il aimait, quand il eut fini de l'embrasser. Bree avait rougi.

—Je crois que tu devrais venir avec moi, Luke —dit Christine. Elle s'adressa ensuite à Brenda d'un ton sérieux— : et toi aussi ma chère, parce que cette histoire est la raison pour laquelle tu es dans le bureau de Vinilli, qui d'ailleurs est en discussion avec son assistant à propos des charges qu'il devrait présenter à ton encontre.

—Dis-lui qu'il les retire, Christine. Toute tentative d'inculpation —ordonna Luke.

Lorsqu'ils arrivèrent au bureau de Luke, Vinilli était assis dans la petite salle d'attente et à ses côtés, il y a avait un très jeune homme à l'air pâle et nerveux. Le garçon n'avait pas plus de vingt-quatre ans, selon ce que lui calculait Bree. Cela lui fit de la peine de voir comment ils croisaient et décroisaient ses doigts. Ses cheveux étaient un peu ébouriffés et il se mordait constamment la lèvre.

—Bon, mon garçon, qu'est-ce qui t'amène ici ? —demanda Luke. Une chose était que tout soit désormais réglé avec Brenda, mais il ne pouvait pas arrêter de chercher des réponses concernant la fuite d'informations.

Christine prit les devants.

—Inutile de lui faire peur, Lukas. Pendant que toi et Brenda étaient en train de… dialoguer dans le bureau de Vinilli, une rumeur a couru qu'elle faisait l'objet d'une enquête pour trafic d'informations, et c'est là que ce petit jeune —elle signala le garçon tremblant— est venu te voir en pensant que tu serais là, mais il n'y avait que moi en train de réviser les transactions de la compagnie maritime. —Luke serra les poings pour avoir stupidement exposé Bree face à son équipe de travail—. Il s'appelle Sean O'Shaugnessy et travaille au service informatique. Pas vrai, mon cher ?

Le garçon acquiesça deux fois, regardant Luke par en dessous, Luke qui avait une expression de bête féroce, très différente à l'expression de compassion et d'amour qu'il avait adressée à Bree quelques minutes plus tôt.

—Qu'as-tu à me dire ? —demanda Luke en essayant que le ton de sa voix ne soit pas trop revêche. Bree le regarda en lui demandant de se calmer.

—Je… je voulais savoir si le code d'éthique au sein de l'entreprise s'applique à tous les services ou s'il est différent d'un service à l'autre —murmura-t-il.

Lukas le regarda, intrigué. C'est pour ça qu'il était venu le voir ? Pour lui faire perdre son temps ?

Brenda au contraire lui sourit, elle se rappelait maintenant où elle avait vu ce garçon roux. Il avait été embauché pratiquement en même temps qu'elle, et il travaillait comme assistant de Gallagher Winters, le gérant informatique de l'entreprise.

—Oui, Sean —répondit Brenda—. Tous les services fonctionnent selon la même politique d'éthique, peu importe le poste —expliqua-t-elle avec tendresse—. Pourquoi tu poses la question ?

—Vous êtes une bonne personne, mademoiselle Russell —dit-il. Elle s'accroupit et prit ses mains froides, pour lui donner du courage.

—Merci, Sean.

Christine était assise à côté de l'avocat, tandis que le neveu d'Alice avait croisé les bras, impatient. L'assistant de Vinilli attendait dans un coin, silencieux.

—Et cela me semblait très injuste que le chef —il regarda Luke, puis il revint vers Bree—, vous licencie vous… si vous n'êtes coupable de rien. —Sean nota que mademoiselle Russell ressemblait beaucoup à sa sœur Camille, qui était morte dans un accident de train il y a trois ans—. Hier je suis resté travailler très tard, parce que je vérifiais que les connexions internes du système central soient optimales. En théorie, personne ne peut faire une connexion avec les machines de cette zone de la Présidence, parce que c'est interdit et en plus parce qu'il y a un blocage mis en place par mon chef, pour que le système ici soit impénétrable. Mais hier soir, j'ai remarqué que le code avait été craqué puis remis en marche…

—Tu es en train de dire que quelqu'un est entré dans l'ordinateur de Brenda sans autorisation ? —demanda Luke.

—Oui, monsieur.

—Tu as pu identifier de qui il s'agit ?

—Je… vous allez me mettre à la porte ?

Brenda nia de la tête, prenant les devants sur Luke, et sourit de nouveau au garçon.

—Non —répliqua Luke—. Tu as pu identifier de qui il s'agit ? —répéta-t-il d'un ton glacial.

Le garçon acquiesça.

—Dis-nous son nom.

Sean hésita un instant, puis se rendant compte qu'il ne courait aucun risque, il confessa :

—Kevin Parsons.

Le visage de Bree devint blanc comme un linge. « Pourquoi Kevin ferait-il une chose pareille » ? Elle se releva et Luke s'approcha d'elle en passant le bras autour de ses épaules.

—Tu peux obtenir une preuve qui certifie toutes les implications ?

Sean acquiesça.

—Ton chef trempait là-dedans ?

Le jeune hésita. En voyant le visage préoccupé de Brenda, il acquiesça de nouveau.

—Si Brenda n'avait pas été impliquée, alors tu n'aurais rien dit ? Combien de fois cela s'est-il produit ? —demanda Luke.

Bree était toujours troublée dans sa tête. Elle ne pouvait pas croire que Kevin ait fait une chose pareille. Ils avaient été très clairs sur le fait qu'il n'y avait aucune attraction physique entre eux deux. Peut-être que le baiser du matin avait quelque chose à voir ? Il aurait planifié que Luke tombe sur eux ? Il aurait planifié la sortie et le fait d'aller la chercher chez elle… ? Les doutes commencèrent à s'installer, l'un après l'autre, tandis que Luke continuait à interroger Sean et que l'avocat écoutait attentivement.

—C'est la première fois.

—Il y a eu une autre infiltration.

—Je ne sais rien à ce sujet. Le système était invulnérable jusqu'à maintenant, monsieur…

—Bien. —Cela voulait dire qu'il devrait trouver comment les états financiers étaient arrivés entre les mains de Haymore.

Il allait aller trouver le comptable. On n'allait pas faire offense à l'intelligence de sa tante, et encore moins à la sienne. Ça allait leur coûter cher.

Quelques minutes plus tard, Vinilli s'excusa auprès de Brenda pour tout ce qu'elle avait dû subir pendant l'interrogatoire. Elle lui dit qu'elle comprenait, parce que c'était son travail en tant qu'avocat.

—Je veux Kevin Parsons et Gallagher Winters en prison, Donovan. Fais tout ce qui est en ton pouvoir —dit Luke en insistant. Il se tourna ensuite vers Sean qui continuait à trembler comme une feuille— : si un jour tu retrouves des irrégularités, n'attends pas qu'une personne soit accusée pour réagir. Ton silence nous a causé une perte importante.

—Je…je… je suis désolé…mon….monsieur…

—Chéri, tout va bien —intervint Brenda plus tranquille. Avoir Luke à ses côtés lui donnait de l'assurance, mais elle ne s'en sentait pas moins trahie par Kevin—. Il est jeune et il avait peur. Ce qui compte, c'est qu'il a tout éclairci et qu'il nous a aidés à trouver le coupable. —Luke la serra plus fort contre lui.

—Donovan, commencez les recherches de preuves.

—Parfait.

—Retourne à ton poste de travail, Sean —dit Brenda—. Merci d'avoir été honnête.

—De rien, mademoiselle Russell —exprima le roux tout mince avant de disparaître par la porte. Christine sortit derrière le garçon. Ce qui se passait à l'intérieur du bureau, n'était plus de son ressort.

Quand ils se retrouvèrent seuls, Brenda se retourna dans les bras de Luke et resta comme cela un bon moment. Elle avait enfin le cœur léger. Il embrassa ses cheveux blonds, sans parler. Ils restèrent enlacés un long moment. Les mots étaient superflus. Le soutien, la compréhension et l'amour étaient présents dans l'air qu'ils respiraient, dans la manière dont leurs corps se fondaient en un et dans le battement synchronisé de leurs cœurs.

***

Harvey avait attendu pendant deux heures que sa mère s'endorme. Généralement, à six heures de l'après-midi elle faisait une sieste et lui faisait ses devoirs. Ce jour-là, les choses allaient être différentes. Le projet qu'il avait en tête servirait pour qu'à la maison sa sœur ne se sente pas stressée, et qu'elle n'ait pas à travailler jusqu'à très tard dans la nuit pour payer l'école.

Il prit son tyrannosaure bleu, son bonhomme Thor et un autre de Superman, et un petit protocératops jaune. Il prit des biscuits dans la cuisine, qu'il mit aussi dans le sac à dos. Il ajouta à ses affaires une paire de chemises, des pantalons et ses livres de l'école. Même s'il ne pensait pas y aller parce qu'il n'avait pas de quoi la payer, il aimerait quand même revoir les notes qu'il avait prises.

Il avait tout d'abord pensé aller chez ses amis, les Quinn, mais il décida ensuite qu'à eux aussi il avait causé suffisamment de problèmes.

Il se regarda dans la glace pour vérifier, comme il le faisait toujours, que son manteau était bien mis. S'il tombait malade, il ne pouvait pas embêter Bree pour qu'elle achète des médicaments. Dernièrement, elle se plaignait qu'elle était trop fatiguée et elle ne se rappelait même plus son existence. Sa maman s'occupait de lui, mais elle avait trouvé un emploi à mi-temps et rentrait fatiguée. En plus, il était déjà grand et pouvait prendre soin de lui-même. Comme Thor.

Il regarda par la fenêtre. Le ciel était gris. Il n'avait peur ni de la pluie, ni du tonnerre. Il emporta donc aussi le petit parapluie qu'il avait dans le placard.

Il ferma la porte de sa chambre en silence. Cela lui faisait de la peine de quitter sa maison. Ensuite, il descendit les escaliers et sortit dans la rue en se dirigeant vers le seul endroit où il serait le bienvenu. Ou du moins, c'est ce qu'il croyait.

Un caprice du destin

CHAPITRE 21

Kevin était en train de ranger soigneusement les dossiers dans son bureau. Il avait joué un coup de maître en découvrant le point faible de Gallagher. L'homme collectionnait des armures du XVIème siècle. Très difficiles à obtenir, mais si tu avais des amis aux bons endroits (comme c'était son cas), alors tout allait bien. Il lui organisa un entretien avec l'un des meilleurs collectionneurs d'accessoires militaires d'Angleterre et d'Écosse. Apparemment, Gallagher avait obtenu un bon prix, mais c'est qu'il avait fait sa partie sur l'ordinateur de Brenda.

Smith l'appela pour lui dire que sa dette était réglée, et lui était plus tranquille.

Au début, il avait pensé retourner en Amérique du Nord. Maintenant ce n'était plus la peine. Personne ne se rendrait compte que c'est lui qui avait filtré les données de l'entreprise. Il était désolé pour Bree, parce que c'était une femme splendide et une personne géniale, mais il était sûr qu'elle pouvait se payer un avocat et continuer à entretenir une famille, au cas où ils la mettraient à la porte. Ce n'est pas pour rien qu'il s'était renseigné sur son salaire auprès du comptable.

Par ailleurs, si Bree avait une aventure avec le neveu d'Alice, ce qui était plus que probable, elle ne perdrait pas son poste. Les femmes savaient négocier avec leurs corps, comme les hommes avec leurs influences. Il n'avait aucun doute là-dessus.

Il organisa les rendez-vous de la fin d'après-midi en sifflotant joyeusement.

Sa matinée ne fut pas particulièrement agitée, même si une rumeur lui était parvenue de la Présidence. Ils s'étaient rendu compte de l'infiltration et Brenda était avec l'avocat de l'entreprise. S'il avait été quelqu'un de bien, ce qu'il n'était vraiment pas, il se serait sans doute décidé à faire une confession. Néanmoins, il avait une haute estime de lui-même, et grâce à ce tout petit piège tendu à Brenda, les sbires de Haymore et Smith ne toucherait pas à un seul de ses cheveux. Dette réglée. « Gallagher, couvrirait mes traces. Et tout suivrait son cours normal habituel ».

Terminant son sifflement joyeux, il ferma le tiroir de ses dossiers.

—Parsons ! —entendit-il quelqu'un crier. Instinctivement, il leva la tête. Il se retourna sur son siège. Depuis l'entrée du service dans lequel il travaillait avec trente autres personnes, il réussit à identifier Lukas Blackward. Il n'eut pas trop le temps d'observer, parce que le poing de son chef vint percuter son nez en un millième de secondes, sans pouvoir l'éviter. Il s'effondra sur la chaise dans un bruit sourd.

Derrière Luke, Brenda arrivait en courant. Elle s'accroupit à ses côtés.

—Kevin ? —Elle prit son visage dans une main. Même si elle était fâchée avec lui, elle n'aimait pas la violence—. Ça va ?

Kevin acquiesça et s'essuya du revers de la main le petit filet de sang qui coulait de son nez. Bree s'empressa de lui passer une petite serviette qu'il y avait à proximité.

Luke allait se jeter à nouveau sur l'agent de relations publiques pour s'être servi de Brenda de cette manière. Lui l'avait peut-être trompée sur son identité, mais ce n'était rien en comparaison de la canaillerie de Parsons. Il n'avait pas l'intention de pardonner sa faute à ce sournois, ni avec elle, ni avec l'entreprise. En voyant Bree s'accroupir à côté de cette vermine, il grinça des dents. Elle était trop bonne. Il se retint de frapper à nouveau Kevin. Son intention n'était pas de finir avec un procès devant les tribunaux. Cela ne plairait pas à Alice, encore moins vu qu'elle revenait dans quelques jours à peine.

À terre, Kevin regarda Luke mais aussi le reste de ses collègues qui alertés par le vacarme, se rassemblèrent autour de lui. « Génial, là on peut dire que je suis cuit », se lamenta-t-il. Du regard, il demanda pardon à Brenda, qui en le voyant se relever s'éloigna comme si elle avait senti une mauvaise odeur.

—Ramasse tes affaires, Parsons, tu es viré —ordonna Luke sur un ton implacable—. Et si tu as une quelconque objection, tu peux t'adresser à mes avocats. —Il se gratta le menton, comme s'il était en train de réfléchir à quelque chose d'important. Puis il ajouta— : mieux encore, de toute façon tu vas devoir avoir affaire à mon équipe juridique.

Brenda sourit à Luke pour essayer de le calmer.

En voyant que le chef et Brenda s'éloignaient, tous les employés du service des relations publiques décidèrent de s'approcher, intrigués, jusqu'à l'endroit où se trouvait Kevin, pour savoir ce qui s'était passé. Kevin, en colère, leur adressa un regard de mêlez-vous-de-ce-qui-vous-regarde, et le petit groupe de curieux s'éloigna en murmurant à voix basse.

Lorsqu'ils retournèrent à l'étage de la Présidence, Brenda reçut un long et doux baiser, puis Luke lui demanda d'organiser une réunion avec Vinilli dans une heure, pour faire un point sur l'avancée du dossier juridique contre Parsons et contre l'équipe qui l'avait aidé.

Elle alla jusqu'à son bureau où elle avait oublié son portable. Elle aurait voulu dire une ou deux choses à Kevin, mais qu'est-ce qu'elle aurait gagné ? Elle n'avait besoin de rien de sa part. Luke l'aimait et les choses semblaient rentrer dans l'ordre. Après tout, le panorama se présentait de manière plus optimiste, pensa-t-elle.

Au milieu de tout ce tapage qui avait eu lieu des heures auparavant dans le bureau, elle n'avait même pas pensé à consulter son portable. Quand elle se rendit compte qu'il y avait trente appels perdus, elle prit peur. Tous provenaient de chez elle. Inquiète, elle composa le numéro direct.

—Maman ?

Elle entendit un soupir de soulagement.

—Grâce à Dieu ! Où étais-tu ? —demanda Marianne entre deux sanglots et pleine de désespoir dans la voix—. C'est…

Brenda serra le téléphone.

—Dis-moi ce qui se passe, s'il te plaît.

—Harvey, Harvey… est parti —gémit-elle.

Elle se leva d'un bond.

—Comment ça il est parti, maman ? ! —Elle sentit son cœur battre furieusement.

—Je l'ai cherché dans toute la maison, mais je ne le trouve pas. Je suis allée chez les voisins, mais ils ne savent rien. S'il te plaît, appelle la police… s'il te plaît ma fille… et pardonne-moi… je… je me suis endormie —murmurait-elle en pleurant.

Sa peau se glaça et son cœur commença à battre à tout rompre. Son petit ange avait disparu. Comment tout cela s'était-il passé avec sa mère à la maison ?, se demanda Brenda, consternée par la nouvelle. Selon les indications du médecin, il ne fallait pas mettre de pression ni trop altérer sa mère, parce qu'elle était encore dans une étape sensible de son processus de récupération. Alors, malgré son agitation, elle essaya de contrôler sa voix.

—Maman, du calme. Allons maman… cela n'avance à rien de nous sentir coupables. —Elle entendit les sanglots à l'autre bout du fil et les lamentations sur la mauvaise mère qu'elle était—. Calme-toi, il est peut-être allé chez les Quinn. Il aime passer du temps avec eux…

—Impossible —gémit-elle—. Les Quinn sont ici et ils l'ont aussi cherché dans le jardin de leur maison. Harvey a disparu… s'il te plaît… fais quelque chose.

Je pourrais difficilement être plus coincée, pensa Brenda effrayée.

—Il a laissé un mot, par hasard… ? —elle réussit à garder une voix ferme, pourtant elle avait vraiment envie d'aller direct à la police. Elle savait que cela ne faisait que quelques heures à peine et qu'ils ne pourraient pas le faire porter disparu. Elle ne voulait même pas envisager que Harvey ait disparu. Peut-être qu'il était bien caché et que comme ils étaient troublés, ni les Quinn ni sa mère n'arrivaient à le trouver. Il devait être quelque part, sain et sauf. Ou du moins c'est ce qu'elle espérait de tout cœur.

—S… si. Un petit papier. —On entendit un froissement. Marianne prit une respiration profonde, plus tranquille maintenant que sa fille l'écoutait—. Je suis dans un endroit où on m'aime.

Les larmes coulèrent sur les joues de Brenda.

—Oh… —La culpabilité l'envahit totalement. Dernièrement elle était tellement occupée qu'elle avait délaissé son frère—. On va trouver une solution, maman. On va retrouver Harvey. Tu n'y es pour rien. D'accord ?

—Ma fille, il faut absolument qu'on le retrouve.

—C'est ce qu'on va faire —dit-elle avec une fermeté qu'elle ne ressentait pas.

Le cœur battant, Bree raccrocha et s'approcha du bureau de Luke.

Elle le trouva absorbé dans une conversation téléphonique et son visage aristocratique lourd de tension. Quand il se rendit compte de sa présence, il lui adressa un sourire qui fit vaciller ses jambes. Il n'y avait pas une trace de colère. Savoir que cet homme puissant, intelligent et sexy était entièrement sien. Lui réchauffait le cœur par sa présence. C'était merveilleux.

—Chérie… —dit-il avec les lèvres, silencieusement tandis qu'il écoutait son interlocuteur.

Brenda se mordit la lèvre inférieure et le regarda, inquiète.

Luke remarqua ses yeux rougis et mit immédiatement fin à sa conversation. Il s'approcha d'elle, inquiet. Il mit les mains sur ses épaules et lui caressa les bras de haut en bas, en essayant de la calmer.

—Que se passe-t-il mon cœur ?
—J'ai un problème à la maison. Il s'est passé quelque chose…
—Dis-moi.
—C'est Harvey. Il a disparu. —Il regarda ses grands yeux verts remplis de larmes—. Aide-moi à le retrouver, s'il te plaît.

Luke la prit dans ses bras, sans se soucier que les larmes de Bree mouillent son précieux costume Gucci coupé sur mesure. Elle réveillait en lui un sentiment protecteur très fort, et le fait de savoir que son amour était réciproque lui fit réaliser la chance qu'il avait d'avoir trouvé quelque chose de si réel et sincère. Pour rien au monde il ne pensait le laisser échapper.

Lorsque les sanglots de Bree commencèrent à se calmer, il l'écarta pour lui baiser les paupières, son petit nez et ces lèvres si douces.

—On va résoudre ça ensemble —affirma-t-il de sa voix grave et forte. Une voix qui réussissait à lui donner une sécurité, comme personne d'autre ne savait le faire—. D'accord ? Ne t'inquiète de rien.

Après tant d'années, Brenda pouvait enfin compter sur quelqu'un et déléguer un peu le poids de la responsabilité de sa vie. Même si elle aimait Luke à la folie, elle savait que les possibilités que la relation dure longtemps étaient infimes. Ils évoluaient dans des cercles sociaux différents et elle ne voudrait jamais lui faire honte. Elle avait l'intention de profiter de chaque instant, tant que lui serait disposé à être à ses côtés.

—M… merci —chuchota-t-elle, avant qu'il ne lui donne un baiser qui montrait clairement qu'il ne la désirait pas seulement physiquement, mais qu'il était là pour elle quand elle aurait besoin de lui.

—Vas chercher tes affaires, chérie. On s'en va.

Elle acquiesça et sortit du bureau. Luke fut retenu par un appel, tandis qu'elle allait chercher son sac et son imperméable. Le temps était fou et elle n'avait pas l'intention d'attraper froid avec une averse imprévue.

—Est-ce que tu connais un enquêteur parmi tes amis ? —demanda-t-elle lorsqu'il arriva à ses côtés en chemin vers l'ascenseur. Ce qu'elle aimait chez Luke, c'est qu'il donnait toujours l'impression d'avoir tout sous contrôle.

Luke réprima un sourire.

—Je ne pense pas, non —dit-il avant de lui prendre la main et de sortir chercher sa Range Rover dans le garage privé de l'hôtel. Il se fichait pas mal si les employés de sa tante apprenaient ou pas qu'il sortait avec Brenda.

Pendant le trajet en voiture, Bree pensa que Luke allait l'emmener chez elle, mais elle se trompait. Ils commencèrent à prendre un autre chemin. Plutôt inquiète, mais aussi désespérée, elle retira sa main de dessous celle qui soutenait la sienne sur le levier de vitesses.

—Luke…

—Dis-moi, ma princesse.

Elle observa son profil, tandis qu'il prenait un virage.

—Ce n'est pas le chemin pour aller chez moi —murmura-t-elle.

—Je sais. Tu veux mettre un peu de musique ? —Il lui caressa les doigts.

—Tu ne me tranquillises pas du tout.

—Je t'ai dit que nous allons résoudre ça et c'est ce qu'on va faire. Tu me fais confiance ?

—Oui —répliqua-t-elle sans hésiter.

Le chemin en voiture ne dura pas trop longtemps. La maison de Luke se trouvait à Mayfair.

Elle fut impressionnée de la belle demeure qu'elle avait devant elle. Son style classique londonien et la lumière de fin d'après-midi se filtrant par les fenêtres lui donnait un aspect accueillant. Elle se tourna vers Luke qui l'observait, interrogateur.

—Je ne comprends pas ce qu'on fait ici…

Il lui fit un clin d'œil en descendant de la voiture. Il entrelaça ses doigts dans les siens et la guida jusqu'à l'entrée.

Il n'eut pas besoin de sonner, l'efficace Charles les attendait.

—Ne prends pas cet air aussi guindé, Charles —commenta-t-il en plaisantant, sachant combien l'homme devenait irritable quand on lui disait qu'il était hautain—. On a de la visite, pas vrai ? —demanda-t-il avec un sourire.

—Oui monsieur —il insista sur le dernier mot, pour lui montrer aimablement qu'il ne s'offusquait pas de sa plaisanterie—. Son visiteur l'attendait dans le salon de la bibliothèque.

Brenda écoutait intriguée la conversation, elle ne comprenait rien. Elle était en plus très préoccupée par la disparition de son frère. Elle devait sortir de là au plus vite possible ou elle allait devenir folle.

—Luke, il faut que je rentre chez moi… —elle serra sa main.

Il lui rendit le geste, se pencha vers elle et déposa un baiser sur sa joue. En la regardant de ses yeux bleus pénétrants, il lui dit qu'elle se calme, que tout allait bien se passer. Sans lui en dire davantage, il la conduisit jusqu'au premier étage, où se trouvait la petite bibliothèque. À un moment donné, il avait utilisé cette pièce, après son divorce, comme refuge pour sculpter des estampilles ; il en avait une étagère pleine. Maintenant qu'il était chez lui, il ne se sentait plus affecté par les traces du passé, et sans doute que la présence de Brenda y était pour quelque chose.

Ils arrivèrent à la porte et Luke lui fit un geste lui indiquant de ne pas parler.

—Ma puce, reste là un instant, je n'en ai pas pour longtemps —chuchota-t-il—. D'accord ?

Elle l'observa sans comprendre. Puis acquiesça. Luke entra et referma la porte derrière lui, la laissant dehors. Enfonçant les ongles de ses doigts dans les paumes de ses mains, Brenda resta à attendre qu'il revienne.

Luke s'approcha lentement, jusqu'au petit bonhomme qui était penché et très concentré sur un livre d'Antoine de Saint-Exupéry. Lorsque Harvey sentit sa présence, il courut et se lança dans ses bras.

—Tu es venu ! Tu es venu ! Dis-moi que tu ne vas pas me chasser d'ici —supplia la petite voix de Harvey qui regardait Luke nerveusement—. Personne ne veut de moi à la maison… et… toi tu m'as dit que si un jour j'avais besoin, je pouvais venir ici… Charles m'a apporté des biscuits à l'avoine et du lait… ça n'a pas été si difficile de prendre le métro…

Luke le prit dans ses bras. Il se dirigea avec le petit jusqu'à un fauteuil en cuir et l'assit sur ses genoux.

—Bien sûr que je ne vais pas te chasser, mais ta maman et ta sœur sont très inquiètes. Tu aurais pu te perdre dans le métro ou quelqu'un aurait pu te faire du mal. Tu crois que c'est bien ce que tu as fait ? —demanda-t-il d'un ton sérieux, sans lui faire peur. Luke se souvint qu'une fois, quand il était petit, il s'était enfui de la maison d'Alice ; cette fois-là, il n'était pas arrivé aussi loin que Harvey. Il s'était juste caché chez son voisin, et le père de son ami avait appelé sa tante pour l'en informer. Son aventure d'enfant s'était arrêtée là.

Deux grosses larmes s'échappèrent des yeux du petit garçon. Et comme s'il s'était rendu compte qu'il fallait qu'il ait du courage et qu'il affronte ses actions, il essuya lui-même ses larmes du revers de la main, d'un air décidé.

—Je… je n'ai pas voulu inquiéter ma sœur, mais elle ne m'aime plus… —chuchota-t-il en le regardant de ses yeux innocents, qui rappelèrent à Luke ceux de Bree quand elle était triste ou blessée—. Elle ne fait pas attention à moi et elle ne joue pas avec moi… et maman est toujours occupée dans la maison. Je n'aime pas me sentir de trop… et comme tu es mon ami —il le regarda, les yeux pleins d'espoir— j'ai pensé que ce serait une bonne idée de venir vivre avec toi.

Luke lui ébouriffa les cheveux.

—Et bien à vrai dire c'est de ma faute si dernièrement ta sœur ne fait pas attention à toi.

Harvey le regarda, bouche bée.

—C'est toi qui a fait qu'elle ne m'aime plus ? —demanda-t-il avec ressentiment.

—Bien sûr que non. C'est seulement qu'elle a eu beaucoup de travail et que quand elle rentre à la maison, c'est pour dormir et elle n'a pas le temps pour faire autre chose. Tu crois que tu pourras me pardonner ?

L'enfant enlaça ses bras autour de son cou.

—Ça veut dire que Bree et maman m'aiment toujours ? —demanda-t-il sa petite tête appuyée contre le torse de Luke.

—Oui, bien sûr qu'elles t'aiment, énormément. D'ailleurs, ta sœur est là dehors, très inquiète. Tu sors lui dire que tu es désolé et que tu ne t'enfuiras plus ?

Harvey acquiesça et glissa des genoux de Luke avec facilité, laissant ses Converse rouges toucher le tapis Aubusson.

Luke s'approcha de la porte et l'ouvrit. Brenda fut surprise en voyant son frère, puis elle courut pour le prendre dans ses bras en pleurant de joie. Elle l'examina pour vérifier qu'il allait bien, puis elle le posa par terre.

—Oh, Harvey, ne fais plus jamais ça. Tu m'as fait une peur bleue —dit-elle accroupie pour être à sa hauteur.

—Tu… tu m'aimes ? —demanda-t-il d'une voix timide.

—Je t'adore ! —Elle se tourna vers Luke— : merci…—À cet instant, rien d'autre ne lui importait que de savoir son frère sain et sauf.

Luke acquiesça et s'écarta pour les laisser seuls.

—Comment es-tu arrivé ici, Harv ?

Harvey lui raconta son aventure depuis qu'il était sorti de chez lui. Il avait rencontré un clochard qui l'avait amené jusqu'à la bouche de métro la plus proche, il lui raconta comment un monsieur très aimable lui avait payé le trajet et l'avait accompagné jusqu'à l'adresse indiquée sur la carte. Il ne savait pas encore très bien lire, mais cela n'avait pas été un problème pour l'inconnu.

—C'est Luke qui t'a donné l'adresse ? Quand ?

—Il m'a dit que c'était un secret, parce que toi tu ne voulais plus jamais le revoir. —Brenda nia de la tête—. Et il m'a dit aussi qu'il serait toujours mon ami, même si toi tu ne le revoyais jamais... —Les yeux de Harvey s'illuminèrent—. En plus, un jour où tu étais en retard, il est venu me chercher à l'école. Il est très gentil.

—Il est allé te... ? —Luke était plus que gentil. C'était un homme merveilleux et elle était éperdument amoureuse de lui, pensa-t-elle—. Quand tu as un problème, peu importe si tu penses que maman et moi on est trop occupées, s'il te plaît Harvey, ne pars plus comme ça de la maison. On est d'accord ? —elle tendit la main.

—Oui. Tu n'es pas fâchée ?

—Non, Harv, maintenant tu es ici avec moi et tout va bien. Quand on aura terminé notre conversation, j'appellerai maman pour lui dire que tout est rentré dans l'ordre. D'accord ?

Il acquiesça.

Avant que Bree ne sorte en le prenant par la main, Harvey voulut lui dire quelque chose. Brenda le regarda.

—Tu vas dire à Luke que tu ne veux plus jamais le voir... ? C'est mon ami et moi je l'aime beaucoup.

Bree se sentait transportée de joie. À quel moment les deux hommes qu'elle aimait étaient-ils devenus alliés ? C'était une découverte qui la rendait très heureuse. Elle regrettait seulement que lorsque Luke se lasserait de la nouveauté d'être avec quelqu'un d'étranger à son cercle social et à sa vie professionnelle habituelle, Harvey aurait le cœur brisé, tout comme elle.

—On verra Luke autant de fois que tu le veux, mais tu dois te rappeler qu'il y aura des moments où on ne le verra pas, parce que c'est un homme très occupé qui voyage dans le monde entier pendant des mois.

—D'accord.

Durant le trajet jusqu'à chez Bree, Luke était resté silencieux, écoutant comment le petit garçon racontait encore et encore combien les gens qui l'avaient rencontré dans la rue avaient été gentils avec lui. Les Quinn et Marianne reçurent l'enfant avec soulagement et le couvrirent de câlins. Éloise et Oswald restèrent à prendre le thé, et Marianne emmena Harvey se coucher.

Brenda et Luke furent enfin seuls dans la maison.

—Comment savais-tu que Harvey était chez toi ? —demanda Brenda en s'installant dans le fauteuil à côté de Luke.

Il passa un bras sur ses épaules pour la rapprocher de son corps. Ils pouvaient enfin être ensemble, sans aucun tourbillon autour.

—Charles m'a appelé, mais je n'ai rien voulu te dire pour que tu gardes ton calme. Harvey est un bon petit garçon.

Elle sourit et se pencha pour caresser le visage de Luke. Ensuite elle inclina ses lèvres vers cette bouche sensuelle qui lui avait donné tant de plaisir.

—Tu es un homme bien, Lukas Blackward —chuchota-t-elle sur ses lèvres viriles.

—Dis-donc, on dirait que le fait d'aider les enfants va m'apporter de fameuses récompenses —murmura-t-il en intensifiant le baiser. Il parcourut et mordilla ses lèvres. Sa langue entrelaça celle de Bree et ils commencèrent une danse aussi vieille que le monde. Ce fut un baiser chargé d'ardeur et de passion, qu'aucun des deux ne sut combien de temps il dura, jusqu'à ce que finalement Luke s'écarte d'elle—. Bree… chérie… si on ne s'arrête pas, il est fort possible que Marianne nous trouve dans une situation assez intéressante.

Les lèvres légèrement gonflées par ce délicieux baiser, elle éclata de rire et se laissa enlacer.

—Maman va rester dans la chambre de Harv. Ils doivent déjà dormir tous les deux. Ça a été dur pour elle, alors je ne crois pas qu'elle va vouloir se décoller de mon frère.

—C'est une conspiration pour que je séduise sa fille ? —demanda-t-il en riant.

Brenda tourna son visage pour laisser un baiser sur le poignet de Luke.

—Ignorant totalement que sa fille peut être un peu effrontée —commenta-t-il avec coquetterie.

Il caressa ses cheveux blonds, légèrement décoiffés.

—Au fait… ça a été une journée assez compliquée, mais le plus curieux dans tout ça, c'est qu'il semblerait que je sois devenu amnésique.

Elle le regarda, intriguée. Luke se limita à la regarder d'un geste de regret.

—Qu'est-ce que tu as oublié ?

Il haussa les épaules et massa avec douceur le cuir chevelu de Bree, qui sentit comment la tension de la journée disparaissait peu à peu de son corps.

—Cette phrase que tu m'as dite dans le bureau de l'avocat —dit-il, sans arrêter de la caresser—. J'essaie de me souvenir de la raison pour laquelle je t'ai embrassée… mais je n'arrive pas à me rappeler la phrase qui a déclenché mon impulsion.

Bree comprit où il venait en venir et lui sourit avec tendresse.

—Mmm… c'est que je t'ai dit tellement de phrases, Luke. Ce ne serait pas celle où je disais que j'allais démissionner de mon poste dans l'entreprise ?

Il dit non de la tête, puis la prit dans ses bras pour la mettre à califourchon sur ses jambes. Leurs regards se connectèrent comme s'ils avaient toujours été prédestinés de cette manière. Parfaitement enlacés. Le miroir de leurs âmes. Le reflet de leur amour.

—Que tu étais un chef autoritaire, mais très sexy et séduisant. C'est ça ? Je dois insister sur le côté sexy —dit-elle avec un air coquin.

—Ah bon, je le suis ? —Il fit glisser ses mains le long de son dos, puis les fit descendre jusqu'à les poser sur ses fesses rebondies.

—Oui…

—Mmm… —murmura-t-il en l'attirant vers sa bouche, sans perdre le contact avec ces beaux yeux verts—. Je crois que la phrase commençait par quelque chose du genre que je te plais beaucoup.

Bree rit contre les lèvres de Luke.

—Je t'adore, Luke.

Cela lui valut une caresse sensuelle qui commençait à monter sous son chemisier, jusqu'à sentir les doigts de Luke se poser sur l'agrafe de son soutien-gorge. Il interrompit ses mouvements.

Bree le regarda dans l'expectative, la respiration agitée.

—Non, ce n'était pas ça —grogna-t-il en défaisant la première des deux petites agrafes—. Allez, fais un effort pour que ta mémoire se synchronise, chérie. —Il libéra totalement les deux agrafes du soutien-gorge. Les seins de Brenda tombèrent dans ses mains et il sentit que l'érection allait le tuer. Les boutons de la chemise de Bree était tout ce qui l'empêchait de voir ses seins nus. Ce qui n'empêcha pas que ces doigts sentent la délicieuse peau veloutée.

—Luke… —chuchota-t-elle lorsqu'elle sentit deux doigts habiles serrer ses tétons. Instinctivement elle bougea de telle façon que la jupe remonte jusqu'au-dessus de la cuisse, lui donnant la mobilité voulue pour que sa culotte entre en contact avec l'évidente érection virile. Les mains pétrirent ses seins et elle sentit un besoin fou et instinctif de se déshabiller. Elle avait besoin de ces caresses, elle avait besoin de Luke en elle.

Comme s'il avait pu le deviner, il descendit les mains jusqu'à la culotte en soie, en l'écartant pour bouger les doigts sur l'humidité du sexe féminin, et il utilisa cette moiteur pour la lubrifier. Il attrapa sa bouche et la baisa intensément, tandis que ses doigts faisaient de la magie sur ses lèvres intimes. Brenda sentait comment il la caressait d'avant en arrière avec les doigts ; son sexe était enflé de désir et impatient de sentir la libération que seul Luke pouvait provoquer en elle. Elle bougea, essayant d'accélérer la caresse, mais elle n'y arriva pas. Elle l'embrassa et lui chuchota ensuite— : Lukas… ne me torture pas.

Lui retenait son envie de se déshabiller et de la pénétrer avec toute la passion qu'il avait accumulée après tous ces jours de pression et de malentendus.

—J'adore aussi quand tu m'appelles comme ça, ma princesse. —Il plongea le doigt du milieu entre les plis sensibles. Elle retint un gémissement—. Tu ne m'as pas encore dit la phrase à laquelle je pensais. Ce n'est pas juste de faire ça à un amnésique —se plaignit-il d'un sourire malin, tandis que Bree retenait son corps affaibli de désir, en s'appuyant avec les mains sur les épaules de Luke.

—Tu veux…tu veux me faire parler avec cette torture ? —demanda-t-elle en essayant de le persuader de continuer à la caresser.

—Peut-être —il commença à frotter le clitoris de mouvements agiles, jusqu'à ce que Brenda ne puisse plus le supporter et explose dans sa main, avec un gémissement étouffé pour ne pas faire de bruit. Elle sentit comment ses cuisses se contractaient en spasmes sur les doigts de Luke.

Lorsqu'elle ouvrit les yeux, elle vit son regard fébrile et chargé de désir.

—J'adore quand tu jouis comme ça —lui dit-il en l'embrassant.

—Toi…

—Non, mon amour, je ne crois pas pouvoir —dit-il sur un ton entre amusé et frustré—. Je crois que j'aurais besoin d'un endroit un peu plus privé pour ce que j'ai en tête avec toi à cet instant précis.

—Oh, Lukas…

Il sortit les mains de sa peau douce et l'écarta doucement de son torse. Il l'aida à remettre ses vêtements.

—Dis-le moi, Bree.

Bree comprit combien c'était important pour lui. Elle se rhabilla.

Elle le regarda droit dans les yeux.

—Je t'aime de tout mon cœur.

Pour toute réponse, il l'attira simplement vers son torse et la maintint un long moment contre lui. Il l'écarta ensuite pour la contempler avec un sourire.

—Merci de m'aimer, même si tu ne m'aimes pas autant que moi je t'aime. Ne m'éloigne plus jamais de tes côtés. S'il te plaît.

—Et qu'est-ce qui va se passer quand tu en auras marre de moi ? Ta réputation de playboy te précède.

L'expression changea sur le visage de Luke et il devint mortellement sérieux.

—Pour moi ce n'est pas un jeu, Brenda. Peu importe si une brune, une rousse ou une autre blonde croise mon chemin. J'ai suffisamment vécu et j'ai connu suffisamment de femmes pour te dire que jusqu'à ce que je fasse ta connaissance, j'avais peur d'une relation sérieuse. Faith n'a pas précisément été une épouse modèle et elle était trop immature. Mais toi tu es une femme responsable, avec un grand cœur… qui m'a volé le mien. Je suis sûr de ce que je ressens. Et je sais que je t'adore et que je t'aime. Alors comme ça pour toi, c'est juste une passade ?

Brenda dessina avec ses doigts les sourcils virils.

—Je n'ai jamais aimé personne comme je t'aime toi. Il n'y aucune chance pour que ce soit quelque chose de passager.

Il expulsa l'air qu'il avait retenu et cette fois-ci l'embrassa avec une tendresse absolue. Il lui caressa les lèvres comme s'il s'agissait d'une pièce de porcelaine fine, la sucrerie la plus délicieuse, le bijou de collection le plus précieux. Ses mains caressèrent les bras de Bree et elle se perdit dans ce baiser chargé de tant d'amour et de confiance.

Le téléphone de Luke commença à sonner et même si au début il refusa d'y répondre, il n'eut pas d'autre choix que de le faire. Bree déposa un dernier baiser dans le cou de Lukas et s'installa à ses côtés, tandis qu'il répondait.

—Je ne sais pas comment tu es au courant des choses. Vraiment. Je suppose que tu as une antenne parabolique connectée à ton radar personnel. Maintenant ? —La voix de Luke était incrédule—. Ce n'est pas possible, tu n'es pas sérieuse. Je suppose que ton super chauffeur n'est comme d'habitude pas disponible. Oui. Oui. Bien sûr que tu es en train d'interrompre une réunion importante. Non, je ne suis pas insolent. D'accord…j'y serai. Oui —il émit un soupir de lassitude—. Je t'ai dit que j'y serai. Oui. Au revoir.

Brenda le regarda, intriguée.

—Chérie, il semblerait qu'aujourd'hui n'est pas vraiment le jour où le destin va nous laisser faire ce que nous voulons —grogna Luke, en lui donnant un dernier baiser.

—Qui c'était ? —demanda Bree en se levant, tandis qu'il faisait de même.

—Ma tante Alice est arrivée à Londres. Tu peux m'accompagner à l'aéroport ?

Elle acquiesça.

—Elle a avancé son retour —expliqua-t-il—. La première chose qu'elle ma dite pour me saluer a été…

—Wimbledon —dirent-ils à l'unisson en se regardant et en comprenant que s'annonçait une longue conversation avec la présidente de la chaîne hôtelière.

CHAPITRE 22

Heathrow était bondé. Des centaines de voyageurs allaient et venaient dans l'aéroport, considéré comme l'un des plus fréquentés au monde. Luke n'eut aucune peine à localiser sa tante. Une femme au pas ferme et élégant qui se frayait un chemin dans la foule, qui n'osait même pas la frôler.

—J'espère que tu as une bonne excuse, jeune homme, pour m'avoir fait attendre cinq minutes après l'heure convenue.— « D'abord les réclamations et ensuite le bonjour », ronchonna Luke en silence.

Un sac Yves Saint Laurent sur une épaule et la gigantesque valise de la même marque dans la main gauche, Luke commença à avancer avec sa tante jusqu'au stationnement. Bree les observa s'approcher. L'aura de pouvoir qu'ils irradiaient à eux deux était surprenant. L'expression faciale d'Alice était détendue et en la voyant parlementer avec son neveu, elle remarqua la camaraderie qui existait entre eux. « Luke est impressionnant », pensa-t-elle en retenant un sourire stupide sur son visage.

—Ma chère —la salua Alice d'un baiser sur la joue—. J'espère que mon neveu —elle regarda Luke fixement—, ne t'a pas causé trop de problèmes, même si je suis au courant de l'échec des négociations.

—Tante… —avertit Luke en rangeant les valises dans la Range Rover—. Essaye de garder l'air pur de Toscane et de penser à la saveur exquise des vins italiens au lieu de te montrer difficile. D'ailleurs, tout s'est plutôt bien passé avec Bree —murmura-t-il quand ils arrivèrent à la voiture.

« Ah donc c'est Bree maintenant », pensa Alice en gardant un sourire. La manière dont son neveu et son assistante se regardaient était très éloquente. Elle réfréna son envie de commencer à leur poser des questions. Elle aimait bien cette jeune fille et il était grand temps que Lukas Ian trouve quelqu'un qui ne soit pas intéressé par son portefeuille. Son assistante, elle en était sûre, saurait lui mettre les points sur les i et le remettre à sa place si nécessaire.

—J'espère bien que cela ait été le cas —répliqua-t-elle en attachant sa ceinture de sécurité—. C'est une de mes meilleures collaboratrices.

Le trajet jusqu'à la maison d'Alice fut rempli de questions et de réponses sur les derniers mouvements au bureau. Brenda lui fit un rapport complet des activités les plus importantes. Luke se sentait très heureux avec Brenda, parce qu'en plus d'être la femme qui avait dérobé son cœur, c'était aussi une professionnelle très intelligente et compétente.

Lorsque Brenda essaya de dire au revoir à Alice pour qu'elle et son neveu puissent discuter de choses plus personnelles, Luke s'y opposa. Et puis sa patronne accepta l'idée de son neveu d'attendre un peu plus longtemps, pendant qu'ils dînaient.

La vie de Brenda n'avait pas été entourée de luxes, mais depuis qu'elle avait connue Alice dans cet ascenseur il y a des mois, rien n'avait plus jamais été comme avant. Sans doute que le destin conspirait de mille manières et qu'à sa façon il était suffisamment capricieux pour que, du moins dans son cas, elle ait vécu des expériences inhabituelles. Merveilleuses.

—Que s'est-il passé avec mon parrainage, Lukas Ian ? —demanda Alice feignant d'être fâchée, tandis qu'elle buvait son Porto.

—Oh, Alice, voyez-vous... —commença Bree sentant qu'elle était invitée à répondre.

D'un geste, Alice l'interrompit.

—J'ai posé la question à Lukas, ma chère. Laisse-le s'expliquer parce que je meurs d'envie de savoir comment il est possible qu'il n'ait pas prévu les incidents que vous venez de me raconter. Haymore a été une déception. Une honte. Je l'ai toujours gardé à l'écart. Heureusement que mon flair professionnel est toujours intact.

—Ne sois pas tyrannique, ma chère tante —dit-il en souriant—. Exactement comme nous te l'avons raconté en chemin, il y a eu une fuite interne, et un malentendu. Il faudra donc lancer une autre stratégie —dit-il avec un sourire enchanteur, tout en buvant son whisky. Ensuite, il regarda Bree et lui fit un clin d'œil imperceptible qu'elle fut la seule à voir.

Brenda remarqua le tableau de Sir David Wilkie qui se trouvait sur l'un des murs de la salle à manger. Wilkie fut un célèbre peintre britannique, dont les principaux thèmes artistiques tournaient autour de la guerre d'indépendance espagnole. Avec son travail de guide touristique, elle s'était documentée sur de nombreux sujets, notamment la peinture. Et elle était certaine que ce tableau qui trônait sur le mur à gauche de la cheminée, était l'Adulateur, un portrait du roi George IV en kilt. « Comment Alice avait-elle obtenu cet original » ? Parce qu'elle était sûre qu'aucun Blackward n'achèterait une copie. Aussi bonne soit-elle.

—Je ne crois pas que tu puisses la mener à bien, parce que d'après ce que je sais, tu as un voyage à Rome de planifié pour dans quelques semaines à peine et tu l'as programmé depuis que tu as accepté de me remplacer pour que je puisse partir en Italie. —Luke allait s'expliquer en voyant l'air surpris de Bree, mais sa tante poursuivit— : alors, étant donné que les Wulfton sont mon entreprise, j'ai déjà tout résolu. Grâce à ma chère amie, Lady Lucy Ashford, nous aurons le parrainage. Elle m'a informée que Haymore a décidé d'oublier Wimbledon et ses secrets. Donc… une fois de plus j'ai dû venir au secours de mon empire —commenta-t-elle, feignant d'être mortifiée.

Luke éclata de rire, ce qui lui valut de se faire discrètement marcher sur le pied par Bree.

—Tante, tu es la cheffe d'entreprise la plus obstinée que je connaisse. Si tu avais déjà tout résolu, alors pourquoi m'as-tu tenu une heure à t'expliquer ce qui s'est passé et à penser comment tout résoudre ?

Alice haussa les épaules.

—Je voulais juste te faire remarquer que tu as laissé une brèche sans surveillance dans mon entreprise, et que j'espère que tu vas faire plus attention parce que dans quelques années tu seras mon héritier.

—Ce n'est pas mon souhait…

—Peu m'importe quel désir ou quel intérêt tu as pour mon entreprise, elle sera à toi, un point c'est tout. La façon dont tu décideras de la mener, ce sera à toi de le voir. Au fait —elle commença sur un ton très sincère—, je suis désolée de ce qui s'est passé avec ton ex-femme. Même si c'était quelqu'un que je n'affectionnais pas particulièrement, le décès d'un être humain ne me fait pas plaisir.

Luke avait appris la mort de Faith quelques heures avant que Brenda n'arrive au bureau de Donovan Vinilli, et cela l'avait contrarié, même s'il comprenait que c'était comme ça que finirait son ex-épouse. Tandis que lui et Brenda se rendaient à l'aéroport pour aller chercher sa tante, il avait abordé le sujet avec Brenda. Il lui expliqua en détails comment les choses s'étaient passées durant ses absences à Surrey, le processus de divorce et le coût émotionnel. De plus, il lui raconta ce qu'il avait fait pour son ex-femme lorsqu'elle était malade et sa décision finale concernant Faith. Il lui commenta également qu'il s'était rendu compte qu'il avait commis une grave erreur en remettant à plus tard le moment de lui confesser son vrai nom de famille.

Brenda avait réagi avec compassion et compréhension. Lui n'arrêtait pas de s'émerveiller et de se surprendre de ses réactions. Lorsqu'il croyait qu'elle allait être dure et hostile, elle montrait son côté le plus tendre et empathique ; et quand il pensait qu'elle allait avoir une attitude douce et sensible, elle se transformait en une femme autoritaire et inaccessible. Il savait qu'avec elle à ses côtés, sa vie aurait toujours une dose d'humour, de passion, d'amour, et… bon, aussi d'obstination.

—C'est une perte qui me rend triste… ça va être dur pour sa famille. —Ils restèrent silencieux. Puis il poursuivit— : bon, pour ce qui est du voyage à Rome, tante…

—Ah ça, bon, et bien. Ça ne m'intéresse pas où tu vas mener ta chère entreprise. Maintenant je vais aller me reposer, tu es relevé de ton aide à mon bureau. Je m'en charge à nouveau dès demain —elle se tourna vers Brenda— : et toi, ma chère, je crois qu'il est temps que tu prennes des vacances. Mon neveu a l'habitude d'être un peu pointilleux et je suis sûre qu'il t'a épuisée avec ses exigences. Je te vois dans deux semaines. Ah, ah, ah —dit-elle, quand Bree commença à protester—. Interdiction de se plaindre. Et maintenant que je dois penser à comment je vais gérer le procès avec Kevin Parsons, je vais être très occupée et je n'ai pas besoin d'aide pour ça. —Cela dit, avec un demi-sourire elle leur dit au revoir à tous les deux avant de se retirer à l'étage pour se reposer.

Luke se leva et s'approcha de Brenda. Elle restait assise à observer la collection de petits dés de différents endroits du monde qui reposaient dans une petite vitrine circulaire.

—Chérie… —il lui prit les mains et s'accroupit devant elle. Bree fixa le regard dans ses yeux bleus qui l'observaient avec intensité—. Je ne t'ai rien caché…

—Je n'ai pas pensé que…

—Je te connais suffisamment pour savoir que quand ma tante a mentionné Rome, tu as pensé que je te l'avais délibérément caché.

Elle éclata de rire.

—Tu me connais. Oui.

Il serra les mains de Bree avec les siennes.

—Je ne me souvenais même plus du voyage à Rome. C'est quelque chose que j'avais planifié pour des contrats de mon entreprise. Avant que je tombe amoureux de toi.

Elle le laissa lui caresser le visage avec les mains. Le parfum de Luke était enivrant.

—Bree, je t'aime. Cela m'a pris toute la vie pour te trouver. Tu crois que je perdrais mon bien le plus précieux pour une histoire de contrats ?

—Je ne suis pas le type de femme avec laquelle tu as l'habitude d'être, Luke —confessa-t-elle, manquant d'assurance.

Il se leva et tira Bree par la main pour qu'elle le suive.

—Heureusement que tu ne l'es pas. J'aime savoir que je suis avec une femme spéciale et différente. Brenda, fais-moi l'homme le plus chanceux du monde et épouse-moi. Viens avec moi à Rome, Amsterdam, Berlin, Barcelone, partout dans le monde où je doive aller. Je ne veux plus jamais être seul ni me sentir incomplet loin de toi. Je veux passer le reste de ma vie avec la femme que j'aime —confessa-t-il en ajustant les mains sur les hanches de Bree, et en l'attirant vers lui de telle sorte qu'ils se retrouvèrent tout près l'un de l'autre—. Donne-moi l'opportunité de te rendre heureuse et d'être heureux. Sans toi, je ne suis pas complet. J'ai besoin de toi.

—Nous…nous marier ? —demanda-t-elle surprise et à bout de souffle, en voyant le regard décidé qui restait fixé sur ses yeux verts. Elle était terrifiée à l'idée de se marier. Elle avait vu comment sa mère passait d'un homme à l'autre, le manque d'engagement de chacun des partenaires qu'elle avait eu, qu'elle avait toujours refusé d'appeler papa. Elle était terrifiée. Elle pouvait être avec Luke de manière indéfinie, mais se marier c'était tout autre chose. On aurait pu croire qu'avoir peur du mariage était quelque chose de typiquement masculin, mais ce n'est pas le cas. Pas dans son cas à elle.

Il la prit par la main avant de lui laisser l'occasion de dire quelque chose qu'il ne voudrait pas entendre, par exemple un non. Il l'emmena furtivement jusqu'à la pièce la plus en retrait de la maison. Une chambre que Luke avait pour habitude d'utiliser quand il avait une vingtaine d'années ; une chambre fabuleuse, située stratégiquement et dotée d'une entrée privée.

La pièce était magnifique et élégante, mais la décoration était austère. Sans doute très en accord avec la personnalité de Luke. Le lit qui était au centre ressemblait à ces lits du XVIIIème siècle, un grand lit à baldaquin, haut et élégant. Brenda savait qu'elle allait être séduite et l'idée non seulement l'enchantait, mais en plus l'excitait, parce qu'elle avait toute l'intention de rendre la faveur à son séducteur…

Sans lui permettre d'articuler un mot, il la souleva à bout de bras en la prenant par les fesses. Il ferma la porte avec le pied et immobilisa le corps de Bree contre le mur. Il se fondit dans un baiser dévastateur, sexuel et érotique, chargé de désir urgent et d'une forte dose d'amour. Il n'y avait rien de plus beau que de partager cette passion débordante avec la femme qui mettait son cœur en émoi. Il devait la convaincre de l'épouser.

Épouse-moi —lui demanda-t-il avec tendresse. Il la laissa par terre, pressant son érection contre le centre tiède et humide de Brenda. Il lui enleva à la hâte le chemisier et la jupe, la laissant en culotte et soutien-gorge—. Épouse-moi —répéta-t-il en haletant. Il lui retira son soutien-gorge d'un coup sec—. Sans toi, ma vie n'a pas de sens. Tu es ma boussole et mon chemin…Dis-moi que oui. Soit mienne pour toujours. —Cette paire de magnifiques seins oscillèrent et il en emplit ses mains. Il inclina la tête et suça avec force les tétons roses. Il était enchanté de sentir comment ils se durcissaient dans sa bouche et de la façon dont gémissait Bree. Il adorait comment elle se laisser aller sans inhibitions. Il la parcourut de ses mains et sentit la manière dont Brenda ouvrait la fermeture-éclair de son pantalon jusqu'à lui baisser le boxer et prendre son membre aussi long et dur qu'il était entre ses mains, douces et fermes—. Épouse-moi, ma princesse, s'il te plaît…

—Luke… je… —gémit-elle en le sentant partout—. Oh, qu'est-ce que tu me fais.

De mouvements rapides et urgents, ils finirent de s'arracher leurs vêtements. Glorieusement nus, ils se touchèrent, goûtèrent la saveur de la peau brûlante et disposée à être torturée par des éraflures et des morsures passionnées. Ils se caressèrent comme si c'était la dernière fois qu'ils pouvaient se toucher ; comme si c'était la dernière fois, alors qu'en réalité, c'était le début de toute une vie de moments glorieux et baignés d'espoir et d'amour.

Luke tortura les tétons de Brenda avec sa bouche et caressait ses seins d'une main, tandis que de l'autre, il introduisait un doigt dans le sexe humide et chaud qui attendait d'être conquis. Il embrassa sa bouche, le cou, chaque petite partie du visage lisse, les bras, le dos, les hanches sensuelles, les fesses rebondies, les jambes galbées et sensuelles. Il monta et descendit sur sa peau, en léchant, en mordant et en suçant. Quand il arriva jusqu'au sommet où s'unissaient les cuisses féminines, elle le prit par les cheveux en l'incitant. Luke n'hésita pas et passa la langue dans les plis humides, lui arrachant un gémissement d'agonie. Mais il ne voulait pas qu'elle termine. Alors il s'arrêta et monta de nouveau, jusqu'à l'embrasser sur les lèvres.

Enfiévrée, elle pressa les fesses de Luke et fit remonter ses doigts par le dos musclé. Elle enterra ensuite les mains dans l'épaisse chevelure noire, en sentant comment le sexe de Luke appuyait contre ses hanches. Elle mourait d'envie de l'avoir en elle, d'être à lui, une fois de plus, mille fois de plus. Pour toujours.

Il était sur le point de la pénétrer, mais il l'emmena jusqu'au lit, en se contenant. Il s'allongea sur elle, en ayant soin de ne pas l'écraser de son poids. Le souffle court et la peau en feu, il prit une seconde pour regarder les yeux verts qui brillaient d'impatience.

—Dis-moi que oui —répéta-t-il sur un ton solennel, son sexe sur le point de pénétrer celui de Brenda. Elle sentait son canal sensible palpiter et prêt à recevoir Luke—. Dis-moi que oui…

Brenda réussit à sourire, le cœur débordant d'amour. Elle entoura ses hanches de ses jambes à la peau satinée et l'embrassa. Avant de s'éloigner de sa bouche, elle lui mordit la lèvre inférieure.

—J'ai peur… —chuchota-t-elle.

—Il ne faut pas. —Il embrassa les joues rougies par le désir de ce qu'ils étaient en train de partager—. Nous apprendrons ensemble. Et même si les choses se compliquent, nous ne nous laisserons pas de côté… s'il te plaît, épouse-moi.

Elle le regarda d'un air coquin.

—Alors ce sera toujours le sexe ton moyen de me convaincre ?

—Faire l'amour sera un moyen intéressant et amusant de te convaincre. J'y suis arrivé cette fois-ci ? —demanda-t-il, peu sûr de lui. Ce n'était pas la méthode idéale, mais il espérait qu'au moins dans son cas, ce serait efficace—. Même si, bien sûr, il y aura toujours d'autres moyens… —sourit-il.

Brenda lui caressa les épaules, visiblement tendues. Elle avait vécu bien des choses difficiles, elle les avaient toutes affrontées, seule. Luke lui offrait d'être son compagnon, son ami et son amant. Mais surtout, il lui offrait son cœur, sans réserve et à pleines mains. Refuser serait renoncer à être heureuse et à fonder sa propre famille avec l'homme qu'elle aimait. L'amour était un risque et à ce moment précis, elle savait que Luke serait toujours là pour la rattraper quand elle tomberait…et elle serait là pour lui.

—Je t'aime, Luke —sourit-elle. Les ombres du passé avaient disparu. Il n'y avait pas de peur. Plus rien. Il sentit comme si toute la chambre avait retrouvé sa luminosité, même si le jour s'était levé sous un ciel nuageux—. Oui, chéri. Je t'épouserai.

Luke soupira de soulagement et l'embrassa avec intensité.

—Merci —chuchota-t-il en la couvrant de baisers. Il se sentait exalté—. Tu ne vas pas le regretter. Je te le promets —murmura-t-il en lui caressant le visage et en la regardant avec tendresse.

Brenda se mordit la lèvre.

—Luke ?

Il la regarda, fasciné.

—Oui… ?

—Tu pourrais… —elle leva les hanches d'un mouvement sensuel—, continuer ?

D'un éclat de rire rauque, Luke plongea au plus profond de ce corps qui non seulement lui offrait du plaisir, mais aussi le confort de ces moments merveilleux qu'un être humain cherchait à vivre. Avec Brenda il vivait l'amour et le désir mélangés à l'immense plaisir du sexe, à un niveau où se fondaient les émotions les plus sincères.

—Je t'adore… —murmura-t-il en s'enfonçant en elle et en lui procurant un plaisir presque douloureux.

Brenda sanglota de plaisir lorsqu'ils arrivèrent tous les deux à ce point de non-retour ; cet endroit qui n'est compris que par les âmes qui, après une lutte intense contre le destin, finissent par se rencontrer et se fondre l'une dans l'autre. L'amour parfait.

—Et moi, c'est toi que t'adore.

ÉPILOGUE

Un an plus tard.

Le dernier ingrédient était la vanille. Depuis qu'elle avait arrêté de travailler pour la chaîne hôtelière Wulfton et que Tom était devenu son associé, essayer les recettes à la maison était devenu un hobby, mais aussi un rêve devenu réalité. Même si son magasin de bonbons était relativement petit, par choix, cela lui permettait de connaître ses clients de manière plus personnelle.

Sa vie avait changé considérablement depuis qu'elle avait accepté de se marier avec Luke. Elle n'avait jamais imaginé que la vie de femme mariée soit aussi merveilleuse. Il était toujours prévenant et l'emmenait en voyage dans n'importe quelle ville d'Europe où Blue Destination avait des négociations, sauf quand le magasin de bonbons était plein à craquer et que les employées qui aidaient à la tâche ne pouvaient plus faire face. Brenda connut aussi George et Katherine à son mariage et s'était liée d'amitié avec eux. Ils allaient parfois dîner ensemble et invitaient aussi Christine, qui s'était réconciliée avec sa petite amie, Helena. Les repas chez Alice eux non plus ne manquaient pas, la propriétaire de la chaîne Wulfton avait obtenu deux cents pour cent de bénéfices après le boom qu'avait représenté son parrainage de Wimbledon.

Avec un sourire, Brenda alluma le four. Elle le programma pour dans une heure. Elle avait une grosse fournée de *cupcakes* en préparation.

Alors qu'elle était sur le point de se retourner, elle sentit une présence irrévocablement autoritaire et douce en même temps. Elle savait que son époux adorait la contempler.

Elle se retourna, le visage arborant un sourire bête.

—Tu n'es pas censée courir pour m'embrasser comme tu le faisais il y a quelques mois quand on s'est mariés à Surrey ? —demanda Luke de cette voix grave qui la rendait folle —. D'ailleurs, je me rappelle clairement que tout le personnel de l'hôtel et nos invités t'ont entendu dire que tu m'aimerais et que tu me respecterais pour le restant de nos vies.

Elle fit semblant de se fâcher et mit une main sur sa hanche.

Elle le regarda en plissant des yeux, le regard étincelant et chargé d'amour. Luke était tout ce à quoi une femme pouvait prétendre, et elle l'avait pour elle toute seule.

—Si je ne portais pas le poids des jumeaux —elle toucha son ventre qui montrait déjà quatre mois de grossesse—, non seulement je courrais pour aller t'embrasser Luke, mais j'arriverais probablement aussi à une ou deux positions intéressantes dans lesquelles on n'a pas besoin de vêtements —dit-elle d'une voix sensuelle, suite à quoi elle ne put s'empêcher de rire—. Maintenant viens ici toi, homme impossible et embrasse-moi. Parce que si je me souviens bien, ton associé et Alice t'ont entendu me promettre exactement la même chose… et bien plus encore.

Luke rit et laissa de côté sa mallette Pierre Cardin. Il la prit dans ses bras. Il tourna avec elle jusqu'à la déposer avec délicatesse sur le comptoir en marbre vide de la cuisine. Il se plaça entre ses jambes, pour que leurs regards arrivent presque à la même hauteur.

—Je t'ai dit que je te ferais toujours plaisir —murmura Luke en se laissant aller à un baiser ardent. Il se sentait chaque jour plus amoureux de Brenda, si toutefois c'était possible. Elle venait le complémenter de toutes les manières possibles. L'alchimie sexuelle était toujours aussi forte. Avec la grossesse, les hormones de Bree étaient comme folles et son épouse était devenue plus exigeante sexuellement ; et il adorait ça. Après une longue journée de travail, savoir qu'il serait avec sa famille, avec elle, lui remontait le moral—. Mais j'aimerais quand même savoir si vous avez une plainte quelconque madame Blackward —chuchota-t-il contre le cou de Bree qui respirait lourdement.

Elle plongea ses mains dans la chevelure de son époux.

—Je pourrais me plaindre… —soupira-t-elle quand Luke monta ses mains bronzées pour les refermer sur ses seins qui avaient légèrement grossi avec la grossesse—. Oh, Luke… —chuchota-t-elle alors qu'il commençait à défaire un ou deux boutons du chemisier blanc en soie. Elle eut le souffle coupé en sentant la langue chaude lui parcourir la peau que le soutien-gorge à dentelle bleue ne couvrait pas.

—Je te veux. J'ai passé toute cette foutue journée au bureau à penser à l'heure où j'arriverais à la maison et où je te trouverais comme ça —il fit glisser sa main sous la jupe à fleurs—, mouillée. Bon sang, tu me rends fou.

Lorsque Luke approcha son bassin pour le frotter contre le sien, Bree sentit les tétons se tendre, la peau la brûler et ses plis féminins sur le point de commencer une danse qui allait l'amener à un orgasme colossal. Ils ne se lassaient jamais l'un de l'autre. L'idée d'être parents, rien de moins que de deux magnifiques créatures dans les cinq mois à venir, les avait comblés de joie. Elle ne regretterait jamais chaque expérience, bonne ou douloureuse, qu'elle avait vécue avant de se marier avec Luke. Chaque minute avec lui valait la peine d'être vécue, y compris les disputes monumentales qu'ils avaient parfois.

La sonnerie de la porte principale retentit, les interrompant.

—Luke… —gémit-elle, quand il sépara ses lèvres des siennes.

Il la regarda, le souffle entrecoupé et une étincelle de malice apparut dans ses magnifiques yeux bleus. Elle se souvint qu'elle avait promis à Harvey et à sa mère un après-midi de films et de *cupcakes*. Son frère grandissait et apprenait à toute vitesse. Et il se comportait comme si la présence de Luke dans la famille était le plus naturel du monde.

—Laisse-moi te donner du plaisir, chérie. On ne veut pas qu'une femme enceinte —il enleva la culotte de Brenda. Elle le regarda la bouche ouverte, parce qu'il était en train de se déshabiller à toute vitesse—, souffre d'une privation de ses désirs. Pas vrai, princesse ?

—Ne me fais pas souffrir alors et…

D'un mouvement rapide, il la fit glisser vers le bas jusqu'à ce qu'elle se trouve dans une position confortable. Ensuite, il la pénétra avec force. Elle rejeta la tête en arrière, et Luke enfouit son visage dans le cou parfumé au tournesol. Ce fut une pénétration frénétique, avec des halètements incessants et des baisers passionnés.

D'un cri de Brenda, qu'il étouffa dans sa bouche, ils arrivèrent ensemble à l'orgasme. Agités, après ce moment sensuel et intense, ils commencèrent à se rhabiller.

—On a promis à Harvey et à maman… —murmura Bree en ajustant les boutons de son chemisier. Luke essayait de mettre sa ceinture et les boutons de sa chemise entre le rire de Brenda et le désir de la prendre dans ses bras et de monter dans la chambre, lorsqu'ils entendirent de nouveau la sonnerie—. Oh, Luke, maman va savoir que toi et moi avons…

—On est mariés, elle comprendra —répliqua-t-il avec une suffisance masculine—. J'aime prendre mon temps avec toi, mais je n'ai pas pu l'éviter. La prochaine fois nous aurons plus de temps —dit-il sur un ton qui signifiait une promesse.

—Avec toi je me suis dévergondée.

—C'est ça qui me plaît —dit-il en lui donnant une tape sur les fesses de manière affectueuse.

Depuis qu'il avait su que Brenda était enceinte, il avait observé avec plaisir comment ce corps aux courbes harmonieuses avait commencé à changer et comment ces parties qui le rendaient fou devenaient de plus en plus prononcées. Y avait-il quelque chose de plus érotique que de voir la femme aimée porter son enfant dans son ventre ? Encore plus s'il y en avait deux, deux garçons…ou deux filles ! Ils ne connaissaient pas le sexe des bébés, d'ailleurs, c'était quelque chose qui ne les préoccupaient même pas. Tout ce qu'ils souhaitaient, c'est qu'ils soient en bonne santé.

Outre les changements dans son corps, l'humeur de Bree avait aussi été un peu affectée et changeait facilement. Nombre d'entre eux faisaient rire Luke aux éclats, et elle lui répondait en lui fermant la porte au nez ou en lui récriminant qu'il ne s'occupait pas bien d'elle ; ensuite elle boudait et lui la prenait dans ses bras, la berçait et lui disait toutes les raisons pour lesquelles il était éperdument amoureux d'elle. Alors tout revenait à la normale. Quand c'était lui qui se fâchait, elle ravalait son orgueil et essaya de faire la paix. Ils ne pouvaient pas rester fâchés trop longtemps.

Luke ne put pas résister à l'envie de la faire tourner dans ses bras et de l'embrasser encore une fois. Sa femme était une diablesse au lit avec un cœur d'ange.

—Je t'aime, Bree, et crois-moi qu'une fois que Harvey et ta maman seront partis, nous allons prolonger ce qui vient de se passer tout de suite —déclara-t-il d'une voix rauque.

Elle le regarda avec une innocence feinte, puis éclata de rire.

—Et moi aussi je t'aime —elle déposa un doux baiser sucré sur ses lèvres—. J'attendrai donc de pouvoir faire justice à ma dette… plus tard —il lui fit un clin d'œil avant de s'éloigner pour ouvrir la porte.

Quelques secondes plus tard, Harvey et Marianne étaient souriants et installés devant le cinéma à la maison que Luke avait fait construire pour que son petit beau-frère ait tout ce qu'un enfant de son âge peut désirer. Brenda et lui s'assirent, après avoir mis le film.

Luke n'avait jamais imaginé que la vie lui donnerait l'occasion d'aimer pleinement et que cet amour soit réciproque et sans réserve. Il était désormais conscient que sa phobie de l'engagement avait été un prétexte pour fuir la douleur de la trahison de sa première épouse. Avec Brenda il avait trouvé le réconfort, la compréhension mais aussi les défis pour affronter les années de vie qu'il avait devant lui. L'amour qu'il ressentait pour elle n'aurait pas pu se renforcer sans les obstacles qu'ils avaient dû surmonter chacun, d'abord séparément, puis ensemble.

Brenda sembla sentir que Luke la regardait elle, plutôt que le film à l'écran. Souriante, elle se lova dans ses bras forts et chauds ; là, elle se sentait aimée et protégée. Elle avait enfin sa propre famille.

Avec sa femme dans ses bras, ses affaires florissantes et ses enfants à naître, Luke ne pouvait qu'être reconnaissant pour le jour de pluie qui l'avait conduit à changer son itinéraire vers Guildford. Après tout, les caprices du destin lui avait offert l'opportunité de connaître la femme de sa vie.

LA FIN.

J'espère que vous avez aimé l'histoire de Brenda et Luke !
Merci à vous, mes lecteurs et lectrices, car sans votre soutien et votre amour, il ne serait pas possible de continuer à écrire. Je sais qu'il y a une énorme offre de romans d'amour sur le marché, et le fait que vous choisissiez le mien est quelque chose que je ne considère pas comme acquis. C'est pourquoi je m'efforce toujours de continuer à mettre mon cœur et mon amour dans chaque histoire que je publie.

Si vous avez un moment, peut-être 30 secondes, je vous serais très reconnaissante de bien vouloir laisser votre avis sur <u>Un caprice du destin</u> (Amazon).
Les critiques, pour un auteur indépendant comme moi, sont une aide très importante.
Bisous,
Kristel.

Continuer la lecture de
Le plaisir de tromper
(Amazon + Kindle Unlimited + Papier)

SOMMAIRE

Dimitri vit dans une réalité perverse camouflée derrière l'opulence des milleux d'affaires. C'est lui qui décide des lois et des peines dans un monde où défendre son territoire se dicte par la mort et le chantage. Les chefs des syndicats payent leurs dettes du passé, et ils honorent leur parole; dans le cas de Dimitri, sa dette se présente à lui sous le nom de Sienna Farbelle. L'impudence de cette femme l'agace, et Dimitri n'a pas besoin d'une épouse, quand bien même leur accord marital ne durerait que trois mois. Sa priorité est de conclure un accord financier des plus ambitieux pour son syndicat, Péchés Sanguinaires. Si, pour accomplir sa tâche, il doit en passer par des affaires suspectes, et forcer Sienna à raccourcir la durée de leur mariage, alors Dimitri Constinou sera prêt à le faire. Quelle importance peut avoir une femme à laquelle il ne peut s'empêcher de penser, et qui, sans même essayer de le faire, semble transpercer sa robuste carapace recouvrant sa perfidie ?

Sienna n'a pas eu une vie facile, et elle a appris à choisir ses batailles intelligemment. Tout change pour elle lorsqu'un homme fascinant d'origine grecque devient propriétaire de la société pour laquelle elle travaille depuis deux ans à Londres. Dans un premier temps, elle croit qu'il s'agit d'un entrepreneur à succès qui veut apporter ses connaissances à l'entreprise et la faire bénéficier d'une stratégie pour se développer. Quelle grave erreur ! Quand, de la pire des façons possibles, elle découvre qui est vraiment Dimitri Constinou, le monde de Sienna explose en mille morceaux. Puis, son angoisse se dissipe et laisse place à la détermination de faire payer Dimitri pour sa tromperie. Elle a la ferme intention de lui rappeler qu'il n'y a pas pire adversaire que celui qui méprise l'autre.

Roman de mafieux / ennemis et amant

PROLOGUE

Sans précipitation, Dimitri Constinou s'avança jusqu'au mini-bar installé dans un coin discret de son grand bureau de Manhattan et se servit un cognac. Ses yeux d'un bleu intense observaient avec indifférence l'homme confortablement assis dans le fauteuil en cuir à qui il avait offert un verre. Il ne s'agissait pas d'une visite de courtoisie, mais ce n'était pas non plus une visite quelconque. Constinou en était bien conscient. Ce matin-là, il aurait dû prendre un avion pour sa Grèce natale, mais cette réunion l'avait forcé à revoir son plan. Non pas parce qu'il trouvait importante la présence d'Anksel, mais parce qu'il lui devait un service, et que Dimitri acceptait ses responsabilités. Il remboursait toujours ses dettes, sans un soupçon de repentir ou de scrupule.

—Le développement de ta société a accéléré ces deux dernières années —affirma le visiteur.

Anksel était habillé élégamment, même si le résultat n'était pas distingué, mais plutôt sinistre. Il frotta sa barbe grise, tandis que son visage calculateur étudiait l'environnement autour de lui. C'était la première fois qu'il se trouvait au siège de Constinou Security, une société qui offrait des services de sécurité numérique et des services de sécurité personnalisés par le biais d'agents opérationnels. L'entreprise étendait ses tentacules jusqu'aux grandes capitales du monde, en particulier celles qui possédaient des quais pour le commerce international, et dont les contrôles aux frontières aériennes et terrestres étaient facilement influençables avec des pots-de-vin.

Dimitri hocha la tête et but une longue gorgée. Il retourna à son bureau, et appuya son corps contre le dossier de la chaise. Il mit le verre de côté, puis il regarda son interlocuteur. Les années avaient beau passer, les seuls signes de vieillissement visibles sur Anksel étaient la couleur de ses cheveux et une tonsure. L'éclat pervers et sinistre qui dansait dans ses yeux, qui avaient vu tant de choses cruelles, demeurait intact. Ce regard aurait fait peur à n'importe qui. Mais pas à Dimitri, car il avait franchi à plusieurs reprises le seuil entre la vie et la mort, et rien ne pouvait plus l'affecter.

—Je ne pensais plus te revoir —dit-il avec ennui, tandis qu'Anksel souriait avec malice.

—Cela aurait été le cas si... une situation particulière ne s'était pas présentée —répondit-il sur un ton sarcastique. Nous, les chefs, nous ne formulons pas de demande.

—Pas de demande en effet, mais nous passons des accords —convint Dimitri.

Anksel acquiesça.

—Donc, puisque nous avons tous les deux des affaires à régler, allons droit au but, quelle est la raison de cette visite?

La mafia calabraise et la mafia grecque n'étaient pas ennemies, et Dimitri voulait que cela continue ainsi. Les bains de sang ne le dérangeaient pas, et s'il devait en créer, il le faisait. Toutefois, pour le moment, un affrontement irait à l'encontre de son objectif principal pour les mois à venir. Il rassemblait toutes les informations nécessaires pour étendre son influence et infiltrer la contrebande de pièces archéologiques.

Il dirigeait Péchés Sanguinaires, le plus grand groupe mafieux grec, et le plus agile quant à ses méthodes d'expansion et de protection territoriale. Dimitri était connu pour le nombre de personnes qu'il avait égorgées à Athènes, depuis le jour où son père l'avait reconnu comme son fils et lui avait légué la succession de Péchés Sanguinaires. Son couteau, dont le manche était recouvert d'or, était l'héritage qui passait d'un *capo* au suivant. Il le portait sur lui la plupart du temps. Au quotidien, les hommes qui assuraient ses arrières étaient armés d'AK47 et de 9mm. De gros calibres étaient aussi stockés dans des entrepôts stratégiques, dans plusieurs villes où Dimitri faisait des affaires. Par simple précaution.

Au fil des années, il était devenu plus ambitieux et il dominait maintenant les zones grecques de Manhattan, Toronto, Londres et Budapest. Le système de surveillance de ces zones utilisait une technologie de pointe spécialement développée par Constinou Security, c'est pourquoi il n'était pas disponible sur le marché. C'était l'un des avantages de posséder beaucoup d'argent. Les hommes qui travaillaient pour Dimitri, s'ils voulaient garder la tête sur leurs épaules, savaient qu'un mensonge impliquait le début d'un calvaire qui pouvait non seulement détruire leurs futiles existences, mais aussi faire basculer celles de leurs proches dans le sang et le désespoir. C'était le mode de vie qu'ils avaient accepté en échange d'un salaire très élevé, ainsi que l'accès aux privilèges qu'un employé moyen n'atteindrait jamais. Une fois qu'ils avaient conclu un accord avec Péchés Sanguinaires, il n'y avait plus d'issue possible.

Les autorités ne pouvaient pas épingler Dimitri, car il ne donnait pas de raison de le soupçonner, et sa société de sécurité appliquait toutes les règles légales pour couvrir ses accords illégaux. De plus, Constinou Security apportait une contribution financière importante à des organisations à but non lucratif à Manhattan. Les membres de la mafia grecque étaient plus discrets et plus efficaces que les *capos* qu'Hollywood montrait dans les films pour dépeindre le monde du crime. La notoriété, pour un chef grec, était synonyme de ruine anticipée et de honte.

En Crète, il y avait sept mois, Dimitri avait assassiné le dirigeant d'une organisation qui avait l'habitude de percevoir des tributs pour prostitution, alcool et drogue. Il lui avait tiré deux balles dans la tête, et avait ainsi vengé l'affront. Achille Karimides ne s'était pas contenté de le traiter de patron incompétent, il avait aussi eu l'audace de le défier de se battre. Or, personne ne défiait Dimitri, ni ne choisissait s'il décidait de combattre et comment il le ferait.

Le coup de feu avait frappé avec la précision irréprochable que seule une pratique assidue permettait. La police grecque, bien sûr, n'était même pas apparue dans les environs. Les hommes d'Achille évacuèrent son corps et, à la fin de cette journée, ils jurèrent allégeance à Dimitri. Il méprisait les proxénètes, car il était convaincu qu'aucun être humain ne méritait d'être vendu comme une vulgaire marchandise. Il était peut-être le roi du crime, mais son protocole n'incluait pas la traite des blanches. Depuis ce soir-là, *personne* n'osa plus se mettre sur son chemin ou l'affronter comme un égal. Personne ne l'était, et le fait d'être soutenu par quelques disciples ou d'avoir du pouvoir sur un territoire, n'élevait personne à son rang.

Dimitri résidait aux États-Unis, et il utilisait sa société de sécurité comme couverture pour ne pas avoir à traiter avec la police américaine quand il travaillait sur son vrai secteur d'activité, la contrebande et les règlements de comptes. Toutefois, son bastion principal se trouvait à Skiathos, en Grèce, et il avait l'habitude d'y passer une grande partie de l'année. Tout le monde savait ce qu'il faisait, mais comme il possédait la plupart des affaires sur l'île paradisiaque de la mer Égée, les habitants lui prêtaient allégeance. Il aurait été impensable de ne pas le faire, car Dimitri fournissait des emplois, un salaire correct, et les familles étaient protégées des autres mafias qui tentaient d'entrer sur ce territoire.

Dimitri savait que son équivalent hiérarchique dans l'une des organisations italiennes les plus dangereuses, qui gérait les affaires de la 'Ndrangheta dans une grande partie du territoire anglais, était à New York pour recouvrer une dette contractée il y a des années. Il n'y avait pas d'autre explication pour qu'Anksel se trouve aux États-Unis, au lieu de profiter de l'une des nombreuses propriétés qu'il possédait en Europe.

Aucun homme, dans son entourage, ne tendait la main à quelqu'un sans un motif caché ou un intérêt particulier. Et inutile de le préciser, aucun de ces motifs ou intérêts n'était conforme à la légalité. Du moins du point de vue du citoyen naïf et ordinaire. Quand il avait commencé à s'impliquer davantage dans le crime organisé, il avait rapidement soupçonné qu'Anksel avait prévu à l'avance leur rencontre en Grèce. Il se demandait ce qu'il exigerait de lui pour lui avoir sauvé la vie il y a près d'une décennie. La conversation de cet après-midi allait l'éclairer. Anksel, souvent croisé dans des fêtes un peu partout dans le monde, n'avait jamais rappelé à Dimitri qu'il avait une dette à rembourser. Alors pourquoi le faire maintenant?

Quand il avait rencontré l'Italiano-britannique pour la première fois, Dimitri avait un sac à dos plein de drogue qu'il avait fait l'erreur de voler à un dangereux vendeur de Mykonos. Son corps maigre était roué de coups, et ses espoirs de survie quasi nuls. Anksel Farbelle faisait partie d'une dynastie dangereuse en Grande-Bretagne. Il était le représentant légitime du Don de Calabre, mais il ne possédait plus la même influence qu'à ses débuts. Cependant, le respect qu'il avait gagné restait intact.

La rumeur selon laquelle Anksel était sur le point de se retirer du poste de chef de la *Famiglia* Farbelle pour remettre le business aux mains de son fils aîné, Pietro, persistait derrière les écrans de fumée qui polluaient le monde de la mafia. Les vautours commenceraient bientôt à errer de manière plus agressive pour essayer de tirer parti de l'apparente faiblesse d'un collègue.

—Le jour où tu as découvert qui était ton père biologique, la vie telle que tu la connaissais a changé —répliqua Anksel.

—Si je n'avais pas été arrêté, et que l'un des hommes qui était avec moi dans la cellule n'avait pas fait d'association physique entre moi et Laslos Constinou, alors me sortir de la rue n'aurait rien changé —dit-il en le regardant avec lassitude. Tu pensais que j'avais envie de faire un tour dans la rue des souvenirs?

«Putain de vieux qui radotait».

À l'extérieur du gigantesque bâtiment de Constinou Security, à l'abri du bruit et de la précipitation de milliers de citoyens qui terminaient leur journée de travail, le soleil commençait à laisser des traces de tonalités orange et violette dans le ciel. Rares étaient les privilégiés qui avaient la possibilité d'observer cette scène particulière avec la pleine conscience qu'ils avaient une influence particulière sur la société, sur cet amas de fourmis ouvrières, et de marionnettes.

Dimitri avait appris à tirer les bonnes ficelles pour se frayer un chemin dans une sphère sociale pourrie. On y croisait des fortunes impressionnantes, et toute demande impliquait un prix à payer. À trente-quatre ans, Dimitri était le chef le plus puissant du crime organisé dans le monde.

De père grec et de mère américaine, il voyageait pour surveiller personnellement ses boîtes de nuit et ses restaurants. Il était le seul héritier de Laslos Constinou, un redouté tueur à gages et trafiquant d'armes qui, pendant des décennies, avait terrorisé plusieurs pays d'Europe de l'Est. Lorsque Laslos était tombé entre les mains de l'ennemi et avait été abattu en plein jour en Pologne, Dimitri s'entraînait déjà à prendre la relève. Son ascension ne s'était pas fait attendre, et peu à peu, il avait gagné le respect au sein de Péchés Sanguinaires.

Il avait une sœur, Caliste, mais celle-ci ne voulait pas avoir de lien avec ses souvenirs d'enfance dans une maison symbole de méchanceté et de perfidie. En tant que femme dans un milieu machiste, elle ne pouvait pas hériter de l'héritage de Laslos. Ce fut donc un grand soulagement pour elle le jour où

Dimitri arriva à la maison, que son père le reconnut, et lui donna le nom de Constinou. À la première occasion qui se présenta, Caliste demanda la bénédiction de son frère pour aller vivre à Londres et choisir une nouvelle identité. Dimitri lui accorda cette liberté.

Dimitri aimait profiter des excès que sa position lui offrait, malgré les cicatrices qui marquaient son corps et le sang qu'il avait versé. Sa nature indomptable et sa facilité à manier couteaux, revolvers et arts martiaux formaient une combinaison redoutable. Pour lui, l'adrénaline qu'impliquait la torture ou l'exsanguination d'un ingrat était la chose la plus normale qui puisse exister. Aussi normale et stimulante que de pénétrer le sexe humide d'une femme, qu'il dégageait hors de sa vue une fois qu'il avait éjaculé.

A cause de sa mère, il avait une opinion très basse des femmes. Aucune de ses maîtresses n'avait réussi à le faire reconsidérer sa position. En fait, elles semblaient plutôt exacerber ses convictions. Les difficultés qu'il avait éprouvées pendant son enfance, jusqu'à ce qu'il ait les couilles de s'échapper et d'errer dans les rues des îles grecques, avaient pour origine la négligence et les abus de sa mère. Sa petite sœur vivait à Londres, à l'abri des griffes de la mafia, mais elle savait qu'elle devait toujours être vigilante. La relation de Dimitri avec sa sœur était limitée, mais elle existait. Si l'un des deux devait porter les péchés de sa famille, c'était lui, pas Caliste.

Dimitri ne faisait confiance qu'à ses deux meilleurs amis, Corban et Aristide, qu'il avait connus dans les rues grecques. Quand il était devenu chef, il les avait recrutés, parce qu'ils avaient toujours fait preuve d'une loyauté infaillible. Maintenant, ils coordonnaient le trafic d'armes entre l'Espagne et la Grèce. Un monde complexe, mais aucun des trois amis ne connaissait de réalité différente. Certains naissaient avec le crime dans les veines, et ils apprenaient à perfectionner cette spécialité tôt ou tard dans leur vie.

Corban Zabat, qui était le bras droit du chef, avait un cerveau logique similaire à celui d'un génie et était chargé de programmer les systèmes de sécurité. Quant à Aristide Katzaros, le conseiller juridique de Dimitri, il parlait cinq langues. Dieu seul savait quand il avait acquis de telles compétences, en plus de la maîtrise parfaite des lois qui régissaient le commerce dans les ports où l'organisation Péchés Sanguinaires opérait.

Dimitri n'était pas un homme qui apparaissait dans les journaux ou les magazines. Il aimait travailler dans l'ombre, et si une apparition était impérative, à contrecœur, il assistait à l'un des stupides galas ou fêtes d'entreprise ridicules. Son rôle consistait à empêcher les petits malins d'échapper au paiement des taxes quand ils passaient des marchandises dans les ports maritimes qui lui appartenaient. Ce qui l'intéressait, c'était d'utiliser des méthodes diverses et variées pour les attraper. Mais rien n'était aussi stimulant que d'attraper des mules ou des policiers corrompus qui tentaient de l'escroquer. Il se déplaçait furtivement et ses tactiques étaient aussi brutales qu'imperceptibles. Il n'avait aucune pitié. Pourquoi devrait-il en avoir?

On spéculait toujours sur son mode de vie, parfois on exagérait, parfois on avait raison. On chuchotait à son sujet dans les milieux politiques et les milieux d'affaires comme s'il s'agissait d'une légende urbaine. Mais Dimitri s'en fichait. On l'appelait le *Crack du Diable*, parce que les os des êtres humains craquaient lorsqu'il les cassait.

L'aura de danger qui l'entourait, les secrets que semblaient cacher ses profonds yeux bleus, ainsi que ses traits ciselés attiraient le sexe opposé comme un aimant. Le jour où Dieu avait fait Dimitri, il n'avait pas bâclé son travail. Il avait pris le temps de perfectionner chaque ligne et chaque angle, et donné la consistance parfaite à ses muscles. Même cette cicatrice en zigzag qui allait de son menton jusqu'au début de sa clavicule gauche, semblait intéresser les femmes qui cherchaient à comprendre qui était vraiment cet homme. Dommage, parce que

Dimitri ne discutait pas quand il baisait. Il disait ce qu'il voulait, il demandait ce dont il avait besoin, et c'était la fin de l'interaction. Une fois l'action terminée sur le lit ou ailleurs, il passait à autre chose.

—Ni toi, ni moi, ne croyons à la chance, mais au destin si —dit Anksel en passant ses doigts sur sa moustache. Mais je ne suis pas là pour te donner des cours de philosophie existentielle.

—Mon temps est compté, Anksel.

Le vieil homme fit une grimace qui pourrait s'apparenter à un sourire.

—Tu as trente-quatre ans. Un jour, tu auras besoin d'un héritier qui défendra ton territoire quand d'autres le réclameront à ta mort. Est-ce qu'une des femmes qui passent dans ta vie a les qualités nécessaires pour devenir Mme Constinou? —demanda-t-il. Tu contrôles un grand nombre de zones dans différents pays, et je suis certain que tu as un nombre considérable de détracteurs. Nous les *capos*, on est né avec une cible dessinée sur le dos, et c'est à nous de prendre soin d'elle.

Puisque l'expression d'Anksel restait imperturbable, comme s'il était certain que Dimitri était vraiment intéressé par ses paroles, il éclata de rire et secoua la tête avec incrédulité en regardant son visiteur.

—Je n'avais pas besoin d'un rappel de ma biographie, même si j'apprécie que tu aies pris le temps d'étudier ma vie —répliqua-t'il avec sarcasme. Quand je voudrai un héritier, alors je ferai en sorte de l'avoir, sans pour autant m'attacher à une femme.

Il se pencha vers l'avant et serra ses doigts, tout en posant ses avant-bras sur le bureau, puis dit:

—Je suis sûr que t'occuper de la vie personnelle des autres seigneurs du crime ou parrains de la nuit, peu importe comment tu nous appelles, ne fait pas partie de tes hobbies habituels. Et si tu arrêtais tes conneries et que tu me disais ce que tu veux?

Anksel sortit un cigare, et le porta à sa bouche par habitude, sans l'allumer. Il avait arrêté de fumer quand on lui avait diagnostiqué une insuffisance rénale, parce que la dialyse n'était pas compatible avec la nicotine. Cette information médicale ne faisait pas partie des données qu'il voulait partager avec le jeune chef de la mafia grecque.

—Libère-moi d'un inconvénient, et je te libère de ta dette envers moi.

Dimitri leva le sourcil et but ce qui restait de son cognac.

—Il y a quelques mois, j'ai eu la confirmation que j'ai une fille. Les détails n'ont pas d'importance. Le problème, c'est que non seulement je l'ai appris, mais Joe Brimbella aussi —dit-il, le cigare en équilibre sur les lèvres. La personne qui a laissé filtrer cette information n'est plus de ce monde —ajouta-t'il avec un sourire cruel, mais je sais que c'est vrai.

—C'est le chef de tous les capos de la Cosa Nostra —dit Dimitri reconnaissant le nom de famille de Brimbella.

Anksel hocha de la tête.

—Il veut utiliser ma fille pour forger une alliance de sang et envahir mon territoire de son influence. L'arrivée de la Cosa Nostra, par union de sang ou non, serait un grand inconvénient pour mes intérêts. J'ai des affaires en cours.

—Je suppose…

—Je représente la mafia calabraise en Grande-Bretagne, et la dernière chose que je veux, c'est un bain de sang pour maintenir mon leadership. La situation en Europe est déjà assez merdique comme ça pour en rajouter. Si j'avais été dans une situation différente, je ne serais pas ici à Manhattan, et j'aurais déjà agi seul. Nous ne sommes pas dans les années 80, pendant lesquelles le sang versé était bien vu. Aujourd'hui, nous devons nous protéger avec des putains de systèmes de surveillance.

Pour Dimitri, le temps semblait passer plus lentement que d'habitude, ou peut-être était-ce l'ennui que cette conversation lui causait qui lui donnait cette impression.

—Mmm —murmura le grec en guise de réponse.

—Brimbella veut aller à Londres avec son fils aîné, Enrico. Ce bellâtre arrive à peine à tenir une arme sans que sa main ne tremble. A vingt-neuf ans, il a la réputation d'un tendre —dit-il avec mépris et dérision. De mon temps, la valeur d'un chef se mesurait à sa capacité à prendre des risques et à mettre sa peau en jeu pour maintenir ses intérêts. Joe doit intervenir dans toutes les situations où Enrico est impliqué, parce que ce que son fils fait de mieux, c'est de tout foirer. Je sais qu'il ne tardera pas à être tué à cause de son incompétence, et s'il met la main sur la vie de Sienna, alors elle sera exposée. Et des portes que je préfère garder fermées vont alors s'ouvrir.

—Les groupes italiens n'ont rien à voir avec moi, Anksel.

Dimitri décroisa les doigts et regarda son interlocuteur avec suspicion. Il connaissait l'existence d'Enrico Brimbella, et les rumeurs sur son manque de leadership étaient un sujet de commérages entre capos, dans le dos de Joe. Une organisation comme la Costa Nostra avec un leader dont la progéniture était faible constituait une cible sûre pour l'insurrection.

—Tu peux éviter un conflit inutile, et régler une dette.

—Tu veux que je trouve un moyen pour ta fille d'être en sécurité dans un autre pays avec une autre identité? —demanda-t-il cyniquement.

Il voulait que l'homme lui dise clairement, point par point, ce qu'il avait l'intention de lui demander cet après-midi-là.

—Ca, je peux le faire —répondit Anksel.

Il retira son cigare de sa bouche et le jeta, d'un tir parfait, dans la poubelle la plus proche. Dimitri ne prit pas la peine de suivre le cours de l'action, car il était irrité par la réponse de son visiteur inattendu.

—Alors, qu'attends-tu pour le faire? Tu me fais perdre un temps précieux. Si tu étais quelqu'un d'autre, je t'aurais déjà fait escorter vers la sortie.

Anksel sourit, et les rides des coins de sa bouche lui donnèrent une expression dure. Sa peau était brune, et ses yeux verts vibraient de méchanceté.

—Sienna ne sait pas que je suis son père, et je n'ai aucun intérêt à ce qu'elle l'apprenne ni maintenant, ni jamais. Les enfants illégitimes n'ont pas leur place dans notre monde, et tu ferais bien de t'en rappeler plus tard. Elle ne fait donc pas partie de mes problèmes, mais elle pourrait en devenir un si je ne prends pas rapidement des mesures. L'assassiner, à moins d'y être forcé, ne règlera pas le problème avec les Brimbella... —dit-il en haussant les épaules. Ce serait terrible, mais rien qui ne s'éloigne de mon mode opératoire habituel.

—Tes conseils ne sont pas les bienvenus. Si tu as envie d'en donner, alors tu ferais mieux de sortir par cette porte ou d'écrire un livre pour les enfants des groupes mafieux —rétorqua Dimitri sans hésitation.

Anksel respectait Dimitri en tant qu'homme d'affaires, mais il pensait que c'était une grave erreur de ne pas écouter les anciens, surtout quand ils avaient vécu si longtemps parmi des voyous de haut vol.

—Si tu veux tuer cette femme, fais-le. Elle ou une autre, je m'en fous. Bâtarde ou légitime.

Le vieux écarquilla les yeux.

—Je compte utiliser un atout avant d'envisager de faire ce pas —dit-il calmement, et c'est pourquoi je suis là.

—Je ne sais pas quel est l'atout dont tu parles, car plus le temps passe, plus les Brimbella vont se rapprocher de ta fille. La seule solution est que tu la sortes du pays en lui donnant une autre identité ou que tu achètes son transfert vers un autre continent.

—Que tu ne saches rien de Sienna pourrait être une bénédiction, mais ça ne l'est pas pour moi —dit Anksel en s'inclinant vers l'avant, regardant son interlocuteur avec intensité. Ce que je veux, pour t'avoir sauvé la vie il y a des années, c'est que tu l'épouses. C'est le prix à payer aujourd'hui.

Dimitri éclata de rire.

—Je ne savais pas que tu étais déjà sénile.

—Ni moi que ton arrogance s'était transformée en bêtise. Je veux empêcher une guerre entre les familles —ajouta-t'il sans hésiter.

—En insultant le chef d'une autre famille? —demanda Dimitri en se redressant.

—Ce sera une affaire mutuellement bénéfique.

—Difficile de tirer quelque chose de positif de cette conversation —persiffla Dimitri.

—Tu empêcheras les Brimbella d'entrer sur mon territoire via Sienna. Bien qu'Enrico n'ait pas les compétences nécessaires, pour le moment, pour mener les affaires de sa *famiglia*, il est beau garçon. Il n'aura pas besoin d'argent pour conquérir une femme alors que son physique parle pour lui. Je ne connais pas Sienna, mais le fils de Joe a une réputation de *Don Juan*, et je doute que ce soit à cause de son habileté à manier les armes —dit Anksel avec ironie. Protéger mon territoire des Brimbella sera ma récompense. Et toi, tu pourras avoir un héritier. Si tu veux divorcer, ça ne regardera que toi, et avoir la garde de l'enfant ne sera pas bien difficile au vu de tes relations. Les *capos* grecs et italiens ne sont pas des ennemis, et il n'y a aucune raison pour que la Cosa Nostra sache que nous avons eu cette conversation.

—Qu'est-ce qui te garantit que je n'enregistre pas cette conversation? Après tout, étendre mon territoire ne me ferait pas de mal.

—Tu es plutôt intelligent Dimitri, et je sais que tu tiens à ta peau.

—J'espère que ce n'est pas une menace, parce que je n'ai pas peur, et j'ai déjà perdu une grande partie de mon après-midi à écouter tes commentaires.

Le fait qu'Anksel ait voulu le coincer de cette façon l'exaspérait. Sa patience était à bout.

—Mettons carte sur table.

—C'est ta fille, ça ne te dérange pas que je la jette comme n'importe quelle femme quand je me lasserai d'elle ou qu'elle m'aura donné un héritier? Un héritier qui, d'ailleurs, serait grec et non italien dans le cas où avoir un descendant m'intéresserait. De plus, tu n'aurais aucun droit sur lui ni sur son héritage.

Anksel haussa les épaules, puis saisit sa canne, qui était plus une arme qu'une aide à la marche, et observa le jeune leader.

—Sienna est un prénom et un visage. Point. Bien sûr, c'est une très belle femme, mais, même si ce n'était pas le cas, le sexe n'a pas besoin de beauté quand il s'agit d'assouvir des pulsions —dit Anksel avec cruauté. Il n'y a pas d'affection paternelle de mon côté ni d'intérêt à la cultiver. Cependant, le fait que la Cosa Nostra ait aussi connaissance de l'existence de cette fille transforme complètement cette affaire. J'ai déjà des enfants et des petits-enfants. Je n'ai pas besoin de membres supplémentaires dans ma *famiglia*. Épouse Sienna, empêche les Brimbella de forger des liens de sang avec moi à travers elle, et ensuite, quand tu seras fatigué, tu seras libéré de ta dette envers moi.

—Est-ce tout? —demanda Dimitri avec ironie.

Un sourire lugubre et sinistre se dessina sur le visage du tyran calabrais.

—Ta dette sera remboursée quand Sienna portera ta bague au doigt ou ton enfant dans son ventre. Peu importe ce qui arrivera en premier. Mais il faut que tu rendes cette histoire crédible. Le moindre soupçon nuirait à la paix entre *famigli*.

Dimitri leva un sourcil.

—Le mariage doit durer au moins trois mois.

—Me marier est une chose, mais accepter une durée imposée comme condition supplémentaire implique une rétribution de ta part.

—Tu me demandes plus que je ne pourrais te donner —grimaça Anksel.

—Tu pensais peut-être que j'accepterais toutes tes conditions sans rien dire? —demanda Dimitri en bougeant la tête avec condescendance.

—Je ne serais pas là si c'était le cas —répliqua Anksel en serrant sur le manche de la canne ses doigts abîmés par tant de vices, d'armes et de vie dissolue.

—Tu fais bien...

—Alors, quel est ton prix pour rester marié trois mois? —demanda Anksel à contrecœur.

—Je veux que tu investisses 250 millions de dollars dans une société.

Anksel fronça les sourcils.

—Peux-tu détailler ta proposition?

—C'est une société de production de navires marchands et d'hélicoptères pour la Méditerranée. Bien sûr, je serai l'associé majoritaire, avec un investissement de 400 millions de dollars pour mettre en place l'infrastructure du système de production de fer. Personne ne pourra jamais avoir de vote décisif dans mon business, personne.

—Ca implique le transfert de substances interdites? —demanda Anksel avec prudence.

—Il n'y a rien d'illégal dans mon business —répliqua Dimitri avec désinvolture. Je respecte les règles et les protocoles, je choisis les marchandises à expédier d'un port à l'autre. L'investissement utilisé, je te rembourserai. Ensuite, tu resteras hors du marché.

Le montant que Dimitri lui demandait était une bagatelle, mais Anksel ne voulait pas prendre le sujet à la légère. Par ailleurs, il était impératif pour l'Italien de poursuivre son plan. Ce Grec colérique était le seul capo qui n'avait pas d'intérêts en conflit avec les siens.

—Au bout de trois mois de mariage, ou si Sienna tombe enceinte, je signerai le contrat. Les détails seront négociés au moment de la signature, en présence de nos avocats respectifs, bien sûr. Pour moi, le plus important est de me débarrasser de l'inconvénient que représente Sienna sur mon territoire si Enrico est le premier à la trouver. Tu choisis la stratégie que tu veux appliquer —dit Anksel en tendant la main. Nous avons un accord?

Dimitri avait envie de le frapper. Ce putain d'Italien lui avait gâché la journée, mais au moins il venait de trouver un investisseur pour consolider son expansion en tant que leader de Péchés Sanguinaires. Il avait assez d'argent, bien sûr, mais l'idée de prendre quelques millions à ce gros bonnet pour avoir essayé de lui dicter comment il devait gérer son temps avec une femme, lui procurait une grande satisfaction.

—Tu as ma parole, Anksel. C'est mon affaire à partir de maintenant.

—Je t'enverrai les dossiers que j'ai compilés sur Sienna, même si j'imagine que tu feras ta propre enquête.

—Bon retour —dit Dimitri en guise de réponse.

Il lâcha la main d'Anksel. L'homme était froid comme un reptile. Il ne le blâmait pas, parce qu'il était de la même espèce.

—Tu entendras parler de moi en temps voulu.

CHAPITRE 1

Après d'interminables heures passées en tant qu'assistante personnelle du PDG des galeries ArtDm, ses références professionnelles étaient enfin utiles. Le prêt bancaire que Sienna avait demandé pour acheter sa première voiture était approuvé. Elle ne souhaitait rien de plus que de quitter le bureau pour finaliser le dossier, mais elle avait encore du travail à finir, notamment régler les détails du cocktail d'ouverture de l'exposition de ce soir-là. Il s'agissait d'un jeune artiste de Cornouailles qui dévoilait ses créations picturales au public.

Elle regarda l'horloge murale de son bureau. Dans trois heures, elle commencerait ses heures supplémentaires et superviserait l'événement. Son salaire était élevé quand ce genre d'activité se produisait. Cela compensait les longues journées sous les ordres d'un homme aussi exigeant qu'Anthoine Luxor.

Le mari d'Anthoine, Hugo, était le plus détendu et le plus amusant du couple. Il voyageait régulièrement pour superviser les succursales de l'entreprise. Il y en avait une à Manchester et une dans le Derbyshire. Sienna avait assisté à d'innombrables dîners à la villa du couple à Notting Hill, car Londres était le siège de la compagnie. Elle connaissait le cercle le plus élitiste du milieu de l'art. Ce n'était pas des soirées particulièrement agréables, parce que flatter les egos n'était pas très motivant, mais elle y apprenait toujours quelque chose de nouveau, et elle s'y amusait parfois. De plus, elle se faisait des contacts qui serviraient ses ambitions: elle voulait, à l'avenir, devenir sculptrice à plein temps.

Elle ne vivait pas à Londres, et le trajet direct de la gare de Waterloo à sa maison de Winchester était agréable, mais fatigant après une journée de travail. Elle ne faisait pas toujours de longues journées, et parfois elle avait même l'occasion de sortir et de se distraire, en faisant une course dans les environs. C'est ainsi qu'elle avait découvert des endroits secrets et fascinants de la capitale.

Elle appréciait que les Luxor lui paient le taxi quand elle devait rester après l'heure de son dernier train pour des raisons professionnelles. Elle savait que c'était un luxe que peu, voire aucune entreprise n'offrait aux employés. Une fois, les Luxor lui avaient même proposé de rester chez eux car une soirée s'était prolongée jusqu'à deux heures du matin. Mais Sienna avait refusé avec amabilité.

Elle préférait l'ambiance paisible qu'elle trouvait dans la petite maison dont elle avait hérité à la mort de sa mère, Terry, il y a sept ans, et dans laquelle elle vivait avec sa grand-mère, Margareth. La vieille femme racontait des tas d'histoires qu'elle construisait à partir des souvenirs qui semblaient aller et venir selon la volonté d'Alzheimer. Sienna payait une infirmière pour s'occuper de sa grand-mère, car elle ne voulait pas la laisser dans une maison de retraite.

En fait, elle avait investi beaucoup d'argent pour construire dans le jardin une petite maison d'hôtes confortable et sécurisante pour Margareth. La seule chose qui empêchait Sienna de vendre sa maison, c'était cette vieille dame qui s'était toujours occupée d'elle et lui avait donné tant d'affection.

Pour Sienna, travailler à Londres était source d'intérêt et d'apprentissage. Les musées, l'histoire, les rues, les boutiques, les quartiers secrets qu'on ne peut connaître qu'en passant suffisamment de temps à flâner, les pubs, les monuments... Pour Sienna, Londres était une porte ouverte sur de nombreuses opportunités professionnelles.

—Sienna —appela Candie, la réceptionniste. La représentante du nouveau traiteur est arrivée, elle apporte la facture que tu lui as demandée, et tout le menu pour le cocktail est prêt. Tu veux que je la fasse monter dans ton bureau ou dans la salle de réunion?

—Dis-lui de m'attendre dans la salle de réunion et que j'arrive dans cinq minutes, s'il te plaît. Ah, et n'oublie pas que sans badge, on ne peut pas entrer dans le bâtiment. Aujourd'hui, c'est une soirée spéciale, et il y aura beaucoup de médias spécialisés en raison du thème de l'exposition.

—Les Indiens d'Amérique et leur transition de la vie traditionnelle à la vie moderne —répliqua Candie.

Tous les collaborateurs de l'entreprise sans exception devaient connaître à la lettre les activités en cours. Il y aurait une pénalité élevée si un invité ou une personne intéressée par un achat d'art posait une question et que l'employé questionné ne savait pas répondre.

—Exactement. Si tu peux rester pour le cocktail, je pense que tu aimeras beaucoup rencontrer l'artiste en personne. C'est un garçon avec une vision intéressante de l'histoire.

—Je vais essayer —dit Candie.

—Bien.

Les précautions n'étaient pas superflues, en particulier lorsqu'il s'agissait d'œuvres d'art en exposition permanente, qui pourraient être cotées sur le marché noir pour le triple de leur valeur réelle. Il était donc impératif pour Sienna de faire une inspection complète, par téléphone ou personnellement, avec les principaux employés impliqués dans chaque exposition ou événement public. Les systèmes de sécurité étaient synchronisés et utilisaient les technologies des plus modernes.

Sienna saisit la tasse de café à moitié consommée sur son bureau, et finit le contenu sucré en quelques gorgées. Quelques heures s'écoulèrent avant qu'elle ne termine tous ses dossiers en cours. Une heure avant le début de la soirée, elle s'approcha de la petite salle de bain contigüe à son bureau. Ce n'était pas très grand, mais parce que les propriétaires connaissaient de bons designers et des experts en matière de décoration, les pièces de toutes les succursales d'ArtDm étaient optimisées et confortables.

L'un des avantages supplémentaires de son poste était d'avoir un endroit où elle pouvait se doucher, changer de vêtements, et être prête à faire face à toute activité imprévue. Les événements, les dîners et les voyages qu'elle organisait pour les Luxor, ainsi que son agenda au sein de l'entreprise, l'avaient poussée à faire appel à un service de location de vêtements. C'était la seule façon de faire face à toutes les occasions qui exigeaient des tenues spécifiques. Sienna ne pouvait pas aller jusqu'à Winchester pour se changer ou dépenser une fortune sur Oxford Street. Les Luxor payaient la location de tenues, il ne pouvait en être autrement.

Dans les locaux d'ArtDm, Sienna était toujours impeccablement habillée. Elle prenait soin de son image et arborait de coûteuses marques de vêtements. Quand elle rentrait à la maison, elle se mettait en jean et baskets. Elle aimait le confort, et si les circonstances n'avaient pas été si complexes, elle se serait consacrée à sa passion: la sculpture. Malheureusement, elle devait finir de payer l'hypothèque de la maison, et sans les revenus réguliers d'un emploi à temps plein, c'était impossible. De plus, elle devait payer l'infirmière de sa grand-mère, parce que Margareth dépendait d'elle.

Un appel à la porte de son bureau arrêta le cours de ses pensées. Elle finit de se brosser les dents, et elle sortit rapidement.

—Sienna —dit Anthoine, la voix tendue —j'ai besoin que tu viennes à mon bureau dans quinze minutes.

Elle haussa les sourcils parce qu'elle perçut de la rigueur dans sa voix, alors que d'habitude il était plutôt charismatique.

—J'espère que, comme toujours, tout est prêt pour l'exposition de ce soir.

—Bien sûr, j'étais sur le point de changer de vêtements, puis de descendre et de vérifier que tout se passait comme prévu pour l'artiste, et pour toi.

C'était plutôt rare qu'elle aille à son bureau, car il avait l'habitude de l'appeler ou de lui envoyer un courriel. Dernièrement, Anthoine était rentré assez contrarié de réunions auxquelles il ne l'avait pas conviée. Elle mentirait en disant qu'elle n'était pas curieuse. Les Luxor possédaient d'autres entreprises qui n'avaient rien à voir avec l'art, alors elle préférait se concentrer sur les questions pour lesquelles elle recevait un salaire généreux.

—Bien, je te vois dans un moment —dit Anthoine en écartant la main de la poignée de la porte.

Sienna se leva et ajusta le revers de sa veste. Elle avait l'habitude de porter un tailleur tous les jours: chaussures à talons hauts, jupe, haut en soie de couleur selon sa préférence du jour, et une veste assortie. Son temps était chronométré, et la convocation d'Anthoine lui paraissait inhabituelle, d'autant plus qu'il avait l'habitude d'être super organisé et méticuleux. Même les événements inattendus avaient déjà été planifié dans la tête de son patron avant qu'ils ne se produisent, mais il ne les lui communiquait pas jusqu'à ce qu'il soit sûr de vouloir s'en occuper ou de les organiser. « La subtilité de l'art et de ses adeptes ».

—Tu as besoin que j'apporte quelque chose en particulier? —demanda-t'elle.

Elle le tutoyait car c'était ce qu'il préférait, tout comme Hugo. L'homme passa sa main dans les cheveux emmêlés, puis répondit par la négative.

—Fais en sorte d'être moins frontale pour cette fois, Sienna. J'apprécie ton honnêteté, mais je ne voudrais pas qu'il y ait de malentendu, aujourd'hui plus que jamais. J'ai peu de temps, et il y a beaucoup en jeu. C'est une occasion importante sur laquelle Hugo et moi avons travaillé ces trente derniers jours.

Elle inclina légèrement la tête, appuya sa hanche contre le bureau et croisa les bras.

—Je ne comprends pas... Je n'avais plus de point à l'ordre du jour.

—C'est une affaire que j'ai menée avec Hugo, sans tierce partie. Je sais combien tu fais pour l'entreprise, mais il s'agit d'autre chose. Dans quinze minutes, tu dois être dans mon bureau, Sienna. D'accord?

—Je... —réussit-elle à répliquer quand la porte vitrée se referma.

Elle poussa un soupir, résignée, et baissa les bras. Son patron était plein de surprises, alors elle allait essayer de contourner les vagues en fonction du courant. Sienna avait toujours été capable de relever les défis lancés par Anthoine.

La robe bleu foncé pour l'événement attendait déjà derrière la porte, et le maquillage était offert gracieusement sur le budget annuel d'ArtDm pour l'assistante personnelle du PDG. Un maquilleur professionnel était venu la voir au bureau et lui avait placé un serre-tête sur les cheveux pour mettre en valeur ses pommettes hautes et ses lèvres sensuelles. Ses yeux verts étaient bordés de noir, et des ombres dorées et rose brun sur ses paupières rendaient son regard plus vif et plus intense. Elle avait juste une touche légère de gloss cacao sur les lèvres pour ne pas souiller ses vêtements en les mettant ou les enlevant.

Travailler dans le luxe et l'art lui donnait accès à des privilèges que d'autres emplois n'offraient pas. De ce point de vue, elle était chanceuse. Sienna sortit ses chaussures à talons du sac noir dans lequel elle les avait rangées et les mit. Elle tourna sur elle-même devant le miroir. Elle appréciait que la robe couvre ses courbes avec précision. Elle mesurait un mètre soixante-huit, et le tissu de soie lui donnait une silhouette élégante et sensuelle. Ce soir-là, elle se sentait particulièrement optimiste. Le lendemain, elle aurait une voiture!

Elle voulait terminer rapidement la réunion imprévue dans le bureau d'Anthoine, et ensuite descendre dans la salle principale pour faire le travail qui, bien qu'épuisant, lui plaisait. Un jour, ce serait elle qui serait de l'autre côté. Un jour, elle serait l'artiste montrant ses sculptures à un public averti qui saurait les apprécier.

Elle se parfuma avec une touche de J'Adore, et éteint les lumières du bureau.

En général, les expositions et les vernissages s'achevaient tôt, ce qui lui laissait amplement le temps d'arriver à la gare sans encombre. Cette fois, elle n'aurait aucun problème à prendre le dernier train qui partait de Waterloo à 22h35. Pour le moment, elle avait juste besoin d'un de sourires et de charme pour faire face à la soirée.

―Bonsoir ―dit Sienna, en ouvrant la porte du grand bureau des Luxor.

Anthoine était avec un visiteur, et comme les volets du bureau étaient fermés, elle ne pouvait pas voir qui était la personne en question. Peu importe. Elle imaginait que c'était un sponsor financier pour les artistes qu'ils exposaient. Certains des mécènes avaient un œil imbattable, au-delà des capacités de Luxor, pour reconnaître un talent potentiel. Ils réussissaient ainsi à s'enrichir quand l'artiste en question travaillait pour eux. C'était une bonne affaire pour toutes les parties concernées.

―Je suis heureux que tu sois là ―dit Anthoine sur un ton réservé. S'il te plaît, assieds-toi.

Elle fronça les sourcils.

—C'est un moment important pour la société, Sienna, et en tant qu'assistante personnelle, tu es la première collaboratrice à apprendre une nouvelle aussi importante pour ArtDm.

Elle trouvait curieux que l'inconnu ne se soit pas manifesté. Il continuait à lui tourner le dos. Il la regarda de travers quand elle s'assit sur la chaise voisine. Il avait un profil ciselé, anguleux et très masculin. En tant que sculptrice, elle visualisait dans son esprit comment dessiner n'importe quelle forme, et elle pouvait affirmer qu'essayer de reproduire ce profil masculin serait un défi.

—Merci Anthoine —murmura-t-elle d'un ton prudent, bien que la tension qu'elle percevait chez son patron ne lui paraissait pas de bon augure. Que se passait-il?

Son cœur se mit à battre très vite, et elle ne savait pas pourquoi. L'espace dans lequel elle se trouvait était immense, et pourtant elle avait l'impression d'être dans une minuscule cellule où tout l'oxygène était absorbé par une force inexplicable. Elle essayait, en vain, de donner un sens à la façon dont son corps réagissait à quelque chose d'aussi banal que la visite d'un inconnu.

—Je veux que tu rencontres M. Miklos Constinou —dit Anthoine en regardant le visiteur. C'est le nouveau propriétaire de l'entreprise que j'ai dirigée avec Hugo pendant des décennies. Nous avons conclu l'affaire il y a deux jours, et aujourd'hui, nous avons signé les documents qui le nomment propriétaire et lui donnent possession de la société. Il répondra aux questions du personnel et des artistes qui entretiennent un lien étroit avec nous. Je t'ai convoquée, parce qu'ayant travaillé directement avec moi, tu es la mieux placée pour donner à M. Constinou les informations dont il a besoin pour se familiariser avec ArtDm.

Quand l'incrédulité se figea sur le visage de Sienna, ce Miklos se tourna pour l'observer. Il ne fit pas de geste qui aurait laissé entendre qu'il était une personne chaleureuse ou aimable comme l'avait fait Anthoine le jour où il l'avait embauchée. C'était tout le contraire. La froideur des ces yeux bleus l'affola. Sienna essaya d'amener de l'air dans ses poumons, mais jamais une tâche aussi simple ne lui parut si compliquée. Elle s'éclaircit la gorge. Elle ne croyait pas aux intuitions, mais à l'instant T, elle était prête à reconsidérer sa position. Tous ses sens semblaient éveillés et la poussaient à se lever pour s'éloigner le plus loin possible de cet homme qui lui tendait la main.

—On m'a donné d'excellentes références sur votre travail, mademoiselle...

—Sienna Farbelle —compléta-t'elle en serrant la main qu'il lui présentait.

Elle feint le calme, même lorsque l'électricité qui traversa ses doigts la poussa à écarter ses mains immédiatement. Elle se retint à peine. Donner l'impression qu'elle était effrayée, sans raison apparente, renverrait une mauvaise image. L'idée de perdre la maison de sa mère si elle n'était pas en mesure de payer les frais de l'hypothèque, et de laisser Margareth sans les soins dont elle avait besoin, lui semblait atroce. Si cet homme, dont elle n'avait jamais entendu parler dans les milieux artistiques du pays, décidait de se passer de ses services, alors elle allait devoir faire face à de graves problèmes.

Ses économies lui permettraient de survivre deux mois, mais que ferait-elle ensuite de sa vie? Même la possibilité d'exposer ses sculptures semblait s'évaporer. Pourrait-elle montrer son travail en toute confiance à cet homme? Comment pouvait-elle savoir s'il était un connaisseur d'art ou un simple entrepreneur sans vision artistique? À quel moment les Luxor avaient-ils décidé de mettre la société en vente? Tant de questions, et aucune réponse.

La décision des Luxor lui paraissait abrupte et incohérente avec le rythme de croissance de l'entreprise. Le pire, c'était que la presse spécialisée était sur le point d'arriver à l'exposition ce soir-là, et elle avait besoin de réfléchir à la façon dont elle allait annoncer que la société appartenait maintenant à quelqu'un d'autre. A un inconnu.

—À partir de lundi, j'aurais besoin que vous rassembliez tous les employés et que vous organisiez une visioconférence pour ceux qui sont en dehors de Londres. Je veux qu'ils apprennent de ma bouche et non par la rumeur, en quoi consistera le travail dans cette entreprise désormais —dit-il d'une voix ferme, et aussi douce qu'un chocolat chaud.

Elle laissa retomber ses doigts seulement quand il eut fini de parler. Elle tourna son attention vers Anthoine, comprenant que le temps que l'inconnu venait de lui consacrer suffisait pour lui.

—Bien sûr —répliqua Sienna avec un sourire affable, le genre d'attitude qu'elle adoptait en public ou face aux personnes qui empoisonnaient son existence. Cela signifie-t'il que je vais pouvoir garder mon emploi? —demanda-t'elle sans détour.

Elle n'allait pas accepter de s'inquiéter en attendant que cet homme décide de son sort en tant qu'assistante personnelle. Soit il la renvoyait maintenant, et elle commençait à rechercher frénétiquement un autre poste dans une autre compagnie, soit il lui disait qu'elle pouvait rester le temps qu'elle voulait chez ArtDm.

Miklos esquissa un demi-sourire. Si l'on pouvait l'appeler ainsi, car Sienna y voyait plutôt une grimace agaçante. Comme si elle n'avait pas le droit d'avoir une opinion. « Mauvais début, monsieur Constinou, mauvais début ». Il était clair que le tutoiement et les traitements de faveur allaient disparaître du bureau à partir de maintenant, et c'était dommage.

—Cela signifie, Mlle Farbelle, que vous ferez ce que je vous dis à partir de lundi —répondit-il d'un ton indifférent.

Il détourna ensuite le regard pour observer son interlocuteur initial. Le message était clair: il n'avait plus rien à dire à une subalterne. Sienna compta mentalement jusqu'à deux avant de parler.

—Puisque c'est le cas, M. Constinou —dit Sienna, en fixant le regard bleu tandis qu'Anthoine faisait une brève négation de la tête qu'elle ignora, je vous informe que nous sommes vendredi et que je suis sous les ordres des Luxor. Je voudrais juste savoir si je dois suivre vos instructions en vertu d'un nouveau contrat de travail ou en tant qu'assistante personnelle du PDG d'ArtDm sur le point de passer le poste à quelqu'un d'autre.

Si la situation avait été différente, et elle, un homme, Dimitri lui aurait cassé le nez pour avoir osé lui parler de cette façon ou même avoir osé lui poser des questions alors qu'il était évident qu'il ne voulait pas poursuivre le dialogue et ne l'avait pas invitée à le faire. Dimitri acceptait que cette femme ait des couilles, mais elle était sur un terrain dangereux. Puisque Sienna Farbelle était magnifique, coucher avec elle pendant un certain temps, profiter de son corps, puis le jeter pour un autre, ne serait pas un problème.

Constater que Sienna était une femme forte, défiante, le stimulait... Il n'y avait rien de plus satisfaisant que de briser la volonté d'une personne apparemment forte. Il avait déjà observé les courbes de cette femme sur les photos, sous tous les angles possibles, parce qu'il ne faisait pas de demi-travail.

Jamais une personne du sexe opposé n'avait réussi à capter son intérêt pour plus de quelques nuits. Cette occasion ne devait pas être différente. Les chatouillements qu'il avait ressentis sur ses mains à l'idée de déshabiller Sienna et de voir ce que cachait cette putain de robe l'avaient excité. C'était une réponse très primaire qu'il n'avait pas expérimentée depuis longtemps.

Il désirait toucher de ses mains la chaleur de son corps, sucer ses seins pour en connaître la saveur, lécher ses plis intimes et la soumettre à sa volonté. Peut-être que cette nuit-là, et jusqu'à ce que le moment soit venu, Dimitri pourrait imaginer que la femme qui l'attendait dans son hôtel et qu'il baiserait tant qu'il le voulait, était Sienna. Ainsi, les nuits des mafieux à Londres seraient très calmes, du moins jusqu'à ce que la femme qui devait devenir la sienne trouve le seul endroit où Dimitri voulait lui consacrer du temps: son lit.

Il sourit pour lui-même. Il était surpris que la fille de Farbelle n'arrive pas à lire la terreur dans les yeux de ce crétin derrière le bureau. Luxor était un imbécile avec un ego trop élevé pour comprendre que son temps sur Terre était compté, surtout s'il tentait de détruire son existence comme ce bon à rien d'Hugo. Le couple avait essayé de faire de la contrebande d'art entre la Grèce et New York, dans l'intention de faire entrer des marchandises sur le territoire sans payer la redevance correspondante. La pénalité était simple: Hugo avait un orteil en moins à chaque pied. Selon Dimitri, la mutilation était efficace parce qu'elle créait une psychose de terreur, et les coupables réitéraient rarement la même erreur. Dommage que les Luxor n'aient pas eu le sens de la survie, ou qu'ils aient cru que lui, parce qu'il était loin du Royaume-Uni, n'allait pas sévir. Leur deuxième tentative pour éviter la taxe avait eu lieu il y a un mois, quelques jours après la visite d'Anksel à Manhattan. L'opportunité était tombée à pic pour Dimitri.

Il offrit d'épargner la vie des Luxor si ceux-ci lui vendaient la compagnie pour la modique somme de dix mille dollars. Bien sûr, ce n'était pas une demande. Ils furent tous les deux horrifiés, mais Dimitri eut la générosité de leur consacrer du temps pour leur expliquer que c'était le montant équivalent à l'impôt qu'ils devaient payer pour chacune des quarante pièces d'art qu'ils avaient essayé d'introduire entre Santorin et la Crète. Il leur assura que s'ils refusaient son offre généreuse, ils devraient commencer à écrire leurs épitaphes.

Une semaine après une conversation téléphonique fructueuse, incluant des avocats, la société qui valait plus de dix millions de livres sterling, appartenait à Dimitri pour seulement dix mille dollars. Il avait décidé d'utiliser son deuxième prénom, Miklos, pour se présenter à Sienna. Les Luxor étaient au courant, mais ils savaient qu'il valait mieux garder le silence jusqu'à ce que Dimitri décide autre chose. Ils avaient déjà perdu la compagnie. Ils ne voulaient pas mourir et que leurs homicides non élucidés fassent la une des informations.

—Est-elle toujours aussi insolente? —demanda Dimitri, dévisageant Sienna de haut en bas.

—Ne confondons pas honnêteté et insolence, M. Constinou.

Dimitri fronça les sourcils. Il regarda Anthoine, et celui-ci ajusta le col de sa chemise comme s'il était soudainement trop serré.

—La société aura besoin d'avoir une personne qui comprend comment les postes de management sont gérés dans les galeries —déclara Dimitri sans trop d'intérêt.

Anthoine hocha simplement la tête. Que pouvait dire ce pauvre diable, si la mafia grecque avait maintenant le contrôle de sa vie, et possédait son entreprise?

—Alors —dit Dimitri en regardant Sienna, Mlle Farbelle peut vaquer à ses occupations. Je crois savoir qu'une exposition est sur le point d'avoir lieu.

—Tout à fait —répliqua Sienna avec prudence en se levant.

Elle remarqua que sa tête atteignait la hauteur de l'épaule de Miklos Constinou. Il était très grand, très intimidant, et ce n'était pas juste qu'il soit en plus ultra séduisant. Elle n'allait pas être une de ces femmes qui se pâment devant un visage que la nature avait gâté, sauf si sa survie financière dépendait de ce spécimen masculin.

—J'aimerais que vous me montriez comment vous faites votre travail. Peut-être que les idées que j'ai en tête pour ces galeries pourraient se concrétiser bientôt —mentit-il.

Il voulait juste comprendre comment l'esprit de Sienna fonctionnait. Il avait un talent particulier pour déchiffrer les autres. Cela lui permettait de mieux travailler. Elle hocha la tête avec soulagement. Elle se dit qu'elle jugeait peut-être Miklos un peu hâtivement.

—Je suis sûre que je peux vous aider à exécuter votre plan pour la société, M. Constinou. J'imagine qu'il concerne l'art abstrait —dit-elle doucement, conscient qu'Anthoine l'observait avec inquiétude.

Elle se concentrait pour ne pas laisser la force qui émanait de Miklos l'affecter.

—L'exposition d'aujourd'hui est très importante. La thématique...

—Que ce soit important ou pas, c'est moi qui le décide —l'interrompit-il, sa voix résonnant comme un fouet dans le silence du bureau.

Sienna et Miklos sortirent du bureau.

—Maintenant, si vous voulez que je ne reconsidère pas l'idée de vous virer, arrêtez de parler et commencez à gérer le temps efficacement.

Sienna s'arrêta brusquement quand ils arrivèrent à l'ascenseur. Elle se tourna pour le regarder.

—Vous pouvez me virer, mais former un autre professionnel qui a les connaissances que j'ai acquises en vingt-quatre mois dans ces galeries vous coûtera beaucoup plus en temps et en argent que de me garder. J'imagine qu'un homme qui a acquis un conglomérat de plusieurs millions de livres sait combien ses ressources sont importantes.

Dimitri haussa un sourcil.

—Vous essayez de me dire que vous êtes indispensable?

Elle haussa les épaules. Elle aurait aimé descendre les escaliers, au lieu d'attendre l'ascenseur, car elle aurait au moins eu la possibilité de s'éloigner le plus possible du magnétisme rayonnant de Miklos.

—Je n'essaie pas de vous dire quoi que ce soit qui ne soit une certitude —répliqua-t-elle.

Lorsque les portes de l'ascenseur se fermèrent, Dimitri s'approcha d'elle. Elle recula jusqu'à avoir le dos contre le mur d'acier.

—Vous n'avez pas besoin de me combattre. Je comprends que votre loyauté envers les anciens propriétaires et votre surprise d'apprendre ce changement de direction, mais ne confondez pas les rôles. Je suis votre patron à partir de maintenant, et si je veux votre avis, je vous le demanderai. Tout changement est une leçon, et la vôtre en cette occasion consiste à oublier votre loyauté envers des dirigeants qui ont été remplacés.

—M. Consti...

Il s'approcha davantage de Sienna, et baissa le visage jusqu'à ce qu'elle n'eut d'autre choix que de le regarder. Elle était si proche qu'elle pouvait observer les petits éclats brillants éparpillés dans le bleu intense de ses yeux. La cicatrice qui commençait sur le menton de Miklos éveilla sa curiosité, et elle eut la tentation soudaine de tendre la main pour la parcourir. Elle associa son ressenti à celui de la princesse Aurora quand elle vit briller la pointe de l'aiguille sur la roue qui lui fit finalement perdre conscience.

Dans ce cas, elle savait que si elle touchait Miklos, elle courait le risque de perdre son travail, et c'est donc toute une partie de sa vie qui s'effondrerait. Les idées qui surgissaient en Sienna, devant une personne qu'elle venait juste de rencontrer, lui faisaient peur. Jamais un autre être humain n'avait créé autant d'émotions chez elle en si peu de temps. Peut-être était-ce dû au manque de sommeil ou au stress de l'événement qui se déroulait à l'étage inférieur de l'immeuble. C'était la seule justification qui lui venait à l'esprit.

—Acceptez qu'à partir de maintenant, votre vie sera différente... dans cette compagnie —l'interrompit-il.

Ensuite, il s'écarta. Sa déclaration avait un double objectif, et Sienna ignorait complètement le rôle qu'elle allait jouer dans peu de temps. Ce jeu de mots rendait tout ce scénario plus supportable pour Dimitri.

CHAPITRE 2

Ce n'était pas son habitude de réagir comme elle l'avait fait dans le bureau qui appartenait désormais à Miklos Constinou. La nouvelle de la vente de la société l'avait prise au dépourvu. Elle était surprise de ne pas avoir été informée avant. Elle ne s'attendait pas non plus à ce que les Luxor lui rapportent tous les détails de leurs réunions externes, mais la vente des galeries était certainement le type d'informations qu'un PDG communiquait à son assistante personnelle.

Elle se sentait un peu stressée, et n'aimait pas du tout cette sensation, à part quand elle avait un événement à organiser. De plus, l'expression calculatrice et distante de ce Miklos l'inquiétait. Elle était certaine que ce visage séduisant et un peu intimidant cachait quelque chose de dangereux. Son instinct lui criait de sortir le plus vite possible de l'immense salle d'exposition sans se retourner. Elle avait besoin de mobiliser toute sa volonté pour continuer à gérer la soirée, parce que son avenir dans la compagnie était sur la corde raide. Il ne lui restait plus qu'à affronter les prochaines minutes avec professionnalisme.

Elle était la source d'information la plus fiable pour comprendre les décisions prises par la direction d'ArtDm. La renvoyer serait une erreur, mais cela ne dépendait pas de son bon vouloir. Peu importe ce qui se passerait dans un futur proche, en ce qui concerne sa carrière, elle trouverait sûrement un moyen de retomber sur ses pieds.

Sienna n'avait pas l'intention de passer une minute de plus que prévu dans la galerie une fois la soirée terminée. La dernière chose qu'elle voulait, c'était se retrouver seule avec Constinou. Elle avait besoin d'espace et d'oxygène: ce grec semblait capable de tout absorber, par sa seule présence. Il était l'un des rares hommes à pouvoir dominer tout l'environnement dans lequel il se trouvait avec une étonnante aisance. Elle n'était pas du genre à agir impulsivement, et elle était surprise d'elle-même.

—Je veux qu'on la suive —dit Dimitri avec discrétion quand un de ses gardes du corps, mêlé aux invités de la soirée, s'approcha. Peu importe où elle va. J'attends un rapport complet. Si vous voyez un de ces journalistes agaçants qui me tournent autour, repoussez-les. Sans attirer l'attention. C'est clair, Frisco?

L'homme à la barbe foncée hocha la tête, avant de se mêler à nouveau à la foule. Il travaillait chez Constinou Security depuis trois ans. De toute l'équipe, c'était lui le meilleur pour approcher des tiers sans leur faire comprendre qu'ils étaient en danger s'ils ne suivaient pas ses instructions.

Dimitri ne comprenait pas que tant de personnes assistent à ce genre d'événements, en particulier lorsque l'exposant était inconnu au bataillon. Il n'était pas un expert dans ce genre de sujet, mais au fil des années, il avait eu l'occasion de s'engager dans des voies où l'art produisait de l'argent. C'est peut-être pour ça qu'il avait un Degas dans le salon de son penthouse à Manhattan, et un Carvalho dans son manoir en Grèce.

Dimitri observait la façon dont Sienna se débrouillait. Elle marchait librement, souriait quand il le fallait, semblait écouter attentivement tout interlocuteur présent dans la salle. Il étudiait la façon dont le tissu de la robe se déplaçait au rythme de ses hanches. Il ouvrit et ferma les doigts fermement, parce que l'intention soudaine de laisser sa marque sur cette chair ferme était trop intense. Contenir ses pulsions les plus primaires était étranger à sa manière habituelle de procéder. Il savait que ce ne serait que pour un court laps de temps, mais ce rappel l'ennuyait. Purée d'Anksel.

L'image que présentait cette femme curviligne à ce moment-là était différente de l'Amazone qui l'avait affronté dans le bureau des Luxor, ignorant que si elle avait été quelqu'un d'autre, elle serait déjà morte. Toute la semaine dernière, Dimitri s'était consacré à l'étude de la vie de Sienna Marie Elizabeth Farbelle.

Il était surpris qu'une femme aussi belle, dont aucune des photos qu'il avait en sa possession ne lui rendait justice, ait si peu d'amis et une vie sociale limitée par le travail. Mais il y avait un homme avec qui elle sortait depuis quelques semaines. Il représentait un obstacle pour Dimitri, qui savait très bien comment écarter les obstacles de son chemin.

—Vous faites ça souvent? —demanda-t'il en regardant le plus grand tableau de l'exposition, situé sur le mur central de la grande salle blanche et dorée.

Impossible de ne pas sentir le doux parfum féminin qui émanait de Sienna. C'était un mélange de pomme et de lavande très subtile. Attirant.

Sienna n'avait pas besoin de se retourner pour savoir qui parlait. Le fait que ses cheveux se soient dressés sur sa nuque était révélateur. Une coupe de champagne à la main, les pieds endoloris à cause des talons, et la gorge un peu sèche d'avoir tant parlé ce soir, elle tourna légèrement son visage sur le côté pour le voir.

—Vous voulez dire travailler au-delà de mes heures normales, et payée en heures supplémentaires? Oui —répondit-elle avec audace.

L'artiste de la soirée avait été très divertissant et s'était bien occupé de ceux qui s'intéressaient à son œuvre. Malgré son extrême jeunesse, Sienna voyait en lui un avenir prometteur.

—C'est bon à savoir. Une de mes certitudes, c'est que tout le monde a un prix, je suis heureux de constater une fois de plus ma théorie.

Sienna serra fermement la base de sa coupe de champagne. Elle n'avait pas l'habitude de boire, et dans ce genre d'événements, elle gardait le même verre toute la nuit. Cette soirée ne faisait pas exception.

—Pourquoi avoir acheté ArtDm? —demanda-t'elle en tournant vers l'homme à la voix sensuelle. Je n'ai jamais entendu parler de vous, et pourtant il n'existe pas une multitude d'experts. Je ne peux pas vous placer dans un courant artistique spécifique... Peut-être pourriez-vous m'aider, et me le dire, M. Constinou.

Il inclina la tête sur le côté, tout en l'étudiant. Avec la lumière de l'exposition, et en s'approchant, il pouvait voir les taches de rousseur légères éparpillées sur son nez retroussé. Il savait qu'elle était sur la défensive, qu'elle était mal à l'aise et qu'elle ne voulait rien d'autre que s'éloigner, mais Dimitri avait d'autres plans. Sienna n'avait pas le choix.

Toutes les étoiles du firmament avaient une durée de vie. Elles brillaient, s'illuminaient, ornaient le ciel, et finissaient par devenir de simples lueurs décadentes sur le point de disparaître. L'analogie idéale concernant les prochains mois de la vie de la fille d'Anksel, selon Dimitri. Il n'avait aucune raison de la haïr. Il la désirait, et bien sûr, il l'aurait.

Dimitri n'avait jamais pensé à se marier, parce que ça lui paraissait absurde. Heureusement, ce mariage-là était une farce qui allait de paire avec une date d'expiration. Au vu de l'expérience avec sa mère, il était hors de question d'avoir des enfants. Quel genre de père pourrait-il être? Quel genre d'enfant voudrait savoir que son père avait les mains tachées de sang, et que son empire était construit sur les mauvaises actions et la vengeance?

Ce mensonge ne durerait que jusqu'à ce que Sienna l'épouse, et comme il était un égoïste sans espoir, il ne pensait pas aller seul en enfer, il la traînerait à ses côtés, jusqu'à ce qu'elle soit fatiguée ou le haïsse assez pour sortir de sa vie et ne jamais y revenir. Anksel se fichait de ce qui se passait dans la vie de sa fille biologique, tant que son territoire en Angleterre était sauf, alors pourquoi Dimitri lui témoignerait-il de la considération?

Comme un magicien, il avait la capacité de transformer ce qu'il désirait en réalité, et il pouvait aussi transformer la réalité en mensonge dans le seul but d'atteindre ses objectifs. Certains le percevaient comme une personne juste, même généreuse. Il était enveloppé par le succès, adulé, craint, et respecté, mais Dimitri ne s'attachait jamais à quelqu'un en particulier.

—J'aime les affaires, et celle-ci en est une très lucrative —répondit-t'il.

Il avait besoin de contenir l'irritation que lui causaient les questionnements. Aussi loin qu'il se souvienne, il ne répondait à personne. Même les fois où il avait été arrêté, puis libéré immédiatement grâce aux gangs qui travaillaient pour des criminels en Grèce, il avait préféré recevoir des gifles des policiers plutôt que de répondre à des questions stupides.

Anksel avait agi avec audace le jour où il s'était présenté au bureau de Manhattan, non pas pour réclamer le paiement d'une vieille dette, mais pour le genre de compensation qu'il lui demandait. Même un tueur comme Dimitri avait une parole d'honneur, et Dimitri ne se considérait pas meilleur que les autres criminels. Il devait honorer cette dette.

—Même si les achats et les investissements dans le secteur de l'art ne sont généralement pas les opérations les plus rentables dans ce pays. À en juger par le ton de votre voix et votre accent, M. Constinou, vous n'êtes pas britannique, je me trompe? —demanda Sienna en buvant une gorgée de sa coupe.

Le liquide n'était plus froid. Il avait mauvais goût. Elle regarda discrètement la montre de sa main gauche. Il était encore temps d'aller à la gare et de s'acheter un café chaud.

—Je suis moitié grec et moitié américain —dit-il avec sérieux. Vous semblez très compétente en affaires —ajouta-t'il calmement. Pourquoi travaillez-vous comme assistante personnelle si vous avez la capacité intellectuelle de relever un défi beaucoup plus grand?

Elle haussa les épaules devant l'insulte à peine dissimulée.

—Chaque personne choisit ce qui lui convient, et travailler pour les Luxor a été une source d'apprentissage intéressante pour moi. M. Constinou, y a-t-il une raison particulière pour laquelle vous êtes venu me voir? J'aimerais vous dire que je peux vous aider, mais je dois clôturer l'événement, et j'aime être productive pendant mes heures de travail, même les heures supplémentaires.

Dimitri esquissa un demi-sourire, et Sienna passa inconsciemment sa langue sur ses lèvres, les humidifiant. Il l'observa. Comme si elle avait été aveuglée par des lumières intenses, elle resta statique pendant une très courte période.

—Mlle Farbelle, je ne veux pas interrompre votre travail. Je vous vois lundi prochain. J'aime le café fort, sans sucre, très noir. Je veux lire un rapport financier complet, et un résumé de toutes les expositions qui ont été faites au cours des six derniers mois. Je veux une liste de tous les employés avec leurs salaires, leurs fonctions, et une annotation s'ils ont un souscrit un prêt auprès de la société. Si je ne trouve pas tout ce que je vous demande sur mon bureau, lundi à 7h20 du matin, alors ne vous embêtez pas à sortir du lit.

Sans lui laisser le temps de répondre, il s'éloigna. Sienna ne pouvait pas accepter le fait qu'une personne qu'elle venait de rencontrer il y a moins de deux heures et demie lui cause plus de conflits avec elle-même que le volume de travail accumulé en une semaine. Elle avait vraiment besoin du répit qu'allait lui procurer ce week-end. En fait, le dîner du lendemain avec

Matteo serait idéal pour apaiser ses inquiétudes. Lundi, tout irait bien, tout serait calme, tout rentrerait dans l'ordre.

Ces dernières semaines, elle avait commencé à sortir, quand elle en avait le temps, avec Matteo Vionne, un professeur de philosophie et d'histoire à l'université. Ils partageaient la même passion pour la photographie, le cinéma et la sculpture. Ils s'étaient rencontrés lors d'une des réunions organisées par les Luxor et avaient commencé à discuter du cubisme. Ils avaient flashé l'un sur l'autre, mais elle avait gardé ses distances pendant un certain temps parce qu'elle ne laissait pas entrer facilement de nouvelles personnes dans son cercle personnel. Après la tragédie de son enfance, au cours de laquelle elle avait perdu son beau-père et son seul frère, elle avait cherché à établir le moins de liens possibles, sauf pour ceux qu'elle avait connus de toute sa vie, et ceux-ci étaient peu nombreux.

Avec Matteo, ils avaient eu quatre rendez-vous, mais il n'y avait pas d'étincelle quand ils s'embrassaient, du moins pas comme cela aurait été décrit dans un livre romantique. Parce que ce n'était pas la réalité de la vie. Il avait réussi à donner à Sienna le sentiment qu'elle pouvait lui faire confiance, et c'était beaucoup plus que ce qu'elle pouvait dire de ses anciennes amies. À vingt-quatre ans, elle n'avait pas eu une vie sexuelle dense, peut-être trois petits amis au total, mais aucun mémorable. Elle était consciente qu'elle utilisait parfois sa profession comme un bouclier protecteur, y investissant plus de temps que nécessaire. Elle ne voulait pas s'empêtrer dans des amours agitées comme celles qui avaient tourmenté sa mère.

Peut-être que son rendez-vous de samedi était le bon compromis pour elle. Avec Matteo, elle se sentait en confiance, à l'aise.

Dimitri sortit de la galerie par la porte d'urgence, ses hommes de sécurité l'attendaient. Il avait stoppé la conversation avec Sienna parce que, dans le petit casque qu'il portait à l'oreille, il avait reçu une information importante. C'était peut-être mieux comme ça, parce qu'il ne voulait pas se précipiter et gâcher ainsi le plaisir de réaliser chaque étape de ses plans. Sa maîtrise de soi était à bout. Il replaça bien son écharpe car il faisait froid.

Dès que son chauffeur lui ouvrit la porte de la Range Rover aux fenêtres teintées, Dimitri s'installa sur un siège en cuir. Il se pencha en avant, et ouvrit le compartiment qu'il avait demandé de construire non seulement dans cette voiture à Londres, mais dans toutes les villes où il avait des affaires importantes à traiter. Une précaution de plus, qui lui donnait un avantage. Toutes ses voitures étaient fabriquées avec des matériaux pare-balles et disposaient d'un système de remplacement des jantes au cas où celles-ci se rompaient ou se fissuraient.

Il sortit le pistolet et vérifia la charge. Puis il enleva sa veste, ajusta les manches de sa chemise blanche, les remonta jusqu'au coude. Il mit son écharpe noire de côté. Il ressentait le besoin d'évacuer son adrénaline, et quand ce serait fait, alors il chercherait une femme qui s'adapterait à son humeur. Rien de différent de ce qu'il avait l'habitude de faire.

—Nous nous dirigeons vers le nord-est —dit-il au chauffeur qui l'accompagnait dans tous ses voyages.

Victor travaillait avec lui depuis onze ans. Il ne prenait jamais de décisions qui ne lui appartenaient pas, et il semblait apprécier lorsqu'il assistait à l'une des visites spéciales qu'ils effectuaient. Sadique ou pas, tout ce qui comptait, c'était sa loyauté.

—Il en sera ainsi, chef —répliqua Victor en mettant la voiture en marche.

Deux autres voitures, avec quatre hommes dans chacune d'entre elle, les suivirent. Dimitri ne voyageait jamais seul. Il veillait à ce que son équipe garde ses distances, à moins que, comme cette fois-ci, il fût indispensable qu'elle soit près de lui. À Manhattan, il fonctionnait de la même manière, son but était toujours de ne pas attirer l'attention. Il avait appris que la discrétion était une arme aussi puissante que le couteau le plus tranchant.

Lorsque Dimitri apprit qu'un de ses hommes avait été égorgé dans l'une des nombreuses boîtes de nuit dont il était propriétaire à Londres, il fut furieux. Il s'entendait bien avec le chef de la zone où le meurtre avait été commis, Sandro Paloupos. Le fait d'être originaire du même pays octroyait, de temps en temps, certaines indulgences quant aux redevances, en particulier lorsque Sandro entrait dans les eaux grecques. Bénéfice mutuel. C'est pourquoi, lorsque Dimitri l'appela pour lui dire qu'il allait régler une affaire dans la zone qu'il dirigeait au nord-est de Londres, Sandro répondit très simplement: «Vas-y».

Il devait faire justice de ses mains et marquer les esprits, parce que laisser quelqu'un porter atteinte à son peuple et s'en sortir indemne n'était pas une possibilité envisageable. Nulle part. Dimitri n'allait pas déléguer cette responsabilité. Tuer n'était pas agréable, mais il le faisait au nom de la justice, de l'équité, et du respect. Il tuait parce qu'il n'avait pas d'autre issue. Parce que c'était nécessaire, pas parce qu'il avait la prétention, comme certains imbéciles, de se croire plus masculins ou plus virils parce qu'ils avaient appuyé sur une putain de gâchette. Peut-être que dans ce monde lumineux, la mort n'était régie que par un Dieu ou une croyance particulière, mais dans son monde obscur, la seule façon de faire face au quotidien était de vivre selon ses propres règles ou de tuer pour survivre.

Quarante minutes plus tard, ils atteignirent la zone périphérique de Hackney. Il y a quelques temps, Dimitri y avait engagé des discussions avec Sandro pour y organiser des combats illégaux dans des caves. Mais depuis que la police était plus fréquente dans la région, les affaires avaient cessé d'être aussi divertissantes et rentables. Sandro et Dimitri avaient donc décidé de rompre leur accord.

Corban, alors qu'il était en ville avec le groupe grec basé à Londres, avait piraté les caméras de sécurité publiques du coin, et quand le chemin fut libre, les autres descendirent Grant Lawrence. Ce n'était qu'un petit dealer de méthamphétamine, mais il avait toujours beaucoup d'ennuis: il était tellement défoncé qu'il ne savait pas pour quel camp il travaillait. Dommage —pensa Dimitri en passant la zone au peigne fin, qu'il se soit égaré au point d'assassiner l'un des siens.

Burren était savait rapidement analyser qui était susceptible d'être corrompu ou pas. Son assassinat était une pure perte pour Péchés Sanguinaires. Le Parlement britannique était aussi corrompu que la Maison Blanche. L'emplacement géographique ne changeait en rien la façon putride d'atteindre le pouvoir, de mentir effrontément, de voler en revêtant un sourire éclatant et un costume Canali sur mesure. Dimitri n'était pas hypocrite, et ceux qui le connaissaient savaient exactement ce qu'il faisait, et qu'ils ne pouvaient pas le poursuivre parce qu'il valait mieux agir en marge de la loi. Il n'était pas un politicien, et au moins, il jouait selon ses propres règles. Ceux qui faisaient appel à lui connaissaient pertinemment le pour et le contre d'une telle décision.

—Lawrence —dit Dimitri en ouvrant la porte d'un coup de pied.

Il trouva la vermine dans une maison qui avait connu des jours meilleurs, mais qui conservait une façade extérieure assez décente. Le gars écarquilla les yeux, et en le reconnaissant, il regarda de part et d'autre pour essayer de trouver la meilleure échappatoire. Mais il n'y en avait pas.

Les deux femmes qui étaient nues de la taille jusqu'aux pieds, et qui semblaient aussi gavées de substances que leur hôte, se contentèrent de monter les escaliers. Obéissant à un geste de Dimitri, ses hommes les suivirent. Il n'allait pas laisser de trace, et il préférait écouter ce que ces salopes avaient à dire avant de les laisser partir... ou pas.

Il s'approcha de Grant, l'attrapa par la chemise et le jeta contre le mur. Le Britannique mesurait un mètre quatre-vingt et pesait au moins 95 kilos avec ses muscles de lutteur. Drogué ou pas, le type fonça sur Dimitri. Quand le chef de Péchés Sanguinaires se battait, personne ne s'en mêlait, et cette fois-ci, ce n'était pas différent.

Avec des mouvements fluides, Dimitri réduisit Lawrence à néant, même s'il ne parvint pas pour autant à esquiver un coup de poing dans la figure. Il déversa toute sa force et sa frustration, jusqu'à ce que ses articulations saignent. Puis il s'écarta.

—Non, non! Attends, Dimitri —cria désespérément Grant sur le sol. Donne-moi une seconde chance, je ne voulais pas le tuer...

Il leva les mains et regarda Frisco avec effroi. Le crâne rasé, une barbe touffue, les yeux sans émotion, le type était un cauchemar ambulant.

—Il me devait de l'argent. Et... je suis désolé... écoute...

Il cracha un peu de sang et commença à ramper, mais Frisco l'attrapa par le cou.

—J'ai des informations pour toi... Attends... Des informations importantes.

Dimitri se retourna, et leva la main pour que Frisco ne tire pas, mais pas pour libérer ce ver de Lawrence.

—J'écoute.

—Av... avant —dit-il en toussant, avant de savoir que Burren volait mes commissions sur les ventes, je suis passé chez Tulette.

—Qu'est-ce que tu faisais dans ce club? —demanda Dimitri en croisant les bras.

—C'était l'endroit où Burren m'avait convoqué avant qu'il ne change d'avis et décide d'aller à quelques pâtés de maisons, dans la zone de Sandro.

Dimitri hocha la tête.

—As-tu entendu parler de Leandros Mirikiades?

—Ce n'est pas toi qui pose les questions —dit-il d'un ton menaçant.

Le reste de ses gardes du corps l'attendaient aux alentours. Et il vit du coin de l'œil que ceux qui suivaient les putes en haut étaient de retour. Sans elles.

—Bien sûr, je le sais, je le sais.

Lawrence regarda Frisco, mais celui-ci ne lâcha pas un millimètre du col de sa chemise.

—Mirikiades cherche ta sœur. Je ne savais pas que tu en avais une, Dimitri...

Cette remarque lui valut un coup de pied de Frisco.

—Merde —dit-il en se tordant de douleur.

—Continue, Lawrence —le pressa Dimitri. On ne joue pas au jeu des devinettes.

Le trafiquant acquiesça. Son visage commençait à prendre d'autres couleurs, et pendant qu'il parlait, le sang lui sortait du nez.

—Je sais juste qu'il veut retrouver ta sœur...

—Pourquoi il est là?

—Apparemment, avant de quitter la Grèce, ta sœur lui a dit où elle allait vivre...

Il toussa encore et tenta de se déplacer du sol, en vain.

—Elle n'a pas laissé d'adresse, juste le nom du pays... Sa destination, si vous ne la trouvez pas, c'est Edimbourg.

—La bêtise de Caliste et son sentimentalisme —pensa Dimitri avec colère, parce qu'il avait été très clair avec sa sœur quand ils avaient fait un pacte pour la faire sortir de Grèce. Quand l'humanité comprendrait-elle que les émotions poussent à faire des erreurs?

Dimitri s'était déjà éloigné de cette logique émotionnelle.

—Es-tu certain de ce que tu as entendu?

—Oui, bien sûr, je ne pourrais pas te mentir... —répondit-il en fanfarant.

Leandros Mirikiades était le gars qu'il avait viré de sa maison en Crète, bien avant de vivre à Manhattan la moitié de l'année. L'ordure pensait qu'il avait le droit de s'intéresser à Caliste. Elle lui avait demandé de laisser Leandros tranquille. Alors il lui avait donné deux options. Elle laissait ce vaurien de côté et partait à Londres sous une autre identité, ou il l'obligeait à épouser ce crétin et sous aucun prétexte elle ne pouvait quitter la Grèce. La décision de sa sœur unique était évidente, et lui permit de reconnaître, avant de prendre l'avion pour le Royaume-Uni, que Mirikiades était juste un caprice d'été.

—Qu'est-ce que ces femmes faisaient avec toi tout à l'heure? —demanda-t'il à Grant, se référant à la scène dans laquelle il l'avait trouvé quand il avait défoncé la porte.

—Des putes. Ce sont des putes que j'ai payées ce soir. C'est tout. La table avec la cocaïne, la méthamphétamine, les aiguilles, et quelques cigarettes était déjà là. Je te le promets.

Dimitri regarda Moretz et Pianello.

—Quelque chose dont je devrais m'inquiéter? —leur demanda-t'il.

Ils firent non de la tête.

—D'accord. Veillez à ce que ces salopes arrivent à destination et qu'elles soient assez défoncées pour ne se souvenir de rien. Elles sont déjà assez misérables pour en arriver à vendre leurs corps —dit-t'il.

Les hommes acquiescèrent. Puis Dimitri regarda Grant:

—Justice à un frère déchu —dit-il en référence à Burren. Œil pour œil, Lawrence —ajouta-t'il en faisant un signe de la main à Frisco. On se reverra en enfer.

Dimitri ne revint pas en arrière, et ce n'était pas nécessaire. Le silence était éloquent. Le travail de Frisco était fait. Il monta dans la Range Rover et demanda à Victor de se rendre à l'hôtel Ritz. Il devait calmer l'adrénaline qui bouillait dans son sang, et il n'y avait qu'un moyen d'y parvenir. Mirikiades n'était pas un inconvénient. Il donnerait à Aristide la tâche de neutraliser Leandros et de chercher d'éventuelles solutions. À ce moment-là, son ami était probablement en train de jouer au poker à l'une des tables d'une propriété privée en périphérie de Londres. Dimitri s'en fichait complètement. Il devait rendre visite à sa sœur et lui dire clairement que, malgré leurs liens de sang, il ne tolérerait plus de dérapage comme celui-là.

—Ecarte les jambes avec le même empressement que tu bougeais ton cul pour que je te pénètre —exigea Dimitri, pendant que ses mains pressaient les cuisses de la femme pour les écarter, le sexe exposé, pendant qu'il la fourrait bestialement.

La femme était la gérante d'un des clubs les plus fréquentée de Londres, et chaque fois que Dimitri passait en ville, il l'appelait. Par facilité et commodité, mais pas seulement.

—Avec violence, oui... tu es impressionnant... Oh, oui —murmura-t-elle, se pinçant les mamelons avec la même vigueur dont Dimitri la pénétrait.

—Tu sens les parois de ta chatte s'étirer? Touche-toi le clitoris —commanda-t-il. Fais-le, et regarde-moi, putain, Regina —exigea-t'il, avant de se pencher pour lui sucer les seins.

Elle cria de plaisir et de douleur. Il savait que certaines femmes aimaient cette combinaison, et il était un expert en la matière. Il ne le faisait pas pour leur faire plaisir, mais comme elles devenaient rapidement très humides, la friction de son pénis contre leur vagin devenait très excitante et le rapport pouvait finir plus vite.

Il n'aimait pas passer plus de temps que nécessaire avec ses maîtresses. Il restait avec elles jusqu'à ce qu'il soit rassasié, et s'il avait envie de se trouver une autre femme ou d'aller dans un club échangiste, il le faisait. Même si cela faisait longtemps qu'il n'avait pas participé à une orgie.

Il saisit les joues de Regina avec ses doigts, tandis qu'avec sa main gauche, il prenait appui pour la pénétrer avec vigueur. Il n'embrassait jamais les femmes qu'il baisait.

—Dimitri…

Il s'arrêta net puis se pencha vers l'avant. Il avait besoin d'une couverture pendant son séjour au Royaume-Uni, et il préférait éviter de laisser des traces où il passait. C'est pourquoi il avait choisi la compagnie de la gérante de son club, Sin Road, située à la périphérie de Camden. Il avait donné des instructions pour qu'elle l'attende dans la suite qu'il avait réservée au Ritz. Il n'emmenait jamais une maîtresse chez lui. Il allait toujours dans des hôtels, dans les couloirs et les bureaux d'un de ses clubs, ou n'importe où loin des regards des curieux. Il ne dénigrait pas le sexe, ni le plaisir, mais il ne prétendait pas élever le statut de ce qu'il en faisait: il baisait. Point. Il n'en tirait pas une expérience sentimentale, mais une expérience physique et charnelle.

Quand Regina le vit arriver quelques heures avant dans la suite du Ritz, Dimitri avait des traces de sang sur les doigts, et la marque d'un coup sur la pommette gauche du visage. Pour des yeux innocents, ces détails passeraient inaperçus, mais c'était une femme qui avait un certain passé, en particulier avec des hommes tels que Dimitri Constinou. Elle ne fit aucun commentaire, se déshabilla et exposa sa peau brune pour qu'il puisse regarder ses courbes, ses tétons en érection et son pubis complètement épilé. Il sourit, et quand il la retourna, elle ne fut pas offensée. Ce n'était pas la première fois qu'ils couchaient ensemble. Elle savait comment ça fonctionnait entre eux deux.

—Pendant que je suis à Londres, je suis Miklos Constinou, et c'est sous ce nom que tu t'adresseras à moi —dit-il en serrant ses joues avec une main. Est-ce clair pour toi? On baise, tu gères la boîte de nuit, et c'est tout. Ne mélange pas les rôles. Je ne te paie pas pour écarter les jambes, mais pour faire du bon boulot à Sin Road. Coucher avec moi pendant que je suis en ville, c'est juste un plus pour lequel tu dois être reconnaissante. Si ce n'est pas toi, ce sera une autre.

—Je sais... —murmura-t'elle en lui souriant.

Le commentaire ne la fâcha pas. Elle savait que voir Dimitri de bonne humeur était un plus. Le gars était bien équipé physiquement, et il savait comment utiliser son membre pour plaire à une femme. Regina était plus que satisfaite d'être sa maîtresse, alors une seule nuit ou plusieurs, cela n'avait pas d'importance. Parmi tous les hommes qui couchaient avec elle, Dimitri était le seul qui ne la faisait pas se sentir bon marché. Il ne la payait pas pour du sexe, ni elle ni personne d'autre. Les femmes déshabillaient ce beau mec du regard sans aucune retenue quand il était là. Il était frontal, et il la satisfaisait. De plus, le corps musclé à point par des exercices était un luxe qu'elle savait apprécier.

—Bien —dit-il, et bientôt le rythme de ses assauts reprit son élan.

Avant de répandre sa semence dans le préservatif, Dimitri ferma les yeux en pensant que l'orgasme qui était sur le point de balayer sa conscience pendant un bref laps de temps, était provoqué par une déesse aux lèvres charnues et au regard suspicieux qui travaillait dans une galerie d'art ennuyeuse. Une femme qu'il allait bientôt épouser, et qu'il apprécierait de dompter plus que n'importe quelle autre femme. Ce n'était qu'une question de temps. À en juger par son caractère, ce serait très stimulant de la pousser à bout.

Il ne pensait pas changer sa routine avec le sexe opposé à cause de sa dette envers l'homme qui lui avait sauvé la vie. Dimitri avait des maîtresses et voulait continuer à s'amuser avec elles après son mariage. Une femme ne changerait pas ses appétits. En plus, c'était un mariage blanc. Il aimait voir une variété de corps passer entre ses mains. Il apprenait d'eux, parce que la nature humaine était fascinante.

Il ne laissait pas le désir obscurcir sa raison. Même au lit, il gardait le contrôle. C'était sa partenaire qui le perdait. Les femmes étaient un réceptacle pour qu'il puisse se vider et prendre son pied. Et si elles n'aimaient pas sa façon de penser? Il s'en fichait, car il y aurait toujours une femme désireuse de lui plaire. Dans son monde, il établissait les règles, et ceux qui ne s'y conformaient pas pouvaient s'en aller.

Quand Regina quitta la suite, Dimitri se doucha et prit sa veste. Il quitta ensuite l'hôtel pour que Victor l'emmène à son manoir d'Eaton Square. Ce n'est que lorsqu'il fut dans son immense lit, et qu'il ferma les yeux, qu'il considéra qu'il fallait rendre visite à sa sœur et tenir une conversation productive sur la façon d'obéir aux ordres, en plus d'apprendre à garder le silence.

Sienna ferma la porte d'entrée. Elle était enfin à la maison. Après s'être assurée que sa grand-mère était endormie, et que l'infirmière, Wallis Douglas, lui ait dit que sa grand-mère allait bien, qu'elle avait mangé et pris ses médicaments, Sienna monta au deuxième étage de la maison où se trouvait sa chambre, et se déchaussa.

Elle se déshabilla et entra dans la salle de bain. Elle augmenta la température de l'eau de douche jusqu'à ce qu'elle soit à son goût. Elle laissa le jet puissant la couvrir. Elle ferma les yeux et appuya la paume de sa main contre le mur, baissa la tête, et essaya de se détendre. Elle n'aimait pas être la marionnette de ceux qui possédaient les outils pour manipuler les autres. Elle était déçue par les Luxor, même si elle savait que dans quelques semaines, elle oublierait tout ça.

Tout au long de sa vie, elle avait subi bien des déceptions, et une de plus ou de moins n'allait pas changer grand chose. Ce qu'elle regrettait simplement, c'était d'avoir cru que les Luxor étaient vraiment sincères avec elle.

Pendant que l'eau tombait sur elle, elle essayait de ne pas penser à Miklos Constinou, en vain. L'image de ces yeux bleus hypnotiques la hantait. Elle sentait un battement entre ses jambes qui lui était bien connu, aussi connu que la sensation de ses mamelons douloureusement dressés. Elle ne pouvait pas croire qu'elle était excitée par un homme qui représentait tout ce qu'elle rejetait en bloc: arrogance, excès de pouvoir et mystère. Son esprit était en totale contradiction avec son corps, qui lui passait des messages très clairs.

Elle prit le flacon de gel douche et répandit le liquide parfumé à la lavande sur son cou, puis commença à descendre ses mains sur son corps. Elle attrapa ses seins et agrippa les mamelons entre le pouce et l'index de chaque main en les serrant fermement. Avec sa main gauche, elle continua à les frotter, tandis que sa main droite descendait sur son ventre ferme, pus atteignait son intimité couverte d'un triangle de poils coupés quelques jours auparavant.

Son seul compagnon était le son de l'eau qui tombait et résonnait dans la pièce. Sa conscience était le seul témoin de ce qu'elle faisait, et de ce qui motivait son acte. Dans ces moments-là, elle se fichait de tout.

Elle commença à se frotter le sexe, sa respiration se saccada, l'intensité augmenta... Elle imaginait que ses doigts n'étaient pas les siens, mais ceux, longs, élégants, portant des traces de dur labeur. Les doigts masculins qu'elle avait serrés il y a quelques heures. Dans son fantasme, la main gauche n'était pas non plus la sienne, mais celle de Miklos qui touchait ses seins, dans la tension et le désir…

Elle s'imaginait qu'il la prenait par derrière, lui ouvrant les jambes avec les siennes pour se faire un espace. Elle imaginait que le membre de Miklos était aussi puissant et ferme que la personnalité de son propriétaire. Elle le visualisait en train de frotter son sexe avec sa main, appuyant sans pitié, pendant qu'il la pénétrait et que ses testicules frappaient son sexe, avant d'avoir un orgasme magistral. Elle imaginait ses seins s'agiter, se mouvant au son des assauts, au rythme du désir, car aucune fantaisie n'était interdite, peu importe qui l'initiait.

Alors qu'elle était sur le point d'atteindre l'orgasme, Sienna lâcha ses seins et posa sa main contre le mur, baissa la tête, et les doigts de sa main droite commencèrent à se déplacer rapidement sur ses lèvres intimes, pour les lubrifier. Elle ne s'arrêta pas, et bientôt elle entendit son propre cri, l'écho de l'orgasme, résonner sur les murs qui l'entouraient.

Haletante, et sans pouvoir l'éviter, elle esquissa un sourire. Cet orgasme serait son petit secret, parce que dans son fantasme, elle était celle qui demandait, exigeait et dominait. Miklos était seulement au service de son plaisir. N'était-ce pas fantastique? —se dit-t'elle en bougeant la tête pour récupérer son souffle. Ce n'est que lorsque ses jambes furent en état de la porter qu'elle finit de se doucher.

Une fois ses cheveux secs, Sienna se prépara pour dormir. Elle avait beaucoup de travail à faire ce week-end, et elle n'avait pas l'intention de donner à Miklos la satisfaction de la voir échouer ni de lui donner une chance de la virer, peu importe ce qu'elle avait à faire.

Elle s'accorderait juste un moment de détente quand elle sortirait avec Matteo. Elle était certaine qu'il la surprendrait au lit, car elle savait que beaucoup d'hommes et de femmes ont une attitude différente dans la vie intime et dans la vie quotidienne. Se donner du plaisir était stimulant, sain même, mais jamais aucun jouet ni aucun fantasme ne remplacerait un corps à corps. Elle était prête à se donner l'occasion d'explorer l'intimité avec Matteo.

CHAPITRE 3

—Tu n'es pas fâchée?
—Bien sûr que non, Matteo, je pense que c'est une magnifique opportunité —dit-elle en souriant, et je me sentirais coupable de te faire hésiter à la saisir. Je suis certaine que les étudiants de cette université sauront apprécier leur nouveau professeur.

Ils dînaient dans un restaurant traditionnel.

—Après toute l'énergie que j'ai mis pour que tu acceptes de sortir avec moi —murmura-t'il, résigné. Je veux que tu me promettes que tu me rendras visite à Milan dès que tu le pourras —demanda-t'il en prenant sa main sur la table.

Sienna ne ressentit aucune tristesse ou déception en apprenant qu'elle ne reverrait plus Matteo dans les parages. Ce matin-là, il avait reçu un e-mail du doyen d'une prestigieuse université italienne lui offrant une place comme professeur principal de philosophie, en plus d'un salaire fabuleux et d'un petit appartement dans un beau quartier de Milan.

—J'ai toujours voulu aller en Italie —dit-elle en lui faisant un clin d'œil, même si je n'ai pas beaucoup de temps libre pour prendre des vacances comme je le voudrais.

Dans le contexte actuel, sa priorité était de conserver son emploi ou d'en trouver un autre dès que possible. Les frais de voyage étaient un luxe qui n'était pas dans son agenda financier pour le moment. Elle avait des économies, bien sûr, mais elle ne pouvait pas se permettre de gaspiller.

—Je voudrais que ce soir soit spécial —murmura Matteo en faisant tourner le liquide rouge dans son verre. J'imagine que mes perspectives professionnelles changent tout entre nous deux.

Sienna remarqua qu'au lieu d'être super content à l'idée de vivre dans un pays aussi beau que l'Italie, Matteo paraissait plutôt nerveux et inquiet. Il se rendait déjà de temps en temps dans différents pays d'Europe pour y donner des conférences, donc elle ne comprenait pas cette réaction. Elle n'avait pas non plus un ego assez élevé pour se dire qu'il était inquiet parce que son départ impliquerait de ne plus sortir avec elle. C'était ridicule.

Matteo, avec son charme naturel et sa douceur, passa ses doigts entre ses cheveux bruns épais. Il prit le verre de vin rouge et but une longue gorgée. Il possédait une beauté masculine classique, mais n'était pas électrisant.

—Nous resterons en contact, cela ne changera pas —dit-elle en souriant. Maintenant, parle-moi de cette opportunité qui se présente à toi.

—Il y a deux ans, je me suis intéressé au programme académique qu'ils développaient à l'Université Vita Salute San Raffaele, et je leur ai envoyé mon curriculum vitae, ainsi que des recommandations —répondit-il sans la regarder dans les yeux. Mais à ce moment-là, on m'a dit que tous les postes étaient occupés et que les enseignants étaient pour la plupart des résidents stables. Alors j'ai décidé de continuer mon petit bonhomme de chemin ici.

Elle hocha la tête.

—Après le rejet de ma demande, j'ai complètement oublié la possibilité d'aller enseigner dans d'autres pays. Le courrier que j'ai reçu aujourd'hui m'a étonné. Tu es la première personne avec qui je partage la nouvelle! —dit-il en fronçant le sourcil. Bon sang, je dois organiser mon départ le plus tôt possible.

—Je me réjouis pour toi.

Elle se pencha sur le dossier du siège, écartant doucement sa main de celle de Matteo. Quelle déception. Le jour où elle avait décidé d'utiliser sa plus belle lingerie, on lui disait que cette éventuelle romance n'avait pas d'avenir. Le sexe pour une nuit ne lui semblait pas du tout mauvais, mais son intuition la poussait à ne pas faire ce pas. Elle se demandait si, dans le cas d'une proposition directe, Matteo refuserait ou accepterait son offre, car il semblait quelque peu déstabilisé. Elle serait probablement dans le même état si on lui offrait la chance de sa vie.

—Ils t'attendent à Milan dans combien de temps?

—Une semaine —dit-il en ajustant le col bleu de sa chemise.

—Ça a été très soudain —commenta Sienna, mais je veux que tu saches que sortir avec toi ces dernières semaines a été génial.

Il esquissa un sourire, le genre de sourire que Sienna imaginait pouvoir faire accélérer le cœur. Avec Matteo, au moins, ce n'était pas le cas.

—On dirait presque que tu décris une sortie avec un bon ami, mais sans perspective romantique. Je plaisante —ajouta-t'il alors que Sienna allait répliquer. Tu veux boire autre chose ou prendre un dessert peut-être? —lui demanda-t'il, tout en faisant signe de la main au barman de s'approcher.

Ce que Sienna voulait vraiment, c'était dormir. Elle s'était réveillée à cinq heures du matin, et avait appelé tous les contacts qu'elle avait dans son répertoire. À 18h, sans avoir pris le temps de manger, elle avait achevé la première partie de la commande de Constinou. Elle avait à peine eu le temps de se préparer pour le dîner avec Matteo, et il lui restait encore beaucoup de travail à faire. Elle ne s'inquiétait pas de la complexité, mais de la longueur du processus.

—J'adorerais, mais je dois rentrer travailler.

Il hocha la tête et demanda l'addition au barman.

—Je te souhaite beaucoup de chance avec ce nouveau patron —répliqua Matteo, tout en signant *le bon* de la carte de crédit. Puis il aida Sienna avec sa chaise.

Elle lui avait brièvement parlé de la vente de la société, bien qu'elle n'ait pas voulu entrer dans les détails sur Miklos. Elle lui avait juste dit que le nouveau propriétaire avait une double nationalité et semblait assez réservé.

—Merci —dit-elle en souriant, parce que j'ai le sentiment que je vais en avoir besoin.

—J'aimerais pouvoir marcher jusqu'à chez toi pour que je puisse passer un peu plus de temps avec toi...

Elle le regarda avec suspicion. Pour un homme qui avait attendu et insisté pendant six mois pour avoir un rendez-vous avec elle, Matteo était très calme quant au fait qu'il ne la reverrait jamais. Une fois sur le trottoir, elle se retourna pour le regarder.

—Matteo, est-ce que l'université est une excuse, même si la proposition qu'on t'a faite est vraie, pour ne pas me dire en face que tu as reconsidéré l'idée de sortir avec moi... Il y a peut-être quelqu'un d'autre?

Pendant un instant, il sembla en état de choc, mais après, il éclata de rire. Il la regarda longuement, et la saisit par les épaules pour avoir toute son attention.

—Tu es la femme la plus sexy et la plus intéressante que j'ai rencontrée depuis longtemps, n'aies aucun doute là-dessus. Si ça ne tenait qu'à moi, je ne serais pas là à te dire au revoir...

—Que veux-tu dire? —demanda-t-elle.

Il s'éclaircit la gorge, puis souffla de manière sonore.

—L'université est une grande opportunité pour moi. Il n'y a pas de meilleur endroit que l'Italie pour approfondir mes recherches. Si j'ajoute à cela les avantages qu'on m'offre à Milan, c'est clairement une excellente opportunité de travail. Ça n'a rien à voir avec toi, Sienna, tu ne te vois pas dans le miroir? Tu es le fantasme de tout homme digne de ce nom.

Elle secoua la tête avec incrédulité, et ses cheveux lâchés retombèrent sur ses épaules dans de douces ondulations.

—Eh bien, merci pour la clarification —murmura-t'elle, les joues rouges. Maintenant, c'est clair. Tu m'accompagnes à l'arrêt de bus?

—On est venu en voiture, et je vais te ramener à la maison en voiture.

Il plaça sa main sur le bas de son dos et la guida le long du petit parking jusqu'à l'Audi A3. Retenant un bâillement, elle hocha la tête.

Après avoir dit au revoir à Sienna, non sans d'abord tenter de l'embrasser sur la bouche, Matteo se dirigea vers sa voiture. Il l'avait garée à un pâté de maisons, parce qu'elle ne rentrait pas sur la place de parking devant la maison, et que tous les endroits proches étaient occupés.

Le téléphone vibra dans sa poche. Il n'avait pas besoin de vérifier l'écran pour savoir de qui il s'agissait. Il répondit immédiatement.

—Avez-vous rempli votre part du contrat? —demanda la voix grave à l'accent étranger marqué.

—Je ne la reverrai plus, je le lui ai fait comprendre clairement —répondit-il, alors qu'il mettait sa ceinture de sécurité. Elle sait que je pars pour Milan la semaine prochaine. Je ne la recontacterai pas. Vos paroles étaient très claires, et je tiens à ma peau.

—Demain, le montant convenu sera disponible sur votre compte en banque. Essayez de contacter Sienna ne serait-ce qu'une fois, et vous ne vivrez pas assez longtemps pour utiliser l'argent. Nous avons les coordonnées de toute votre famille, même votre cercle le plus proche, et bien sûr, votre maison sera surveillée jusqu'à votre départ pour l'Italie.

Un clic plus tard, l'appel était terminé, privant Matteo de toute possibilité de répliquer. Il resta immobile, à regarder autour de lui, respirant difficilement. Le rôle qu'il avait joué ce soir-là au restaurant méritait un award. Avoir menti à Sienna le dérangeait, il se sentait furieux et impuissant.

Il secoua la tête et démarra sa voiture. S'il avait eu le moindre soupçon qu'elle ait pu mettre le chaos dans sa vie, il ne l'aurait jamais invitée à sortir. Mais il était convaincu que Sienna ignorait la véritable nature de l'homme qui venait d'acheter les galeries ArtDm.

Matteo se disait qu'aucune femme ne valait la peine de risquer sa vie. Quand ce matin-là, il entendit la voix au léger accent grec lui donner des ordres, le menacer et lui imposer un ultimatum, il n'essaya pas de s'opposer, surtout quand il aperçut par la fenêtre deux voitures aux vitres teintées garées devant chez lui. Elles n'appartenaient à aucun voisin ni ami.

Il n'était pas impliqué dans des affaires louches ou des situations dangereuses, donc ces menaces devaient venir de quelqu'un qui en vivait. Ce n'est pas parce qu'il était stupide ou avait un QI médiocre que Matteo avait obtenu un doctorat. Loin de là. Il préférait ne pas connaître les tenants et les aboutissants des histoires de Dimitri avec Sienna, et encore moins leurs motivations.

Sienna n'avait pas de famille grecque… pas qu'il sache. C'était plus sécurisant pour lui de vivre dans un autre pays, même pour une durée indéterminée, plutôt que de mettre son cou à disposition sur une guillotine. Il poussa un soupir résigné, et fut furieux de ne pas pouvoir, à cause de son sens de la conservation, descendre de la voiture et dire à Sienna qu'il y avait des gens dangereux qui rodaient autour d'elle et de faire attention. Il avait déjà pris sa décision. Il appuya sur l'accélérateur pour ne pas revenir en arrière.

—Noir, sans sucre… et avec un soupçon de cyanure si j'en avais —murmura Sienna en déposant la tasse de café, fumante, sur le bureau.

Elle posa les dossiers qu'elle avait créés, un par un, dans l'ordre dans lequel le nouveau PDG les lui avait demandés. C'était un soulagement d'avoir un maquillage de si bonne qualité et de connaître les astuces d'application, parce que ses cernes ce matin-là étaient très marqués.

Via un e-mail urgent envoyé dimanche soir, elle avait convoqué le personnel de la centrale à 6h ce matin. Elle avait aussi contacté les directeurs des succursales d'ArtDm. À 6h45, une courte vidéoconférence avait eu lieu avec les Luxor, qui avaient expliqué que la société était entre de bonnes mains, qu'il n'y avait pas de problème de solvabilité et que la vente, qui paraissait soudaine, se négociait depuis plusieurs mois avec Miklos Constinou et ses avocats.

Les Luxor étaient en route vers Stockholm pour recevoir un prix pour leur travail culturel en Europe, et ils profitèrent de la visio pour faire savoir que chaque employé recevrait une prime pour ses services, quel que soit son ancienneté. Surpris, et en quelque sorte reconnaissant, l'inquiétude du personnel quant à son avenir suite à l'arrivée du nouveau PDG diminua quelque peu.

Les directeurs des autres galeries coupèrent la communication en même temps que les Luxor, et le personnel de Londres quitta la salle de réunion. Sienna avait embauché un traiteur pour le petit déjeuner, en raison de l'heure inhabituelle de la convocation. Il n'était pas surprenant qu'en plein mois de Novembre, avec le froid anglais, le café et le thé offerts soient vite terminés. Après divers commentaires, les douze employés du siège rejoignirent leurs espaces de travail.

Tout le monde attendait l'arrivée de Miklos Constinou. Sienna s'était réveillée d'humeur optimiste. Elle devait admettre la réalité: les affaires étaient les affaires, même si la façon dont tout s'est passé était très brusque. Peut-être que Constinou n'était pas aussi crétin qu'il en avait l'air. Elle était prête à se calmer et à tout gérer, à partir de maintenant, avec son sourire habituel.

Elle ne put s'empêcher de penser à Matteo. Il avait certainement déjà commencé à s'organiser pour être prêt à temps. Il lui restait une semaine avant de partir pour l'Italie. Elle n'était pas amoureuse de lui, mais son départ ne lui était pas indifférent. Elle sortit son téléphone de son sac, et s'installa sur le petit divan de son bureau. Les environs étaient de nouveau dans le silence habituel, et elle avait déjà organisé toutes les tâches de la journée.

Elle chercha son contact dans son répertoire, puis elle commença à écrire: salut Matteo, ça y est, tu as tout préparé pour ton départ en Italie?

Au son de sa messagerie, elle glissa tout de suite son doigt sur l'écran. Le message n'avait pas pu être envoyé au destinataire. Elle fronça les sourcils et tenta de le renvoyer. Elle obtint la même réponse. Impossible se dit-elle. Alors elle appela, mais le répondeur lui indiqua que le numéro n'existait pas, et point. Mais que se passait-il donc?

—Si tôt dans la journée, et déjà vous perdez votre temps sur le téléphone... Je ne pense pas que ce soit une bonne première impression pour votre première journée de travail. Si vous aviez été plus attentive, vous auriez remarqué que je suis au bureau depuis dix minutes, j'ai bu ce café, d'ailleurs de très mauvaise qualité, et j'ai lu les rapports que vous avez produits, ils sont médiocres.

Sienna leva le regard, le téléphone à la main. Il lui brûlait la paume. C'était ridicule, mais on aurait dit qu'il s'agissait d'une farce. Elle s'éclaircit la gorge et se ressaisit.

—J'espère que ce n'est qu'une incompréhension quant à ma façon de travailler, ce qui serait légitime, mais à l'avenir, je ne laisserai plus rien passer.

Miklos n'était pas seul. Derrière lui se trouvait un homme aussi intimidant que lui, avec des cheveux noirs épais et une barbe lisse. Les yeux de ce type lançaient des avertissements sans qu'il ne bouge un seul muscle. Un problème avec son taux de testostérone? —se demanda Sienna. Elle regarda les deux hommes, mais sa prochaine réplique n'avait qu'un seul destinataire. Adieu ses bonnes intentions de sourire.

—Bonjour, M. Constinou —dit-elle d'une voix calme.

Elle avait un goût acide dans sa gorge. Elle n'en était pas au stade de la gastrite, mais son corps se manifestait quand même face aux stress causé par son travail.

Médiocres? Pardon? Elle devrait être promue pour avoir recueilli une telle quantité de données en moins de temps qu'une équipe de trois personnes spécialisées n'aurait pu le faire. Elle compta mentalement jusqu'à dix. Elle était déterminée à garder le contrôle. Savoir qu'il avait reçu l'information était suffisant. Et elle savait, bien sûr, que les données étaient concises et suffisantes pour se faire une idée globale de l'entreprise. Dans chaque domaine, il y avait un responsable qui pourrait bien répondre aux doutes de Constinou. Ce genre de travail ne relevait pas de la compétence d'une assistante personnelle, du moins pas quand il fallait avoir une connaissance approfondie de la situation.

—Je veux que vous rassembliez tous les employés. Coordonnez ça avec les RH.

—Il en sera fait ainsi —répliqua Sienna.

Elle portait une jupe noire qui arrivait quelques centimètres sous le genou, des chaussures à talons gris, un chemisier en soie et une veste fuchsia. Ses cheveux étaient relevés en queue de cheval. Elle se sentait à l'aise. Elle n'allait pas se décourager. Il n'y avait rien de mal à ce qu'elle utilise son téléphone, surtout qu'elle avait déjà fait le travail demandé.

Elle ne put que remarquer l'élégant costume noir sur mesure de Miklos, sa fine cravate argent foncé, et ses chaussures qui semblaient tout juste sorties de leur boîte. Ce type savait ce que c'était que de s'habiller avec style. Cette même tenue ne conviendrait pas à un autre homme, peu importe sa richesse. Ce n'était pas l'argent qui le rendait impressionnant ou maître de son environnement. C'était juste le fait d'être lui. Ses épaules larges remplissaient parfaitement sa veste classique, et le pantalon en tissu sombre, repassé avec précision, lui apportait de la distinction... à en couper le souffle.

—Envoyez les rapports que vous avez laissés dans mon bureau aux départements concernés pour correction.

—Ce sont ces mêmes personnes qui m'ont fourni les données ce week-end pour que je puisse créer ces rapports. Je suis sûre que...

—Je ne vais pas vous payer pour être sûre ou non de vos conjectures sur des sujets qui, une fois mes ordres donnés, ne vous concernent plus.

Sienna fit une grimace subtile, mais les gestes les plus délicats n'échappaient pas à une personne qui, comme Dimitri, vivait en profitant des détails que d'autres oubliaient.

—Je comprends —répliqua-t'elle, se souvenant que se contenter de réponses minimales était important à ce moment-là.

Sa grand-mère Margareth dépendait de ses revenus fixes. Épuiser les économies de son compte bancaire n'avait pas de sens. Elle devait seulement apprendre à garder sa bouche fermée jusqu'à ce que son contrat de travail soit renouvelé légalement selon les directives du nouveau nom du propriétaire d'ArtDm. Sa grand-mère ne pouvait pas rester sans son soutien et l'assistance de l'infirmière qui s'occupait d'elle.

—Vous vous y mettez? —demanda Dimitri avec un sourire sarcastique.

Tenir sa libido à distance quand Sienna était dans le coin devenait problématique. Sa réaction était ridicule. La position dans laquelle il se trouvait l'énervait, d'autant plus qu'il mettait un point d'honneur à ne pas penser deux fois à une même femme.

Il était le roi de son entourage, il donnait le rythme et recevait ce qu'il demandait. Il aimait bien chasser sa proie, sa femme, son commerce, tout en fait, mais avec cette femme en particulier, c'était différent. Que se passait-il? Il l'ignorait, mais il sentait qu'il allait jouer avec plaisir un rôle qu'il n'avait jamais eu à jouer: un homme engagé à long terme, avec un anneau au doigt, et un papier signé qui le corroborerait. Même si, finalement, tout était un simple jeu d'échecs. La seule loi qu'il suivait vraiment était celle de la vengeance et du règlement de comptes.

Les Péchés Sanguinaires lui servaient à étendre son territoire d'influence, créer des entreprises avec de l'argent propre qui couvraient les chantages, les pots-de-vin et le transfert illégal de marchandises d'un endroit à l'autre. Il ne mélangeait pas ses objectifs, et son esprit avait toujours un train d'avance par rapport à ceux qui l'entouraient. Parfois, il ne se sentait pas libre d'étendre sa portée comme il le voulait, mais il était très clair que pour dominer dans son monde, il devait faire preuve d'agilité.

—Melle Farbelle, voici le nouveau directeur informatique, Corban Zabat —dit-il en montrant son ami.

Corban ne fit qu'un très léger hochement de tête en regardant Sienna.

—Vous pouvez expliquer à la personne qui gère actuellement la partie numérique que nous allons la prendre en charge à partir de maintenant. En plus de ça, j'ai besoin que vous organisiez une réunion avec les RH pour coordonner les licenciements et les nouveaux recrutements, ainsi que les politiques de travail internes. Il y aura une restructuration. Si les employés ne sont pas productifs et n'ont pas donné de résultats quand ils travaillaient pour ArtDm, ils ne resteront pas ici.

Quand il avait parlé à Corban de ce qui se passait avec Anksel, son meilleur ami n'avait pas hésité à lui dire que c'était une mission dangereuse car, si Sienna s'avérait être rebelle et grande gueule, elle pourrait commettre des indiscrétions sur le chef. Ces indiscrétions rendraient l'organisation fragile si elle mettait tout en œuvre pour s'échapper. Dimitri l'alors avait rassuré en lui expliquant son plan: ils n'iraient pas aux États-Unis, ils allaient passer un moment à Skiathos et après, quand il aurait obtenu le divorce, il achèterait une nouvelle identité à Sienna, et il pourrait retourner à Manhattan sans se soucier du passé.

Corban avait créé de faux profils pour lui, Dimitri et Aristide. Non seulement l'argent avait acheté le silence et l'effacement des données sur le web, mais aussi la possibilité de pirater des systèmes de sécurité multidimensionnels. Finalement, les grands moteurs de recherche étaient vulnérables. Dans le monde de Dimitri, l'information n'était pas seulement un pouvoir créatif, mais aussi une arme meurtrière.

Sienna regarda l'un et l'autre avec incrédulité, mais elle ne put s'exprimer car Miklos lui coupa la parole. Encore une fois. À aucun moment, il n'éleva la voix, ni ne menaça, mais il signifia clairement que si elle faisait la moindre erreur, elle serait licenciée. Si Constinou envisageait de licencier le personnel de Londres, il était évident que les succursales de Manchester et du Derbyshire subiraient également une réduction de personnel. Il y avait seulement quatre personnes par galerie. Les prochains jours promettaient d'être compliqués.

—Je comprends. En plus de demander à Nancy, la directrice RH, de coordonner la visite des membres du personnel, un par un, dans votre bureau, et ensuite d'organiser une réunion privée avec elle, y a-t-il autre chose que je puisse faire pour vous ce matin, M. Constinou? —demanda Sienna en penchant la tête sur le côté.

Corban inclina la tête avant de laisser son patron seul. Il ferait tout son possible, avec Aristide, pour que Dimitri ne perde pas de vue ses objectifs. Si le pénis entrait et sortait du vagin, de la bouche ou de l'anus d'une femme, l'échange de fluides ne donnait droit à aucun échange émotionnel. Aucune femme ne valait la perte du pouvoir, de l'influence et des possessions matérielles obtenues par le poing, la mort, la vengeance et la persévérance. Les trois grecs avaient à devenir persévérants au gré de leurs expériences à différentes périodes de leur vie. Naturellement, aucune n'était exempte de barbarie.

⁂

Dimitri esquissa un sourire félin, et Sienna voulut détourner le regard. Il n'allait pas lui donner la possibilité, aussi longtemps qu'il déciderait de rester dans la compagnie, de lui faire perdre patience. Bien sûr que non.

—Quand je saurai si j'ai besoin de quelque chose de plus de votre part, Mlle Farbelle, je vous le dirai.

—Je vois.

Il haussa un sourcil.

—Restez à l'écoute de l'interphone de votre bureau et essayez de ne pas être distraite —dit-il en regardant avec mépris le téléphone qui se trouvait encore dans la main de Sienna, et il ajouta: si vous avez un petit ami, un mari ou un amant qui attend une réponse, vous feriez mieux de réfléchir à deux fois à vos priorités à partir de maintenant si vous voulez garder ce poste et le salaire qui, j'en suis convaincu, vous permet de payer votre loyer à Londres.

Elle avala sa salive de travers.

Dimitri savait qu'il n'y avait plus d'obstacle sur son chemin, et le commentaire concernant un éventuel couple n'était qu'accessoire. Aristide s'était occupé du professeur d'université italien. Il serait mieux dans sa nouvelle vie à Milan.

—Ma vie personnelle n'a pas d'influence sur ma vie professionnelle —déclara Sienna.

Dimitri s'approcha d'elle en moins de temps qu'il ne le fallait pour le dire. Respirer l'air mêlé à son parfum féminin, une odeur presque pure par rapport aux prostituées qui l'entouraient ou aux salopes qui cherchaient à coucher avec lui, lui donna une pulsion instinctive de possession. Pendant les prochains mois, Sienna serait à lui. Très vite, elle comprendrait.

Se penchant de toute sa hauteur, il la regarda directement dans les yeux. Sienna ne céda pas un centimètre, parce qu'elle savait que, tactiquement, reculer, c'était accorder un petit triomphe au camp adverse. Elle ne pensait pas être en guerre avec Miklos, mais elle se sentait affaiblie et dépourvue de son confort habituel dans ce milieu de travail.

Il releva le menton.

—Ah bon, Melle Farbelle? —demanda-t'il d'un ton doux, presque aussi doux que le fer qui fond sous un feu intense, et prêt à être moulé par l'orfèvre.

—Je ne sais pas pourquoi vous pensez que j'ai quelque chose à prouver —dit-elle en fronçant les sourcils.

—Ce commentaire est-il le reflet de vos propres insécurités? —demanda-t'il en soulevant la commissure de ses lèvres, sans arriver à sourire vraiment.

—Peut-être que j'essaie de lire ce qui se passe dans votre esprit... peut-être que vous êtes le Diable incarné ou peut-être que vous prétendez l'être? Essayez-vous de m'intimider? Parce que je sais me défendre, et soyez assuré que je deviendrai un cauchemar pour vous, à l'intérieur et à l'extérieur de la société, y compris dans les médias —dit-elle avec détermination.

Dimitri éclata de rire et se retira. Elle sentit l'air revenir dans ses poumons.

Le parfum de Miklos était mêlé à un soupçon indiscutable de danger. Il la perturbait. De loin, elle lui trouvait le même effet que la kryptonite avait sur Superman... De près, c'était mortel. Miklos la perturbait-il à ce point? —se demanda-t'elle, tandis qu'un frisson parcourut sa peau.

—Comme vous êtes naïve d'essayer de me menacer, S-i-e-n-n-a —dit-il en épelant les lettres de son prénom une par une, comme pour la tester. Si un jour je pense que vous devez le savoir, je vous dirai ce que d'autres ont vécu après avoir prononcé une remarque beaucoup moins osée que la vôtre.

—Alors quoi, maintenant vous allez m'appeler par mon prénom? Et vous allez aussi me tutoyer peut-être? —répliqua-t'elle.

Quand elle remarqua le scintillement sur les pupilles de Miklos, elle se dit qu'elle aurait mieux fait de se taire. Il se rendit jusqu'à la porte, et la regarda par-dessus son épaule. Sienna se tenait près du bureau de verre et de fer.

—Ce serait peut-être une bonne chose —répondit-il ironiquement avant de s'éloigner.

Le sort de la compagnie était fixé. En milieu d'après-midi, Sienna envisagea sérieusement de boire trois canettes de Red-Bull. Elle n'avait pas l'esprit assez clair pour tout ce que Miklos lui déléguait. En quelques heures, il avait donné l'ordre de fermer les succursales d'ArtDm en dehors de Londres, et de ne pas relocaliser le personnel y travaillant.

Elle ne savait pas si elle garderait son emploi dans l'entreprise, parce que son rendez-vous avec Miklos aurait lieu quand toutes les urgences du jour auraient été expédiées. Sienna ne croyait pas en sa capacité à résister à l'horrible incertitude et, en même temps, à rester zen. Elle avait perdu le compte des différentes hypothèses qu'elle avait élaborées sur la façon dont elle paierait l'infirmière de sa grand-mère, l'hypothèque de la maison, et en plus, ses dépenses personnelles si le nouveau PDG décidait que ses services professionnels n'étaient pas requis dans la nouvelle organisation. Et que dire de ce que certains de ses collègues subissaient: plusieurs d'entre eux avaient jusqu'à trois enfants. Comment pourraient-ils trouver un nouveau poste alors qu'on était presque en fin d'année? Aucune entreprise, aussi grande soit-elle, ne prendrait le risque de conclure des contrats à long terme au cours du dernier trimestre.

C'était un véritable désastre.

Vers 21h, le bureau grouillait d'avocats, mais aussi d'artistes et d'agences de vente aux enchères qui avaient l'habitude de signer des contrats avec la galerie. De l'avis de Sienna, l'équipe de travail de Miklos ressemblait plutôt à un groupe d'agents d'élite, vêtus de costumes sombres, portant des écouteurs, et observant tout avec suspicion. Il lui suffisait de les voir pour comprendre qu'ils devaient avoir des armes cachées sous leurs vêtements. Quelle importance pouvait donc avoir ce Miklos Constinou?

Entre les tâches et les urgences, elle profita d'un instant sur le web pour chercher des informations sur son nouveau patron. Les Luxor ne lui avaient donné aucune indication ou suggestion pour faire face à cet homme. Elle se sentait à la dérive, et elle ne l'aimait pas du tout. Sienna était le genre de personne qui préférait être surchargée d'informations plutôt que de ne pas en avoir. Comme c'était le cas maintenant.

Le moteur de recherche précisait seulement que Miklos était un grec américain, âgé de trente-quatre ans, et qu'il travaillait dans la sécurité avec des clients dans le monde entier, en plus d'être un grand amateur d'art. Ce dernier détail, Sienna ne le trouvait pas cohérent, mais elle ne pouvait pas non plus donner 100% de crédibilité à internet. C'était illogique. Il n'était pas mentionné s'il était marié, célibataire ou s'il avait une famille. Les réseaux ne donnaient aucune information sur sa vie personnelle.

Elle trouva quelques photos. Sur l'une d'entre elles, il était sur un yacht, en Grèce apparemment, et il tenait la barre bien sûr. Sur une autre photo, Miklos était dans une salle de réunion et affichait une expression sérieuse et déterminée, mais le fond était flou. La dernière prise de vue le représentait lors d'un événement nocturne, habillé d'un smoking bleu foncé, ses cheveux abondants peignés en arrière. Il avait l'air superbe. Elle trouva un plaisir coupable à *zoomer* sur la photographie pour mieux l'étudier. Ce plaisir coupable s'ajoutait à celui où elle s'était masturbée sous la douche en pensant à lui.

Elle commençait peut-être à délirer de fatigue, mais ses yeux fonctionnaient parfaitement bien. Il était impossible de ne pas remarquer à quel point Miklos était beau et sensuel. Sienna se dit que son patron capricieux était le genre de milliardaire qui choisissait de payer pour minimiser les données circulant sur lui sur le web. Sortait-il avec quelqu'un? —Deviendrait-elle l'assistante personnelle typique qui devait aller acheter des bijoux ou envoyer des fleurs, et écrire une note d'adieu pour les maîtresses dont Constinou avait marre? Mon Dieu, rien que d'y penser lui donnait des hauts le cœur.

Miklos lui avait dit qu'elle pouvait garder son emploi si elle était efficace et qu'elle s'acquittait de ses responsabilités sans trop poser de questions. Elle avait retenu son envie de répondre, parce qu'elle préférait ne pas prendre de risque.

La seule chose qui devait préoccuper Sienna, et c'était le cas, c'était de contrôler le chaos qui se déroulait dans l'entreprise et d'anticiper les exigences professionnelles d'un homme aussi occupé que Miklos Constinou. Un jour à la fois devait être son nouveau mantra, et elle verrait bien combien de temps tout cela durerait.

Les deux bâtiments de Manchester et du Derbyshire devaient être mis en vente. Elle passa une grande partie de l'après-midi à dialoguer avec les représentants des artistes qui y exposaient leur travail pour ArtDm pour les informer du changement de logistique et leur assurer avec sincérité, parce qu'il n'avait pas d'autre choix, qu'elle ferait de son mieux pour coordonner la livraison des œuvres entreposées dans les caves des bâtiments dans le mois à venir. Elle passa les appels par ordre alphabétique. Elle en était rendue à la lettre P, ça allait donc l'occuper pendant les heures ou les jours à venir.

Sienna reposa son esprit quinze minutes avant d'entrer dans la zone de guerre. Son mal de tête s'était aggravé. Elle sortit une tasse et y versa du thé chaud. Elle ajouta un peu de crème, et une cuillère à soupe de sucre. Elle attendit qu'il fût parfait pour être bu, puis laissa le liquide caresser sa gorge.

Elle ne pensait pas pouvoir rentrer à temps à Winchester ce soir-là. Elle demanderait à Wallis de rester quelques heures supplémentaires avec sa grand-mère. Sienna espérait qu'il y aurait des chambres disponibles dans l'un des hôtels cinq étoiles de la ville, car ce serait un plaisir d'utiliser, pour la première fois, la carte de crédit de l'entreprise. La dernière chose qu'elle ferait serait de se mettre en danger en pleine nuit en prenant un taxi alors qu'elle savait que les cinq sens du chauffeur ne seraient pas en alerte. Et puis, elle ne voulait pas se retrouver avec un inconnu à traverser les rues sombres de la ville.

Les yeux fermés, elle écouta la pluie tomber sur la fenêtre qui donnait sur l'allée de la sortie d'urgence, faiblement éclairée. Londres était sombre, et la température proche des 8°C. Heureusement, elle avait toujours un manteau supplémentaire pour les jours les plus froids.

Elle ignorait comment les mécènes et les assistants allaient prendre l'absence des Luxor, la fermeture des galeries de Manchester et du Derbyshire, ainsi que l'arrivée d'un nouveau propriétaire. L'information ne tarderait pas à filtrer. Sienna allait préparer une explication appropriée, avec l'aide de PopTell, l'agence RP qui organisait leurs collectes de fonds.

Elle savait que son meilleur ami depuis le lycée, Frederick, serait encore dans son bureau, au sud de la ville. Il était accro au travail, mais il ne refusait jamais une sortie pour prendre quelques verres, et prenait même le temps d'aller rendre visite à Margareth le week-end. Frederick Hansen importait du matériel de nettoyage industriel et avait aussi une division chargée d'apporter du mobilier de bureau au Royaume-Uni depuis les pays scandinaves, et parfois depuis l'Ukraine. Selon lui, c'était économique, et très rentable à long terme. Sienna ne comprenait pas grand-chose à ces sujets, alors elle le conseillait seulement quand il s'agissait d'organiser l'espace du gigantesque magasin d'exposition pour les acheteurs à grande échelle, pour qu'il soit visuellement attrayant.

> **Sienna:** Je séjourne à l'hôtel Connaught ce soir. J'ai besoin de te parler ou je vais devenir folle... Tu es libre aujourd'hui? Repousse ton rendez-vous avec la fille de ce soir, j'ai vraiment besoin de te parler.
> Les points de suspension apparurent immédiatement sur son écran.
> **Frederick:** C'est un vrai miracle. Tu as enfin compris 😊
> **Sienna:** Ha, ha, ha. Très drôle.
> **Frederick:** Je dois encore envoyer un e-mail, mais on se voit dans deux heures? Je t'invite, évidemment.
> **Sienna:** Nan, on fera chauffer la carte de crédit de l'entreprise. Je compte sur toi?
> **Frederick:** Je sens comme un vent de rébellion... 😊 Je pense que cette sortie en vaut carrément la peine.
> **Sienna:** Ah, ah, à tout à l'heure.
> **Frederick:** Je ne manquerais pas ça pour rien au monde.

Sienna finit de boire, posa sa tasse, et se frotta les tempes. Elle décida de se détendre et de se libérer de ses soucis. Quand elle verrait Frederick, tout irait mieux. Elle posa ses mains sur la table de marbre pour méditer cinq minutes. Ensuite, elle retournerait à son bureau.

Dimitri avait l'intention de démanteler l'entreprise, et il l'avait fait savoir aux avocats des Luxor. Il avait demandé à son équipe juridique de finaliser tous les aspects pour fermer les succursales, et toutes questions financières afférentes. Il leur avait donné une semaine pour organiser ce merdier. Le siège de Londres devait rester ouvert… pour le moment.

—Qu'as-tu pu tirer de ta visite à Leandros? —demanda Dimitri à Aristide.

Le grec au crâne rasé et au regard vif tourna la pomme qu'il tenait dans sa main, puis prit une grande bouchée. La veille, il avait gagné au poker, bien que cette dernière partie ait été interrompue par l'appel de Dimitri et qu'il ait dû prendre sur son temps pour aller chercher Leandros et mettre les points sur les i. Pour le moment, il n'avait pas voulu le déranger davantage, ni chercher des fantômes du passé qu'il n'était pas censé chercher.

—Il s'envole pour la Grèce parce qu'un incendie soudain dans l'usine de spiritueux a changé les plans qu'il avait à Londres. Je pense qu'il faudra un certain temps avant que la curiosité ne le pousse à poser des questions qui ne le regardent pas.

—Problème résolu.

Aristide sourit avec cruauté. Des trois amis, il était le plus vindicatif et le plus sanguinaire. Son calme apparent et ses manières diplomatiques de travailler en entreprise cachait en fait une cuirasse à l'épreuve des émotions. Il n'y avait vraiment rien de tendre en lui. Il ne cherchait pas non plus la rédemption ni une belle histoire pour oublier le cauchemar qui était le sien. Il avait perdu toute sa famille dans une embuscade, il y a sept ans, lors d'un affrontement mafieux. Il avait retrouvé chaque responsable, un par un. Il les avait tués lentement. Il était devenu sadique.

—Salvatore Brionni veut passer un marché avec toi. Il veut distribuer de la cocaïne en Finlande, car le gramme y coûte plus de 112 euros. Le plus cher de toute l'Union européenne. Et si tu ajoutes à cela que beaucoup de cargaisons devront passer par les ports contrôlés par Péchés Sanguinaires, alors le bénéfice est important. Il veut te voir dès que possible.

Dimitri fit une grimace de dégoût. Il aimait l'argent et contourner la loi, mais il détestait l'idée d'avoir à dépenser ses ressources pour ceux qui se consacraient à dépendre de ces substances. Qu'y avait-il d'excitant à tirer profit d'eux? Dimitri se nourrissait d'adrénaline, de défis, de circonstances complexes. Mobiliser ses hommes pour coordonner une bande de drogués le faisait plus rire qu'autre chose.

—Non. Je ne négocie pas avec les gens de la Cosa Nostra, même s'ils veulent payer le triple de la redevance pour traverser les eaux que je contrôle.

Aristide acquiesça.

—Le commerce de la drogue m'expose trop. Qu'as-tu d'autre à me dire?

—Sienna.

Dimitri hocha la tête et regarda l'heure sur la montre Cartier qu'il portait au poignet gauche. Presque 21h30. Il avait perdu la notion du temps.

—Tu l'as rencontrée? —demanda-t'il en enlevant sa cravate et en remontant sa chemise jusqu'aux coudes.

Il essayait de joindre Sienna au téléphone depuis plus de 20 minutes, et elle ne répondait pas. Il était trop occupé pour la chercher en personne, et ce n'était pas son putain de job de le faire. Si elle s'était enfuie, alors il faudrait la virer et adopter un plan différent de celui qu'il avait prévu.

Aristide marcha jusqu'à l'un des moniteurs que Dimitri avait fait installer dans le bureau ce matin-là et l'alluma. Immédiatement, sur les huit petits écrans apparurent les images des sites où Corban avait placé des caméras de sécurité. Il lui montra la septième image de l'écran, où se trouvait Sienna.

—Merde —murmura Dimitri en voyant l'image.

Aristide haussa les épaules, et s'approcha du portemanteau. Il décrocha la veste, puis fit la même chose avec le manteau bleu.

—Corban et moi irons boire un verre au Ivy Chelsea Garden dans un moment. Des amies russes vont se joindre à nous.

Il serait peut-être bon de brûler un peu de calories —dit-il en ajustant les boutons de son manteau. Il y a un nouveau club de strip-tease. Le propriétaire semble être un fan de football, et il a de bons contacts au Parlement et à La City. J'ai reçu trois laissez-passer VIP ce matin —ajouta-t'il en sortant de sa poche une carte magnétique noire et or avec un diamant incrusté au centre. Open bar. C'est dans un sous-sol de la rue Molybeyx dans Marylebone. Nous avons déjà fait le repérage des lieux. Pas d'inquiétude à avoir.

—Nous verrons —dit-il en imaginant la bouche de Sienna autour de son pénis, haletante.

Il imaginait son pénis au fond de sa gorge, et se déverser sur ses seins qui, il en était sûr, étaient aussi sensibles au toucher que les convictions de Sienna étaient virulentes. Ce scénario lui sembla plus appétissant que d'aller boire pour ensuite baiser une russe ou une italienne ou toute autre européenne libertine aux gros seins.

—Pour l'instant, j'ai quelques points à marquer. Apparemment, ma nouvelle assistante a tendance à s'endormir pendant les heures de travail.

Aristide rit tout bas.

—Sienna est très séduisante, je ne pensais pas que…

En deux secondes, Dimitri attrapa son meilleur ami par le col de son manteau, et le mit contre le mur. Ses yeux étincelaient de fureur, et Aristide fronça les sourcils.

—Je ne t'ai pas demandé ton avis sur elle, et ce n'est pas à toi de dire à quoi elle ressemble. C'est clair? N'imagine pas que je vais te la passer comme les autres.

Totalement pris par surprise, Aristide leva les mains en signe de paix. La dernière chose qu'il ferait serait de considérer interchangeable la femme qui allait être, de manière temporaire ou pérenne, l'épouse du chef de Péchés Sanguinaires. Cela faisait des mois qu'une maîtresse ne couchait plus indifféremment avec l'un ou l'autre, et il s'en fichait.

Maintenant qu'il remarquait la réaction de Dimitri, Aristide pouvait dire que Corban avait raison. Ils devaient tous deux veiller à la réalisation des objectifs. Et ce ne serait pas un problème, parce que tous deux savaient comment gérer n'importe quelle situation à risque pour le chef de Péchés Sanguinaires.

Pour l'instant, Aristide comprenait pourquoi Dimitri était possessif, il avait l'habitude de cultiver cette émotion quand il avait besoin d'atteindre un but, jusqu'à ce qu'il réussisse, peu importe les tentatives de sabotage ou d'interférence. Toutefois, ce qu'il ne s'expliquait pas, c'était comment une femme qui n'avait même pas couché avec lui pouvait pousser son meilleur ami à réagir de cette façon. Il attendrait le moment où il pourrait échanger quelques mots avec Sienna pour tirer, peut-être, ses propres conclusions.

D'autre part, Péchés Sanguinaires avait besoin du vieux Anksel Farbelle pour profiter de ses contacts et s'étendre. Il était toujours plus facile de se forger une réputation, d'acquérir du respect et d'avoir des avantages si les propriétaires d'une entreprise appartenaient à deux mondes différents, dans ce cas deux mafias différentes, parce qu'ils diminuaient les risques et renforçaient le positionnement de l'entreprise parmi leurs pairs. C'était un coup astucieux.

—C'était juste une observation, désolé —murmura-t'il, confus. Cela ne se reproduira pas mon ami —ajouta-t'il en repositionnant ses vêtements.

Réalisant ce qu'il faisait, Dimitri lâcha son ami. Il lui donna quelques tapes sur l'épaule et secoua la tête. Qu'est-ce qui n'allait pas? Il n'avait pas à se soucier que quelqu'un d'autre remarque si Sienna était belle ou pas. Elle avait un rôle très spécifique à remplir sur son chemin, et c'est tout.

—Bien... Ok. C'est tout, Aristide.

Une fois seul, Dimitri finit le contenu de son verre de whisky. Au lieu de prendre l'ascenseur, il préféra descendre les escaliers vers la cafétéria. Tous les cadres étaient partis, il n'avait plus rien à gérer.

—Ne t'attends pas à ce que je te donne un bonus pour t'être endormie sur le comptoir de la cafétéria.

La cafétéria était équipée d'un mobilier haut de gamme. On pouvait s'y servir du thé, du café, et toutes sortes d'édulcorants. Il y avait aussi une zone de snacks et un réfrigérateur industriel avec des boissons, des fromages, de la charcuterie et de nombreuses bouteilles d'eau. Dans un coin se trouvait une cafetière professionnelle qui, semble-t-il, venait tout juste d'être utilisée.

Au centre de la salle, il y avait une grande table avec au moins six chaises. Sur l'une d'elles se trouvait Sienna, la tête sur les avant-bras et les cheveux éparpillés sur les épaules qui touchaient à peine le marbre blanc. La première impulsion de Dimitri fut de s'approcher et d'entremêler ses cheveux entre ses doigts. La seconde, plus cohérente, fut de se contenir et de se tenir debout au seuil de l'entrée.

Somnolente, Sienna cligna deux fois des yeux jusqu'à ce qu'elle soit consciente de ce qui se passait. Elle rougit, se redressa rapidement, et chancela. Avant qu'elle ne puisse se retenir par elle-même, Dimitri se tenait à ses côtés, lui tenant le bras et la poussant à lever les yeux. Le mouvement provoqua un impact entre le corps de Sienna et celui de Dimitri. Elle souffla légèrement.

—Je ne sais pas ce qui m'est arrivé —murmura-t-elle, encore à demi dans son rêve.

Quel désastre. Ça ne devait prendre que cinq minutes... Il la regarda de la tête aux pieds. L'effet de surprise était intéressant, car il pouvait voir Sienna sans son expression optimiste ni son sang-froid habituel. Elle avait les yeux plus clairs, et ses cheveux détachés lui donnaient un air plus serein, même innocent.

—Tout le monde est parti.
Sienna resta bouche bée.
—Je... Je suis désolée —dit-elle en essayant de s'excuser inutilement. Ca ne m'était jamais arrivé.
—En présence ou en l'absence des Luxor? —demanda-t'il.
—En aucune circonstance. Vous pouvez me lâcher.
—Dîne avec moi.
Sienna le regarda comme si les cornes de Maléfique lui étaient sorties de la tête. Elle ne put retenir un rire sceptique. Il s'écarta, tandis qu'elle réajustait sa veste et rassemblait ses mèches de cheveux en chignon, avant de le fixer avec la pince qu'elle avait laissée sur la table.
—Je travaille pour vous...
—Miklos. Tu peux m'appeler par mon prénom et me tutoyer.
—Pourquoi devrais-je dîner avec toi? —demanda-t'elle avec suspicion.
Elle se sentait un peu gênée, car même dans ses plus lointaines hypothèses, elle n'avait jamais considéré qu'elle puisse s'endormir au travail. Sans veste ni cravate, les manches relevées jusqu'aux coudes, Miklos était hyper séduisant. Savoir qu'ils étaient seuls accélérait sa respiration. Ce n'était pas quelque chose qu'elle pouvait contrôler. Elle voulait juste aller à l'hôtel qu'elle avait réservé cette nuit-là, et dormir sans entendre un seul bruit.
Il se pencha jusqu'à ce que leurs nez soient presque collés.
—Parce que tu t'es endormie en pleine journée de travail, heures supplémentaires ou non, et je veux en profiter pour aller dans un restaurant que j'aime beaucoup. Appelle ça un bénéfice mutuel.
—Nous avons une conversation en attente: je veux savoir si oui ou non tu vas me laisser à mon poste —dit-elle en le tutoyant pour la première fois.
Dimitri appuya sa hanche contre la table, et croisa les bras. Elle remarqua ses muscles se fléchir avec le mouvement. Elle

ne put empêcher son regard de s'égarer brièvement sur le tatouage qu'il avait sur son avant-bras gauche. C'était une inscription en grec. Elle était curieuse, mais elle n'osait pas demander de quoi il s'agissait. Ce n'était pas comme s'ils étaient amis.

—Ce sera un dîner de travail —dit-elle en s'éloignant. Je te rejoins devant l'entrée principale dans cinq minutes.

Alors que Dimitri attendait déjà dans l'encadrement de la porte, elle demanda avec méfiance:

—Et si je refusais?

—Alors tu peux considérer que tu es sur la liste des chômeurs —répondit-il. Alors, tu m'accompagnes pour le dîner ou non?

Sienna fit une grimace. Ce qu'elle allait trouver au menu du restaurant ce soir-là, c'était certainement une indigestion.

—Je suppose que je n'ai pas vraiment le choix —murmura-t'elle.

Un sourire félin apparut sur les lèvres de Dimitri.

—Non, c'est certain —répondit-il en passant ses doigts entre ses cheveux noirs épais. Mais tu peux toujours refuser.

—À propos du dîner de ce soir?

Dimitri la regarda de travers.

—Tu peux utiliser ta suspicion pour décider dans quelles circonstances tu as le choix —dit-il avant de s'éloigner, pendant qu'elle observait sans réserve son pantalon se mouvoir sur ses fesses fermes.

CHAPITRE 4

Sienna remarqua le déploiement de sécurité autour de Miklos. Deux véhicules devant et deux derrière, tandis que le véhicule principal était garé au milieu, en face de la sortie du bâtiment, moteur et lumières allumés. C'était plus qu'elle aurait pu imaginer pour un millionnaire. Elle était convaincue que Miklos n'était pas n'importe quelle personne riche.

Tout en lui était mystérieux, et sa recherche en ligne infructueuse ne lui avait donné que plus d'interrogations. Pourquoi avait-il décidé d'acheter une galerie alors que, de toute évidence, il semblait plus habitué à gérer des affaires plus… dynamiques? Il semblait être le genre de personne qui se lassait facilement, le genre de personne qui appréciait sa journée au maximum, et plus elle était occupée et compliquée, plus il l'appréciait.

Il ajusta son écharpe blanche. Un vent tenace soufflait dans la nuit. Le changement climatique entraînait des normes de température différentes d'une saison à l'autre.

Les battements de son cœur accéléraient, et c'était une réaction assez stupide étant donné que son avenir allait être discuté sous peu. Elle serait un peu poule mouillée si elle retournait à l'intérieur du bâtiment ou prenait un taxi pour aller directement à la chambre d'hôtel qu'elle avait réservée, juste pour ne pas rester seule avec son patron.

Sienna était sur le point de savoir ce que seraient les prochains mois de sa vie. Dieu merci, ce n'était pas un rendez-vous romantique! Elle était dans un niveau de stress indescriptible. Il lui était impossible d'oublier que sa vie ne serait plus jamais la même, dès lors que la galerie ArtDm serait vendue.

—Tu montes dans la voiture avec moi ou tu préfères rester immobile comme une statue?

Elle tourna sur ses talons pour faire face à Miklos. Si son cœur battait vite, elle pouvait maintenant jurer qu'elle entendait son sang couler dans ses veines. Le danger entourant cet homme imposant semblait prendre de l'ampleur. Elle se sentait face à un animal sauvage, en apparence domestiqué, prêt à se jeter sur elle s'il n'était pas à l'aise avec ce qu'il entendait ou observait. Un félin, sombre, dangereux, rusé, c'était le genre d'animal qui lui faisait penser à Constinou.

Elle était peut-être en train de perdre la tête à cause du café, des heures d'insomnie et du stress des derniers jours, mais en toute franchise, elle avait une certaine fascination pour lui. L'odeur subtile d'eau de Cologne qui émanait de Miklos chatouillait ses narines et la poussait à étendre ses mains pour recevoir la chaleur de la peau que le manteau noir couvrait.

Elle se demandait quels autres tatouages il avait sur le corps, un corps qui devait sûrement être aussi façonné que son visage. Si les cicatrices rendaient en général plus laid, ce n'était pas le cas pour Miklos.

—J'essaie de savoir laquelle de ces voitures est la tienne —répliqua-t-elle. Monter dans un véhicule inconnu ne m'enthousiasme pas.

En guise de réponse, il présenta son bras pour l'inviter. Sienna poussa un soupir résigné et glissa la main sur la courbure de son bras.

—Les mensonges ne donnent pas une bonne image du caractère d'une personne —dit-il, la guidant vers la Range Rover que son chauffeur était déjà prêt à démarrer.

Il posa sa main sur le bas du dos de Sienna pendant qu'il lui ouvrait la portière. Elle choisit d'ignorer le chatouillement qu'elle éprouva en l'approchant. Elle s'éclaircit la gorge et remarqua que le chauffeur ne s'était même pas soucié de sa présence.

—Bonsoir mademoiselle —dit la voix du chauffeur.

—Bonsoir Victor —répliqua Sienna.

En tant qu'assistante personnelle, elle devait connaître les noms de l'entourage immédiat de son patron. Miklos lui avait communiqué les prénoms des personnes les plus proches avec lesquelles il allait collaborer au bureau. Bien sûr, elle en ignorait encore certains.

La portière s'ouvrit, et Miklos s'installa à côté d'elle.

—Victor, emmène-nous au restaurant d'Hélène Darroze.

Le véhicule démarra immédiatement. Sienna était certaine qu'ils étaient suivis par les autres voitures.

—Avez-vous toujours besoin d'autant de sécurité? —demanda-t-elle. Tu es la première personne qui, sans être une star de cinéma ou même un politicien de renom, a un groupe de protection si... si rapproché. Du moins selon mon expérience à la galerie.

Il étendit le bras sur le dossier du siège et la regarda avec un sourire qui lui fit retenir son souffle. Elle serra ses doigts pour contenir l'envie de dessiner les lèvres sensuelles avec ses doigts. Sa lèvre inférieure était légèrement plus épaisse que la lèvre supérieure. Cette forme de bouche signifiait en général que son propriétaire était très passionné. Dans le cas de Miklos, Sienna n'en doutait pas une seconde.

—Tu ne me connais pas, et tu serais à côté de la plaque si tu essayais de me catégoriser.

Elle fronça les sourcils.

—C'est la dernière chose que je voudrais essayer de faire, même si je suppose que je vais apprendre à te connaître d'une façon ou d'une autre... —ajouta-t'elle en haussant les épaules, si tu décides de renouveler mon contrat.

—Nous verrons bien —dit Dimitri en la regardant.

Sienna leva les yeux et fixa son regard sur les rues qui défilaient. Miklos aimait les cils épais qui encadraient ses yeux. Le maquillage qu'elle portait faisait ressortir les angles de son visage. Une femme comme elle devrait poser pour des magazines ou de coûteuses marques de vêtements. Même s'ils ne choisissaient que des modèles squelettiques. Sienna était imposante: elle avait le type de courbes qui hypnotisaient un homme.

Il prit le téléphone pour répondre à un appel, en grec. En silence, Sienna écouta par curiosité. Entendre une langue étrangère, du moins prononcée par Miklos, était proche d'un orgasme auditif. Est-ce que ça existait vraiment?

Lorsqu'il raccrocha, Dimitri avait l'air contrarié. Quelqu'un devait s'occuper de son bureau à Manhattan, et l'assistant qui y était affectée, Pennie, ne pouvait pas résoudre des affaires qu'elle ignorait pour des raisons évidentes. Un haut fonctionnaire de la Maison-Blanche voulait discuter des possibilités d'obtenir les votes nécessaires à l'adoption d'une nouvelle loi au Congrès. Dimitri ignorait laquelle de ces lois pouvait être concernée, mais il savait comment extorquer de l'argent à un politicien, et il savait que c'était le but de la réunion. Il appellerait Aristide pour l'accompagner. Corban, quant à lui, garderait les affaires sous contrôle à Londres, et dans le reste de l'Europe.

—Victor —dit Dimitri d'une voix acérée, changement de plan.

Sienna le regarda, mais ne dit rien.

—Où est-ce que je vous emmène, M. Constinou? —demanda Victor.

—On dépose Mlle Farbelle à son hôtel, et je te dis où aller.

—Bien sûr, monsieur.

Elle se tourna vers lui pour le regarder. Les angles qu'elle pensait, dans sa naïveté, adoucis, semblaient plus durs. Elle avait envie de poser des questions sur l'appel, mais ce n'était pas sa place. À en juger par le brusque changement d'humeur chez Miklos, ça devait être très sérieux.

—Comment sais-tu que je séjourne dans un hôtel ce soir, au lieu d'aller chez moi? Et comment sais-tu dans quel hôtel exactement? —demanda-t'elle, déconcertée.

Ses plans personnels n'étaient connus que de Frederick, et bien sûr, de l'infirmière de sa grand-mère. Miklos tourna le visage. Son expression était indifférente.

—Les questions, c'est moi qui les pose, personne d'autre —dit-il sans répondre aux interrogations de Sienna. Ne confonds pas le temps que je t'octroie avec le pouvoir que te donne.

—Pff —souffla-t'elle tout bas, en croisant les bras.

Dimitri l'ignora. Cette nuit-là, il devait prendre un avion. Ils restèrent silencieux pendant les minutes suivantes, jusqu'à ce que la voiture s'arrête devant l'hôtel. Elle posa sa main sur la poignée de la portière.

—Fais passer le mot que la galerie a un nouveau propriétaire, et augmente les honoraires de PopTell, après avoir vérifié le passé de chacun de ses membres. Organise-toi avec Corban —dit Dimitri. Le message doit être clair: désormais, le nouveau propriétaire d'ArtDm n'accepte plus de merdes de personne, en particulier des agents de pacotille qui pensent avoir leur mot à dire dans la façon dont les affaires sont gérées. C'est terminé.

—Avec ces mots exactement, Miklos? —demanda-t'elle, l'air défiant. Ah, c'est vrai, tu n'aimes pas les questions. La prochaine fois, je préparerai des cartes pour essayer de te consulter sans que ça ressemble à un interrogatoire. J'espère que ça te va.

Il s'approcha, prit ses joues d'une seule main, et ses lèvres s'approchèrent, mais pas assez pour toucher celles de Sienna. Les yeux verts s'ouvrirent étonnés, car Sienna était consciente que Miklos l'observait comme s'il voulait la dévorer comme son dessert cette nuit-là...

—Tu sais ce que je trouve sympa? —lui demanda-t'il avec férocité, tandis qu'il passait son pouce sur sa lèvre inférieure de gauche à droite.

Elle retenait son souffle, et il s'en aperçut.

—Quoi...? —murmura-t'elle, à peine audible.

Dimitri esquissa un sourire prédateur, avant de se pencher et de mordre la lèvre que son doigt venait de caresser. Ce n'était pas une morsure douce, mais intense, dure. Au lieu de s'éloigner, comme n'importe quelle personne l'aurait fait par instinct de conservation, Sienna écarta ses lèvres sur une invitation ouverte. Pour elle, Miklos était comme un trou noir, et sa gravité l'attirait irrémédiablement. Elle ne pouvait pas expliquer ça.

Dimitri ne pouvait plus se contrôler, il était au bord de l'effondrement. Il accepta l'invitation qu'elle lui offrait, et il attrapa sa bouche avec une passion brutale. Il cherchait avec voracité chaque recoin de cette bouche qui offrait de la résistance, esquissait des sourires optimistes, et reproduisait ce que le cerveau commandait. Ses mains prirent les joues de Sienna, en essayant de ne pas parcourir ses courbes comme il le voulait tant, parce qu'il n'allait pas se donner en spectacle à son chauffeur. Avec n'importe quelle autre femme, dans d'autres occasions, ça lui aurait été égal que Victor soit témoin ou entende une indiscrétion. Mais Sienna était celle qui, tôt ou tard, allait porter le nom de Constinou et une alliance au doigt pendant trois mois. Il se concentra sur le goût de cette bouche.

Sienna était sûre que ce qu'elle ressentait à ce moment-là était semblable à ce qu'un toxicomane ressentait quand il piquait une seringue d'héroïne dans sa veine et se laissait emporter par la sensation de flotter, de voler, et d'être invincible. Elle entendit ses propres gémissements, et leva les mains pour enfoncer les doigts dans les cheveux de Miklos. Elle caressa sa cicatrice comme elle le voulait, sans arrêter un instant d'explorer cette bouche. Ses baisers avaient le goût du danger et du péché.

Le parfum masculin perturbait ses hormones. Elle en voulait plus, et sa culotte était humide. Elle voulait s'asseoir à califourchon et lui demander de la toucher davantage, de la dévorer, de l'embrasser, d'affoler son corps au point de le faire trembler de plaisir.

—De voir que tu es attirée par moi —murmura Dimitri au bout d'un instant, tout en se séparant de Sienna. C'est ça que je trouve sympa —répondit-il à la question qu'elle lui avait posée il y avait quelques instants.

À contrecœur, Sienna s'éloigna. Elle ignorait comment il pouvait suivre le fil d'une conversation dont elle se souvenait à peine après ce baiser. Les lèvres gonflées, les joues rouges et les cheveux un peu emmêlés étaient les résultats d'un baiser plus satisfaisant qu'elle n'aurait jamais imaginé. Elle leva le visage pour rencontrer le regard dévastateur de Miklos. Il ne la regardait déjà plus, occupé sur son téléphone. Elle se sentait terriblement blessée.

—Ce n'est pas... Miklos, écoute... —murmura-t'elle, tremblante, en essayant de composer une phrase cohérente, tandis que le bout de son doigt touchait sa bouche.

Elle ne se souvenait pas de la dernière fois où quelqu'un l'avait embrassée de cette façon, précisément parce qu'elle n'avait jamais été consumée par un tel baiser de toute sa vie.

—Victor, notre arrêt —ordonna Dimitri, et le chauffeur, immédiatement, descendit pour ouvrir la portière et aider Sienna à descendre.

Elle resta un instant de plus sur le siège, stupéfaite par la soudaine froideur de Miklos. Elle savait que le chauffeur l'attendait la main tendue pour l'aider. Elle regarda Miklos, comme si elle attendait qu'il s'explique ou qu'il lui dise quelque chose.

Pas de chance beauté, je ne rentre pas dans des conversations stupides à cause d'une situation aussi banale que celle-ci —pensa-t'il, conscient du regard féminin posé sur lui. Il préféra tourner son attention sur sa boîte e-mail. De plus, il était attendu ailleurs.

—Miklos, ce qui s'est passé n'est pas à faire.

Elle ne savait pas exactement de quoi elle voulait se protéger en disant cela, même si ça n'avait pas d'importance.

—Je n'ai pas le temps. C'est tout pour aujourd'hui, Sienna. Tu recevras un e-mail de ma part avec des instructions à suivre —répliqua-t'il en guise d'au revoir, sans même la regarder, tandis que Victor fermait la porte, la laissant seule.

Il ne pouvait pas voir l'expression furieuse de la sirène aux yeux verts. Même les putes les plus expérimentées avec lesquelles il avait baisé n'avaient pas réussi à faire durcir autant son membre que Sienna l'avait fait. Il ne pouvait guère se concentrer sur ce qu'il devait faire les prochains jours après avoir goûté cette bouche douce et humide. La passion de Sienna égalait la sienne, et rendait le pari du destin encore plus dangereux. L'idée de la pousser à la limite l'excitait.

—Victor, emmène-moi au Ritz.

Il pourrait facilement payer la suite Sterling à l'hôtel Langham. Après tout, vingt-quatre mille livres sterling la nuit était insignifiante pour son compte en banque, mais il n'avait pas l'intention d'élever le statut de Regina juste parce qu'elle écartait les jambes.

—Oui, monsieur.

Il envoya un sms à Regina. Et comme il ne pouvait en être autrement, celle-ci lui répondit immédiatement. Il n'était pas nécessaire de réserver une chambre, car il avait payé à l'avance un mois complet au Ritz. Il n'emmenait pas une femme bon marché dans sa tanière personnelle, pire dans son lit. Il pouvait avoir une vie dissolue quand il en avait envie, mais son sanctuaire, quel que soit l'endroit du monde où il se trouvait, était le seul endroit où il pouvait baisser les armes. Les putes, baisait dans les hôtels. C'était plus normal, et moins compliqué.

Frederick la regarda et finit de boire son champagne. Ils étaient dans la chambre d'hôtel, parce que le bar principal avait déjà fermé, et, bien sûr, la conversation s'était prolongée. Ils mangeaient du homard et la salade du chef. Une attention Frederick, malgré les protestations de Sienna.

Passionné de tennis, avec un revenu annuel respectable de plusieurs millions de livres sterling, Frederick était beaucoup plus aisé financièrement que son amie, et grâce à sa personnalité, il avait acquis une liste généreuse de contacts dans toutes les sphères de la ville. Son caractère extraverti attirait ceux qui préféraient que d'autres prennent l'initiative de briser la glace à leur place. Au fil des ans, il avait accepté que Sienna veuille d'abord épuiser toutes ses ressources pour ensuite envisager d'accepter la main tendue par quelqu'un d'autre, alors il essayait juste de l'écouter et de la laisser se battre jusqu'à ce que, fatiguée de nager à contre-courant, elle accepte son aide.

Cependant, à l'heure actuelle, il n'avait aucune idée de la façon dont il allait faire face à une situation aussi particulière. Non pas que le jeu des relations professionnelles lui ait été inconnues, mais il n'avait jamais entendu parler de ce Constinou, et il ne se sentait pas à l'aise pour pouvoir donner un conseil à Sienna.

—Et ce spécimen grec, d'où penses-tu qu'il sorte? —demanda-t'il en portant plusieurs noix à sa bouche. Parce que ce nom de famille ne me dit rien, et je travaille avec beaucoup de gens... —ajouta-t'il en haussant les épaules, même si je peux toujours me renseigner.

Elle soupira et étreignit l'un des oreillers. Ils étaient sur le lit, et elle était assise en lotus. Parler à Frederick la calmait toujours. C'était dommage qu'il soit toujours aussi occupé à travailler ou à voyager à droite à gauche.

—Non, il me semble que Constinou est du genre à chercher des défis, donc quand il en aura marre de la galerie, il la mettra en vente. Je dois trouver un autre moyen de vivre, je ne peux pas attendre qu'il décide ou non de renouveler mon contrat... C'est absurde.

—Et qu'en est-il de ce baiser? —demanda-t'il en laissant le verre et les collations sur la table de chevet, avant de s'allonger sur le côté, le coude sur le matelas et la tête dans la main pour regarder Sienna.

—Je suppose que s'il ne t'a pas viré ce soir, peut-être qu'il ne le fera pas... Ou peut-être qu'il veut juste coucher avec toi pour ensuite t'écarter avec une lettre de licenciement.

Elle souffla l'air qu'elle retenait. Ce que Frederick venait de dire n'était pas une perspective lointaine, mais pour le sexe, il fallait être deux sur la piste de danse. Même si Sienna était curieuse, elle n'était pas sûre de vouloir prendre ce risque, pas avec Miklos. Les histoires d'une nuit ne lui étaient pas étrangères, mais ce n'était pas non plus son habitude.

—Quand j'ai voulu lui dire un mot de plus, il m'a écartée comme si j'étais une saleté sur sa putain de chaussure, Frederick! —dit-elle, contrariée.

—Le baiser en valait-il la peine, au moins? —demanda-t'il en riant.

Elle leva les yeux au ciel et lui jeta un des oreillers. Il l'attrapa et le plaça derrière sa tête. Il s'allongea, les yeux fixés sur le plafond de la pièce. Sienna s'approcha du dossier du lit Queen size, et se pencha sur son dos. Elle tourna le visage pour regarder son meilleur ami. Il attirait les femmes, peut-être que ça avait quelque chose à voir avec son air détendu et sa conversation facile. Il y a longtemps, dans une conversation sincère, les avaient décidé que ruiner leur amitié pour essayer de savoir s'ils étaient compatibles amoureusement serait une grosse erreur.

Elle était contente de ne pas avoir cédé à la curiosité absurde des adolescents, parce que maintenant Frederick était son confident. En fait, il était la seule personne qui ne pourrait jamais la décevoir. Après la mort de son frère et de son père dans cet horrible accident de la route, Frederick était toujours à ses côtés. Quand elle avait dû enterrer sa mère, c'est lui qui avait tenu sa main pendant que le cercueil descendait sous terre.

Margareth, quand elle était lucide, lui disait que Frederick était l'homme dont elle devrait tomber amoureuse, au lieu de perdre son temps avec des idiots qui ne savaient pas comment traiter une femme. Sienna la serrait dans ses bras et changeait de sujet. Mais sa grand-mère était obstinée, et chaque fois que son ami se rendait à Winchester, moins qu'avant certes, à cause de l'ampleur de son business, Margareth posait des questions gênantes… qui les faisaient rire.

—Je ne sais pas si ça t'est déjà arrivé, mais avec ce baiser, j'avais l'impression qu'il volait mon air, et pourtant, je ne voulais pas que ça s'arrête —murmura-t'elle en se rappelant ce que c'était de sentir ses lèvres sensuelles s'emparant des siennes, pendant qu'elle dévorait sa bouche charnue, se laissant aller comme si on lui avait offert l'élixir le plus précieux du monde.

—J'ai une proposition à te faire —dit-il tout d'un coup. Il y a quarante minutes, tu as reçu un e-mail avec des instructions, parce que ton nouveau patron va quitter le Royaume-Uni pour quelques jours…

—Il n'a pas dit où —l'interrompit-elle, et puisque ce Corban ressemble au gardien de l'enfer, je préfère ne pas tenter de lui demander s'il connaît la destination du boss. Miklos, qui souhaite que je l'appelle par son prénom, a remplacé tous les postes clefs, à savoir la sécurité, l'informatique et les finances, par son propre personnel. Et il est toujours entouré de je ne sais combien de gardes du corps. Je ne sais pas pourquoi quelqu'un peut avoir besoin d'autant de sécurité autour de lui. Je me demande s'il ne trafique pas de la drogue.

Frederick se mit à rire.

—Parfois, je pense que tu aurais dû être écrivain plutôt qu'artiste.

—Eh bien Corban est un nom assez similaire à Cerbère. C'est peut-être le gardien des portes de l'économie souterraine grecque... —murmura Sienna.

—Je n'avais pas pensé à cela —dit-il en souriant. Revenons à la question qui nous concerne. Tu as tout sous contrôle. Je me trompe?

—En matière de travail? Oui, je connais le business de la galerie de A à Z, et ce n'est pas comme si Miklos m'avait demandé quoi que ce soit de plus qui nécessite une armée d'employés pour le faire. Organiser des réunions, des repas d'affaires, des téléconférences, répondre à quelques e-mails en son nom, appeler le service de blanchisserie pour ses costumes, aller acheter de la nourriture non servie à domicile... —dit-elle en haussant les épaules. Mais comme il vient juste de prendre la direction de la galerie, je doute fort qu'il ait beaucoup à organiser. Les appels, les e-mails, c'est sûr, mais jusqu'à ce qu'il confirme sa date de retour, j'ai l'intention de tenter ma chance dans d'autres compagnies.

—C'est génial, Sienna. Et ton idée de devenir indépendante?

—J'ai quelques contacts dans le milieu, et j'ai presque fini la collection que j'ai commencée il y a trois ans. J'aimerais que tu passes à la maison un de ces jours pour te la montrer. Je me suis inspirée de la culture égyptienne, en ajoutant une touche marocaine très marquée.

Frederick sourit.

—Ah, je me souviens de ce voyage, tu as toujours les photos qu'on a prises à Gizeh? Je vais devoir t'en demander une copie, parce que je ne sais pas où sont passées les miennes. Quand j'ai déménagé, le camion a perdu certaines de mes affaires.

—Je vais te faire une copie, bien sûr. Elles sont dans mon album de famille.

—Merci, ma chérie. Tes prochains jours ne s'annoncent pas surchargés, et tu ne risques pas d'avoir un orgasme spontané —dit-il en essayant de rester sérieux, mais en vain, car elle rit aussi. Alors j'allais te suggérer de profiter de cette transition pour tester tes limites. Si tu sens que l'attirance est mutuelle, avec ce Miklos, alors cède à la tentation.

Elle le regarda avec incrédulité.

—Je viens de te dire qu'il m'a balayée comme de la crasse sur sa chaussure. Tu crois que je n'ai pas un peu d'amour propre?

—Ouh, du calme, pas la peine de sortir les griffes mademoiselle —dit-il, enjoué, en se redressant. Il est presque 3h du matin, et je dois me lever tôt pour aller au nord du pays. Quoi qu'il en soit, ma belle amie qui a besoin de faire l'amour en urgence, je t'écoute.

—Tu es si bête parfois, Frederick —murmura-t'elle.

Il haussa les épaules avec une expression décontractée et saisit sa veste.

—Après la façon dont Constinou m'a traitée, tout ce que je veux pour l'instant, c'est lui botter le cul comme un crétin.

—Ah, ton ego est blessé —dit Frederick en plaisantant.

Elle leva les yeux au ciel.

—Dehors, Fred —lui dit-elle, l'appelant par son surnom habituel.

Le sourire disparut du visage de Frederick.

—Je ne voudrais pas qu'il t'arrive quelque chose, alors fais attention.

—Tu regardes beaucoup de films d'Hitchcock? Je suis juste une artiste frustrée, et une assistante personnelle qui a un patron trop sexy pour le regarder de travers ou le tuer.

Frederick sourit.

—Au moins tu admets qu'il t'attire.

D'un geste très mature, elle lui tira la langue.

—Avant que ce Constinou ne revienne, toi et moi allons faire la fête, et peut-être que tôt ou tard, nous pourrons mettre fin à ce désert sexuel.

Sienna éclata de rire.

—Mais bon, tu sais quoi? Tu as piqué ma curiosité. Peut-être qu'à un moment donné, je te rendrai visite pour jeter un oeil. Pour que je puisse te donner mon opinion de plus près.

—Ok pour aller faire la fête, mais pas pour rencontrer mon patron —dit-elle en souriant. Maintenant, va-t'en, et un grand merci à toi d'être venu —ajouta-t'elle en regardant la bouteille de champagne vide. Tu ne sais pas à quel point j'avais besoin de te parler.

—À quoi servent les meilleurs amis si ce n'est à cela? —demanda-t'il, avant de s'approcher et de l'embrasser sur la joue. Appelle la réceptionniste pour qu'elle monte une bouteille d'eau minérale et deux cachets contre la migraine que tu auras sûrement au réveil.

—C'est ce que je vais faire.

Sienna se redressa et éteignit la lumière. Elle était si épuisée qu'il lui fallut faire un effort pour se déshabiller. Les jours à venir allaient être plus tranquilles à ArtDm, sans crainte de rencontrer Miklos face à face, surtout après ce baiser.

Le sommeil commençait à l'emporter lorsque l'alerte de son téléphone lui signala la réception d'un e-mail. Ce n'était pas le son qu'elle utilisait pour les messages du bureau. A contrecœur, elle se leva et alluma la lumière de la table de nuit. En voyant qui était l'expéditeur du mail, elle stressa comme si elle avait fait une bêtise. Sa réaction n'était peut-être pas si absurde? Comme si cet idiot pouvait la voir. Il ne le pouvait pas, n'est-ce-pas? Elle secoua la tête pour effacer ses idées stupides.

De: mcceo@artdm.co.uk
A: asistenteceo@artdm.co.uk
Sujet: Urgences

Sienna,
Je vais séjourner aux USA pour affaires, et en mon absence:
- a) Tous les vêtements que je garde dans ma maison doivent aller à la blanchisserie. Contacte Corban pour plus de détails.
- b) Licencie tes collègues et commence à sélectionner des CV pour que de nouvelles têtes prennent les postes vacants.
- c) Toute nouvelle personne arrivant à ArtDm doit d'abord être approuvée par Corban.
- d) Si tu as des doutes, trouve les solutions toute seule.
- e) Les activités publiques programmées, à l'exception des expositions d'art sur place, doivent continuer.
- f) N'utilise plus jamais la carte d'entreprise pour payer une nuit de sexe à Londres. La valeur du séjour à l'Hôtel Connaught sera débitée de ta prochaine paie.
- g) Le téléphone de mon assistante à New York est dans ton carnet d'adresses numérique. Corban l'a mis à jour. Vérifie ton ordinateur. Ne m'appelle pas, ne me contacte pas, sauf si le bâtiment est en feu, et si c'est le cas, tu peux te considérer comme virée.

Salutations,
M. Constinou.

Si elle était en cours de yoga, la possibilité de pratiquer un exercice de respiration pour calmer sa colère soudaine aurait été d'une grande aide. Dommage qu'elle ne se soit jamais mise à la méditation. Elle ne pouvait pas croire à quel point cet homme était crétin. Confondait-il le rôle d'assistante personnelle avec celui de domestique? Et puis ce point f de l'e-mail où ce grossier personnage pensait qu'elle avait payé une chambre d'hôtel pour faire l'amour… Était-il fou ou était-il tombé sur la tête?

Renvoyer ses collègues d'ArtDm ressemblait à un canular. Elle espérait pouvoir dormir au moins quelques heures pour faire face à la journée à venir. À la fin de la journée, elle irait faire la fête avec Frederick dans un bar. Elle avait un besoin urgent d'être ivre, pour oublier, au moins pendant quelques heures, qu'elle allait porter de mauvaises nouvelles au personnel de l'entreprise.

Ne disait-on pas que la vengeance était douce? Eh bien, Miklos venait de la laisser s'occuper de tout dans l'entreprise, et lui donnait tous les pouvoirs pour prendre des décisions. Alors, elle ferait honneur au point d de l'e-mail, et procéderait ainsi. Dieu la dispensait de devoir consulter Monsieur le chef. La seule bonne nouvelle? Elle n'aurait pas à voir Constinou dans les prochains jours. Elle espérait qu'il resterait éternellement aux États-Unis.

Etats-Unis.

Le premier arrêt depuis Londres avait été Washington D.C., et la réunion avait eu lieu dans une maison de campagne très discrète dans la banlieue du Maryland. Dimitri n'avait pas l'habitude de faire ce genre de voyage, mais le défi avait éveillé sa curiosité. La chaleur qui émanait de la cheminée de la salle principale accompagnait parfaitement l'exquis whisky qu'il buvait. Aristide était avec lui, car il était son conseiller juridique. Ses gardes du corps étaient à l'étranger, au cas où, mais Corban était resté au Royaume-Uni pour des raisons stratégiques. Et par raisons stratégiques, il voulait dire garder l'œil sur Sienna.

—M. Constinou —dit Michael Landon, l'associé principal du bureau d'avocats qui gérait les affaires du sénateur républicain pour l'état de l'Illinois, Gordon Tremesco, le client potentiel qui avait demandé à Dimitri d'assister à cette réunion. Comme vous le savez, l'homme que nous représentons ne peut pas faire de paiements avec de l'argent de l'État, et toute commande est soigneusement examinée par le gouvernement.

Dimitri se contenta d'écouter. Le sénateur était un homme grand, très élégant, et avec peu de cervelle s'il essayait de mettre fin à ses liens avec la mafia russe! Ces liens, une fois créés, devenaient complexes à rompre. La Bratva se réjouissait quand les politiciens se servaient d'elle pour faire du business, surtout quand il ne s'agissait pas de transactions commerciales de biens ou de services, mais d'assassinats.

—Je sais Landon —dit-il en l'appelant par son nom de famille sur un ton ennuyeux.

Il détestait la bureaucratie et la lenteur avec laquelle ils géraient tout.

—Nous voudrions faire passer le paiement comme un règlement pour les services de Constinou Security, pour des conseils sur la gestion de l'équipe de sécurité du sénateur.

—Ca tombe sous le sens —répliqua-t'il en le coupant. Décrivez-moi exactement ce que vous attendez. Et essayez d'être concret, Landon, ne me faites pas perdre mon temps. Cette réunion vous coûte un demi-million de dollars. Donc, utilisez-les de manière pertinente.

Dimitri était fatigué par le vol transocéanique. Finalement, il avait pris la décision la plus pratique: il avait posé un lapin à Regina. Maintenant, il était doublement heureux de l'avoir fait.

S'il avait cédé à l'instinct de passer du temps au lit avec elle, il aurait très probablement été arrêté par la tempête qui avait éclaté autour d'Heathrow et qui avait empêché le décollage d'avions commerciaux et privés. Même si voler dans son jet privé, l'un de ses meilleurs investissements financiers personnels, était utile et agréable, s'y reposer ne compensait pas le repos qu'il pourrait avoir sur la terre ferme ou pendant les voyages qu'il faisait sur l'un de ses yachts ancrés dans la mer Égée ou à Monte-Carlo.

—Nous avons besoin de vous pour neutraliser, de la manière que vous jugez nécessaire, une menace dirigée contre le sénateur. Extrayez toutes les informations avant qu'elles ne soient *virales*, et retirez de la liste des menaces ces étrangers qui font du chantage.

Dimitri fronça les sourcils. Est-ce que ce taré se croyait dans un film de Marvel? Mon Dieu, les gens et leurs fantasmes absurdes.

—Le sénateur Tremesco a fait un écart qui a duré deux semaines, et la maîtresse en question est la fille de l'un des membres les plus importants de la Bratva —continua-t-il devant le silence de Dimitri. La jeune fille était mineure, mais il ne le savait pas, jusqu'à ce qu'il reçoive un dossier photo détaillé avec ses enfants effectuant leurs activités habituelles et même des images de l'intérieur du club de golf où Mme Tremesco rejoint habituellement d'autres dames de la ville. Les prises de vue sont faites sur plusieurs jours. Il est impossible d'approcher la famille du sénateur en raison de la sécurité qui est mise en place autour d'elle.

Dimitri fit une grimace parce qu'ils n'étaient même pas capables d'engager une société de surveillance compétente.

—La famille est en danger, et la presse ne tardera pas à savoir ce qui se passe. C'est précisément ce que nous devons éviter avant que les élections présidentielles ne commencent.

Dimitri serra les doigts autour du verre. Il détestait ce genre de personnes. Il pouvait être salaud, mais il n'abusait jamais des mineures. Putain de malades mentaux.

—Juste des photos? —demanda le chef de Péchés Sanguinaires.

—Le sénateur a récemment subi une agression qui l'a gravement blessé, et l'un des hommes qui l'a frappé lui a dit qu'il avait un message très intéressant et qu'il valait y mieux prêter attention. Il s'est identifié comme le représentant d'un ami qu'il allait bientôt rencontrer. Il y a plus que de simples photos prises sur une semaine, dans des sites privés.

—Oui. Et alors?

L'avocat remit sa cravate en place. Le sénateur, qui jusqu'à présent était resté silencieux, regarda Dimitri avec une expression frustrée.

—M. Constinou —dit Tremesco, il y a une vidéo compromettante qui a été piratée, entre autres, à partir de mon cloud.

—Expliquez-vous —exigea-t'il avec ennui.

Les élections présidentielles étaient sur le point d'avoir lieu aux États-Unis, et ceux qui avaient décidé de se présenter devaient pouvoir monter patte blanche pour que la presse locale et internationale ne les mettent pas plus bas que terre en quelques jours.

—C'est la Bratva qui me fait chanter. Pour annuler la divulgation des vidéos, ils veulent que j'obtienne la résidence aux Etats-Unis pour des hommes d'affaires et des amis... Ils veulent aussi que j'obtienne l'admission à Harvard pour la fille avec qui j'ai couché... Ce sont deux domaines extrêmement compliqués. De plus, on me demande de renoncer à mon siège politique au Congrès.

Tu aurais dû y penser avant de sortir ton pénis et de le fourrer là où il ne fallait pas —se dit Dimitri.

—Quel est le degré de nocivité de la vidéo? —demanda-t'il en posant son verre sur la table basse du grand salon.

La décoration était superbe. Landon et Tremesco se regardèrent brièvement. L'avocat hocha la tête comme s'il l'encourageait à continuer. Pathétiques —pensa le grec. Il y a quelques jours, avant la réunion, il avait demandé à son équipe de faire une étude approfondie des environs de la maison de campagne où ils étaient réunis. La consigne était de lui communiquer le moment précis où la rencontre devait avoir lieu, une fois que tout serait sécurisé. L'appel était tombé au moment où il venait de goûter la bouche de Sienna.

Savoir que Corban suivait Sienna et contrôlait chacun de ses pas était d'une grande aide. Ce voyage lui faisait perdre une semaine précieuse pour conquérir Sienna, et retardait d'autant leur mariage. Dimitri ignorait comment courtiser une femme, et il n'avait jamais eu besoin de faire cet effort. Quand il voulait du sexe, il l'avait. Point. Sienna avait plus de cran qu'aucun de ses hommes. Serait-elle aussi audacieuse si elle connaissait la nature de son vrai business? Il imaginait qu'une fois qu'elle aurait plus d'argent qu'elle n'en avait jamais eu à sa disposition, peu lui importerait d'où il venait. Comme toutes les femmes.

Ce n'était pas le moment de penser à la femme qui hantait ses fantasmes sexuels ces jours-ci. Il regarda le politicien devant lui, avec un certain ennui.

—Je suis marié depuis vingt ans, j'ai trois enfants, M. Constinou... et... une des vidéos est une orgie entre hommes et femmes. Très dommageable, je dirais.

—S'agit-il d'une seule vidéo ou ont-ils autre chose contre vous? —demanda-t'il, sans se soucier de la réponse.

—Les autres vidéos sont tournées avec des prostituées, et mon visage est à peine reconnaissable. J'ai décidé de filmer parce que j'aime garder une trace de certains aspects de ma vie.

L'expression de Dimitri resta neutre.

—Il y a des photos, des conversations, des e-mails dans lesquels je demande des services de dames de compagnie... —expliqua-t'il. La Bratva ne va pas me laisser tranquille, et je sais que si quelqu'un peut m'aider, c'est bien vous. Je ne veux pas que mes erreurs personnelles ruinent mes plans et mes chances de servir mon pays.

Dimitri regarda Aristide, parce que son ami pouvait rapidement calculer les possibilités d'action et à quel point Péchés Sanguinaires pouvait s'impliquer dans quelque chose comme ça. Ils n'avaient pas non plus un bouclier d'invisibilité. Ils seraient confrontés non seulement à la mafia russe, mais au système politique, le niveau d'exposition serait très élevé.

Aristide lui fit un léger signe qui donna à Dimitri la réponse qu'il attendait.

—Je veux le nom de la personne à qui vous avez demandé tous ces services —exigea Dimitri, mais je vous annonce que la mafia russe ne fait pas d'affaires avec des personnes qui, comme moi, ont tendance à comprendre les domaines qu'ils gèrent —dit-il en se référant à lui-même d'une manière subtile.

Admettre qu'il était de la mafia était stupide. Il ne l'admettrait jamais à voix haute, encore moins devant ces clowns. Il n'avait pas honte de qui il était ni de l'environnement dans lequel il était né, même si cela ne signifiait pas qu'il était conscient des préjugés et des dangers que cela impliquait. En fait, Dimitri préférait son monde. Tout y était plus pragmatique. Si vous vous mettiez dans une situation telle que celle de Tremesco, vous vous réveilliez avec une balle dans la tête ou votre famille recevait votre corps démembré en cadeau un beau matin. Des détails comme ceux-là rendaient l'existence plus simple. On arrachait le problème à la racine, et la vie continuait.

—Je sais qu'il s'agit de Riev Yeskorov, parce qu'ils me l'ont fait savoir. Bien qu'il ne m'ait jamais appelé personnellement.

Et il ne le fera pas —pensa Dimitri en éclatant de rire.

—Ce n'est pas une blague —dit Tremesco sévèrement.

Il comprit son erreur stratégique quand Dimitri se leva, et qu'Aristide en fit de même. Landon et son assistant silencieux, assis dans un coin, ouvrirent les yeux avec une sorte de terreur. Ils étaient désavantagés sur le plan tactique. Ils avaient convoqué le diable lui-même, alors il valait mieux être prudent.

—Vous, sénateur, vous n'allez pas décider de ce qui me fait rire ou pas —dit-il avec mépris, comme si le simple fait de mentionner le poste qu'il occupait le dégoûtait. Ce n'est pas moi qui suis à genoux devant la mafia russe. Donc, taisez-vous donc, pendant que je décide si vous méritez d'être sauvé ou non. Et pour l'instant, les vents ne soufflent pas en votre faveur.

Stupéfait, l'avocat regarda autour de lui. Les hommes de Péchés Sanguinaires étaient à une distance raisonnable, mais ils gardaient leurs mains près du rabat de leur veste. Bien sûr qu'ils étaient armés! Ils n'étaient pas une bande de clowns qui jouaient à aider des politiciens imbéciles en se prenant pour des détectives ou des experts!

—Désolé —dit Tremesco, nerveux.

Froussard —pensa Dimitri.

—Vous aurez de mes nouvelles bientôt... Sénateur Tremesco.

—Mais… —commença le politicien, alors que Dimitri levait la main pour le faire taire.

—Yeskorov est l'une des personnes les plus dangereuses au monde. Vous avez fauté comme un idiot, sénateur, et à en juger par votre air étonné, il me semble que je devrais peut-être augmenter le prix de mon aide potentielle. Peut-être que vingt millions de dollars ne sont pas suffisants.

Tremesco hocha la tête plusieurs fois. Landon observait prudemment.

—Je vous paierai ce que vous voulez —répondit le politicien. J'espère que nous pourrons parvenir à un accord mutuellement avantageux le plus rapidement possible. Dites-moi juste votre prix.

Dimitri ne daigna pas lui répondre. Il sortit, escorté par ses gardes du corps, puis monta dans la voiture qui l'attendait à l'arrière de la maison de campagne. Il s'agissait d'une demeure luxueuse, mais de taille moyenne. Elle était équipée de mesures de sécurité importantes, et d'une épaisse végétation qui empêchait les plus curieux de la trouver. Une fois à bord de la voiture pare-balles, Dimitri ota ses gants. Il vérifia le couteau qu'il gardait sur lui en permanence, et fit la même chose avec son arme.

—Que vas-tu faire? —demanda Aristide quand ils mirent le cap sur l'aéroport.

La prochaine destination était New York. Dimitri devait assister à une autre réunion. Cette fois-ci, il ne s'agissait pas d'un politicien stupide, mais d'un homme qui voulait faire quelque chose de plus amusant: acheter des voix au Congrès pour passer une loi fiscale. Cela intéressait Dimitri à titre personnel, car cela serait bénéfique pour ses affaires si, comme l'avait mentionné Aristide, le sénateur Patrick Harris cherchait à réduire les impôts pour des sociétés comme Constinou Security.

—Rien —dit-il en se souriant à lui-même.

Il n'allait pas couvrir ce genre de crimes. Si la fille de Yeskorov avait été assez stupide pour échapper à la sécurité mise en place par son père, c'était un problème mineur comparé au fait qu'elle avait été séduite et trompée par un homme qui avait profité de sa naïveté. Il ne pouvait pas lui en vouloir pour ça, la fille était innocente. Dimitri était sûr que la fille du Russe n'était pas la première victime de Tremesco, et si c'était le cas, au moins la loi du talion prévaudrait. Une victime ou deux, c'était pareil. Ce n'était pas la quantité qui importait, mais le crime en lui-même, la pédophilie.

—Je le laisserai se noyer dans sa propre misère, à moins que Yeskorov ne le tue en personne, et je suis sûr qu'il le fera tôt ou tard. Si cet idiot de Tremesco ne lui donne pas ce qu'il cherche aux États-Unis, il trouvera un autre politicien tout aussi puissant pour le faire chanter. Ce n'est pas un problème.

—La mafia russe est trop compliquée et ne vaut pas les millions que ce sénateur est prêt à payer —dit Aristide. Si l'honneur de sa fille a été souillé, ce que fait Yeskorov à Tremesco en retour est bien peu de chose… il y aura forcément des tortures psychologiques à venir. Puis des tortures physiques.

Dimitri acquiesça. Les Russes avaient leurs petites combines, et plus ils tourmentaient leurs victimes, plus la fin qui les attendait était douloureuse.

—Je ne vais pas m'en prendre à la Bratva pour un pédophile de merde —ajouta Dimitri. Si quelqu'un doit rendre justice dans cette histoire, c'est Yeskorov. Et ses hommes.

L'organisation de Dimitri se nourrissait d'affaires en marge de la loi, et profitait de la faiblesse des autres, c'était vrai. La ligne entre le bien et le mal était souvent un peu floue, et prise en considération selon les convenances, c'était vrai aussi. Mais Dimitri ne profitait jamais des enfants ni des innocents. Même la mafia respectait des règles quant à ses motivations et la façon d'atteindre ses objectifs.

Vous voulez lire la suite de Le plaisir de tromper? Vous pouvez acheter ce roman maintenant ou le lire GRATUITEMENT avec Kindle Unlimited.

Restez en contact avec Kristel Ralston :
@ kristel.ralston.auteur

Retrouvez tous les livres de Kristel Ralston ici :
AMAZON

A PROPOS DE L'AUTEURE

Écrivaine de romance et lectrice avide du genre, Kristel Ralston est passionnée par les histoires qui se déroulent dans les palais et les châteaux d'Europe. Bien qu'elle aime son métier de journaliste, elle décide d'adopter une approche différente de sa carrière et de se rendre sur le vieux continent pour y suivre un master en relations publiques. Lors de son séjour en Europe, elle lit plusieurs romans romantiques qui la captivent et l'incitent à écrire son premier manuscrit. Depuis lors, les livres de ce genre littéraire affluent dans sa bibliothèque personnelle et dans sa vie quotidienne.

En 2014, Kristel quitte son poste de Directrice de la Communication et des Relations Publiques dans une grande entreprise en Équateur, pour se consacrer entièrement à l'écriture. Depuis, elle a déjà publié dix-neuf titres, et ce nombre est promis à une croissance certaine. L'auteure équatorienne travaille non seulement de manière indépendante sur la plateforme d'Amazon, KDP, mais a également des contrats avec des éditeurs tels que Grupo Editorial Planeta (Espagne et Équateur), HarperCollins Ibérica (avec sa marque de romance, HQÑ) et Nova Casa Editorial.

Son roman "Lazos de Cristal"/ Des Liens Fragiles, a été l'un des cinq manuscrits finalistes du IIe concours littéraire des auteurs indépendants (2015), parrainé par Amazon, Diario El Mundo, Audible et Esfera de Libros. Ce concours a reçu plus de 1 200 manuscrits de différents genres littéraires provenant de 37 pays hispanophones. Kristel était la seule latino-américaine, et la seule écrivaine de romans d'amour parmi les finalistes. L'auteure a également été finaliste du concours de romans d'amour Leer y Leer 2013, organisé par Editorial Vestales d'Argentine, et le blog littéraire Escribe Romántica.

Kristel Ralston a publié plusieurs romans, dont Un amour éternel, Ecrit dans les étoiles, L'appel du désert, Peur de rien, Dans les sables du temps, Risque Ultime, Au-delà du crépuscule, Une erreur de vengeance, Contrat gênant, Quand tu n'étais pas là, Seuls vos baisers, Sombre rédemption, Point de rupture, Vœux de trahison, S'il existait un lendemain, Tentation à l'aube, Avant minuit, Clair de Lune… Les romans de l'auteure sont disponibles dans plusieurs langues telles que l'anglais, l'espagnol, le français, l'italien, l'allemand, l'hindi et le portugais.

L'auteure a été désignée par une publication renommée d'Équateur, Revista Hogar, comme l'une des femmes de l'année 2015 pour son œuvre littéraire exceptionnelle. La même année, elle a participé à la Foire internationale du livre de Guadalajara, au stand d'Amazon, en tant que l'une des auteures de romans d'amour les plus vendus de la plateforme et en tant que finaliste du IIe concours littéraire des auteurs indépendants. Elle a réitéré l'expérience, en partageant son témoignage d'écrivaine à succès pour Amazon KDP en espagnol, en mars 2016, en faisant la tournée de plusieurs universités de Mexico et Monterrey. Kristel est actuellement membre du jury du Amazon Storyteller Literary Award en espagnol (2020, 2021, 2022 et 2023).

Kristel est la première écrivaine équatorienne de roman reconnue au niveau national et international. Elle s'est installée temporairement à Guayaquil, en Équateur, et est heureuse que ses rêves se réalisent. Elle aime voyager dans le monde entier et écrire des romans qui invitent les lecteurs à continuer de rêver à des fins heureuses.

Instagram : @kristel.ralston.auteur
Facebook : https://www.facebook.com/KRAuteur
Email : kristelralstonwriter@gmail.com

Printed in France by Amazon
Brétigny-sur-Orge, FR